RITA CIRESI

Ein Mann für Lisa

Buch

Die selbstbewußte, scharfzüngige Lisa Diodetto, 25 Jahre alt, hat das Leben bisher in vollen Zügen genossen. Als Tochter italo-amerikanischer Eltern mit traditionellen Vorstellungen hat sie allerdings zu Hause keinen leichten Stand. Ihre Mutter hat nur einen Wunsch: Lisa soll endlich heiraten, und zwar egal was, Hauptsache, es trägt Hosen! Doch der einzig wichtige Mann in Lisas Leben, Dodie, hat zwei schwerwiegende Nachteile: erstens ist er schwul, und zweitens ihr Cousin.

Nach einer unglücklichen Affäre beschließt Lisa, ihrem anstrengenden Job als Lektorin von Holocaust-Büchern und dem winzigen Apartment in Brooklyn den Rücken zuzukehren. Sie zieht nach Upstate New York, arbeitet in der Pressestelle eines großen Pharmakonzerns – und verliebt sich in ihren neuen Chef, den konservativen Eben Strauss. Beide glauben, daß sie eigentlich nicht zueinander passen, aber Logik und Liebe gehen selten Hand in Hand. Die wahre Prüfung für ihr gemeinsames Glück jedoch tritt von außen in ihr Leben. Schlimm genug, daß sie ihre Beziehung aus verschiedenen Gründen geheimhalten müssen – schlimmer noch, daß sie Geheimnisse voreinander haben ...

Autorin

Rita Ciresi ist Mitte Dreißig. Sie lebt und arbeitet in Wesley Chapel, Florida. Ein weiterer Roman ist bei Goldmann in Vorbereitung.

Bei Goldmann bereits erschienen

Blau ist die Hoffnung. Roman (43971)

Rita Ciresi

Ein Mann für Lisa

Roman

Deutsch
von Ulrike Röska

GOLDMANN

Die amerikanische Originalausgabe erschien 1998
unter dem Titel »Pink Slip«
bei Delacorte Press, New York

Umwelthinweis:
Alle bedruckten Materialien dieses Taschenbuches
sind chlorfrei und umweltschonend.

Deutsche Erstausgabe Dezember 1999

Umschlaggestaltung: Design Team München
Umschlagfoto: Zefa/Fey
Satz: deutsch-türkischer fotosatz, Berlin
Druck: Elsnerdruck, Berlin
Verlagsnummer: 44565
FB · Redaktion: Ursula Buchheister
Herstellung: Sebastian Strohmaier
Made in Germany
ISBN 3-442-44565-5

3 5 7 9 10 8 6 4 2

Für Celeste

KAPITEL EINS

Ich weiß, daß du schwanger bist, aber was ist mit mir?

1985

Zu meinem fünfundzwanzigsten Geburtstag schenkte mir meine Mutter einen Mann.

Das war ziemlich ungewöhnlich. Ich hatte von Mama keine Geschenke mehr erhalten, seit mein Vater vor vier Jahren eine massive Koronarthrombose hatte. Nach Daddys Tod behauptete Mama, ich hätte ihre letzten Geburtstagsgeschenke (die türkisfarbenen Nylonschlüpfer und die Duschkappe aus Plastik von Pagliacci) nicht gewürdigt und würde auch die Einkaufstasche nicht benutzen, die sie zugeschickt bekommen hatte, nachdem sie sechzehn blaue Sticker von Chiquita-Bananen eingeschickt hatte – das war also das Ende etwaiger Großzügigkeiten aus ihrem Sozialversicherungsscheck, vielen herzlichen Dank!

Ich wollte schon Widerspruch einlegen, überlegte es mir aber anders. »Soll mir recht sein«, sagte ich zu Mama statt dessen. Die Einkaufstasche trug die Abbildung einer dreißig Zentimeter großen Carmen-Miranda-Banane, die zu der Message: STECK DIR EINFACH EINE IN DEN MUND ein Paar Maracás in der Luft herumwirbelte. Diese Art von Geschenken brauchte ich etwa so dringend wie die Mordsinfektion zwischen den Beinen, die ich bekam, nachdem ich diese Geburtstagsschlüpfer aus Polyester getragen hatte, die Mama mit Sicherheit vom Wühltisch des Wohltätigkeitsbasars zur Unterstützung pensionierter Eisenbahner gezogen hatte: DER BILLIGE JAKOB FRAGT DIE KUNDEN – KANN JEMAND DIESEN PREIS SCHLAGEN? FÜNF FÜR EINEN DOLLAR! An jenem Tag mußte Mama Schwierigkeiten mit ihrer Bifokalbrille gehabt haben, denn nicht einer der fünf Schlüpfer hatte die richtige Größe. Entweder war ihre Brille daran schuld, oder sie mochte es nicht, daß ich immer magerer wurde, und hoffte, ich würde genug essen, um zuerst die Größe sechs, dann die Größe sieben und schließlich drei in Größe acht ausfüllen.

Fünfundzwanzig war ein großer Geburtstag für mich – wenn auch nur, um mein vierundzwanzigstes Lebensjahr hinter mich zu bringen. Am Scheitelpunkt zu meinem einvierteljahrhundertjährigen Dasein auf Erden entdeckte ich in meinem Küchenschrank ein monströses Nagetier, das sich an meinem Scheuerschwamm rund und kugelig fraß, was mich dazu veranlaßte, Brooklyn und meinem Karrierejob im Verlagswesen den Rücken zu kehren und in die Vorstadt zu ziehen – nach Ossining, um genau zu sein –, wo ich in der Redaktion von Boorman Pharmazeutik eine Stellung als stellvertretende Redaktionsleiterin ergattern konnte. Die Hauptniederlassung des Konzerns thronte wie ein kolossales Schlachtschiff inmitten des saftig grünen Hudson River Valley. Der Job – oder besser die damit verbundene stattliche Gehaltsabrechnung – erlaubte mir, ein Apartment mit eingebautem Wandschrank und einem richtigen Waschbecken im Badezimmer zu mieten. Ich kaufte meinen ersten Wagen – einen silbernen Toyota Corolla –, und auf der Fahrt zurück nach Connecticut, wo ich vor meiner Mutter und meiner Schwester damit angeben wollte, fragte ich mich, ob ich wohl von meiner neuen Firma Arzneimittelproben bekommen würde.

Es war ungewöhnlich heiß für Mai, und als ich endlich in New Haven ankam, war mein T-Shirt völlig durchgeschwitzt. Die einzige Möglichkeit, mir den Wagen leisten zu können, war, den Händler zu bitten, die Fußmatten herauszunehmen sowie die Servolenkung, die Servobremse, den Kassettenrecorder und unglücklicherweise auch die Klimaanlage auszubauen.

»Soll ich den Motor auch noch ausbauen?« fragte der Autoverkäufer.

»Den können Sie drinlassen«, gab ich gnädig zurück, während ich den Kaufvertrag unterschrieb. Nachdem er mich allzu anzüglich fragte, ob ich Lust hätte, mit seinem vollklimatisierten Celica eine kleine Spritztour nach Hyde Park hinauf zu machen, antwortete ich: »Tut mir leid, ich muß nach Hause und das Gemüsefach vom Kühlschrank putzen.« Dann verließ ich mit lautem und übermütigem Hupen das Gelände. Arrogante Kerle wie der jagten mir Schauer über den Rücken – trotzdem waren auch die manchmal von Nutzen. Nach meiner kurzen, aber zügellosen sexuellen Laufbahn in der City konnte ich mich brüsten, mehr als einer Handvoll hoffnungsloser Typen einigermaßen Schliff beigebracht zu haben – so hatte ich zumindest einmal den Stöpsel aus einem mit Schaffell bezogenen Wasserbett gezogen und seinem Besitzer beigebogen, zu schwarzen Hosen keine braunen Schuhe zu tragen und vice versa. Dennoch hatte sich die Suche nach einer annehmbaren Begleitung für die Freitagabende stets schwierig gestaltet. Da konnte ein Mädchen leicht den Mut verlieren. Oder gar verzweifeln. Nur um diese Tatsache nicht zu vergessen, klemmte ich die Visitenkarte des Autoverkäufers mit einem Magnet an meine Kühlschranktür, auf dem stand: GELD STINKT, ABER O MANN, WIE ICH DEN GERUCH LIEBE!

Zu Hause traf ich meine ältere Schwester Carol an, die auf dem rotkarierten Sofa meiner Mutter hockte. Warum Carol jemals geheiratet hatte, lag jenseits meines Begriffsvermögens. Sie war nur zwei Häuser weiter gezogen und besuchte unsere Mutter jeden Nachmittag. Ihr Mann hieß Alfonso, aber alle nannten ihn Al. Sein zweiter Vorname war Dante. Carol fand das nicht einmal komisch. Bevor mein Vater starb und die Firma in der Folge untergegangen war, hatte Al Dante im Zementgeschäft meines Vaters gearbeitet. Er fuhr einen goldenen Cutlass mit hochgezogenen Heckflossen. Immer wenn er sich über Carol ärgerte, was praktisch stets der Fall war, sobald Carol den Mund aufmachte, knurrte er: »Was soll denn das nu wieder?« Und jeden Freitagabend nahm er seine Bowlingtasche und entschwand damit Richtung Zehn Pins. Einmal bat mich Carol, sie zu begleiten und zuzusehen, und da sah ich doch tatsächlich, wie Al das Kreuzzeichen machte, bevor er die große, schwarze Kugel die Bahn hinuntersausen ließ. »Tutti paletti!« jubelte er jedes Mal, wenn ihm die Heilige Maria Mutter Gottes einen Treffer gewährte.

Aber Al liebte Carol auf eine Art, in der mich bis jetzt noch kein Mann geliebt hatte. Ich erkannte das daran, wie er sich von hinten an sie heranpirschte und – wie ein Kätzchen, das seine Milch schleckt – an ihrem Nacken leckte, während sie das Geschirr vom Abendessen wusch. Und Carol liebte Al in einer Art, in der ich einen Mann erst noch lieben lernen mußte – was ich wiederum daran erkannte, wie sie kreischte: »Verschwinde hier!« und dabei derartig herumzappelte, daß die Schaumflocken des Geschirrspülmittels wie lustige Spumantibläschen über den Wasserhahn wirbelten und das Wasser über das Spülbecken schwappte.

Manchmal beneidete ich meine Schwester und ihren Ehemann um das, was sie verband: eine Vertrautheit, die ihnen erlaubte, nach dem Abendessen schweigsam beieinanderzusitzen, wobei Al mit dem alten zinnernen Nußknacker meines Vaters Walnüsse knackte und Carol mit einem silbernen Instrument, das aus einer Zahnarztpraxis zu stammen schien, das Innere herauspickte und die besonders schmackhaft aussehenden Stücke für Al aufhob, um sie ihm dann in den Mund zu stecken. Ein andermal dachte ich wieder, daß das, was Carol und Al verband, nichts anderes war als das, was meine Eltern verbunden hatte: ein ramponierter Wagen, eine reparaturbedürftige Terrasse vor dem Haus und ein ausgetretener Zottelteppich. Wie meine Mutter, so trug auch Carol Tag für Tag eine Schürze. Und wie mein Vater, so kleidete sich auch Al niemals sorgfältig, es sei denn, er ging zu einer Hochzeit oder einer Beerdigung. Zu derartigen Anlässen verbot er Carol, hohe Absätze zu tragen, denn dann wäre sie größer gewesen als er selbst. »Warum sagst du Al nicht einfach, er soll Leine ziehen?« fragte ich Carol einmal, worauf sie antwortete: »Um Himmels willen, Lisa, du wirst es erst kapieren, wenn du selbst einmal verheiratet bist. Du kapierst es einfach nicht.« Dann seufzte sie und beugte sich über den knarzenden, aus Weidenruten geflochtenen Wäschekorb und warf Als Unterwäsche auf einen Haufen, ihre eigene auf einen anderen. Seine und ihre. Seine und ihre. Ich beobachtete sie voller Abscheu. Wenn das die Ehe war, dachte ich, dann sollten die beiden damit glücklich werden – ich nicht.

Die Hintertür des Hauses meiner Mutter war für gewöhnlich zum Schutz vor Mördern, Einbrechern und nicht zuletzt den Tanten geschlossen, die sich (ohne vorher zu fragen) ihre hochgepriesene Antihaft-Lasagneform ausleihen wollten. Der frühe Sommereinbruch hatte jedoch offensichtlich die Vorsicht meiner Mutter dahinschmelzen lassen. Ich trat durch die mit Fliegengitter bespannte Tür ein.

Carol saß auf der Couch, ließ ihre Stricknadeln fallen und griff nach dem weißen Garnknäuel in ihrem Schoß. »Lisa, hast du mir einen Schrecken eingejagt! Jetzt habe ich vergessen, wieviel linke Maschen ich hatte. Abgesehen davon, du hättest ja auch ein Vergewaltiger sein können!«

»Warum sperrst du die Tür nicht ab, wenn du solche Angst davor hast?« fragte ich.

»Weil es draußen 33 Grad hat!«

»Mußt du mir nicht erzählen«, gab ich zurück und wischte mir mit dem Zipfel meines nassen T-Shirts übers Gesicht. »Wie kannst du bei dieser Hitze nur stricken?«

Carol begann erneut, mit ihren entengrünen Nadeln zu klappern. »Ich habe mir gerade diese neuen Nadeln Nummer 9 gekauft«, erklärte sie. »Und dieses tolle weiße Garn bekam ich zum halben Preis ...« Dann schrie sie die Treppe hinauf: »Ma! Maaa! Unsere Karrierefrau ist da!«

Wir hörten einen Plumps – das waren die Füße meiner Mutter, die den Fußboden trafen, als sie sich von ihrem Nachmittagsschlaf aus dem Bett rollte –, dann ein dumpfes Geräusch, als ob etwas über den nackten Holzboden gezerrt würde. Nun kam meine Mutter die Treppe herunter, und zwar auf dieselbe Art, in der in unserer Familie für gewöhnlich alles angepackt wird, *culo avanti* – oder anders gesagt: mit dem Hintern voran. Mama ließ eine lange, braune Schachtel die einzelnen Stufen herunterplumpsen, die mich an den Pappsarg erinnerte, den mein Cousin Dodici und ich immer aus der Box machten, in der ansonsten unser 1,50 m großer künstlicher Weihnachtsbaum verstaut war.

Dodie und ich waren eigenartige Kinder. Wir spielten gern Beerdigung.

»Was ist das?« fragte Carol.

»Für unser Geburtstagsmädchen«, sagte Mama und hob die Schachtel mit einer derartigen Leichtigkeit auf, daß ich vermutete, sie würde nichts weiter enthalten als Seidenpapier. Ich mußte mich auf die Couch setzen, und sie stellte die Schachtel vor meine Füße. Carol gab mürrische Laute von sich, während sie ihr weißes Garn aufrollte und neidisch auf den Karton äugte, so daß ich davon ausgehen konnte, daß sie keine Ahnung von dessen Inhalt hatte. Allein die Größe der Schachtel schien zu versprechen, daß sie, was immer sich darin verbarg, all die schrecklichen Geschenke der Vergangenheit wettmachen und beweisen würde, daß Mama doch eine echte Mutter war.

Dann kam mir in den Sinn, daß die Worte *echte Mutter* in der Mittelschule immer als Beleidigung gebraucht worden waren.

HIER IST IHR EINZIGARTIGER BODYGUARD! stand in grünen Lettern auf der Außenseite des Kartons. Mit der Nähschere, die mir Carol widerwillig anbot, schnitt ich das Band durch. Als ich den Deckel abhob, starrte mich aus der Schachtel heraus feierlich eine männliche Schaufensterpuppe mit einem weißen T-Shirt mit V-Ausschnitt an. Von der Taille abwärts war sie nackt. Auf dem Kopf trug sie eine blaue Kappe der Yankees, die haargenau so aussah, wie die, die meinem Vater gehört hatte.

»Ein Toter«, schrie Carol. »Mit Daddys Baseballkappe!«

»Das ist doch kein echter *uomo*«, entgegnete Mutter. »Kein echter Mann!«

»Das sehe ich auch, Mutter«, blaffte ich und untersuchte seine Leistengegend, wo ich allerdings nur zwei weiße Knubbel fand, groß wie gefüllte Krapfen, die seine schlaffen Beine mit seinem etwas griffigeren Oberkörper verbanden.

»Du mußt ihn in deinen Wagen setzen«, sagte Mama. »Neben dich, dann glauben die Leute, du hättest männlichen Schutz.«

Ich griff in die Schachtel und wußte nicht, wie ich den Kerl herausziehen sollte – an den Armen, an den Beinen, oder sollte ich ihn um die Taille fassen?

Schließlich packte ich ihn am Kopf, der unter der Yankee-Kappe mit wenig bedrohlich wirkendem rotem Haar bedeckt war, und zog ihn auf meinen Schoß. Jetzt entdeckte ich (wegen der leise jammernden, furzenden Geräusche, die er von sich gab), daß die obere Hälfte seines Körpers aus Vinyl bestand und mit Luft gefüllt war. Um den Hals trug er eine Erkennungsmarke, die seinen Namen und seine Maße preisgab: Der SECURITY MAN *ist eine lebensgroße männliche Puppe, die 1,85 m groß und 87 kg schwer zu sein scheint. Wenn er nicht über Ihre Sicherheit wacht, läßt er schnell und einfach die Luft ab und verstaut sich in der dazu erhältlichen Tasche.* Ich wühlte mich durch das Verpackungsmaterial in der Schachtel, aber offensichtlich war diese Tasche ein Luxus, zu dem sich meine Mutter nicht hinreißen hatte lassen. Flickzeug lag jedoch bei.

»Gefällt er dir?« fragte Mama.

»Mit einem Rotschopf war ich noch nie verabredet«, sagte ich.

»Oder mit einem mit Basballkappe«, ergänzte Carol.

»Wo ist seine Hose?« wollte ich wissen.

»Kein Mensch sieht ihn von der Taille abwärts, wenn du fährst«, meinte Mama.

»Was ist, wenn mich ein Polizist aufhält?«

»Die Puppe schreckt doch fremde Männer ab«, sagte sie.

In einem der seltenen Momente schwesterlicher Einigkeit – die für gewöhnlich durch unser gemeinsames Amüsement über Mama ausgelöst wurden – sahen Carol und ich uns an und brachen in Gelächter aus. Ich warf Security Man wie einen Sack voller Bohnen in ihren Schoß, und sie schleuderte ihn zurück. Er war genau der Typ, mit dem kein Mädchen tanzen wollte, den keine als Tischnachbar haben wollte, den jede verabscheute und dem man anvertraute, daß man sich mit dem Gedanken trug, ins Kloster einzutreten, weshalb Samstag abend – tut mir wirklich leid, Charlie! – völlig außer Frage stand.

Security Man sah zu mir hoch. Er hatte ein gleichmütiges Gesicht und teilnahmslose Augen, wie die Dummys, die man bei Crashtests zur Erprobung von Sicherheitsgurten verwendete oder zu Demonstrationszwecken bei Erste-Hilfe-Kursen. Ich verspürte den verrückten Drang, ihm mit Carols Schere die Lippen zu öffnen und meine feuchte Zunge in seinen trockenen Mund zu stecken.

Nachdem Carol Mama fragte: »Warum verschwendest du dein Geld für einen so nutzlosen Schlappmann?«, rümpfte Mama ihre Nase, nicht etwa weil sie das Wort Schlappmann mißbilligt hätte, sondern weil es eines jener Wörter war, die in ihrem Vokabular nicht enthalten waren. Mama verteidigte sich damit, gehört zu haben – von Tante Beppina –, daß sich in Ossining ein Hochsicherheitsgefängnis – mit einem chinesischen Namen – befinden würde, das praktisch direkt hinter meinem Haus stand.

»Die Kerle in Sing-Sing sind ziemlich gut eingesperrt«, beruhigte ich sie.

»Und selbst wenn sie herauskämen«, meinte Carol, »bezweifle ich, daß sie es auf Frauen abgesehen hätten.«

Mama kniff ihre Augen zusammen. »Jedesmal, wenn ich mit euch rede, erzählt ihr mir mehr von diesen komischen Geschichten, die sich da draußen abspielen«, schimpfte sie. »Ich glaube das nicht.«

Genau dieselben Worte hatte sie gebraucht – »Heilige Maria Mutter Gottes, *non posso crederci*!« –, als sie vor sechs Jahren herausfand, daß mein Cousin und bester Freund, Dodici, schwul war. Es war in der Karwoche gewesen. Wir standen gerade alle in der Küche und bereiteten Lasagne zu – Carol hackte ein Dutzend hartgekochter Eier, ich schnitt Fleischbällchen in Scheiben und Mama rührte in der Sauce und den Nudeln –, als das Telefon klingelte. Es war Tante Beppina, das wußten wir in dem Moment, als sich die Unterhaltung zu einem Schwall von feurigem Sizilianisch steigerte, dem weder Carol noch ich folgen konnten. Wir vermuteten, Mama und Tante Beppina würden über etwas Anstößiges sprechen, wie Hundehäufchen, Eiterbeulen oder die Karbunkel irgendeiner Großtante, bis Mama aufhängte und in die Küche zurückkehrte, wobei sie mit beiden Händen aufgeregt in Richtung Telefon gestikulierte.

»Tante Beppina ... sie rief an ... aus der Notaufnahme ... sie sagt ... *Madonna*, Dodie ist ein *uomo*.«

Carol gab ein ausgelassenes Keckern von sich. »*Homo*«, korrigierte sie Mama, gleichzeitig warf ich ein: »Aber deshalb kommt doch niemand in die Notaufnahme!«

Mama preßte die Lippen zusammen. »Es ist Zio Gianni – er liegt auf dem Tisch im Saint Raphaels Hospital –, er war so wütend auf Dodie, daß er keine Luft mehr bekam und einen Herzanfall erlitt.«

»Wow«, entfuhr es mir.

Wieder fuchtelte Mama in Richtung Telefon. »Tante Beppina ... sie sagt, Dodie ist heute für die Osterfeiertage nach Hause gekommen ... von dieser Schule mit dem Namen, der sich anhört wie ein Hundename ... ich vergesse ihn immer –«

»Duke, Ma«, sagte ich.

»– und was trägt er? Im Ohr? Einen Ohrring trägt er im Ohr! Tante Beppina sagt kein Wort. Aber Zio Gianni, wie er nach Hause kommt, entdeckt ihn natürlich sofort. Er stürzt auf Dodie zu: ›Was hast du in deinem Ohr?‹, Tante Beppina versucht, Dodie zu retten, versucht, Zio weiszumachen, daß das etwas mit einer Bruderschaft zu tun hat, aber Zio, *madonna mia*, ihr kennt ja sein Temperament, er schreit Dodie an, er soll den Ohrring aus dem Ohr nehmen oder er kann sich v –« Mama legte eine Pause ein. »Na, ihr kennt ja Gianni. Er benutzte das Wort mit V!«

Carol und ich täuschten Entsetzensschreie vor, was Mama zu überzeugen schien, daß wir angemessen schockiert waren. Sie senkte ihre Stimme und imitierte Zio Gianni. »›Nimm den Ohrring aus deinem Ohr oder v – dich aus diesem Haus!‹ brüllte er, und Tante Beppina sagt, er wurde so zornig, daß er Dodie nicht einmal die Chance ließ, sich zu entscheiden; augenblicklich stürzte er sich auf ihn und riß an dem Ohrring. Dodie begann sofort zu bluten.«

Mir drehte sich der Magen um. Carol gab ein nervöses Kichern von sich, was mir bewies, daß sie immer noch einen Groll auf Dodie – und mich – hatte, weil wir bei ihrer Hochzeit eine Szene initiiert hatten, indem wir auf »Strangers in the Night« langsam und mit Ausfallschritt und Rückwärtsbeugen getanzt hatten. Vielleicht war sie auch immer noch sauer, weil ich ihre Bemühungen, mir den Brautstrauß zuzuwerfen, so schnöde mißachtet hatte. »Stell dich ganz nach hinten«, hatte sie gesagt, »hinten rechts, und ich werfe ihn dir direkt zu. Was ist los mit dir, warum ziehst du so ein Gesicht, willst du ihn nicht fangen? Es ist doch kein Betrug oder keine Sünde, und wenn doch, kannst du es ja immer noch beichten.«

Um des lieben Friedens willen postierte ich mich dort, wo Carol mich haben wollte, aber als dieses ballistische Geschoß aus Maiglöckchen und Schleierkraut auf mich zueierte, sprang ich zur Seite, ein Tun, das meine Mutter sehr wohl beobachtet hatte und welches sie noch mindestens zwei Jahre danach häufig kommentierte. Am selben Nachmittag hatte Dodie seinerseits einen weiteren kleinen Skandal hervorgerufen, indem er vor seinem Teller mit schmelzenden *Spumoni* und sahnetriefendem Hochzeitskuchen sitzen blieb, die inständigen Bitten des widerlichen DJs (»Alle verfügbaren Junggesellen kommen jetzt bitte auf die Tanzfläche!«) ignorierte und sich weigerte, Carols Strumpfband zu fangen. Meine Mutter hatte seine Weigerung bemerkt, sich aber eines Kommentars enthalten.

»Das Blut!« wiederholte Mama. »Das Blut, sagt Beppina, spritzte aus seinem Ohrläppchen –«

»Iiih«, quietschte Carol. »Ist ja wie bei van Gogh. Oder J. Paul Getty III.«

»Und jetzt hängt Zio Gianni an der neuen Herzmaschine im Saint Raphaels Hospital – das wird ein paar Dollar kosten!« fuhr Mama fort.

»Was geschah mit Dodie?« fragte ich.

»Er hat sich v –«, antwortete Mama.

Sie seufzte. Dann wandte sie sich wieder dem Herd zu, und ich wußte, daß das eintönige Rühren der Sauce sie beruhigen würde. Ich wandte mich wieder meinen Fleischbällchen zu. Carol hackte den Rest der Eier und begann den Mozzarella zu würfeln.

»Ich kann es nicht glauben«, murmelte Mama. »*Non posso crederci* –«

»Bist du blind, Mama?« fragte ich. »Das wußten doch alle.«

Mama vergaß das Rühren. »Hast du das etwa gewußt?« fragte sie empört. »Warum hast du dann nichts gesagt? Ich hätte Tante Beppina warnen können. Sie hätte ihn daran hindern können –«

»Versteh doch endlich, Mama«, sagte ich. »Du kannst die Menschen nicht daran hindern, so zu sein, wie sie eben sind.«

»Vor allem, wenn sie so schwul sind wie eine Dreidollarnote.«

Diese Bemerkung schien Mama zu verwirren, die nie mit mehr Geld zu tun hatte als dem Einhundertdollarschein, den ihr Daddy jeden Freitag überreicht hatte, damit sie Lebensmittel und die am Samstag fälligen Rechnungen bezahlen konnte. Nachdem Daddy gestorben war, ging sie stets zu einem männlichen Schalterbeamten in der Bank – sie behauptete, Frauen wären im Rechnen nicht so gut und würden eher einen Fehler machen – und verlangte von ihm stets denselben Betrag (»Zehn Zehner will ich«, sagte sie immer. »Das macht zusammen einhundert.«) von ihrem Sozialversicherungsscheck. Anschließend wunderte sie sich, warum der Betrag, der ihr früher nur für eine Woche gereicht hatte, jetzt nicht die Ausgaben für einen ganzen Monat deckte. Erst nachdem Carol und ich einen Kalender und einen Taschenrechner herangezogen hatten, um ihr dieses komplexe Problem zu illustrieren, konnte Mama es schließlich begreifen.

»Ihr Gören«, murrte sie. »Die Hälfte der Zeit kann ich nicht *capisce*, was ihr mir erzählt.«

Carol sah Mama an und sprach sehr deutlich: »Dodie ist schwul – *omosessuale* – gewesen, seit dem Tag seiner Geburt.«

»Aber das ist doch auch der Tag von Lisas Geburt!« rief Mama, worauf Carol und ich uns voller Empörung ansahen. Wieder einmal schoß mir durch den Kopf, daß Ende der fünfziger Jahre durch die Wasserversorgung New Havens offenbar eine eigenartige Chemikalie verbreitet worden war – ein Aphrodisiakum, das sogar die enthaltsamsten Erwachsenen (wie unsere Eltern) übermannt hatte und sie brünftig machte wie die Nagetiere. 1959 wurden Carol und Dodies Bruder Jocko im Abstand von einer Woche geboren, und elf Monate später erschienen Dodie und ich auf der Szene. Dodie wurde acht Stunden vor mir geboren. Derselbe Arzt hatte uns auf die Welt gebracht – er taufte uns scherzhaft Romulus und Remus –, und Dodie schlief direkt neben mir in seinem Bettchen aus Fiberglas. Laut meiner Mutter mußten wir uns dermaßen ähnlich gesehen haben, daß jedermann annahm, wir wären Zwillinge. Die einzige Möglichkeit für die Schwestern, uns auseinanderzuhalten, bestand darin, auf den Zettel an Dodies Bett zu sehen, auf dem in Leuchtbuchstaben zu lesen war:

BESCHNITTEN.

Natürlich konnten sie – und sie taten es auch – auf unsere Armbändchen aus Plastik schauen, die so winzig waren, daß darauf kaum Platz für unsere lächerlich langen Namen war. Ich hatte nie wirklich etwas gegen meinen italienischen Namen – Elisabetta Diodetto – einzuwenden, denn sobald ich mit der Schule anfing, wurde er in das amerikanische Lisa verwandelt, und Lisa nenne ich mich auch heute noch. Aber Dodie hatte einen verwünschten Namen, der daher kam, daß er unglücklicherweise das zwölfte Enkelkind in der Linie meines Vaters war. Hätte ich nur acht Stunden früher das Licht der Welt erblickt, wäre Dodie *numero tredici* – Nummer dreizehn – gewesen und sowohl seine als auch meine Eltern wären viel zu abergläubisch gewesen, um diese Zahl als Namen zu verwenden. Dann hätte man Dodici einen normalen italienischen Namen geben können – Vitti oder Weegie, Chickie oder Chi-Chi.

Carol steckte sich einen Würfel Mozzarella in den Mund. »*Ascolti*«, sagte sie zu Mama. »Ich werde es dir jetzt noch einmal erklären: Dodie wurde schwul geboren und Lisa nicht.«

»Aber Tante Beppina sagt, daß er erst so geworden ist«, behauptete Mama, als wäre Dodie ein Laib Brot, der plötzlich zu schimmeln begonnen hätte. Sie rührte weiter in der Sauce und murmelte die ganze Zeit vor sich hin, während Carol und ich Mozzarella und Fleischbällchen schnippelten und anschließend abwechselnd den Parmesan – ein einpfündiges Stück, dessen Anblick uns allein schon Schmerzen in den Armen verursachte – rieben. »Wir hatten noch nie einen *finocchio* auf meiner Seite der Familie – natürlich, Dodie hatte als Baby diese Infektion – er bekam Mumps, ihr Mädchen bliebt ja Gott sei Dank davon verschont – und er schlug dauernd mit dem Kopf gegen die Seitenwand seiner Wiege, bis er einschlief, vielleicht ist dabei etwas Komisches mit seinem Kopf passiert ...«

»Das hat Lisa auch getan!« meinte Carol.
»Hab' ich nicht!« protestierte ich.
»Ich weiß es aber noch genau«, beharrte Carol.
»Und du hast ins Bett gepinkelt«, versetzte ich.
Mama schaltete sich ein. »Dodie pinkelte nie ins Bett ... er war so ein braver Junge ... aber so klein ...«
»Ma, zeige mir *einen* sizilianischen Mann über einen Meter achtzig«, sagte Carol.
Mama murmelte weiter vor sich hin, als sie mit einer Zange die Lasagneplatten aus dem kochenden Wasser nahm und sie über frische Küchenhandtücher, die über zwei Stuhllehnen hingen, drapierte. »Ich habe zu Beppina gesagt, sie hätte ihm einen amerikanischen Namen geben sollen, einen Namen, den jeder aussprechen kann ... und ich habe gesagt, sie hätte ihn niemals dieses Xylophon spielen lassen dürfen ... hätte ihn auch nie in diese Schule gehen lassen sollen – *chi sa*, was die da unten in South Carolina so alles treiben –«
»Ma«, seufzte ich. »Diese Schule nennt sich Duke University. Diese Schule ist in North Carolina, und Dodie bekommt ein ansehnliches Stipendium, damit er sie besuchen kann – geht das denn nicht in deinen Kopf?«
Aber nichts schien zu Mama durchzudringen. Sie murmelte weiter vor sich hin, wie eine betende Frau oder igendein Psycho, der im Stop & Shop an den Regalen mit Chips und Crackern entlangschlurft. »Sie sagte, es wäre ein Ohrring mit einem Brillant gewesen. Heißt das, daß er mit irgendeinem Jungen verlobt ist? Es heißt ja immer ... ja, man sagt immer, die Zeiten ändern sich ... ich weiß es nicht ... hab' auch nie richtig darüber nachgedacht ... ich kenne niemanden, der so ist. Was meint ihr? Ich habe das Gefühl, ja, ich habe das Gefühl, daß wir Vollmond hatten, als Dodie geboren wurde ... und er kam mit dem *culo* zuerst heraus.«
Carol deutete auf mich. »Lisa kam auch mit dem Hinterteil zuerst heraus.«
Mißtrauisch beäugte mich meine Mutter aus den Augenwinkeln heraus. »Dodie mochte dich schon immer, Lisa.«
»Sie sind immer noch Freunde«, warf Carol ein. »Dodie hat

ihr auch geschrieben. Ich weiß es. Ich habe gesehen, wie der Brief durch den Schlitz gefallen ist.«

»*Managgia*«, rief Mama und die Bestürzung in ihrer Stimme reichte aus, um auszudrücken, daß sie dachte, ich könnte mich durch den Zulieferdienst der amerikanischen Post mit Dodies homosexueller Neigung infizieren.

»Was, ihr beide schreibt euch? Was schreibt er denn in seinen Briefen? Sagt er was? Sagt er, weshalb er so geworden ist?«

»Weshalb bist du so geworden, wie du bist?« fragte ich Mama, die einen Schritt zurück machte, da die Sauce zu kochen und zu spritzen anfing. Sie drehte die Hitze runter.

Die Gläser von Mamas Brille beschlugen, als sie das kochende Nudelwassser in das Spülbecken schüttete.

»Es heißt ja immer, Gott habe uns alle erschaffen«, sagte sie. »Sogar Sams Sohn.«

»Oh, um Himmels willen!« rief ich.

Die Inhaftierung des Serienmörders David Berkowitz – der behauptete, durch den Hund seiner Eltern die Stimme Gottes vernommen zu haben, wobei der Gott-Hund ihm mitgeteilt hätte, daß es seine Pflicht im Leben wäre, Frauen um die Ecke zu bringen – war in jenem Jahr überall durch die Presse gegangen.

Und Mama, die die üble grammatikalische Angewohnheit hatte, Artikel auszulassen – »*Habt ihr Geld, um dafür zu bezahlen? Braucht ihr Früchte wirklich aus dem Supermarkt?*« – wunderte sich ständig darüber, daß Sams Sohn aus jener religiösen Gemeinschaft stammen konnte, die sie stets mit dem bestimmten Artikel versah, was ihre Erfurcht und ihren Respekt Lügen strafte. »*Die Juden. Man denkt doch von den jüdischen Jungen nicht, daß sie Massenmörder sind*«, sagte sie. »*Man hält sie doch eigentlich für nettere Menschen.*«

Voller Abscheu sprang ich vom Tisch auf, als Mama, die einfach nicht aufhören konnte, schließlich sagte: »Vielleicht könnte Dodie ja Priester werden ...« Ich trampelte die Treppe so laut hinauf, daß ich fast nicht mehr gehört hätte, wie sie hinzusetzte: »Ah, und ich ... ich bin seine *comare*. Er wird immer mein Patenkind bleiben. Ich denke, ich sollte ihn trotzdem liebhaben.«

Die Lasagne an jenem Osterfest schmeckte trocken wie Haß. Zuerst hatte Mama die Schicht Sauce vergessen, dann war sie von der Neuigkeit über Dodie derart verwirrt, daß sie über die gesamte dritte Schicht keinen Mozzarella streute. Noch Monate später fragte sie mich ständig: »Wie hast du das von Dodie denn erfahren? Er muß es dir doch selbst gesagt haben.« Schließlich kam ich zu dem Schluß, daß die wiederholten Fragen lediglich Mamas schlimmste Befürchtungen, nämlich mich betreffend, ausdrückten. Da Dodie *so* war, mußte ich auch *so* sein, eine Befürchtung, die praktisch ihre Bestätigung fand, als ich während meines vorletzten Studienjahres vom Albertus Magnus College in New Haven zum Sarah Lawrence College wechselte und meine Eltern darauf bestanden, mich nach Bronxville zu fahren, um mich dort abzuliefern. Sie folgten mir in das Wohnheim, und während ich auspackte, gab mein Vater seiner herben Enttäuschung Ausdruck, daß man von meinem Zimmer aus keine Aussicht auf das Yankee Stadion hatte, und meine Mutter, die in den viereckigen Innenhof hinuntersah, bemerkte: »Ich dachte, dies wäre eine Mädchenschule.«

»Das ist es auch«, antwortete ich.

»Hmmm«, meinte meine Mutter. »Und wie nennst du das da unten?«

Ich trat ans Fenster und erblickte eine Gruppe von Mädchen mit sehr männlichen Haarschnitten, die Arbeitsstiefel trugen. »Lesben«, sagte ich zu meiner Mutter und machte mich wieder ans Auspacken, wodurch es meinem Vater überlassen blieb, es für sie ins Italienische zu übersetzen, was er weit detaillierter tat, als es nötig gewesen wäre, da dies eine Thematik war, die meiner Mutter mehr als fremd war.

Mama schnappte nach Luft. »So kann man doch keine Kinder aufziehen«, schimpfte sie und sah mich hart an, und ich wußte, daß sie Dodie im Sinn hatte und dachte: *Sind doch alle gleich*. Ich zuckte mit den Achseln. Wie hätte ich ihr sagen sollen, daß ich mich bis zu meinem achtzehnten Geburtstag bereits von mehr als einem Dutzend Jungs habe vögeln lassen? Wie hätte ich ihr sagen sollen, daß ich schon seit meinem elften Lebensjahr von Dodies Homosexualität wußte? An einem drückend heißen Sommertag hatten wir Cousinen und Cousins uns am Lighthouse Beach über eine Stunde lang mit Hahnenkampf vergnügt – wobei Carol rittlings auf Jockos Schultern und ich auf Dodies gesessen hatte. Während Carol und ich uns gegenseitig schubsten und stießen und darauf warteten, wer wohl zuerst das Gleichgewicht verlieren und ins Wasser stürzen würde, sah ich manchmal hinunter und sah – wenn nicht zuviel Seegras im Hafen herumtrieb –, daß Jocko jedesmal einen Ständer bekam, wenn Carol mit gespreizten Beinen auf ihm saß. Doch so hart ich seinen Kopf auch zwischen meine Oberschenkel preßte – und ich tat es immer und immer wieder, so daß er spüren mußte, was ich beabsichtigte – ich konnte bei Dodie einfach nicht dieselbe Reaktion hervorrufen.

Manchmal fand ich es ganz bequem, Dodie die Schuld an folgender betrüblicher Tatsache zu geben: Obwohl ich Proust und Tschechow liebte, die Schwestern Brontë und Beethoven, Verdi und Brahms, ja sogar Mahler und Wagner, und obwohl ich davon träumte, eines Tages einen Roman zu schreiben, der sein Publikum ebenso in den Bann ziehen würde wie eine Arie von Puccini, der in aller Munde sein würde, wie die wunderbaren Choräle von Bach –, so brannte tief in mir dennoch die Seele eines einfachen und törichten Mädchens, das vom Leben nicht mehr erwartete, als bei jedem Mann, den es traf, eine gute Latte hervorzurufen.

Nachdem Carol und ich den Security Man hin und her geworfen und ihn schließlich in den alten Lehnstuhl unseres Vaters gepflanzt hatten, wobei wir ihm zur größeren Bequemlichkeit die Füße sogar noch auf die Fußstütze gestellt hatten, ging Mama mit einem Blecheimer hinaus in den Garten, um zu sehen, ob im Rasen irgendwo Löwenzahn wuchs, den sie zum Abendessen als Salat servieren konnte.

Carol und ich blieben im Haus und sinnierten über die sonderbare Anatomie des Security Man nach. »Wer hätte wohl vor so einem Waschlappen Angst?« fragte Carol, während sie ihr

Strickzeug wieder in die Hand nahm. »Er sieht aus wie einer jener Juxartikel, die Margaret für ihre Junggesellinnenparty hätte besorgen sollen.«

Letzte Woche hatte unsere Cousine Margaret im Elks Club eine Party veranstaltet. Da ich annahm, es würde sich um eine weibliche Variante jener Art von Party handeln, die mein Vater regelmäßig besuchte, als wir noch klein waren – wobei wahrscheinlich dicke Zigarrenwolken, Pornofilme und über leeren Schnapsgläsern baumelnde Tangas eine Rolle spielten –, ging ich nicht hin.

»Wie war denn die Frauenparty?« fragte ich Carol.

»Oh, Margaret hat ganz schön dick aufgetragen«, kicherte Carol. »Sie bestellte diese Chippendale Wannabes –«

Ich legte meine Stirn in Falten. »Das ist ja ekelhaft!« Dann fragte ich aber doch: »Wie waren sie denn?«

Carol gab ein dunkles, schwachsinniges Lachen von sich. »Na, du weißt ja. Sie tragen eine Art von Bikiniunterteil als Unterwäsche und diese Fliegen um den Hals, wie die Playboy-Bunnys. Sie bestehen lediglich aus Muskeln und Brustkörpern, die aussehen wie ein Waschbrett. Und sie haben auf der ganzen Brust kein einziges Haar, die müssen sie sich also rasieren.«

»Haben sie wenigstens haarige Beine?«

»Wer zum Teufel schaut schon auf Männerbeine?«

»Ich zum Beispiel.«

»Du bist komisch. Du warst schon immer komisch«, bemerkte Carol und klapperte mit ihren Nadeln Nummer 9. Ich erinnerte mich plötzlich daran, wie sie einmal vor Wut kochte, als ich mich über Al Dantes prächtigen Lümmel lustig machte und sie sagte: »Du willst wahrscheinlich, daß Männer perverse Dinge mit dir anstellen, wie an deiner großen Zehe zu lutschen oder in deinen Mund zu pinkeln«, worauf ich antwortete: »Ja, und am allerliebsten dann, wenn wir beide auf einem fahrenden Toro-Rasenmäher sitzen.«

»Na, und worauf schaust du bei Männern?«

»Ich bin eine verheiratete Frau«, entrüstete sich Carol.

»Also, sag schon, wo schaust du hin?« wiederholte ich.

Sie zuckte mit den Achseln. »Auf ihr Gesicht und ihr Hinterteil.«

»Und wie waren die Gesichter und Hinterteile der Chippendales?«

»Ich weiß es nicht. Ich war so betrunken, ich habe nur zwischen ihre Beine geschaut. Die haben sich mit Sicherheit Zucchini in die Hosen gestopft, so große Pimmel hat doch kein Mann!«

»Wie schweinisch«, meinte ich.

»Mmmm«, machte Carol. »Sie bestehen nur aus eingeölten Muskeln und dann johlt man ihnen zu –«

»Das ist umgekehrter Sexismus.«

»Ach verdammt, was soll's. Wir hatten jedenfalls Spaß. Du hättest echt dabeisein sollen. Derartig stinkbesoffene Armleuchter hast du in deinem ganzen Leben noch nicht gesehen. Einer von ihnen tanzte den Limbo unter einem Besenstiel hindurch. Und Mama hat ihm ein Fünfcentstück in seinen Tanga gesteckt.«

»O Gott!« stieß ich aus, und warf einen Seitenblick auf Security Man, als erwartete ich, daß er entrüstet die Augen niederschlagen würde.

»Aber zuerst hat sie ihre Brille abgenommen«, fuhr Carol fort.

Ich schnalzte mit der Zunge. »Die Chippendales sind wahrscheinlich alle schwul.«

»Ach, du«, entgegnete Carol. »Warum sollten sie dann für Frauen tanzen?«

»Schließlich werden sie dafür bezahlt.«

»Einer von ihnen sah tatsächlich aus, als hätte er Eyeliner aufgetragen.« Nach einer hinterhältigen Pause fuhr sie fort: »Warum fragst du nicht deinen süßen Cousin?«

Ich kniff meine Augen zu Schlitzen zusammen und sagte: »Er ist nicht mein süßer Cousin. Er ist ein ganz normaler Cousin. Deiner übrigens auch.« Dann stand ich auf und löste die Fußstütze des Lehnstuhls. Security Man sackte nach vorn und schnellte anschließend zurück – Peitschenschlagsyndrom. Mitleidig stützte ich seinen Kopf. Ich erinnerte mich daran, wie grausam Carol immer zu mir und Dodie gewesen war, und meine schwesterlichen Gefühle machten einen Sturzflug und lösten sich in nichts auf, nachdem Carol auch noch bemerkte: »Tante Beppina sagt, daß du manchmal ein Wochenende mit Dodie verbringst. Was macht ihr beiden denn so? Stöbert ihr durch Flohmärkte?«

»Er ist mein Freund.«

»Er ist eine Tunte.«

»Du spinnst doch«, gab ich zurück. »Warum machst du nur immer wieder so einen Wirbel um die Sache?«

»Mach ich doch gar nicht. Ist mir doch völlig egal, was Dodie mit – na, mit was auch immer macht.«

»Mit *wem* auch immer.«

»Du solltest ihm sagen, daß er vorsichtig sein soll.« Carol klapperte mit den Nadeln. »Ich meine, diese Sache mit dem Schwulenkrebs ...«

»Das ist kein Schwulenkrebs. Die Krankheit heißt ...«

»... ist ja furchterregend. Tante Beppina flippt noch aus vor Angst deswegen. Sie befürchtet, daß er das bekommt, was Great-Zio Oozie hatte.«

Daddys Onkel Oozie war gegen Ende seines Lebens mit eigenartigen Flecken übersät, die wir Kinder, da wir mehr als genug Bibelfilme angesehen hatten, für Lepra hielten. Unsere Eltern mußten wohl demselben Irrtum unterlegen sein, denn wir mußten zu Oozies Rollstuhl stets mindestens zwei Meter Abstand halten. Zwanzig Jahre später belehrte mich die *New York Times*, daß seine zerstörte Haut nicht das Resultat einer biblischen Plage war, sondern lediglich eine Krankheit, die sich KS nannte und alte Italiener und jüdische Männer traf und mysteriöserweise auf schwule Männer übergegangen war.

»Nur weil Oozie wie ein Leprakranker aussah, heißt das noch lange nicht, daß du Dodie wie einen behandeln mußt«, schnappte ich.

»Ich behandle ihn doch nicht wie einen Leprakranken. Ich sage nur – Abstand halten!«

»Nenne mir einen einzigen Grund dafür.«

Carol ließ sich Zeit mit der Antwort. Sie konzentrierte sich auf ihre linken Maschen. Schließlich schürzte sie ihre Lippen. »Lisa, irgend jemand muß es dir ja sagen.«

Ich wartete.

»Wirklich. Nur zu deinem Besten.«

Ich wartete erneut.

»Du bist fünfundzwanzig Jahre alt«, sagte Carol. »*Fünf*undzwanzig. Du wirst nie niemanden kennenlernen, wenn du immer nur mit Dodie herumziehst.«

»*Jemanden*«, korrigierte ich sie. »*Jemanden* kennenlernen. Und was hat das eine mit dem anderen zu tun?«

»Muß ich es dir buchstabieren?«

»Wahrscheinlich würdest du es falsch buchstabieren.«

Carols Stricknadeln klickten aneinander. »Das Wort heißt Schwulen-Alte.«

»Das sind zwei Wörter«, konterte ich und zog den schlappen Body von Security Man an mich.

»Ei, ei, was sind wir doch für eine gute Redakteurin. Kein Wunder, daß wir eine so fabelhafte Karriere im schnieken Hudson River Valley machen.«

Ich schwieg und starrte fasziniert auf die Zellulitis, die unter dem Saum von Carols Shorts hervorquoll. Dann sagte ich betont langsam: »Du hast fette Oberschenkel.«

Anstatt mich mit ihren Stricknadeln zu erdolchen, machte sich auf Carols Gesicht doch tatsächlich ein Lächeln breit. »Warte, bis ich aufstehe und du eine Ladung aus meinem Magen abbekommst.« Plötzlich brach sie in lautes Jubelgeschrei aus. »Oh, Lisa! Stell dir vor, ich bin endlich schwanger! Hey, dein Gesicht! Ist das nicht toll?«

Scharf zog ich den Atem ein – er schmeckte nach beißender Hustenmedizin. Sieben Jahre lang war Carol bereits mit Al Dante verheiratet gewesen und bis jetzt war – um die Ausdrucksweise meiner Mutter zu verwenden – *nichts dabei herausgekommen*. Ich wußte, daß Al Dante nicht der Mann war, der seiner Frau erlaubt hätte, Maßnahmen zur Empfängnisverhütung zu ergreifen. Und ich wußte, daß Carol sich verzweifelt wünschte – in ihren eigenen Worten –, *ihm ein Baby zu schenken*. Und ich hatte beobachtet, wie sich Carols Augen während der Christmette mit Tränenschleiern verdüsterten, als die Geschichte von der Geburt Jesu

Christi gelesen wurde. Ich hatte gesehen, wie sie vor der Judasstatue in einer Seitenkapelle der Kirche Opferkerzen angezündet hatte. Ich hatte auch Mitleid mit ihr, die sie so verbittert und unfruchtbar zu sein schien wie Rachel, die ihre Schwester beneidete und – so steht es in der Bibel – zu Jakob sagte: *Gib mir Kinder, oder ich werde sterben.* Aber jetzt wich mein Mitleid grundlosem Neid, und der Triumph, der in ihrer Stimme klang, riß mich fast zu einer teenagerhaften Beleidigung hin, wie: *Soll ich dir etwa eine Medaille verleihen, die du dir an die Brust heften kannst*? oder: *Ich weiß, daß du schwanger bist, aber was ist mit mir?* Alles, was ich tun konnte, war, auf die steife, kleine Strickarbeit zu starren, die von ihren Nadeln hing – waren es Schühchen, eine Mütze oder ein Pulli für ihr Baby? –, und mich alt und einsam zu fühlen.

»Gratulation«, preßte ich schließlich hervor.

»Ich wußte, daß du dich für mich freuen würdest.«

»Klar. Ich bin begeistert. Ich bin wirklich begeistert.«

»Es wird ein Junge«, freute sich Carol. »Wir sahen seinen Penis. Auf dem Ultraschall. Und wir möchten, daß du seine Taufpatin wirst.«

»Klar«, sagte ich wieder. Aber da geriet ich in Panik, denn mir fiel ein, daß ich erst wieder einmal zur Beichte gehen mußte, bevor ich diese Aufgabe übernehmen konnte, und ich würde das Baby über das Taufbecken halten und scheinheilig die Worte des Priesters wiederholen müssen: »Wir widerstehen dem Teufel und all seinen Versuchungen ...«

»Wer wird der Taufpate?« fragte ich.

Carol zuckte mit den Achseln und meinte, Al würde den *compare* wählen. Carol klapperte mit ihrem Strickzeug und fügte hinzu: »Außer du heiratest in den nächsten paar Monaten.«

»Sprich dich ruhig aus«, unterbrach ich sie. Am liebsten hätte ich mich umgedreht und wäre schnurstracks nach New York City zurückgefahren, statt dessen aber machte ich einige heldenhafte Bemühungen, diese typisch weiblichen Freudenjuchzer auszustoßen, und stellte meiner Schwester die üblichen Fragen, ob ihr denn am Morgen übel wäre und wann der errechnete Termin sei. Das Baby wurde Ende des Sommers erwartet.

»Du lieber Gott, du bist ja schon ganz schön weit«, sagte ich. »Warum hast du es mir nicht erzählt?«

»Ich hatte Angst, daß mir das Unglück bringen würde.«

Der Anthropologiekurs am College hatte mir großen Respekt vor dem Aberglauben der australischen Aborigines und der afrikanischen Buschfrauen eingeflößt, und zugleich war ich restlos fasziniert davon. Aber der Aberglaube meiner eigenen Familie – vielleicht weil er sich tief in meinen eigenen Knochen abgesetzt hatte und ich ihn nicht abschütteln konnte – brachte mich immer noch auf die Palme. Carols Ängste waren irrational, dennoch konnte ich sie irgendwie verstehen.

Nachdem ich an das Holz des Türrahmens geklopft hatte – wobei meine Schwester den Kopf senkte und ich schon fürchtete, sie würde ein kurzes Stoßgebet zur Jungfrau Maria schicken –, legte sie ihr Strickzeug beiseite, stand auf und zog ihr Shirt hoch, um mir ihren voluminösen Bauch zu zeigen.

»Hattest du nicht immer einen nach innen gezogenen Nabel?« fragte ich.

»Ja, aber jetzt ist es ein kleines Knöpfchen.«

»Oh, mein Gott!« rief ich. »Schau, es bewegt sich!«

»Willst du mal fühlen? Komm schon, fühl mal.«

Ich legte meine Hand auf ihren harten, blassen Bauch und spürte ein paar fließende Wellen.

»Er ist ein Schwimmer«, kommentierte Carol.

»Er wird den Strand lieben«, sagte ich, während sich meine Hand deutlich mit der sanft wiegenden Bewegung des Babys hob. Dann traf ein Klopfen – fast ein Hieb oder Schlag – meine Handfläche. »Mein Gott, Carol, der macht aber ganz schön Rabatz.«

»Er wird ein Schwimmer und ein Boxer.«

»Tut das nicht weh?«

»Nöh – fühlt sich ungefähr so an wie Daddys Geburtstagsprügel. Harmlos.«

Aber die Geburtstagsprügel meines Vaters hatten mir weher getan, als irgend jemand vermutet hätte. Obwohl er, wie sein Bruder Gianni, ein aufbrausender Mann gewesen war, hatte sich Daddy nie zu mehr hinreißen lassen, als Carol und mir mit der offenen Handfläche zu drohen und zwischen zusammengebissenen Zähnen hervorzustoßen, *wenn ihr beiden keine Mädchen wärt!*, um uns klipp und klar wissen zu lassen, daß es ihm eine Freude gewesen wäre, uns regelmäßig ein paar Ohrfeigen in unsere frechen Gesichter zu geben, wenn wir als Jungen zur Welt gekommen wären. Da Väter ihre Töchter nicht schlagen sollten, hob sich Daddy seine körperliche Züchtigung für seine berüchtigten Geburtstagsprügel auf – pro Lebensjahr einen Schlag auf das Gesäß. So lange ich mich zurückerinnern kann, ging den Schlägen eine in die Länge gezogene Zeremonie voraus, bevor wir sie uns fast wie eine milde Gabe abholen durften. Erst danach wurde uns erlaubt, die Kerzen auszublasen und den Schokoladenkuchen anzuschneiden. Daddy hörte mit den Schlägen auf, als Carol zwölf und ich elf Jahre alt wurde. Danach stellte er ein Jahrzehnt lang eine emotionale Knickrigkeit zur Schau, die sogar die Pfennigfuchserei meiner Mutter in den Schatten stellte, und berührte keine von uns beiden jemals wieder.

Ich wußte zwar durch meine Lektüre der Heiratsanzeigen in der *Village Voice*, daß sich manche Frauen gern schlagen ließen, ich jedenfalls gehörte nicht dazu. An meinem fünfundzwanzigsten Geburtstag stand ich im Haus meines Vaters und sehnte mich nach einem anderen Ort, einem Ort, den ich »mein Heim« nennen konnte, und nach einem Mann, der mich liebevoller berühren würde, als ich das von meinem Vater gewöhnt war. Deprimiert schleppte ich Security Man hinaus zu meinem neuen Wagen – den bis jetzt noch niemand bewundert hatte – und setzte ihn auf den Beifahrersitz, wo er aussah, als sei er ein Patient aus der psychiatrischen Klinik in Middlesex, der nach einer Leukotomie nach Hause gefahren wurde. Ich schnallte ihn mit dem Sicherheitsgurt fest, damit er aufrecht sitzen blieb.

Nach einer Weile kam Mama mit dem Eimer aus dem Garten. Zwei dunkle Kreise zeichneten sich auf ihrer Kleiderschürze unter den Achseln ab, und die Träger der Schürze, die sie darüber trug, baumelten herunter. Sie schwitzte so sehr, daß ihre Brille ein ums andere Mal ihre Nase herunterrutschte und sie sie immer wieder nach oben schieben mußte.

»Na, hat deine Schwester dir die Neuigkeit erzählt?« fragte sie.
Ich nickte.

»Sie sagte, sie wollte es dir heute an deinem Geburtstag erzählen. Aber sprich nicht mehr davon. Nicht daß du es noch verhext. Ich habe das Gefühl, es wird ein Junge –«

»Sie *wissen*, daß es ein Junge ist, Mama. Sie haben einen Ultraschall machen lassen.«

»Bah, ich traue dem Röntgen nicht.«

»Sie konnten zwischen seine Beine sehen.«

»Al wünscht sich so sehr einen Jungen, so daß er es sich vielleicht eingebildet hat.«

»Was ist, wenn es doch ein Mädchen wird?« fragte ich.

»Niemand wird es zurückschicken ...«

»Das ist aber großzügig«, begann ich, aber meine Mutter setzte sich über meine Worte hinweg, indem sie hinzufügte: »... solange es gesund ist. Das ist alles, was wir vom Leben erhoffen dürfen, Gesundheit und daß die Rechnungen bezahlt werden.«

Und was ist mit allem anderen? wollte ich sie fragen. Hatte meine Mutter nie etwas anderes vom Leben erwartet, als sich keine Sorgen darüber machen zu müssen, wie sie die nächste Packung Aspirin bezahlen sollte? Wenn ich sie aber fragen würde: *Was ist mit der Liebe*? würde sie vermutlich antworten: *Was soll damit sein*? Und wenn ich fragen würde: *Was ist mit dem Glück*? würde sie antworten: *Ist jemand unglücklich*? *Sag mir, wer, ich werde für ihn beten.*

Meine Mutter blieb neben meinem Toyota stehen. »Du hast dir ja ein schönes Auto gekauft.«

»Ich verdiene jetzt mehr Geld in meinem neuen Job. Wenn du etwas brauchen solltest –«

Sie schüttelte den Kopf. »Ich hab doch die Sozialversicherung. Aber du wirst keine kriegen, wenn du nicht endlich heiratest –«

»Ich werde bekommen, was *ich* einbezahlt habe«, sagte ich. »*Ich* zahle in die Sozialversicherung ein und ich brauche keinen Ehemann, der das für mich erledigt –«

»Nicht?« fragte Mama, und als ich meinen Mund aufmachte, um ihr das System zu erklären – ihr, die in ihrem ganzen Leben noch keine einzige Gehaltsabrechnung bekommen hatte –, fuhr sie fort: »Was spielt das schon für eine Rolle, woher es kommt? Spare dein Geld lieber für schlechte Zeiten.«

Mama beäugte Security Man auf dem Beifahrersitz und nickte anerkennend. »Er sieht gut aus da drinnen«, sagte sie und zog eins der ersten frischen Löwenzahnpflänzchen, an dem noch Erde hing, aus dem Korb. »Richtig echt. Er sieht so echt aus, als würde er gleich seine Zähne in eine dieser *cicoria* graben. Aber du hast recht. Er braucht eine Hose. Ich habe noch eine von Pa, die er aus dem *Parade*-Magazin bestellt hatte – paßte ihm sowieso nie richtig. Die kann der Kerl da haben.«

»Wieviel hast du denn für ihn bezahlt?« fragte ich.

»Fünfundsechzig.«

Ich preßte meine Lippen aufeinander. »Da hast du dich ganz schön schröpfen lassen!«

Das war der Punkt, an dem eine echte Mutter verdutzt innehalten würde, an dem eine echte Mutter sagen würde: *Er ist eine Million Dollar wert – jeden Penny davon und mehr noch –, wenn er meine geliebte Tochter beschützt.*

Statt dessen fuhr meine Mutter fort: »Er hat ausgesehen wie Perry Como. Ich konnte einfach nicht widerstehen.«

KAPITEL ZWEI

Mord

Am folgenden Samstag schnallte ich – nur zum Spaß – Security Man an den Beifahrersitz. Während ich meinen Toyota zum Bahnhof von Ossining hinunterjagte, übte ich mit meinem Partner die *bon-vivant*-Feinheiten der Konversation, die ich in der City stets versucht habe zu erlernen, die ich aber nie perfektionieren konnte. Ich ließ ein paar lahme Witze vom Stapel und flocht einige philosophische Fragen ein (*Warum ist der Mensch sterblich? Oder besser noch: Warum können es Frauen nicht mit Männern aufnehmen?*), aber ich konnte meinem Begleiter nichts anderes entlocken als ein verstocktes maskulines Schweigen. Macht nichts. In Kürze würde ein anderer Mann hier sein, der Security Mans Platz einnehmen würde. Dodie würde aus der City kommen, um mich zu besuchen.

Als ich an den Bahnhof kam, bemerkte ich, daß ich die 8-Punkt-Schrift des Fahrplans falsch gelesen hatte, der die Ankunfts- und Abfahrtszeiten der Hudson Line beinhaltete. In meiner Vorfreude, Dodie wiederzusehen, war ich in die Spalte für Montag – Freitag gerutscht. Heute war jedoch Samstag, demnach mußte ich noch zwanzig Minuten warten.

Ich schlenderte in das Bahnhofsgebäude und beäugte die Süßigkeitenautomaten. Nach einer längeren inneren Debatte über die Vor- und Nachteile von Milky Ways versus M&Ms biß ich mir auf die Lippen, zwickte mich in die Taille und wandte mich ab, um der Versuchung nicht zu erliegen. Es gab nur zwei Dinge im Leben, von denen ich das Gefühl hatte, sie kontrollieren zu können, nämlich fett und schwanger zu werden. Weder das eine noch das andere schien mir verlockend zu sein. Lange Zeit hatte ich darüber nachgedacht, ob es nicht leichter wäre, eine Geschlechtsumwandlung vornehmen zu lassen, als sich ein Leben lang vor Kalorien und Spermien in acht zu nehmen. Männern schien jedenfalls keineswegs die Luft wegzubleiben, wenn sie auf die Badezimmerwaage stiegen und darauf warteten, bis sich der Zeiger bei einer enttäuschend hohen Zahl einpendeln würde. Und kein Mann, den ich kennengelernt hatte, hatte je im Wartezimmer einer Abtreibungsklinik verdrießlich über einem Exemplar von *Cosmopolitan* gebrütet und sich vor dem Erscheinen der weiß uniformierten Krankenschwester mit dem Clipboard in der Hand gefürchtet, die gleich seinen Namen – so gleichgültig, wie ein Backwarenverkäufer den nächsten Kunden aufruft – durch den Raum rufen würde. Männer – oder wenigstens die Art von Männern, die ich kannte – kamen immer besser davon.

Von derlei Gedanken deprimiert, schlenderte ich ins Freie hinaus, in der Hoffnung, die Sonne würde meine Laune heben. Obwohl die Vorstadt mir jetzt schon zu öde erschien, um mich für immer halten zu können, fühlte ich mich doch erleichtert, draußen auf einer Holzbank sitzen und auf die leeren Gleise starren zu können, ohne befürchten zu müssen, daß irgendein Verrückter hinter einer Säule hervorschießen würde, um mich vor den einfahrenden Zug zu schubsen. Es fühlte sich gut an, den eisernen Griff um meine Handtasche lockern zu können und meine Schlüssel lässig in der Hand baumeln zu lasssen. Mein Outfit – Reeboks, eine abgeschnittene Jeans und ein Herren-T-Shirt – hätte in der Großstadt wohl kaum als Modehit gegolten, aber es war bequem. Ich war kein urbanes Tier mehr. Ich war wieder zu dem geworden, was meine Mutter als *menschliche Bohne* bezeichnete.

Dodie allein wußte, welch hohen Preis ich für das Leben in der City bezahlt hatte. Ohne ihn hätte ich Manhattan nicht so lange, oder so kurz, überlebt, wie ich es getan hatte. Obwohl wir in der High-School denselben Notendurchschnitt hatten, durfte Dodie (weil er ein Junge war) eine Klasse überspringen, und hinterher (weil er Geld sparen wollte und auch immer schon gut mit Geld umgehen konnte) düste er in drei statt in vier Jahren durch die Duke University. Zu dem Zeitpunkt, als ich in meinem letzten Studienjahr an die Sarah Lawrence University wechselte, arbeitete Dodie bereits für Price Waterhouse, und damals schien die Kluft zwischen uns enorm zu sein. Sein New Haven war mein New Haven gewesen, aber sein New York war nicht mein New York. Als ich in Bronxville ankam, war ich grün wie eine Bartlett-Birne. Ich hatte noch nie eine Pistazie gegessen. Es war Dodie, der mir die runzlige, Nuß zum ersten Mal anbot und sagte: »Versuch doch mal, Lise. Die bringt dich schon nicht um.« Es war Dodie, der mir erklärte, daß das Schlagwort *katholischer Beigeschmack* auf mehr Menschen anzuwenden ist als nur auf diejenigen unter uns, die Jahre hindurch Bibelstunden und katholische Jugendgruppen durchlitten hatten. Und es war Dodie, der mich lehrte, daß Jazz cool und Jaco Pastorius kein Mystiker aus dem 13. Jahrhundert war, sondern ein berühmter E-Bass-Spieler. Es war Dodie, der mich lehrte, daß man in der Julihitze keinen Brandy Alexander und im Winter keinen Screwdriver bestellt – der mir überhaupt erst beibrachte, daß es am besten ist, derartige Cocktails generell zu meiden. Dodie gewöhnte mir die Kleinmädchen-Drinks ab und verschrieb mir effektivere Substanzen wie Gin und Bourbon. Er versorgte mich mit weit milderem Stoff als dem Arme-Leute-Pot und mit der Art von Drogen, die zu der Zeit im Umlauf waren: Coke und Gras und einmal sogar mit einem Schuß LSD, der mich dermaßen aus der Bahn warf, daß ich an die folgenden zwei Tage keinerlei Erinnerung mehr hatte. Aber das schien Lichtjahre hinter mir zu liegen. Seit dieser Erfahrung saß uns beiden die Angst vor intravenösen Schüssen gehörig im Nacken.

Außerdem zeigte mir Dodie, wie ich mich zu kleiden hatte. Ich hielt am »Sally Larry« (einer Schule, die für Geschlechts-Behinderte bekannt war) meinen Einzug und hatte mich dem Annie-Hall-Look verschrieben: purpurfarbenes Herrenhemd, Größe 41, locker gestrickte Krawatte, weite, olivfarbene Workjeans, pinkfarbene Legwarmers, grüne Armeestiefel und zu allem Überfluß noch einen schwarzen Samtfedora, den ich unbekümmert auf meinem zu einem Bob geschnittenen Haar drapierte. Beim ersten

Besuch in meinem Wohnheim warf Dodie einen Blick auf mich und fragte: »Willst du hier eigentlich deine sexuelle Identität in Frage stellen?«

»Was meinst du damit?« entgegnete ich forsch.

»Mensch, Lise – du siehst aus wie ein kesser Vater, der nicht weiß, wohin mit seinen Kräften! Schau dich doch mal im Spiegel an!«

Aber es gab keinen Spiegel. Meine Zimmergenossin hatte ihn, kaum daß sie den Raum betreten und ihren Matchsack auf das zweite Bett geworfen hatte, von der Wand genommen. Danach verkündete sie laut und deutlich, sie sei Feministin.

Dodie schleppte mich hinunter zu Canal Jean im Village, und wir verbrachten Stunden damit, in die Anprobekabinen (die nicht nach Männlein und Weiblein getrennt waren) hinein- und wieder hinauszuflitzen. Immer wieder erschienen Dodies glänzende und zwinkernde Augen über der Kabinentür, während wir schwarze Jacketts, schwarze T-Shirts und schwarze Jeans anprobierten, die wir uns gegenseitig vorführten. Die Farbe stand außer Frage, unser Urteil betraf lediglich den Schnitt. Danach wurden meine hauchdünnen T-Shirts-sans-BHs, meine derben Bauernröcke und die hochgestellten Lees aus dem Kleiderschrank verbannt. Ich betrat das Canal Jean als Diane Keaton, als ich wieder herauskam, sah ich aus wie eine Domina. Dodie manhattanisierte mich, und Sarah Lawrence erledigte den Rest. Ich legte Albert Camus beiseite und wandte mich Jean Genet zu. Ich strich *schifato*! und *vafanculo!* aus meinem Vokabular, und ein paar Monate lang lief ich sogar unter meinem vollen Namen – Elisabetta –, bis ich bemerkte, daß einige Leute es tatsächlich für chic hielten, Italiener zu sein – europäischer Italiener natürlich. Ich rauchte französische Zigaretten und zuckte mit keiner Wimper, als mir meine Zimmerkameradin anbot, mein Schamhaar zu rasieren. »Nein danke«, sagte ich, »ich würde es lieber behalten.«

Aber so sehr ich New York auch mochte – die Museen, die Konzerte und Buchläden –, ich fühlte mich dort nie richtig zu Hause. Nach dem Wohnheim in Bronxville mußte ich in meine 1-Zimmer-Absteige in Brooklyn ziehen, mehr konnte ich mir mit meinem lumpigen Redakteurinnengehalt nicht leisten. Erst nach drei halsstarrigen Jahren, in denen ich auf einer modrigen Matratze auf dem Fußboden geschlafen hatte, konnte ich vor mir selbst zugeben, daß die U-Bahn im Sommer schlimmer stank als das Zwischendeck eines Ozeandampfers und daß das kulturelle Angebot der ganzen Welt die Tatsache nicht wettmachen konnte, daß ich in weit schlimmeren Zuständen lebte, als meine Eltern es taten, nachdem sie das erste Mal den Atlantik nach Amerika überquert hatten. Meine Mutter trug zwar Tag für Tag ihre fadenscheinige Schürze in New Haven, aber welchen Fortschritt hatte ich erzielt, wenn ich einen schwarzen Lederrock trug (dessen Reinigung ich nicht einmal bezahlen konnte) und in einer größeren, aber weit übleren Stadt lebte? Ich hatte mir ein Bohemienleben erhofft, aber ich konnte das Versprechen nicht einhalten, das ich mir an meinem ersten Tag in New York gegeben hatte, als ich meinen naiven Daumen in die Furche einer der schwarzen Säulen in Scribner's Bookstore gedrückt (als wäre sie ein heiliges Relikt, das mich dazu inspirieren würde, mich dem Großen Gott der Sprache zu verschreiben) und geschworen hatte, eines Tages etwas Wundervolles zu Papier zu bringen, etwas, das auf zwanzigpfündigem Velinpapier gedruckt und in Leinen gebunden, natürlich mit einem eindrucksvollen Schutzumschlag versehen, ausgeliefert werden würde, das die Leser zum Weinen oder Lachen bringen würde, eine Geschichte, die sich ihnen derart aufs Gemüt legen würde, daß sie ihren eigenen Herzschlag verspüren würden, wenngleich auch nur eine halbe Sekunde lang. Die Arbeit in der Redaktion hatte zur Folge, daß mir von Wörtern übel wurde, und als ich zudem entdeckte, daß jedes Manuskript, egal, ob es nun ein frivoles oder ein ernst zu nehmendes Thema hatte, wie eine Ware behandelt wurde – vergleichbar mit einem Löffel, einem Wegwerffeuerzeug, einem Verlobungsring mit Diamant oder einer Heiligenfigur aus Plastik –, warf ich all meine Notizen und Tagebucheinträge, die ich in meiner Zeit am Sarah Lawrence so akribisch verfaßt hatte, in den Müll. Von meiner dortigen, zwei Jahre währenden Poetenkarriere konnte ich mich nur noch an ein Opus erinnern, nämlich an ein Gedicht mit dem einstimmenden Titel:

Traurige Onanie
Diesem deftigen Titel folgte ein ebenso dramatischer wie atemloser Wortschwall à la Emily Dickinson.

Gott sei Dank konnte ich mich an den Rest nicht mehr erinnern.

Anfangs schloß ich Ossining richtig ins Herz, die verschlafene Hauptstraße, gesäumt von dem Backsteinbau einer Bank, einer winzigen Postfiliale und einer Konditorei im Familienbesitz (sonntags natürlich alles geschlossen), die ich besuchen konnte, ohne das Gefühl zu haben, mich kostümieren zu müssen, sei es, um in der Menge unterzutauchen oder um aller Augen auf mich zu lenken. All meine schwarzen Kleidungsstücke verstaute ich ganz hinten im Schrank (sie könnten mir ja eines Tages wieder ganz nützlich sein, wenn ich mich irgendwann einmal doch noch in die Arbeit an meinem Roman über das Arbeitsleben in den achtziger Jahren unseres Jahrhunderts knien würde), aber für meine Arbeit bei Boorman Pharmazeutik schlüpfte ich jeden Morgen in blaue Pumps und hauchdünne Strümpfe. An den Sonntagabenden lackierte ich mir sogar meine Nägel – nicht smaragdgrün oder traubenschwarz, sondern mit einer blassen, diskreten Farbe, die kein politisches Statement abgab, sondern lediglich kundtat, daß ich Wert auf ein gepflegtes Äußeres legte. In Ossining, so sagte ich mir, würde ich auch mehr Wert auf einen gesunden Lebensstil legen – so wollte ich mehr zu den Kreuzblütlern gehörendes Gemüse essen und mir ein paar Freundinnen zulegen, statt ständig nur mit Männern herumzuhängen. Und jedesmal, wenn ich mit einem Typ ausging, sagte ich mir, würde ich mein Diaphragma einsetzen. Bis jetzt hatte ich mein Versprechen gehalten, wenigstens, was das Gemüse und die Freundinnen betraf. An meinem ersten Tag bei Boorman aß ich mit einer Gruppe von Kollegen – alles Frauen – aus der Redaktionsabteilung in der firmeneigenen Cafeteria zu Mittag. Dort wurde eine verlockende Salatbar angeboten. Die Kombination aus knackigen Spinatblättern, hellgrünen Erbsen und hartgekochten, gehackten Eiern schmeckte mir sehr. Die Unterhaltung jedoch war alles andere als faszinierend.

»Sind Sie verheiratet?« fragte mich eine Frau, deren klotzige Verlobungs- und Eheringe unter dem fluoreszierenden Licht funkelten, während sie in ihre mit Chili überbackene Kartoffel hieb.

Ich streckte meine nackte Hand neben ihre blitzenden Diamanten – die sich bei näherer Inspektion als Zirkone entpuppten.

»Oh«, flötete sie und fuhr fort, sich über ihren Ehemann auszulassen.

»Hast du ein *Glück*, daß du nie verheiratet warst!« sagte die offensichtlich Geschiedene zu ihrer linken Tischnachbarin, die daraufhin mit Gabel und Messer mit derartiger Vehemenz in einen Crouton stach, daß das Dressing ihres Caesar's Salad in alle Richtungen spritzte, ohne dabei den Ärmel meiner neuen cremefarbenen Seidenbluse zu verschonen. Einige der anderen Frauen am Tisch – die die verbitterten Geschichten und Klagen der Geschiedenen schon oft genug ertragen hatten – schnitten ihr das Wort ab, indem sie mich über die Regeln informierten, die man bezüglich der Kaffeepausen einzuhalten hatte, und über die Vorteile des neuen Zahnversicherungspakets. Ich nickte, lächelte und fragte mich, ob ich wohl die einzige am Tisch wäre, die es je genossen hatte, einen Dostojewskij gelesen zu haben.

Dann erinnerte ich mich daran, daß mir die Lektüre von Dostojewskij gar kein besonderes Vergnügen bereitet hatte. Bei *Schuld und Sühne* bekam ich Selbstmordgedanken, und *Die Brüder Karamasow* hatten den Faustkämpfer in mir erweckt. *Noch ein gottesfürchtiges Wort von Alyosha*, dachte ich, während ich mich durch diesen Roman ackerte, *und ich verpaß' diesem Feigling mit dem christlichen Deckmäntelchen geradewegs eine auf die Nase.*

Ich verspeiste meinen Salat und dachte, *ob es dir gefällt oder nicht, das sind nun mal die Frauen, die bei Boorman arbeiten – lerne damit zu leben, Lisa – wenigstens werden sie noch viel Spaß mit deinem immensen Vorrat an blöden Männerwitzen haben.* Dann spießte ich ein Spinatblatt auf und musterte verstohlen die Männer in der Cafeteria. Die Typen von F&E – mit ihren weißen Labormänteln und den plumpen, vollgummibesohlten Schuhen – schienen intelligent, aber weltfremd zu sein (eine Eigenschaft, die ich noch schätzen würde, nachdem ich einmal entdeckt hatte, daß drei Viertel von ihnen nach *Eau de* Formaldehyd rochen). Als mich schließlich jemand fragte, ob ich einen Freund hätte – worauf ich antwortete: »Im Moment nicht« –, informierte man mich, daß die meisten der Wissenschaftler in festen Händen seien. »Die heiraten bereits alle in ihren letzten Studiensemestern«, wurde ich aufgeklärt. »Und ihre Frauen bleiben zu Hause und kümmern sich um die Kinder.« Weiter wurde ich aufgeklärt, daß die Typen aus dem Verkauf und aus der Buchhaltung – ob verheiratet oder nicht – eine immer schlimmer werdende Meute von Schweinen seien – und die aus dem Management – nun, von denen wagte ohnehin niemand zu träumen. Aus dem wenigen, was ich anläßlich meiner beiden Einstellungsgespräche gesehen hatte, konnte ich jedenfalls bereits beurteilen, wodurch sich die Herren der Geschäftsleitung auszeichneten: Sie fuhren italienische oder deutsche Wagen, trugen dezente Hemden und Anzüge von Barney's, und auf ihren Schreibtischen standen Fotografien von Kleinkindern und Ehefrauen, deren jugendlicher Teint, schmale Hüften und blond gebleichtes Haar verdeutlichten, daß die Herren des oberen Führungskreises alle zum zweiten oder gar dritten Male verheiratet waren und ihre Ehefrauen regelmäßig Schönheitschirurgen, Nagelstudios, Haarstylisten und Bräunungsstudios aufsuchten.

Das Feld sah nicht sehr erfolgversprechend aus. Am Nachmittag sah es noch trüber aus, als mich meine neue Chefin, Karen, die im fünften Monat schwanger war, aber danach aussah, als wäre sie bereits im achten, durch die ganze Firma und sämtliche Laboratorien von Boorman schleppte und mich, wie es mir erschien, mindestens hundert Leuten vorstellte.

Unter den maßgebenden Personen, mit denen ich bekannt gemacht wurde, waren die beiden Chefs der Redaktion. Der Vorstand von Forschung und Entwicklung, Dr. Peggy Schoenbarger, war ein riesiges, teutonisches Wunder von einer Frau mit stahlfarbenem Haar, die außer zur Leitung der Produktion von höchst effektiven Turbo-Klistieren auch geeignet schien, einen wagnerianischen Helm mit Hörnern zu tragen. Die Diplome an ihrer Wand zeugten von ihrer Promotion in Biochemie an der Rutgers University und dem Magisterabschluß in Betriebswirtschaft an der Penn State. Ihre Intelligenz erschreckte mich. Als ich ihr vorgestellt wurde, wünschte ich, ich wäre Brillenträgerin.

»Begrüßung«, sagte Dr. Schoenbarger und schüttelte mir kräftig die Hand. Ich war dermaßen verblüfft, daß ich lediglich wiederholen konnte: »Äh, ja, *Begrüßung.*«

»Lisa wurde eingestellt, um dafür zu sorgen, daß wir alle unsere Kommas an der richtigen Stelle setzen«, erklärte Karen.

»Sehr gut«, meinte Peggy. »In der Beziehung können wir wohl alle etwas Nachhilfe gebrauchen.«

»Bitte scheuen Sie sich nicht, mich anzurufen, sollten Sie irgendwelche Fragen in bezug auf Grammatik haben«, sagte ich und fragte mich augenblicklich, ob der Gebrauch des Konjunktivs in diesem Satz richtig gewesen war.

»Das mache ich«, antwortete sie, während ich mich innerlich krümmte in dem Wissen, daß ich mich am Wochenende mit nichts Romantischerem als dem *Chicago Manual of Style* auf meinem Sofa vergnügen würde, um mir den Gebrauch des Verbs *sein* reinzudrücken. Denn mir wurde bewußt, daß ich in dem Moment, in dem sie mich anrufen und ich gewohnheitsmäßig mit *Hallo*? antworten würde, paranoid werden würde, da sie bestimmt fragen würde: »Ist das Miss Diodetto?« und ich genötigt wäre, eine grammatikalisch korrekte Antwort zu geben. Dabei wußte ich nicht, ob es richtig war zu sagen: »Das ist sie« oder besser: »Das bin ich«. Infolgedessen würde ich sicherlich mit etwas Blödem herausplatzen, wie etwa: »Ich bin's, ja, ich bin's!«

Ungeachtet meines innerlichen Fiaskos gratulierte mir Karen. »Das haben Sie richtig gut gemacht, Lisa«, flüsterte sie. »Dr. Schoenbarger schreibt eine Menge wichtige Korrespondenz, und jetzt wird sie Sie sicher anrufen und um Rat fragen. Sie würde Sie allerdings noch mehr ins Herz schließen, wenn Sie Golf spielten...«

»Golf spielen!«

»Dr. Schoenbargers Traum ist es, einmal in Schottland in St. Andrews zu spielen. Wenn sie Sie einmal besser kennengelernt hat – aber sie muß Sie wirklich *mögen*, um es zu tun –, dann wird sie Sie bestimmt einmal in ihren Club einladen. Ich habe gehört, daß sie früher sogar einmal vorhatte, Pro zu werden und auf Tournee zu gehen.«

»Das bezweifle ich nicht«, murmelte ich und beschloß, als Hausaufgabe die Definition von *Birdie* und den Ursprung des Begriffes *Links* nachzuschlagen.

Im Anschluß führte mich Karen zur Tür eines weiteren großräumigen und mit dickem Teppich ausgelegten Eckbüros. Dieses Deluxe-Modell bot einen herrlichen Ausblick auf die Kaskaden eines Wasserfalls auf dem Rasen vor dem Gebäude, der sich an einigen Pappeln vorbei, die als Windschutz dienten, der Hauptstraße zu schlängelte und sich pompöser ausnahm als jedes achtzehnte Grün. Dr. Peggy Schoenbargers nächster Untergebener, der Direktor der Produktentwicklung, war ein viel jüngerer und kleinerer Mann mit schwarzem Haar, der genau die Art von intellektueller Metallrandbrille trug, die ich soeben gern getragen hätte, um Dr. Peg zu beeindrucken. Er saß an einem Konferenztisch unter einem Druck von Thomas Eakins, der einen Ruderer zeigte, und befand sich offensichtlich mitten in einer Beratung mit einer Gruppe von weiteren Firmenklonen mit weißen Hemden und roten Krawatten. Karen schlug vor, später wiederzukommen, aber seine Sekretärin meinte, das Meeting hätte noch nicht begonnen.

Sie drückte auf einen Knopf der Gegensprechanlage, obwohl auch ein leiser Ruf durch die Tür genügt hätte, um ihn auf uns aufmerksam zu machen. Dann wurden wir hineingebeten. Als Karen uns einander vorstellte, empfand ich eine kurze Sekunde lang eine gewisse Verbundenheit mit Mr. Eben Strauss, vielleicht weil wir beide sicherlich die einzigen im Raum waren, die ihre Namen ständig buchstabieren mußten – langsam und deutlich –, wenn wir zum Telefonhörer griffen, um eine Reservierung in einem Restaurant vorzunehmen oder einen Termin bei einem Arzt zu vereinbaren. Eine halbe Sekunde lang vermittelte er mir den Eindruck, daß auch er diese Verbundenheit wahrnahm, denn als er sich vom Tisch erhob, um mich zu begrüßen, zwinkerte er mit seinen dunklen Augen – die dunkler waren als alle anderen Augen, die ich bis jetzt bei Boorman erblickt hatte –, als ob er mich schon längst kennen würde.

»Willkommen an Bord«, rief er, als er mir die Hand schüttelte, und meine herzlichen Gefühle ihm gegenüber sanken schneller als die *Titanic. Was ist das*, lag mir auf der Zunge, *das Gute Schiff Lollipop*? Wenn es das war, dann hatte er mir soeben klar gemacht, daß er der Kapitän war und ich der dritte Maat, oder gar der Schiffsjunge, dem man ohne Worte den Mop in die Hand drücken konnte, damit er das Achterdeck säuberte. Sein herzhafter, betriebsinterner Jargon – *Kommen Sie an Bord, werden Sie ein Team-Spieler, ergreifen Sie die Initiative, setzen Sie Prioritäten* und der verabscheuenswürdigste Satz von allen: *wir sollten uns jeden Morgen kurzschließen* – machte mich regelrecht seekrank. Trotz der aufkommenden Übelkeit lächelte ich tapfer, bekundete, daß es mich gefreut hätte, seine Bekanntschaft zu machen, und mobilisierte zugleich all meine Kräfte, um nicht auf seine Krawatte mit dem Karomuster zu starren, die man nur mit einem Wort beschreiben konnte: Grauenhaft!

»Woher stammen Sie?« fragte er mich.

»Aus New Haven.«

»Das kenne ich leider nur von der Landkarte«, meinte er. In dem Augenblick entdeckte ich mit einem Blick über seine Schulter hinweg seine gerahmten Zeugnisse von Harvard und Cornell und fragte mich, wie seine Aura der Ivy-League-Universitäten wohl mit Dr. Peggy Schoenbargers Aura der staatlichen Universitäten zu vereinbaren wäre.

Doch da deutete Mr. Strauss entschuldigend auf die anderen Herren am Tisch und bedauerte, die Unterhaltung im Augenblick nicht fortsetzen zu können. Später, versicherte er, würden wir bestimmt Gelegenheit haben, dies nachzuholen. Aber jetzt hätte er leider dieses Meeting. Wenn wir ihn bitte entschuldigen würden –

»Aber sicher«, meinte Karen knapp und zog mich am Ärmel, wo dieses mörtelartige Dressing die Seide bespritzt hatte. Es war mir durchaus nicht entgangen, daß Mr. Eben Strauss' Blick einfach zu lange an meinem Ärmel hängengeblieben war.

Nachdem wir sein Büro verlassen hatten, erzählte mir Karen, daß Eben Strauss ein sehr anständiger Mann sei. Ich bemühte mich sehr, ein Gähnen zu unterdrücken. »Wenn man schon unter einem Mann arbeiten muß«, meinte Karen, »dann ist er der Mann, unter dem man dies tun sollte.« Weiter führte sie aus, daß Eben Strauss der einzige Mann in der ganzen Firma war, der gewillt – und zudem fähig – war, unter einem weiblichen Vorstand zu arbeiten. Daraus schloß ich, daß Dr. Peggy Schoenbarger entweder eine Überfrau oder aber der Rest der männlichen Belegschaft eine Meute von Chauvinisten war.

Während Karen und ich den Flur entlanggingen, um einen weiteren Herrn im blauen Anzug zu begrüßen, beeilte sie sich, mir zu erklären, daß sie allein, und zwar nur sie, meine Vorgesetzte sei, und selbst wenn die *Kette der Weisungsbefugnis* letzten Endes doch zu einem der höheren Tiere führen würde, hätte sie dieselbe Funktion wie die Pappeln draußen vor dem Haupteingang: sowohl Windschutz als auch Puffer. Außerdem, sagte Karen, wären Dr. Schoenbarger und Mr. Strauss hervorragende Vorgesetzte. Peggy sei so beschäftigt mit der Überwachung der Erforschung neuer Medikamente, und Mr. Strauss jette ständig auf dem ganzen Kontinent herum, um dasselbe auf der Produktions- und Marketingseite zu tun. »Sie vertrauen uns, daß wir unseren Job erledigen«, schloß Karen, »und wir tun es auch.«

»Aber warum untersteht die Redaktion der Abteilung Forschung und Entwicklung?« fragte ich Karen und ärgerte mich, den Organisationsplan nicht eingehender studiert zu haben, bevor ich die Stelle angenommen hatte. »Wäre es nicht sinnvoller, wenn wir zur Kommunikationsabteilung gehören würden?«

»Das war mal eine Weile lang so«, nickte Karen, »aber es funktionierte nicht.«

»Warum nicht?«

Sie warf einen verschwörerischen Blick den Flur auf und ab. Dann senkte sich ihre Stimme – was die Angestellten bei Boorman offensichtlich ständig taten, als ob die Wände mit Wanzen gepflastert wären – und erzählte mir voller Stolz, daß die Kommunikationsabteilung bei Boorman die Muskeln, und Forschung und Entwicklung das Hirn seien. »Die von der Kommunikation kapieren den wissenschaftlichen Teil unserer Arbeit einfach nicht«, meinte sie. »Ein großer Teil unserer redaktionellen Arbeit ist hochtechnisch und erfordert ein hohes Maß an Disziplin und Exaktheit.« Dann fuhr sie noch leiser fort: »Ein winziger Fehler kann schreckliche menschliche Verluste zur Folge haben.«

Ich nickte ihr voller Ernst zu und dachte, *meine Güte, hier fühlt sich aber jemand wichtig heute nachmittag.*

»Dr. Schoenbarger und Mr. Strauss erwarten von uns einen hohen Standard«, fuhr sie fort und setzte flüsternd hinzu, daß man die Kommunikationsabteilung als *zügellosen Verein von Schwätzern* bezeichnen könnte. Wenn ich einmal die Chance bekommen würde, mit *einigen dieser Werbefritzen* zusammenzuarbeiten, würde ich recht schnell erfahren, was sie meinte.

Sie ahnte nicht im entferntesten, wie sehr ich genau danach lechzte – nicht nur, weil die Kommunikation vermutlich der Schlüssel zu dem romantischen Interesse sein könnte, das ich an der Firma Boorman hatte, sondern auch, weil die wirklich guten Jobs aus eben dieser Abteilung kamen. Als Neueinsteigerin würde man mir nur die langweiligsten Aufgaben zuteilen: Korrekturlesen der Beipackzettel, Überarbeitung der Verpackungsaufschriften und Erstellen von Routinekorrespondenzen, und einmal würde ich sogar eine übelkeitserregende Ansprache eines Vorstandsmitgliedes für den Rotary-Club redigieren müssen. Als Leiterin der Redaktion kümmerte sich Karen um die glamouröseren Promotion-Artikel, die unter der Ägide der Werbeabteilung verfaßt wurden: die Anzeigen, die auf den glänzenden Seiten von RN, Lancet und JAMA erscheinen würden, und die vierfarbigen Firmenbroschüren, die auf dem Umschlag Weizenkörner, Pillen in allen Regenbogenfarben und weißbemäntelte Wissenschaftler mit Mundschutz zeigten, die über Reagenzgläsern mit urinfarbener Flüssigkeit brüteten.

Aber Karen stand früher oder später ein Mutterschaftsurlaub bevor. Und da ich mir sicher war, den Rest meiner Tage bei Boorman nicht mit dem Korrekturlesen von CARCINOGENESIS, MUTAGENESIS und BEEINTRÄCHTIGUNG DER FRUCHTBARKEIT zubringen zu wollen, versuchte ich, nett zu ihr zu sein, was sich letzten Endes auch als nicht allzu schwer herausstellte.

Obwohl mir ihr Stolz auf ihren Abschluß auf der Bryn Mawr in Französischer Literatur und ihre Eifrigkeit, mit der sie mich anderen als »Sarah-Lawrence-Absolventin« vorstellte, etwas übertrieben erschien, übertrug sie mir eine Menge Verantwortung und überhäufte mich mit Lob, weil ich einige Mitarbeiter bei Fehlern beim Korrekturlesen ertappt hatte. Sie war auch die einzige aus der ganzen Redaktion, die irgendwann einmal damit aufhörte, das alte Foto von mir, Carol und meinen Eltern anzustarren, das nach der Ostermesse (1968) vor der Kirche aufgenommen worden war und das ich gezwungenermaßen aufstellte, nachdem ich festgestellt hatte, daß es bei Boorman praktisch ein Muß war, seine warmherzige Verbundenheit mit der eigenen Familie zu demonstrieren. »Ist das nicht nett?« rief sie. »Aber warum gucken Ihre Eltern so ernst?«

Ich bemühte mich gar nicht erst, ihr eine Erklärung zu liefern. Statt dessen revanchierte ich mich, indem ich das Nullachtfünfzehn-Studioporträt ihres Ehemannes (seines Zeichens Ingenieur) bewunderte, als ich das nächste Mal in ihr Büro kam. Er sah eigentlich ganz gut aus, obwohl er vor einem marineblauen Samtvorhang postiert war und der Fotograf seine Zähne eindeutig retuschiert hatte.

Die Bilder, die Karen in ihrem Büro aufgehängt hatte (Darstellungen von verschneiten Dörfern und den berühmten überdachten Brücken in Neuengland), ödeten mich an, und ich haßte es, daß ihr Aktenkoffer, ihre Bleistifte und sogar einer ihrer Shetland-Pullover mit Monogramm versehen waren (als ob sie ein Alzheimer-Patient wäre, der Gefahr läuft, seinen Namen zu vergessen). Und all ihrem Klatsch – und davon hatte sie mehr als genug vorrätig – schickte sie die Feststellung voraus: »Ich will ja keine Gerüchte in Umlauf setzen, aber ...« Und trotzdem mußte ich mit irgend jemand Freundschaft schließen, und ich wußte, daß es viel umsichtiger war, diesen Freund weiter oben auf dem Organisationsplan zu suchen, als mich mit einer der Sekretärinnen zu verbrüdern. Von allen Frauen, mit denen ich zusammenarbeitete, hatte ich mit Karen die meisten Gemeinsamkeiten. Sie war die einzige, die ihre Nagelhaut nicht als interessantes Gesprächsthema betrachtete. Sie war die einzige, von der ich wußte, daß sie – während sie an ihrem Schreibtisch ein übertrieben vollwertiges, von zu Hause mitgebrachtes Mittagessen verzehrte – einen guten Roman aus dem neunzehnten Jahrhundert las. Sie schätzte Jane Austen, Henry James und Balzac, und wir teilten unsere Vorliebe für die Brontës, obwohl ich Emily und sie Charlotte (für meinen Geschmack allerdings aus abwegigen Gründen) bevorzugte. Karen schien betroffen zu sein, als ich *Jane Eyre* als »scharf« bezeichnete, und wurde sehr ernst, als ich sagte, ich hätte Jane immer den Daumen gedrückt, mit Mr. Rochester nach Frankreich durchzubrennen und seine Mätresse zu werden.

»Aber wenn sie mit ihm durchgebrannt wäre, wäre uns das große moralische Dilemma der Heldin entgangen«, argumentierte sie.

»Und der Bekehrungseifer ihres Cousins«, setzte ich entgegen, da mich die endlosen Passagen von Saint John Rivers Moralpredigten etwa genauso fesselten wie die Kapitel über Landwirtschaft in *Anna Karenina*, was heißen soll, nicht einen Funken.

»Ja, Saint John ist schon ein bißchen ermüdend, das stimmt«, gab Karen zu. »Aber er ist ein wichtiger Teil der Handlung. Jane muß ihr Verhältnis zu Gott überdenken und ihre finanzielle Unabhängigkeit erreichen. Zudem muß Mr. Rochesters Stolz einen Dämpfer erfahren, damit sie am Ende eine gleichberechtigte Verbindung eingehen können.«

Ich zuckte mit den Achseln. »Natürlich, ich bin ja nicht verheiratet«, sagte ich. »Und natürlich ist Brontë nicht wirklich Realistin, dennoch glaube ich nicht, daß in diesem Leben überhaupt eine gleichberechtigte Verbindung erzielt werden kann.«

»Nun ja«, meinte Karen, »möglicherweise nicht.« Sie seufzte. »Ich warte wohl erst mal ab, wie viele Windeln mein Mann wechseln wird.«

»Lassen Sie's mich wissen«, antwortete ich, und wir mußten beide lachen. Am nächsten Tag erwähnte sie einige Male, daß sie mich vielleicht einem der Cousins ihres Mannes vorstellen möchte, nachdem ich aber ebensooft ablehnte, meinte sie schließlich: »Na ja, auch gut, er ist ja auch schon fast vierzig.«

»Beginnende Glatze?« fragte ich.

»Nein, aber er trägt eine dicke Brille, und ich weiß, daß Sie katholisch sind, und er war bereits einmal verheiratet.«

»Ich mach's nicht mit geschiedenen Männern«, nickte ich.

Karen schenkte mir ein angespanntes Lächeln und senkte ihre Stimme zu einem vertraulichen Flüstern. »Wissen Sie, Lisa, vielleicht sollte ich das nicht sagen, aber das Wort *machen* hat manches Mal sexuelle Konnotationen.«

»Oh«, entfuhr es mir. »Vielen Dank, daß Sie mich darauf hinweisen. Das war mir überhaupt nicht bewußt!« Ich warf einen Blick auf meine Armbanduhr. »Dann denken Sie also, ich sollte es besser sein lassen, meinen geplanten Mittag mit Dr. Schoenbarger zu *machen*?«

»Haben Sie schon wieder eine Verabredung mit Dr. Schoenbarger?« Karens Stirn legte sich in tiefe Falten. »Na, die hat Sie ja ganz schön ins Herz geschlossen, Lisa.«

Karen wirkte besorgt. Doch eigentlich hatte sie keinen Grund dazu. Die prüde Firmenkultur bei Boorman verhieß kaum eine Art von romantischer Affäre – sei sie nun lesbisch (sollte ich in dieser Richtung veranlagt sein) oder hetero. Um meine Chancen, Männer kennenzulernen, zu vergrößern, trat ich in einen Fitneßclub ein und fand zu meinem Leidwesen heraus, daß er an Freitagabenden nur von mir und (wie sich Dodie ausgedrückt haben würde) von absolut *jeder Schwester* (kurz für schwulen Kerl) besucht war, die die Fähre zum Fire Island, dem bevorzugten Wochenenddomizil Schwuler, verpaßt hatte. Ich setzte mich an das Rudergerät, packte die zwei Barren, die das Ruder simulieren sollten, und fing an, meine Muskeln zu trainieren, die bereits fester zu werden begannen. Die freien Gewichte reizten mich, aber ich mied sie mit derselben Art von Vorsicht, wie ich mich um Milky Ways und M&Ms herumdrückte. Ich hatte nämlich die kurzen Beine meiner Mutter geerbt, und was noch schlimmer war, den Oberkörper meines Vaters, wodurch ich in einem Pulli mit Rollkragen dermaßen maskulin aussah, daß ich als Inspiration für ein neues Eau de Toilette für Herren mit dem Namen *Kräftige sizilianische Schultern* hätte dienen können. Das Echo von Dodies Kommentar klang noch immer in meinen Ohren – *alles massig vorhanden, es weiß nur nicht, wohin damit.* Ich hatte nicht vor, meinen Oberkörper groß in Form zu bringen, ich wollte lediglich meine Brüste – die immerhin die ganz zufriedenstellende Größe von 75 C hatten – etwas anheben.

Mit einem Pfeifton und trägem, monotonem Tuckern fuhr der Zug in den Bahnhof ein. Als ich von der Bank aufstand, entdeckte ich Dodie in seinem bevorzugten Wochenend-Outfit – schwarzen Jeans und tiefblauem Jeanshemd – hinter dem verschmierten Fenster neben der Waggontür. Als er die Treppe heruntersprang, seine schwarze Ledertasche (die hoffentlich mindestens einen Joint enthalten würde) lässig über die Schulter geschwungen, dachte ich wieder einmal, wie glücklich Dodie doch sein konnte. In der Schönheitslotterie hatte er das Große Los gezogen, wenigstens das der sizilianischen Untermenge. Dodie und ich hatten beide eine glatte, helle Haut und wegen irgendeiner komischen Laune unserer Gene auch braunes Haar, das im Sommer einen messingfarbenen Glanz bekam, und nicht dieses dicke schwarze Haar, das auf den Köpfen unserer Eltern wucherte. Aber im Gegensatz zu mir hatte Dodie das, was wir alle als *nördliches* Gesicht bezeichneten: ein markantes Kinn und hohe Wangenknochen. Und deshalb sah er auch besser aus als ich. Um ehrlich zu sein, er war viel hübscher als ich, und das fuchste mich.

Ich begrüßte ihn mit einem Küßchen. »Gott, hab' ich dich vermißt.«

Dodie umarmte mich. »Hey, der Zug fährt ja wirklich an Sing-Sing vorbei.«

»Vergiß den Zug«, entgegnete ich. »Schau dir lieber meinen neuen Wagen an.«

»Hoffentlich ein Japaner.«

»*Sayonara*, Galaxy 500«, sagte ich und tat damit mit einem Wisch den Wagen ab, auf den Dodies und meine Eltern geschworen hatten, obwohl auf ihn durchaus der Satz zugeschnitten zu sein schien, der eigentlich für Fordmodelle geprägt worden war: *Täglich instand setzen und reparieren.* Während wir den Bahnsteig entlangschlenderten, wurde mir bewußt, daß ich mit meinem Stolz auf meinen Corolla doch sehr meinem Vater ähnelte, der oft und gern von der Begeisterung sprach, in die ihn der Kauf seines ersten – *gebrauchten* – Model T versetzt hatte.

Der Parkplatz war fast leer. Als wir endlich vor meinem Toyota standen, lächelte mich Dodie anerkennend an. Einen Moment später entdeckte ich, daß seine Blicke nicht meinen neuen Reifen, sondern meinem aufblasbaren Mann auf dem Beifahrersitz galten.

Dodie warf seine Tasche auf meinen geschlossenen Kofferraumdeckel. »Sperr die Tür auf«, kommandierte er. Ich nahm meinen Schlüssel aus der Tasche und öffnete die Beifahrertür. Wie ein Bulle griff Dodie in das Wageninnere, packte Security Man am Genick, zog ihn heraus, hob ihn hoch und sah ihn abschätzend an. Nach gerade einer Woche auf dem Planet Erde sah Security Man plötzlich leicht geschrumpft aus, er wirkte bei weitem nicht mehr so tapfer und von sich eingenommen.

»Er sieht aus, als müßte er einen geblasen bekommen«, meinte Dodie.

»Er gehört dir«, sagte ich, zog Security Mans T-Shirt hoch und deutete auf den Nippel auf seinem Plastikbauch.

»Ich hab' geschworen, es nie mehr mit Fremden zu treiben«, sagte Dodie. »Aber wenn du dich an ihm vergreifen willst, ich habe nichts dagegen, das Vergnügen aus deinem Munde beschrieben zu bekommen –«

»Ich bin doch gerade dabei, mein Leben zu ändern, hast du das vergessen?«

»Das will ich erst sehen.«

»Wirst du auch«, brummte ich niedergeschlagen und half dann Dodie, den Security Man, der so gar nicht mit uns kooperieren wollte, auf den Rücksitz zu stopfen. Dann stiegen wir ein. Als ich aus dem Parkplatz lenkte, entdeckte ich im Rückspiegel das typische Country-Club-Ehepaar mit silbrigem Haar, das gerade dabei war, seine Hartmann-Gepäckstücke in seinem Jaguar zu verstauen. Dann wendeten sie und fuhren mit abschätzigem Blick auf unseren sonderbaren Fahrgast an uns vorbei.

»Ich frage erst gar nicht, woher du diesen Kerl hast«, sagte Dodie auf der Rückfahrt. »Aber – kann ich raten? – deiner Mutter gefällt er.«

»Ich habe vergessen, mich bei ihr zu bedanken«, erinnerte ich mich plötzlich. Vielleicht hatte Mama ja recht. Vielleicht verdiente ich wirklich keine Geschenke.

»Ist das nicht die alte Yankee-Kappe deines Vaters?«

»Und seine Hose«, setzte ich hinzu.

»Na, dann hast du ihn ja endlich gefunden – den Mann der aussieht, wie dein guter alter Daddy –«

»Er sieht doch nicht aus wie mein Dad oder sonst irgend jemand, mit dem wir verwandt sind.«

»Wie heißt er?« fragte Dodie. »Rex?«

»Frankie?« schlug ich vor. »Oder Vinnie?«

»Nöh. Du sagtest doch gerade, daß er mit keinem unserer Verwandten eine Ähnlichkeit hat.«

»Er sieht blöd aus«, sagte ich. »Mit diesem roten Haar.«

Dodie schnappte mit den Fingern. »Das ist es – Red Rover, Red Rover.«

»Willst du nicht zu uns kommen?«

In der Erinnerung an dieses alte Kinderspiel lachten wir beide, und Dodie sah aus dem Fenster. »Mein Gott!« rief er mit der ganzen Verwunderung und Einfältigkeit von jemandem, der zu lange in der City gelebt hatte:

»Was sind das für grüne Dinger da draußen?«

»Man nennt sie Bäume.«

»Oh!« ächzte Dodie und legte die Hand auf seine Brust. »Kein Wunder, daß ich mich so asthmatisch fühle.« Dann drehte er sich um und sah lange und intensiv auf den Rücksitz. »Lise?«

»Was ist?«

»Kann ich deinen steilen Schwuli ein bißchen anbaggern?«

»Ich komm dir bestimmt nicht in die Quere.«

»Er kleidet sich schlecht«, meinte Dodie. »Gib ihm lieber gleich den Laufpaß.«

Ich stieg auf die Bremse. Wir fuhren an den Straßenrand, und wie ein paar Mafiosi, die den Kerl loswerden wollten, der die Familienehre beschmutzt hatte, schmissen wir ihn in den Graben.

Dodie hatte das verschmitzte Lächeln und die flinken Hände eines Zauberers. Als wir in meiner Wohnung ankamen, zog er keine Joints aus seiner schwarzen Tasche, sondern zauberte ein Einweihungsgeschenk und ein verspätetes Geburtstagsgeschenk hervor: ein Pfund Schokoladenkaffeebohnen mit Johannisbeergeschmack und zwei Porzellantassen in weiß und blau mit einem Goldrand, der in einem Prozeß aufgetragen wurde, den man, wie ich aus einem meiner Kurse in Kunstgeschichte erinnerte, *Staffage* nannte. Aber dieses Mal erinnerte ich mich an meine Manieren und – obwohl ich mich immer noch leicht zittrig und auch schuldig fühlte, wegen der dramatischen Art, auf die wir uns Security Man vom Hals geschafft hatten – bedankte mich herzlich bei Dodie und überreichte ihm sein verspätetes Geburtstagsgeschenk, nämlich ein Exemplar von John Updikes Tribut an den Ehebruch in den Vorstädten New Yorks, *Ehepaare*. Sodann führte ich ihn stolz durch meine Wohnung, damit er bewundern konnte, was mir in meinen dunklen, miserablen Jahren in Brooklyn alles abgegangen war. Überschwenglich pries Dodie die Annehmlichkeiten, die für die meisten Amerikaner, abgesehen von den Hinterwäldlern, die in den Hügeln von Tennessee in Hütten hausten, oder denen, die in den Wohnklos der großen Citys leben, selbstverständlich sind: eine Badewanne, die groß genug war, um darin zu liegen, ein Massage-Duschkopf, eine doppelte Spüle in der Küche, ein Herd mit vier funktionierenden Kochplatten, Küchenschränke ohne Nagetiere, Kakerlaken und Wasserwanzen, grauer Industrieteppich, eine richtige Schaumgummicouch aus dem Door Store und eine Garderobe, an die man am Ende eines langen Tages seinen Mantel hängen konnte.

»Wow!« entfuhr es Dodie. »Toller Einbauschrank!« Obwohl Dodie eine elegante Studiowohnung in einem Hochhaus am Rand des Financial Districts hatte – mit einem riesigen Panoramafenster, einer weißen Chaiselongue von Roche-Bobois und einem

Türsteher, der unter der Markise über dem Eingang den ganzen Tag lang Virginia Slims rauchte –, so hatte er doch nur einen vollgestopften Schrank, in dem er seine teure Garderobe verstauen konnte. In Brooklyn hatte ich einen hölzernen Kleiderständer mein eigen genannt, der das Gleichgewicht verlor, wenn zu viele Kleiderbügel an seinen Armen hingen.

»Das alles verdanke ich dir«, sagte ich.

»Nöh.«

»Na und ob. Wirklich. Ich fühle mich fast schuldig. Ich werde dir das nie zurückzahlen können.«

»Vergiß es, zahle mir deine monatlichen Raten, basta. Du bist übrigens ein paar Tage im Rückstand.«

Ich nahm meine Brieftasche heraus und schrieb Dodie einen saftigen Scheck aus. Dodie arbeitete als Investmentberater in der Nähe der Wall Street und hatte sich auf kleinere oder neuere Unternehmen spezialisiert, für die es sich auszahlen könnte, an die Börse zu gehen. Seine Kundenliste war beeindruckend lang und beinhaltete ein paar Broadwaykünstler, zwei Tenöre von der Met, einen Autor, der mit dem Pulitzerpreis ausgezeichnet worden war, zwei Kaufhausmagnaten und eine Dame, in deren Seniorenheim kleine alte Damen den ganzen Sommer lang Nerzstolen trugen und das ganze Jahr hindurch nach Estée Lauder stanken. Und dann war da natürlich ich. Von dem Tag an, an dem ich meinen ersten Job im Verlag antrat, bestand Dodie darauf, daß ich ihm mindestens fünfundzwanzig Dollar die Woche von meinem mageren Gehalt überwies. Er verwaltete mein Geld. Manchmal schenkte er mir die Weihnachtsgeschenke, die er von den kleinen alten Damen bekam und die sie ihm in den türkisfarbenen Lacktaschen von Tiffany überreichten, oder er nahm mich als Begleiterin mit, wenn er Eintrittskarten für die Metropolitan Opera oder die Philharmoniker geschenkt bekommen hatte. Klar, daß jeder von uns sein Privatleben hatte und eigene Wege ging, aber dann und wann war uns beiden ein zwangloses Date miteinander sehr willkommen.

Nachdem ich mit meiner Wohnung angegeben hatte, chauffierte ich Dodie gemütlich durch Ossining, vorbei an Boormans

Pharmazeutischen Werken mit ihrem wohlmanikürten Rasen und dem protzigen Brunnen.

»Komm, laß uns reingehen«, sagte Dodie.

»Benimmst du dich auch?«

»Aber sicher doch.«

Das bezweifelte ich. Dennoch wollte ich zu gern mit meinem eigenen Büro prahlen, und ich vermutete, daß die Chance, am Samstagnachmittag in meiner Abteilung jemanden anzutreffen, äußerst gering war. Auf dem Parkplatz der Geschäftsleitung hinter dem Gebäude standen nur vier oder fünf Wagen. Der schönste war ein brauner BMW, der auf den Plätzen des Topmanagements stand. Daneben parkte ein weniger prätentiöser silberfarbener Audi. Weder Dodie noch ich hatten einen Autofimmel. Trotzdem spazierten wir nahe genug an den luxuriösen Limousinen vorbei, um sie genauer betrachten zu können, und Dodie kommentierte: »Na, das sind ja tolle Schlitten, Lise.«

»Hübsch«, stimmte ich zu. Am Hintereingang mußte ich mich mit dem bewaffneten Sicherheitsposten – einem Dominikaner namens Gussie, der einen noch fetteren Bauch als mein Vater vor sich her schob, dafür aber eine wesentlich bessere Laune und ein viel netteres Lächeln hatte – in die Anwesenheitsliste eintragen. Nachdem ich unterzeichnet hatte, warf Gussie einen Blick auf das Klemmbrett: *L. und D. Diodetto.*

»Miss Lisa«, sagte Gussie scheltend, »ich wußte ja gar nicht, daß Sie verheiratet sind!«

»Das ist mein Cousin.«

»Dann besteht also noch Hoffnung für mich?«

Ich lachte und stellte ihm Dodie vor, der hastig Gussies Hand ergriff und sie schüttelte. Bewaffnete Männer machten Dodie immer nervös. Und er hatte mir gegenüber – mehr als einmal – erwähnt, daß er das eigenartige Phänomen nicht verstehen konnte, daß sich Leute hinter ihrer verschlossenen Schlafzimmertür als Polizisten und Kosaken, als Angehörige einer israelischen Kommandoeinheit, als Gestapomann oder gar als römischer Zenturio verkleideten. *Ich weiß, daß Sex manches Mal etwas mit Macht zu tun hat*, sagte er immer. *Aber muß das auch noch durch derarti-*

ge Kostümierungen illustriert werden? Wie können die Leute noch in den Spiegel schauen?

Während wir um eine Ecke bogen und dann den ersten langen, mit Teppich ausgelegten Flur entlangliefen, flüsterte Dodie: »Warum hat der Wachmann mit dir geflirtet?«

»Er langweilt sich. Und ich bin schön.«

»Er ist alt«, schnaubte Dodie. »Und du nicht.«

»Der Mann ist doch harmlos.«

»Ein harmloser Mann mit einer Waffe?«

»Er wird sie nicht gegen mich richten. Er soll die Leute erschießen, die zu viele generische Aspirinproben in ihre Taschen stopfen. Jetzt hör schon auf, wie meine Mutter zu reden« – Dodies Ausdruck von Horror in den Augen, nachdem ich ihn mit meiner Mutter verglichen hatte, war mir eine Freude, ich werde ihn wohl nie vergessen – »und mach dich bereit für die große Rundtour.«

Ich führte Dodie auf dem längeren Weg zu meinem Büro, vorbei an den Büros der Grafik, dem Buchhaltungsbüro, den großzügigen Sitzungssälen und der Büroflucht des Chefs der Hauptverwaltung. Als wir um die Ecke bogen, nach der es zu der Treppe zu den Laboratorien ging, hörte ich schwache Musikklänge – eine Arie –, die mich an kalte Winternachmittage in Brooklyn erinnerten, als ich zu der samstäglichen Fernsehübertragung aus der Metropolitan Opera den Müll in Tüten verpackte, Wäsche bügelte und das Ungeziefer von meinem Fußboden wischte.

Dodie hatte es auch gehört. »Entdecke ich in diesen Räumlichkeiten einen *paesano*?«

»Psch«, machte ich, denn ich war sicher, daß die Musik aus Dr. Peggy Schoenbargers Büro kam, obwohl sich die Musik eher nach Puccini als nach Wagner anhörte.

Ich sagte Dodie, bis jetzt hätte ich das Telefonverzeichnis der Firma Boorman noch nicht durchforstet, aber ich hätte den Eindruck, der einzige Sizilianer in der ganzen Firma zu sein, mit einer möglichen Ausnahme, nämlich einem gewissen Tony Russo aus der Wartungsabteilung, der auf dem Schwarzen Brett in der Cafeteria einen Zettel ausgehängt hatte, auf dem er verkündete, daß für den Mann, dessen Wochenendpseudonym MR. FIX IT! sei, kein Problem zu groß oder zu klein wäre.

Dodie hörte mir gar nicht zu. Seine Ohren galten nur der Musik. »Was ist das für eine Melodie, Lise? Ich kenne sie; es ist aus Gianni Schicchi –«

Ich hörte genauer zu. »*O mio bambino caro*?«

Dodie versetzte mir einen scherzhaften Stoß. »Es heißt *mio babbino caro* – mein geliebter Daddy –, nicht mein geliebtes Baby.«

Ich zuckte mit den Achseln. Ich haßte es, als kulturlos betrachtet zu werden, aber die Wahrheit war, daß ich noch nie eine Aufführung von Gianni Schicchi gesehen hatte – und die Arie kannte ich auch nur von der Kassette mit den Opern-Highlights.

Die fließende, anschwellende Musik freute mich wie ein unerwartetes Geschenk – sie stand so gar nicht im Einklang mit den nüchternen, schmalen Korridoren bei Boorman. Wir hörten bis zum Ende der Arie zu, warfen dann einen Blick in die Cafeteria und den piekfeinen Speisesaal für die höheren Angestellten.

»Gut gewählt, Lise«, nickte Dodie anerkennend.

»Das hab' ich auch dir zu verdanken, Dodie«, entgegnete ich – denn Dodie hatte mich gedrängt, der City den Rücken zu kehren, und mir geholfen, meine Aussichten in der *Fortune 500* zu eruieren. Er hatte mir auch erklärt, wo ich in der öffentlichen Bibliothek den Jahresbericht von Boorman finden konnte, und besorgte mir die Vorbereitungsunterlagen für den MCAT, den Eignungstest für angehende Mediziner, damit ich mir genügend medizinische Terminologie aneignen konnte, um Boormans vertrackten Eignungstest zu bestehen.

»Ich kann jetzt *Kontraindikation* und *Retrovirus* buchstabieren – und definieren«, teilte ich Dodie mit.

»Nicht schlecht für ein Mädchen, das am College Biologie mit einer Drei abgeschlossen hat.«

»Und jetzt buchstabiere und definiere ich all diese Wörter in einem eigenen Büro«, rief ich, als ich Dodie zur Redaktion führte. Ich war stolz auf mein helles, sauberes Büro im hinteren Flügel, in dem mein glänzend weiß laminierter Arbeitsplatz jeden Abend abgestaubt und abgewischt und mein Papierkorb täglich ausgeleert wurde. Jeden Morgen wunderte ich mich, wie und warum ich jemals in einer Abstellkammer mit rostigem Stahlschreibtisch gearbeitet hatte, dessen Schubladen klemmten, und die ich aus Angst davor, was ich darin entdecken mochte, ohnehin nur im äußersten Notfall geöffnet hatte. Die drei Jahre, die ich im Verlag gearbeitet hatte, war ich Morgen für Morgen mit Stapeln von gelben, weißen und blauen Schachteln konfrontiert, die pfundweise das geschriebene Wort enthielten. Den ganzen Tag lang – während Kakerlaken über den zerschlissenen Teppich wanderten und gelegentlich eine Maus hinter einem Stapel von Manuskripten in der einen Ecke ihren Weg quer durch das Zimmer unter den nächsten Stapel und in die andere Ecke suchte – öffnete ich Schachteln, protokollierte den Eingang von Manuskripten, ging ans Telefon oder machte Kopien. Nach sechs Monaten, in denen ich das Privileg hatte, meine eigenen albernen und hochmütigen Gutachten selbst zu tippen, hatte ich begonnen, Texte zu redigieren, und nachdem ich mein Talent bewiesen hatte, besonders schwerfällige Prosa auszuweiden, wurden mir stets die »gewichtigeren« Manuskripte aufs Auge gedrückt. Mein trübseliger Job schien mit dem Endprodukt nichts zu tun zu haben – mit den wunderschönen Büchern mit den glatten, farbenfrohen Buchrücken, den schillernden Schutzumschlägen, die glänzten wie geschmolzenes Wachs, und den ganzseitigen Anzeigen in der *New York Times Book Review* und im *Publisher's Weekly*.

»Nie wieder werde ich so ein Scheißmanuskript von jemand anderem redigieren«, versprach ich Dodie. »Ich werde mein eigenes Buch schreiben. Und ich bin fertig damit, immer nur Schwarz zu tragen.«

»Ist aber ganz praktisch, darauf sieht man den Schmutz nicht so«, meinte Dodie. »Aber nach einer Weile wird's langweilig, nicht wahr?« Aus den Augenwinkeln heraus betrachtete er mich. »Du siehst jetzt schon anders aus, Lise. Straffer. Gesünder.«

»Ich trainiere – jeden Tag. In einem Fitneßclub. Wenn du ein braver Junge bist, darfst du nach dem Abendessen mal meinen Bizeps fühlen.«

»Ich kann's kaum erwarten«, entgegnete Dodie, wobei sein eindeutig mangelnder Enthusiasmus klar zum Ausdruck kam. Er wandte sich an meinen Schreibtisch. »Ist das ein Big Blue[1] oder ein Wang?«

»Wie bitte?«

»Dein PC.«

»Es ist ein Computer. Anfangs hatte ich echte Panik davor. Kommt mir vor wie etwas aus *1984* – er ist mit einem Auge, einer Art ›Großem Bruder‹ verbunden –«

»Das nennt man *Mainframe.*«

»Wie auch immer. Jedenfalls macht er mich nervös. Tonnenweise sind darin Aufzeichnungen gespeichert, und er hat sogar ein Programm – es nennt sich All-in-1 –, mit dem man zu jeder beliebigen Zeit prüfen kann, wer an seinem Computer arbeitet, und dann kann man ihm eine Message zukommen lassen.«

Dodie nahm meinen schwerfälligen Tintenstrahldrucker in Augenschein, der die Fensterscheiben zum Klirren brachte, wenn ich eines meiner Dokumente ausdruckte. Er hatte bereits seit mehr als einem Jahr an einem Computer gearbeitet und war alles andere als beeindruckt.

Er setzte sich und empfahl mir, einen neuen Schreibtischstuhl zu beantragen – einen mit Armlehnen –, um klarzustellen, daß ich bei Boorman nicht nur eine bessere Sekretärin wäre. Dann griff er nach dem Familienfoto, von dem ich das Gefühl hatte, es auf meinem Schreibtisch postieren zu müssen. »Du siehst gar nicht so schlecht aus in deinem Osterhütchen.«

»Herzlichen Dank.«

»Sogar Carol sieht auf diesem Foto ganz manierlich aus.«

»Und was sagst du zu meiner Mutter?«

Dodie ließ sich zu keinem Kommentar über die eiserne Haltung und das versteinerte Gesicht meiner Mutter hinreißen. »Dein Vater sah eigentlich recht passabel aus. Vermißt du ihn manchmal?«

»Warum sollte ich?«

»Bei seiner Beerdigung hast du aber eine Menge Tränen vergossen.«

1 Big Blue – Spitzname für IBM (Anm. d. Übers.)

Ich zuckte mit den Achseln. Obwohl Dodie der erste gewesen wäre, der mich verstanden hätte, tat es immer noch zu weh, zugeben zu müssen, daß meine damaligen Tränen der Liebe gegolten hatten, die es zwischen meinem Vater und mir nie gegeben hatte. Ich weinte um das, was ich mir gewünscht, nicht um das, was ich verloren hatte.

»Er beachtete mich nie«, murmelte ich. »Er sprach nicht einmal mit mir.«

»Er sprach mit niemandem«, tröstete mich Dodie. »Nicht einmal mit meinem Vater.«

Dodies Eltern – Zio Gianni und Tante Beppina – lebten zwei Häuser von meinen entfernt. Meine Mutter und Tante Beppina besuchten einander laufend, aber unsere Väter (die ja Brüder waren), sagten nicht einmal *Buh*! zueinander. Ich hatte immer das Gefühl, mein Vater war auf Zio Gianni eifersüchtig, weil er Jocko und Dodie hatte und er selbst mit zwei Mädchen geschlagen war. Um sein Leid noch zu erhöhen, bekam Tante Beppina nach Dodie noch drei weitere Jungs – jüngere Brüder, mit denen Dodie seit Jahren kein Wort mehr gewechselt hatte –, während meine Mutter nur noch Fehlgeburten zustande brachte.

»Denkst du, daß deine Mutter –?« fragte Dodie. »Ich meine, ob sie ihn vermißt?«

Wieder zuckte ich mit den Achseln. Ich wußte nicht, warum die Tatsache, daß zwischen meinen Eltern keine Liebe zu spüren gewesen war, mir immer noch weh tun sollte. Dennoch war es so. Mama und Daddy waren berühmt dafür, Beleidigungen *sotto voce* auszutauschen, als ob die bissigen Bemerkungen nicht zählen würden, wenn man sie in der dramatischen Illusion losläßt, die beleidigte Partei würde schlecht hören. Niemals hatte ich meine Eltern händchenhaltend erlebt oder gesehen, daß sie sich geküßt hätten. Sie sprachen sich nicht einmal gegenseitig mit Namen an. Sie redeten sich höchstens mit »du« an, und hinter dem Rücken des anderen sprachen sie voneinander als »Pops« oder »die Mama« – oder gaben sich noch ganz andere Namen, die weit schlimmer waren.

Und dennoch behielt Mama ihn in guter Erinnerung. Sie zupfte die Herbstblätter von Daddys Grab und verbrachte stets eine lange Zeit damit, mit dem Blumenhändler über den Preis der Geranien zu verhandeln, die sie jedes Frühjahr vor seinen Grabstein pflanzte. Sie behauptete dann immer: »Pops hätte das Beste zum geringsten Preis gewollt.« Wann immer wir uns zum Abendessen versammelten, vergaß sie niemals, Al Dante daran zu erinnern: »Hier sitzt du auf Pops altem Stuhl. Du sitzt jetzt hier – genauso hätte er es gewollt.«

Ich fragte Dodie nicht, ob er seinen Vater vermißte, mit dem er seit dem berühmten Vorfall mit dem Ohrring – der eine dünne weiße Narbe hinterlassen hatte, die ich immer versucht war, zu berühren, als ob der Druck meiner Finger sie je heilen könnte – nicht mehr gesprochen hatte.

»Willst du das Büro von meinem Boß noch sehen?«

»Viel dringender muß ich eine Pipibox sehen.«

»Hast du im Zug zuviel Kaffee getrunken?« fragte ich, denn er hatte in meiner Wohnung bereits zweimal die Toilette aufgesucht.

»Nein, aber gestern war ich mexikanisch essen.«

Ich schleppte Dodie in Karens Büro, denn ich wußte, daß sie in ihrer untersten Schreibtischschublade ein rezeptfreies Mittel gegen Diarrhöe und Verdauungsstörungen vorrätig hatte. Ich goß ihm einen Pappbecher mit der pinkfarbenen Flüssigkeit voll. Dodie schluckte es und schenkte sich noch einmal ein. »Dein Boß hat Pech gehabt, wenn Montezuma das nächste Mal zuschlägt«, grinste er.

»Sie kann das Zeug im Moment ohnehin nicht einnehmen«, klärte ich ihn auf, während ich die Flasche wieder verstaute. »Sie ist schwanger.«

»Hast du mir ja noch gar nicht erzählt.«

»Warum glaubst du wohl, habe ich den Job angenommen?«

»Oh, Lise, du bist ja cleverer, als ich dachte.« Mit Bewunderung in den Augen sah sich Dodie in dem geräumigen Büro um und schüttelte angesichts Karens Schneelandschaften aus Neuengland, ihres mit Monogramm versehenen Bleistiftbehälters und des Briefbeschwerers aus bleigefaßtem Glas in der Form eines großen K den Kopf.

»Sie ist trotzdem nett«, sagte ich. »Ich schwör's.«

»Trotzdem solltest du hier umdekorieren.«

Anschließend führte ich ihn den Flur entlang zur Herrentoilette, die gegenüber der Kantine lag. Ich schlenderte diskrete zehn Meter weiter und trat ans Fenster, von wo aus ich die Blumenbeete betrachtete, auf denen lila Hyazinthen, rote Tulpen und Narzissen in zartem Gelb blühten, die mich an die Lilien erinnerten, die am Ostersonntag den Altar schmückten. Ich legte mein Ohr fest an die Fensterscheibe und hoffte, das Plätschern von Bormans Vorzeige-Brunnen hören zu können.

Statt dessen hörte ich das Scheppern des Süßigkeitenautomaten aus der Kantine. Ich vernahm das Schnappen einer Metallasche und ein Zischen aus einer Getränkedose und drehte mich in der Erwartung um, daß Dodie gleich mit einer Dose Canada Dry aus der Kantine treten würde, um damit seine Magenbeschwerden zu lindern. Doch aus der Tür trat ein Mann in weißem Hemd und lässigen Chinos. Er blieb abrupt stehen. Entweder erschreckte ich Mr. Eben Strauss – den ich *sans* scheußlicher Krawatte kaum wiedererkannt hätte –, oder es war ihm peinlich, daß ich ihn beim Genuß einer Billigsorte von Root Beer erwischt hatte, das auf der Büchse mit dem Spruch warb: »Ein Sprudel wie aus alten Zeiten.«

»Machen Sie schon Überstunden?« fragte er.

Hier bot sich mir die perfekte Gelegenheit, mir beim Management ein paar Pluspunkte einzuhandeln. »Ich hatte noch ein paar Dinge auf dem Schreibtisch, die aufgearbeitet werden mußten«, entgegnete ich.

»Ich habe dasselbe Dilemma«, stöhnte er.

»Ich bin bereits fertig.«

»Ich wünschte, ich könnte dasselbe von mir sagen.«

Einen Moment lang standen wir uns verlegen gegenüber.

»Dann waren Sie es also, der sich Puccini angehört hat«, sagte ich. »Das war nett, ich meine, schön. Ich mußte leider aufhören zuzuhören –«

Meine Stimme verlor sich. Er machte mich nervös, wie er so vor mir stand und mich anstarrte, wobei er seine Dose so weit vom Körper fern hielt, als hätte er Angst, sich den Inhalt über sein weißes Hemd zu kippen. Er sah wirklich gut aus in dem weißen Hemd, von den Chinos gar nicht zu sprechen, und beides war so perfekt gebügelt, daß er es sicher direkt aus dem Kleidersack der Reinigung angezogen hatte. Vielleicht wollte er ja vermeiden, schon wieder zur Reinigung fahren zu müssen. Er mußte sich jedenfalls keinerlei Sorgen darüber machen, mein höchst unprofessionelles Outfit – eine abgeschnittene Jeans und ein Herren-T-Shirt mit V-Ausschnitt, von dem Dodie behauptete, ihm fehlte eigentlich nur noch die Neonaufschrift GUINEA – mit seiner Limonade zu bespritzen. Meine ethnische Verkleidung wurde noch verstärkt durch eine geheimnisvolle blaue Medaille, die an einer Silberkette zwischen meinen Brüsten baumelte.

»Wenn Sie gerade gehen«, sagte Mr. Strauss, »begleite ich Sie gern zum Ausgang.«

»Ach, lassen Sie nur –«

»Es würde mich aber freuen, Sie zu begleiten –«

»Ich brauche keine Begleitung –«

»Außerhalb der Bürostunden sollten Sie hier vorsichtig sein, es gibt nur einen Sicherheitsposten.«

Da ertönte hinter ihm, laut und plötzlich, wie ein Überschallknall, eine Toilettenspülung. Mr. Strauss runzelte die Stirn und drehte sich zur Tür der Herrentoilette um.

Ich spürte, wie ich rot anlief. »Ich brachte meinen eigenen Bodyguard mit.«

»Aha. Nun, in dem Fall lasse ich Sie jetzt allein, damit Sie an Ihren Schreibtisch zurückkehren können.« Wieder runzelte er die Stirn, dieses Mal beim Anblick meiner nackten Knie. »Es ist ein herrlicher Tag. Genießen Sie lieber den Sonnenschein.«

Er und sein Root Beer verschwanden den Flur hinunter. Ich biß mir auf die Lippen und schaute – zum wievielten Male wohl? – zu meinen X-Beinen hinunter, eine Schmach, die eigentlich nur noch von O-Beinigkeit übertroffen werden konnte.

Als Dodie aus der Toilette kam, blickte er den Flur auf und ab, preßte sein Kinn an den Hals, streckte den Bauch hinaus und legte die Hand an den Schritt, um mit einer drastischen Geste den

Reißverschluß seines Hosenschlitzes hochzuziehen, womit er unsere beiden Väter imitierte, die für die auffällige Art berüchtigt waren, wie sie nach dem Besuch einer Toilette, sei es eine private oder öffentliche, ihre Kleidung wieder in Ordnung brachten.

»Laß das«, flüsterte ich. »Es könnte dich ja jemand sehen.«

»Ist doch niemand hier –«

»Mein Boß ist gerade vorbeigelaufen.«

Dodies Augenbrauen zogen sich fragend nach oben. »Die schwangere Karen etwa?« flüsterte er.

»Nein, ein schwereres Geschütz«, gab ich zurück. »Ein Mann.«

»War er derjenige, der sich die Oper anhörte?«

»Ich weiß nicht genau. Aber er trank ein Root Beer, das habe ich gesehen. Willst du ein Ginger Ale für deinen Magen?«

»Nöh, laß uns in den Supermarkt fahren. Ich höre schon, wie die Auberginen rufen. Laß uns doch *parmigiana* zum Abendessen kochen.«

Wir sagten Gussie ade und schlenderten auf meinen Toyota zu, dann kurbelten wir die Fenster herunter, damit jedes Lüftchen, das sich an diesem warmen Tag bewegen sollte, durch den Wagen ziehen konnte. Nachdem wir auf der Straße waren, meinte Dodie: »Jetzt zu den wichtigen Informationen. Darf ich es wagen, mich nach der Männer-Situation in dieser deiner Pillen-Firma zu erkundigen?«

Nach der Lektion, die er mir einmal über die Vorherrschaft der Männer in der Arbeitswelt gehalten hatte, wagte ich es vor Dodie kaum zuzugeben, daß ich mich jetzt in einer den Frauen vorbehaltenen Domäne bewegte, in der fast täglich Tupperware- und Sarah-Coventry-Partys lauerten und in der ich meine Kolleginnen bereits beleidigt hatte, weil ich höflichst abgelehnt hatte, Eisteekrüge, 1-Liter-Kasserolen mit hermetisch abschließbarem Deckel sowie gräßlichen Schmuck aus Silber, Bronze und Gold zu kaufen, der aussah, als ob die Designerin unter einem schwerwiegenden prämenstruellen Syndrom leiden würde und sich nicht entscheiden könnte, mit welchem Material sie derzeit arbeiten wollte. Ich versuchte fröhlich zu klingen, als ich Dodie fragte: »Kannst du aus dem innenarchitektonischen Design in meiner

Abteilung nicht schließen, daß hier in jedem Schreibtisch Ersatztampons in der Schublade lagern?«

»Oh! Hab' ich dir nicht gesagt, du solltest zuallererst checken, ob in dieser Abteilung auch in Frage kommende Männer arbeiten?«

»Aber Dodie, meine Chefin ist schwanger, und ich bin die nächste in der Reihe für ihren Job –«

»Trotzdem! Du mußt endlich lernen, mit den Kerlen umzugehen. Schließlich sind es immer noch die Männer, in deren Hand die Macht liegt.«

»Wußte ich das nicht?« fragte ich. »Boorman ist total auf dem ›Guter-alter-Knabe‹-Trip. Es gibt nur eine Frau im Topmanagement – und die ist gebaut wie eine Walküre.«

»Steht sie in der Warteschleife? Ist sie scharf auf einen der Jungs?«

»Sie ist ganz bestimmt nicht eine der Frauen, die hinter Männern her ist«, grinste ich. Dr. Peggy Schoenbargers Standarduniform – ein solider grauer, zweireihiger Blazer und eine Polyesterbluse mit einer schlappen, hasenohrigen Fliege – zeichnete sie so gut wie sicher als Lesbe aus. Während meiner ersten Arbeitswoche hatte ich gesehen, wie sie im Vorbeigehen meinen Rock musterte, und was ich zunächst für einen sexuellen Auftakt hielt, konnte ich sehr schnell als Mißbilligung deuten. Sie war mit tödlicher Sicherheit der Auffassung, daß Frauen ihre Muskeln zwar trainieren, aber niemals zeigen sollten. Fast erwartete ich, sie würde einen Maßstab herausziehen und meinen Saum messen und mir anschließend mit seinem langen Ende mein Hinterteil versohlen.

Frau Doktor war zwar ein furchteinflößendes Wesen, aber ihre Art, Emotionen zu verbergen, erinnerte mich an meine Mutter. Nachdem ich ihr jedoch etwas nähergekommen war und sie persönlich besser kennengelernt hatte, erwies sie sich – Schritt für Schritt – als weniger bärbeißig, als ich zunächst angenommen hatte. Seither hatte ich allerdings meinen ursprünglichen Eindruck von ihr revidiert, sie wäre die Inkarnation eines wagnerianischen Wesens (oder zumindest das Ebenbild jener Frau, die um das Amt der ersten weiblichen Gouverneurin von Connecticut kämpfte – eine Frau, die der leidenschaftlichen Kritik meiner Familie ausgesetzt war, da sie zwar wie ein Mann aussah, sich aber mit dem Vornamen Ella schmückte, was auf italienisch ›sie‹ bedeutete). Peggy erinnerte mich mehr und mehr an eine meiner Lieblingsautorinnen aus meiner Kindheit, Beatrix Potter, die mit einer altmodischen Bluse und einem Tweedrock bekleidet in ihrer Haustür steht, wie das Inbild einer englischen Landfrau. Warum mich Peggy an Potter erinnerte, hätte ich nicht genau definieren können, zumal Peggy Potters Geschichten sicher nicht geschätzt hätte, in denen von schwermütigen Fröschen, boshaften Kätzchen und Häschen die Rede war, die Kohlfelder plünderten und Puppenhäuser demolierten und nicht im Traum daran dachten, sich für ihr irrationales Benehmen zu entschuldigen, geschweige denn versuchten, ihr kriminelles Verhalten wiedergutzumachen.

»Diese Frau mußt du unbedingt einmal kennenlernen«, sagte ich zu Dodie. »Ich schwöre dir, sie sieht aus wie dem *Ring des Nibelungen* entstiegen. Und sie spielt Golf!«

»Hoffentlich kreuzt du nie das Schwert – oder den Schläger – mit dieser Brunhilde der Bunker!«

»Na ja, irgendwie unterliegt meine Abteilung ihrer Aufsicht.«

»*En garde.*«

»Weshalb? Sie ist immer nett zu mir gewesen. Und mir ist es egal, wenn sie eine Lesbe ist.«

»Lise, du bist so ein liebes, kleines Mädchen –«

»Bin ich gar nicht –«

»– und von Lesben werden diese Eigenschaften bekanntermaßen nicht besonders geschätzt.«

»Oh!« sagte ich. »Yeah, die Lesben. Sag mal, sind die genauso intolerant wie diese andere Gruppe, die uns beiden bekannt sein dürfte, diese praktizierenden Homosexuellen?«

Dodie machte eine Geste, als hielte er ein Lasso in der Hand, und versuchte – nicht besonders erfolgreich übrigens – die Stimme unseres Cowboy-Präsidenten zu imitieren. »Treibt sich hier etwa eines dieser subversiven Elemente herum, das wir mit diesem Lasso hier einfangen können?«

Ich warf einen Blick über meine Schulter, um die Spur zu wechseln. »Wenn es welche geben sollte, dann können die sich meinetwegen einmotten lassen.«

»Irgendwelche Heteros, mit denen sich eine Verabredung lohnt?«

»Ich hab's noch nicht ganz durchgecheckt.«

»Das fällt mir jetzt aber schwer zu glauben.«

Ich seufzte. Ich dachte an das Root Beer. »Es gibt niemanden. Bis jetzt. Also vergiß es. Gibt es in deinem Leben irgend etwas Positives?«

»Tja, was soll ich sagen? Im Moment kommen mir alle irgendwie paranoid vor. Ich sollte vielleicht doch Priester werden.«

»Vielleicht solltest du einen Homo heiraten.«

»Wen zum Beispiel?«

Ich persönlich hätte meine Stimme für Dodies letzten Freund, George, abgegeben, der bei der James Beard Foundation als Koch angestellt war. George war Halbasiate, für dessen langes, glänzendes Haar ich glatt einen Mord hätte begehen können. George band es meist zum Pferdeschwanz zusammen, den Dodie stets als zu feminin bezeichnete und ständig damit drohte, ihn mit dem Pizzaroller abzuschneiden. Letztes Jahr hatte Dodie so gut wie angekündigt, daß er und George ernste Absichten miteinander hätten, indem er mich schon drei Wochen vorher zu einem festlichen Abendessen an einem Freitagabend eingeladen hatte. George hatte sich angeboten zu kochen. Obwohl ich natürlich neugierig war, hatte ich mich nicht auf den Abend gefreut, denn: ich war nie besonders scharf darauf, Dodies Partner kennenzulernen. Ich weiß, daß es falsch war, aber ich war eifersüchtig, denn Dodies Beziehungen zu Männern schienen immer besser zu sein als meine Beziehungen zu Männern, und das lag nicht nur daran, daß seine Partner stets besser aussahen und besser gekleidet waren als meine. Und ich war eifersüchtig, weil sie mit Dodie das teilten, was ich bis dato in all meinen Beziehungen mit Männern vermißt hatte – nämlich echte Freundschaft.

Überraschenderweise stellte ich jedoch fest, daß ich George wirklich sympathisch fand. Er bereitete ein spektakuläres Dinner für uns zu und gab sogar das Rezept seiner köstlichen Spinatsuppe preis, die jedoch ganz grauenhaft schmeckte, als ich sie später einmal selbst ausprobierte. Während des Käseganges jedoch, als sich das Gespräch um das neue Gerücht über Prinz Charles' jüngsten Seitensprung drehte, bekam ich das Gefühl, daß Dodie und George nicht dieselbe Definition von *Treue* hatten. Dieser Verdacht bestätigte sich während des Desserts – einem absolut göttlichen Tiramisu, das mit geraspelter Schokolade bestreut war –, als unter dem Tisch jemandes bestrumpfter Fuß über meinen streifte und sich dann Zehen an meinem Unterschenkel entlangtasteten. Ich war beschwipst genug, um es zu ertragen – und dann betrunken genug, um es zu genießen –, bis ich schließlich zur Besinnung kam und mich damit entschuldigte, mir die Hände waschen zu wollen. Im Badezimmer schaufelte ich mir kaltes Wasser ins Gesicht, nur um hinterher, in Dodies Worten, blasser als ein Gespenst auszusehen. »Ich glaube, ich habe zuviel getrunken«, kicherte ich und machte Anstalten zu einem möglichst raschen Rückzug zur U-Bahn. Doch Dodie widersprach energisch, George hätte noch nicht einmal die Gaggia angeheizt, um Cappuccino zuzubereiten, und außerdem hätte er in seiner Süßigkeitendose genug Marihuana, um eine Pfeife von der Größe des Spaghettitopfes meiner Mutter zu füllen.

»Nein, nein«, wehrte ich ab, »ich muß jetzt wirklich gehen.«

Just in dem Moment sahen Dodie und George sich an und brachen in schallendes Gelächter aus.

»Hör zu, Lise«, sagte Dodie, »George dachte, er hätte mein wohlgeformtes Bein unter dem Tisch erwischt.«

Ich biß mir auf die Lippen. »Ich rasiere meine Beine!«

»Na und? Wir tragen doch beide Jeans.«

»Tut mir echt leid, Lisa«, lachte George. »Wirklich, es tut mir leid. Nachdem du aufgestanden bist, um zur Toilette zu gehen, habe ich erst gemerkt, daß mir wohl kein schlimmerer Fauxpas hätte unterlaufen können.«

Obwohl ich nun auch lachen mußte – und schließlich doch des Cappuccinos und Marihuanas wegen blieb – hatte ich von allem derart die Schnauze voll, daß ich zwei Monate später, als mir Dodie mit heiserer, brechender Stimme mitteilte, er und George hätten sich getrennt, lediglich mit mitfühlendem Schweigen antworten konnte. »Es tut mir wirklich leid für dich«, sagte ich schließlich und meinte es auch so. Aber in die Enttäuschung mischte sich eine egoistische Erleichterung. Es gibt nichts Schlimmeres, als sich die Liebesgeschichten seines besten Freundes anhören zu müssen, wenn man nicht gleichzeitig von seinen eigenen erzählen kann. Außerdem hatte Dodies Verhältnis mit George in mir einen ungesunden Neid ausgelöst. Mit mir hatte noch nie jemand unter dem Tisch gefüßelt. Niemand hatte je mein Haar geküßt oder mir liebevoll ein Geschirrtuch aus irischem Leinen über mein Gesäß geschlagen, wie es George mit Dodie getan hatte, während ich beobachtete, wie die Milch in einem Edelstahlkännchen langsam zu Schaum wurde.

»Du hättest George heiraten sollen«, sagte ich zu Dodie.

»George hätte *mich* heiraten sollen. Der verdammte Kerl! Und dich soll auch der Teufel holen, Lise –«

»Mich?«

»Nur aus Neugierde – wie lange hast du es denn geduldet, daß er mit dir füßelt, bevor du dein Bein weggezogen hast?«

Ich hoffte inständig, daß George nicht auch noch die Zeit gestoppt hatte. »Ich dachte, es wäre dein Fuß gewesen, Dodie.«

»Der Versuch ehrt dich, Lise, aber ich glaube dir kein Wort.«

»Halt endlich den Mund, damit ich mich auf den Verkehr konzentrieren kann, einverstanden?«

»Wenn du aufhörst zu versuchen, mir meine Freunde wegzuschnappen. Wohin fahren wir überhaupt? Hier sieht es ja total ländlich aus.«

Die zweispurige Landstraße kam mir mehr als ländlich vor – Tatsache war, es sah aus, als hätte ich mich verfahren. Aber ich wollte nicht zugeben, daß mich das Gespräch so sehr abgelenkt hatte, um noch auf den Weg zu achten. Bei Dodie stand ich ohnehin bereits in dem Ruf, eine chaotische Fahrerin zu sein, was weniger auf meine Unverfrorenheit hinter dem Steuer als auf meine Umsicht zurückzuführen war. Vielleicht war es nur ein weiterer Ausdruck meines Bedürfnisses, gegen Autorität zu rebellieren, aber ich hatte die schlechte Angewohnheit zu bremsen, wenn die Ampel auf Grün stand, abrupt stehenzubleiben, wenn Gelb aufleuchtete, weshalb ich entweder noch einmal zurücksetzen – was gegen das Gesetz verstieß – oder mich in einem illegalen Manöver zentimeterweise über eine Kreuzung tasten mußte.

Als ich an der nächsten größeren Kreuzung nach links fuhr, hoffte ich, Dodie würde nicht bemerken, daß ich denselben Weg zurückfuhr, den wir gekommen waren. »Weißt du«, fing ich an, »du hast eigentlich nie richtig verstanden, was zwischen dir und George vorgefallen ist.«

»Ich hab's dir schon gesagt«, entgegnete Dodie, der weiterhin aus dem Seitenfenster sah. »Er war einfach nicht treu, und zum Schluß wurde die Sache wirklich verrückt.«

»Was ist schon verrückt? Alles ist verrückt!«

»Es ging nicht nur um eine Sache. Es kamen einfach viele Kleinigkeiten zusammen.« Dodie starrte weiter in die Landschaft. »Abgesehen davon verlangte er, daß ich wenig originelle Dinge zu ihm sagte. Im Bett.«

Ich biß mir auf die Lippen und war nicht gerade erpicht darauf zuzugeben, daß sich mein eigenes Repertoire auf *o Gott, das tut gut* und das höchst überflüssige *fick mich, fick mich, ja, fick mich* beschränkte, was doch tatsächlich einen meiner Partner zu der Antwort veranlaßt hatte: »Was zum Teufel glaubst du wohl, was ich hier tue? Deine Zähne putzen, oder was?«

»Das Bett ist wohl kaum der Ort für originelle Gespräche«, entgegnete ich deshalb.

»Ja, aber ich habe keine Lust dazu, Sätze aus einem zweitklassigen Porno zu zitieren.«

»Welche zum Beispiel?«

»Ach, mein Gott. Versetz dich doch in meine Lage!« Dodie lachte nervös. »Er wollte, daß ich ihn eine verdammte, dreckige Hure nenne.«

»George? Der süße George?«

»Hör auf, auf das Lenkrad zu spucken, Lisa – das ist unhygienisch.«

»Bitte sag sofort, daß das alles nicht wahr ist!«

»Ich wollte, ich könnte das!«

Wir fuhren weiter. Obwohl die Neugierde an mir nagte wie eine Art Hustenreiz, wartete ich, bis wir unseren Weg zur Hauptstraße wieder gefunden hatten und auf dem Parkplatz vor dem Supermarkt standen. Erst dann platzte ich mit meiner Frage heraus: »Na und, hast du's getan?«

»Was?«

»Ihn eine verdammte, dreckige Hure genannt?«

»Ich liebte ihn!« antwortete Dodie, und ich wußte nicht mehr, was stärker war: die Traurigkeit, daß ich noch niemals vergleichbare Emotionen erlebt hatte, oder meine Verwunderung, denn wenn es das war, was die Liebe ausmachte, warum strebte ich dann so verzweifelt danach?

Zurück in meiner Wohnung, schnitt Dodie die dunkelvioletten, reifen *melanzane* in Scheiben, und ich bestreute sie mit Salz und wendete sie in Ei und Mehl. Auberginen rauchten immer in der Pfanne, so niedrig man die Temperatur auch hielt, deshalb nahm ich die Batterie aus dem Rauchmelder, obwohl Dodie wie ein Feuerwehrhauptmann protestierte, daß derartiges Handeln unverantwortlich sei.

Während wir mit einer Silberzange abwechselnd über der spritzenden und zischenden Pfanne standen, beklagten Dodie und ich unsere Verrücktheit nach Jungs, die wir – und darauf bestand ich – deshalb teilten, weil wir am selben Tag geboren waren.

»Möglicherweise haben wirklich die Sterne etwas damit zu tun«, nickte Dodie. »Ich persönlich finde es jedoch einfacher, die Schuld daran meiner Mutter zu geben.«

»Was ist mit deinem Vater?«

Dodie stupste meinen Arm. »Wie wär's, wenn ich dir die Schuld daran in die Schuhe schiebe, Lise?«

Ich schnaubte verächtlich. Dodie behauptete stets, seine Liebe zu Jungs gehe auf das Halloweenfest von 1966 zurück. Es war ein dunkler, gewittriger Nachmittag gewesen, und Jocko und Carol hatten uns eine Heidenangst eingejagt, indem sie uns aus einem dicken Buch aus der Bücherei abwechselnd Geistergeschichten vorlasen. Die letzte Geschichte handelte von einem Jungen namens Reuben – (»Das ist ein jüdischer Name«, klärte uns Jocko auf, als ob die Geschichte dadurch noch furchteinflößender werden würde). Aus irgendeinem Grund hatte Reuben Angst vor dem Wandschrank in seinem Zimmer und beging den Fehler, diese Angst seinem älteren Bruder gegenüber zuzugeben, der den schreienden und um sich schlagenden Reuben Richtung Schrank schleppte. Reuben wurde darin eingesperrt, und nach weniger als einer Minute hörte das Geschrei auf. Reuben war verschwunden. »Er trat in die fünfte Dimension ein!« riefen Carol und Jocko wie aus einem Munde und zerrten Dodie und mich quer durch das Zimmer und sperrten uns beide in den Wandschrank. Dodie und ich hatten geschrien und mit den Füßen gegen den Schrank getreten, bis wir hörten, daß Tante Beppina in das Zimmer gestürzt kam und wissen wollte, was hier vor sich ging. »Dodie zeigte Lise seinen Piepmatz«, sagte Jocko, »deshalb sperrten Carol und ich die beiden in den Schrank.«

Noch am selben Nachmittag legte Tante Beppina Dodie übers Knie und versohlte seinen Hintern mit eben jenem Band von Geistergeschichten, der die ganze Episode hervorgerufen hatte. Die Tracht Prügel hinterließ offensichtlich einen tiefen Eindruck. »Damals wurde es mir klar«, sagte Dodie, während er eine weitere Auberginenscheibe aus dem blubbernden Öl hob. »Bei dir muß ich mich bedanken, Lise. Denn damals dachte ich: ›Warum sollte ich jemals Lise oder irgendeinem anderen Mädchen meinen Penis zeigen wollen?‹«

Ich schichtete die gebratenen Eierfruchtscheiben mit Sauce und Mozzarella in eine Auflaufform und sagte zu Dodie: »Und in mir verstärkte sich damals – nachdem meine Mutter zu mir gesagt hatte: *Laß dir nie, ja nie von einem Jungen dieses Ding zeigen*! – das Gefühl, daß eines meiner größten Ziele im Leben sein würde, Jungs dazu zu überreden, es mir zu zeigen.«

Aber bereits in den ersten Klassen der High-School hatte ich genügend Beweise dafür gesammelt, daß die meisten Jungs keiner Überredung bedurften. *Jungs von der männlichen Spezies* (so nannte Dodie heterosexuelle Jünglinge) nahmen sich, was immer sie wollten und wann immer sie wollten, und der Rest der Welt konnte sich nach ihrem Dafürhalten in den Weltraum schießen lassen. *Jungs bleiben eben immer Jungs*! Das war einer der wenigen idiomatischen Ausdrücke, die sich meine Eltern korrekt einprägten und offensichtlich für richtig hielten, denn unsere Cousins (mit Ausnahme von Dodie) flippten völlig aus, rauchten, tranken und baggerten die Mädchen an, bevor sie irgendwann einmal ruhiger wurden und Jobs bei Midas' Auspuffservice oder der Southern New England Telephone Company annahmen. Und Mädchen – richtige Mädchen – waren so wie meine Schwester Carol, die es liebte, Kuchen zu backen, gern bastelte und strickte oder Haushaltswaren erstand, die sie dann in der Aussteuertruhe aus Zedernholz sammelte, die jede von uns zum sechzehnten Geburtstag bekommen hatte. Meine blieb immer leer. Wenn Mama für die gesammelten Coupons, die sie als Dankeschön für ihre Einkäufe erhielt, ein halbes Dutzend Steakmesser nach Hause brachte, oder für einen Einkauf über 50 Dollar ein komplettes Service – Weidenmuster mit chinesischer Landschaft – bekam, dann schenkte ich meinen Anteil immer Carol, die die doppelte Mitgift freudestrahlend einheimste, als ob sie eine Ehe mit Zwillingen anstrebte.

Später bedauerte ich meine Freigebigkeit, nicht etwa weil ich den billigen Ramsch aus der Aussteuertruhe wiederhaben wollte, sondern weil meine Vorstellung von Carol und ihren zwei Ehemännern meine ersten sexuellen Phantasien angeregt hatte, die ich nie mehr ganz hatte auslöschen können. Das Szenario war ziemlich einfach: zwei Männer, die aussahen, als seien sie geklont, nahmen mich nacheinander. Nachdem der erste Zwilling mich nach allen Regeln der Kunst halbwegs zum Ziel gebracht hatte, schnippte ich mit den Fingern, und der zweite von ihnen trat auf und vollendete die Nummer. Ich war sechzehn, als ich diese Vorstellung zum ersten Mal hatte, und fast zehn Jahre später entdeckte ich, daß ich mich immer noch an diese Bilder klammerte, wenn ich mich abmühte und Hilfe brauchte, um die Kurve zum Höhepunkt zu kriegen.

Manchmal schämte ich mich für derartige Gedanken und fragte mich, ob andere Frauen wohl auch ...? Aber wen auf dieser Welt sollte ich fragen – meine Mutter? Carol? Karen? Dr. Schoenbarger? Und wie sollte ich eine solche Frage formulieren? *Hey, hört mal Mädels, habt ihr eigentlich auch diese perversen Phantasievorstellungen*? Es hatte keinen Sinn, eine derartige Umfrage zu veranstalten, da ich die traurige Antwort ohnehin selbst kannte, daß sich nämlich mein Körper von meinem Herzen abgelöst hatte, daß die Art, wie ich mir in meinen Träumen Männer vorstellte – als immerfort granitharten, impulsartig vibrierenden Phallus, dessen einzige Funktion es war, mein Verlangen zu befriedigen – weder etwas mit Emotionen oder Romantik zu tun hatte noch mit dem, was in der Bibel als das größte aller menschlichen Gefühle bezeichnet wurde, nämlich mit Liebe.

Oder war es Barmherzigkeit?

»Dodie«, sagte ich. »Manchmal mache ich mir um mich selbst Sorgen. Ich habe oft so komische Phantasien –«

»*Alt*!« rief Dodie. »Hör sofort auf damit, bitte!«

»Aber weshalb denke ich nur ständig so sonderbares Zeug?«

»Ich hab's dir schon einmal gesagt, Lise, fang besser an, deinen Roman zu schreiben, oder du landest noch im Gefängnis.«

Ich zuckte mit den Achseln. In einem Anfall von Langeweile *hatte* ich letztes Wochenende damit angefangen, aber wovon ich erhofft hatte, daß es sich in einen geistreichen boulevardkomödienartigen Blick auf das Betriebsleben entwickeln würde – Noel Coward bei IBM –, war schnell zu einer pornographischen Version des Alltagslebens bei Boorman degeneriert. Ich hatte gerade mal acht Seiten geschrieben, und schon hatte ich einen ausschweifenden Geschlechtsverkehr auf dem Konferenztisch im Sitzungssaal verarbeitet sowie eine kleine lesbische Intrige in der Damentoilette im Souterrain und eine absurde kulinarische Oralsex-Orgie hinter der Theke der Cafeteria, in der ich sogar einen 5-Liter-Topf Sauerkraut und ein Fäßchen mit Mixed Pickles auf den Fliesenboden fallen ließ. Mein vorläufiger Titel lautete *Mach langsam, Baby*! Dieser Titel jagte mir – mehr als alles andere in der seichten Handlung – Angst um meine Zurechnungsfähigkeit ein, und ich rettete mich lediglich durch das Wissen, daß jeder

Verlag, der an meinem Manuskript Interesse hätte, augenblicklich den Titel ändern und fordern würde, das Konzept meines Romans besser auszuarbeiten, andernfalls das Buch im Schredder oder spätestens zwei Monate nach Erscheinen auf dem Ramschtisch enden würde.

»Glaubst du, daß ich Nymphomanin bin?« fragte ich Dodie. »Und sag jetzt nur nicht, daß die beste Kur gegen Nymphomanie die ist –«

Aber Dodie konnte es sich nicht verkneifen. »*Sie zu heiraten!*« Er lachte, drückte in der Spüle einen Schwamm aus und nahm damit die Fettschicht auf der Herdplatte in Angriff. »Du ähnelst in deinen Handlungen *tatsächlich* mehr einem Mann als einer Frau.«

Daran war leider nicht zu rütteln: Ich fluchte gerne, erzählte schmutzige Witze, liebte Sex bis an die Schmerzgrenze und pennte hinterher schlagartig ein, eine Gewohnheit, die mich vielleicht mit Scham erfüllt hätte, wäre je einer meiner Partner länger geblieben oder spät genug aufgewacht, um es zu bemerken. Mein Gesicht mußte wohl Unzufriedenheit ausgedrückt haben, denn Dodie beeilte sich, mir zu versichern, daß es eher ein Kompliment sei, wie ein Mann zu agieren, als eine Beleidigung.

»Warum sollten Frauen nicht ihr Vergnügen suchen?« fragte er. »Männer tun das doch täglich.«

Ich goß einen zu großen Löffel Sauce auf die oberste Auberginenschicht. »Dann glaubst du wohl, ich sei eine Feministin?«

»Würde eine echte Feministin diese Frage stellen?«

»Genau das meine ich.«

Dodie dachte ein paar Minuten lang nach. »Kann eine Feministin machiavellistisch sein?«

»Ertappt«, sagte ich zu beschämt, um zuzugeben, daß ich den zweitberühmtesten italienischen Autor nach Dante nie gelesen hatte.

Dodie fischte einen Auberginenstiel mit einem Blütenansatz, der Ähnlichkeit mit einer Narrenkappe hatte, aus dem Gemüseabfall und setzte ihn mir auf den Kopf. »Ich kröne dich zum Prinzen aller Feministinnen.«

Ich nahm die Kappe von meinem Kopf.

»Ich nehme den Titel nicht an.«

»Nun, warum brauchst du überhaupt einen permanenten Titel, Lise? Warum kannst du nicht abwechselnd Nymphomanin und Feministin sein?«

»Sie sind leider nicht kompatibel.«

»Was ist im Innern des menschlichen Körpers schon kompatibel? Du hast ein Herz und einen Kopf. Eine Seele – und einen ziemlich attraktiven Körper.«

Gleichsam als Bestätigung – oder als Protest – gab mein Magen ein löwenartiges Brüllen von sich.

»Sei einfach Lise«, schlug Dodie vor.

»Ich bin nicht sicher, ob ich sie mag.«

»Dann lerne, sie zu mögen«, antwortete Dodie. »Sonst wird sie niemand mögen.«

Nach dem Essen unterhielten wir uns, bis die Flasche Wein leer war. Dann räumten wir auf. Oder besser gesagt, Dodie legte sich in meiner Küche so richtig ins Zeug und hielt mir eine Standpauke wegen der Rostflecken in meiner Spüle und ließ mich jede einzelne Gabel, jeden Löffel, Topf und jede Pfanne abtrocknen und wegräumen. Ablaufen lassen akzeptierte er nicht. Anschließend kuschelten wir uns wie ein altes Ehepaar auf die Couch und tauschten Teile der Zeitung aus, wobei wir uns gegenseitig die absurden Dinge, über die wir in der *Times* stolperten, vorlasen.

»Ein ganzes Dorf ist erblindet, weil sie in die Sonne starrten und dort eine Erscheinung der Jungfrau Maria erwarteten.«

»Ein neuartiger chirurgischer Eingriff ermöglicht Männern, ihren Penis verlängern zu lassen.«

»Dem Gorilla im Zoo von San Diego mußte ein weiterer Einlauf gemacht werden.«

»Die Japaner werden immer größer.«

»Frauen leiden öfter unter Depressionen als Männer.«

Nachdem er über die Verkehrsprobleme in Hyannisport gelesen hatte, intonierte Dodie mit dunkler, unheilverkündender Stimme: »Die Kennedys. Welchen von diesen beschränkten Millionärs-

Schicki-Mickis würdest du als ersten erschießen, ertränken oder zum Krüppel schlagen? Den fetten Teddy? Die Schnapsdrossel Ethel? Oder Sergeant Shriver?«

»Aber der ist doch angeheiratet«, wandte ich ein. »Er muß angeheiratet sein, er hat nämlich nicht diese Pferdezähne.«

»Jackie, die Schwachsinnige? Prinzessin Caroline? Oder Dumm-Dumm John-John?«

»Ist dir schon mal aufgefallen, daß er es immer schafft, fotografiert zu werden, wenn er gerade sein Hemd nicht anhat?« fragte ich.

Dodie schnaubte verächtlich. »Der Anblick übertrifft sogar den auf das wohlgeformte Bein des guten alten Prinz Charles, wenn er seinen Kilt trägt.«

»Hey, da fällt mir ein –«, rief ich und legte das Feuilleton beiseite: »Margaret engagierte die Chippendales für ihre Frauenfete.«

Dodie senkte den Lokalteil gerade so weit, daß ich seine Stirn sehen konnte. »Bemerkst du meine spöttisch gekräuselten Augenbrauen?«

»Ich bin ja gar nicht dort gewesen. Carol hat's mir nur erzählt.«

»Ach, Carol! Diese Schränke haben ihr vermutlich derartige Hitzewallungen verursacht, daß sie Al Dante noch Tage später ritt wie einen Gaul.«

Ich lachte viel zu laut, wenn man bedachte, daß Carol meine eigene liebe Schwester war. Meine nächste Frage versuchte ich, möglichst beiläufig klingen zu lassen: »Was hältst du von den Chippendales?«

»Ich vermute, es ist ein Job wie jeder andere.«

»Aber die meisten anderen Jobs verlangen von dir, die Klamotten anzubehalten.«

»Stimmt. Daran hab ich nicht gedacht.«

»Würdest du für Geld strippen?« fragte ich ihn.

»Für wieviel Geld?«

Ich sparte mir die Antwort und wandte mich wieder der Zeitung zu. Ich versuchte, die Besprechung eines schwergewichtigen Wälzers zu lesen, den ich ein Jahr zuvor lektoriert hatte und der von den Segnungen der Steigerung des weiblichen Arbeitskräftepotentials handelte. Aber irgendwie fehlte mir die Konzentration. Die Neugierde nagte in mir, und schließlich fragte ich Dodie geradeheraus: »Was glaubst du, sind die Chippendales Heteros oder Homos?«

Dodie ließ die Zeitung in den Schoß fallen. »Wieso glaubst du, daß ich diese Frage beantworten könnte? Oder daß es überhaupt eine richtige Antwort auf diese Frage gibt?«

»Sei nicht gleich eingeschnappt«, sagte ich. »Ich hab' mich mit Carol darüber unterhalten –«

»Hört sich nach einer wahrhaft intelligenten Konversation an –«

»– und wir haben uns eben gefragt. Was soll daran schon falsch sein? Du fragst mich schließlich ständig, wie es ist, hetero zu sein. Warum kann ich dir nicht auch Fragen stellen?«

»Weil ich dir's schon eine Million Mal gesagt habe. Es ist wie das Buch, das wir als Kinder immer angeschaut haben.«

Illusioni war eines der wenigen Bücher im Hause meines Großvaters. Wenn wir uns langweilten, holten wir es vom Regal herunter und starrten auf die schwarzweißen optischen Täuschungen und die italienischen Bildunterschriften:

Ragazza o vecchia?

Vuoto o pieno?

Mario lei o …

Junges Mädchen oder alte Frau?

Leer oder voll?

Liest Mario ein Buch oder …

Marios Augen flackerten von seinem Buch zu einer sexuell undefinierbaren Figur in der Ferne. Vielleicht war es auch nur eine schlechte Zeichnung. Aber diese eine Zeichnung in den *Illusioni* schien zu beweisen, daß das Geschlecht oft nur eine große Täuschung war.

»Carol hatte nie auch nur den kleinsten Schimmer von der Zeichnung unseres Lieblings Mario, stimmt's?« seufzte Dodie. »Deine Schwester war in bezug auf Sex immer schon etwas begriffsstutzig.«

»Aber nicht so sehr wie meine Mutter.«

»Deine Mutter ist ja auch kaum zu übertreffen in der Hinsicht.«

»*Höchstens von deiner* Mutter«, sagte ich zu Dodie, worauf er einen Moment lang überlegte, bevor er widerwillig zustimmte. Dodie meinte, der Versuch, Tante Beppina Homosexualität erklären zu wollen, sei dem Versuch gleichzusetzen, einem Kind erklären zu wollen, wieviel Geld auf der Welt in Umlauf wäre. Sie würde nicht einmal ansatzweise den Versuch unternehmen, sie auch nur annähernd zu begreifen.

»Na ja, wir haben uns auch *David und Goliath* angesehen und haben nicht kapiert, daß es sich dabei um das Christentum handelte«, erwiderte ich. »Und wir haben auch nicht begriffen, daß Dr. Seuss eine gewisse Moral hat.«

»Wir waren Kinder«, entgegnete Dodie. »Uns fehlte der große Zusammenhang. Aber welche Entschuldigung haben unsere Mütter?«

»Sie sind Italienerinnen«, erinnerte ich ihn.

»Hätte ich fast vergessen«, knurrte Dodie. »Und dennoch lieben wir sie.«

Du schon, hätte ich gern gesagt. Aber ich tat es nicht. Obwohl Dodie seit Jahren mit Onkel Gianni kein Wort mehr gewechselt hatte, stand er seiner Mutter doch immer noch nahe. Sie telefonierten häufig miteinander, und ab und zu traf sie sich mit ihm in der Stadt. Seine Wohnung allerdings betrat sie kein einziges Mal. Dodie behauptete, Kitsch zu lieben, und führte sie in die Radio City Music Hall oder fuhr mit ihr mit der Fähre zur Freiheitsstatue. Meine Mutter hat mich nie besucht, ich habe sie aber auch nie eingeladen.

»Mama denkt vermutlich immer noch, ich sei eine Lesbe«, sagte ich.

»Mmm«, meinte Dodie. »Heute nachmittag hast du ja für die Mädels in Springerstiefeln eine ganz schön tiefe Bresche geschlagen!«

»Ich stehe nicht auf Stiefel!« sagte ich. »Ich mag feminine Frauen. Ich bewundere Bildnisse von weiblichen Formen, ich schaue auch gern nackte Frauen an, ich meine –«

Dodie nickte mir ermutigend zu. »Sprich nur weiter, Lise.«

Ich biß mir auf die Lippen. »Manchmal erregen mich auch die Reklameabbildungen für Dessous.«

»Sprich weiter, tu dir keinen Zwang an.«

Ich zuckte mit den Achseln. »Ich weiß nicht. Ist schon komisch. Ich dachte immer, das hätte etwas zu bedeuten. Aber dann dachte ich, es sei einfach eine Art von Phantasievorstellung – du weißt schon – dir wird heiß, weil du dich selbst in die Frau auf dem Bild projizierst. Plötzlich bist du die Frau mit dem Schmollmund, den vollen Brüsten und dem Komm-doch-her-Kleiner-Blick in den Augen.«

»Und auf der gegenüberliegenden Seite der Zeitschrift ist ein Mann abgebildet?«

»Na ja. Sicher. Klar. Du weißt schon, ein Typ, der genauso toll aussieht.« Dann fügte ich hinzu: »Ich glaube nicht, daß daran etwas Falsches ist. Ich glaube, daß bis zu einem gewissen Grad alle bi sind.«

»Möglicherweise.«

Wir hatten dieses Thema schon öfter angeschnitten, aber ich beschloß, es noch einmal auf den Tisch zu bringen. »Bist du eigentlich ganz sicher, daß du nie einen Blick auf Frauen wirfst?«

»Um Himmels willen, ich bin ja nicht blind!« erwiderte Dodie. »Ich meine, ich bemerke es schon, wenn sie gut angezogen sind, ob sie fett oder häßlich sind oder einen Atombusen haben –«

»Findest du sie nie sexy?«

»Manchmal. Wenn sie dieses Outfit der Fechter tragen, mit diesem Oberteil, das alles einzwängt, und dem Helm auf dem Kopf, der Leine am Gesäß, die sich strafft, wenn sie einen Sprung vorwärts machen und dabei ihre Hintern rausstrecken –«

»Komm jetzt, sei ernst.«

»Ich bin völlig ernst. Ich mag Frauen mit einem Schwert. Und schwangere Frauen, vielleicht. Warum, weiß ich nicht. Bei diesen Frauen habe ich immer den Drang, ihren Bauch zu streicheln. Er sieht so weich aus –«

»Er ist hart«, klärte ich ihn auf. »Der Bauch wird hart, Dodie.«

Er wirkte enttäuscht. »Auch eine optische Täuschung.«

Wieder versuchte ich, meiner Stimme einen möglichst beiläufigen Klang zu geben. »Hey, übrigens, Carol ist schwanger.«

»Nein, Scheiße!« rief Dodie. »Warum hast du mir das nicht früher erzählt?«

»Hab's vergessen.«

Mit kummervollem Blick sah mich Dodie an. Dann warf er sich in einer Haltung völliger Zerknirschtheit mit dem Gesicht nach unten auf den Boden und behauptete, er hätte sich die Wirbelsäule verrenkt. »Komm her, Lise, massiere mir meinen verrenkten Rücken.«

KAPITEL DREI

Die Geschichte meiner Abtreibung

Dodie war immer der einzige Mensch auf unserem Planeten gewesen, der meinen Namen richtig aussprach. Dann taten dies urplötzlich noch ein paar andere Menschen: die hispanische Empfangsdame in der Klinik, der Arzt, der den Vakuumschlauch hielt, als wolle er den Rücksitz seines Wagens staubsaugen, die assistierende Krankenschwester, die derart herzhaft gähnte, daß ich die Silberfüllung in ihren Molaren sehen konnte, und der Priester in der St.-Patricks-Kathedrale, bei dem ich schließlich die Beichte ablegte und der es gut hätte wagen können, eine Vermutung anzustellen, warum sich die Schwangerschaft meiner Schwester auf mein Gemüt legte und warum ich der City den Rücken kehrte und in die Vorstadt floh.

In Brooklyn hatte ich eine Abtreibung vornehmen lassen.

Ich hatte es Dodie eigentlich nicht erzählen wollen – auch dem Priester nicht. Aber der Hang zum Bekenntnis schien in meiner Natur zu liegen. Genauso wie die Jungs in der High-School an die Toilettenwände schmierten: *Willst du ein bißchen Spaß – ruf Lisa D. an!* so hätten meine Eltern und Freunde kritzeln können: *Willst du eine ehrliche Antwort – frag Lisa*. Lisa kannte den Wert eines Geheimnisses nicht. Lisa liebte es, die Sache beim Namen zu nennen, vor allem dann, wenn die Sache nicht besonders gut lag.

Es war letzten Januar – vermutlich um den Zeitpunkt herum, als eines von Al Dantes Millionen Spermien endlich eines von Carols Eiern durchdrang – als ich mich als wahrlich schizophrener Zwilling erwies, indem ich mich abwechselnd mit zwei Typen traf (mit dem Single am Wochenende, mit dem Verheirateten an den Mittwochabenden). Ich hatte nicht einmal bemerkt, daß ich *guter*

Hoffnung war, bis zu dem Nachmittag, an dem ich ein interkontinentales Ferngespräch mit einem israelischen Autor führte, der seine schwülstigen Erinnerungen an die Naziverfolgung in Chile und Argentinien verfaßt hatte. Er hatte die letzten paar Monate damit verbracht, an einem französischen Nudistenstrand Titten zu begaffen, was bedeutete, daß sein korrigiertes Manuskript sechs Wochen überfällig war.

Während ich mit dem Nazijäger am Telefon hing und versuchte, ihn für eine zweite Deadline zu verpflichten, von der ich wußte, daß er sie nie und nimmer einhalten würde, schaute ich auf den Kalender, der vor mir lag. Die Zahl 26 starrte mir entgegen. Ich zog meinen Stuhl näher an den Schreibtisch heran, aber seine rostigen Rollen blieben in den Staubmäusen auf dem Teppich hängen, und ich fiel fast vom Stuhl. *Hey*, dachte ich, *warte mal einen Moment*. Ich legte den Autor auf die Warteschleife, riß meine Schreibtischschublade auf, griff nach meinem Terminkalender und blickte auf die Reihe von Xen, die ich immer eintrug, um Ankunft und Abfahrt »meiner Freundin« (ein weiterer dämlicher Euphemismus meiner Mutter) zu kennzeichnen. Die Reihe glich plötzlich den Kürzeln, die Teenager gern benutzen, um ihre Briefe zu beenden: XXXOOO.

Mein Mittagessen – ein mit Tahini- und Bohnensprossen gefülltes Pitabrot – rutschte mir wieder in den Hals hoch, und ich spuckte doch tatsächlich die ganze Köstlichkeit auf meinen Kalender. Mathe war nie mein bestes Fach gewesen, und so rechnete ich immer und immer wieder nach und wollte einfach nicht glauben, daß die Summe doch ein ums andere Mal eine ominöse Dreiunddreißig ergab – dreiunddreißig Tage anstatt der üblichen siebenundzwanzig –, was bedeutete, daß ich sechs Tage überfällig war, und das wiederum konnte nur eines bedeuten. Ich ließ meinen Kalender sinken, griff erneut zum Telefonhörer und wollte die Verbindung zu meinem Autor wiederherstellen. Statt dessen warf ich ihn aus der Leitung, weil ich den Knopf nicht ganz nach unten gedrückt hatte.

Noch einmal wählte ich seine Nummer und begann eine dermaßen energische Diskussion, daß er mich schließlich mit seinem schweren Akzent wieder und wieder fragte: »Wer ist Ihr Vorgesetzter, junge Dame? Sagen Sie mir sofort den Namen Ihres Vorgesetzten!«

Ich nannte ihm den Namen. Dieses Mal war er es, der die Verbindung unterbrach. Die nächste Viertelstunde war spannend. Aus einem benachbarten Kabäuschen hörte ich, daß eine Redaktionsassistentin ein Ferngespräch zu unserem Chefredakteur durchstellte. »Ein R-Gespräch«, rief sie ein paarmal. »Der Kerl ist furchsteufelswild! Er ruft per R-Gespräch aus Tel Aviv an!« Wir alle haßten unseren Chefredakteur. Obwohl sein puritanisches Blut mit Sicherheit von keinem einzigen indianischen Blutkörperchen verseucht war, hatten diejenigen von uns, die in den niederen Rangstufen dienten, ihm heimlich den Spitznamen *Großer Häuptling* gegeben und flüsterten sogar manchmal Hough!, wenn er aufgeblasen an unseren Schreibtischen vorbeistolzierte (allerdings trug er weder Federn noch Kriegsbemalung, sondern dezentes Grau von Armani!).

Aus meinem Kabäuschen konnte ich den Großen Häuptling winseln und schmeicheln hören, und je mehr er winselte und schmeichelte, desto lüsterner wurden die Blicke der Redaktionsassistentin auf meinen verbeulten Metallschreibtisch und die elektrische IBM-Schreibmaschine, deren Leertaste bekanntermaßen seit Urzeiten klemmte. Dann schritt der Große Häuptling mit dem Selbstvertrauen eines Mannes, der wußte, daß sein Daddy drei Viertel des Verlages besaß, zu meinem Schreibtisch herüber.

»Warum können Sie eigentlich so gar nicht mit Leuten umgehen, Lisa?«

»Mit vernünftigen Leuten?« fragte ich.

»Ich will Ihnen ein Beispiel geben«, fuhr er fort und nannte mir das poetische Pseudonym des Nazijägers, das sich wie der Titel eines alten hebräischen Textes oder der Name einer entlegenen, staubigen Wüste anhörte.

»Der Kerl hat einen ganz fiesen Charakter!« rief ich.

Dasselbe galt für den Großen Häuptling, der nun in einen seiner berüchtigten, ungerechtfertigten Wutanfälle ausbrach. Er wollte dieses Buch umgehend gebunden und in den Regalen der

Buchhandlungen sehen! Klaus Barbie ging gerade durch die Presse und vielleicht – nur vielleicht – konnte er den israelischen Autor in die *MacNeil/Lehrer*-Show bringen, wenn der Schlächter von Lyon vor Gericht gestellt würde – vielleicht sogar in *Nightline*, wenn dieses Arschloch verurteilt werden würde!

Da ich meinen Job dringend behalten wollte – und weil mich schon allein bei dem Gedanken an Barbie ein Brechreiz überkam –, versicherte ich dem Großen Häuptling eilends, daß ich dem Nazijäger einen Brief schreiben wollte, der meinem uneingeschränkten Enthusiasmus für sein Manuskript Ausdruck verleihen würde, und wenn ich die Seiten dereinst in Händen haben würde, wollte ich sie mit nach Hause nehmen und Nacht für Nacht daran ackern.

Dieses Versprechen war die erste von vielen selbstauferlegten Bestrafungen, die die Erkenntnis *Heilige Maria, Mutter Gottes, ich bin schwanger*! zur Folge hatte.

Ich wußte, was ich zu tun hatte. Und ein paar Tage später tat ich es auch. Nachdem es vorüber war, schleppte ich mich von der Klinik nach Hause. Nie zuvor hatte sich meine Handtasche über der Schulter so schwer angefühlt, obwohl ich sie doch soeben um dreihundertfünfzig Dollar in bar erleichtert hatte, eine Summe, die ich nur deshalb mit in die U-Bahn zu nehmen wagte, weil ich keinen Scheck ausstellen wollte. Die Art von Gott, an die ich glaubte, brauchte jedoch keine Papierspur, um mich aufzustöbern. Obwohl ich mich selbst für eine quietschvergnügte Abtrünnige vom katholischen Glauben hielt, hatte ich nach der Rückkehr von der Klinik das Gefühl, etwas zutiefst Sündhaftes getan zu haben, und hatte panische Angst vor göttlicher Vergeltung. Seit Jahren war ich nicht mehr in der Kirche gewesen, abgesehen von den obligatorischen Weihnachts- und Ostermessen, die ich während meiner Stippvisiten bei Mama besuchte, dennoch war in mir noch genug Glaube an die Kirchendoktrin zurückgeblieben, um das Gefühl zu haben, die schwerwiegendste Sünde auf Erden begangen zu haben. In der Klinik hatte man mich in den Schleier eines Dämmerschlafes versetzt, und in dem Nebel meinte ich, das Weinen des Fötus aus dem Fegefeuer zu hören, oder aus der Mülltonne – oder einem Blecheimer –, wo immer seine Seele und sein unausgebildeter Körper auch hinwanderte.

Und wie ich mir wünschte, daß der Vater – wer es auch immer war – diese Stimme auch hätte hören können! Aber ich hatte nicht das Gefühl, einem der beiden Männer die Neuigkeit auftischen zu können, in mir das beginnende Leben eines Jungen oder Mädchens zu tragen, das ihn eines Tages mit *Daddy* ansprechen würde. Mein Wochenendpartner war, abgesehen von seinen sachkundigen Liebestechniken, nicht ernst zu nehmen. Obwohl er fast dreißig Jahre alt war, nannte er sich immer noch Davey und spielte fanatisch PacMan. Außerdem war er engstens mit einer meiner Kolleginnen befreundet. Ihm zu erzählen, ich sei in der Emma Goldman Clinic gewesen, wäre das Äquivalent dazu gewesen, der versammelten Bürobelegschaft über ein Megaphon mitzuteilen, ich sei die Mörderin ungeborener Kinder. Der verheiratete Mann, Brian, war ein schamloser Kneipenaufriß, den ich hauptsächlich deshalb immer wiedersah, weil er einmal pro Woche für eine gute, heiße Mahlzeit garantierte, die meistens vom Zimmerservice eines Hotels geliefert wurde. Ich wußte mehr über seine Frau als über ihn selbst, zumindest was ihre Weigerung betraf, ihn im Bett zufriedenzustellen. Wie konnte ich auch nur einen Gedanken daran verschwenden, das Kind eines Mannes auszutragen, dessen immer wiederkehrender Refrain lautete: *Oh, ja, das würde meine Frau nie tun!* In der Minute, als der Arzt die Saugpumpe ausschaltete und den Schlauch herauszog, wußte ich, daß ich weder Davey noch Brian je wiedersehen würde.

Stunden später stand ich vor meiner Wohnungstür und kramte nach meinem Schlüssel, als ich aus meinem Apartment eine Stimme hörte. In meinem von der Narkose hervorgerufenen Delirium dachte ich zuerst, ein paar Einbrecher würden gerade meine Wohnung räumen. Doch dann fiel mir mein Anrufbeantworter ein. Hastig sperrte ich alle drei Schlösser auf und sprang zum Telefon.

Es war Dodie, der mir die Leviten las, weil ich mich krankgemeldet hatte –, und mir vorwarf, zu Hause geblieben zu sein, um mir sämtliche Seifenopern ansehen zu können – und weil ich meine monatliche Zahlung an ihn vergessen hatte, diesen Packen

Geld, den ich ihm wöchentlich per Scheck überwies, damit er ihn nach seinem Gutdünken für mich investierte.

»Ich habe das Geld nicht«, sagte ich kleinlaut.

Dodie schnalzte mit der Zunge. »Ich sagte doch, du sollst dich von den Spielautomaten fernhalten.«

»Es waren keine Spielautomaten. Es war eine Abtreibungsklinik.«

Im Hörer blieb es still. Als ich bemerkte, daß ich nicht einmal die Tür hinter mir verriegelt hatte, klemmte ich das Telefon zwischen Wange und Schulter, schleppte mich hinüber und schob niedergeschlagen einen Riegel nach dem anderen vor. Dann sank ich in meinen Regiestuhl, der in meiner ganzen Wohnung das einzige Möbelstück war, abgesehen von einer doppelten Matratze auf dem Fußboden, zwei Fernsehtischchen, die als Eßtisch-Ersatz herhalten mußten, einem wackeligen Garderobenständer, den ich an einem Bordstein aufgelesen hatte und den ich eigentlich weiß anstreichen wollte, was ich aber nie tat, und zwei Kommoden aus Karton, deren blaue Plastikgriffe meist abfielen, sobald man sie berührte.

»Bist du allein im Moment?« fragte Dodie.

»Na, rate mal.«

»Ich komme vorbei, sowie ich im Büro fertig bin. Stell nichts Unüberlegtes an in der Zwischenzeit.«

»Ich glaube, das habe ich bereits.«

Dodie zögerte. »Du kannst es nicht rückgängig machen.«

»Als ob ich das nicht wüßte!« rief ich und brach in Tränen aus.

Dodie tauchte um 20.30 Uhr auf. Ich quälte mich aus meinem Bett, in dem ich die letzten vier Stunden zusammengerollt und abwechselnd weinend und träumend verbracht hatte. Wenigstens war meine Matratze nicht der Ort, an dem ich möglicherweise das einzige Baby empfangen hatte, das ich je haben würde. Oder nicht haben würde. Ansonsten hätte ich meinen Kopf nicht auf den Schaumstoff legen und einschlafen können.

Kaum hatte ich die Tür geöffnet, durchströmte der Duft von chinesischem Essen die Wohnung. Dodie kam mit einer Tüte im Arm herein, die er dort abstellte, wo sich bei mir das befand, was laut Mietvertrag als Küche galt: ein Gasherd mit einem einzigen funktionierenden Brenner, ein winziger Kühlschrank, dessen Gefrierfach völlig zugefroren war, und ein überquellendes Küchenschränkchen. Ich kroch zurück in mein Bett, und Dodie setzte sich mit dem Regiestuhl neben mich. Sein Gesicht hatte einen grimmigen und ernsten Ausdruck.

»Schau mich nicht so an«, sagte ich.

»Wie sehe ich dich denn an?«

»Das weißt du ganz genau. So mißbilligend.«

»Ich halte hier nicht Gericht über dich, Lise.«

Natürlich glaubte ich ihm nicht. Einen kurzen, schmerzlichen Moment lang – während der Ventilator klackerte und dann doch weitersurrte – war ich mir voll bewußt, daß Dodie ein Mann war. Und obwohl er ein Mann war, der keine Frau lieben konnte, ärgerte ich mich über sein Geschlecht. Er würde nie erfahren, wie sehr sich mein Magen verknotet hatte, als ich bis dreiunddreißig zählen mußte. Er würde nie zu einer Entscheidung gezwungen sein, wie ich sie gerade getroffen hatte. Zum ersten Mal im Leben beneidete ich Dodie um seine Sexualität, einfach weil er weder schwanger werden konnte noch jemals jemanden – um einen weiteren beliebten Ausdruck meiner Mutter zu verwenden – *in Schwierigkeiten bringen* würde. Aber sogleich schoß mir der Gedanke durch den Kopf, daß er nur – *nur*! – AIDS bekommen konnte.

»Warum verstehst du mich nicht?« jammerte ich.

»Aber ich versteh dich doch! Was hättest du sonst tun sollen?«

»Dasselbe bete ich mir ja auch immer wieder vor. Was hätte ich sonst tun sollen? Ich meine, ich war ja vorsichtig. Ich hatte mein Diaphragma eingesetzt. Es hat nur nicht funktioniert, es hat einfach versagt ... Warum konnte das nicht Carol passieren? Warum wurde ich schwanger, obwohl ich es weder wollte noch versuchte, während sie es will und versucht, aber einfach nicht schwanger wird?«

Ich griff nach der Kleenex-Schachtel, die ich griffbereit neben mein Kopfkissen gestellt hatte. Dodies trauriges Gesicht war für mich wie ein Spiegel: Ich wußte, ich sah grauenhaft aus, verstört und verängstigt, mit zerzaustem Haar, verknitterter Kleidung und verheultem, geschwollenem Gesicht.

Dodie stürzte die Ellbogen auf dem wackeligen Stuhl ab. »Wieviel hast du bezahlt?«

»Dreihundertfünfzig.« Ich zog ein Kleenex heraus und schneuzte meine Nase. »Wußtest du, daß man eine Abtreibung mit der Visa-Karte bezahlen kann?«

»Hast du's getan?«

Ich schüttelte den Kopf. »Bar auf die Kralle.«

Daraufhin wanderten Dodies Augen in meiner Wohnung umher. Sein Blick blieb zunächst auf meinen Kommoden aus Pappkarton und dem monströsen grauen Ventilator hängen und konzentrierte sich dann auf die zahlreichen langen Sprünge in der Decke. »Du wirst bald pleite sein. Du *bist* schon pleite. Du solltest einmal darüber nachdenken, New York zu verlassen. So kannst du jedenfalls nicht weiterleben.«

»Wie soll ich dann weiterleben?«

»Wie ein anständiges menschliches Wesen.«

»Im Moment liegt mir Anständigkeit nicht besonders.«

»Wer spricht hier von Moral? Ich spreche von Finanzen.«

»Wieviel habe ich denn schon gespart?«

»O nein! Ich erlaube dir nicht, das Geld anzurühren.«

»Es ist aber mein Geld.«

»Damals hast du zugestimmt, es nicht anzufassen. Und ich erlaube es dir nicht.«

Er sah mich streng an. »Geh zu einem guten Friseur und besorg dir einen neuen Job.«

»Okay! Zum Teufel! Ich kann nichts für mein Haar! Ich hab' schon alles versucht, sogar Mayonnaise!«

»George behauptete, Sesamöl wirke Wunder.«

»Weshalb sollte ich Öl brauchen, wenn ich von hinten ohnehin wie Al Pacino aussehe? Wenn es naß oder fett ist, sieht es noch schlimmer aus – dann komme ich mir vor wie Sinatra – und ich meine nicht seine Tochter Nancy!« Wieder mußte ich die Nase schneuzen. »Himmel! Ich werd' verrückt! Ich muß noch dieses grauenhafte Manuskript redigieren!«

»Wieder einmal so ein Mist-Buch darüber, wie man das Kind in sich entdecken kann?«

»Nein, ich habe ein neues. Im Moment bin ich Nazi-Expertin. Es handelt sich um eine Sammlung von Erinnerungen an den Holocaust.«

»Wie lustig!« blaffte Dodie. »Warum geben sie es nicht einem Juden? Habt ihr keine Juden im Büro?«

»Nur eine, und sie redigiert die Mafia-Bücher.«

»Und wer macht die Bücher über Themen wie zum Beispiel: Wie spreche ich mit meinem Hund, während ich überirdischen Sex habe, Espresso trinke und gleichzeitig Chilis esse? Etwa dieser nette Schwule, den du mir vorgestellt hast?«

»Nein, der macht die Bücher über Hochzeits-Etikette.«

»Wie widerwärtig!« knurrte Dodie. »Komm schon, Lise, häng den Verlagsjob an den Nagel.«

»Aber was soll ich dann tun?« In dem vergeblichen Versuch, die zerknüllten Federn aufzuplustern, schüttelte ich mein Kissen auf, bevor ich meinen Kopf wieder darauf legte. Ich starrte an die Decke. »Dieses Manuskript, an dem ich gerade arbeite, macht mich richtig fertig. Allein bei dem Anblick wird mir schon übel. Ich habe die Seiten vor mir und versuche, mich auf die Worte zu konzentrieren, aber dann nehmen mich die Geschichten derart gefangen, daß ich wieder zurückblättern und von vorn anfangen muß. Es ist alles so verrückt, so unheimlich – und dann denke ich darüber nach, wie solche Dinge jemals passieren konnten!«

»Das entsprechende Wort heißt: *Das Böse.*«

Ich schneuzte die Nase. Ich hatte bereits dreihundertfünfzig Seiten des Bösen redigiert und hatte noch zweihundertfünfundzwanzig vor mir. Ich konzentrierte mich auf die abblätternde Farbe an der Decke. »In diesem Manuskript – du weißt schon, an dem ich gerade arbeite –, da ist diese Geschichte von einem Mann, der zusehen mußte, wie seine schwangere Frau von einem Gestapoposten auf den Fußboden geworfen wurde, der ihr anschließend so lange auf dem Bauch herumtrampelte, bis das Baby herauskam. Dann steckte er ihr eine Luger zwischen die Beine und drückte ab.«

»Hör auf«, rief Dodie. »Erzähl mir nicht solches Zeug.«

»Ich kann einfach nicht aufhören, daran zu denken«, fuhr ich fort. »Ich meine, der Mann ist noch am Leben, er muß jeden Morgen zur Arbeit gehen, seine Einkäufe erledigen und die Stromrechnung überweisen – wie schafft er das?«

»Was sagt er? Ich meine, was steht in dem Manuskript?«

»Er sagt, daß er es hasse, ins Bett zu gehen, weil er Angst habe, davon zu träumen. Und dann sagt er noch: ›Das einzige, was ich wollte, war, zu überleben. Das war alles. – Ich wollte mein eigenes Leben retten.‹«

»Gott im Himmel. Wozu?« Dodie biß sich auf die Lippen. »Ich hätte mich vor den Zug geworfen.« Dann stand er auf und verschwand in der Küche. »Was möchtest du? Wonton oder das scharf-saure Gericht?«

»Ich habe keinen Hunger.«

»Du mußt etwas essen. Ich weiche nicht von der Stelle, bis du nicht etwas im Magen hast.«

In Anbetracht dessen, was man mir soeben herausgenommen hatte, wie konnte ich da meinem Körper etwas einverleiben? Aber Dodie zuliebe aß ich ein wenig Wonton-Suppe, während er das scharf-saure Gericht und anschließend sogar noch das gebratene Schweinefleisch mit Reis vertilgte. Er machte sich mit solch offensichtlichem Genuß über die gebratenen Nudeln her, daß ich schließlich doch nachgab und ein bißchen davon probierte.

»Zeit für die Glückskekse«, rief Dodie zum Schluß.

Ich schüttelte den Kopf. Ich war nicht der Meinung, Glück verdient zu haben – und wann hatten diese kleinen Papierzettelchen, die gefaltet in den harten Keksen steckten, jemals etwas Negatives verheißen?

Dodie knackte den ersten Keks und entrollte das Papier. »*Der Baum auf dem Berggipfel verspürt den meisten Wind*«, las er. Die Cellophanverpackung des zweiten Kekses mußte er mit den Zähnen aufreißen, und der Keks war so hart, daß er in Stücke zerbrach, bevor er den Zettel herausnahm. Dann las er ihn und zerknüllte ihn.

»Nein«, protestierte ich. »Lies ihn vor.« Ich setzte mich auf und schnappte ihm den Zettel aus der Hand. *Ein Kind ist nur so gut wie seine Eltern.*

Ich zerknüllte den Zettel wieder, plumpste auf meine Matratze und fing erneut an zu heulen. Dodie seufzte, holte einen Besen und kehrte die Kekskrumen zusammen. Anschließend räumte er die Küche auf und machte den vergeblichen Versuch, gegen meine Kakerlaken anzukämpfen. Dann telefonierte er, um eine Verabredung abzusagen (»Es handelt sich um meine Cousine, sie ist in einer ganz schlechten Verfassung, nein wirklich, ich kann nicht, ich kann einfach nicht, sie ist völlig aufgelöst, da, hörst du nicht, wie sie weint, mach weiter, Lise, etwas lauter, damit die, die mir nicht glauben, es hören können!«). Ich heulte lauter. Dodie legte auf, dimmte das Licht und ließ sich neben mir auf der Matratze nieder. Er zündete einen Joint an, und wir rauchten ihn gemeinsam. Es wurde später und später, und Dodie saß immer noch neben mir.

Ich döste ein. Irgendwann sah ich auf meinen Digitalwecker – es war genau 1.00 Uhr. Dodie prüfte den oberen Sicherheitsriegel meiner Wohnungstür. Dann plumpste seine Brieftasche auf das Segeltuch des Regiestuhles. Seine Schlüssel landeten klirrend obenauf. Das waren die Geräusche, die ich von Männern gern hörte, die Geräusche, die ich, ehrlich gesagt, ihren Stimmen vorzog (es sei denn, sie flüsterten mir meinen Namen ins Ohr). Schuhe fallen auf den Boden. Das Gleiten einer Krawatte den Hemdkragen entlang. Das leise Öffnen von Knöpfen. Das Klappern einer Gürtelschnalle. Der vielversprechende metallische Zug an einem Reißverschluß.

»Rück ein bißchen«, flüsterte Dodie.

Ich hatte mich bereits völlig an die Wand gedrückt, aber es war nur eine schmale Matratze, und als Dodie unter die Decke schlüpfte, spürte ich, wie sein Bein an meinem entlangstreifte. Ich fühlte, daß er sein T-Shirt und die Boxer-Shorts angelassen hatte, während ich voll bekleidet im Bett lag – in Jogginganzug und Socken, ja sogar einen Haarreifen hatte ich noch auf dem Kopf, um meine verschwitzten Haare aus dem Gesicht zu halten.

In all den Jahren hatten Dodie und ich oft im gleichen Zimmer geschlafen. Aber wir hatten noch nie ein Bett geteilt. Mir war ziemlich unbehaglich zumute, bis Dodie der Situation einen Namen gab: »Das ist komisch«, murmelte er.

»Finde ich auch«, gab ich zurück.

»Ich habe noch nie mit einem Mädchen geschlafen. Ich habe noch nicht einmal je mit einem Italiener geschlafen.«

Da ich noch immer das Marihuana im Blut spürte, schnaubte ich albern und brach in Gekichere aus, bis die Matratze bebte. Ich stupste ihn unter der Bettdecke an, und er knuffte mich zurück.

»Ich habe aufgehört, mit Itakern zu schlafen, als ich aus New Haven fortzog«, erklärte ich. *Schlafen* war jedoch der falsche Ausdruck, denn mit keinem der Typen war es in einer Situation geschehen, in der es rein physisch möglich gewesen wäre, hinterher eine Mütze voll Schlaf zu nehmen.

»Du hast sicher einen hohen Prozentsatz von ihnen durchgemacht«, meinte Dodie.

»Ich weiß, Herr Mathematiker. Ich bin des Zählens durchaus mächtig.«

Dodie zögerte. »Warum tust du dir das an?«

»Was meinst du?«

»Du weißt schon. Dich durch sämtliche Betten zu wälzen.«

»Hast du das etwa nie getan?«

»In meinem Fall war allerdings eine gewisse Selektion vorhanden.«

»Oh, ich bin auch wählerisch«, säuselte ich. »Ich ziehe die Grenze bei Kerlen, die spucken.«

»Wie dein Vater?«

»Stimmt!« Mein Vater war bekannt dafür gewesen, das Ende seiner White-Owl-Zigarren abzubeißen und es – mit bewundernswerter Geschicklichkeit – von der morschen Stufe unserer hinteren Terrasse meterweit in Mutters Tomatenbeete zu spucken. Wenn sie ihn deshalb anbrüllte, behauptete er stets, gekauter Tabak sei ein guter Dünger. Mein Magen verknotete sich bei dem Gedanken an das schroffe Verhältnis meiner Eltern und an die Kälte, die in jeder Ecke meines Elternhauses zu spüren war, so daß ich selbst an meinem Geburtstag im Mai immer noch das Gefühl hatte, es sei Winter.

Dodie mußte wohl ähnliche Gedanken über seine Eltern gehabt haben, denn ohne ein Wort gewechselt zu haben, nahm er meine Hand und drückte sie fest. Lange lagen wir schweigend in der Dunkelheit, lauschten dem Echo von sich öffnenden und schließenden Türen im Hausflur und den periodisch aufheulenden Sirenen. Und plötzlich erklang – wie aus der Ferne und beinahe körperlos – Dodies Stimme: »Verdammt, wie oft fiel ich auf die Knie und betete, daß meine Mutter nicht meine Mutter wäre und mein Vater nicht mein Vater. Ich habe darum *gebetet.*«

Eine Woche später stellte ich mich in der St.-Patricks-Kathedrale zur Beichte an. Mein Herz klopfte wild, als ich in den Beichtstuhl schlüpfte und mich niederkniete. Ich hörte den Priester zu der Person auf der anderen Seite murmeln, und gerade, als ich die Flucht ergreifen wollte, wurde die Zwischenwand beiseite geschoben, und ich starrte auf das Gitter, hinter dem der Priester saß. Ich wußte, daß weder ich ihn noch er mich direkt ansehen sollte. Trotzdem spähte ich lange genug auf sein Gesicht, um zu erkennen, daß es ein junger Priester war – bestimmt nicht älter als dreißig. Ich nahm dies als Zeichen seiner größeren Bereitschaft, mir zu vergeben.

»Vater«, wisperte ich, »ich habe den Text vergessen.«

Er sagte, ich solle ihm nachsprechen, und das tat ich dann auch, bis zu den Worten *und das sind meine Sünden.*

Dann gestand ich, warum ich gekommen war.

»Das ist ein schweres Vergehen gegen Gott«, sagte er schließlich. »Sind Sie verheiratet?«

»Nein.«

»Der Vater?«

»Ich weiß nicht, wer es war.«

»Das hört sich an, als ob es noch mehr gäbe, was Sie zu beichten hätten.«

»Wo soll ich anfangen?« fragte ich. »Ich meine, ich könnte mein ganzes Leben beichten. Ich könnte mich dafür entschuldigen, ein Mensch zu sein –«

»Das erwartet Gott nicht von uns.«

»Was erwartet Gott denn von uns?« fragte ich viel zu laut.

Er sprach noch leiser weiter, um mich zu ermahnen, dasselbe zu tun. »Gott will, daß wir unseren Glauben leben.«

»Ich glaube, ich habe keinen Glauben.«

»Doch, den haben Sie, ansonsten wären Sie nicht hier.«

»Ich bin ziemlich verwirrt.«

»Offenbar empfangen Sie die Sakramente nicht. Gehen Sie in die Kirche. Beichten Sie regelmäßig und gehen Sie zur Heiligen Kommunion. Und beten Sie.«

Ich glaube, ich verzog mein Gesicht und ich fürchtete, daß er es gesehen hatte, denn auch er mißachtete die Regeln und betrachtete mich aus den Augenwinkeln heraus.

»Gibt es denn sonst nichts weiter?« fragte ich.

»Leben Sie nicht nur für sich allein. Gott hat Ihnen das Leben geschenkt. Er hat es Ihnen aber nicht dazu geschenkt, daß Sie es anderen wegnehmen.«

»Das kann ich nicht mehr rückgängig machen. Ich kann es nicht ungeschehen –«

»Tut es Ihnen leid? Oder bedauern Sie nur, daß Sie erwischt wurden?«

»Beides«, antwortete ich. Nach einer kurzen Pause fügte ich hinzu: »Aber ich halte die Wartenden draußen auf.«

»Wir sind hier nicht in einem Kaufhaus«, entgegnete der Priester. »Ich warte immer noch auf den Rest Ihrer Beichte.«

»Ich bin nicht sicher, ob ich noch etwas anderes bereue.«

»Dann kann ich Ihnen keine Absolution erteilen.«

Hey, was zum Teufel soll das? dachte ich, bevor ich noch meinen Mund auftun konnte, um es laut von mir zu geben. Mein Sinn für Details – der mich gerade zu einer guten Lektorin hatte werden lassen – machte mich zudem zu einer guten Geschichtenerzählerin. Also erzählte ich ihm von meiner entsetzlichen Familie zu Hause in New Haven und all meinen Bettgespielen – und es waren eine ganze Menge – in New York. Ich gestand ihm auch, mit Dodie geschlafen zu haben. Wenngleich wir auch nichts anderes getan hatten in jener Nacht, als uns gegenseitig im Arm zu halten, hatten wir am Morgen einen Blutfleck – rostfarben, wie von einem zerzunderten Stacheldraht – auf dem Laken zwischen uns gefunden.

»Das ist ja Inzest«, sagte der Priester.

»Aber wir haben doch gar nichts gemacht!« entrüstete ich mich.

»Hätten Sie es sich denn gewünscht«, seine Stimme wurde mit jeder Silbe strenger, »etwas *zu machen*, meine ich?«

»Ich weiß nicht. Vielleicht. Möglicherweise. Wie soll ich es denn anstellen, meine Phantasie zum Stillstand zu bringen? Warum hat Gott mich mit so viel Phantasie ausgestattet, wenn er nicht will, daß ich sie gebrauche?«

Der Priester erklärte mir, daß mir Gott die Phantasie zwar gegeben haben mag, der Teufel aber besten Nutzen daraus zu ziehen verstand.

Dagegen fiel mir kein stichhaltiges Argument ein.

»Sehen Sie zu, daß Sie Ihre Phantasie im Sinne Gottes einsetzen«, trug er mir auf und erteilte mir endlich die Absolution. Eine Minute später kniete ich in einer der Bänke im Seitenschiff und sprach meine Bußgebete. Der Priester hatte mir das Versprechen abgenommen, diese Gebete so lange jeden Abend zu sprechen, bis ich sicher war, fortan ein besseres, reineres Leben führen zu können.

»Jeden Abend«, betonte er. »Tun Sie das für mich?«

Ich würde alles für Sie tun, hätte ich fast gesagt – denn ich war bereits total in ihn verschossen. Während ich meine Ave Marias vor mich hin murmelte, bedrängte mich die Wunschvorstellung, durch das Trenngitter, das zwischen ihm und mir gestanden hatte, zu steigen, mich von seiner Soutane umhüllen zu lassen und mir sein leidenschaftliches Bekenntnis ins Ohr flüstern zu lassen: »*Lise, o Lise, ich liebe dich mehr als Gott selbst*!«

Gab es denn eine noch größere Sünde als dies? Sich vorzustellen, einen *Priester* zu umarmen oder gar zu vögeln? Ist das nicht eines jener Verbrechen, über die wir im Bibelunterricht gehört hatten? – eine jener Sünden, *die geradezu nach Vergeltung schrien*? Welche waren das gleich wieder? Mord. Ach ja, und Sodomie (*Was ist Sodomie*? hatte jemand Schwester Matthew gefragt, worauf sie antwortete: *Eine Missetat gegenüber den Mitmenschen*). Die Armen ausnutzen? Den Arbeitern ihre Löhne nicht bezahlen? Leidenschaftliche Begierde gegenüber einem Menschen, der sein Leben bereits einem anderen Menschen oder gar Christus verschrieben hatte?

Als ich die Kirchenbank verließ, erinnerte ich mich daran, wie leicht es mir in den Tagen der Bibelstunden erschienen war, zur Beichte zu marschieren und ein paar Lügen einzugestehen oder gelegentlich *Scheiße* oder *verdammt* gesagt zu haben. Damals hatte ich mich vor den Altar gekniet, meine drei Ave Maria und zwei Vaterunser gebetet und anschließend die Kirche so unbelastet und frei verlassen, als wäre die drückende Last des Kreuzes selbst von meinen Schultern genommen worden.

Aber dieses Mal hatte es nicht geklappt. Nach dem Verlassen der Kathedrale fühlte ich mich keineswegs besser als beim Hineingehen. Dieses Mal mußte ich mir selbst verzeihen, aber zu diesem Schritt war ich noch nicht fähig. Vielleicht wollte ich auch nicht. Oder dies war meine Version der Selbstbestrafung, die ich in den Wohnheimen des Sarah-Lawrence-Colleges so oft von neurotischen Mädchen miterlebt hatte. Sie ritzten sich ihre Unterarme mit Rasiermessern auf, verpaßten sich nächtliche Klistiere oder saßen mit einer Pinzette vor den Badezimmerspiegeln und zupften sich über der Stirn ein Haar nach dem anderen aus, bis sie den Frauen auf mittelalterlichen Porträts glichen, deren hohe Stirn glänzte wie die polierte Motorhaube des Wagens meines Schwagers.

Ja, ich bestrafte mich selbst. Dann erst war Gott an der Reihe, dies zu tun. Nachdem ich die Memoiren des Naziverfolgers fertig redigiert hatte, mußte ich ein weiteres grauenvolles Manuskript Korrektur lesen: Es war eine Sammlung von Interviews mit Kindern von Überlebenden des Holocausts, in welchen diese das Trauma beschrieben, mit Eltern aufzuwachsen, die dem unvorstellbar Bösen direkt ins Gesicht gesehen hatten. Die Geschichten der Kinder und der Eltern machten mich krank, und jede Nacht, wenn ich im Bett meine Bußgebete sprach, gab ich mir die größte Mühe, mich nicht zu fragen, warum ich zu einem Gott betete, der es zuließ, daß Derartiges geschehen durfte.

Eines Nachts, als ich gerade wieder einmal Buße tat, hörte ich aus der Küche ein scharrendes Geräusch. Ich spitzte die Ohren. Das Kratzen und Scharren hörte sich an wie eine atmosphärische Störung im Radio, und ich erwartete, im nächsten Moment eine Stimme zu hören. Aber das unverständliche, sinnlose Geräusch setzte sich fort. Ich setzte mich auf meiner Matratze auf und vergaß, mein Gespräch mit Gott abzuschließen, wie man es uns beigebracht hatte, nämlich mit einem *schönen* Kreuzzeichen (»Berührt eure Stirn, euer Brustbein und beide Schultern, als ob ihr stolz darauf wärt, das Kreuz zu tragen, wie es Jesus tat«, hatte Schwester Joseph gesagt).

Ich schlich mich in die Küche, knipste den Lichtschalter an und öffnete den Küchenschrank. Ich sah das Blitzen von bösartigen Augen, gebleckten Zähnen und erblickte dunkle Krallen, dann ließ die Ratte meinen Scheuerschwamm fallen, und ich schrie auf und schlug die Schranktür zu. Im Wohnzimmer schnappte ich mir alle drei Bände von Proust, die neben meiner Matratze lagerten, und baute sie vor dem Schrank auf.

Einen Monat später landete ich in Ossining, weit weg vom Schauplatz meines Verbrechens, von der Ratte und dem halbfertigen Manuskript der Nachfahren der Holocaust-Überlebenden. Ich wünschte, ich hätte mich selbst – den verdorbenen Teil meines Ichs – auch zurücklassen können.

Statt dessen nahm ich ihn mit auf meine Fahrt zu Boorman, und mein bösartiger Zwilling drohte genau in dem Moment loszubrechen, als Karens Uterus sich senkte und sie fortan das Bett hüten mußte, um ihr Baby zu retten.

KAPITEL VIER

Ein Mann erscheint auf der Bildfläche

Als ob sie eine Krankenschwester wäre, die den Grundschülern gleich diesen berüchtigten »Aufklärungsunterricht« erteilen wollte, so versammelte Dr. Peggy Schoenbarger die Mitarbeiter der Redaktion in den Pausenraum, wo sie uns verkündete, daß Karen die nächsten vier Wochen krankgeschrieben sei und eventuell auf unbestimmte Zeit nicht mehr zur Arbeit kommen würde. Die Art, wie Peggy mühsam die Worte *placenta previa* über die Lippen brachte, hörte sich an, als hätte Karen Filz- oder Kleiderläuse. Ihr strenger Blick schien ein Präludium für die gleich folgende Besprühung der restlichen Redaktionsmitglieder mit einem Pestizid zu sein, das uns alle unfruchtbar machen sollte, womit für uns die Möglichkeit eines künftigen Mutterschaftsurlaubs ein für alle Mal ad acta gelegt wäre.

»Es ist eine äußerst bedauerliche Situation«, meinte Peggy. »Ich bin sicher, daß Karen unser aller Mitgefühl gilt. Nichtsdestoweniger haben wir Termine. Wichtige Termine. Termine, die auch Karen einhalten möchte.«

Ich war mir sicher, daß Termine das letzte waren, woran Karen im Moment auch nur einen Gedanken verschwendete. Aber als ob sie demonstrieren wollte, daß sie und Karen einhelliger Meinung waren, hielt Peggy ihren Block hoch, auf dem sie sich während der Unterhaltung mit der Mutter in spe ausführliche Notizen gemacht hatte. »Karen möchte Sie alle daran erinnern, daß die Firmenzeitung nächste Woche beim Drucker sein muß. Am Ende des Monats müssen wir uns an das Handbuch über die Sozialleistungen für die Angestellten machen. Tja, und dann haben wir ja noch die neue Periduralanästhesie.«

Seit ich *an Bord* war, kam es mir vor, als hätte ich nichts anderes gehört, als das Gerede über diese neue Injektion, die gerade die letzte Hürde der FDA genommen hatte und die kurz davor war, mit ebensoviel Trara auf den Markt geworfen zu werden wie ein neuartiges Wundermittel gegen Krebs.

»Karen hat sich mit dem PDA-Projekt eine enorme Verantwortung aufgehalst. Wer möchte freiwillig ihren Platz einnehmen?«

Der Sommer war ins Land gezogen und nahm seinen Lauf. Die Reservierungen für Juli und August an der Küste von Jersey waren längst gemacht. Ich war die einzige in der Redaktion – bis auf Karen –, die nicht den Bleistift von sich warf, sobald die Digitaluhr 17.00 Uhr anzeigte. Es war daher keine Überraschung, daß meine Hand als erste – und einzige – hochschoß.

Peggys knappes Nicken bewies, daß sie jede junge Frau bewunderte, die nichts Besseres mit ihrer Freizeit anzufangen wußte, *als sie ganz der Firma Boorman zu widmen.* »Sehr schön, Miss Diodetto. Mr. Strauss sagte mir bereits, falls Sie sich nicht freiwillig für die PDA-Sache melden würden, sollte ich Sie dennoch auf diese Aufgabe ansetzen.«

Nervös rutschte ich auf meinem Stuhl hin und her, denn plötzlich fühlte ich mich unbehaglich, und mein Gesäß tat weh. Ich bemerkte, daß einige meiner Kolleginnen über Mr. Strauss' Idee – oder besser gesagt, die unserer guten Frau Doktor – grinsten, die wie ein Anästhetikum in meinen Glutäus maximus injiziert wurde.

Peggy räusperte sich. »Eigentlich sollte Mr. Strauss hier an meiner Stelle stehen, um diese Unterhaltung mit Ihnen zu führen –«

Weiteres Gegrinse, da wir uns wohl alle vorstellten, wie Mr. Strauss mit uns ein offenes Gespräch über die vorzeitige Ablösung der Plazenta führen würde.

»– aber er befindet sich derzeit auf Geschäftsreise. Er wird sich aber wegen der Details mit Ihnen in Verbindung setzen. Die Überstunden können Sie mit der Gehaltsabteilung abrechnen.«

Dann hielt uns Dr. Schoenbarger einen Vortrag über die Notwendigkeit, während Karens Abwesenheit den Status quo aufrechtzuerhalten. Sie sagte, sie sei eine vielbeschäftigte Frau und dasselbe gelte für Mr. Strauss (womit sie ein deutlich hörbares Kichern provozierte). »Keiner von uns beiden hat viel Zeit, ein Auge auf Sie zu haben«, sagte sie. »Wir vertrauen darauf, daß Sie hier harte Arbeit leisten und sich wie Profis benehmen.«

Wir versprachen ihr hoch und heilig, genau das zu tun. Aber Sekunden, nachdem sie den Pausenraum verlassen hatte, schickten wir die Sekretärin zu Dunkin' Donuts und heizten die Kaffeemaschine – unseren Mr. Coffee – an.

Eine halbe Stunde später versammelten wir uns wieder bei Kaffee und zwei Dutzend mit Zuckerguß glasierten Krapfen, wobei unsere Augen ständig an der Glastür hingen, um zu beobachten, ob Peggy erneut hereingestürmt käme, um uns noch ein paar Takte darüber zu erzählen, wie gefährlich es sei, Frauen im gebärfähigen Alter anzustellen. Wir quasselten eine Menge über Karen und ihr Baby, bis die verheirateten Frauen – wie es vorherzusehen war – ihre Geschichten über Fehlgeburten, grauenhafte Wehen und Geburten auspackten. Glücklicherweise schnitt ihnen eine andere Junggesellin das Wort ab, indem sie fragte: »Sind Sie eigentlich verrückt, Lisa?«

»Wieso?« mümmelte ich und spülte die Cremefüllung mit einem großen Schluck Kaffee hinunter.

»Dr. Peggy ist eine derartig – na, ich weiß nicht, was. Aber Sie müssen geistesgestört sein, wenn Sie freiwillig enger mit ihr zusammenarbeiten wollen.«

»Versteh' ich nicht«, gab ich zurück. »Karen kommt doch auch gut mit ihr zurecht.«

»Sie ist ein Mords-Luder.«

»Und Mr. Strauss ist auch kein Traumchef«, fügte eine andere hinzu.

»Er scheint doch ganz nett zu sein«, wagte ich zu sagen.

»Verglichen mit Frau Doktor, vielleicht.«

»Er ist schlimmer als sie.«

»So pingelig.«

»Ein Perfektionist.«

»Total pedantisch.«

»Für ihn macht man eine Sache nicht einmal, sondern fünfmal.«

»Aber er kann wenigstens bitte sagen.«

»Unserer Frau Doktor fehlt dieses Wort im Vokabular.«

Schwindelig von Kaffee und zuviel Zucker vergaß ich meine Vorsicht. »Das ist wahr«, pflichtete ich bei. »Als ich sie zum ersten Mal sah, sagte sie doch glatt zu mir: *Begrüßung.*«

Alle brachen in Gelächter aus. »Sagen Sie's noch einmal, Lisa.«

»*Begrüßung*«, wiederholte ich mit Peggys tiefer Stimme. Und mit diesem einen Wort war ich eine von ihnen geworden.

Danach überhäuften sie mich mit guten Ratschlägen:

»Hören Sie, Lisa, wir wollten es Ihnen ja nicht sagen, weil Sie mit Karen auf so gutem Fuße standen, aber je weiter Sie sich von den Bossen fernhalten, desto besser.«

»Das stimmt nicht. Wenn Sie die Firmenzeitung zusammenstellen, müssen Sie mit den Vorständen sprechen, sooft Sie die Chance dazu bekommen.«

»Vorsicht bei den Kerlen in der Werbeabteilung.«

»Tragen Sie immer kurze Röcke, wenn Sie dort zu tun haben.«

»Wenn aber ein Meeting mit Peggy ansteht, ist ein Hosenanzug anzuraten.«

»Das dürfte auch Mr. Strauss gefallen –«

»Kommt schon! Glaubt ihr denn etwa, er ist –?«

»Er ist zumindest nicht verheiratet!«

»Na und?«

»Ist ja nur so ein Gefühl. Haben Sie nicht auch manchmal dieses *bestimmte Gefühl*?«

Die Meinungen zu diesem Thema waren sehr geteilt, ich konnte der Debatte aber leider nicht weiter folgen, denn in meinem Büro klingelte das Telefon. Es war Karen.

»Ich bin gerade vom Schreibtisch aufgestanden«, log ich und bemühte mich um genaue Artikulation, um das Geräusch des letzten Bissens von meinem Donut, der gerade meinen Hals hinunterrutschte, zu vertuschen. »Wie geht es Ihnen?«

Karen war noch etwas durcheinander von ihrem Treffen mit Peggy, schien aber geradezu versessen darauf zu sein, uns von ihrem Bett aus weiter an die Kandare zu nehmen. Sie bat mich, einen Bleistift zur Hand zu nehmen, damit ich mir die lange Liste von Aufgaben notieren konnte, die ich zu erfüllen hatte. Sollte ich Unbehagen dabei empfunden haben, mich durch ihr Pech verfrüht in ihre Position gedrängt zu haben, so entledigte sie mich meines Schuldgefühls, indem sie sagte: »Gott sei Dank, daß Sie da sind, Lisa! Andernfalls würde die Arbeit nur halb so gut erledigt werden, und Dr. Schoenbarger wäre noch genervter.«

»Was hat sie denn zu Ihnen gesagt?« fragte ich.

»Fragen Sie besser, was sie *nicht* gesagt hat! Ein einziges Mal sagte sie, daß es ihr leid täte! Mr. Strauss schickte Blumen – und das, obwohl er sich auf Geschäftsreise befindet –, aber sie tat nichts, als mich eine halbe Stunde lang über meinen gesundheitlichen Zustand auszuhorchen!«

»Möglicherweise hat sie ja ein wissenschaftliches Interesse an Ihrem Zustand?«

»Möglicherweise hat sie einen Groll auf mich, weil ich schwanger bin.« Karen legte eine Pause ein. »Vielleicht sollte ich Ihnen das gar nicht sagen, ich will ja keine Gerüchte in die Welt setzen, aber ...«

Ich verdrehte die Augen und wartete.

Karen senkte die Stimme, als stünde sie direkt neben mir im Büro und nicht etwa fünf Kilometer entfernt an ihrem eigenen Telefon. »Wissen Sie, Lisa, Dr. Schoenbarger *lebt mit einer anderen Frau zusammen* –«

Nein! wollte ich ausrufen. *Unglaublich*! *Ich bin schockiert!*

»Tut mir leid, das zu hören«, sagte ich statt dessen, nahm den Hörer vom Ohr und streckte Karen durch das Telefon die Zunge heraus.

»– und zufällig habe ich von einer Freundin, die freiwillig bei der Katholischen Wohlfahrt arbeitet, gehört, daß sie und ihre Freundin versuchen, ein Kind aus Zentralamerika zu adoptieren!« Karens Stimme wurde wieder lauter. »Tut mir wirklich leid, aber ich kann mir Dr. Schoenbarger nicht als Mutter vorstellen. Die hat doch keinen Funken von Mütterlichkeit im Leib!«

»Dem kann ich nicht ganz zustimmen«, erwiderte ich. »Manches Mal behandelt sie mich – und sogar Mr. Strauss – wie ein Kind.«

Dr. Schoenbargers mütterliche Instinkte waren mir zum ersten Mal aufgefallen, als sie mir stillschweigend ihr Mißfallen an meiner Garderobe zu verstehen gab. Dieser Eindruck verstärkte sich noch, als sie mein Angebot, ihr bei der Korrespondenz zu helfen, akzeptierte. Während wir dann am Konferenztisch saßen und den Wortlaut diverser Normbriefe durchkauten, hatte ich den Eindruck, daß ihr weniger daran lag, mich zu tadeln, als daran, mich sanft zu konvertieren – wenngleich nicht zum wahren Feminismus (was immer das ist) –, sondern wenigstens zu wadenlangen Röcken. Ihr übermäßiges Interesse daran, wie ich denn *bei Boorman zurechtkäme*, schien zu signalisieren, daß sie bereit war, mich unter ihre Fittiche zu nehmen – ein Platz, den Mr. Strauss eigenartigerweise ebenfalls innezuhaben schien, was dadurch illustriert wurde, daß er in ihr Büro marschiert kam und plötzlich mitten im Raum (durch einen ihrer gebieterischen Blicke) zum Stehenbleiben gezwungen wurde.

»Ach, ich dachte, Sie wären gar nicht hier. Entschuldigen Sie die Störung.« Er deutete auf ihren Schreibtisch. »Darf ich mir nur etwas abholen –«

»Ja, Sie dürfen«, nickte Peggy. Daraufhin trat er an ihren Schreibtisch, wobei er mich völlig ignorierte. Ich hatte für das Meeting mit Peggy nicht den empfohlenen Hosenanzug angezogen, und meine Sitzhaltung – nämlich seitlich zum Tisch – gewährte für seinen prüden Geschmack vielleicht zu viel Blickfreiheit auf meine Beine.

»Normalerweise weiß er schon, wie man anklopft«, klärte mich Dr. Schoenbarger auf.

»Sie haben mich ja auch gut trainiert, Peg«, grinste er.

»Ja, dasselbe werde ich jetzt mit einigen anderen Kollegen machen, deren Namen ich aber für mich behalte.« Peggy schob die Unterlagen vor sich zusammen und gab ein paar vage Kommentare über die Notwendigkeit ab, innerhalb der Firma Boorman mehr Frauen in höhere Positionen zu lancieren.

»Welche Noten hatten Sie denn in naturwissenschaftlichen

Fächern, Miss Diodetto?« fragte sie mich und hoffte wohl, mich zurück auf die Abendschule schicken zu können, um die nächste Madame Curie zu produzieren.

»Muß ich das zugeben?« fragte ich und bemühte mich inständig, nicht auf einen gewissen Teil von Mr. Strauss' Anatomie zu starren – nämlich auf sein absolut bewunderungswürdiges Hinterteil –, während er sich über einen Stapel von Akten beugte.

»Na gut. Grammatik ist schließlich auch eine Wissenschaft. Nun zu diesem Brief: Gibt es denn keine modernere Möglichkeit, einen Brief anzufangen, als *Sehr geehrte Damen und Herren*?«

»Es ist zwar antiquiert«, sagte ich, »aber es ist immer noch die gängige Ausdrucksweise.«

»Will denn eine Frau – Ihrer Generation – immer noch mit *Dame* angesprochen werden?«

»Hm, nein. Dabei habe ich immer das Gefühl, in ein Bordell geraten zu sein.«

Über ihrer Stirn stellten sich einige ihrer grauen Haare senkrecht auf, so daß ich schnellstens hinzufügte: »Ich vermute aber, die meisten Männer akzeptieren die Anrede.«

»Stimmt das, Eben?« fragte Peggy.

»Wie bitte?« sagte er, obwohl ich sicher war, daß er genau zugehört hatte – und wahrscheinlich sogar grinste, als ich *Bordell* sagte.

»Stört Sie die Anrede *Sehr geehrter Herr* in einem Brief?«

»Warum versuchen Sie's nicht mit *Wen es angehen mag*?«

»Das hört sich sehr kühl –«

»Es handelt sich ja nicht um einen Liebesbrief, soweit ich es verstanden habe.«

»– wenn nicht gar unhöflich an.«

»Aber es ist geschlechtsunspezifisch, wenn es das ist, was Sie anstreben.«

»Was *suchen* Sie eigentlich hier, Eben?« fragte Peggy schließlich ungeduldig, denn er nahm sich schrecklich viel Zeit, um auf ihrem bemerkenswert aufgeräumten Schreibtisch herumzustöbern.

Er zeigte ihr einen roten Aktenordner und lächelte. »Haben Sie Miss Diodetto schon gefragt, ob sie Golf spielt?«

»Alles zu seiner Zeit.«

Daraufhin drehten sich beide um und musterten mich von Kopf bis Fuß, als ob sie gerade versuchten, sich vorzustellen, welche Figur ich wohl auf dem Golfplatz abgeben würde – und ich saß unterdessen wie das lebende Beispiel jener Art von Frauen da, die Stilettos ganz definitiv Schuhen mit Spikes vorzogen.

Nachdem ich Karen eine (redigierte) Fassung dieser Szene erzählt hatte, meinte sie: »Dr. Schoenbarger und Mr. Strauss haben tatsächlich eine sehr enge Beziehung. Ich persönlich finde aber, daß es eine sehr *eigenartige* Beziehung ist.«

Ich erwartete, daß sie mir gleich atemlos anvertrauen würde: *Ich will ja keine Gerüchte in die Welt setzen, aber ... Dr. Schoenbarger ließ sich künstlich befruchten und gebar Mr. Strauss – und zwar lange bevor diese Methode überhaupt erfunden worden war.*

»Möglicherweise wünscht sie sich ja schon immer einen Sohn«, sagte Karen statt dessen. »Und es tut mir *ehrlich* leid, daß sie dieses Mädchen aus Zentralamerika nicht adoptieren konnte. Aber ich habe auch nicht um das gebeten, was mir jetzt bevorsteht. Ich hatte erwartet, bis zum neunten Monat voll zu arbeiten –« Karen fing zu weinen an. »Oh, Lisa! Könnten Sie mir auf dem Nachhauseweg mein Rolodex vorbeibringen?«

»Klar. Geben Sie mir Ihre Adresse«, erwiderte ich, »und ich bringe Ihnen auch noch ein paar übriggebliebene Donuts mit.«

»Donuts?« fragte Karen fassungslos.

Eiligst beendete ich das Gespräch.

Gleich danach erhielt ich einen Anruf von der Druckerei und im Anschluß daran sogar noch einen weiteren, und zwar aus Cleveland. Es war Mr. Strauss, dessen Stimme das hektische Treiben um ihn herum und die Lautsprecheransagen kaum durchdrang.

»Bei Ihnen war ständig belegt«, sagte er. »Ich hab's sehr eilig, aber ich möchte, daß Sie Karen anrufen –«

»Ich habe gerade mit ihr gesprochen.«

»Oh, wie geht es ihr? So ein Pech. Sie hatte sich so sehr auf das Baby gefreut.«

»Sie hat es ja nicht verloren.«

»Aber ans Bett gefesselt zu sein, wie ein Invalide –« Er räusperte sich. »Rufen Sie sie doch bitte noch einmal an und fragen Sie, wie weit sie mit dem Beipackzettel und den Broschüren für die Periduralanästhesie gekommen ist.«

»Ich arbeite bereits am Beipackzettel –«

»Sprechen Sie etwas lauter bitte, ich kann Sie kaum –«

Meine Stimme klang schon fast grob, als ich lauter weitersprach. »Ich arbeite bereits daran«, schrie ich beinahe und fügte dann hinzu: »Sir.«

»Und die Werbeanzeigen? Wir brauchen die Werbeanzeigen. Ich mache mir schon ernsthafte Sorgen deswegen –«

»Beruhigen Sie sich«, entgegnete ich, »und vertrauen Sie mir.«

Meinem Kommentar – der von seinem Standpunkt aus gesehen völlig unangemessen wirken mußte – folgte eine lange Pause, so daß ich im Hintergrund den kompletten Flugaufruf hören konnte: »*Letzter Aufruf für Flug Nummer 4298 nach Peoria. Alle gebuchten Passagiere möchten sich bitte umgehend an Bord begeben.*« Ich wünschte, ich würde in diesem Flugzeug sitzen, am besten mit einem steifen Drink in der Hand. Und ich wünschte, ich hätte nicht dauernd diese Probleme mit meinen Vorgesetzten.

Dann setzte ich noch einmal nach und versuchte, die Situation zu retten. »Was ich sagen wollte, ich hoffe, Sie vertrauen mir, daß ich mich darum kümmere.«

Nachdem er mir kühl versichert hatte, daß er genau das vorgehabt hatte, legte ich auf und konnte mich nicht entscheiden, ob ich wütend auf mich war, weil ich ihn *Sir* genannt hatte oder weil ich gesagt hatte, er solle sich beruhigen.

Zwei Tage später verordnete Karens Gynäkologe ihr bis zum Ende der Schwangerschaft vollständige Bettruhe, und obwohl ich weder ihren Titel noch ihr Büro geerbt hatte, so bekam ich doch all ihre Aufgaben übertragen – zuzüglich einer saftigen Gehaltserhöhung, weshalb ich es nicht mehr als ganz so bitter empfand, sowohl ihre ganze Arbeit erledigen zu müssen als auch noch die

Kolleginnen zu vertreten, die im Urlaub waren. Während der folgenden zwei Wochen blieb ich abends lange im Büro, arbeitete an den Datenblättern, den Informationsbroschüren für die Mediziner und an der Werbekampagne für das PDA-Projekt. Oft kam ich nicht vor 20.00 Uhr ins Fitneßstudio – doch hauptsächlich deshalb, weil ich zu Hause keinen Computer hatte und entschlossen war, die wenigen, eilig hingekritzelten Notizen zu *Mach langsam, Baby*! zu tippen. Wenn ich dann in meine Wohnung zurückkam, warf ich meinen verschwitzten Körper auf die Couch, riß eine Tüte Popcorn auf und schnappte mir mein neuestes Buch aus der Bücherei – zumindest tat ich das, bis meine außerbetrieblichen Aktivitäten in einem interessanteren Licht stehen würden. Zu der Zeit schien sich mein ganzes Leben darum zu drehen, niemandem Anlaß zu der Vermutung zu geben, daß sich mein Privatleben nicht zum Besseren gewendet hätte.

Obwohl ich Dodie gegenüber (der offenbar auch einen neuen, äußerst mysteriösen Partner hatte) ein paar neckisch-verschämte Andeutungen machte, konnte ich ansonsten mit niemandem über meine neuen romantischen Bestrebungen sprechen, abgesehen von einer Verkäuferin bei Bloomingdale's, der ich beiläufig ihre Existenz andeutete, als sie mich fragte, ob ich meine Garderobe wegen eines Karrieresprungs aufpeppen würde.

Ich nickte. »Außerdem gibt es da einen Mann«, sagte ich und warf über meine Schulter hinweg einen kritischen Blick in den dreiteiligen Spiegel, um zu prüfen, ob sich mein Höschen am Rock abzeichnete.

Sie gratulierte mir zu meinem Erfolg im Beruf und in der Liebe, ohne zu ahnen, wie sehr ich aufpassen mußte, um nicht beides aufs Spiel zu setzen. Ich kannte die Regeln. Karen hatte mich vorgewarnt: Wir in den unteren Positionen, dürfen uns keinesfalls mit dem Management einlassen, wir dürfen einen der Vorgesetzten höchstens gelegentlich anrufen, um irgendwelche Meldungen zu bestätigen, die in unserem hausinternen Presseorgan erscheinen sollen. Bei diesem monatlich erscheinenden Mitteilungsblatt, das von mir zusammengestellt wurde und sich *Der Rebstock* nannte, handelte es sich um einen hoffnungslos optimistisch klingenden Bericht über Geburten und Hochzeiten, über neue Verordnungen zum Rauchen oder zur Mülltrennung, über den letzten Quilting-Wettbewerb, welcher der Vorstände eine neue Holz- oder Messingplakette vom Rotary Club verliehen bekommen hatte und über die Spielergebnisse unserer betriebsinternen Baseball-, Basketball- und Bowlingmannschaften.

An meinem Computer hatte ich eine lustige (meiner Meinung nach wenigstens) Parodie des Mitteilungsblättchens verfaßt, die ich dummerweise einigen Mädchen in meiner Abteilung zeigte. Mein Titel lautete nicht *Der Rebstock*, sondern *Achtung – Verbrechen!* In meinen Artikeln berichtete ich, der Wagen des Vorstandsvorsitzenden habe vor einer Entziehungsanstalt geparkt, der für die Belegschaft zuständige Sozialarbeiter sei wegen Pädophilie inhaftiert worden, der Chef unseres Chemiewerkes sei erwiesenermaßen drogenabhängig und unsere vertrauenswürdigen Hausmeister würden ihre lausigen Gehälter aufbessern, indem sie im Labor Bleistifte und Tabletten klauten. Meine Überschrift lautet: ZÜGELLOSER DROGENMISSBRAUCH IM OBEREN MANAGEMENT und SEKRETÄRINNEN FRAGEN DEN VORSTAND: WARUM SCHMECKT DAS WASSER AUS UNSEREN TRINKFONTÄNEN NACH MARIHUANA?

Überflüssig zu sagen, daß ich meine erlesenen Ergüsse Karen nicht vorlegte, wenn ich sie von Zeit zu Zeit zu Hause besuchte. Ihr gegenüber trug ich ein höchst professionelles Auftreten zur Schau – denn ich wußte natürlich, daß ihre Empfehlung mit entscheidend sein würde, wenn ich mit meinem Hefter und meinem Büroklammerhalter demnächst in ihr Büro umziehen wollte. Nachdem sich herausgestellt hatte, daß dieser Umzug noch in den Sternen stand, bereute ich, *Achtung – Verbrechen!* je zu Papier gebracht zu haben, und außerdem fürchtete ich, meine Kolleginnen, die mich um meine Macht beneideten, würden diesen Lapsus des guten Geschmacks benutzen, um mich zu sabotieren.

Aber ich hatte ein Talent dazu, meinen Feinden mehr als genug Munition in die Hände zu spielen, um mich auf den Mond zu schießen. Warum sonst wurde ich bei Boorman zum Äquivalent einer High-School-Göre, die man am besten mit einer der absolut zweitklassigen Überschriften hätte beschreiben können, die ich so enthusiastisch in meinen Computer gehackt hatte: REDAKTEURIN VERFÜHRT WIDERWILLIGEN DIREKTOR.

Ich verliebte mich – und zwar auf die einzige Art, die meinem Naturell entsprach, nämlich bis über beide Ohren – in einen Mann, den ich Karen gegenüber geflissentlich als *ausgestopftes Hemd* bezeichnet hatte.

Sein Name war Eben Strauss.

Strauss und ich hatten einen etwas turbulenten Start. Er war gerade auf Reisen, als ich mich an die Arbeit an dem PDA-Material machte, und meistens kommunizierten wir über die pinkfarbenen Notizzettel, die bei Boorman immer dann gebraucht wurden, wenn einem Kollegen eine Nachricht auf den Schreibtisch gelegt wurde: *15.00 Uhr. Mr. Strauss will wissen, wie weit Sie mit der Anzeige für JAMA sind, geben Sie seiner Sekretärin Bescheid. 11.15 Uhr. Mr. Strauss möchte, daß Sie der Druckerei Bescheid geben und die Anzahl der Broschüren um 3.000 erhöhen.* Als er wieder im Büro war, besuchte er unangekündigt die Redaktion, um zu kontrollieren, ob der Zeitplan des Projekts eingehalten würde. Mehr als einmal mußte ich von meinem Stuhl aufspringen und mich schützend vor meinem geräuschvollen Tintenstrahldrucker aufbauen, wo der neuste Entwurf von *Mach langsam, Baby!* heiß aus der Presse lief. Ein Großteil der Literatur bei Boorman bezog sich – sehr detailgetreu übrigens – auf männliche und weibliche Körperteile, aber ich war sicher, er würde augenblicklich feststellen, daß hier etwas nicht stimmte, wenn er die Worte *sinnlicher Hintern* oder *steifer, einladender Stachel* lesen würde.

Ich konnte einfach nicht begreifen, daß Karen Strauss als völlig relaxten Chef beschrieben hatte, bis ich auf die Idee kam, daß er uns vielleicht auf ihren Wunsch hin ganz genau beobachtete. Und trotzdem mußte er uns nicht wie Kleinkinder behandeln, die unmittelbar davorstanden, an der tiefsten Stelle in den Pool zu fallen. Ich schob mir die Schuld an seinem Drang, ständig den Lebensretter zu spielen, zum Teil selbst in die Schuhe. *Vertrauen Sie mir* war der Satz, der für gewöhnlich aus nicht vertrauenswürdigen Mündern strömte, und da ich diese Tatsache nun klar erkannte, schien er mich als diejenige herausgepickt zu haben, die am genauesten zu überwachen war. Vielleicht ahnte er ja, daß ich ein Auge auf Karens Büro geworfen hatte, und ließ mich deshalb kaum aus den Augen. Wenigstens schien es, als hätte er mich genau im Visier. Wenn er seine Anweisungen nicht präzise und wohlüberlegt am Telefon formulierte – diese Gespräche fanden meistens unter Zeitdruck statt und waren immer wieder von unangenehmen, halbsekündlichen Pausen unterbrochen –, dann hinterließ er höfliche Anweisungen auf unserem All-in-1-Computersystem.

Seiner ständigen Überwachung müde, sagte ich zu unserer Sekretärin: »Er kann gar nicht oft genug auf Geschäftsreise gehen.« Mein Herz rutschte mir in die Kniekehle, als ich sein Auto auf dem Parkplatz der Firma erspähte. Ihm gehörte also der Audi, und nicht der Beemer. Ich konnte auch nicht umhin zu bemerken, daß er – abgesehen von der einen grauenhaften Krawatte – über eine gute Garderobe verfügte, was ich in bezug auf die meisten Vertreter des männlichen Geschlechts bei Boorman nicht hätte behaupten können. Manchmal, wenn ich ihn auf dem Hin- oder Rückweg von den Getränkeautomaten (wo ich zu meinem Entsetzen feststellen mußte, daß mein kindlicher Geschmackssinn für Root Beer wiedererwacht war) traf, kam mir der Samstag in den Sinn, als ich ihn im Flur getroffen hatte. Mit seinem kurzärmeligen Hemd hatte er gar nicht übel ausgesehen.

Schade, daß sein Verhalten weniger als ansprechend war. Eines Abends, als ich um 19.00 Uhr gerade dabei war, das Büro zu verlassen, und zu Gussie sagte, ich würde mir wünschen, zu einer Runde Margaritas eingeladen zu werden, wenn dieses verfluchte Projekt abgeschlossen sei, grinste Gussie und sagte: »Hier kommt Ihr Schatten. Vielleicht lädt er Sie ja ein.«

Ich fuhr herum. Der unwahrscheinlichste Kandidat für eine wilde Nacht und einen Kneipenzug durch die Stadt näherte sich: Eben Strauss. Er hatte denselben finsteren Ausdruck im Gesicht wie mein Zahnarzt, wenn ich zugab, niemals Zahnseide zu benutzen.

»Miss Lisa ist schon wieder so lange hier«, erklärte ihm Gussie.

»Das sehe ich.«

»Sie ist jedes Wochenende hier.«

»Das bin ich auch.«

»Sie rackern sie noch zu Tode, Mr. Strauss.«

»Tue ich das?« fragte er mich.

»Ich atme noch«, gab ich zurück und reichte ihm das Klemmbrett, auf dem man unterzeichnete, wann man das Büro verließ.

»Freut mich zu hören«, meinte er, kritzelte seine Unterschrift darauf und ließ den Stift zurück aufs Klemmbrett fallen. Daraufhin sprang er förmlich einen Schritt nach vorn, um mir die Tür aufzuhalten, wodurch ich gezwungen war, mich so nahe an ihm vorbeizuquetschen, daß ich sein Tweedjackett streifte.

Die Sonne stand tief hinter dem Laboratorium. Er ging neben mir her, und es herrschte peinliches Schweigen, das er schließlich mit einem Lob brach: »Wir schätzen Ihren enormen Einsatz sehr.«

»Kein Problem.«

»Wenn dieses Projekt einmal abgeschlossen ist, können Sie sich wieder mehr Ihrer Familie widmen.«

»Meine Familie lebt in Connecticut.«

»Aber Ihr Mann –«

»Ich habe keinen Mann!« antwortete ich.

Er wirkte verwirrt. Nicht für viel Geld konnte ich mir vorstellen, wie er auf diese blödsinnige Idee verfallen sein mochte, bis mir der Samstag einfiel, an dem ich Dodie in der Firma herumgeführt hatte. Er mußte wohl meine Unterschrift auf Gussies Klemmbrett gesehen haben – *L. und D. Diodetto* –, als er selbst die Firma verließ. Dennoch war er mir oft nahe genug gekommen, um zu bemerken, daß an meiner linken Hand außer winzigen Schnitten von scharfen Papierrändern nichts zu sehen war.

»Dann haben Sie aber einen Bruder«, hakte er nach.

»Ich habe auch keinen Bruder.«

Die Verwirrung auf seinem Gesicht war dermaßen aufschlußreich, daß ich es geradezu genoß, ihm zu erzählen, es sei mein Cousin gewesen, der vorübergehend wegen einer Diarrhöe außer

Gefecht gesetzt gewesen war und sich auf die Herrentoilette zurückgezogen hatte. Soll er doch denken, was er will, dachte ich, und zweifellos tat er dies auch, denn er entließ mich mit den Worten: »Ich muß Sie wohl mit jemandem verwechselt haben. Schönen Abend noch.«

Er wartete, bis ich meinen Wagen ausgeparkt hatte, und sein Audi eskortierte mich in respektvollem Abstand die lang gewundene Ausfahrt zur Straße hinaus.

»Habe ich um Begleitschutz gebeten?« murmelte ich und war versucht, die Bremse durchzutreten, damit er zu einer Vollbremsung gezwungen wäre. Ich fürchtete, er würde mir auf den Fersen bleiben, um sich davon zu überzeugen, daß ich nicht an der nächsten Kneipe haltmachen würde. Aber als ich links einbog, sah ich im Rückspiegel, daß er rechts abbog und vermutlich in die ländliche Gegend fuhr, in der ich mich bei meiner Rundfahrt mit Dodie völlig verirrt hatte. Ich wohnte zwar auch in der rechten Richtung, aber mein Fitneßstudio lag links.

In der Gewißheit, daß Karen ihn auf meine Fährte gesetzt hatte, wagte ich beim nächsten Telefonat mit ihr zu sagen: »Mr. Strauss kontrolliert mich ständig.«

»Vielleicht gab ihm Dr. Schoenbarger die Anweisung.«

»Daran hab' ich noch gar nicht gedacht.«

»Mich hat er eigentlich immer in Ruhe gelassen, aber ich habe auch schon vier Jahre in der Firma gearbeitet, bevor wir seiner Abteilung zugeordnet wurden. Wenn Sie einmal bewiesen haben, daß Sie gute Arbeit leisten, wird er die Zügel schon etwas locker lassen.«

Was mich betraf, so konnte das nicht schnell genug geschehen, und ich markierte mir – mit einem scheußlichen Smiley-Gesicht – in meinem Kalender den Tag, an dem wir mit den hohen Tieren von der Kommunikations- und der Marketingabteilung den Termin vereinbaren würden, an dem die PDA auf den Markt geworfen werden würde.

Mein Mund fühlte sich trocken an, als ich den Sitzungssaal der Vorstandschaft für das Meeting betrat, dem ich so lange entgegengefiebert hatte. Der lange Konferenztisch erinnerte mich an die geschwungenen Sklavengaleeren in den alten Bibelfilmen. Während ich meinen Platz auf einem der plüschigen Rollstühle an der Längsseite des Tisches einnahm, fürchtete ich, gleich würde der monotone Trommelschlag einsetzen, und ich müßte zu rudern anfangen. Nach den langen, schweißtreibenden Stunden im Fitneßstudio hätte ich vermutlich sämtliche Absolventen der teuersten Ivy-League-Universitäten am Tisch lässig überholt, obwohl der eine oder andere von ihnen möglicherweise in jüngeren Jahren den Charles River oder den Housatonic hinuntergeskullt war. Aber ich war nicht auf diesem Meeting, um mein neuerworbenes athletisches Können zur Schau zu stellen. Ich war eingeladen worden, um die Schautafeln zu präsentieren, die ich in Zusammenarbeit mit den Designern und den Schriftsetzern erstellt hatte und die die endgültige Form des Informationsmaterials zeigten, das in allen Packungen des Anästhetikums stecken würde, bevor sie in die Operationssäle quer über das ganze Land geliefert werden würden.

Zu dem Zeitpunkt war ich an den Firmenzirkus bereits gewöhnt, und ich spielte mit, als hinge mein Leben davon ab. Ich war mir bewußt, daß man mich zu dieser Präsentation in einem dunkelblauen Kostüm mit einer Seidenbluse in einer kühnen, aber nicht allzu auffälligen Farbe erwartete, wozu ich schwere goldene Ohrringe trug, die von meiner Kompetenz und Machtbefugnis zeugten. Man erwartete von mir, vor dem Beginn der Präsentation Konversation zu betreiben und gerade so viel Kaffee zu trinken, um mich anzuheizen, aber keinesfalls so viel, um meine Blase zu füllen. Ich wußte, daß ich nicht gähnen durfte, solange ich am Tisch saß, und daß ich die nächsten zwei Stunden nicht auf die Uhr sehen durfte. Ich wußte auch, daß ich meinen Mund halten mußte, sobald der Boß – und bei Boorman war es mit Ausnahme von Peggy immer ein männlicher Boß – seinen Platz am Kopf des Tisches eingenommen haben würde, und daß die darauf folgende Stille den Beginn des Meetings markierte.

Eben Strauss verschaffte sich die Aufmerksamkeit der Versammelten nicht, indem er mit der Kaffeetasse auf den Tisch klopfte oder mit seinem silbernen Füllfederhalter auf die lederne Mappe vor sich hämmerte, sondern indem er scheinbar teilnahmslos vor sich hin starrte, um seine Ungeduld mit einigen der Herren am Ende des Tisches zu signalisieren, die immer noch ihre Späße trieben. Da dies mein erstes Meeting mit den Herren (und zwei Damen) aus der Marketingabteilung war, bat mich Mr. Strauss, aufzustehen und mich vorzustellen.

Eine Rolle meines Stuhles klinkte sich am Nachbarstuhl ein, worauf ein kleines Gerangel entstand, bevor ich mich erheben konnte und sagte: »Vielen Dank, Mr. Strauss, daß Sie mir die Gelegenheit dazu geben. Mein Name ist Lisa Diodetto.«

»Strauss«, sagte er, und ich trat etwas ratlos von einem Bein auf das andere, war ich doch sicher, seinen Namen richtig ausgesprochen zu haben. Warum also wiederholte er seinen Namen? »Sie können mich Strauss nennen.«

»Das tat ich soeben«, erwiderte ich und rief damit aus irgendeinem Grunde albernes Gelächter hervor.

»Er läßt sich mit seinem Nachnamen ansprechen«, erklärte einer der Spaßvögel vom Tischende. »Niemand außer Peg nennt ihn beim Vornamen.«

Vielen Dank, hätte ich am liebsten gesagt, war aber innerlich verärgert, daß er sich von Karen und mir mit *Mister* hatte anreden lassen, während ihn alle anderen lediglich *Strauss* nannten.

Es folgte ein freundliches Veräppeln des Mannes, von dem alle behaupteten, er sähe weder aus wie ein Eben noch wie ein Bennie, und schon gar nicht wie ein Ben. Jemand – von dem ich hinterher erfuhr, er sei Abteilungsleiter – wagte sogar zu sagen: »Was dachte denn Ihre Mutter, Strauss, als Sie zur Welt kamen?«

»Ich vermute, man injizierte ihr sofort ein Beruhigungsmittel«, erwiderte Strauss.

»Strauss ist ein so höflicher Mensch, er hat wahrscheinlich nicht einmal geschrien, als er herauskam.«

»Bestimmt hat er dem Arzt artig die Hand gegeben.«

»Vermutlich hat er der Hebamme die Tür aufgehalten.«

»Wahrscheinlich kam er schon mit einem Vokabular von tausend Wörtern zur Welt.«

»Womöglich sagte er: *Ja, ja, dieser Empfang ist ja ganz nett, aber könnten wir jetzt zum Geschäft kommen?*«

Gelächter. Freundliches Gejohle. Strauss hatte den Blick auf den Tisch gesenkt und – er lächelte! Die Hänseleien waren der klare Beweis dafür, daß sie ihn alle mochten und ihn zudem respektierten, andernfalls hätten sie ihm Honig um den Bart geschmiert und ihre Frotzeleien hinter seinem Rücken vom Stapel gelassen.

Strauss räusperte sich und forderte mich auf, wieder Platz zu nehmen, womit er noch mehr Aufmerksamkeit auf die Tatsache lenkte, daß ich Manns genug war, immer noch vor versammelter Mannschaft zu stehen. Aber jetzt ging es zum Geschäft. Das Meeting war tödlich langweilig. Es zog sich hin – um in der gängigen Büroterminologie zu sprechen – wie der Orgasmus einer fünfunddreißigjährigen Frau –, d. h. ewig. Ich machte meine Präsentation – Strauss dankte mir für die Kürze – und verbrachte die letzte halbe Stunde mit zusammengezwickten Beinen, da ich gegen die nachteiligen Auswirkungen des Kaffees zu kämpfen hatte. Als die Konferenz in genau der doppelten Zeit, die für die Agenda nötig gewesen wäre, endlich beendet war, sprang ich von meinem Stuhl auf und flitzte den Flur in Richtung Damentoilette hinunter, wo ich hörbar aufseufzte, während ich meine schmerzende Blase entleerte.

Während ich mir die Hände wusch, untersuchte ich mein Spiegelbild. Irgend etwas fehlte. Natürlich hatte meine Haut wieder einmal dieses PMS-Aussehen, und ein leichter Belag von Bürostaub hatte sich auf mein Revers gelegt. Ich sah genauer hin. Dann schoß meine Hand zu meinem Ohr hoch. Ich sah auf den Boden und rannte in die Toilette zurück. Einer meiner Ohrringe fehlte. Er konnte entweder auf dem Flur oder im Sitzungssaal liegen – das schlimmste Szenario aber war, wenn er zertreten oder von Reifen zermalmt auf dem Parkplatz draußen liegen würde. Ich hatte soeben eine wichtige Präsentation gehabt und hatte ausgesehen wie ein Kopf mit Schlagseite. Hektisch nahm ich auch den anderen Ohrring ab und steckte ihn in die Jackentasche. Ich mußte in den Konferenzsaal zurück, um meine Schaubilder abzuholen, und ging vorsichtig denselben Weg über den Teppichboden im Flur zurück. Wobei ich es zu vermeiden suchte, Anzeichen von Panik zu zeigen. Aber ich war verzweifelt. Die Ohrringe (auffallende Clips, die ich bei Bloomingdale's erstanden hatte, als ich den Vertrag für den neuen Job in der Tasche hatte) waren aus achtzehnkarätigem Gold und verschlangen einen halben Wochenlohn. Ich konnte es mir nicht leisten, sie zu ersetzen.

Der Konferenzsaal war mittlerweile dunkel und leer. Aus dem Papierkorb quollen zerquetschte Pappbecher; auf dem Tisch lag ein vergessener gelber Bleistift. Ich schaltete das Licht an und suchte auf dem Fußboden in der Nähe der Staffelei, an der immer noch meine Schaubilder lehnten. Dann zog ich den Stuhl heraus, auf dem ich gesessen hatte und tauchte unter den Tisch, wo mein großer Clip auf dem Teppich lag, harmlos und unschuldig, wie eine Auster auf dem Meeresgrund.

Eine halbe Sekunde später traten ein Paar Herrenschuhe durch die Glastür – gutaussehende Kordovanlederslipper mit der Art von Hochglanz, die augenblicklich die Vermutung nahelegte, es seien italienische Schuhe. Die Slipper liefen durch den Raum, blieben stehen, als ich nach vorn griff, um meinen Ohrring zu ergreifen, und dann knallte mein Kopf – laut und vernehmlich – an die Tischunterseite.

Tränen schossen mir in die Augen. »*Fanculo*!« stieß ich aus.

Pause. Dann sagte eine Stimme: »Dieses Wort habe ich schon seit Jahren nicht mehr gehört.«

Mein Kopf wurde heiß, während ich immer noch in der Hocke saß. »Daraus schließe ich, daß Sie kein Scorsese-Fan sind«, sagte ich zu der körperlosen Stimme, die ich nicht sofort erkannte, weil sie beim Aussprechen von *Wort* und *Jahren* den Anflug des Dialekts aus Brooklyn hatte erkennen lassen.

»Ich habe *Hexenkessel* gesehen«, sagte die Stimme, worauf ich mir den Kopf erneut anschlug, als ich rückwärts unter dem Tisch hervorkroch, um mit zerzausten Haaren aufzutauchen und dem Mann gegenüberzustehen, der weder Eben noch Ben genannt werden wollte, und von dem ich jetzt genau wußte, daß er jahrelang daran gearbeitet hatte, seinen Brooklyn-Akzent auszumerzen.

Er sah mich erstaunt an.

»Hat er Ihnen gefallen?« fragte ich. »Der Film, meine ich.«

»Nein«, antwortete Strauss. »Zuviel Gewalt.«

Sein Blick war durchdringend und verwirrte mich. Ich streckte ihm meine offene Hand entgegen und zeigte ihm meinen Fund. »Ich habe meinen Ohrring verloren«, erklärte ich.

Er starrte mich weiter an. »Ich glaube, Sie haben sogar beide verloren.«

Ich schüttelte den Kopf und fischte den zweiten aus meiner Tasche. »Den hab' ich im Klo abgenommen –«

Das Wort *Klo* verursachte ihm sichtliches Unbehagen, und mir wurde bewußt, daß ich trotz all meiner Versuche, das Gegenteil zu erreichen, ein Klon meiner Mutter war, wenigstens was das Vokabular betraf.

»Ich wollte sagen, ich sah in der Toilette in den Spiegel und bemerkte, daß der andere, der erste, ich meine, der, der unter dem Tisch lag, daß er fehlte –«

Er nickte. »Sie hatten Glück, daß Sie es so schnell bemerkt haben. Ich habe hier auch etwas liegenlassen.« Er ging an das Tischende und hob seine Ledermappe vom Boden auf, wohin er sie gelegt hatte, als tonnenweise Unterlagen verbreitet auf dem Tisch lagen und sie ihm im Weg war.

Ich steckte beide Ohrringe in die Tasche und trat an die Staffelei. Strauss' Blick hing an meinen Füßen – vielleicht unterzog er mein Schuhwerk einer Prüfung. Es war mir ganz recht, daß meine Via Spigas durchaus mit seinen Slippern konkurrieren konnten. Aber dann warf ich einen verstohlenen Blick abwärts und mußte feststellen, daß sich durch meinen Tauchgang unter den Tisch meine marineblauen Strümpfe am Fußgelenk zu häßlichen Falten zusammengeschoben hatten.

Wie kleidet sich ein in Armut aufgewachsenes Mädchen, so daß es reich aussieht? Indem sie ein Kostüm von Tahari über durchlöcherter Unterwäsche trägt? Indem sie Via-Spiga-Pumps für dreihundert Dollar zu Neunundfünfzig-Cent-Strumpfhosen aus dem Supermarkt trägt?

Nach der Sache mit den Strümpfen, dem *Fanculo* und meinem

Bericht über das Klo wußte Strauss nun, wen er vor sich hatte. Sein Mißfallen schien so greifbar wie die abgestandene, stickige Luft im Konferenzzimmer. Warum sonst starrte er mich so eingehend an, während ich meine Schaubilder abnahm. Sein Schweigen nervte mich, denn es schien auszudrücken: »Junge Dame, Ihr Benehmen bedarf dringend einer Korrektur.«

»Warten Sie, lassen Sie sich helfen«, sagte er schließlich.

»Ist ja nur Pappe«, wehrte ich ab. Dann schoß mir durch den Kopf, daß er Direktor war, daß meine Tafeln ziemlich sperrig waren und ich einen langen Weg zurück zur Grafikabteilung vor mir hatte.

»Tragen Sie meine Mappe«, schlug er vor, was mir zunächst als fairer Handel erschien, bis ich sie in der Hand hatte und feststellen mußte, daß sie viel schwerer war als meine Pappbilder.

Nachdem er gefragt hatte, wohin ich wollte, ging er nach links statt nach rechts, was den Weg zur Grafik nur noch länger machte. Erneut dankte er mir für die viele Arbeit, die ich während Karens Abwesenheit übernommen hatte, und bat mich, seinem Gedächtnis auf die Sprünge zu helfen: »Seit wann genau arbeiten Sie *für Boorman*?«

»Seit dem späten Frühling.«

»Demnach haben Sie vom Sommer nicht viel gehabt?«

»Sie offenbar auch nicht«, sagte ich. »Wann gehen Sie denn in Urlaub?«

»Ich mache selten Urlaub.«

Der Gedanke, den Rest der Strandsaison mit einem Direktor im Genick durchleiden zu müssen, der ständig aufpassen würde, daß ich akkurat und peinlich genau arbeitete, machte mich wahnsinnig. »Wie lange sind Sie schon *an Bord*?« fragte ich.

Strauss hatte kürzlich sein fünfjähriges Betriebsjubiläum gefeiert. »Karen und ich fingen zur selben Zeit an«, erklärte er. »Aber wir haben uns erst kürzlich näher kennengelernt.«

»Ach ja, Karen erzählte mir, daß unsere Abteilung früher zur Kommunikation gehörte.«

»Stimmt. Dort ist man zur Zeit auf der Suche nach einem neuen Direktor.«

Ich frage mich, welches Verbrechen der letzte wohl begangen haben mochte. Vielleicht hatte er ja zwei unter Par gespielt, als er mit Dr. Schoenbarger Golf spielte. »Bei Boorman scheint es im Management aber wenig Wechsel zu geben«, sagte ich.

»Ja, wir sind alle ganz zufrieden hier.«

Sie vielleicht, hätte ich gern gesagt, denn wir passierten soeben ein Fenster, und der Blick hinaus zeigte mir, welch herrlicher Tag dies für den Strand gewesen wäre.

Etwas zu jovial versicherte ich: »Nun, ich bin auch mehr als froh, den Wechsel zu Boorman gemacht zu haben.«

»Wo waren Sie vorher?«

»In einem Verlag.«

»Richtig. Karen erwähnte es, als wir einander vorgestellt wurden.«

»Nein, ich glaube nicht, daß sie das getan hat.«

»Komisch. Ich war mir sicher, es von Karen gehört zu haben.«

»Komisch. Und ich bin sicher, daß dem nicht so war. Sie waren damals in einem Meeting –«

»Ich bin immer in einem Meeting.«

»Sie standen damals auf und sagten: ›*Willkommen an Bord*‹ –«

»Sind Sie sicher?«

»– und Sie trugen eine rote Krawatte –«, sagte ich und verkniff mir das Wort *häßlich*.

»Ich hoffe, Sie verzeihen mir«, sagte er.

»Die Krawatte? Oder Ihre Worte *Willkommen an Bord*?«

Er zog die Stirn in Falten. Offenbar hielt er keines von beidem für ein Verbrechen. »Nein, daß ich es vergessen hatte.«

Wir erreichten eine doppelflügelige Glastür, und ich hielt ihm eine davon auf. Das mochte er nicht. Vielleicht störte es ihn aber auch, daß unsere Augen wegen meiner hohen Absätze fast auf gleicher Höhe waren, was deutlich wurde, als er zuerst durch die Tür ging, dann zurückgriff, um sie für mich aufzuhalten, und ich ganz nah an ihm vorbeitrat. Aber wenn er damit nicht zurechtkam, wie konnte er dann mit Doktor Peggy arbeiten, die man schlimmstenfalls als Amazone und bestenfalls als Statue bezeichnen konnte?

»Ich hoffe, Sie haben nichts dagegen, daß ich Ihnen diese Tafeln zurücktrage?« sagte er.

»Warum sollte ich?«

»Es kommt mir so vor.«

»Ich habe nichts dagegen.« Und dann hatte ich noch den Mumm oder die unverschämten *coglioni*, wie Dodie sich möglicherweise ausdrücken würde, hinzuzufügen: »Aber vielleicht werden Sie deswegen vor den Schreibtisch von Dr. Schoenbarger zitiert.«

Er lächelte. »Sie kennt – und verzeiht – meine schlechten Angewohnheiten.«

»Wie großzügig«, gab ich zurück, obwohl ich bezweifelte, Frau Doktor würde es schätzen, daß er ein paar fliegengewichtige Pappen für ein Mädchen durch die Gänge schleppte, das regelmäßig Gewichte stemmte. In Wirklichkeit war seine Ledermappe vier- bis fünfmal schwerer als meine Schaubilder, so daß mein rechter Bizeps kurz vor dem Zerreißen war. »Was haben Sie denn da drin?« fragte ich. »Die Gutenbergbibel?«

Ich wurde rot, denn mir fiel ein, daß er ja Jude war, was bedeutete, daß ich soeben die Sünde begangen hatte, die wohl als die größte Sünde der achtziger Jahre gelten würde – nämlich *culturally insensitive* zu sein. Doch dann erinnerte ich mich, daß Juden ja auch die Bibel lasen, wenngleich für sie nur der Teil galt, den ich als die »Hollywood-Hälfte« zu bezeichnen pflegte, da sie voller Universal-Studio-artiger Sintfluten, Feuersbrünste und Erdbeben war, bevölkert von großbusigen Frauen, die sich über goldenen Kälbern wanden oder zu Salzsäulen erstarrten.

Aber Hinweise auf die Bibel schienen ihn nicht allzu nervös zu machen. Er warf einen Blick auf seine Mappe und klärte mich auf, daß sich darin die gesamten Unterlagen befänden, die während des Meetings herumgereicht worden waren, und zusätzlich die juristischen Dokumente, die für der PDA den Weg auf den freien Markt öffnen sollten.

»Es ist ein gutes Medikament«, sagte er.

»Gibt es denn schlechte?« fragte ich und vergaß, wen ich vor mir hatte.

Glücklicherweise überhörte er auch den Kern dieser Aussage – oder gab vor, ihn überhört zu haben –, denn er verwies auf ein aktuelles und aufsehenerregendes Gerichtsverfahren gegen eine unserer Konkurrenzfirmen, die ein Antidepressivum mit bizarren Nebenwirkungen auf den Markt geworfen hatte – Berichten zufolge halluzinierten damit behandelte Patienten und neigten zum Selbstmord.

»Das ist ein schlechtes Medikament«, sagte er. »Und irgend jemand wird dafür bezahlen müssen.«

Strauss stellte die Tafeln in der Grafikabteilung ab, und ich überreichte ihm seine juristischen Dokumente. Wir verabschiedeten uns und versicherten uns gegenseitig, wie nett es gewesen sei, miteinander zu plaudern. Als Strauss mir die Hand entgegenstreckte, fühlte ich, wie warm seine war, vielleicht, weil er die Schautafeln etwas zu fest umklammert hatte, um sie nicht fallen zu lassen.

Ich kehrte in mein Büro zurück. Während der nächsten Stunde hinter meinem Schreibtisch verfiel ich in die Art von Depression, die eine Medikation gerechtfertigt hätte. Das PDA-Projekt war aus und vorbei, und ich wurde von einer Niedergeschlagenheit übermannt, wie ich sie auch oft nach meinem Geburtstag, nach Weihnachten oder am Ende eines Semesters empfunden hatte – dieses Gefühl von *Und was nun*? *War das alles*? Ich sah aus dem Fenster. Es war Sommer – Paarungssaison – die Zeit, in der ich für den Beginn einer Affäre vorprogrammiert schien. Wenn dann die Blätter fielen, würde ich sie ohne großes Bedauern wieder beenden. Aber jetzt lagen die Tage drohend vor mir – trübe und ereignislos. An diesem Abend wollte ich um fünf Uhr nach Hause gehen – aber wofür? Wieder einmal ein aufregender Abend, an dem ich meine BHs in der Unterwäscheschublade ordnen würde, Kaugummifolien und gebrauchte Papiertaschentücher aus meiner in Unordnung geratenen Handtasche kramen oder meine Finanzen in Ordnung bringen würde (all das im Evakostüm – vielleicht, um die Tätigkeit etwas interessanter zu gestalten?). Dann vielleicht eine prickelnde Jagd nach wuchernden Brauenhaaren oder sprießendem Kinnbart. Und schließlich hatte ich ja noch meinen Roman über das Firmenleben, an dem ich arbeiten konnte. Ich hatte die ersten beiden Kapitel von *Mach langsam, Baby!* überarbeitet, dabei die Betonung auf Sex etwas abgeschwächt und eine heiße Affäre eingeführt, die sich zwischen der Chefin der Grafik, einer hoffnungsvollen Cartoonistin namens Donna Dilano, und dem Chef der Finanzabteilung, einem finsteren Zuchtmeister und ehemaligen Mitglied der Rudermannschaft von Yale, bekannt unter dem Namen Thomas Akins, abspielte. Aber ich erkannte, daß ich mangels Material matt gesetzt war. Was wußte ich denn schon über die inneren Abläufe in einer Firma? Ich brauchte dringend eine saftige Nebenhandlung, um das Interesse des Lesers wachzuhalten.

Wie als Antwort auf meine Gebete, summte mein Computer. Ich drehte mich zu meiner Tastatur um und loggte in All-in-1 ein, ohne überhaupt darauf zu achten, wer mir eine Message schickte.

Mein Italienisch ist ziemlich eingerostet. Bedeutet Ihr Nachname, was ich denke, daß er bedeutet?

Am oberen Rand des Monitors wurde der Absender als *Strauss E.* identifiziert.

Mein eigener Sensor war so lange ausgeschaltet, daß er nur noch verzerrt empfing. Ich war kaum noch in der Lage, Signale zu lesen – so schwach und zwangsläufig diskret sie auch gewesen waren –, und die Message überraschte mich maßlos. *Oh*, dachte ich, *deshalb begleitete er mich bis zur Grafikabteilung!*

Eine echte Feministin, vermutete ich, hätte sich angegriffen gefühlt. Aber ich war sofort hellhörig und sehr neugierig. Strauss E. machte sich an mich heran! Oder wenigstens hoffte ich, er würde sich an mich heranmachen, so kühn, wie er es eben vermochte. Natürlich war in den heiligen Hallen der Firma Boorman Diskretion oberstes Gebot. Er war hochintelligent, und seine Diskretion, dachte ich, hätte der großen Weltliteratur entstammen können – wenigstens dachte ich sofort an das stillschweigende Mißfallen, das mein bevorzugter romantischer Held, der hochmütige Mr. Darcy gegenüber der temperamentvollen Elizabeth Bennet in *Stolz und Vorurteil* zum Ausdruck brachte.

Aber Strauss, E., war nicht Mr. Fitzwilliam Darcy. Ich war sicher, er würde niemals mit den Hunden auf die Jagd gehen oder etwas Stärkeres als Root Beer trinken, abgesehen vielleicht von einem gelegentlichen Sherry, den er aus purer Höflichkeit zu sich nehmen würde. Mit weißen Handschuhen sähe er wie Mickey Mouse aus. Aber schließlich sähe ich in einer Tüllrobe und Ringellöckchen auch aus wie der Schultheatertruppe entsprungen. Würde man mich eine halbe Stunde in einen von Austens Salons sperren, könnte man mich hinterher von der Decke kratzen.

Wir sind eben, wer wir sind. Und hier war ich – traurig, es zugeben zu müssen –, ein Mädchen, dessen Denkweise folgendermaßen funktionierte: Hey, ich bin noch nie in einem Audi gesessen! Ob er wohl Ledersitze hat? Ich dachte: Tolle Schuhe, auf Hochglanz poliert, und obwohl er sie schon mindestens einmal getragen hatte, wette ich, daß sie immer noch so gut riechen, daß man sie essen könnte! Dann dachte ich: Himmel, er ist älter als ich! Aber nicht viel, wenn er erst fünf Jahre bei der Firma arbeitet. Er ist auch nicht viel größer als ich. Na, ich stehe ohnehin nicht auf große Männer. Da ich umgeben von kleinen Männern aufgewachsen bin, war ich praktisch konditioniert darauf, alles, was 1,75 m übertraf, als Geschenk zu betrachten.

Ich dachte weiter über Strauss nach. Er war zu höflich. Zu vorsichtig. Er kam mir wie die Art von Mann vor, die vermutlich nicht stehenbleiben würde, um einen Jongleur auf der Straße zu beobachten. Wahrscheinlich hatte er wirklich dem Doktor die Hand geschüttelt, als er geboren wurde. Wahrscheinlich küßte er seine eigene Mutter auf die Wange. Aber er mußte wohl doch einen zwar schwer unterdrückten, aber wilderen Trieb in sich haben (oder wenigstens das Bedürfnis, gegen die starke Hand von Peggy zu rebellieren), wenn er sich dazu hinreißen ließ, seine Fühler nach mir auszustrecken. Während des Meetings hatte er seinen Sinn für Humor bewiesen – oder zumindest sein Vergnügen daran, gehänselt zu werden, wenngleich auch nur von jenen, über die er die Macht hatte, ihnen umgehend den Mund zu verbieten. Und er hatte ein Eckbüro. Mit Blick auf den Brunnen. Und Büchern auf den Regalen. Und er hatte eine eigene Sekretärin, die vermutlich professioneller arbeitete als der sogenannte »professionelle Sekretärinnenpool«. Sicherlich erledigte sie während der Arbeitszeit keine persönlichen Anrufe und nahm Abstand davon, bei ihren Mitarbeiterinnen mit Tupperware, Avon oder Sarah-Coventry-Schmuck hausieren zu gehen. Sie nannte ihn *Mr. Strauss*, und er korrigierte sie vermutlich nie (obwohl er ja auch lange genug gezögert hatte, bis er mich korrigierte). Strauss saß an einem gigantischen Schreibtisch, nicht aus furniertem, sondern aus echtem Kirschholz. In der unteren Schublade seines Aktenschrankes suchte man vergeblich nach mitgebrachtem Mittagessen, Joggingschuhen oder stinkigen, zusammengeballten Socken. Er schrieb auch nicht mit Füllfederhaltern, die blaue Tinte über seine gestärkten Manschetten spritzten. Sein Spesenkonto war vermutlich größer als mein ganzes Jahreseinkommen.

Er war interessant, daran gab es nichts zu rütteln. Aber würde der Jasager der Firma (den ich im Verdacht hatte, sich nie bei einem Gefühl ertappen zu lassen, das nicht im strategischen Jahresplan stand) wirklich das Risiko eingehen, sein Interesse an mir zu bekunden? Ich legte die Fingerspitzen auf die Tastatur – und war mir bewußt, daß der elektrische Strom, der durch meinen Körper lief, rein gar nichts mit dem leisen Summen zu tun hatte, das der Computer von sich gab – und versuchte, mir eine Antwort auszudenken. Sollte ich ihn fragen, ob er sich noch immer ärgerte, daß er im College lediglich zwei Semester auf Italienisch verwendet hatte, oder ob er Interesse an Namenstheorien hatte? Die Formulierung einer Antwort war knifflig. Durfte sich ein Mann in seiner Position nur langsam vorantasten, Zentimeter für Zentimeter, so mußte eine Frau in meiner Position den Kopf schon etwas weiter hinausstrecken. Mein Motto lautete: Komme ihm lieber einen Schritt über die Mittellinie entgegen, bevor er sich wieder in sein Schneckenhaus zurückzieht.

Ich tippte zwei einfache Buchstaben – ja – und ließ ihnen eine grobe Übersetzung meines Nachnamens folgen: *Gott sagte*.

Aber weil dies allein nicht ausgereicht hätte, um eine Rückantwort zu provozieren, wagte ich mich noch einen Schritt vor: *Warum lassen Sie sich nicht mit Vornamen ansprechen*?

Ich drückte auf die Return-Taste und wartete.

Den Blick auf meine Armbanduhr geheftet, stoppte ich die Zeit. Eine Minute verging, dann zwei und drei, da, endlich kam die Antwort. *Meine Eltern nennen mich Ibby. Aber es wäre nett, wenn Sie das für sich behielten.*

Es bleibt unser Geheimnis, tippte ich und drückte auf Return.

Eine halbe Minute später läutete mein Telefon. Ich lächelte. *Hab' ich dich*, grinste ich, bevor ich zum Hörer griff.

KAPITEL FÜNF

Rein geschäftlich

Seine Stimme klang ganz geschäftsmäßig, als er mich fragte, ob er mich als eine Art Dankeschön für meine harte Arbeit zum Mittagessen einladen dürfte.

»Ich esse nicht zu Mittag«, antwortete ich.

Einen Moment lang schwieg er. »Essen Sie dann wenigstens abends?«

»Ja, abends esse ich«, gab ich zurück, und in dem Bewußtsein, ihn mit dem Rücken an die Wand gedrängt zu haben, setzte ich hinzu: »*Wann* gehen wir essen?«

»Ich nehme nicht an, daß Sie am Freitag abend Zeit haben?«

»Tut mir leid, da habe ich eine Verabredung«, erwiderte ich (strategische Pause), »mit einem Rudergerät. In meinem Fitneßstudio. Aber Sie machen vermutlich bessere Konversation.«

Er legte eine dieser Bruchteile von Sekunden währenden Pausen ein, die mich nervös machten. Einen Moment lang verspürte ich ein brennendes Verlangen nach dem Mann, den ich versetzen würde – den kleinen Kerl namens Schrittmacher, der sein kleines Ruderboot über das grüne Display der Rudermaschine trieb und dabei in ein Megaphon brüllte *Rudert, rudert, rudert!* worauf ich ihm jedesmal insgeheim antwortete *Du kannst mich mal ...!*, bevor ich die Zähne zusammenbiß und mich in die Riemen legte. Seit Beginn des Sommers hatten der Schrittmacher und ich eine sehr intime Beziehung aufgebaut. Er kannte meine Ruderschläge. Er wußte, wie er mich zum Ächzen, Stöhnen und Schwitzen trieb, aber er stellte es immer so an, daß ich einen Tag später zurückkam und weitertrainierte.

Strauss konnte mir lediglich versprechen, *sein Bestes zu geben.*

Als ich ihm – nachdem er gefragt hatte, ob ich etwas dagegen hätte, *zu Hause abgeholt zu werden* (eine Frage, die ich mit meiner eigenen Version des amüsierten Schweigens beantwortete) – meine Adresse gab, sagte er: »Ich dachte, Sie wohnen in der anderen Richtung.«

»Wie kommen Sie denn darauf?«

»Na, der Abend, an dem ich hinter Ihnen herfuhr.«

»Das ist der Weg zu meinem Fitneßstudio«, erklärte ich. »Dort verbringe ich den größten Teil meiner Freizeit.«

»Laufen Sie?«

»Nein, ich hebe Gewichte.«

Daraufhin beendete er hastig das Telefonat.

Während der nächsten zwei Tage plagte mich einmal Furcht vor unserer Verabredung, dann überkam mich wieder Vorfreude. Ich wußte, er würde mich in ein gediegenes, verschwiegenes Restaurant führen. Und mir war klar, daß ich mich in acht nehmen mußte, nicht zu viel zu trinken und die Ellenbogen nicht auf den Tisch zu stützen, damit ich nicht dreiviertel des Bestecks auf den Boden fegte, das wie schwere Artillerie vor mir ausgelegt sein würde. Vor allem aber wußte ich, daß ich mich vor übler Nachrede in bezug auf Kollegen und die Firma im allgemeinen hüten mußte, daß ich mir meine berühmten blöden Witze verkneifen mußte, die regelmäßig die gesamte Belegschaft der Redaktion zu wiehernden Lachsalven anregte.

Am Freitag abend erschien Strauss mit Anzug und Krawatte an meiner Wohnungstür und blieb im Türrahmen stehen, bis ich meine Tasche geholt hatte. Er hielt mir die Wagentür seines Audis auf und sah in die andere Richtung, während ich auf den ledernen Beifahrersitz glitt. Als er seine Tür schloß, schnurrten die Sicherheitsgurte automatisch nach vorn. Erschrocken fuhr ich zusammen.

»Tut mir leid«, sagte er. »Ich hätte Sie vorwarnen sollen.« Er stellte seinen Rückspiegel ein. »Sind Sie auch angeschnallt?«

»Ihr Wagen hat das doch soeben für mich erledigt.«

»Das war nur der Schultergurt. Sie brauchen noch den Hüftgurt. Er ist ein bißchen versteckt. Greifen Sie etwas hinter sich.«

Ich tastete herum. »Ich werde ihn schon finden.«

»Lassen Sie sich ruhig Zeit.«

»Es könnte sein, daß wir die ganze Nacht hier verbringen müssen.«

»Den Rekord hält mein Vater. Das letzte Mal, als er mich besuchte, brauchte er fünf Minuten, um ihn zu finden.«

»Wie alt ist Ihr Vater?«

»Er ist ein paar Jahre älter als Sie.«

»Ich vermute, ich bin zweiter Sieger«, sagte ich, als ich endlich die Schnalle gefunden hatte und sie einschnappen ließ. Obwohl mir der Gedanke, Strauss würde sich über mich beugen, nicht zuwider war, so hätte ich es dennoch nicht ertragen, wie ein altersschwacher Patient oder ein ungezogenes, zappeliges Kind angeschnallt zu werden.

Auf der Fahrt zum Restaurant – und es war eine lange Fahrt – erfuhr ich, daß Strauss' Vater *im Teppichgeschäft* tätig war. Strauss war in Brooklyn aufgewachsen, in einer Gegend, die er ziemlich vage mit »nicht so schön« bezeichnete, und seine Eltern lebten jetzt in Park Slope. Er ging an die Cornell University, um seinen Akzent loszuwerden, und anschließend an die Harvard Business School, um all das zu verlernen, was man ihm in Cornell beigebracht hatte. Bevor er nach Ossining gekommen war, hatte er für einen anderen Pharmakonzern bei Princeton gearbeitet.

»Was genau machen Sie denn den lieben langen Tag bei Boorman?« fragte ich.

»Ist Ihr Lügendetektor ausgeschaltet?«

»Selbstverständlich, andernfalls wäre ich längst tot umgefallen.«

»Nun, ich gehe zu Meetings. Einer Menge Meetings –«

»Herzlichen Glückwunsch«, gab ich flapsig zurück, denn trotz meiner begrenzten Erfahrung war mir nicht verborgen geblieben, daß Meetings in der Firma Boorman etwa genauso produktiv waren wie die ewigen Klagen über das Wetter. »Was führte Sie zu Boorman?«

»Ich wurde rekrutiert. Von Peg.«

»Demnach lieben Sie wohl Herausforderungen.«

Damit provozierte ich eines seiner berühmten Stirnrunzeln. »Sie scheinen mit ihr doch ganz gut zurechtzukommen?«

»O ja. Ja, das tue ich.«

»Sie hat eine schwierige Position, müssen Sie wissen. Aber wir sollten nicht ständig vom Geschäft reden. Wollen wir uns darauf einigen?« fragte er mit einer Neutralität in der Stimme, die zu implizieren schien, *mit besonderer Betonung darauf, bestimmte Personen nicht zu erwähnen, die unsere außergeschäftliche Verabredung nicht gutheißen würden, es sei denn, sie fände anläßlich eines Arbeitsessens statt, bei dem man das achtzehnte Grün überblickt.*

»Ist mir recht«, sagte ich. Obwohl ich es bedauerte, damit die Gelegenheit zu verschenken, ihn über das Leben an der Firmenspitze auszuquetschen, so war doch das letzte, was ich mir wünschte, daß Peggys Geist auf dem Rücksitz mit uns fuhr. Das hätte genügt, um jegliche romantische Vorfreude auf den Abend zu killen.

Eine Weile fuhren wir schweigend dahin. Um nicht ständig auf den Tachometer zu schielen (Strauss fuhr überraschenderweise schneller, als ich es jemals gewagt hätte), sah ich aus dem Fenster in den dämmrigen Himmel und dachte, Peggy würde eine gute Mutter Oberin abgeben. Schoenbarger war zwar ein deutscher Name – und das wenige, was ich über die Deutschen wußte, abgesehen von den gewöhnlichen üblen Assoziationen mit dieser Nation, war, daß sie süffiges Bier brauten, todschicke Wagen herstellten und einige von ihnen meinen Glauben teilten. Und doch hatte Karen erzählt, Peggy würde versuchen, über katholische Wohlfahrtsorganisationen ein Mädchen zu adoptieren. Vielleicht war ja ihre Lebensgefährtin eine Exnonne. Der Gedanke amüsierte mich, und ich speicherte ihn als Rohmaterial für meinen Roman ab. Je mehr ich an *Mach langsam, Baby!* schrieb, desto schuldiger fühlte ich mich – aber so schuldig nun auch wieder nicht, daß ich meiner galoppierenden Phantasie Einhalt geboten hätte.

In dem italienischen Lokal in Dobbs Ferry war kein rotkariertes Tischtuch und keine Schale mit Wachsfrüchten in Sicht. Der

Maître d' schrie nicht: »*Hey, wieder mal im Lande?*«, und der Barkeeper brüllte nicht: »*Was wollt ihr trinken, Leute?*« Die Sitzecken waren mit schwarzem Leder – nicht mit Vinyl – überzogen, und die Kerzen tropften kaum. Die Speisekarte war sowohl in Italienisch als auch in Englisch verfaßt, und in ihr war weit und breit nichts von Hackfleischbällchen, ganz zu schweigen von *puttanesca* zu lesen. Ich schwelgte so lange über der Liste der Entrées, daß Strauss den Eindruck gewinnen mußte, ich könnte mich nicht entscheiden. »Das Kalbskotelett ist sehr zu empfehlen«, schlug er vor.

»Freitag esse ich nie Fleisch«, sagte ich und hatte selbst nicht die leiseste Ahnung, warum ich diese krasse Lüge vorbrachte. Vielleicht wollte ich mich dadurch interessanter machen oder mich als pervers darstellen. Vielleicht wollte ich aber auch nur seine Reaktion beobachten.

Er entschuldigte sich, als ob es ihm leid täte, nicht auch Katholik zu sein. Dann fügte er hinzu, er hoffe, ich würde es nicht für Blasphemie halten, wenn er die Shrimps *à la fra diavolo* bestellte.

»Essen Sie nur, wozu Sie Lust haben«, sagte ich und freute mich, als er in die Karte sah und dabei die erste unbedachte Bemerkung machte: Der einzige Sinn und Zweck, sich koscher zu ernähren, sei, die Frauen in der Küche zu halten.

»Ist das bei Ihrer Mutter der Fall?« fragte ich.

»Nein, aber sie verbringt ohnehin den größten Teil des Tages in der Küche.«

»Meine auch.«

»Demnach ist Ihre Mutter auch nicht berufstätig?«

»Strauss«, sagte ich, »meine Mutter wirft die Flickenteppiche über das Geländer der Veranda und klopft sie mit einem großen hölzernen Teppichklopfer, daß die Staubschwaden über die ganze Nachbarschaft ziehen.«

Er lächelte. »Meine Mutter wachst den Küchenboden, indem sie auf Händen und Knien herumrutscht.«

»Das ist noch besser, als die Zimmerdecken abzusaugen. Nein, wirklich. Ich lüge nicht. Meine Mutter saugt die Decken ab.«

Wir sahen uns an, und in unsere Augen trat augenblickliches Verständnis. Dann duckten wir uns wieder hinter unsere Speisekarten. Er entschied sich gegen die Shrimps, vielleicht wegen des Knoblauchfaktors, und wählte die Hühnchenbrust, gefüllt mit Fontina und Artischockenherzen. Ich entschied mich für den *salmone* mit Spargel und Limone, wobei ich inständig hoffte, er würde mir nicht vom Teller flutschen, wenn ich das erste Mal hineinschnitt, wie dieses verdammt zähe Rippenstück damals bei der Hochzeit meiner Schwester, das auf meinem Schoß gelandet war. Meine Mutter hatte sich mit einer weißen Serviette und zwei Pfund Haushaltssoda über mich hergemacht und den Fleck auf dem grauenhaften gelben Brautjungfernkleid (in dem ich in etwa so graziös aussah wie ein Pfund Butter, das in der Sonne schmolz) noch weiter verbreitet.

»Nehmen wir Wein?« fragte Strauss, worauf ich sagte: »Nur ein Gläschen vielleicht«, obwohl ich mich am liebsten betrunken hätte, so peinlich war es mir, mich in so steifer Umgebung mit einem Mann, den ich kaum kannte, zu unterhalten und mit ihm zu essen, zumal ich mit meinem Velourrock (Gott sei Dank war er wenigstens schwarz) und der weißen Bluse völlig unpassend gekleidet war. In dem Outfit sah ich aus, als sollte ich hier bedienen und nicht bedient werden. Wahrscheinlich sah ich sogar noch schlimmer aus, so als ob ich gleich aufstehen würde und, mit einer Chiantiflasche auf dem Kopf, durch das Restaurant tanzen wollte.

Als ich die Speisekarte zurückgab, schubste ich den Salzstreuer um.

»*Al lupo*«, kommentierte Strauss. Obwohl es einer der italienischen Sätze hätte sein können (wie *vafanculo*), die er während seiner Kindheit in Brooklyn aufgeschnappt hatte, so war ich doch überrascht, daß er die Kurzversion von *viel Glück* kannte.

»Wieviel Semester Italienisch hatten Sie denn auf dem College?« fragte ich.

»Nur vier. Habe ich Ihnen denn nicht erzählt, daß mein Vater aus Italien stammt?« Er schien sich über den verwirrten Ausdruck in meinem Gesicht zu amüsieren. »Ich sagte nicht, er sei Italiener.«

»Oh«, erwiderte ich. »Hab' schon verstanden.« Da ich meinen

Levi, meinen Bassani und Ginzburg gelesen hatte, wußte ich, daß es italienische Juden gab, obwohl ich noch niemals einen kennengelernt hatte.

»Aber Ihr Nachname ist – nun, Ihr Vater muß im Norden aufgewachsen sein, stimmt's?« Als er nickte, fügte ich hinzu: »Meine Eltern stammen aus der Gegend von Palermo.«

»Oh, Sizilien ist herrlich!«

»Ich war noch nie dort. Sie etwa?«

»Ja, während meiner Collegezeit. Auf einer archäologischen Exkursion, ausgerechnet.«

»Was haben Sie gefunden?«

»Ein paar Knochen. Einen fürchterlichen Sonnenbrand. Und eine kurzlebige Freundschaft mit einem Mädchen.«

Über diese Tussi reden wir noch, dachte ich grimmig. »Ich würde gern einmal nach Sizilien reisen. Aber es ist ziemlich teuer. Außerdem habe ich Angst vor der Sprachbarriere.«

»Ich dachte, Sie sprechen fließend Italienisch?«

»Leider nur ein bißchen.«

»Können Sie denn sagen: *Das ist viel zu teuer*?«

»Nachdem ich meiner Mutter jahrelang beim Handeln zugehört habe?«

»Und wie steht's mit: *Haltet den Dieb*?«

Ich lachte.

»Das hätte ich nicht sagen sollen«, entschuldigte er sich. »Ich habe Sie beleidigt.«

»Tun Sie's noch mal.«

Er blinzelte. Und ich wurde rot. Dann nahmen wir beide einen weiteren, sehr langen Schluck von unserem Wasser. Er fragte, ob meine Eltern je zurückgekehrt seien.

»Nein, sie klangen immer so, als ob sie ihre Heimat hassen würden«, sagte ich.

»Das ist normal. Hatten sie es denn schwer in Sizilien?«

»Ja, sie hatten es schwer.«

»Und Sie mußten sich die Geschichten immer anhören?«

»Sie klingen, als hätten Sie schon einige der Geschichten selbst genossen.«

»Hm, mein Vater spricht nicht viel.«

»Die meisten Männer dieser Generation scheinen kaum über eine Stimme zu verfügen«, sagte ich. »Außer wenn sie brüllen können.«

Nachdem man uns den Wein serviert hatte, verriet Strauss, daß sein Vater zwar nie die Stimme erhob, aber manches Mal den Bauchredner spielte. Er erzählte, solange er zurückdenken konnte, hatte sein Vater – *verstehen Sie mich nicht falsch, ich habe ihn wirklich von Herzen gern* – bei jeder der seltenen Gelegenheiten, an denen die Familie im Restaurant speiste, dem Ober stets mitgeteilt, was seine Mutter essen wollte, als ob sie eine Taubstumme gewesen wäre, die ihren Wunsch nach Steak oder Heilbutt nicht selbst artikulieren konnte.

Ich erzählte ihm, daß mein Vater – *den ich von Herzen haßte* – sein Leben lang dasselbe getan hatte.

Strauss kondolierte mir.

»Ach, es ist schon lange her«, winkte ich ab.

»Das hätten Sie mir sagen sollen, dann hätte ich nicht ständig von meinem Vater gesprochen. Es tut mir leid.«

Ich zuckte mit den Schultern. Einen kurzen Moment lang – gerade mal so lange, wie die Kerze flackerte, als sich über uns die Klimaanlage einschaltete – empfand ich tiefste Scham. Es tat mir leid und auch wieder nicht, daß mein Vater tot war. Als ob Strauss mir die Antwort hätte geben können, war ich versucht, ihn zu fragen: *Wenn ich meinen Vater nie geliebt habe, warum wollte ich dann immer, daß er mich liebte*?

In peinliches Schweigen vertieft, saßen wir uns eine Weile gegenüber. Dann fragte er, ob ich eine große Familie hätte.

»Meine Familie ist kaum zu übertrumpfen – vierunddreißig Cousins und Cousinen ersten Grades von der väterlichen Seite und einundzwanzig von der mütterlichen.«

Er fragte nicht einmal, ob das ein Witz sei. »Keine Chance«, sagte er. »Daraus schließe ich, daß Sie ständig auf irgendwelchen Hochzeiten tanzen?«

»Und auf Beerdigungen.«

Strauss lehnte sich zurück und fummelte an seiner Manschette herum. »Ich habe schon gehört, daß Sie ziemlich schlagfertig sind«, sagte er und lächelte dabei, um anzudeuten, daß er sich im Büro über mich erkundigt hatte.

»Und eine Schwester«, fuhr ich fort. »Aber nur eine.«

»Stehen Sie sich nahe?«

»Machen Sie Witze?«

Strauss hatte selbst eine Schwester und gab zu, eine recht *turbulente Beziehung* zu ihr gehabt zu haben. Jetzt verstünde er sich allerdings wunderbar mit ihr. Sie hätten Frieden geschlossen. Sie wäre mit einem Buchhalter verheiratet und lebte im Bergen County.

»Sind Ihre Eltern denn glücklich darüber?« fragte ich.

»Nicht ganz.«

»Woran liegt's?«

»Sie waren mit der Wahl ihres Ehemannes nicht ganz einverstanden.«

»Oh.«

»Nein, nicht was Sie denken. Sie hat einen Juden geheiratet –«

»Ist das ein Problem?«

»Er ist sehr religiös –«

»Ist das ein Problem?« wiederholte ich.

»Er ist ein bißchen fanatisch –«, sagte Strauss, wobei er immer noch an seiner Manschette herumfummelte.

»Das ruft doch glatt die Redakteurin in mir auf den Plan!«

»Grammatik war noch nie meine starke Seite.«

»Man kann niemals ein *bißchen fanatisch* sein.« In dem Moment weiteten sich meine Augen vor Schreck, denn plötzlich erinnerte ich mich, einmal mit der U-Bahn weiter nach Norden gefahren zu sein, als man es wagen würde, wenn man noch alle Tassen im Schrank hat. In Crown Heights traute ich dann meinen Augen kaum, als Fahrgäste mit Pelzhüten und Stirnlocken in die Abteile drängten. »Mein Gott!« rief ich. »Er ist ein Lubavitcher!«

»Nicht ganz so extrem –«

»Ein *Jude für Jesus*?« sagte ich mit demselben Nachdruck in der Stimme, den diese ganzseitigen Anzeigen in der *New York Times* zu haben schienen, die von den Messias-Proselyten häufig veröffentlicht wurden. Diese Anzeigen trieben Dodie stets die Zornesröte ins Gesicht. Obwohl er selbst zu einer unterdrückten Kategorie Mensch zählte, war Dodie nicht gerade ein Ausbund an Toleranz. Auf die *Juden für Jesus* reagierte er in derselben Weise wie auf Bisexuelle. Wütend raschelte er dann immer mit der Zeitung und stieß wüste Beschimpfungen aus. »Bitte, könnt ihr euch nicht endlich entscheiden?«

Strauss schüttelte den Kopf. Sein Schwager wäre kein hasidischer und kein orthodoxer Jude, sondern ein konservativer, ein sehr konservativer Jude. »Sie sehen etwas verwirrt aus«, meinte er. »Soll ich es Ihnen erklären?«

»Ja, bitte.«

»Grundlegend ist es so, daß – natürlich ist das jetzt eine grobe Vereinfachung – konservative Juden besessen darauf achten, was sie essen, und sie haben immer eine Menge Kinder.«

»Hört sich nach Italienern an«, warf ich ein, wußte aber immer noch nicht, warum Strauss' Vater etwas dagegen hatte, diesen Typ in der Familie zu haben. »Wieviel Kinder hat sie denn bereits?«

»Einen Jungen und zwei Zwillinge. Ich meine, ein Zwillingspaar. Drei insgesamt.« Einen Moment lang schien Strauss etwas durcheinander zu sein, dann fügte er hinzu: »Sie kann froh sein, überhaupt welche zu haben.«

Dann informierte er mich ganz sachlich, daß seine Schwester Fruchtbarkeitsprobleme hatte, die sie schließlich durch die Einnahme eines Medikaments überwinden konnte, das von unserer ureigenen Mutterfirma, von Boormans Pharmazeutischen Werken, hergestellt worden war. Nachdem sie ihr erstes Kind zur Welt gebracht hatte, war sie fotografiert worden und erschien in einer vierfarbigen Hochglanzreklame für dieses Medikament in der JAMA.

»Ich habe nicht den Eindruck, daß meine Eltern die Publicity sehr schätzten«, meinte Strauss. »Aber jetzt tun sie nichts anderes mehr, als ihre Enkel zu verziehen. Der älteste kann gerade sprechen, und er sagt Sachen wie: ›Weißt du was, Onkel Ibby? Dein Geburtstag ist der Tag, an dem du auf die Welt gekommen bist.‹«

»Das Kind ist ein Genie.«

»Das denken jedenfalls meine Eltern«, nickte Strauss und lächelte.

Ich lächelte auf eine Art zurück, von der ich hoffte, sie würde die Bedeutung des Adverbs *warmherzig* perfekt illustrieren. Denn plötzlich entdeckte ich, daß ich ihn mochte. Ihn *richtig gern* mochte.

Dann brachte der Ober unsere Salate. Nach dem ersten Glas Wein – und dem zehnten Mal, daß er mich *Lisar* nannte (ein eindeutiger Beweis, daß er Brooklyn nicht ganz abschütteln konnte) – hatte ich nicht das Herz, ihm vorzuschlagen, das überflüssige *R* am Ende meines Namens fallenzulassen, statt dessen erzählte ich ihm, daß meine Freunde mich *Lise* nennen.

Daraufhin wollte er wissen, wie Lise denn für gewöhnlich ihre Wochenenden verbrachte.

»Sie spielen vermutlich Golf«, sagte ich.

»Aber sehr schlecht.«

»Steht das nicht im Zentrum des Lehrplans an der Harvard Business School – ich meine, was ein Eisen von einem Holz unterscheidet?«

Prompt reagierte er auf meine höhnische Bemerkung. »Stimmt. Und zur Abschlußprüfung in Cornell gehört, daß man vor den Dekan tritt, der zwei Schraubenzieher hochhält. Kann man nicht feststellen, welcher von Phillips ist, hat man es geschafft.«

»Welcher hat die vier Zinken?«

»Sie vergessen, daß ich die Prüfung geschafft habe.«

»*Summa?*«

»*Magna.* Und Sie?«

»Nur *cum.*« Leider betonte ich das *U* zuwenig, so daß sich das Wort wie eine obszöne Aufforderung anhörte. Daher fügte ich schnell hinzu: »Ich habe Biologie verpatzt, aber sagen Sie's nicht –« Nur weil soeben der Ober das Brot servierte, wurde ich davor gerettet, Peggys Namen auszusprechen.

Er kam noch einmal auf seine vorherige Frage zurück. »Sie unternehmen am Wochenende sicher einiges mit Ihren Freundinnen.« Nach einem Schlückchen Wein fuhr er fort: »Oder vielleicht sollte ich eher sagen, mit Ihren Freunden?«

Ich mußte es mir verkneifen, über seine altmodische Ausdrucksweise zu lachen. »Sollten Sie immer noch versuchen, meinen Leibwächter zu identifizieren, mit dem Sie mich damals am Samstag im Büro –«

»Ich versuche, nicht zu oft an ihn zu denken –«

»Es war mein Cousin. Wir stehen uns sehr nahe. Aber er ist schwul.«

Kaum waren mir die Worte über die Lippen gekommen, hatte ich das Gefühl, Dodie betrogen zu haben, indem ich genau das getan hatte, was er so sehr verabscheute: Ich hatte ihn – genau wie Tante Beppina – einzig allein und zu allererst durch seine sexuelle Neigung beschrieben.

Zunächst bestand Strauss' Antwort nur in einem Nicken, dann fügte er hinzu, er hoffe, daß ich ihm nicht böse wäre, wenn er sagte – zumal er selbst nichts von Verallgemeinerungen hielte, aber –?

»Spucken Sie's aus«, forderte ich ihn auf.

– aber aus dem wenigen, was ich ihm erzählt hatte, schlösse er, daß dies in meiner Familie ein Tabuthema sei, wie übrigens auch in seiner.

»Erraten«, gab ich zurück.

Ich unterließ es, mein Verhältnis zu Dodie weiter auszuschmücken. Ich unterließ es auch, Strauss zu erzählen, daß Dodie der einzige Mensch in meiner Familie war, mit dem ich über bedeutsamere Themen reden konnte als die Zeiten des Gezeitenwechsels in New Haven oder die Lottoergebnisse aus Connecticut. Ich erzählte ihm auch nichts von der länglichen, rechteckigen Backform, die er mir in die Hand drückte, als ich seine Wohnung in New York das letzte Mal verlassen hatte und er mich fragte, ob ich es fertigbrächte, sie bis nach Hause zu bringen, ohne wegen des Schatzes, der sich darin befände, überfallen zu werden. Neugierig hatte ich daraufhin einen Blick hineingeworfen und – ein Dutzend sorgfältig gerollte Gemüse-Enchiladas entdeckt! Auch erwähnte ich die Schüssel voller schwarzer Bohnen und das

Glas mit höllisch scharfer Salsa nicht, das mir Dodie mit auf den Weg gab, nicht ohne mich darauf aufmerksam zu machen, daß beides nur am Wochenende und in der Abgeschiedenheit meiner eigenen vier Wände zu konsumieren sei, andernfalls er keinerlei Verantwortung für die Konseqeunzen übernehmen könnte. Ich verlor weder ein Wort über die Tatsache, daß Dodie die besten Brownies diesseits des Mississippis backen konnte, noch darüber, daß Dodie der einzige Mann war – eigentlich der einzige Mensch auf dem ganzen Planeten –, den ich kannte, der den *ganzen* Proust gelesen hatte und der gern über die Motive der Charaktere diskutierte und den künstlerischen Wert des konzentrierten *Die Entflohene* mit den epischeren Werken von Proust verglich. Des weiteren verschwieg ich Strauss, daß mein Cousin bestimmte, wie ich das bißchen Geld investierte, das ich erübrigen konnte, so daß sich über die Jahre weit mehr angesammelt hatte, als ich je hätte ansparen können, wenn ich auf eigene Faust in der Welt der Investmentfonds, der Aktien und Wertpapiere herumgestümpert hätte, oder das Geld auf einem Sparkonto angelegt hätte, wo es magere zweieinhalb Prozent abgeworfen hätte.

Statt dessen betrog ich über meiner freitäglichen Fischmahlzeit meinen Cousin ein weiteres Mal und gab Strauss eine leicht bösartige Version meiner Beziehung zu Dodie, eine Interpretation, die durchaus ein Körnchen Wahrheit enthielt: Daß ich ihn deshalb so gern zum Essen einlud, weil er hinterher so perfekt aufräumte – besser und billiger als ein Hausmädchen, der Preis dafür war allerdings eine Schimpftirade über meine Schlampigkeit. Den besten Teil der Geschichte unterschlug ich allerdings: Das letzte Mal, als Dodie in meiner Wohnung einen Putzanfall bekommen hatte, ging er sogar so weit, in mein Badezimmer einzumarschieren, sich meine Zahnbürste zu schnappen, diese mit Comet-Scheuerpulver zu bestreuen und damit meine verdreckten, kalkfleckigen Wasserhähne zu bearbeiten. Als ich protestierte, meinte Dodie lediglich: »Man sollte seine Zahnbürste ohnehin alle sechs Monate erneuern. Also, keine Panik, du Knoblauchknolle. Morgen früh kaufe ich dir eine neue Oral-B.«

Nach einem Cappuccino, der einen Toten zum Leben erweckt

hätte, und ein paar Löffeln von Strauss' *zabaglione*, die er mir aufgedrängt hatte (und wozu ich nicht nein sagen konnte, da ich nicht zugeben wollte, daß Eier meinen sensiblen Magen des öfteren in Aufruhr versetzten), fuhr mich Strauss nach Hause. Auf dem Parkplatz packte ich ihn nicht am Revers und raunte ihm ins Ohr: »Laß uns nach oben gehen und meine Tarot-Karten lesen«, sondern ich lud ihn zu einer höchst überflüssigen Tasse Kaffee ein, welche ich mich auch gezwungen fühlte zuzubereiten, als wir in meiner Küche standen, bis er einwandte: »Wissen Sie, ich glaube, ich sollte eigentlich keinen Kaffee mehr trinken, ich werde die ganze Nacht kein Auge zutun.«

Ich war kurz davor, dies als Stichwort zu nehmen, um ins Bad zu stürzen und diskret die Verhütungssituation abzuchecken, als Strauss mein Verlangen mit einem Schlag vernichtete, indem er das Zeug begutachtete, das ich an meinen Kühlschrank gepinnt hatte. In meiner Hast, die Badewanne zu scheuern und mein Bett frisch zu beziehen (womit ich ihn als die Art von Mann festgenagelt hatte, der davon ausging, die ganze Nacht zu bleiben), hatte ich völlig vergessen, das Zeug abzunehmen.

Zum Teufel, warum hatte ich es nur übersehen, den ganzen Quatsch zu verstecken, bevor er entdeckte, daß ich Gutscheine für Jergens-Seife ausschnitt und zum Hanes-Strumpfhosen-Club bei Macy's gehörte? Warum hatte ich den Gutschein vom Toyota-Händler nicht weggeworfen, der mich daran erinnern sollte, daß ich dringend Öl brauchte? Und warum hatte ich das grobkörnige Foto von Dodie und mir nicht versteckt, das uns zeigte, wie wir am La Festa di San Gennaro in einer kleinen italienischen Bar in ein Mikrophon sangen? Nachdem wir einen dicken, starken Joint geraucht und jeder von uns drei Grappa hinuntergegossen hatte, grölten wir zu einer stümperhaften Akkordeonbegleitung und tobenden Anfeuerungsrufen »Bella Ciao«. Diese Vorführung unterschied sich drastisch von der, die wir geliefert hatten, als wir als Fünftklässler zwei Wochen vor der Präsidentschaftswahl auf den Stufen vor dem Capitol in Hartford standen und vor einer Gruppe von Senatoren in dunklen Anzügen »*Buon Giorno, mio caro*« gesungen hatten. Die Herren hatten sich verpflichtet gefühlt, ihre

Anerkennung des amerikanisch-italienischen Kulturerbes durch höflichen, protestantisch gezügelten Applaus zu demonstrieren.

»Das ist ein schrecklich altes Foto«, sagte ich, als Strauss seinen Blick gar nicht mehr abwandte.

»Ich muß sagen, rote Augen stehen Ihnen nicht, Lisar. Ist das Ihr Cousin?«

»Das ist mein einstmaliger Kiffbruder«, platzte ich heraus und hätte mich einen Moment später dafür ohrfeigen können, die roten Augen nicht auf das Blitzlicht der Kamera geschoben zu haben.

Als Strauss eine Spur zu distanziert bemerkte: »Sie kommen mir gar nicht vor wie jemand, der Drogen nimmt – oder besser nahm«, wurde mir klar, daß ich einen großen Teil meiner Geschichte mit Dodie unter Verschluß halten mußte.

Und plötzlich erinnerte ich mich auch wieder, daß ich mit einem der sechs Direktoren einer Firma in meiner Küche stand, die ganz klar formulierte Grundsätze in bezug auf Drogenmißbrauch vertrat. Bevor man mir den Anstellungsvertrag ausgehändigt hatte, mußte ich mit meiner Unterschrift einen Eid leisten, daß ich keinen Drogenmißbrauch, Alkohol inklusive, betreiben würde, und mußte eine Erklärung unterschreiben, daß ich mit einer FBI-Untersuchung meiner Vergangenheit einverstanden sei. Unbekümmert hatte ich meine Feder auf das Dokument gesetzt und das letzte *a* und *o* meiner Namen mit einem Schnörkel dekoriert, als ob ich meinem Glück Ausdruck verleihen wollte, nie erwischt und verhaftet worden zu sein.

Drei Stunden später war ich bereits in Dodies Apartment gewesen. Völlig benebelt von einigen Joints hing mein Kopf von der Matratze, und als Dodie in seinem *Bin-ich-froh-wenn-Sie-tot-sind*-T-Shirt aus der Küche kam, sah ich ihn nicht nur verkehrt herum, sondern auch noch doppelt. »Schenken Sie mir diesen Tanz?« hatte Dodie die zwei obszön aussehenden Kürbisse gefragt, die wir vorher in einem koreanischen Gemüseladen ausgewählt hatten. Formvollendet verbeugte er sich vor dem ersten Kürbis und wirbelte dann damit durch den Raum, bevor er ihn an seinen Platz zurücklegte und den nächsten Partner aufforderte.

»Was ist denn eigentlich aus George geworden?« hatte ich Dodie mit Zeitlupenstimme gefragt. »Du hast mir nie erzählt, warum du mit ihm Schluß gemacht hast.«

»Er spielte Bridge. Und er sang in einem Chor.«

»Aber er hatte solch wunderbares Haar.«

»Fange nie etwas mit einem Mann an, der für seine eigene Mutter kocht«, warnte mich Dodie. »Am besten, du wechselst nicht einmal ein Wort mit einem Mann, der noch mit seiner eigenen Mutter spricht.«

Aber ich hatte Dodies Mahnung in den Wind geschlagen. Hier stand ich nun, in meiner eigenen Küche, mit genau dieser Spezies von einem pflichtbewußten Mann. Ich zweifelte stark daran, ob Eben Strauss jemals mit einem Wurzelgemüse getanzt hatte. Und sicher telefonierte er jeden Sonntagmorgen mit seiner Mutter.

Ich sagte zu Strauss: »Im Büro ist ein Gerücht im Umlauf –«

»Im Büro sind immer irgendwelche Gerüchte im Umlauf«

»– daß wir uns alle möglicherweise stichprobenartigen Drogentests unterziehen müssen.«

»Im Labor werden wöchentlich bei allen Mitarbeitern Urinproben genommen. Das ist Vorschrift.«

»Die Frage lautet – müssen wir bald alle jeden Montagmorgen in einen Pappbecher pinkeln?«

»Wenn Ihnen danach zumute ist – bitte! Oder befürchten Sie, den Test nicht zu bestehen?«

»Das Foto dort ist während meiner Collegezeit entstanden«, verteidigte ich mich.

Endlich schenkte mir Strauss ein Lächeln. »Ich war ja schließlich auch mal jung.«

»Ich bin fünfundzwanzig.«

»Ich bin sechsunddreißig«, sagte er darauf. »Überrascht Sie das?«

»Keineswegs«, beeilte ich mich zu sagen, bevor ich erstaunt nach Luft schnappen konnte. »Und Sie waren noch nie verheiratet?«

»Nein«, antwortete er. »Und Sie?«

»Gütiger Himmel, nein!« gab ich zurück. »Sehe ich etwa so

aus?« Strauss äugte über meine Schulter in den Flur hinaus. »Gibt es hier so etwas wie ein Wohnzimmer?«

Ich ging ihm voraus, ließ mich auf der Couch nieder und streifte meine Stilettos ab. Er wählte den Sessel und lehnte sich gemütlich zurück. Dann erkundigte er sich nach meinem früheren Job im Verlagswesen, und als er hörte, daß ich in Brooklyn gewohnt hatte, geriet er ins Schwärmen. Er sprach von der Brücke und dem Prospect Park, bis ich ihm schließlich von der zwei Tonnen schweren Ratte, die ich in meinem siffigen Apartment beim Auffressen meines Scheuerschwamms ertappt hatte, erzählte. Daraufhin versicherte er mir, New York sei zu einem Dschungel verkommen, hinter jeder Ecke lauere das Verbrechen, und der Schmutz habe jeglichen Spaß und Glamour unter sich begraben. Fast hätte er sich zu der Bemerkung hinreißen lassen, die meine Onkel immer von sich gegeben hatten, wenn ich zu Weihnachten nach Hause kam: *Der Big Apple ist nichts für ein nettes, junges Mädchen wie dich.*

Anschließend unterhielten wir uns über die Wiederbelebung des Ortszentrums von Ossining und die bedrückende Allgegenwart von Sing-Sing, aber dann brachen wir mit der von uns selbst aufgestellten Regel und sprachen wieder übers Geschäft. Schließlich endeten wir genau bei dem Thema, das wir beide den ganzen Abend zu vermeiden versucht hatten.

»Peg hält viel von Ihrer Arbeit«, verriet mir Strauss.

»Aber sie spricht es niemals aus.«

»Sie hält nichts von überflüssigen Worten.«

»Das habe ich bemerkt.«

»Sie finden sicher, daß sie schwer zufriedenzustellen ist, stimmt's?«

Während des Abendessens – nachdem er seine golfspielerischen Leistungen selbstkritisch dargestellt hatte – gab er zu, Peggy hätte ihm das Golfspiel verleidet. Ich fand, das bewies, zu wieviel Mitgefühl sie fähig war. Ich konnte mir gut vorstellen, daß sie ihm zwar beigebracht hatte, die Augen auf den Ball zu konzentrieren, daß sie ihm aber wohlweislich verschwiegen hatte, wie trickreich man mit dem Driver umgehen konnte – oder wie immer man den

Schläger nannte, mit dem man den meisten Eindruck schinden konnte.

»Ich glaube, Peggy ist ein Dickschädel«, sagte ich, »ein Dickschädel mit Herz.«

»Keine schlechte Charakterisierung.«

Aber ich suchte noch nach einer besseren. Irgend etwas an Peggy faszinierte mich. »Warum kann sie einem denn niemals ein Kompliment machen?«

»Sie stammt aus der Schule, die die Meinung vertritt, die Leute würden aufs Gesicht fallen, wenn man ihnen auf den Rücken klopft.«

»Wie soll ich dann jemals erfahren, ob ich ihren Erwartungen genüge?«

»Das können Sie von mir erfahren. Ich werde es Ihnen sagen.«

»Tun Sie das? Wie wollen Sie das anstellen? Indem Sie mir noch mehr Arbeit aufladen?«

»Ah, Sie haben also meine Strategie bereits erkannt!«

»Ich habe eine Weile dazu gebraucht, zugegeben. Aber jetzt hab' ich Sie.«

Darauf trat Schweigen ein. Entweder war ich einen Schritt zu weit gegangen, oder die Wirkung des Weins ließ bei beiden von uns allmählich nach, weshalb ich noch hinzufügte: »Na ja, vielleicht auch nicht.«

Hinter meiner Couch vibrierte die Wand einen Moment lang. Der Nachbar im Stockwerk unter mir hatte seine Dusche angestellt. Strauss zögerte, bevor er sagte: »Ich hoffe, ich habe keinen falschen Eindruck erweckt, indem ich Sie zum Essen einlud.«

»Nein, keineswegs.«

»Manche Leute könnten die Geste ... fehlinterpretieren.«

»Natürlich.« Da es mir vorkam, als würde uns der Spaß des ganzen Abends durch die Finger rinnen, sagte ich: »Ich finde nichts Schlimmes dabei, außerhalb des Büros miteinander befreundet zu sein.«

»Ich auch nicht.«

»Aber mir ist natürlich bewußt – wie Sie gerade angedeutet haben –, daß manche Leute anderer Meinung sein könnten.«

Er schwieg. Schon wollte ich ihn fragen, ob er meine Meinung zu diesem Thema hören wollte, als mir das Wort von meiner Digitaluhr neben der Couch abgeschnitten wurde, die mit lautem Klicken auf 11.48 Uhr sprang. Wir schraken beide auf und sahen auf die Uhr. Als ob er fürchtete, sein Audi würde sich in einen Kürbis verwandeln, räusperte er sich, sah hastig auf seine Armbanduhr, um sich zu versichern, daß meine Uhr richtig ging, und meinte dann, es sei vielleicht besser, diese Diskussion ein andermal weiterzuführen. Er habe den Abend sehr genossen, versicherte er mir. Aber jetzt sei es spät und er brauche dringend Schlaf – »Nein«, fügte er hinzu, hielt seine Hände hoch und stand auf. »Keine Widerrede. Ich bin ein alter Mann, ich kann mich noch daran erinnern, als eine Kinokarte einen Dollar kostete und man noch mit Kohlepapier arbeitete.«

»An Kohlepapier kann ich mich ja sogar erinnern!« erwiderte ich, worauf die ganze Banalität dieser Bemerkung im Raum hing wie ein übler Geruch, der durch nichts zu entfernen war.

Als ich die vierte Klasse besuchte, war *mir bleibt die Spucke weg* mein Lieblingsausdruck. Und in dem Moment fühlte ich mich wieder wie eine Neunjährige, völlig erstaunt von Strauss' abruptem Wechsel vom flirtenden zum sachlichen Ton. Er streckte mir seine Hand entgegen, als wäre ich ein deutscher Schäferhund, der gleich einen seiner Tricks vorführen wollte. Ich ergriff sie. Er schüttelte sie mir augenblicklich und versicherte mir doch tatsächlich, daß ich nicht den Hundeführer spielen müßte, er würde den Weg nach draußen alleine finden.

»Ich habe schließlich gute Manieren gelernt«, entgegnete ich, »ich werde Sie bis zur Tür bringen.«

An meiner Wohnungstür angekommen, wurde mir jedoch bewußt, daß der doppelte Sperrmechanismus nicht nur dazu diente, fremde Männer auszusperren, sondern sich auch als ganz wirkungsvoll erwies, zumindest einige entscheidende Augenblicke lang, begehrenswerte männliche Objekte einzusperren. In meiner Hast, Strauss in meine Wohnung einzulassen, hatte ich zwar die Sicherheitskette vergessen, aber ich konnte mich nicht daran erinnern, ob ich das Schloß vom Türknauf abgeschlossen hatte, das neben dem Türriegel als zusätzliche Sicherung diente. Die folgende Situation hatte durchaus Ähnlichkeit mit der Anschnallgeschichte vor ein paar Stunden, nur daß ich diesmal nicht sagte: »*Wir könnten die ganze Nacht hier verbringen.*«

»Tut mir wirklich leid«, stammelte ich.

»Kein Problem, aber Sie sind so ungeduldig. Lassen Sie sich ruhig Zeit.«

»Das tue ich ja«, sagte ich. »Aber ich kann mich nicht mehr erinnern, welches Schloß ich abgeschlossen habe, wenn ich überhaupt –«

»Sie sollten Ihre Tür immer absperren.«

»Waren Sie einmal Schülerlotse in der Grundschule?«

»Meine Mutter hat es mir leider nicht erlaubt. Sie hielt es für zu gefährlich, draußen auf der Straße zu stehen.«

»Oh«, sagte ich. »Genau wie meine. Hat sie Ihnen auch verboten zu telefonieren, wenn es donnerte?«

In dem Moment legten sich Strauss' Arme von hinten um mich herum, und er löste meine Hände vom Türknauf. »Darf ich Sie küssen?« fragte er.

Noch nie hatte eine unlogische Antwort so gut geklungen. »Ja, Sie dürfen.«

Strauss zog mich sanft an sich heran, gerade lange genug, um die Seife an seinem Hals zu schnuppern und die rauhen Wollnoppen seines Jacketts an meiner Bluse zu spüren. Es war ein zarter Kuß – und ganz leicht berührte seine rauhe Wange mein Haar.

»Gute Nacht«, murmelte er und entfernte sich mit solcher Hast, daß ich mich fragte, ob er mich für eine Leuchtkugel oder einen anderen Feuerwerkskörper hielt, auf dem die Warnung zu lesen war *Zündschnur anzünden und in Deckung gehen.*

KAPITEL SECHS

Genauso mag ich es

Am Morgen – zu einer Stunde, die bereits an den Nachmittag grenzte – mußte ich mich mit zwei Tassen kubanischem Kaffee aus dem Traumland schubsen, bevor ich fähig war, mir die *Times* und ein Quarkblätterteighörnchen mit Zuckerguß zu holen. Als ich zur Tür hinausging, stolperte ich über etwas. Wieder rutschte mir ein »*Fanculo*« heraus – das wurde allmählich zum Reflex bei mir –, dann erst warf ich einen Blick auf die lange weiße Schachtel, die auf der Fußmatte lag. Verwundert trug ich sie in meine Wohnung und legte sie auf die Küchentheke. Seit ich fünfundzwanzig geworden war, war dies bereits das zweite unerwartete Geschenk. Aber dieses Paket sah vielversprechender aus als der Sarg, dem der Security Man entstiegen war. Die vanillefarbene Schleife, die fein säuberlich um die Schachtel gebunden war, erinnerte mich an die Taftschleifen, die meine Osterkörbchen immer gekrönt hatten, und das grüne Cellophan im Innern verführte mich zu der Erwartung, gleich auf eine Schar von Marshmallow-Küken zu stoßen, die über einem Nest aus gefüllten Schokoladeneiern brüteten. Aber ich hatte genügend Filme aus den vierziger Jahren gesehen, um zu wissen, was die Schachtel tatsächlich enthielt. Drinnen lagen nämlich ein Dutzend gelber Rosen und ein kleiner weißer Umschlag.

Auf der Karte stand lediglich *Ibby*.

»Wow«, stieß ich aus. Noch nie zuvor hatte mir ein Mann Blumen geschickt. Sollten sie als Entschuldigung gelten, weil er gestern nacht nicht geblieben war, oder als Ausdruck des Bedauerns für die schiere Unverfrorenheit, mich zum Essen einzuladen, oder waren sie als Hinweis für die Empfängerin gedacht, daß er an die traditionelle Bedeutung der Farbe Gelb glaubte: Geduld?

Aber was machte es schon, was er damit ausdrücken wollte? Der Froschkönig machte der Prinzessin den Hof.

Die Wie-halten-Sie-Ihre-Blumen-länger-frisch-Anleitung lag unter einem kleinen Sträußchen Schleierkraut und riet mir, zuerst die Stengel anzuschneiden. Mit der stumpfen Küchenschere, die ich normalerweise dazu benutzte, Pizza zu schneiden, zwickte ich fünf Zentimeter von den Blumenstengeln ab. Die harten, grünen Abschnitte flogen kreuz und quer durch die Küche, und ich stach mich an einem Dorn. Dann schüttete ich den restlichen Orangensaft in den Ausguß (er war ohnehin schon schlecht) und brach die Safttüte oben ganz auf. Ich füllte sie mit Wasser, schüttete das weiße Blumenfrisch-Pulver hinterher und stopfte die Rosen mitsamt dem Schleierkraut hinein.

Eine Geisha oder eine Südstaatenschönheit, die mit der Kunst des Blumenarrangierens vertraut war, hätte geheult beim Anblick meines Tuns. Aber trotz ihres zweifelhaften Behältnisses sahen die Blumen immer noch samtig glatt und perfekt gestaltet aus. Zögernd näherte ich meine Nase (aus Angst vor weiteren Dornenstichen) den Blüten und bekam eine zarte Andeutung des Duftes, der in drei, vier Stunden meine ganze Wohnung erfüllen würde. Ich zählte auf italienisch die Blumen, bei der letzten Zahl verharrte ich einen Moment lang: *Dodici.*

Schließlich schnappte ich mir meine Tasche und die Schlüssel. Nur widerwillig überließ ich die Blumen sich selbst, als ob sie sich selbständig machen könnten und während meiner Abwesenheit zu Tschaikowski Walzer tanzen würden. Dann fiel mir plötzlich etwas ein: Gestern nacht hatte ich Strauss versichert, daß ich Manieren hätte. Hier war meine Chance, dies auch zu beweisen.

Das Telefonbuch von Ossining – allein die weißen Seiten von Brooklyn waren zehnmal so umfangreich – lag auf dem Küchentisch. *Strauss, Eben*, wohnte an der Crickle Wood Road. Während das Telefon tutete, lernte ich die Nummer und die Adresse auswendig. Beim dritten Läuten hob er ab, und die Wärme in seiner Stimme ließ darauf schließen, daß er meinen Anruf erwartet hatte. Ich hätte zu gern gewußt, wie lange er schon vor dem Telefon gelauert hatte.

»*Grazie*«, hauchte ich.

»*Prego.*«

»Ich besitze nicht einmal eine Vase.«

»An Ihrer Stelle würde ich mir eine besorgen.«

Ich lutschte an meinem verletzten Finger. »Ich bin gerade erst aufgewacht«, verteidigte ich mich.

Er schwieg und ich stellte mir vor, wie er mißbilligend auf seine Armbanduhr sah, die mit dem krokodilledernen Uhrband und dem hochglanzpolierten, goldenen Zifferblatt, von dem ich am vorhergehenden Abend kaum die Augen hatte lassen können, so sehr hatte mich die Neugier geplagt, ob es wohl eine echte Rolex sei.

»Es ist halb zwölf«, sagte er endlich.

»Ich konnte gestern einfach nicht einschlafen.«

»Warum das denn?«

»Ich habe nachgedacht.«

»Das habe ich auch«, entgegnete er.

»Würden Sie mir Ihre Gedanken gern anvertrauen?«

»Ich hoffe, Sie geben mir die Chance dazu. Nächstes Wochenende, vielleicht?«

»Warum nicht heute nachmittag?«

»Ich habe bereits zugesagt, den Rest des Wochenendes als Ibby zu verbringen.«

»Schade«, sagte ich. »Rutschen Sie bloß nicht auf dem Bohnerwachs aus!«

»Und Sie verbringen nicht das ganze Wochenende damit, Flickenteppiche mit dem Teppichklopfer zu bearbeiten.«

»Nein, eigentlich hatte ich vor, die Zimmerdecken staubzusaugen.«

Strauss klang streng, als er versprach, am Montag von sich hören zu lassen. »Natürlich sind wir dann im Büro, und ich wollte, ich müßte das nicht sagen –«

»Müssen Sie nicht«, versicherte ich ihm. »Ich habe völlig *capisce.*«

Anschließend lief ich zum Supermarkt. Ich trank zu viel Kaffee, blätterte durch die *Times* und verbrachte den Rest des Nachmittags im Fitneßstudio, wo ich versuchte, mir mein Blätterteigteilchen abzutrainieren. Anders als an den Freitagabenden war an Samstagnachmittagen das Studio voller Geschäftsleute aus dem Westchester County, die all die Martinis und Braten herausschwitzten, die sie während der Woche konsumiert hatten. Das Wissen, all diese hochdotierten Typen an der Rudermaschine in den Schatten stellen zu können, verursachte mir ein Hochgefühl, wenngleich meine Spitzenleistungen größtenteils eine Reaktion auf den Schrittmacher waren, der mich wie üblich durch sein dildoförmiges Megaphon anbellte, mich geißelte und mich zu immer höheren Geschwindigkeiten anspornte, bis ich das Gefühl hatte, meine wahre Berufung, nämlich Gondoliere auf dem Canale Grande zu sein, verfehlt zu haben.

Obwohl ich nach meinem Workout noch zehn Minuten Stretching machte, deuteten meine Muskeln bereits ihr Vorhaben an, später am Abend heftig zu brennen. Anschließend stellte ich mich unter die heiße, prasselnde Dusche und stieß doch tatsächlich abwechselnd ächzende und wohlige Laute aus, während die Hitze meinen Rücken hinunterlief. Die Umkleidekabine war noch immer leer, als ich aus der Dusche stieg und meinem Körper einen etwas zu prüfenden Blick widmete, bevor ich mich in mein Handtuch hüllte. Ich träumte von Strauss' Körper. Von der Wärme seiner Hand, als er mir die meine drückte. Ich stellte ihn mir vor, wie er seine Armbanduhr abnehmen und sie auf den Nachttisch neben meinem Bett legen würde. Ich sah seine zusammengelegte Brille neben seiner Uhr. Ich stellte mir seine Schenkel an meinen vor und fühlte den Druck seines ganzen Körpers auf meinem.

Eine Sekunde lang erwog ich doch tatsächlich, in die Dusche zurückzuschlüpfen, den Vorhang zuzuziehen und meinen Körper gegen die mit Wasserperlen überzogenen Fliesen zu lehnen und es mir mit einer Ecke meines nassen Handtuches selbst zu machen (denn die Rosen von Strauss hatten den Finger, den ich normalerweise dazu benutzte, für diese Art von Aktivität unbrauchbar gemacht, indem sie ein Pflaster notwendig machten).

Dann aber dachte ich, *Hey, Mädel, du tickst nicht mehr richtig! Du könntest ja glatt eingebuchtet werden, wenn du dir in ei-*

ner öffentlichen Dusche einen runterholst! Wenn ich verhaftet würde, dann würde ich weder Strauss bekommen noch irgendeinen anderen Mann. Zudem würde ich meine Clubmitgliedschaft und somit meinen besten Ersatz für Sex verlieren, nämlich mich mit diesen stupiden Maschinen fast zu Tode zu rackern, bis jeder Muskel meines Körpers schmerzte und ich von den Schultern bis zu den Füßen vor Anstrengung zitterte. Ich würde zu der Art von Exhibitionist werden, vor der ich Dodie einmal gewarnt hatte. Das einzige Mal, als Dodie und ich in Manhattan gemeinsam ein Fitneßstudio besucht hatten, bemerkte ich, daß ein paar Kerle der Fire-Island-Gang Dodies Spiegelbild musterten. Nachdem wir von den Exercycles heruntergeklettert waren und beschlossen hatten, uns den nächstbesten Film reinzuziehen, ließ ich Dodie mit der gespielt strengen Warnung vor der Herren-Umkleidekabine stehen: »Ich will dich in fünf Minuten hier draußen wiedersehen.«

Dodie hatte mich mit zusammengezogenen Augenbrauen angesehen. »In fünf Minuten kann viel passieren. Die ganze Welt kann sich in nur einer Minute –«

»*Cinque minuti*, Freundchen.«

»Ich bin doch schon ein großer Junge, Lise.«

»Genau davor habe ich Angst.«

Dodie hatte sich halbtot gelacht! Denn er behauptete stets – nur um mich zu nerven, natürlich –, daß es der größte Wunsch meines Lebens sei, herauszufinden, wie gut (oder wie dürftig) er ausgestattet war, eine Anschuldigung, die ich zwar immer lebhaft von mir wies, insgeheim aber zugeben mußte, daß meine Neugier um so mehr angestachelt wurde, je öfter er dieses Thema anschnitt. Dodie war wie ich ein Verbalexhibitionist. Aber während der letzten paar Jahre hatte er mehr geredet als gehandelt. Jedenfalls hatte er genügend Grips, sich in einer so öffentlichen Umgebung wie dem Umkleideraum eines Gesundheitsclubs mit niemandem (auch nicht der eigenen Hand) einzulassen.

Zurück in meiner Wohnung verschlang ich einen Bagel mit Frischkäse zum Abendessen. Dann nahm ich mein Manuskript und einen Stift zur Hand. Ich beschloß, daß die pikante Nebenhandlung in *Mach langsam, Baby!* besser in einem internen als einem externen Skandal bestehen sollte – ein scheinbar sanftmütiger Direktor der Forschungs- & Entwicklungsabteilung würde sich seinen Weg durch die Armee der Sekretärinnen pflügen, bevor ihn eine muntere, junge Feministin in die Knie zwingen würde, die wild entschlossen war, seinem Don Juanismus ein tragisches Ende zu bereiten. Noch war ich mir nicht sicher, wie ich diese erotischen Szenen mit den Kapiteln über Donna Dilano und ihren breitschultrigen Ex-Ruderer Thomas Akins verknüpfen sollte, denn ich hatte ihre Romanze so keimfrei und steril aufpoliert, daß ich jetzt befürchtete, die hartgesottenen Seiten könnten Gefahr laufen, als Toilettenpapier zu enden. Nach einigen Stunden Schreibarbeit war ich der Verzweiflung nahe. Warum sollte der Casanova den ganzen Spaß haben? Warum sollte es in Donnas Leben keine glühende Leidenschaft geben? Wenn ich nicht endlich zu einer Entscheidung käme oder wenigstens zu einem konsistenten Ton fände, würde ich es nie weiter bringen als bis zum dritten Kapitel. Ich wollte einen realistischen Roman verfassen, aber meiner Feder entströmte nichts als kommerziell ausgerichtete Literatur. Außerdem schmerzten meine Muskeln. Ich suchte nach meiner verläßlichen Tube Ben Gay und schmierte meine Ober- und Unterschenkel üppig mit der betäubenden Creme ein. Als ich mir in der Küche die Hände wusch, klingelte das Telefon.

»Was gibt's Neues?« fragte Carol gähnend vor Langeweile.

»Nichts«, antwortete ich und ließ den Blick über meine Rosen schweifen. Nie zuvor hatte mir eine Lüge so viel Vergnügen bereitet.

»Und ich warte«, sagte Carol gedehnt. »Mein ganzes Leben scheint aus Warten zu bestehen.«

Ich streichelte über eines der gelben Blütenblätter. »Meines genauso.«

»Ich könnte schwören, daß dieses Baby nie kommt. Kannst du mir sagen, wann es kommt?«

»Du willst doch nicht, daß es zu früh geboren wird?«

»Ich will, daß es aufhört, mich so fett zu machen. Lisa, ich bin so fett.«

»Du bist nicht fett. Du bist schwanger. Und ich weiß, daß du wundervoll aussiehst«, versicherte ich, obwohl ich vom Gegenteil überzeugt war. Die Figuren schwangerer Frauen – übertrieben bis zu den Proportionen von Cartoonfiguren – mögen ja Dodie gefallen, mir aber jagen sie Angst ein. Ich wußte, daß es nur ein zeitlich begrenzter Zustand war, und ich wußte, daß er einem guten Zweck diente, dem Fortbestand der Menschheit nämlich, und leider war es das traurige Schicksal der Frauen, diesen zu gewährleisten – trotzdem konnte ich mir mich selbst immer noch nicht vorstellen, wie ich bis zum Umfang einer Großraummülltonne aufschwelle, mich hinterher monatelang abmühe, nur um wieder in eine Jeans zu passen, die zwei Konfektionsgrößen über der lag, die ich vorher getragen hatte. Und Carols Klagen inspirierten mich kaum, mich in dieser Richtung zu engagieren.

»Ich habe ein Hinterteil wie ein Haflinger«, jammerte sie. »Und meine Titten sehen aus wie Bowlingkugeln –«

»Ich wette, Al kann kaum seine Finger von dir lassen –«

»Lisa! Kannst du mir nicht zuhören? Ich werde dieses Gewicht nie mehr wieder loswerden!«

»Wieviel hast du denn zugenommen?«

»Fünfundzwanzig Pfund.«

Ich riß mich zusammen, um nicht zurückzuplärren: *Fünfundzwanzig Pfund!* Statt dessen rief ich leichthin: »Ach, das ist doch nichts! Mindestens ein Drittel davon wiegt ja schon das Baby –«

»Bald wiege ich mehr als Al, und dann passe ich nicht einmal mehr in seine Klamotten.«

»Mama hat doch noch welche von Dad.«

»Wofür zum Teufel bewahrt sie die denn auf?« rief Carol. »Er wird kaum mehr von den Toten auferstehen.« Dann erging sie sich in einer ausgedehnten Keiferei gegen all die Geschaftlhuberinnen in unserer Familie, die ihr ständig einredeten, was sie essen sollte und was nicht, als ob ihr schwangerer Körper öffentliches Eigentum geworden wäre. Ich kommentierte Carols Tirade gegen Mama und Tante Beppina mit *mm-hmms* und *ohohohs*, daß Carol schließlich verstummte und beleidigt sagte: »Du hörst mir ja gar nicht zu.«

»*Au contraire*. Ich finde es faszinierend. Bitte fahr fort.«

»Na, was ist denn an deinem Leben so faszinierend? Was hast du denn schon, außer deiner Arbeit?«

»Ich spiele.«

»Mit wen?«

»Mit *wem*.«

»Als ob mir diese Scheiß-Grammatik nicht schnurzpiepegal wäre!«

»Das ist nicht zu überhören.«

»Steckst du immer noch die ganze Zeit mit Dodie zusammen?«

»Nein«, antwortete ich, und mein Finger schwebte über der Hörergabel, als ob ich mit dem Gedanken spielte, das Gespräch abrupt zu beenden.

Erwartungsvoll hob sich Carols Stimme. »Triffst du dich etwa mit jemand anderem?«

Ich zögerte. Obwohl die Freude in Carols Stimme einer Weltsicht entsprang, die in meinen Augen extrem begrenzt, wenn nicht verschroben war, so war es dennoch Freude. Es war so lange her gewesen, daß sich ein Mitglied meiner Familie mit mir über irgend etwas gefreut hatte. Ich hätte ihr jetzt erzählen können, daß es in meinem Leben einen vielversprechenden Jemand gab. Aber irgendeine Perversion in mir verleitete mich zu der Frage: »Carol, hast du dir schon jemals gewünscht, einen Mann zu vergewaltigen?«

»Lisa, du bist total krank, und ich bin schwanger!«

»Versetzen einen denn Schwangerschaftshormone nicht in einen sexuellen Höhenrausch?«

»Pfh – sie bringen mich nur dazu, ständig essen und schlafen zu wollen.«

»Aber verursachen sie nicht – na, du weißt schon – sexuelle Träume?«

»Tja«, flüsterte sie verschwörerisch. »Aber nicht Al verraten.«

»Niemals.«

Dann gestand Carol ihren einmaligen nächtlichen Sturmangriff auf den Star von *Saturday Night Fever*.

»Äh – wie langweilig!« ächzte ich.

»War es nicht! Es war sehr aufregend!«

»Aber John Travolta ist doch wie Als Double.«

»Al möchte in Schuhen mit Plateausohlen nicht begraben sein. Die sehen irgendwie schwul aus, findet er, wie die Bee Gees.«

Meine persönliche Meinung über die Gebrüder Gibb war, daß sie wie die dreifache Ausführung des um dreißig Jahre gealterten Little Lord Fauntleroy aussahen. Dodie fand, die Gruppe sei längst dem Tod geweiht und sie seien der beste Beweis dafür, daß der Blitz in einer Familie mehrmals einschlagen könne. Carol hatte »*How Deep Is Your Love*?« als Titelsong für ihre Hochzeit gewählt, und das, obwohl Al lauthals protestiert hatte, er wollte nicht seinen ersten Tanz als verheirateter Mann zu einem Schmachtfetzen tanzen, der von einem Mann namens Robin gesungen wurde. Aber Carol hatte darauf bestanden, und Al hatte schließlich dazu getanzt. Oder besser, er schlurfte dazu. Oder wackelte einen Schritt vor und zurück.

Es war eine nette Erinnerung, das mußte ich zugeben.

Am Montag morgen grüßte ich die Sekretärin und verschwand dann in meinem Büro, um der Masse der Kollegen in der Teeküche zu entgehen. Jetzt, da Karen im Krankenstand war, verbrachte die Belegschaft viel Zeit am Kaffeeautomat, wo Geschichten über Picknicks und Baseballspiele, über Kinofilme und Besuche bei den Schwiegereltern ausgetauscht wurden, und wo der betriebsinterne Klatsch mit demselben Vergnügen verschlungen wurde wie der mit Vanillecreme überzogene Blechkuchen, den wir zu den Geburtstagsfeiern unserer Kollegen immer mitbrachten. Dieser Klatsch hatte mich einmal amüsiert. Nun, da ich fürchtete, selbst Gegenstand des Tratschs zu werden, schwor ich mir, nie mehr wieder kleine, pikante Neuigkeiten in die Gerüchtemühle zu werfen.

Ich huschte in mein Büro und verschanzte mich so lange darin, daß die anderen Mädchen sicher dachten, ich hätte ein gravierendes PMS, eine Mutmaßung, die sich fast bestätigte, als der Koffeinentzug in meinem Kopf ein regelmäßiges Bum-bum auslöste. Da schnappte ich mir meine Tasse, auf der zu lesen war: INSTANT-MENSCH: KAFFEE ZUGIESSEN und rannte zu Mr. Coffee, wo ich natürlich feststellen mußte, daß nur der Bodensatz übriggeblieben war, so daß ich erst eine frische Kanne zubereiten mußte.

»Scheiße!« rief ich laut genug, um im ganzen Flur gehört zu werden. Genau in dem Moment schien sich jedes Mitglied der Redaktion geradezu zu verzehren nach einer guten, starken Tasse Kaffee, und gleich darauf war die kleine Küche voller Frauen. »Begrüßung, Lisa. Hey, wir haben ja noch gar nichts von *deinem* Wochenende gehört!«

»Ich habe meine Wäsche erledigt«, antwortete ich lahm, worauf mich auch niemand fragte, ob ich mit ihm zum Mittagessen gehen wollte.

Um die Mittagsstunde saß ich dann an meinem Schreibtisch wie ein Siebtklässler, der zu schüchtern ist, die Cafeteria allein zu betreten. Also warf ich mir meine Tasche über die Schulter und ging zu meinem Wagen, um mir irgendwo Fast food zu besorgen. Auf dem Parkplatz hatte ich das Pech, Strauss zu sehen, der sich auf dem VIP-Parkplatz mit zwei weiteren Assen in Anzügen in ein Auto quetschte, mit dem sie vermutlich zu einem ausgedehnten Geschäftsessen in eines der umliegenden Restaurants fuhren. Die Vermutung lag nahe, daß ich im hiesigen Pizza Hut nicht mit ihnen zusammentreffen würde. Strauss nickte mir zu, ich antwortete mit einem schwachen Lächeln und einem halbherzigen Winken – ohne Pflaster, denn das war während der morgendlichen Redaktionssitzung von meinem Finger gefallen.

Das Timing hätte nicht schlechter sein können. Die Personalabteilung hatte heute morgen angerufen und darum gebeten, ein Redaktionsmitarbeiter möge sich so schnell wie möglich um den Entwurf eines Regelwerks bezüglich der sexuellen Belästigung am Arbeitsplatz kümmern, das die Rechtsabteilung des Konzerns bis zum Herbst in Kraft setzen wollte. Ich hatte mir den Job aufgehalst. Das Dokument steckte voller juristischer Terminologie und war bei einzeiligem Zeilenabstand mehr als zwanzig Seiten lang. Meine Augen klammerten sich an Ausdrücke wie *ungebetene Aufmerksamkeiten*, *gegenseitig* und *auf mündlicher Übereinkunft beruhend*. Mit Bleistift kritzelte ich meine Notizen an den

Rand – *Subjekt/Objekt ist unklar, Sprache ist zweideutig.* Ich sagte mir: *Das alles hat null mit dir zu tun.* Warum also setzte mir mein Magen dermaßen zu, warum schmerzte er und rumorte genauso wie damals, als ich mich das erste Mal von einem Jungen hatte befummeln lassen und danach den Katechismus wälzte, um zu sehen, ob sich mein schlechtes Benehmen etwa dadurch entschuldigen ließ, wenn ich mich versicherte, daß diese spezielle Handlung nicht in dem Satz von den *unkeuschen Taten* aufgeführt war?

Ich überlegte, ob ich diese Aufgabe nicht in mein Arbeitsprotokoll eintragen sollte. Aber schließlich tat ich es doch und beobachtete den verwunderten Gesichtsausdruck von Strauss, als er am Freitag in mein Büro herunterkam, um sich das Protokoll anzusehen.

»Hat Peg Ihnen den Job aufgehalst?« fragte er ruhig.

»Ich redigiere den Text lediglich in bezug auf Grammatik und Sprache«, entgegnete ich, »nicht auf den Inhalt.«

Ohne weiteren Kommentar unterzeichnete er.

Strauss und ich begannen etwas zu tun, wovon ich glaubte, das hätte es lediglich in den Tagen der Drive-in-Kinos und von Levittown gegeben: Wir verabredeten Dates, was in etwa so aussah, daß ich auf seinen Anruf wartete, und wenn ich dann am anderen Ende der Leitung – das manchmal in der Crickle Wood Road, meist aber in Providence, Atlanta oder Charlotte war – seine Stimme hörte, machte mein Herz einen Luftsprung. Kein Thema war zu prosaisch für diese telefonischen Unterhaltungen – nicht einmal der vergängliche Duft von Popcorn, der durch den Flughafen von New Orleans zog, oder meine vergeblichen Versuche, mein Pfannengemüse genau auf den Punkt zu garen –, allerdings wurde das Thema Boorman meistens ausgegrenzt. Wenn ich dann den Hörer auflegte, marschierte ich geradewegs zum Kühlschrank, öffnete die Tür und starrte auf all das Essen, das ich nicht essen sollte, und dachte dabei an Strauss' altmodische Art, mit Frauen umzugehen. Die Blumen, Krawatte und Anzug, wenn er mich zum Essen ausführte, seine Finger, die nur flüchtig mein

Handgelenk berührten, und der sanfte, kaum spürbare Kuß – das alles drückte aus, daß er etwas von dem Gesums hielt, das ich, dem oft wiederholten Ratschlag meiner Mutter folgend, von einem Mann verlangen sollte: Respekt. Aber sie hatte mich viel zu spät gewarnt. Schon damals war der Begriff für mich wert- und nutzlos geworden, denn ich hatte den Respekt vor mir selbst bereits verloren.

Je blinder Strauss in bezug auf meine Vergangenheit zu sein schien – wenigstens was die ausschweifenderen Kapitel betraf –, desto mehr bemühte ich mich, sie zu verheimlichen.

Ich machte eine Metamorphose durch und wurde zu einer anderen Frau. Vielleicht hörte ich auch einfach nur auf, mich als Mädchen zu sehen. Jedenfalls hörte ich auf, in der Teenagerabteilung einzukaufen, und schritt statt dessen direkt in die Damenabteilung. Ich erneuerte sogar meine Wochenendgarderobe. Vorbei waren die Zeiten der Gymnastikhosen und Tank-Tops, des ordinären schwarzen Overalls, in dem ich immer wie ein Fallschirmspringer ausgesehen hatte. Jetzt kaufte ich Kleidung, zu der vom Hersteller Ersatzknöpfe mitgeliefert wurden: Khakifarbene Hosen und Button-down-Blusen, ja sogar eine weiße Bluse aus feiner Baumwolle legte ich mir zu. Diese trug ich unter meinem neuen Trägerrock, als wir zum vierten Mal miteinander ausgingen. »Sie sehen gut aus«, sagte Strauss, als er mich abholte. *Okay*, dachte ich, *auf dieser Spur kannst du bleiben.* Aber noch nie zuvor hatte ich mich meinem Ziel in solchem Schneckentempo genähert.

Wir fuhren immer mindestens zwanzig Meilen, bevor wir unsere Verabredung richtig begannen. An einem schönen Sonntag nachmittag, als wir West Point besuchten, trug Strauss eine Sonnenbrille aus Schildpatt mit geschliffenen Gläsern, womit ich ihn am liebsten angesprungen hätte. Während er gründlich die faltbare Wegbeschreibung durch das Gelände studierte, die wir im Besucherzentrum mitgenommen hatten, überlegte ich, ob er wohl immer die Brille abnahm, bevor er zur Attacke überging, oder ob er jemals dermaßen hingerissen gewesen war, daß er sie während des ganzen Aktes auf der Nase behalten hatte.

»Möchten Sie die ganzen Kapellen besichtigen?«

»Wie viele gibt es denn?«

»Drei. Eine davon ist katholisch.«

»Am liebsten würde ich die Kadetten besichtigen.«

Durch die hellbraunen Linsen seiner Brille sah mich Strauss ausdruckslos an, worauf mich das ungute Gefühl überkam, er fände, daß meine schmale Sonnenbrille von Vuarnet nicht zu meinem extrem klassischen Chintz-Trägerrock mit der hochangesetzten Empiretaille paßte, die manchen Leuten möglicherweise den fälschlichen Eindruck vermittelte, ich sei schwanger. Er las aus der Broschüre vor: »Truppenschau nur von September bis November und von März bis Mai.«

»Dann bleibt mir wohl nichts anderes übrig, als Sie anzusehen, vermute ich.«

»Es gibt schlimmere Schicksale, hoffe ich.«

»Können Sie die Karte einen Moment aus der Hand legen?« fragte ich ihn. »Nur eine halbe Sekunde lang?«

Ich schob meine Sonnenbrille über die Stirn. Noch immer schien er den Fingerzeig nicht zu verstehen. Obwohl die Tage immer heißer und heißer geworden waren, hatte ich ihn noch nie mit kurzen Ärmeln – oder gar Shorts – gesehen, aber die hochgerollten Manschetten seines Baumwollhemdes enthüllten drahtige Muskeln und verhießen mehr schwarzes Körperhaar, als ich mir bis dato vorgestellt hatte. Ich streckte meine Hand aus und berührte einen seiner Hemdsärmel.

»Mein Hemd scheinen Sie ja zu mögen.«

»Das tue ich.«

»Und wie steht's mit der Person, die in dem Hemd steckt?«

»Die hat durchaus eine gewisse Anziehungskraft. Aber sagen Sie mir jetzt bitte nicht, das sei eine *nützliche Information.*«

»Das *ist* eine nützliche Information«, lächelte er, und ich wollte schon aufstöhnen, als mir auffiel, daß er unsere Umgebung nach möglichen Zuschauern absuchte. Als er sichergestellt hatte, daß die Küste klar war, beugte er sich über die aufgefaltete Karte in seinen Händen und brachte mich mit einem Kuß zum Schweigen.

»Wirst du jetzt wohl eine Weile deinen Mund halten?«

»Wie lange muß ich auf den nächsten warten?«

Ohne mir zu antworten, schüttelte er die Karte aus und versuchte, sie entlang der ursprünglichen Falze zusammenzulegen.

»Das ist doch kein Origami«, meinte ich. »Klapp sie doch einfach irgendwie zusammen.«

»Ich bin geduldig. Ich bin sogar sehr geduldig.«

»Verzeih mir, wenn ich das nicht als eine deiner größten Stärken betrachte«, sagte er, während er endlich den Lageplan zusammenklappte. Er steckte ihn in seine Tasche, und als ich nicht aufhörte, ihn erwartungsvoll anzusehen, gab er nach, legte seinen Arm um meine Schulter und zog meinen Kopf an seine Brust.

Jahrelang hatte ich mich gefragt, wie Dodie es schaffte, in der Öffentlichkeit nicht seinen Arm um seine Liebhaber zu legen – wenigstens nördlich der Vierzehnten Straße –, aber jetzt erkannte ich erstmals die Wahrheit seiner Worte: *Aber, mein Schatz, das ist doch gerade einer der kleinen, aber angenehmen Nebeneffekte der Homophobie, – es ist doch viel erregender, wenn man jemanden nicht berühren kann. Auch das Wort* verboten *ist ein wirksames Aphrodisiakum. Denk mal darüber nach, und du wirst sehen, daß ich recht habe.*

»Es ist schwer für mich, dich im Büro zu sehen«, sagte ich zu Strauss, während wir dahin spazierten, »und mir nichts anmerken zu lassen. Andererseits macht die Geheimnistuerei auch irgendwie Spaß.«

»Ich gebe es ungern zu, aber dasselbe empfinde ich auch.«

»Glaubst du, daß es schon jemand bemerkt hat?« fragte ich ihn, obwohl ich viel darüber nachgedacht hatte und zu dem Schluß gekommen war, wenn ich selbst nicht einmal genau wußte, ob er hinter mir her war, wie sollten dann Außenstehende Lunte riechen?

»Was sollte man denn bemerken? Ich kam bis jetzt nur einmal pro Woche in dein Büro. Und ich rufe dich nie in meines.« Einen Moment lang dachte er nach. »Vor ein paar Tagen habe ich dich in Pegs Büro gesehen.«

»Du hättest ja deinen Kopf hereinstrecken und uns *Begrüßung* zurufen können!«

Strauss zupfte mich leicht am Ärmel. »Was wollte sie denn von dir?«

»Ich dachte, wir wollten nicht übers Geschäft sprechen?«

»Ist doch eine völlig harmlose Frage. Aber wenn du nicht willst, mußt du mir keine Antwort geben.«

»Ich arbeite für sie an weiteren Standardbriefen.«

»Betreibt sie immer noch diese Haarspalterei wegen *Sehr geehrter Herr* oder *Sehr geehrte Damen*?«

»Also hast du damals doch gelauscht?«

»Schuldig.«

»Und du hast meine Beine betrachtet.«

»Hab' ich nicht.«

»Aber ich habe mir deinen –«

»Lisa, bitte. Fasse dich. Um mehr bitte ich dich gar nicht.«

Ich zuckte mit den Achseln, aber nicht zu sehr, um seinen Arm nicht von meinen Schultern zu schütteln. »Ich habe nachgedacht«, meinte er. »Wenn Peg dir einen Auftrag erteilt, der uns beide einschließen würde, dann sage einfach, du hättest bereits eine Menge Arbeit und sie möchte doch jemand anderen mit der Aufgabe betrauen.«

»Wenn es sich aber um einen echt guten Job handelt?«

»Ist mir egal. Gib mir dein Wort, daß du das machst.« Nach einer Weile fügte er hinzu. »Ich passe auf dich auf, weißt du.«

»Ich kann auf mich selbst aufpassen. Aber ich bin gerührt. Und ich verspreche es.«

»Ich danke dir, aber jetzt wollen wir über etwas anderes reden.« Wir spazierten weiter. Eine halbe Minute später brach er seine eigene Regel. »Das war vielleicht eine gemein gute Imitation von Peggy. Sag's doch noch einmal.«

»*Begrüßung*.« Er lachte. »Ich habe fleißig geübt«, erklärte ich.

»Wahrscheinlich könnte ich es nicht ertragen, zu sehen, wenn du mich imitierst.«

»Dich will ich nicht imitieren«, entgegnete ich, was zwar nicht ganz der Wahrheit entsprach, denn der Root-Beer-trinkende Schwerenöter in *Mach langsam, Baby!* hatte kürzlich mit den Augen gezwinkert und seine Brille so weit aus der Stirn geschoben, daß es mir fast etwas unbehaglich dabei geworden war. Aber ich hatte Strauss noch nicht erzählt, daß ich an einem Roman arbeitete, denn ich war wenig erpicht darauf, die vermutlich erste einer Reihe von Fragen zu dem ganzen Unterfangen zu beantworten: »Na, Lisar, wovon handelt denn dein Roman?«

Das ganze Gelände von West Point war von Touristen und einer Gruppe von Rentnern übersät, die offensichtlich einen Seniorenausflug machten. Während wir den Rundgang um das Wasserreservoir, durch die Kapellen und das Museum machten, das Napoleons Schwert und den Gummiknüppel Görings zeigte, mit dem er Millionen von Menschen in den Tod getrieben hatte, stellte ich mir vor, daß alle, die einen Blick auf uns warfen – ich war mir bewußt, daß wir diese ekelig saccharinsüße Aura der Frischverliebten ausstrahlten –, sofort erkannten, daß ich Wachs in Strauss' Händen war. Er traf die Entscheidungen, auch wenn er dabei sehr feinfühlig vorging oder wenn er diese als Fragen formulierte. Er war es, der fragte: »Fertig zur Abfahrt?« und »Wohin würdest du gern zum Essen gehen?« oder »Darf ich dich noch in deine Wohnung begleiten?«, wenn er mich nach Hause brachte, spät, sehr spät, und mir dann mitteilte, daß er nur ein paar Minuten bleiben könnte, weil – er hatte es vorher nicht erwähnen wollen, um den Abend nicht zu ruinieren – er nach Hause mußte, um zu packen. Am nächsten Tag war er dann fort, in Cincinnati und Des Moines oder anderen Städten, die niemand, der noch einen Funken von Verstand hatte, jemals besuchen würde.

»Ich werde dich vermissen«, sagte ich.

Wir standen in meiner vollgestopften Diele, und als ich einen Schritt auf ihn zu machte, stolperte ich über den blauweißen Golfschirm, den ich nach dem letzten schweren Regen vergessen hatte wegzuräumen. Ich donnerte gegen die Wohnungstür, und der Knopf der Sicherheitskette – die wieder einmal nicht eingehängt war – bohrte sich in mein Schulterblatt. Strauss hielt mich lange Zeit an sich gedrückt. Wir küßten uns, sanft zuerst, dann leidenschaftlicher, bis sich seine Hand nach unten tastete und ungeschickt die obersten zwei – dann die obersten drei – Knöpfe meines Trägerrocks öffnete. Ich spürte genau, wie sich seine Ungeduld steigerte, als er entdeckte, daß er dasselbe an meiner Bluse tun mußte, um weiter vorzudringen.

Wie gut es sich anfühlte – seine Fummelei an meiner Bluse, sein Atem, dann seine Zunge an meinem Ohr, bis er schließlich genügend Fortschritte erzielt hatte, um seine Hand in meine Bluse zu schieben und mich zu streicheln. Die geistlosen Worte Donna Dilanos zu Thomas Akins echoten in meinem Ohr, und ich flüsterte: »Hör nicht auf, oh, hör bloß nicht auf, mich zu küssen –«

Warum konnte ich nur meinen Mund nicht halten, statt ihn auf dumme Gedanken zu bringen? Augenblicklich löste er sich von mir, zog die beiden Teile meiner Bluse zusammen und hob mich von der Tür fort. »Ich muß jetzt gehen«, murmelte er.

»Rufst du mich an?«

»Jeden Abend.«

Hier stand ich, halb aufgeknöpft und völlig frustriert. Nie zuvor in meinem ganzen Leben hatte ich mich so sehr nach einem Typen gesehnt, und was mich noch hilfloser machte, war die Tatsache, daß ich mit niemandem richtig darüber reden konnte, nicht einmal mit Dodie.

»Wie geht's Mr. Geheimnisvoll?« fragte er, als er mich anrief.

»Hör auf, ihn Mr. Geheimnisvoll zu nennen!«

»Aber Lise – wie soll ich ihn denn sonst nennen? Wer ist er? Ein Mafioso?«

»Genau.«

»Ein Taekwondo-Lehrer? Nein, sag's nicht – du gibst einen Lyrik-Workshop in Sing-Sing? Der Kerl ist ein Sträfling. Ihr rezitiert einander schwülstige Gedichte durch die Gitterstäbe. Du bist dazu verdammt, ihn niemals zu berühren –«

Das letzte dürfte sich bewahrheiten, befürchtete ich. »Dodie, bitte – ich war noch nicht einmal im Bett mit dem Mann –«

»Vielleicht solltest du ihm mal meine Adresse geben.«

»Keine Chance, du Entarteter. Ich spüre, daß er sich zu mir hingezogen fühlt –«

»Was hindert euch dann? Hast du zugenommen, oder was?«

»Nöh.«

»Hat er deine Mutter kennengelernt?«

»Dodie!«

»Vielleicht will er, daß du *seine* Mutter kennenlernst –«

»Gott behüte!«

»Kannst du nicht mal seine Prostata checken?«

»Wie denn?«

»Mein Gott, warst du auf dem College oder nicht?« Dodie lachte schallend. »Ich kann's kaum erwarten, ihn kennenzulernen.«

»Du wirst ihn nicht kennenlernen.«

»Dann stell ich dir meinen Freund auch nicht vor.«

»Gut«, sagte ich, obwohl ich neugierig auf Dodies derzeitigen Freund war. Tief im Innersten hoffte ich ja, daß er wieder mit George zusammen war und mir die freudige Nachricht nur vorenthielt, um seinen Spaß mit mir zu haben. Aber ich wollte Georges Namen nicht erwähnen, bevor ich ihn nicht aus Dodies Mund hörte. Ich weiß nicht, warum, aber ich dachte, wenn ich den Namen ausspräche, würde ich ihre Beziehung mit einem bösen Fluch belegen.

Strauss war fünf Tage lang verreist.

Einige Male rief er mich von Flughäfen aus an, und wir führten ausgedehnte mitternächtliche Gespräche aus diversen Marriotts oder Ramada Inns. In der letzten Nacht vor seiner geplanten Rückkehr gingen uns die mitteilenswerten Neuigkeiten aus. Als Strauss sagte: »Ich vermisse dich mehr, als ich gedacht hätte«, gab ich zurück: »Beschreibe dein Hotelzimmer.«

»Es ist ein ganz normales Zimmer.«

»Sag mir, wie es aussieht«, forderte ich ihn auf.

»Du weißt doch. Steril. Leer.«

»Das Bett – ist es weich oder hart?«

»Hart«, antwortete er.

Ich preßte den Hörer gegen mein Ohr, als ob ich die Atemlosigkeit dieses Wortes direkt in mein Zimmer transportieren wollte. Gerade setzte ich an, um zu sagen: »Das mag ich am liebsten –«, als Strauss mich unterbrach.

»Lise«, begann er. »Ich – schau. Wir müssen ein ausführliches

Gespräch miteinander führen. Das alles belastet mich sehr. Du arbeitest schließlich unter mir.«

Ich ließ diese Feststellung in der Luft hängen. Denn ich hatte entdeckt, daß ich Strauss manchmal durch das, was ich nicht aussprach, genauso aus der Fassung bringen konnte wie durch die spitzen Bemerkungen, die mir ständig aus dem Mund rutschten. Sicherlich würde mein Schweigen auch dieses Mal zum Erfolg führen. Er fragte, ob er mich am nächsten Tag auf dem Rückweg vom Flughafen in meiner Wohnung abholen könnte. Er meinte, es fiele ihm schwer, am Telefon über *heikle Angelegenheiten* zu reden, aber er wollte mit mir von Angesicht zu Angesicht über die *moralische Dimension* unserer Beziehung sprechen. Zu gern hätte ich gesagt, ich habe eine prima Idee, mein Lieber: Wir wollen doch nicht die Moral vor unser Liebesleben stellen. Aber auch dies ließ ich ungesagt, und ich war froh darüber, denn am nächsten Tag, als er mich abholte und zum ersten Mal mit in seine Wohnung nahm, war die Frage nur noch rein akademisch. Ohne zuerst das Gepäck aus dem Wagen zu laden, liebte er mich auf dem Wohnzimmerteppich vor dem Kamin, nicht ohne mich vorher zu fragen, ob ich etwas zur Verhütung täte, und mir hastig ein großes, baumwollenes Bodenkissen unter den Po zu schieben.

Oh, hatte das lange gedauert! Viel zu lange! Ich würde gern denken, ich hätte gesungen wie die Callas, als er in mich eindrang, aber vermutlich muhte ich wie eine Kuh und stöhnte so laut, daß ich, hätte ich noch in meiner Wohnung in Brooklyn gelebt, nicht nur sämtliche Kakerlaken, sondern sogar die Riesenratte in meinem Küchenschrank in die Flucht geschlagen hätte.

Hinterher rollten wir von dem Kissen, und er drehte es herum – die feuchte Seite nach unten –, und wir legten es unter unsere Köpfe. Dann nahm er seine Brille ab und schubste sie auf den Couchtisch. Er umarmte mich und hakte endlich meinen BH auf, den er nur hastig nach unten geschoben, mir aber nicht ganz ausgezogen hatte. Ich zog seinen Kopf an meinen und flüsterte: »Jetzt müssen wir dieses Gespräch *wahrhaftig* führen.«

Er gab mir einen leichten Klaps auf mein Gesäß. »Ich wollte nicht, daß das passiert.«

»Ich schon.«

»So früh«, meinte er. »Ich wollte nicht, daß es so früh passiert.«

»Jetzt ist es zu spät – du kannst es nicht mehr ungeschehen machen.«

»Ich denke nicht im Traum daran«, gab er zurück. »Tatsächlich denke ich bereits an eine Wiederholung der Vorstellung.«

»Wann?«

»Laß mir doch eine kleine Verschnaufpause.«

»Dann gib mir bitte etwas zu trinken.«

»Rot oder weiß?«

»Weiß«, antwortete ich leicht eingeschnappt, weil Strauss sich nicht daran erinnerte, daß ich ihm erzählt hatte, von Rotwein bekäme ich immer Kopfschmerzen. »Aber noch nicht gleich«, sagte ich und legte mein Bein über seines, um ihn noch einen Moment festzuhalten. Ich küßte die Fältchen um seine Augen, die sich lustig runzelten, wenn er lächelte. Er roch nach einer Mischung aus Hotelseife und dem abgestandenen Rauch in Flughäfen. Ich mochte es.

Strauss' Haut war ein wenig blasser als meine und hatte einen gelblichen Unterton, der durch den plüschigen Flor des cremefarbenen Teppichs noch betont wurde. »Ist das ein Teppich deines Vaters?«

»Wie hast du das erraten?«

Ich strich mit der Hand über den Flor. »Schöner Teppich. Weich. Prima, um darauf zu vögeln –«

Er lächelte. »Du machst eine Menge Lärm«, meinte er, was ich natürlich als Kritik auffaßte, bis er meinen Kopf an sich zog und leise hinzufügte: »Das mag ich. Das mag ich wirklich.«

Mein Triumphgefühl nach diesem Kompliment geriet jedoch ins Wanken, als ich kurze Zeit später bemerkte, wie er mit dem Finger verstohlen an seinem rechten Ohr herumwackelte, als ob er prüfen wollte, ob ich seinen Gehörsinn verletzt hätte.

Als Strauss aufstand, deckte er mich mit einem Plaid zu, das über den Ohrensessel drapiert gewesen war – etwa extra zu diesem Behufe oder weil seine Mutter immer fror, wenn sie ihn besuchte?

Die Decke roch weder nach Strauss noch nach irgend jemand oder irgend etwas. Vielleicht war es nur ein Dekorationsstück. Während ich die Fransen an den Seiten der Decke glattstreifte, erinnerte ich mich an ein Gespräch mit Dodie, in dem wir zu dem Schluß gekommen waren, daß die *Deckenfrage* möglicherweise der einzige definitive Unterschied zwischen Mann und Frau war, abgesehen von den genitalen Gegebenheiten natürlich. »Kein Mann – sei er nun hetero oder schwul – sitzt auf der Couch und wickelt sich eine Kamelhaardecke um seine Füße«, hatte Dodie gesagt. »Aber Frauen – und zwar die ganze Palette von Frauen – machen das ständig.«

Während Strauss in der Küche war – einem länglichen Schlauch, der von meiner Position auf dem Boden aus strahlend weiß erschien –, stützte ich mich auf dem Kissen ab und musterte die Wohnung. Das Wohnzimmer war nur mit einem Ledersofa und einem gemütlicheren, dunkelbraunen Ohrensessel möbliert. Neben dem Kamin – mit schwarzem Funkenschutzgitter und blassen Terrakottafliesen davor – lagen noch mehr von den cremefarbenen Baumwollkissen, wie ich eines unter dem Kopf hatte. An der Wand hing ein Druck mit einem der verschwommenen Rennpferde von Degas, und über der Eßzimmerecke – die nur mit einem Glastisch und vier Thonetstühlen möbliert war – hing die Fotografie eines Wasserspeiers, der auf unanständige Art und Weise seine Zunge herausstreckte. Es gab keinen Fernseher, wenigstens hier im Erdgeschoß nicht, was ich als gutes Zeichen ansah, aber es schien auch keine Bücher zu geben. Abgesehen von einem Stapel Zeitschriften auf dem Couchtisch und einigen uralten Exemplaren des *Wall Street Journals* schien es nichts zu lesen zu geben. Wir hatten noch kaum über Bücher gesprochen – nur einmal, und dabei hatte ich zu meiner Enttäuschung feststellen müssen, daß Strauss noch nie etwas von Tschechow gelesen hatte. Plötzlich fürchtete ich, Strauss würde sich an den meist in Washington angesiedelten Politthrillern ergötzen, oder schlimmer noch, an Kriminalromanen. Aber schließlich gab es noch das obere Stockwerk, und das mußte erst noch erkundet werden. Für einen alleinstehenden Mann hatte Strauss jedenfalls eine Menge Platz.

Bei der Anfahrt hatte ich bemerkt, daß sein Haus im hintersten

Teil der Siedlung lag, was zweifelsohne den Kaufpreis beeinflußt hatte. Aber wer würde nicht gern ein paar Scheine mehr für dieses feudale Haus hinblättern? Die komplette Rückwand des tiefer gelegenen Wohnzimmers war aus Glas und gab den Blick frei auf einen Bach, der breit genug war, um herumtollenden kleinen Kreaturen wie Ottern und Bibern ausreichend Platz zu bieten. Auf der anderen Seite lag ein dichtes Wäldchen, das den Eindruck erweckte, als würde es weiteren freundlichen Waldbewohnern – angefangen vom Eichhörnchen Nusper bis zu Emma Ententropf – ein Zuhause sein.

»Gibt es dort Rehe im Wald?« rief ich in die Küche.

»Und Stinktiere!«

»Hattest du je von Peggy Besuch hier?«

»Ein- oder zweimal – warum fragst du?«

»Weil sie mich an Beatrix Potter erinnert. Du kennst doch die Geschichte von den kleinen Tieren im Wald, die laufend in Schwierigkeiten geraten – Peter Hase, Stoffel Kätzchen und Emma Ententropf?«

»Ich habe meinem Neffen eine vorgelesen, sie hieß *Die Geschichte von Schweinchen Schwapp*. Natürlich mußte sie zuerst vom Zensor gutgeheißen werden.«

»War das dein Schwager?«

»Wer sonst?«

»Wonach suchte er denn?«

»Nach einer Figur mit einer überdurchschnittlich großen Nase.«

»Womit *Pinocchio* von vornherein ausscheidet, tippe ich.«

Nach einer kleinen Pause rief Strauss aus der Küche: »Kannst du mich von hier draußen lächeln hören?«

»Ich würde dich viel lieber lachen hören. Du lachst so selten.«

»Darüber kann ich leider nicht lachen. Es macht mich verrückt, daß er überall Antisemitismus riecht, von Shylock bis Dagobert Duck –«

»Wer ist Dagobert Duck?«

»Der Alte mit der Brille. Ich glaube, er ist der Großvater von den drei Enten – Tick, Trick und Track, oder wie sie alle heißen, ich habe die Namen vergessen.«

»Aber sein Zinken ist doch nicht etwa größer als meiner – sag bloß?«

Das Lachen, das ich Strauss endlich entlockte, war laut genug, um das Klappern und Klimpern zu übertönen, das er verursachte, indem er durch seine Besteckschublade kramte. Ich wußte, ich hätte mich hervorragend als Trüffelschwein geeignet. Trotzdem wäre ein klitzekleiner Protest seinerseits nun angebracht gewesen.

Ich hörte, wie er die Schublade schloß. »Was ich damit sagen wollte«, rief er aus der Küche, »daß er ihn überall findet. Er würde bei dir augenblicklich antisemitische Züge feststellen, bei mir tut er das ohnehin mit tödlicher Sicherheit.«

»Bei dir? Ist er verrückt? Du läufst doch an Yom Kippur nicht mit einem Jassir-Arafat-Geschirrtuch auf dem Kopf herum?«

»Aber ich bin eben nicht jüdisch genug.«

»Was soll das heißen?«

Aus der Küche ertönte das quietschende Geräusch des Korkenziehers. Der Korken mußte wohl ziemlich widerspenstig gewesen sein, denn Strauss schien durch leicht zusammengebissene Zähne zu sprechen. »Das heißt, daß ich ihm einmal zu verstehen gegeben habe, daß es bessere Wege gäbe, Gott zu dienen, als in jedem Winkel und in jeder Ecke der Welt nach Haß zu suchen.«

»Was meinte er dazu?«

»Er fing an zu argumentieren, und ich konterte natürlich, bis meine Mutter stöhnte: ›Bitte, ich habe solche Kopfschmerzen‹ und mein Vater hinzufügte: ›Hört ihr, Mutter hat Kopfschmerzen‹, dann erst hielten wir beide unseren Mund.«

»Bei euch zu Hause scheint es – ein wenig wenigstens – wie bei uns zu Hause zuzugehen.«

»Ich bin sicher, daß es gewisse Ähnlichkeiten gibt.«

Dann ploppte der Korken.

Strauss kam mit einer Flasche und zwei Kelchgläsern zurück. Er hatte sich nichts übergezogen – obwohl er offensichtlich der Meinung war, daß ich mich wohler fühlen würde, wenn ich mich unter einer Decke verstecken konnte. Ich versuchte, ihn nicht anzustarren – auch ich hatte schließlich meine scheuen Seiten –, aber ich betrachtete ihn lange genug, um feststellen zu können, daß sein schlanker Körper seine Lebensphilosophie widerspiegelte: Mäßigung in jeder Beziehung. Nachdem er die Flasche und die Gläser auf dem Teppich abgestellt und ein paar zusätzliche Kissen herangezogen hatte, womit wir uns ein kuscheliges Nest bauen konnten, sagte ich: »Du siehst gut aus, ohne Krawatte.«

»Du auch.«

Dann setzte er sich neben mich, und ich zog die Decke über uns beide. »Du hast eine typische Männerwohnung«, sagte ich. »Man öffnet die Haustür und weiß sofort, daß hier ein Mann wohnt. Irgendwie hat sie diese männliche Ausstrahlung –«

»Daß etwas fehlt?«

»Nein, eigentlich nicht. Es ist nur, daß hier nichts herumsteht. Du weißt doch, wie Frauen immer versuchen, eine Wohnung auszuschmücken.«

»Wie du deine«, lächelte er und dachte dabei wohl an die Fotos an meinem Kühlschrank, das Spitzendeckchen auf dem Couchtisch und die Tonfiguren auf dem Bücherschrank. Im hinteren Teil meiner Wohnung war er noch nie gewesen, nicht einmal das Badezimmer hatte er je benutzt (wo ich mich schuldig bekennen mußte, in einem Porzellanschüsselchen über der Toilette parfümierte Seifen aufgestellt zu haben) oder gar einen Blick in mein Schlafzimmer geworfen, das durch und durch romantisch war. Fast schämte ich mich über das verspielte Ambiente, da es so jungmädchenhaft und naiv wirkte mit dem gehäkelten Bettüberwurf, den gehäkelten Kissenbezügen – auch wenn sie rein weiß waren – und der bunten Tiffanylampe neben meinem Bett.

»Wie lange wohnst du schon hier?« fragte ich Strauss.

»Vier Jahre. Ich habe erst noch mal ein Jahr gewartet, bis ich das Haus dann doch kaufte. Ich wollte zunächst sichergehen, daß es mir bei Boorman gefiele.«

»Gefällt es dir denn?«

»Wenn du wissen willst, ob ich den Rest meines Lebens damit verbringen möchte, vor dem Kofferband auf dem JFK auf mein Gepäck zu warten –«

»Das ist einer der Wege, die dir ein extrem langes Leben garantieren.«

»– dann lautet die Antwort nein. Ich wollte, ich könnte öfter zu Hause sein.«

Auch wenn er in Ossining war, ging Strauss frühmorgens ins Büro und ging manchmal erst nach Hause, nachdem ich mich im Fitneßstudio bereits ausgepowert und geduscht hatte. Obwohl ich mir nicht genau vorstellen konnte, was er den lieben langen Tag über im Büro eigentlich so machte, so investierte er jedenfalls eine Menge Zeit in seine Arbeit.

»Warum arbeitest du denn so viel?« fragte ich ihn.

»Ich bin der Sohn meines Vaters«, schmunzelte er. »Du weißt ja, wie das ist.«

»Nein, kann ich nicht behaupten.«

»Ich meine, ich habe seine ehrgeizige Ader geerbt. Mit einer Zwei gebe ich mich nicht zufrieden. Ich will die Eins. Aber wie kannst du sagen, du hättest diesen Kampfgeist nicht. Du willst doch ganz eindeutig auch die Eins.«

Meine Gier nach der besten Note war nicht ererbt. Mein Bedürfnis, in der Schule die besten Noten zu haben und die beste Redakteurin der Abteilung zu sein, hatte nichts mit meinem Vater zu tun, es war höchstens eine Reaktion auf seine Selbstgefälligkeit. Daddy hatte wie ein Pferd geackert, aber er hatte nicht einmal davon geträumt, einen Schritt voranzukommen oder gar sein Geschäft zu erweitern. Seine Füße – nicht sein Herz – steckten in seinem selbst angerührten Zement. Die Art von Arbeitsmoral, die er an mich weitergegeben hatte, war wertvoll, dennoch hatte ich das Gefühl, daß sie eine gewisse Unterwürfigkeit in mir erzeugt hatte. Ich fühlte mich nie wohl in meiner Haut, wenn ich die Sekretärin bat, etwas für mich zu schreiben. Ich säuberte die Kaffeemaschine und die Mikrowelle, räumte die verdorbenen Essensreste aus dem Kühlschrank der Redaktion und staubte am Abend, bevor die Putzkolonne erwartet wurde, sogar meinen Schreibtisch ab.

»Bei Boorman scheinen auf deinem Level alle mit ihrem Job verheiratet zu sein«, sagte ich. »Das Leben besteht aber aus wesentlich mehr als daraus, wer den größten Berg Büroklammern auf dem Schreibtisch hat.«

»Du bist eben doch klüger als ich«, sagte Strauss, »wenn du zu dieser Erkenntnis bereits vor deinem dreißigsten Geburtstag gekommen bist. Mir kam der Gedanke erst während des letzten Jahres.« Strauss schenkte mir noch etwas Wein nach – er war ein Mitbringsel aus einem Kurzurlaub, den er kürzlich mit seinen Kommilitonen aus dem Wirtschaftsstudium in Kalifornien verbracht hatte. Die Reise war lustig gewesen, sagte Strauss, aber es hatte auch peinliche Momente gegeben. Abgesehen von der harten Arbeit, die sie alle bewältigen mußten, um den Stoff zu meistern, hatte er nie viel mit den Jungs gemeinsam gehabt. Nach dem Examen war dann jeder seiner eigenen Wege gegangen – die meisten hatten Vermögen angesammelt und Ehen geschlossen, die es wert waren, in der *New York Times* erwähnt zu werden. Aber dort, Frau und Kindern entflohen, tranken alle zuviel, erzählten schmuddelige Witze und redeten dauernd davon, ihre Führungspositionen aufgeben zu wollen, um in Madison, Wisconsin, oder in Burlington, Vermont, eine Kaffeebar zu eröffnen oder sich in die Wälder von Maine zurückzuziehen, um dort aus selbstgefällten Bäumen Möbel zu schreinern.

»Dabei sind das lauter Typen, die nicht einmal einen Nagel gerade in die Wand schlagen, geschweige denn, eine Tasse Ovomaltine zubereiten können«, erzürnte sich Strauss. »Und plötzlich wollen sie Gourmetköche und Holzarbeiter werden.«

»Nennt man das nicht Midlife-crisis?« fragte ich. »Hast du deine schon hinter dir?«

»Die steht nicht auf meinem Programm.« Diese Bemerkung ließ ich kommentarlos im Raum stehen.

Strauss war der erste Mann, mit dem ich je zusammen war, der im Adamskostüm das Wort *Prioritäten* benutzte. Kürzlich hatte er mir erzählt, daß sich seine geändert hätten. Letzten Winter war sein Flugzeug mitten in einem Graupelschauer auf dem La Guardia gelandet, und die Straßen waren von einer Eisdecke bedeckt gewesen. Er hatte noch erwogen, bei seinen Eltern in Park Slope zu übernachten, da er aber einige Unterlagen aus seiner Wohnung brauchte, hatte er beschlossen, die Fahrt nach Hause zu wagen. »Ich fuhr die 9A durch Yonkers, als ich plötzlich ins Rutschen kam. Ich bin direkt an der Leitplanke entlanggeschlittert. Nachdem ich einen

Moment lang tief durchgeatmet hatte – Gott sei Dank war keiner hinter mir –, richtete ich den Wagen aus und fuhr weiter. Ich weiß nicht, warum ich nicht an die Seite gefahren bin. Es war mir einfach zu wichtig, nach Hause zu kommen. Und dann, nachdem ich endlich zu Hause war, da waren all die Zimmer um mich herum – noch nie zuvor waren sie mir so leer vorgekommen – so still, daß ich das Eis draußen auf dem Bach krachen hörte. Ich bin von Zimmer zu Zimmer gelaufen, und es gab so viele Plätze, um sich niederzusetzen, aber keiner strahlte so etwas wie Behaglichkeit aus.«

Er fragte mich, ob ich ihn verstehen könne. Als ich mit *ja* antwortete, schien er instinktiv zu wissen, daß ich eigentlich *nein* meinte.

»Vielleicht bist du noch zu jung.«

»So jung bin ich nun auch wieder nicht mehr«, gab ich zurück.

»Aber an die Zeit, als der JFK-Flughafen noch Idlewild[2] genannt wurde, kannst du dich nicht mehr erinnern.« Strauss schenkte uns noch Wein nach. »Was ich sagen wollte, ist, als ich nach Hause kam, fragte ich mich, wen würde es schon stören, wenn ich das Auto zu Schrott gefahren hätte und dabei ums Leben gekommen wäre.«

»Deine Mutter und deinen Vater, natürlich.«

»Meine Eltern werden auch nicht ewig leben.«

»Ich würde dich vermissen. Ich *habe* dich vermißt, Strauss. Wenn du fort bist, schalte ich jeden Abend den Fernseher ein und schaue nach, ob dein Flugzeug abgestürzt ist.«

»Lisar. Ich bin gerührt.« Er lächelte. »Meine Mutter – und Peg – machen dasselbe.«

»Peg!?«

»Sie kann ein richtiger Kümmerer sein. Und sie ist schrecklich nervös auf Reisen. Sie leidet unter der Reisekrankheit. Sie kann nicht einmal in einer Stretch-Limousine hinten sitzen. Wenn wir gemeinsam auf Reisen gehen, muß ich sie immer an ihr Dramamine erinnern.«

2 Idlewild – Spitzname des New York International Airports, bevor er 1963 in John F. Kennedy Airport umbenannt wurde (Anm. d. Übers.)

»Oh, hör auf, mir von Peg zu erzählen. Sprich von etwas anderem.«

»Davon?« Er nahm mir mein Glas aus der Hand, stellte es auf den Teppich und küßte mich so ausgiebig und sanft, daß ich das Gefühl hatte, seine Zunge würde den Geschmack des Weins in meinem ganzen Mund verteilen.

»Ja, davon. Und davon. Mmmmh. Ja, noch mehr *davon.*«

Während ich meine Arme um ihn schlang, wünschte ich mir einen unerwarteten Wetterumschwung. Ich wünschte mir Regen, der auf das Dachfenster prasselte, oder – obwohl es ja Sommer war – den Schnee und Graupelschauer, der Strauss im letzten Winter fast das Leben gekostet hätte, damit wir das Heulen des Windes und das Knarzen des Dachstuhles hätten hören können. Doch es war ein ganz gewöhnlicher Spätnachmittag, der langsam in die Dämmerung überging, während wir uns liebten. Das zweite Mal war es langsamer und zärtlicher, und Strauss bekam ausreichend Gelegenheit, seine Ausdauer unter Beweis zu stellen. Ich brauchte schrecklich lange, und hinterher fühlte ich mich genötigt, mich zu entschuldigen. Als ob ich beweisen wollte, daß *Entschuldige!* mein zweiter Vorname war, wählte ich genau den Moment, um mein Weinglas auf den Teppich zu kippen und meine schlechte Kinderstube zu offenbaren, indem ich versuchte, den Wein mit meiner Bluse aufzuwischen.

»Nur gut, daß es Weißwein ist«, sagte ich. »Sonst wäre der Teppich deines Vaters jetzt ruiniert.«

»Ich bezweifle, daß er etwas dagegen hätte. In Anbetracht der Umstände.«

»Sind denn deine Eltern nicht prüde?«

»In bezug auf Sex? Keinesfalls. Sie wollen, daß ich glücklich bin.«

»Jetzt mach aber einen Punkt. Das glaube ich nicht.«

»Warum ist das so schwer zu verstehen?«

»Weil ich ein Mädchen bin.«

»Und was haben sich deine Eltern für ihr Mädchen gewünscht?«

»Daß ich den Mund halte«, sagte ich. »Daß ich keine Schwierigkeiten mache.«

»Und darüber hinaus?«

»In meiner Familie gibt es kein *darüber hinaus.*«

Bis zu dem Zeitpunkt hatte ich versucht – schwer versucht –, nicht zu tratschen und meine Kindheit als einzigen großen Spaß darzustellen. Aber da war es wieder, nur eine Sekunde lang, aber ganz deutlich, wie der Weinfleck auf dem Teppich: Mein ganzer Groll auf meine Familie, auf all ihre Versäumnisse mir gegenüber – und auf meine Versäumnisse ihnen gegenüber. Ich fragte mich, ob und wie Strauss seine Eltern enttäuscht haben mochte. »Hast du nie erwogen, in das Geschäft deines Vaters einzusteigen?« fragte ich, eine Ladenfront in Brooklyn vor Augen, Teppichrolle über Teppichrolle bis unter die hohe Decke, und eine Ladentheke, an der die Kunden sitzen und sich durch die Musterbücher arbeiten konnten.

»Ein Angestellter meines Vaters will ihm das Geschäft abkaufen, wenn er sich zur Ruhe setzen möchte.«

»Hat er dich nie unter Druck gesetzt?«

»Kann ich nicht behaupten.« Er zuckte mit den Achseln. »Ich tue mich schwer, mich für Teppiche zu begeistern.«

»Aber für Medikamente und Arzneimittel kannst du dich begeistern?«

»Arzneimittel – gute meine ich – können den Menschen wirklich helfen«, entgegnete er.

»Und Teppiche können verhindern, daß sich alte Leute die Hüfte brechen.«

Strauss grinste. »Nun, der Gedanke, anderen Menschen zu helfen, gefällt mir tatsächlich. Ich habe sogar einmal angefangen, Medizin zu studieren, aber es hat mir nicht gefallen. Das Sezieren ging mir zu sehr an die Nieren.«

»Hast du es nicht gepackt, das arme Kätzchen in Formaldehyd vor dir auf dem Tisch auszuschlachten?«

»Es war ein Schwein. Und ich wußte, wenn ich nicht einmal das schaffte, dann würde ich es nie bis zu einem menschlichen Kadaver bringen.«

»Du bist viel zu weichherzig für diesen Beruf«, sagte ich. »Ärzte sind abgebrüht.«

»Nicht alle.«

»Oh, sage jetzt nur nicht, du hättest einen Onkel, der –«

»Meine ganze Verwandtschaft betreibt irgendein Geschäft.«

»Wie meine«, beeilte ich mich zu sagen, verschwieg aber, daß sich unter den Etablissements meiner Verwandten ein Smokingverleih, eine Schusterwerkstatt, zwei Spirituosenläden und ein Zeitungskiosk befanden, von dem sogar meine Mutter überzeugt war, daß er nur als Deckmantel für ein Wettbüro diente, sowie ein Laden mit der Aufschrift SCHNELLES GELD FÜR IHREN WAGEN. SOFORT!

»Meine Mutter wäre fast an die Decke gegangen, als sie hörte, ich würde zu einem Pharmakonzern gehen«, erzählte ich Strauss. »Wenn meine Verwandtschaft am Sonntag zusammensitzt, lästert sie über alles und jeden, der auch nur annähernd mit Medizin zu tun hat. Stundenlang klagen sie über den Preis ihrer Medikamente gegen Bluthochdruck oder ihres Hämorrhoidenpflasters. Sie sind der Meinung, Boorman verdiene sich eine goldene Nase am Leid der Leute.«

Daraufhin hielt Strauss eine Rede, die dem Kiwanis Club[3] würdig gewesen wäre, mir aber um Haaresbreite ein lautes Ächzen entlockt hätte. »Im Gegensatz zu vielen anderen Konzernen verfolgt Boorman tatsächlich hohe Ideale. Und pharmazeutische Produkte können den Menschen wirklich helfen. Ich wollte, du hättest meine Schwester gesehen, vor und nachdem sie schwanger war. Sie hat sich radikal verändert. Es hat ihr Leben verändert.«

Ich kannte Strauss' Schwester nicht, aber ich bezweifelte schon jetzt, ob ich diese Fruchtbarkeitsgöttin aus dem Bergen County mögen würde, die nur eine Pille von Boorman einwerfen, die Beine für ihren religionsfanatischen Ehemann breit machen mußte, und schon entströmte ihr – wie einem Füllhorn – eine Babyschar. Ich hatte der Registratur der Werbeabteilung einen heimlichen Besuch abgestattet und die Anzeige gesucht, die Strauss' Schwester

3 Kiwanis Club – 1915 gegründete Organisation von Geschäftsleuten mit wohltätigen Zielen, ähnlich wie Rotary oder Lions Clubs strukturiert (Anm. d. Übers.)

und das Medikament zeigte, das ihren Erfolg gesichert hatte. Sie war von unten her beleuchtet worden und hatte genau die Art von strahlendem Leuchten um sich, wie man sie von den kitschigen Muttertagskarten von Hallmark her kannte. Sie saß in einem Schaukelstuhl und beugte den Kopf zu ihrem in Windeln gehüllten Baby hinunter. Während ich ihr langes, glänzendes, gewelltes Haar und die schmalen Gesichtszüge betrachtete, erkannte ich, daß Strauss wohl die Intelligenz der Familie geerbt hatte, sie aber hatte mit Sicherheit die Schönheit geerbt. Sie war auf eine Weise schön, wie ich es niemals sein würde. Und das Baby – niemals, dachte ich, würden je Worte die Schönheit eines Neugeborenen adäquat beschreiben können. Und ich wußte jetzt schon, daß meine Augen feucht werden würden, wenn Carol mir Al Dante Junior zum ersten Mal in den Arm legen würde. Das einzige, was mich vermutlich davon abhalten würde, in hemmungsloses Geflenne auszubrechen, würde Carols selbstgefällige Bemerkung sein: »Ich hoffe, du wirst eines Tages auch Kinder bekommen, Lisa. Jetzt siehst du endlich, welches Glück das bedeutet.« Das würde zwar nicht der angemessene Augenblick sein, um Carol daran zu erinnern, wie bitterlich sie sich über ihre Bowlingkugelbrüste beschwert hatte. Aber ich wußte, daß es mich maßlos reizen würde.

Die Tränen, die mir in die Augen schossen, während ich Strauss' Schwester in der Anzeige betrachtete, wurden glücklicherweise durch den darunter stehenden Text gestoppt: *In sechs Jahren wird sie Klavier- und Ballettstunden nehmen ... und in sechzehn Jahren klopfen die ersten Jungen an die Haustür.*

O Gott, das ist ja zum Kotzen, dachte ich und schob den Ordner wieder in die Aktenschublade, die ich mit lautem Knall zuschlug. Mein Verlangen, die ganze Sache ins Lächerliche zu ziehen, wurde dadurch noch gesteigert, daß ich mich daran erinnerte, wie Strauss einmal erwähnte, er hätte einen Neffen, nicht etwa eine Nichte. Das älteste Kind seiner Schwester – das Baby auf dem Foto – war demnach kein Mädchen, sondern ein Junge. Ich versuchte mir vorzustellen, wie sie es empfunden haben mag, daß das Geschlecht ihres Kindes zur Verkaufsförderung dieser Fruchtbarkeitsdroge einfach geändert worden war. Vielleicht war dies auch der Grund für die ablehnende Haltung, die Strauss' Eltern der Anzeige entgegengebracht hatten, die offenbar zwei Jahre lang in sämtlichen medizinischen Journalen zu sehen gewesen und zumindest teilweise für den durchschlagenden Erfolg des Medikaments verantwortlich war.

»Wie alt ist deine Schwester?« fragte ich Strauss.

»Einunddreißig«, antwortete er.

»Was? Und sie hat schon drei Kinder!«

»Erstaunt dich das etwa, dich, die du fünfzig und mehr Cousins und Cousinen hast?«

Oh, warum hatte ich ihm jemals von meinen unzähligen Cousins und Cousinen erzählt? Dies schien geradezu das Klischee zu bestätigen, daß katholische Mädchen einen Typ nur anzusehen brauchen, und schon sprudelten Kinder schneller hervor, als die Sünder in den sonderbaren Gemälden von Hieronymus Bosch Frösche ausspuckten.

»Meine Schwester hätte vielleicht niemals eigene Kinder bekommen, wenn nicht mein Schwager so erpicht darauf gewesen wäre«, meinte Strauss. »Ich verstehte ja, daß man sich Kinder wünscht, aber er machte den reinsten Kreuzzug daraus, es kam mir damals vor wie eine Art von *Kinder-sind-die-beste-Rache-Kampagne*. Er setzte sie dermaßen unter Druck, daß es weh tat, zusehen zu müssen.«

»Warum hast du nichts gesagt?«

»Wie ich von meiner Mutter erinnert wurde – und das mehr als einmal –, war es nicht meine Ehe.«

Wir schwiegen beide einige Augenblicke lang. Schließlich bemerkte ich: »Meine Schwester hatte auch Probleme, schwanger zu werden.«

»Warum hast du mir nicht erzählt, daß du Nichten und Neffen hast?«

»Hab' ich ja noch nicht. Carol bekommt ihr Kind erst Ende des Sommers.«

»Das ist ja eine schöne Neuigkeit! Du wirst es genießen, Tante zu sein.«

Ich zuckte mit den Achseln. »Ich finde es langweilig, *Chutes and Ladders* zu spielen.«

»*Uncle Wiggly* ist noch viel schlimmer«, entgegnete Strauss.

»Na, ich weiß nicht. Aber die Namen der Spielfiguren sind manchmal ganz lustig: Skeezicks. Dr. Possum. Und der Böse Pipsisewah.«

»Ich sehe schon, du hast erst kürzlich gespielt.«

»Tja, du weißt schon, all die kleinen Cousins und Cousinen.«

»Freut sich deine Mutter? Ich meine auf das Baby deiner Schwester?«

»Glaub mir, sie ist völlig außer sich. Es wird ein Junge. Und sie wollte immer schon einen Jungen. Wie mein Vater.«

»Wie alt warst du, als dein Vater starb?«

»Einundzwanzig. Er war neunundfünfzig. Warum? Wie alt ist dein Vater?«

»Achtundsiebzig.«

Es folgte eine lange Pause, in der ich (für meine Begriffe) im Kopf komplizierte mathematische Aufgaben löste. »Wow«, sagte ich schließlich. »Er hat dich auch spät bekommen.«

»Es war seine zweite Ehe.«

»Oh«, sagte ich. »Das ist ja wie bei der Führungsebene von Boorman!«

»Nicht ganz.«

Ich übte mich noch einmal im Kopfrechnen. »Deine Mutter muß um einiges jünger sein als dein Vater.«

»Ja, da gibt es einen gewissen Altersunterschied.«

»*Wie* groß ist er?«

»Fünfzehn Jahre.«

Jetzt war es an mir, nicht zu sagen: *Oh, das ist aber eine nützliche Information.* »Hast du Stiefgeschwister?« fragte ich.

»Nein.«

»Mit wem war dein Vater denn in der ersten Runde verheiratet?«

»Och, das ist eine lange Geschichte.«

»Wir haben die ganze Nacht vor uns.«

»Ich erzähl's dir irgendwann einmal«, sagte Strauss mit einer

Bestimmtheit, die klar zum Ausdruck brachte, daß er das Thema im Moment zumindest abschließen wollte.

Wir tranken dreiviertel der Flasche aus, dann brachte Strauss einen Teller mit Crackern und Erdnußbutter, die wir als Abendessen verzehrten. Als wir fertig waren, sagte ich: »Du hältst deine Wohnung wirklich schön sauber.«

»Hm, ich würde eher das Gegenteil behaupten.«

»Du?« platzte ich heraus. »Ein heimlicher Schlamper? Dein Schreibtisch im Büro ist doch immer perfekt aufgeräumt!«

»Ich habe eine Sekretärin. Und zu Hause eine Putzfrau. Und eigentlich halte ich mich meistens oben auf. Ich befürchte, du wirst es gleich mit eigenen Augen sehen.«

»Es ist ja schon fast dunkel.«

»Ja, aber am Morgen scheint die Sonne schon ziemlich früh ins Schlafzimmer.«

»Soll das eine Einladung sein?«

»Natürlich bleibst du über Nacht«, antwortete Strauss, stand auf und schlüpfte in seine Hosen. Sofort dachte ich an meine Mutter und meine Tanten, die sich immer über herrische Männer lustig machten. »Ich meine, du bleibst doch über Nacht, oder etwa nicht? Ich möchte, daß du bleibst.«

»Ich auch«, sagte ich, und plötzlich wünschte ich mir nichts sehnlicher, als ihm bei seinen alltäglichen Routinehandgriffen zuzusehen, wie zum Beispiel beim Zuknöpfen seines verknitterten Hemds oder beim Schließen seines Gürtels, was ihn mir viel zugänglicher machte als sein distanziertes Verhalten im Büro.

Strauss meinte, er würde mir etwas zum Überziehen bringen, bevor er mir das Schlafzimmer zeigte, als ob ich mir im Traum nicht vorstellen könnte, mit ihm nackt die Treppe hochzusteigen. Was er mir aber aus dem Schrank in der Diele brachte, schockierte mich zutiefst: Es war ein gestärktes, frisches Hemd, das noch im Nylonsack der Reinigung hing.

Ich warf ihm einen Blick zu, der aussagte, daß er tatsächlich ein hoffnungsloser Fall war. »Gib mir doch etwas, was bereits getragen wurde. Von dir. Vorzugsweise etwas, was du bereits mehrmals anhattest.«

»Bist du sicher?«

Ich nickte. Er lief nach oben, und ich hörte, wie er in seinem Schrank und seinen Schubladen herumstöberte, woraus ich schloß, daß er aus einer Menge nicht geruchsfreier Wäsche wählen konnte. Dieser Eindruck bestätigte sich, als ich ihm in dem Jeanshemd, das er mir gebracht hatte, die Wendeltreppe nach oben folgte. Er war ein schrecklicher Hausmann. In dem Raum oberhalb der Treppe stand ein niederes Bett, bezogen mit zerknitterter Bettwäsche und übersät mit Schmutzwäsche. Socken und Tennisschuhe lagen verstreut auf dem Boden umher, auf der Schubladenkommode lag ein Stapel Rechnungen sowie ungeöffnete Post. In einer Ecke lehnte ein Baseballschläger, die Hartballversion, wie sie mir mein Vater geschenkt hatte, um Jungs und andere Eindringlinge abzuwehren, als ich an das College ging. Ich hatte ernsthaft erwogen, diesen Schläger gegen die Ratte einzusetzen, die in dem Schränkchen unter meiner Küchenspüle gelauert hatte, bevor ich die Klappe zuschlug und das Vieh mit allen Bänden von *Auf der Suche nach der verlorenen Zeit* verbarrikadierte. Ich fragte mich, ob Strauss seinen Schläger ebenfalls am Bat Day im Yankee Stadion geschenkt bekommen hatte.

Das einzige, was verriet, daß in dem Raum kein schlampiger Siebzehnjähriger hauste, war die Größe des Bettes (Doppelbett) und das Mansardenfenster in der Dachschräge.

»Oh, wie geräumig«, sagte ich.

»Ich wechsle die Bettwäsche sofort.«

»Bemüh dich nicht.«

»Ich bestehe drauf. Für dich.«

»Wann hast du sie denn zum letzten Mal gewechselt – für deine letzte Freundin?«

Er behauptete, es hätte keine gegeben. *Seit geraumer Weile.* Natürlich fragte ich mich, wie er eine *geraume Weile* definierte. Als ich bemerkte, daß er mich abwartend betrachtete, wußte ich, das war mein Stichwort, und ich versicherte ihm, daß er der erste Mann gewesen sei, mit dem ich – seit ich in Ossining lebte – ausgewesen sei.

»Aber in New York hat es doch sicher jemanden gegeben?«

»Warum fragst du?«

»Ich hatte das Gefühl, du wärst vor jemandem weggerannt.«

»Tja, das stimmt«, gab ich zurück. »Es gab dort eine Ratte in meiner Küche.«

Strauss fing doch tatsächlich an zu pfeifen, als er aus dem Einbauschrank frische Bettwäsche und ein zweites Kissen holte – ich hatte gerade eben bemerkt, daß in seinem Bett nur eines lag. Einerseits schmeichelte mir seine Erleichterung, andererseits ärgerte sie mich auch. Wie hätte er wohl reagiert, wenn ich ihm von all den Typen in New York erzählt hätte, oder gar, wenn ich ihm etwas äußerst Verräterisches über die Natur meiner verflossenen Beziehungen gestanden hätte: Ich hätte es zwar *mit Männern schlafen* nennen können – aber das erste Mal, als ich tatsächlich hinterher ein Nickerchen machte, war ich bereits einundzwanzig Jahre alt gewesen. Denn trotz meiner extensiven sexuellen Erfahrung – die manch einer vielleicht zügellos nennen würde –, hatte ich bis zu jenem Tag keinem Mann je geholfen, das Bett zu beziehen.

Die Aufgabe machte mir Spaß. Strauss zog die gebrauchten Laken und Überzüge ab, und dann – als wollte er einen der Idioten aus meinen Blödmann-Witzen spielen, die meine Arbeitskollegen in zwei Lager spalteten – legte er den schludrig gefalteten Stapel frischer Bettwäsche auf die Matratze. Ich mußte lachen und verlagerte ihn auf den Fußboden. Die Wäsche war weich und kuschelig – zweihundertfünfzig Fäden pro Quadratzentimeter, schätzte ich.

»Schöne Wäsche«, log ich. »Hat die deine Mutter ausgesucht?«

Er warf ein Kissen auf mich. Ich schleuderte es zurück. Dann versuchte er das Spannbettlaken am Kopfende der Matratze zu befestigen, und ich grinste: »Ich sehe schon, den Kurs im Bettenmachen in Harvard hast du nicht bestanden.«

»Cornell«, flaxte er. »Ich habe in Cornell gelernt, mein Bett selbst zu machen.« Scheu lächelten wir uns an und sagten: »Du zuerst.« »Nein, *du* zuerst.« Dann zogen wir plötzlich gleichzeitig an den Ecken des Spannbettuchs und rissen es fast in der Mitte auseinander, als wir versuchten, die elastischen Umschläge gleichzeitig über die entgegengesetzten Seiten der Matratze zu ziehen.

»Womöglich müssen wir noch auf dem Teppich schlafen«, scherzte er.

Doch schließlich glätteten wir das Laken und überzeugten uns davon, daß beide Seiten der Matratze mit etwa gleich viel Stoff umhüllt waren. Während er die Decke vom Boden aufhob, fragte ich: »Bist du einer der Männer, die einem in der Nacht ständig die Decke wegzerren?«

»Nein«, tröstete er mich. »Aber ich muß dich warnen. Ich werde in der Nacht manchmal unruhig.«

»Trittst du?«

Er schüttelte den Kopf. »Schlaflosigkeit.«

»Weckst du mich dann auch auf?«

»Natürlich nicht«, sagte er. Und als wäre ich ein Kind, das er zu einem Nickerchen überreden wollte, schnurrte er: »Ich will schließlich, daß du deinen geregelten Nachtschlaf bekommst.«

Danach bezogen wir die Decke und stopften die weichen Daunenkissen in die Bezüge. Dabei fragte ich mich, warum mich diese simple Tätigkeit dermaßen in Hochstimmung versetzte. Strauss schien es ebenso zu ergehen. Seine Stimme klang fröhlicher, als ich sie je zuvor gehört hatte, als er mich fragte: »Auf welcher Seite willst du schlafen? ... Welches Kissen willst du haben?« Er hätte mir Gold und Diamanten anbieten können, meine Freude war mindestens genauso groß, als ich aus den beiden Kissen, die er besaß, das Daunenkissen wählen durfte und mich für die Seite entschied, die dem Badezimmer am nächsten war, für den Fall, daß ich nachts aufstehen mußte. Dann schlüpfte Strauss in die Rolle einer jüdischen Übermutter und brachte mir eine Taschenlampe, damit ich im Dunkeln nicht stolpern und mir einen Knöchel brechen könnte. Anschließend erkundigte er sich, ob ich zum Frühstück Müsli essen würde – denn das sei ganz offen gestanden vermutlich das einzige, was er vorrätig habe.

»Ich esse gerne Müsli«, antwortete ich. »Solange du mir nicht während des Frühstücks deine Träume erzählst.«

»Es käme mir nicht in den Sinn, dich damit zu langweilen.«

»Außer du hattest einen richtig aufregenden Traum. Von einer Sturmflut oder etwas Derartigem.«

»Versprochen – ich verliere kein Wort über meine Träume.«

Danach holte Strauss noch Wein nach oben. Der Raum wurde allmählich dunkel, und das schwache Licht, das durch das Dachfenster hereinfiel, warf lange Schatten von den Möbeln an die Wände. Währenddessen saßen wir im Bett und verbrachten genausoviel Zeit mit Schweigen wie mit Reden. Dann legten wir uns nieder, ich schlang meine Arme um ihn, und er schlang seine Arme um mich, womit ich meinen eigenen Rekord brach. Ich hatte definitiv noch nie zuvor jemanden so lange umarmt und hatte auch gar nicht den Drang, von ihm abzulassen, bis er mich fragte, sehr zögernd fragte – ohne die Stimmung verderben zu wollen –, ob ich vorhin, unten ... als ich sagte, ich würde verhüten ... ob ich denn die Pille nähme?

»Zur Zeit nicht.«

»Aber –?«

Seine eindringliche Nachfrage brachte mich dazu, zuzugeben, daß ich zur Zeit ein Bogendiaphragma aus der Herstellung eines Konkurrenten von Boorman benutzte. Dann schoß es mir durch den Kopf, daß Boorman gar keine Kontrazeptiva herstellte und die Barrieremethode nur einen Durchgang lang wirkte, danach brauchte man erneut ein Spermizid, was ich, dumm, wie ich nun einmal war, natürlich zu Hause vergessen hatte. *Wenn* Strauss sich dieser Tatsache bewußt war, dann enthielt er sich jedenfalls einer Bemerkung.

Strauss wäre entsetzt gewesen, hätte er auch nur im entferntesten geahnt, wie nachlässig ich mit der Empfängnisverhütung umgegangen war, als ich mich die ersten Male mit Jungs eingelassen hatte. Der Gedanke daran schockierte selbst mich. Es grenzte an ein Wunder, daß mich mit fünfzehn noch niemand mit *Mammi* anredete. In meiner Teenagerzeit verließ ich mich auf so zweifelhafte Praktiken wie Petting oder Coitus interruptus, bis ich meinen Führerschein hatte und die haarsträubende Fahrt über die Quinnipiac-Brücke nach Rexall machen konnte, wo ich stoßweise Verhütungsschaum erstand, den ich wie einen kleinen Berg Tampons in meiner abschließbaren Schmuckschatulle versteckte. Bis dahin war ich der Illusion erlegen, daß der nicht vorhandene Kinderwunsch ausreichte, um mich davor zu schützen, welche zu bekommen, vergleichbar mit dem Glauben von Kindern, daß es ausreicht, nicht sterben zu wollen, um Unsterblichkeit zu erlangen.

Als ich sechzehn war, änderte sich meine Auffassung. Nachdem Dodie das Stipendium für die Duke University bekommen hatte, sah auch ich mein Lebensziel verstärkt darin, ans College zu gehen, und obwohl sich mein Lebenswandel kaum besserte, sah ich doch zu, mich zu schützen, denn mit einem Baby wären mir die Tore zum College sicher verschlossen geblieben. Aber nach all den Jahren, in denen ich mit der Empfängnisverhütung so skrupellos nachlässig verfahren war (ob es nun klappte oder nicht), übermannte mich an diesem Abend der Gedanke, daß mich meine verwegene Unbekümmertheit wie ein Spuk verfolgen würde. Ich hatte meine Lektion immer noch nicht gelernt, denn hier lag ich, plötzlich voller Angst, wieder schwanger zu werden. In dem Moment war ich sogar geneigt, später noch ein kleines Stoßgebet gen Himmel zu schicken.

Sekundenlang erinnerte ich mich an die Abtreibung – an das kalte, zittrige Gefühl, das aus meinen Zehen aufwärts gekrochen war, als ich von dem Untersuchungsstuhl herunterstieg; an die Tränen, die auf den Operationskittel tropften, in den ich vor der Prozedur schlüpfen mußte und den ich anschließend zu einem harten Ball zusammenknüllte, bevor ich ihn in einen Wäscheeimer warf – und augenblicklich beschloß ich, diese Erinnerung wegzuschließen und sie niemals mit Strauss zu teilen. Das würde er nie verstehen. Es würde nicht reichen zu sagen, ich hätte eben Roulette gespielt und verloren. Vor allem, nachdem er gesagt hatte, er würde sich schämen, das Thema nicht früher zur Sprache gebracht zu haben, weil er sich nämlich um mich Sorgen machte – Sorgen um *mich* machte! –, und er wollte nicht, daß irgend etwas passierte, was wir bedauern würden – um meinetwillen bedauern würden.

Seine Zärtlichkeit berührte mich tief. Aber Sekunden später zerstörte er sie mit seinem geschäftsmäßigen Befehl: »Ich will, daß du die Pille wieder nimmst.«

»Hoppla, wir sind hier nicht im Büro«, erinnerte ich ihn. »Wir liegen im Bett.«

»Ich weiß, wo wir sind.«

»Warum übernimmst du dann wie ein Feldwebel das Kommando über meine Eierstöcke?«

»Was habe ich denn gesagt?«

»Es geht darum, *wie* du es sagst. Vielleicht könntest du es ja neu formulieren und ein Fragezeichen dahintersetzen.«

»Ich wollte sagen, könntest du nicht die Pille wieder nehmen – Lisar, bitte –, damit wir zusammensein können – wenn du das willst – und uns keine Sorgen machen müssen?«

»Das ist schon besser«, sagte ich gnädig. »Aber die Pille macht mich immer so schwindelig.«

»Wie lange ist es denn her, daß du es versucht hast?«

»Damals in meiner Collegezeit.«

»Heutzutage gibt es doch Präparate mit einem weit geringeren Östrogengehalt. Aber ich will natürlich nicht, daß du sie nimmst, wenn du sie nicht verträgst.«

»Ehrlich gesagt macht sie mich bloß fett.«

»Du hast doch wirklich keinen Grund, dir wegen deines Gewichts Sorgen zu machen.«

»Tue ich auch nicht«, log ich. »Und wenn dies hier eine regelmäßige Einrichtung werden soll –«

»Das wird es sein, wenn du es willst.«

»Ich möchte schon. Dann *könnte* ich es ja noch einmal versuchen.«

»Aber nur, wenn du wirklich willst.«

»Okay, dann gehe ich am Montag morgen zum Arzt.«

»Ich bezahle natürlich dafür.«

Es war mir peinlich, daß er Geld erwähnte, und um die Bemerkung einfach zu übergehen, sagte ich: »Warum schiebst du mir nicht einfach ein paar Ärztemuster aus dem Labor zu?«

Sogar im Dunkeln spürte ich, daß er die Stirn runzelte. »War nur ein Spaß«, fügte ich eilig hinzu und legte den Finger an seine Lippen, bevor er anbieten konnte, einen mitternächtlichen Einkauf im Drogeriemarkt zu machen, oder mir einen Vortrag hielt, wie wichtig es wäre – zu unser beider Wohl –, unsere Beziehung auch weiterhin vor unseren Arbeitskollegen geheimzuhalten – als ob ich versucht gewesen wäre, sie zur Titelgeschichte in *Der Rebstock* zu machen.

Als ich meinen Finger von seinen Lippen nahm, sagte er: »Boorman produziert keine Verhütungsmittel, und du und ich, wir sollten besser morgen früh über diese ernsthafte Angelegenheit sprechen.«

Seine Stimme machte mich traurig. »Ich weiß«, entgegnete ich. »Ich bin bereit.«

Wir gaben uns einen Gutenachtkuß. Dann warf ich mich herum und versuchte, in der fremden Matratze meine Kuhle zu finden, und versuchte zu vergessen, daß ich mir gegenüber wieder einmal fahrlässig gehandelt hatte. Dann schlief auch ich ein. Und zum ersten Mal, seit ich zur Beichte gegangen war und der Priester mir die Buße auferlegt hatte – damals, an dem einzigen Abend, an dem ich Gottes Hilfe wirklich dringend gebraucht hatte –, vergaß ich, meine Gebete zu sprechen.

In der Nacht mag das Dachfenster zur Romantik beitragen, am Morgen jedoch erfüllte es nur den einen Zweck, nämlich, meine Falten im Gesicht zu unterstreichen, oder zumindest waren Strauss' Falten ein Hinweis dafür, daß ich selbst wohl nicht faltenlos geblieben war. Ich flitzte ins Badezimmer, schaufelte mir eiskaltes Wasser ins Gesicht und gurgelte einen Spritzer Odol, dann schlich ich mich in meine ursprüngliche Stellung zurück. *O Gott*, dachte ich, *ich liege mit meinem Boß im Bett!* Und mein Boß streckte soeben seine Beinmuskeln. Dann legte er ein Knie über meine Beine und öffnete die Augen. Er lächelte und begrüßte mich wie im Sitzungssaal. »Guten Morgen.«

»Ich habe dich in der Nacht wandern gehört«, sagte ich, denn ich hatte in der Dunkelheit im Bett eine ruckartige Bewegung wahrgenommen, der ein lautes Ächzen folgte, und kurz darauf bemerkte ich einen schwachen Lichtschein aus dem Erdgeschoß. »Jet Lag?« frage ich.

»Ich habe dich gewarnt. Ich bin ganz schön unruhig. Manchmal kann ich überhaupt nicht schlafen.«

»Ich habe Schlaftabletten. Zu Hause, meine ich.« Dann fügte

ich hinzu: »Ich habe sie von einem Arzt, sie sind verschreibungspflichtig.«

»Du nimmst sie doch hoffentlich nicht regelmäßig, oder?«

Ich schüttelte den Kopf. Am Abend zuvor hatte er mir die Pille so gut wie verschrieben, aber gegen andere Medikamente schien er eine Abneigung zu haben. Ich fragte mich, ob sein Daddy wie Dodies Vater ein Problem mit Alkohol hatte oder seine Mutter den Nachmittag nicht ohne ihr Valium überstand. Und ich fragte mich, ob Strauss vielleicht einmal unter einer schleichenden, siechenden Krankheit gelitten hatte, was ihn später dazu veranlaßte, ein Hauptaugenmerk auf seine Gesundheit zu legen.

Als ich auf der High-School war, hatte ich einen bösen Anfall von Pfeiffer-Drüsenfieber gehabt. Meine Mutter hatte überall herumerzählt, ich hätte die Grippe, aber als ich zu lange krank war, mußte sie zugeben, daß ich das Drüsenfieber hatte, was sie mit einer Venenkrankheit gleichsetzte. Ich verbrachte vier Monate damit, im Bett zu liegen und darüber nachzudenken, wie grauenhaft es wäre, unter einer unheilbaren Krankheit zu leiden, die einen ans Bett fesselte und wobei einem nur das Warten auf den Tod blieb. Draußen vor meinem Fenster war der Himmel von Tag zu Tag grauer geworden, der Ahornbaum hatte seine Blätter abgeworfen, bis dann schließlich Schnee auf das leere Vogelnest fiel, das sich in seinen hohen Ästen gehalten hatte. Unten in der Küche kochte meine Mutter überbackene Rigatoni, Auberginen *parmigiana*, fritierte Paprika und Bratkartoffeln. Ich schlief und aß, schlief und aß – was mir zehn überflüssige Pfunde einbrachte, die noch Jahre später an meinem Gesäß hafteten –, und die Welt ging ohne mich weiter. Während der Zeit, die ich im Bett verbrachte, schätzte ich meine Gesundheit als mein höchstes Gut ein. Aber kaum war ich wieder auf den Beinen, setzte ich den Feldzug gegen meinen Körper fort und tat alles, um ihn mit Drogen, Sex und abenteuerlichen Diäten zu ruinieren.

Seit ich sechzehn Jahre alt geworden war, pendelte mein Gewicht zwischen fünfzig und zweiundsechzig Kilo hin und her, wobei ich mir geschworen hatte, diese Höchstmarke niemals zu überschreiten, denn genau das war das Traumgewicht meiner

Schwester Carol, das sie allerdings nie erreichen würde. Aber egal, wie viele Pfunde ich auch abspeckte, ich fühlte mich immer noch fett, denn ich hatte ein richtig pausbäckiges Gesicht. Diese Wangen würde ich nie loswerden! Dodie hatte sie einmal mit *bestens geeignet zum Reinzwicken – praller als die Ravioli meiner Mutter* beschrieben. Ich wollte keine bestens zum Reinzwicken geeigneten Backen haben. Ich wollte Wangenknochen, solche, wie Gott sie Dodie gegeben hatte, aber leider nicht mir. Wenn es eine Sache gab, die ich an Strauss mochte (und es gab eine Menge), dann war es die Art, wie er mich daran erinnerte, daß ich es mir leisten konnte, regelmäßig Essen zu mir zu nehmen. Und wenn es eine Sache gab, die ich an meinen Kolleginnen nicht ausstehen konnte – und mittlerweile hegte ich gegen so manche einen kleinen Groll –, dann war es die hinterhältige Art, mit der sie mich dazu drängten, meine Wangen zu mästen: »Lisa, nimm doch noch von dem Kuchen, bevor wir ihn wegwerfen müssen. Lisa, auf dem letzten Stück Schokolade steht dein Name drauf. Besser deine Hüften als meine, Lisa!«

Als Strauss mir anbot, als erste unter die Dusche zu gehen, wurde mir vor Augen geführt, wie mager – zumindest im Vergleich zu meinem rundlichen Gesicht – ich war. Da die gesamte Wand über dem Toilettentisch verspiegelt war, hätte ich den Blick ständig auf den Fliesenboden heften müssen, um es zu vermeiden, mich anzusehen. Strauss' Badezimmer blitzte viel sauberer als meines – dank einer Putzfrau (die offensichtlich sein Schlafzimmer keines Blickes würdigte) und dank der neuen Badewanne und den Messingarmaturen. Dies stellte für mich den Höhepunkt des Reichtums dar – ein Badezimmer sein eigen zu nennen, in dem man nicht auf Händen und Knien mit einer alten Zahnbürste und einem SOS-Putzlappen bewaffnet umherrobben mußte, um den Schimmel aus den Fugen zu bürsten. Der Duschkopf war verstellbar. Ich stellte ihn so ein, daß das Wassser hart auf mich herabprasselte. Strauss' Seife war so blau wie ein nagelneuer Swimmingpool, und obwohl sie nicht so cremig war wie meine angestammte Camay, seifte ich mich gern damit ab, denn anschließend roch ich wie er. Ich frottierte mich ab und kehrte ins Schlafzimmer zurück, wo ich widerwillig in meine Kleider vom Tag vorher schlüpfte – in alle, bis auf meine völlig zerknitterte Bluse mit den Weinflecken, die ich durch ein Hemd von Strauss ersetzte. Das Bild, das mir aus dem Spiegel über der Kommode entgegenstarrte, schien mir alles andere als schmeichelhaft zu sein. Komisch. Ich genoß es, Strauss' Hemd zu tragen. Aber wie ich darin *aussah*, gefiel mir weniger. Er hatte Kragenweite 40, aber die Ärmel waren mir viel zu lang.

Ich krempelte die Ärmel hoch. Während er sich im Badezimmer aufhielt, schlenderte ich durch das Schlafzimmer, strich mit der Hand über verschiedene Dinge – über alte Flugtickets und Restaurantrechnungen, die er noch bei der Reisekostenstelle der Firma einreichen mußte, um sie erstattet zu bekommen, dann über den Baseballschläger und den weichen Handschuh, der daneben auf dem Boden lag. Ich hatte vergessen, daß er manchmal an Freitagabenden als Ersatzmann in der Baseballmannschaft von Boorman mitspielte, regelmäßig konnte er ja wegen seiner Reisen nicht aufgestellt werden. Ich fragte mich, an welcher Position er wohl spielte. *Hoffentlich trägt er ein Suspensorium*, dachte ich.

Eine Schranktür stand halb offen. Ich schob die Gleittür ein bißchen weiter auf und starrte auf die lange Reihe von Hemden, die alle in den blauen Nylonsäcken der Reinigung hingen. Ich berührte den Ellenbogen eines seiner Jacketts und strich mit den Fingern über einen seiner Gürtel. Am Ende der Kleiderstange hing die Krawatte, die Strauss getragen hatte, als ich ihn zum ersten Mal gesehen hatte und er vom Tisch aufgestanden war, um mich mit »Herzlich willkommen an Bord« zu begrüßen. Vor dem schwarzen Hintergrund der Krawatte waren rote Diamanten zu sehen, die mich an ein Kartenspiel oder einen Harlekin erinnerten. Ich konnte sie nicht ausstehen. Schon zog ich sie von der Stange, faltete sie viermal zusammen und schlich nach unten, wo ich sie in das mit einem Reißverschluß verschließbare Seitenfach meiner Handtasche schmuggelte, in dem ich gewöhnlich Tampons und einen Glückspfennig aufbewahrte. Dann versuchte ich die Scham, die ich darüber empfand, in einer Krawatte etwas Mystisches zu sehen, zu interpretieren. Der *Große Häuptling* hatte soeben einen Zauber vollbracht, fast so, als hätte er einem Mann einen Teil seiner Seele gestohlen oder den Geheimnamen eines Indianers ausgesprochen.

Voodoo hatte mich schon immer fasziniert. Und obwohl ich immer verkündete, ihn zu verabscheuen – und schwor, ihn niemals selbst zu praktizieren – erweckten weibliche Methoden, Kontrolle und Täuschung auszuüben (die mir von Carol erklärt worden waren), doch mein Interesse, wenngleich nur wegen ihres anthropologischen Stellenwerts. »Das erste, was du machen mußt, wenn du heiratest«, sagte Carol, »ist, hineinzumarschieren und die abscheulichsten Klamotten aus seinem Schrank zu werfen, und wenn er dann nach ihnen fragt, sagst du: *Tut mir leid, ich brauche einfach mehr Lumpen, um den Eßzimmerboden zu wienern.*« Nach meinem Geschmack – wenn ich so an Als Garderobe dachte – hätte sich Carol noch ein paar Fußböden mehr zum Polieren suchen können. Aber schließlich kannte jede Frau ihre Grenzen.

Einen Moment lang hielt ich es für meine Pflicht, unten zu bleiben und die Kaffeemaschine anzustellen. Dann überlegte ich aber, wie lange Strauss wohl in der Dusche bleiben würde und wieviel ich über ihn herausfinden könnte, während er seinen Kopf mit Antischuppenshampoo bearbeitete.

Wonach genau suchte ich eigentlich? Den Beweis dafür, daß er gar nicht der große Fang war, für den ich ihn zunehmend hielt? Und woraus könnte dieser Beweis bestehen? Aus einer Baseballkappe der Yankees? Aus einer ordentlich gestapelten Pyramide leerer Bierdosen, die bewies, daß er ein begnadeter Trinker war? Ein Marilyn-Monroe-Kalender? Eine Toilette mit einem Schaffellüberzug auf dem Deckel? Wiener Würstchen und Reis im Kochbeutel in der Gefriertruhe, Vanillepudding im Kühlschrank und im Vorratsschrank Kartoffelbrei aus der Tüte, ein halbes Dutzend abgepackte Kraft-Makkaroni mit Käsesoße neben einigen Dosen von Campells sahniger Pilzsuppe – die als bester Freund aller Junggesellen galt? Beweisstücke, daß er zu einer studentischen Bruderschaft gehörte? Eine wollene Gesichtsmaske zum Skifahren, die auch einem Serienmörder oder einem Perversen gehören könnte? Oder das Nichtvorhandensein jeglicher Bücher im Haus, schlimmer noch (da ich am allerbesten wußte, wieviel absurder Schrott für gewöhnlich herausgegeben wurde), glänzende, vierfarbige Bildbände, etwa mit dem Titel *Die überdachten Brücken Maines* oder *Berühmte Aborthäuschen des Wilden Westen* (mit dem markigen Satz auf der Rückseite: *Hier hat schon Jesse James sein Geschäft verrichtet!*).

Ich ging wieder nach oben und schlenderte in das Zimmer an der Rückseite des Hauses. Es war als Arbeitszimmer eingerichtet und bewies, was Strauss am Abend zuvor gesagt hatte, daß er sich hauptsächlich oben aufhielt. Hier also waren all die Bücher (eine ganze Menge davon), die Stereoanlage, und, in alphabetischer Reihenfolge geordnet, Schallplatten und Tonbänder. Strauss hatte viel zu viel Barockmusik – Bach schien überhaupt kein Ende nehmen zu wollen. Am Ende der Reihe fand ich eine Herb-Albert-Platte, die Carol und ich auch besaßen (*A Taste of Honey*), und *Die Größten Hits* von Petula Clark. Ha! Wenn ich daran dachte, daß ich meine Rodgers- und Hammerstein-Aufnahmen und das Band mit *Oper ohne Worte* vor ihm versteckt hatte, aus Angst, er könnte mich für eine Spießerin halten! *Die werden sofort wieder an ihren angestammten Platz geräumt*, dachte ich, *deutlich sichtbar ins Stereoregal*!

An einer der Wände stand ein langer weißer Tisch, auf dem Geschäftsberichte von Firmen wie Scudder, Merill Lynch Fidelity oder anderen Konzernen lagen, deren Gewinn- und Verlustrechnungen Dodie zweifellos aus dem Effeff hätte zitieren können. Hier lagen außerdem fein säuberlich aufgeschnittene Umschläge von der American Cancer Society herum, von der Juvenile Diabetes Foundation oder dem Simon Wiesenthal Center. Eine Pinnwand direkt über seinem Telefon – ich bemühte mich, sie nicht als teenagerhaft einzustufen – war mit bunten Reißzwecken übersät, von denen einige vier Schwarzweißfotografien festpinnten.

Das erste Foto zeigte ein mittelalterlich anmutendes Paar und einen ernsthaft dreinblickenden kleinen Jungen vor einem steinernen Brunnen; die Frau hielt ein fest eingewickeltes Bündel im Arm. Ich sah es mir genauer an. Der Junge war Strauss – der junge Eben, der einen Ausdruck auf dem Gesicht hatte, als wollte er den Fotografen höflich bitten: *Bitte beeilen Sie sich, ich werde nämlich hier von der Gischt des antiken, aber kräftig spritzenden Brunnens völlig durchnäßt.* Das gesichtslose Bündel mußte Strauss' Demnächst-werde-ich-eine-Schönheit-Schwester sein. Das Paar, das ich zunächst für Strauss' Großeltern gehalten hatte, waren demnach seine Eltern. In ihren besten 50er-Jahre-Outfits – Anzug und Krawatte für seinen Vater, ein Spitzenkleid, das bis über die Knie reichte, für seine Mutter – lächelte das Paar in die Kamera. Strauss' Mutter hatte ein schmales, blasses Gesicht. Sein Vater war ein Bär von einem Mann, mit groben Gesichtszügen und riesigen Händen – so häßlich, daß er schon fast wieder sexy wirkte.

Auf den drei anderen Fotografien waren Kinder zu sehen. *Lächelnde* Kinder. Lächelnde, *dunkelhäutige* Kinder. Diese Aufnahmen irritierten mich, bis ich an die Umschläge der verschiedenen Wohlfahrtsorganisationen dachte. Ich biß mir auf die Lippen. Strauss hatte Patenschaften übernommen. Er unterstützte Kinder in der Dritten Welt. Jeden Monat schickte er Geld, damit diese Kinder Bohnen und Weizen zu essen bekamen, einen Strohhut auf dem Kopf hatten und zudem die Chance erhielten, das Schulhaus aus Lehm mit dem einzigen Klassenraum zu besuchen. Als Dankeschön bekam er dieses Foto von feingemachten Kindern. Und zweimal im Jahr bekam er vielleicht ein Briefchen, wie das, das unter die oberste Aufnahme geheftet war. Die Abbildung zeigte ein junges Mädchen mit strengen Zöpfen und kariertem Trägerrock, der verdächtig nach einer katholischen Schuluniform aussah. *Lieber Mr. Strauss, die Schuhe gefallen mir gut und die Bücher habe ich auch gelesen. Ihre Angie.*

Der Brief deprimierte mich – denn er rief mir die traurige Wahrheit in Erinnerung, daß Armut die schlimmste Epidemie unserer Zeit war und durch die Poren des Planeten sickerte wie das Grundwasser durch die Erde. Der Brief beschämte mich auch – denn in der Stadt war ich stets an den Obdachlosen, die im Grand-Central-Bahnhof kauerten, vorbeigelaufen, hatte immer nur ein paar schäbige Münzen in die rote Sammelbüchse der Heilsarmee geworfen, ohne weder der mageren weißhaarigen Frau, die mit einer Glocke auf sich aufmerksam machte, noch dem runzeligen alten Schwarzen, der die Trompete spielte, jemals in die Augen zu sehen. Wohltätigkeit war eine jener religiösen Tugenden, die bislang an mir vorübergegangen waren. Aber ich bewunderte sie. So sehr Dodie und ich uns auch über die Heiligen amüsieren konnten, die auf Räder geschnallt gefoltert worden waren, die Spießrutenlaufen mußten oder bei lebendigem Leib gehäutet worden waren – bei Mutter-Teresa-Witzen war für uns beide Schluß. Wir waren uns bewußt, daß sich irgend jemand um die Armen kümmern mußte, und diejenigen unter uns, die dem Leid nicht ins Gesicht blicken konnten, sollten wenigstens auf ihre eigene schuldbeladene Art und Weise versuchen, den Heiligen, die unter uns lebten, Hilfestellung zu leisten, damit diese das Leid verringern konnten.

Hier also war Strauss' Schuld, geheftet an eine Pinnwand – seine Mutter, sein Vater, seine Schwester und seine Patenkinder. Und sie schien mir sagen zu wollen: *Lisar, Lisar, verurteile diesen Mann nicht, weil er seinen Tschechow nicht gelesen hat und weil er Golf spielt. Mitgefühl ist die höchste Form der Phantasie.*

Ganz oben auf dem Buchregal hatte Strauss doch tatsächlich einige Texte aus der Collegezeit aufbewahrt – eine frühere Ausgabe eines Wirtschaftstextes, mit dem ich mich am Albertus Magnus schon herumgeschlagen hatte, und außerdem standen dort überraschenderweise Dante und Machiavelli und sogar einige Romane von Moravia und Lampedusa. Darunter reihten sich – und dies war eine noch größere Überraschung für mich – die Bücher, die ihn, nach ihren vergilbten Seiten und den hoffnungslos veralteten Preisen auf ihren Rückseiten zu schließen, in Cornell beschäftigt hatten, als er das Medizinstudium abgebrochen hatte: Sein Kierkegaard, Nietzsche, Hume und Spinoza, die *Bhagavad-Gita* und Konfuzius' *Analekten*. Darunter reihten sich historische Bücher – Mittelalter und Renaissance – und sogar ein bißchen Kunstgeschichte. Es folgten drei Reihen von Büchern, die ich zunächst für Schilderungen von Kämpfen aus dem Zweiten Weltkrieg hielt, bei näherem Hinsehen jedoch sah ich, daß jedes einzelne davon vom Holocaust handelte.

Aus irgendeinem Grunde beunruhigte mich dieser Fund. Ich wollte mich schon abwenden, als ich ganz am Ende der Reihe den melodramatischen Titel genau des Buches entdeckte, das ich Korrektur gelesen hatte, bevor ich meine Verlagskarriere an den Nagel gehängt hatte: *Die verfluchte Generation: Kinder von Holocaust-Überlebenden sprechen.* Da ich den Verlag verließ, bevor ich das Manuskript zu Ende bringen konnte, hatte ich das Buch in seiner endgültigen Form noch nie gesehen, obwohl ich mir hätte vorstellen können, daß sie es in einem blutroten Schutzumschlag mit schwarzen Lettern herausgeben würden, um die Farben der Nazifahne zu assoziieren.

Wollen Sie wissen, warum ich den Verlag verlassen habe? hatte ich Strauss einmal gefragt. *Weil es mir zum Hals heraushing, daß sie den Verkauf ihrer Bücher anzukurbeln versuchten, indem sie entweder einen Irish Setter oder ein Hakenkreuz auf ihre Umschläge setzten.*

Was hatte er damals geantwortet?

Ich erinnerte mich, daß er seine Brille hochgeschoben hatte.

Und ich erinnerte mich, daß er das Thema wechselte.

Ich starrte auf den rotschwarzen Buchrücken und dann tauchten mehr und mehr Erinnerungen auf, ja, die reinste Woge von Déjà-vus überschwemmte mich. Ich dachte: Italien. Park Slope. Teppich. Cornell. Eine Schwester. Ein Vater, der fünfzehn Jahre älter war als seine Mutter. Eine zweite Heirat. Seine Mutter ...

Die Dusche auf der anderen Seite der Wand rauschte immer noch. Während sich Strauss vermutlich die Füße abseifte, seinen Nacken mit einer Bürste bearbeitete oder sein Haar shampoonierte, schnappte ich mir das Buch aus dem Regal. Ein Stück Papier rutschte heraus und flatterte auf den Boden. Es war ein Brief, maschinengeschrieben, offensichtlich auf einer alten Olivetti oder Brother. Er stammte vom Herausgeber der Sammlung. Der Brief war an Strauss adressiert, es war ein Dankschreiben für seinen Beitrag zu dem Buch und enthielt die Information, daß sein Bericht auf Seite 238 beginnt.

KAPITEL SIEBEN

Oh, gefüllt

E., ein 34jähriger leitender Angestellter, wuchs in Brooklyn auf. Sein Vater, geboren in Ferrara, verbrachte sechs Monate in Treblinka.

Meine früheste Erinnerung – oder eine meiner vollständigsten Erinnerungen – hat mit meinem Vater und dem Krieg zu tun. Die Erinnerung hängt auch mit der Geburt meiner Schwester zusammen.

Damals lebten wir in einem Mietshaus ohne Fahrstuhl in Astoria, das einem alten italienischen Ehepaar gehörte. Sie bewahrten Distanz, behandelten uns aber anständig. Die Wohnung war ziemlich heruntergekommen, aber die Eigentümer reparierten tropfende Wasserhähne, den kaputten Ofen oder die lockere oberste Stufe stets an dem Tag, an dem man ihnen den Schaden mitteilte. Meine Mutter meinte, sie hätten vielleicht Angst vor uns. Aber mir fiel auf, wie freundlich sie zu meinem Vater waren – sie lächelten und grüßten ihn auf italienisch, wenn sie uns auf dem Treppenabsatz trafen. An Freitagabenden schalteten sie stets ihr Radiogerät aus, bis ihnen mein Vater vermutlich einmal sagte, daß das gar nicht nötig sei, da wir nicht religiös wären. Zumindest nicht sehr. Danach schenkten sie uns Weihnachtsplätzchen, und einmal, nachdem die Hauswirtin meinen Vater um Erlaubnis gefragt hatte, schenkte sie mir einen Schokoladenhasen zu Ostern. Meine Mutter runzelte die Stirn, als ich ihm das Ohr abbiß. Aber damals ging es uns nicht sehr gut, und es brauchte nicht viel, um meinen Vater zu beeindrucken, deshalb bemerkte er anerkennend: »Oh, *gefüllt*!«

Draußen in dem kleinen Hinterhof stand ein Feigenbaum, den

die Eigentümer zur Feier der Geburt ihres ersten Sohnes gepflanzt hatten. (Vielleicht habe ich es falsch verstanden, aber ich glaube, daß man traditionsgemäß die abgetrennte Nabelschnur des Jungen um den Samen des Baumes wickelt, bevor man ihn einpflanzt. Und ich bin nicht sicher, ob dies zum Schutz der elterlichen Fruchtbarkeit oder als Garantie für ein langes Leben des Kindes geschieht.) Auf jeden Fall war der Sohn unserer Hauswirte mittlerweile erwachsen – er war genauer gesagt fast so alt wie mein Vater, der damals in den Vierzigern war – und der Baum war groß, und im Sommer behandelte man seinen Stamm mit Teer, um die Insekten abzuwehren, die die Früchte beschädigt hätten.

An einem heißen Sommertag – damals gab es noch keine Klimaanlagen – fuhren unsere Vermieter an den Strand, und meine Mutter schlug vor, unter dem Feigenbaum zu Abend zu essen. Sie brachte die kalten Gerichte heraus, Eiersalat und Challah, eine Art jüdisches Weißbrot, eine Schüssel mit Pfirsichspalten, eine Schale voller Erdnüsse, die mein Vater, der niemals bei der Essenvorbereitung zur Hand ging – außer bei der Zubereitung des Kaffees, und dabei war er sehr eigen –, doch tatsächlich freiwillig schälte. Er saß in einem von Spinnennetzen durchwobenen Gartenstuhl, hatte die Schale auf seinem Schoß und gab uns immer zwei Erdnüsse gleichzeitig – zuerst meiner Mutter, die sie lächelnd annahm, und dann mir. Erst nachdem er uns gefüttert hatte, steckte er sich selbst eine Nuß in den Mund. Ich war damals zwar erst vier Jahre alt, trotzdem war mir die Gewohnheit meines Vaters schon aufgefallen, daß er immer zuerst darauf achtete, daß mein Teller gefüllt war, bevor er selbst zur Gabel griff.

Er klopfte gerade eine jener widerspenstigen Schalen, in denen nur eine Erdnuß steckte, gegen die metallene Armlehne seines Stuhles, als ich es bemerkte. Vermutlich war es mir schon früher aufgefallen, aber nie zuvor war mir das Blau auf der blassen Haut so intensiv erschienen.

»Jemand hat auf deinen Arm geschrieben«, sagte ich zu meinem Vater.

Kaum hatte ich es ausgesprochen, da wußte ich bereits, daß ich etwas Falsches gesagt hatte. Ein Eichhörnchen huschte den Feigenbaum hinauf, und seine Pfoten kratzten leise über den Teer. Im Garten war es plötzlich so still geworden, daß man das Gras hätte wachsen hören.

»Das ist meine Nummer«, antwortete mein Vater.

»Wo hast du die denn her?« fragte ich.

Meine Mutter gab ein Geräusch von sich, als ob sie etwas sagen wollte, aber mein Vater schnitt ihr das Wort ab. »Aus dem Krieg.«

»*Toll!*« lag mir schon auf den Lippen, aber irgend etwas hielt mich zurück. »Warum hast du eine Nummer bekommen?«

»Die Nummer ist wie ein Name«, sagte mein Vater.

»Wo ist denn deine?« fragte ich meine Mutter, die in die Schüssel mit den Pfirsichen starrte, die sie in noch kleinere Spalten schnitt, als ob sie sich schämen würde.

»Ich habe keine Nummer«, gab sie schließlich zurück.

Um sie zu trösten, streckte ich ihr meinen Arm hin. »Ich habe auch keine. Siehst du?«

Darauf rückte mein Vater seine Brille zurecht und tat so, als wolle er mich von oben bis unten inspizieren. »Prima«, sagte er schließlich. »Komm, iß noch eine Nuß.«

Aber ich lehnte ab und wandte mich wieder an meine Mutter. Plötzlich kam sie mir verändert vor – voller, weicher und sehr zerstreut.

»Bekommst du noch ein Baby?« fragte ich sie.

Ihr Gesicht lief rot an. »Für heute hast du genug Fragen gestellt«, wehrte sie ab.

Fünf Jahre lang war ich das einzige Kind gewesen. Ich verbrachte den Tag allein mit meiner Mutter zu Hause, nur wir beide – mein Vater kam immer erst spät von der Arbeit zurück –, und ich hätte ihr eigentlich sehr nahestehen müssen, aber in der Minute, in der mein Vater durch die Tür trat und mich umarmte – denn er küßte und umarmte immer zuerst mich –, wußte ich, daß ich zuallererst sein Kind war. Meine Mutter stand irgendwie außen vor. Als meine Schwester geboren wurde, änderten sich die Dinge. Den ganzen Tag lang umsorgte meine Mutter das Baby, zog es mir ganz offensichtlich vor, genauso wie mein Vater – ich bitte, dies nicht falsch zu verstehen, er liebte sie beide – mich meiner Mutter und meiner Schwester vorzuziehen schien. Die Allianzen in meiner Familie waren also klar: auf der einen Seite standen die Männer, auf der anderen die Frauen.

Während des ersten Jahres nach der Geburt meiner Schwester fühlte ich mich sehr einsam. Sie hatte Koliken und plärrte ständig, und meine Mutter schien den ganzen Tag – und oft genug auch die Nacht – damit zu verbringen, ihr Weinen zu besänftigen. Eines Nachts – es muß wohl eine jener Nächte gewesen sein, in denen meine Schwester nicht zu jammern aufhörte – wurde ich immer wieder aus dem Schlaf gerissen, und da hatte ich einen eigenartigen Traum. Darin stand ein kleiner Junge unter einer großen Tür, er war ganz weiß und wächsern, fast wie ein Geist. Hinter ihm befand sich eine Treppe, und obwohl ich es nicht sehen konnte, wußte ich, daß sie zu Dutzenden und Aberdutzenden von Räumen führte – alle leer und wartend. Zuerst hielt ich ihn für meinen Schatten oder eine Version meiner selbst, denn er sah aus wie ich. Aber dann entdeckte ich mich selbst, sah, daß ich selbst am Fuß der Treppe stand, und wußte, daß der Junge eine andere Person sein mußte.

Sicher hätte ich den Traum vergessen, aber da begann meine Schwester zu heulen, und ich wachte mit dem Gefühl auf, der Junge stünde in meinem Zimmer – nur einen Moment lang –, dann war er wieder verschwunden. Während meine Mutter am folgenden Tag meine Schwester fütterte, kam mir der Junge wieder in den Sinn, und ich beschloß, mit ihm zu spielen. Ich hatte einige Blechautos sowie einen kleinen Holzzug, den ich hervorräumte, und von dem Zeitpunkt an fühlte ich mich nie mehr allein, denn jetzt hatte ich ja einen Spielkameraden – zumindest in meiner Phantasie. Ich rief ihn bei meinem vollen Namen, meinem richtigen Namen. Niemand rief mich bei meinem richtigen Vornamen; noch als Kleinkind gaben mir meine Eltern einen Spitznamen, der mir dann geblieben war.

An den Wochenenden versuchte meine Mutter, den Schlaf, den sie während der Woche versäumt hatte, nachzuholen, und dann kümmerte sich mein Vater um mich. Eines Tages machten meine

Mutter und meine kleine Schwester ein kleines Nickerchen. Ich spielte gerade auf dem Teppich im Wohnzimmer – es war ein orientalischer mit einem kunstvollen Muster, das ich als Rennbahn für meine Autos benutzte –, als mein Vater kam und sich neben mich stellte. Er kam mir vor wie ein Riese, als ich zu ihm aufsah. Einen Augenblick lang hatte ich Angst vor ihm. Da erinnerte ich mich an die Zeit, als wir das Wochenende öfter in den Catskill-Mountains verbracht hatten, wo wir die Schwester meiner Mutter und ihren Mann besuchten, die dort ein Wochenendhäuschen am See besaßen. Draußen vor der Hütte war der Eingang zu einer kleinen Höhle, und jeden Morgen, wenn wir auf der Terrasse saßen und frühstückten, sahen wir, wie ein kleines Streifenhörnchen seinen Kopf daraus hervorstreckte. Dann trippelte es herüber und machte sich über die Cheerios und die Cornflakes her, die durch die Ritzen des Gartentisches gefallen waren. Eines Morgens lief ich schon vor dem Frühstück nach draußen – warum, hätte ich nicht sagen können –, und bevor ich wußte, was ich tat, hatte ich das Loch mit genügend Erde verstopft, um das Streifenhörnchen in seiner Höhle einzuschließen. Als ich aufsah, bemerkte ich meinen Vater, der hoch über mir auf der Terrasse stand. »Was treibst du denn da?« fuhr er mich an.

Anstatt zu sagen: *Ich weiß es nicht* – denn ich wußte wahrhaftig nicht, welcher Teufel mich geritten hatte –, log ich und sagte: »Ich habe versucht, das Loch schöner zu machen.«

Der Ausdruck in seinen Augen ließ mich erkennen, daß ich etwas Unrechtes getan hatte.

»Denk erst nach«, sagte mein Vater, »bevor du etwas tust. Und jetzt mach das Loch wieder frei.«

Meine Nägel waren ganz schwarz vor Dreck und meine Finger aufgeschürft und rot, als ich den Sand und das Gras wieder aus dem Loch gegraben hatte. Meine Mutter wurde wütend, weil sie mich erst am Morgen in die Badewanne gesetzt hatte. Noch Wochen später hatte ich das Gefühl, mein Vater würde mich beobachten und jedes meiner Worte sowie jede meiner Bewegungen mit kritischem Blick beäugen. Nur allmählich wich dieses Gefühl.

Aus irgendeinem Grund überkam mich an jenem Nachmittag

dasselbe Gefühl, als er auf dem Teppich neben mir stand. Da bemerkte ich meinen Haß auf ihn, weil er wußte, daß ich nicht perfekt war, und weil er mich schuldig befand, etwas Destruktives getan zu haben. Deshalb ignorierte ich ihn, bis er mir erklärte, er wäre nicht gekommen, um mich auszuschimpfen oder anzubrüllen, sondern um mich zu einem Eis einzuladen.

»Kann E. auch mitkommen?« fragte ich.

Darauf entstand eine Stille, genau wie damals hinter dem Wochenendhäuschen, nur daß es hier keine Streifenhörnchen und kein Gras gab, sondern ich statt dessen die Schritte des Mieters in der dritten Etage und das Ticken der Uhr auf dem Kaminsims hörte.

»Wer ist denn das?« fragte Daddy.

»Mein Freund.«

»Wo wohnt denn dein Freund?«

»Hier.«

»Also ein Phantasiefreund«, sagte mein Vater.

»Ist er Phantasie oder echt, wenn er in meinen Träumen auftaucht?«

»Er taucht in deinen Träumen auf?« fragte mein Vater. »Sagt er denn jemals etwas in deinen Träumen?«

Ich zuckte mit den Achseln. »Ich erinnere mich nicht.« Und dann suchte ich Zuflucht in einer Lüge, weil mein Vater den gemusterten Stuhlüberzug anstarrte und enttäuscht zu sein schien, und sagte: »O ja, hätte ich fast vergessen. Er sagte, ich soll dir einen schönen Gruß ausrichten, Daddy.«

Darauf stand mein Vater auf und öffnete die Tür zum Elternschlafzimmer, das direkt neben dem Wohnzimmer lag. Ich sah die Füße meiner Mutter, die in Strümpfen steckten. Sie sahen merkwürdig aus, als ob sie zu einer Leiche gehörten oder zu Beinen, die vom Körper abgetrennt waren. Mein Vater setzte sich zu ihren Füßen. Er stützte den Kopf in seine Hände. Und dann stieß er grauenhafte Laute aus – wie ein Tier. Das ganze Haus schien zu erbeben. Alles in unserer Wohnung – die Möbel, der Teppich, ja sogar die neuen Bücher auf dem Regal – war so schwer und wuchtig, als ob meine Eltern immer Angst hätten, daß ein heftiger Wind käme und alles aus dem Haus blasen würde. Und doch kam es mir vor, als ob sogar die Couch und der Geschirrschrank im Eßzimmer, in dem meine Mutter ihr gutes Geschirr aufbewahrte, erzitterten.

Die Füße meiner Mutter bewegten sich. Sie fuhr hoch. Dann stürzte sie los Richtung Zimmer meiner Schwester, blieb jedoch abrupt stehen, als sie erkannte, daß es mein Vater war, der schrie, nicht meine Schwester.

Durch die Tür funkelte sie mich an. »Was hast du ihm getan?« verlangte sie zu wissen.

»Ich habe gar nichts getan«, antwortete ich.

»Du hast ihn aus der Fassung gebracht. Siehst du nicht, wie du ihn aus der Fassung gebracht hast?« Mein Vater heulte weiter, und dann fing auf der anderen Seite des Hauses meine Schwester an zu schreien. Meine Mutter stürzte zu ihr, und für mich schien diese Konfiguration eine Bedeutung zu haben – meine Mutter mit meiner Schwester in einem Raum, mein Vater und ich sowohl voneinander als auch von ihnen getrennt. Als meine Mutter mit dem brüllenden Baby zurückkehrte, wegen ihres permanenten Schlafmangels und all der Aufregung Tränen im Gesicht, forderte sie uns auf, ihr zu sagen, was geschehen war. *»Was ist passiert?«* rief sie ein ums andere Mal. *»O Gott, was ist denn nur geschehen?«*

Was war denn geschehen? Mein Vater putzte sich die Nase und ging ins Badezimmer, wo er sich das Gesicht wusch.

»Zeit für ein Eis«, sagte er dann zu mir. »Laß deinen Freund hier.« Damit verließen wir das Haus.

In der Rückschau scheint es romantisch, ja fast eine Ausgeburt meiner Phantasie zu sein – eine Geschichte, die sich ein Junge ausdenken könnte, um seine Freundin zu beeindrucken. Und doch war es wahr. Ich weiß nicht, woher ich das intuitive Wissen hatte, daß mein Vater vor dem Krieg mit einer anderen Frau einen Sohn gehabt hatte, der denselben Namen hatte wie ich. Es muß wohl so gewesen sein, daß ich ein Gespräch belauscht hatte – spät in der Nacht, als meine Eltern mich in tiefem Schlaf wähnten – oder eine der spitzen Bemerkungen der Eltern meiner Mutter aufgeschnappt hatte (die meinem Vater stets mit Mißtrauen begegneten, bis er Zug um Zug zu Geld kam, worauf er tun konnte, was er wollte). Vielleicht hatte ich auch schon als Kind erkannt, daß meine Eltern schlecht zusammenpaßten – zumindest was das Alter betraf (er war fünfzehn Jahre älter als sie; sie hatten sich kennengelernt, als meine Mutter nach dem Krieg mit dem Roten Kreuz nach Europa gegangen war; und manchmal hielten die Leute meinen Vater für meinen Großvater, was mich immer peinlich berührte). Vielleicht verriet es mir aber auch ein Gespräch zwischen meinem Vater und unseren Vermietern, das zwar in italienisch geführt wurde, was ich nur bruchstückweise verstand. Vielleicht war es auch die Art, wie mein Vater oft auf dem Stuhl saß und so traurig aussah, als ob er in einen tiefen, dunklen Brunnen blicken würde, in den ein Schatz gefallen war, der nie mehr geborgen werden konnte. Vielleicht aber – und hier, nehme ich an, ist sowohl Anfang als auch Ende des Glaubens, den ich in mir habe – war diese Vision von dem wachshäutigen Jungen tatsächlich ein Besuch aus dem Jenseits.

Jedenfalls glaube ich – oft liegt ja der Ursprung eines Wissens wie in einem Dunstschleier verborgen –, von diesem Sohn gewußt zu haben, obwohl niemand mit mir direkt von ihm gesprochen hatte, bis mich meine Mutter zur Seite nahm, als ich acht oder neun Jahre alt war, und mir erzählte, daß mein Vater während des Krieges *seine Familie verloren hatte* – genauso hatte sie sich ausgedrückt: *seine Familie verloren hatte* –, und sie sagte: »Er hatte einen anderen Jungen, genau wie dich, verstehst du?« Ich weiß noch, daß ich genickt hatte. Ich erinnere mich, noch einmal genickt zu haben, als sie mich ermahnte, meinen Vater niemals darauf anzusprechen, außer er würde das Thema selbst zur Sprache bringen. »*Versprichst du das?*« und ich sagte ja. Ich sagte immer ja.

Je älter ich wurde, desto bewußter wurde mir, daß ich die Stelle dieses Jungen einnehmen sollte, weshalb ich doppelt so pfiffig, doppelt so gut, doppelt so höflich und doppelt so wunderbar sein mußte, wenn ich niemanden enttäuschen wollte. Und ich war gut, so gut, daß sogar meine Mutter – der, wie ich im Unterbewußtsein irgendwie wußte, die Vergangenheit meines Vaters ein ständiger Kummer war, weil sie dadurch zur zweiten Frau und somit nur zur zweitbesten gemacht wurde – diesem ersten Jungen zu

Dank verpflichtet war. Dadurch erleichterte ich ihr den Umgang mit mir um vieles.

Bis ins Teenageralter dachte ich stets, der Junge wäre durch Osmose auf die Welt gekommen. Aber dann – mit dem Ansturm der Hormone während der Pubertät – dämmerte es mir plötzlich, daß mein Vater schon einmal verheiratet gewesen war, und zwar mit einer Frau, die nicht meine Mutter war. Dieser Gedanke verwirrte mich. Oft lag ich in meinem Bett und versuchte, sie mir vorzustellen. Immer erschien sie mir als das Gegenteil meiner Mutter – leidenschaftlich und dunkelhaarig –, mit einer heiseren, dunklen Stimme und großzügig aufgeknöpftem Kragen. In meinen teenagerhaften Sexualphantasien spielte sie eine große Rolle.

Ich weiß nicht, warum ich Ihnen das erzähle. Zu Beginn der Sitzung fragten Sie mich, ob ich mich jemals dafür schämte, der Sohn meines Vaters zu sein, und vielleicht beantwortet das die Frage – ja, natürlich schämte ich mich dafür, über das Äquivalent meiner eigenen Stiefmutter derart wilde Phantasien zusammenzubrauen, wobei ich bequemerweise vergaß, daß sie umgebracht worden war. Natürlich wußte ich das damals noch nicht. Ich wußte zwar, daß sie tot war, aber ich wollte nicht darüber nachdenken, warum und wie sie ums Leben gekommen war, und weder mein Vater, noch meine Mutter erklärten mir irgend etwas, was meine Gedanken im Zaum gehalten hätte. Heute zweifle ich daran, ob ich diese Phantasien gehegt hätte, wenn mein Vater der Erinnerung an seine erste Frau gerecht geworden wäre oder sich zu ihr bekannt hätte. Warum verleugnete er sie, als ob sie etwas sei, dessen er sich schämen mußte und das er am liebsten in einen Sack mit Mottenkugeln und Zedernholzstücken gestopft hätte, den man tief in einem Schrank verstecken konnte? Aber die Menschen handeln eben nach ihren eigenen Gesetzen, und ich will nicht, daß Sie denken, ich würde Kritik an meinen Eltern üben. Ich meine, dies war eine Erfahrung meines Vaters, und er hatte eben seine eigene Art, damit umzugehen, die nun einmal so aussah, daß er sich darüber ausschwieg – und ich wußte, daß es mir nicht zustand, ihn deshalb zu verurteilen.

Und doch tat ich es. Als ich sechzehn war, traf ich mich öfter mit

Mädchen, und meine Phantasien nahmen ein Ende. An ihre Stelle trat das nagende Gefühl, Frauen gegenüber Verantwortung zu tragen, als ob sie vor allen Männern, mich eingeschlossen, beschützt werden müßten, denn es waren Männer, die über eine destruktive Veranlagung verfügten oder zumindest die Macht hatten, die größeren Verletzungen zuzufügen. Ich ging immer sehr vorsichtig mit Mädchen um, begegnete ihnen mit großem Respekt – zu großem, glaube ich heute. Ich hatte Mühe, vorlaut zu sein. Ich wollte nicht den Aggressor spielen. Auf den einfachsten Nenner gebracht, könnte man sagen, daß ich auf der Suche nach Informationen über die Frau und den Sohn meines Vaters war, denn sie standen meinem Verhältnis zu Mädchen im Wege.

Zu der Zeit wohnten wir in Park Slope, und nur ein weiteres Kind in meiner High-School-Klasse – ein Junge – hatte Eltern, die Überlebende des Holocausts waren. Zumindest war er der einzige, der dies zugab. Seine Mutter und sein Vater waren in Birkenau gewesen und hatten nach der Befreiung geheiratet. Gelegentlich verglichen wir unsere Eindrücke. Er hatte es viel schlechter als ich. Als ich mich beschwerte – »*Weißt du, sie reden nie darüber, aber ich kann nichts tun, ich kann nicht mit meinem Phantasie-Freund spielen, kann mit keinem Spielzeugauto auf dem Teppich herumfahren, kann mir nicht die Telefonnummer einer Freundin mit einem Stift auf den Arm schreiben, ohne dadurch einen Widerhall des Ganzen zu erzeugen*« –, da sagte er, wie gut ich es hätte. Seine Eltern wären schier wahnsinnig – redeten nonstop darüber, wären praktisch davon besessen, und er wäre mit dem Wunsch aufgewachsen, sie würden das Thema endlich totschweigen und ihr Leben weiterleben.

Er erzählte mir, daß ich herausfinden könnte, was mit meinen Verwandten geschehen war, wenn ich mich in der New York Public Library an einen der Archivare wenden und ihn bitten würde, mir bei der Auffindung der entsprechenden Akten behilflich zu sein. Es dauerte über einen Monat, bis mich der Bibliothekar zurückrief, aber eines Samstags – unter dem Vorwand, in die Stadt fahren zu müssen, um den Katalog der College-Bibliothek zu konsultieren – nahm ich den Zug und stieg an der Zweiundvierzigsten Straße aus. Ich erklomm die Treppen zwischen den zwei steinernen Löwen – wie heißen sie? Geduld und Stärke – zum Vordereingang hinauf, und mir stockte fast der Atem. Als ich das Gebäude wieder verließ, war ich ein anderer Mensch geworden.

Alles, was mir der Archivar zeigen konnte, war eine Kopie der Liste der Abtransportierten. Aber es war ein wirklicher Schock – wie ein Hieb in den Magen, vielleicht wie sich Menschen fühlen, wenn sie zum ersten Mal den Namen ihrer Eltern auf einem Grabstein lesen –, den Namen meines Vaters plötzlich in der Mitte einer Seite zu lesen. Was aber noch merkwürdiger war, war, daß ich zwei Zeilen darunter meinen eigenen Namen fand.

Der Name meines Bruders, meines Stiefbruders natürlich, war in italienisch geschrieben. Er war fünf Jahre alt gewesen. Meine Mutter, ich meine, seine Mutter, war siebenundzwanzig gewesen. Ihr Vorname war *G-*, ihr Mädchenname *L-*. Manches Mal kann ein Name täuschen. Sie wissen, was ich meine, wenn man einen Hoffman, einen Klein oder einen Kraus trifft, und man denkt, nun ja, man hätte es mit – nun, ja, mit seinesgleichen zu tun, aber ich glaube nicht, daß *L-* mich auf eine falsche Fährte hätte lenken wollen. Sie muß Italienerin gewesen sein, eine echte Italienerin, nicht wie mein Vater, der, wenn er es überhaupt wagte, von seiner Vergangenheit zu sprechen, dann stets erzählte, wie seine Familie von Graz nach Italien gekommen war, um dort eine Zweigniederlassung der familieneigenen Textilfirma zu eröffnen. Manchmal erzählte er auch die Geschichte, wie einsam er sich als das einzige Kind in seiner *scuola* gefühlt hatte, das sich nicht jedes Jahr auf die Ankunft von Bobbo Natale freute.

Sie muß katholisch gewesen sein. Diese Tatsache wäre noch romantischer gewesen (Sie wissen ja, wie es ist, wenn man Teenager ist – der Gedanke, aus Liebe in den Tod zu gehen, hat etwas ungeheuer Reizvolles an sich), wenn sie nicht der grauenhaften Tatsache entsprochen hätte – daß der einzige Grund, warum sie in den Zug steigen mußte, der war, weil sie ihn geheiratet hatte.

Als ich mein Wissen einmal meiner Schwester anvertraute, sah sie mich voller Abscheu an. Sie sagte, die ganze Geschichte sei unheimlich – warum hatte ich sie nur ausgraben müssen? Sie ginge mich ohnehin nichts an. Außerdem sollte ich meiner Mutter besser nicht erzählen, daß ich in der Vergangenheit meines Vaters herumgestochert hatte, denn das würde ihre Gefühle verletzen. Was ich meinem Vater erzählte, war meiner Schwester egal, ihm war sie nie nahegestanden, und es hatte immer eine Menge Reibereien zwischen ihnen gegeben, vor allem, nachdem sie dreizehn geworden war und mein Vater, der Jungen im Teenageralter mit den Mächten des Bösen gleichzusetzen schien, anfing, ihr vorzuschreiben, wo sie hingehen und wen sie treffen durfte. Die Antipathie flackerte erneut auf, als sie ans College ging und eine Eßstörung entwickelte, wegen der sie sogar stationär behandelt werden mußte.

Ich stand meinem Vater nahe – stehe ihm immer noch nahe –, aber auch ich hatte oft Schwierigkeiten, wenn ich mit ihm reden wollte. Außerdem hatte ich meiner Mutter versprochen zu schweigen. Ich konnte mich nie überwinden, ihn zu fragen, warum er Anfang Juni immer so traurig aussah, als ob dies die Jahreszeit wäre, in der er sich erinnerte – an ihren Geburtstag vielleicht, vielleicht auch an den des Jungen, möglicherweise auch an ihren Hochzeitstag, oder konnte es die Zeit gewesen sein, in der er sie zum letzten Mal gesehen hatte, und da er nicht einmal genau den Tag kannte, an dem sie gestorben war, mußte er sich an viele Tage erinnern, nicht nur an einen. Zu gern hätte ich ihn gefragt, ob er sie mehr geliebt hatte als meine Mutter und warum er mir denselben Namen gegeben hatte wie dem Jungen. (Es war der Name seines eigenen Vaters gewesen, deshalb vermutete ich, er wollte den Namen in der Familie einfach weiterführen.) Aber ich sagte kein Wort. Vielleicht gefiel es mir auch besser, meinen Phantasien freien Lauf zu lassen.

Ich stellte mir vor, der Junge sei eine frühere Version meiner selbst. Ich sah seine festen Kalbslederschuhe, die soliden Socken und den schwarzweißen Ball, den er sicher auf dem Marktplatz umhergekickt hatte. Ich stellte mir vor, wie er *biscotti* in den Kakao tauchte oder Steine in einen Brunnenschacht fallen ließ und auf das Aufschlaggeräusch auf der Wasseroberfläche wartete. Seine Mutter, dachte ich, hätte meine Mutter sein können. Nachdem die sexuellen Phantasien aufgehört hatten, wurde sie zu einem

Traum – die Frau in dem weißen Kleid, die an dem von Spitzenvorhängen umgebenen Fenster auf ihren Sohn wartete, der bald nach Hause kommen würde, während auf dem Herd eine Suppe köchelte und auf dem roten Ziegeldach die Tauben gurrten. Aber mein Vater – mein einziges Bindeglied zu all dem – kam seltsamerweise nie ins Bild. Erst Jahre später spielte er in meiner Traumwelt eine Rolle, als ich mir ausmalte, er würde mit mir nach Italien reisen, wo er mir die Textilfabrik zeigen wollte, die sein Vater aufgebaut hatte, und vielleicht ein Kloster oder einen Schlupfwinkel, in dem er sich mit Frau und Kind versteckt hatte, als die Aushebung begann, möglicherweise sogar das Haus des Mannes, den er im Verdacht hatte, ihn und seine kleine Familie für das magere Kopfgeld von ein paar tausend Lire verraten zu haben.

Aber mein Vater verlor niemals auch nur ein Wort, und so schwieg auch ich. Nichts davon kam jemals zur Sprache, bis ich in den frühen Dreißigern war und mich mit einer Frau anfreundete. Ihr Name war Jeanne. Wir waren beide in Cornell gewesen, hatten uns beide auf das Medizinstudium vorbereitet und waren beide anderweitig liiert gewesen. Jahre später arbeitete ich für einen Pharmakonzern in *N*-, der unter Beschuß kam, weil er ein Antidepressivum herstellte, das üble Nebenwirkungen hatte. Wir versuchten damals, in Medizinerkreisen Unterstützung für das Medikament zu finden, und ich traf Jeanne auf einer Konferenz wieder. Sie war Seelenklempner geworden. Entschuldigen Sie, Psychiater. Und sie hatte intensive Forschungen über posttraumatische Psychosen betrieben und hatte sogar einen Gutteil ihrer Patienten aus Holocaust-Überlebenden, Inzestopfern und Vietnamveteranen rekrutiert.

Ich muß zugeben, daß mich ihr Beruf nervös machte. Aber ich mochte und respektierte sie. Wir wurden gute Freunde und mit der Zeit etwas mehr als das. In vielerlei Hinsicht paßten wir bestens zueinander, vermutlich werde ich nie mehr wieder eine solch harmonische Beziehung finden – wir mochten das gleiche Essen, dieselbe Musik und dieselben Bücher, und wir hatten beide ein nüchternes, kühl analysierendes Temperament. Wir begannen von Heirat zu sprechen. Wir fuhren nach Short Hills, wo sie mich ihren Eltern vorstellte. Ich nahm sie mit nach Brooklyn, um sie den meinen vorzustellen.

Doch unsere Eltern ruinierten unsere Beziehung. Ihre Eltern waren tief religiös. Jeanne war genau das Gegenteil, aber dann brachte sie den Sohn eines Überlebenden wie eine Trophäe nach Hause. Ich kann Ihnen gar nicht sagen, wie sehr sie um mich herumschwänzelten. Bei dem Gedanken daran wird mir heute noch ganz mulmig. Und meine Eltern – nun, die waren immer noch enttäuscht, daß ich das Medizinstudium nicht abgeschlossen hatte; hier war der Doktor, den sie selbst nicht bekommen hatten, da ich die Medizin an den Nagel gehängt und Theologie studiert hatte (»*Ausgerechnet*!« hatte meine Mutter gejammert, und mein Vater hatte den Kopf geschüttelt). Aber ziemlich rasch ging mir ein Licht auf, und ich strebte meinen MBA[4] an. Sie liebten Jeanne. Sie waren regelrecht verrückt nach ihr. Sie konnte schlichtweg nichts Falsches tun.

Aus der Perspektive unserer Eltern war es fast zu schön, um wahr zu sein. Aber irgend etwas fehlte, wenigstens aus meiner Sicht. Es kam mir irgendwie nicht richtig vor. Jeanne schien die Schwester zu sein, die meine leibliche Schwester mir nie gewesen war. Das kann nicht das Wahre sein, dachte ich. Denn wenn ich an Jeanne dachte, blieb mir das Herz stehen, nicht aus Liebe, sondern aus Angst, die waghalsigere Seite in mir verlieren zu können oder womöglich niemals zu entdecken, wenn ich sie heiratete. Ich dachte, daß uns möglicherweise mehr eine merkwürdige Art von Schuld verband sowie der Wunsch, unsere Eltern die Fäden ziehen zu lassen. Ich streite es nicht ab: Mehr als einmal hatten meine Eltern in meinem Leben die Entscheidung getroffen, und ich hatte sie immer gewähren lassen.

Jeanne und ich gingen in Unfrieden auseinander. Ich hatte es zu weit gehen lassen – zu dem Zeitpunkt waren wir bereits verlobt gewesen.

4 MBA – Master of Business Administration – entspricht dem graduierten Betriebswirt (Anm. d. Übers.)

Das Schlimmste am Ende der Beziehung war für mich, es meinen Eltern gestehen zu müssen. Ich fuhr nach Brooklyn; es war ein düsterer Abend, und der folgende Tag war der Hochzeitstag meiner Eltern, was zusätzlich Salz in die Wunden streute. Ich wußte, auf lange Sicht würde es das Beste sein – ich war einfach nicht verrückt genug nach ihr, mir fehlte dieses Kribbeln im Bauch – und doch deprimierte mich die Entlobung mehr, als es jemals zuvor in meinem Leben etwas getan hatte. Ich war gerade einunddreißig geworden. Und ich fühlte mich müde.

Zuerst ging ich in das Büro meines Vaters. Er betreibt einen Teppichhandel. Es war schon spät. Seine Sekretärin hatte er bereits nach Hause geschickt, aber er wollte noch einige Telefonate erledigen. Ich saß im Empfangsraum. Mir graute davor, es ihm zu gestehen – ich wußte, wie enttäuscht er sein würde, und das machte mich wütend. Ich dachte: *Was geht ihn das eigentlich an? Es ist mein Leben! Ich bin derjenige, der dafür verantwortlich ist.*

Endlich legte er den Hörer auf und winkte mich herein. »Was ist los?« fragte er, kaum daß ich eingetreten war.

»Dad«, sagte ich. »Es geht um Jeanne.«

»Ist sie krank?« fragte er, und ich antwortete: »Nein.«

»Was dann?« fragte er.

»Es geht nicht mehr«, gab ich zurück. »Es ist vorbei.«

Er hatte einen Bleistift in der Hand, den er nun auf seinen Schreibtisch legte. »Nun. Hat sie Schluß gemacht oder du?«

»Sie«, sagte ich, was nicht ganz der Wahrheit entsprach, obwohl ich ihr das letzte Wort gelassen hatte, als ob das irgendeine Genugtuung gewesen wäre. »Aber ich wollte, daß sie es tut.«

»Aber warum wolltest du, daß sie Schluß macht?« bohrte er weiter.

»Ich weiß es nicht, ich kann's nicht erklären.«

Mein Vater zuckte mit den Achseln. »Tja. Was willst du nun von mir hören?«

Auch ich zuckte mit den Achseln. »Ich weiß es nicht.« Ich ließ den Blick durch das Büro schweifen (die lädierten Jalousien, der alte Stahlschreibtisch, alles Zeugen für die Opfer, die er brachte, um der gute Ernährer zu sein), und ich erinnerte mich daran, daß er immer erst spät nach Hause gekommen war und sogar jeden Samstag gearbeitet hatte – und das in einer jüdischen Umgebung. Um seinen Hals baumelte ein gelbes Maßband, und ich dachte daran, wie sehr ich mich früher immer wegen dieses Maßbandes geschämt hatte, dieses Symbol der arbeitenden Klasse, das er auch noch trug, als er längst aufgehört hatte, auf Händen und Knien auf dem Fußboden herumzukrabbeln, da er zehn Verkäufer unter sich hatte, die auch die körperliche Arbeit für ihn erledigten.

In meinem ganzen Leben hatte ich meinem Vater keine Widerworte gegeben, aber plötzlich war ich der klugscheißerische Teenager, der zu sein ich meinem Empfinden nach nie das Recht gehabt hatte.

»Warum sollte ich dir überhaupt etwas sagen?« fragte ich aufsässig. »Du redest ja nie mit mir.«

»Worüber willst du denn reden?«

»Warum besprichst du nie etwas Wichtiges mit mir?« fragte ich.

»Was ist dir denn wichtig?« sagte er.

»Dad«, sagte ich. »Komm schon.« Es schien mir leichter, all meine Fragen Jeanne anzulasten, deshalb fuhr ich fort: »Sogar Jeanne sagte, es wäre krank – ungesund –, daß du nie darüber sprichst, was dir zugestoßen ist.«

»Was erwartest du von mir?« fragte er. »Daß ich wahnsinnig werde vor Kummer?«

Ich sagte, ich wollte ihm einfach mein Mitleid zeigen, worauf er entgegnete: »Spar dir dein Mitleid. Spar dir bloß dein Mitleid.«

»Aber wie kannst du nur jeden Morgen aufstehen?« fragte ich ihn. (Dies war ein Problem für mich, denn ich schlief schlecht.)

»Welche Alternative habe ich denn?« fragte er.

Ich wußte, die einzige Alternative war Selbstmord. In Wahrheit muß ich gestehen, daß ich mich oft gefragt habe, warum er nicht Selbstmord begangen hatte – und was ich an seiner Stelle getan hätte. *Sag mir einfach, wie ich mein Leben führen soll*, hätte ich ihn am liebsten angefleht. Statt dessen stellte ich die Frage, die ich ihm schon seit Jahren hatte stellen wollen: Wie hatte er das alles nur überstehen können?

Ich dachte, er würde mir erzählen, er hätte an eine Art Gott geglaubt, so grausam er auch sein mochte, oder daß er sich an den Gedanken an ein anderes Leben geklammert hätte. Aber statt dessen erzählte er mir, daß man ihm damals einen Schraubenzieher in die Hand gedrückt hatte. Damit mußte er Kiefer aufstemmen und das Gold aus den Zähnen der Toten brechen.

Viele Menschen vollbrachten noch größere Brutalitäten damals, ich weiß das. Dennoch jagte mir der Gedanke so großes Grauen ein, daß meine Hände zitterten. Auf die Frage, wie er das nur fertiggebracht hatte, antwortete er: »Es war einfacher, als du denkst.«

Und hier sitze ich. In vielerlei Hinsicht fühle ich mich wie jeder x-beliebige Mensch. Ich stehe jeden Morgen auf und gehe zur Arbeit. An den Samstagen wasche ich meinen Wagen. Ich erledige Einkäufe. Zweimal im Monat besuche ich meine Eltern. Manchmal empfinde ich die Besuche als öde. Manchmal als unangenehm. Aber meistens sind sie ganz erträglich.

Eine der Fragen aus dem Fragenkatalog, den Sie mir zuschickten, lautete, ob ich jemals davon geträumt hätte, eine sogenannte »normale« Familie zu haben. Die Antwort lautet vermutlich, daß ich niemals der Sohn von jemandem anderen sein wollte. Nun, zumindest empfand ich die meiste Zeit über so. Denn als ich noch ein Junge war und mein Vater seinen Arm ausstreckte, um mir das Haar zu zerzausen, fühlte ich eine elektrische Spannung zwischen uns, eine Verbundenheit, die tiefer zu gehen schien als die durchschnittliche Beziehung zwischen einem Elternteil und seinem Kind. Wenn er mir bei Tisch Essen reichte, wenn er mich umarmte, als ich nach Cornell ging, wenn er mir die Hand schüttelte, als ich zum ersten Mal in den Ferien nach Hause kam, dann geschah dies mit einer Intensität, die ich nie bemerkte und verspürte, wenn ich meine Freunde und deren Väter beobachtete. Zwischen uns hatte alles eine größere Bedeutung. Um nichts in der Welt hätte ich all das vermissen mögen. Dieses Privileg verursachte mir Schuldgefühle, denn ich wußte, die Quelle dieser tiefen Emotionen war ein fürchterliches Übel.

Nachdem ich mit Jeanne gebrochen hatte und es einen Monat später in der Firma, in der ich arbeitete, zu Schwierigkeiten kam –

wegen eines weiteren Medikaments, das mehr negative als positive Auswirkungen hatte, sowie wegen der Geschäftspraktiken, die mir ohnehin bereits unethisch erschienen waren –, da hielt mein Vater zu mir. Er bestärkte mich darin, das zu tun, was ich für richtig hielt, auch wenn es mich den Job kosten sollte, was tatsächlich zutraf. Hinterher unterstützte er mich finanziell. Er fragte mich sogar ein weiteres Mal, ob ich in sein Geschäft eintreten wollte. Mir war klar, daß es seinen Stolz verletzte, mir diese Möglichkeit ein weiteres Mal anzutragen, nachdem ich ihm bereits gesagt hatte, daß ich kein Interesse daran hatte.

Ich liebte meinen Vater. Und doch glaubte ich, daß die Intensität unserer Beziehung zueinander mir dabei im Wege steht, andere Beziehungen einzugehen. Ich hatte das Gefühl, mit Jeanne vielleicht eine Chance gehabt zu haben, wenn er nur nicht der gewesen wäre, der er war, beziehungsweise, wenn nicht geschehen wäre, was geschehen ist. Aber dann denke ich auch wieder, daß sich Jeanne vielleicht gar nicht für mich interessiert hätte, wenn ich nicht meines Vaters Sohn gewesen wäre. Dessen bin ich mir sogar ziemlich sicher, denn sie hatte ein übersteigertes Interesse an meinem Vater und forderte mich Morgen für Morgen auf, ihr meine Träume zu erzählen. Es fällt mir schwer, es zuzugeben, aber ich habe ständig Alpträume und leide permanent unter Schlaflosigkeit, daß ich manchmal das Gefühl habe, wahnsinnig zu werden.

Ich habe Schwierigkeiten, jemandem nahezukommen. Ich würde gern jemanden kennenlernen, der mein wahres Ich schätzt, nicht irgendein romantisches Opfer des Bösen (das sich, wenn man einmal darüber nachdenkt, überall versteckt hält und im täglichen Leben gar nicht so schwer zu finden ist). Ich habe mit mir selbst einen kleinen Pakt geschlossen: Wenn ich je wieder ernste Absichten mit einer Frau haben sollte, dann werde ich ihr nichts von meinem Vater erzählen, bis ich sicher bin, daß ich sie liebe. Denn ich will nicht, daß mein Vater mir noch einmal in die Quere kommt. Nach Jeanne hatte ich erkannt, daß das Ausmaß solch immenser Leidenswege für viele Menschen eine unendliche Faszination hat. Die Menschen wollen daran teilhaben, allerdings ohne jedwede Konsequenzen tragen zu müssen. In diesem Sinne bin ich vermutlich ebenso schuldig wie der Rest der Menschheit. Schließlich ist es eine Erfahrung meines Vaters. Nicht meine. Und das sage ich mir immer wieder, es ist nicht meine Erfahrung. Und doch bin ich es. Es kommt mir immer noch so vor, als habe ein Teil von mir etwas durchgemacht – aber ich bin nicht sicher, was dieses Etwas ist.

Ich möchte nicht, daß Sie den Eindruck gewinnen, dieses Problem würde mein Leben dominieren. Tage, ja Wochen vergehen – ich fliege nach Columbus oder nach Saint Louis zu einer Konferenz –, und ich denke keine Sekunde daran. Aber dann ist es wieder da, wie ein Blitz trifft es mich, und meist im unpassendsten Moment – bei einem Empfang in der Firma etwa, oder mitten in einem Meeting. Dann schaue ich den Tisch entlang und weiß, daß ich der einzige im Zimmer bin, der sich mit diesen Problemen befassen muß. Und dann kommt ein weiterer Blitz, der mir darüber hinweg hilft – die Erkenntnis nämlich, daß sie alle ihre eigenen Bürden zu tragen haben, mit denen sie leben müssen. Dann bin ich dankbar für die Verpflichtung, die es mit sich bringt, der Sohn meines Vaters zu sein, denn ich spüre, daß ich ohne dieses Wissen, das so viel Mitgefühl in mir auslöst, nicht mit dem Rest der Welt in Verbindung treten könnte.

Und doch schäme ich mich, den Schmerz lediglich geerbt zu haben. Ich bin in dem festen Glauben aufgewachsen, daß mir etwas Grausames zustoßen würde, daß es nur eine Frage der Zeit sei, bis Gott mich einer Prüfung unterziehen würde. Ich warte immer noch und frage mich, warum mein Vater in der Nacht schlafen kann, während ich von Alpträumen gequält werde, von schlimmen Träumen, die eigentlich ihm gebühren. Ich träume, am Rand einer Klippe zu stehen – nein, einer Bergschlucht – und ich bleibe stehen und warte auf die Kugel oder die Hand, die mich hinabstößt.

KAPITEL ACHT

Tiefer und tiefer

Ich legte den Brief zurück und stellte das Buch wieder in das Regal. Die Dusche wurde abgedreht. Ich dachte an die »Duschräume« in den Krematorien. Mein Gesicht brannte, und meine Fingerknöchel fühlten sich taub an. Ich verspürte den Drang, ins Badezimmer zu stürzen und Strauss zu umarmen.

Statt dessen ging ich hinunter und kochte Kaffee.

Während ich bedächtig einen Fuß nach dem anderen auf die einzelnen Stufen setzte, dachte ich, daß es kaum verwunderlich war, vom ersten Augenblick an den Eindruck gehabt zu haben, Strauss schon seit langem zu kennen. Sein Beitrag war der letzte gewesen, den ich Korrektur gelesen hatte. Aber ich war nur bis zur Hälfte vorgedrungen, denn als ich zu dem Abschnitt über seine Freundin Jeanne gelangt war, hatte ich den Bleistift aus der Hand gelegt. Meine Erleichterung, diese Arbeit jemandem anderen zuschieben zu können, war riesengroß gewesen. Mit Ausnahme von Strauss' Beitrag – der einen ruhigen, ausgeglichenen Tonfall hatte, der in hartem Kontrast zu dem der übrigen befragten Söhne und Töchter stand – war im ganzen Manuskript der Widerhall von Furcht zu spüren gewesen. Einige der Interviewten waren in Kibbuze gegangen; andere hatten sich Aschrams angeschlossen. Einer davon war ein Konzertpianist, der sich darauf spezialisiert hatte, Musik zu spielen, die von Menschen geschrieben wurde, die in den Konzentrationslagern umgekommen waren. Ein anderer war seiner Emotionen nicht mehr Herr geworden und hatte mehrere Selbstmordversuche hinter sich. Aber alle liebten oder haßten ihre Eltern mit einer Vehemenz, die mich schockiert hätte, wenn die Gefühle meinen Eltern gegenüber nicht ähnlich intensiv gewesen wären.

Die Kaffeemaschine – ein schwedisches Produkt – stand neben der Jenn-Air-Küchenmaschine. Strauss hatte sie nicht saubergemacht. Ich warf den gebrauchten Filter, in dem sich weißer Schimmel angesetzt hatte, in den Müll und schnappte mir einen Schwamm. Bei der Hausarbeit bekam ich stets wieder einen klaren Kopf. Ich reinigte den Filterbehälter und die Glaskanne. Wenn ich nicht mit einem Kommentar zu rechnen gehabt hätte, hätte ich gern einen viertel Liter Essig durch die Maschine gejagt. Irgend etwas sagte mir, daß Strauss nicht der Typ von Mann war, der das Filtersystem regelmäßig entkalkte.

Im Kühlschrank fand ich eine Sechserpackung tschechisches Bier, die bis auf zwei Dosen leer war, ein halbes Dutzend Eier, die ihr Verfallsdatum schon längst hinter sich hatten (ich nahm die Sache in die Hand und warf sie in den Müll), sowie zwei Dosen V-8-Gemüsesaft, mehrere Dosen Root Beer (Dr. Brown's) und einige kleine Behälter mit chinesischem Essen zum Mitnehmen, die vermutlich noch von letzter Woche stammten. Auch diese landeten im Müll. Die Kaffeebohnen, dunkel und rauh, fand ich in einer Rubbermaid-Dose in der Kühlschranktür. Ich lugte lange genug in das Gefrierfach, um festzustellen, daß Strauss eine Vorliebe für Piroggen und Mitleid mit den Pfadfinderinnen hatte, da er so viele Pfefferminzplätzchen kaufte, daß er einen Teil davon einfrieren mußte.

Warum machte ich mir in diesen schrecklichen Minuten nur Gedanken über Pfadfinder-Plätzchen? Weil ich mich fürchtete, über das Gelesene nachzudenken, und weil mir meine Ichbezogenheit und meine Ignoranz peinlich waren. Da mein eigener Vater als Teenager emigriert war, hatte ich einfach angenommen, der Vater von Strauss hätte dasselbe getan. Da sie Amerikaner geworden waren, hatten mein Dad und all meine Onkel im Zweiten Weltkrieg gedient. Wo hatte ich mir Strauss' Vater denn vorgestellt – in Fort Dix oder Valley Forge? Beim Bocciaspielen unter den Zypressen in den Weinbergen? In einem schwarzen Hemd, die Hand zum Salut für *Il Duce* gehoben? Warum war mir nicht einmal der Gedanke gekommen, daß sein Vater zurückgeblieben sein könnte? In dem einzigen Kurs, den ich am College in moderner europäischer Geschichte belegt hatte, hatten wir gehört, daß die Vernichtung der Juden in Italien nicht mit derselben Gründlichkeit betrieben worden war wie in anderen europäischen Ländern – dennoch hatten wir einen Bericht über die Säuberung des venezianischen Ghettos gelesen sowie die Geschichte eines Physikers, der es vorgezogen hatte, Selbstmord zu begehen, statt die Namen von Hunderten anderer Juden preiszugeben, die sich immer noch in der Bilderbuchstadt aufgehalten hatten. Ich wußte, daß der Ehemann einer meiner Lieblingsautorinnen, Natalia Ginzburg, inhaftiert worden war und im Gefängnis starb, wodurch er sie mit der Sorge um ihre drei Kinder allein ließ. Unzählige Male hatte ich Giorgio Bassanis wundervolle Novelle *Ein Arzt aus Ferrara* gelesen, in der die Jagd auf einen homosexuellen Arzt zur Metapher für die Judenverfolgung durch die Faschisten wurde.

Während sich Strauss rasierte – ich war mir ziemlich sicher, daß es das war, was Männer nach dem Duschen taten –, mahlte ich die Bohnen, füllte die Kanne mit Wasser und ließ anschließend den Kaffee durchlaufen. Dabei hoffte ich inständig, er möge beim Herunterkommen durch den intensiven Geruch der Java-Röstung so abgelenkt und erfreut sein, daß es seiner Aufmerksamkeit entgehen würde, daß ich ihn nun mit ganz anderen Augen als vorher sah. Wenn es überhaupt eine Sache gab, der gegenüber ich eine moralische Verpflichtung empfand, dann war es das Recht auf Privatsphäre. Trotzdem hatte ich Strauss' Privatsphäre soeben verletzt, und dafür mußte ich jetzt bezahlen. Ich würde jetzt kaum fähig sein, über Dagobert Duck zu witzeln oder zu lachen, wenn Strauss einen seiner gelegentlichen braven Judenwitze erzählte (in denen der Rabbi dem Vikar und dem Priester immer um eine Nasenlänge voraus war) und darauf beharrte (wobei ich ihm zustimmen mußte), daß dies ein harmloses Tun sei. Schlimmer noch, ich würde mich fragen müssen – und das Tag für Tag –, wie die Angst, die er in dem Bericht (ihn zu lesen hatte ihn tatsächlich noch interessanter gemacht; wie hätte es auch anders sein können?) zum Ausdruck gebracht hatte, meine Gefühle ihm gegenüber beeinflussen würden. Am schlimmsten allerdings war, daß ich mich fragen mußte – oder aufhören mußte, mich zu fragen –, wie die merkwürdigen Einflüsse und Verhaltensweisen in seiner Vergangenheit seine Gefühle mir gegenüber beeinflussen würden.

Das Dilemma, dem ich ausgesetzt war – nämlich mein Wissen, über das ich nicht verfügen sollte, zu verbergen –, war fürchterlich. *Spare dir dein Mitleid*, hatte sein Vater gesagt. Meines würde ich also in ein Schließfach legen, bis mich Strauss auffordern würde, es herauszuholen. Von jenem Moment an wußte ich, daß ich von nun an darauf warten würde, die Geschichte von Strauss selbst erzählt zu bekommen. Denn er mußte von der Last der Schuldgefühle geplagt sein, das schreckliche Schicksal seines Vaters als Maßstab für seine romantischen Gefühle mir gegenüber zu verwenden.

Jedermann hat ein Recht auf Geheimnisse. Aber wenn man jemandem nahesteht, dachte ich, sollte sich dann die Liste nicht verkürzen? Abgesehen von den Rodgers- und Hammerstein-Tonbändern, hatte ich bereits eine Menge Dinge vor Strauss verborgen. Unter meinem Bett hatte ich die ersten Kapitel von *Mach langsam, Baby*! verstaut. Auch hatte ich ihm verschwiegen, daß es im Haus meiner Mutter eine Toilette gab (von der man ehrfurchtsvoll nur als *Nachtstuhl* sprach – als sei sie eine Art technisches Wunderwerk), die nur spülte, wenn man an einer schillernden Perlenschnur zog, die von der Decke herunterhing. Ich hörte auf, mein magisches Medaillon zu tragen, als ich zum ersten Mal mit ihm ausging. Auch über meine Abtreibung ließ ich kein Sterbenswörtchen verlauten, und ich verheimlichte ihm, wie nahe Dodie und ich uns tatsächlich standen. Und über meine unguten Beziehungen zu meiner Mutter und meinem Vater breitete ich eine dicke Decke des Schweigens.

Des weiteren verheimlichte ich ihm, meinen eigenen kleinen Beitrag zu den Annalen des Antisemitismus geleistet zu haben.

An jenem heißen Samstag im Juli 1976 (dem Jahr, in dem die ganze Welt zur Feier der zweihundertjährigen Unabhängigkeit in Rot, Blau und Weiß verpackt zu sein schien), machte mein Vater Überstunden, und Carol, meine Mutter und ich standen schwitzend in der Küche und füllten Nudeltaschen mit Ricotta. Meine Mutter, die stets von sich behauptete, Ärger schon einen Kilometer gegen den Wind zu riechen, hörte vor dem Haus eine Autotür. Sie wischte sich die Hände an der Schürze ab, ging ins Wohnzimmer und kehrte gleich darauf flüsternd zurück. »*Polizia*. Was machen wir jetzt?«

»Mich mußt du nicht anschauen«, zischte Carol – eine unnötige Aufforderung, denn meine Mutter starrte geradewegs auf mich.

»Ich habe nichts ausgefressen –«, verteidigte ich mich, bevor ich herausplatzte: »Vielleicht haben sie das falsche Haus erwischt?«

»Du weißt etwas«, fauchte meine Mutter. »Was hast du eigentlich gestern Nacht getrieben?«

Statt zuzugeben, daß ich neben der Landebahn Nummer zwei des Flughafens in New Haven flach auf dem Rücken gelegen hatte (mit Tony Adano über mir), erzählte ich ihr, was hinterher passiert war. Tony hatte mich über die Nebenstraßen vorbei an Schlottmanns Gemischtwarenladen nach Hause gefahren, wobei ich das Pech hatte, meinen Cousin Jocko mit einer Dose schwarzer Sprayfarbe in der Hand zu erwischen. Tony war zu schnell gefahren, um genau feststellen zu können, was Jocko vorhatte. Aber Schlottmann hatte kürzlich Jockos Freundin hinausgeworfen, weil sie jeden Tag ein paar Dollar aus der Registrierkasse geklaut hatte, weshalb ich mir recht gut vorstellen konnte, zu welchem Zweck Jocko die Spraydose in der Hand hatte.

Soviel konnte ich meiner Mutter erzählen. Mama riß Carol förmlich vom Stuhl. »Lauf, und erzähl es Tante Beppina«, rief sie. Carol und ich waren mit derselben Kost groß geworden. Auf dem Speiseplan hatten regelmäßig Krimiserien wie *Hawaii fünf null* oder *Twen-Police* gestanden, weshalb sie sich der Dramatik der Situation durchaus gewachsen zeigte und aus der Hintertür stürzte, als ob der Erfolg dieses Komplotts allein von ihr abhängig gewesen wäre. Danach wandte sich Mama erneut mir zu. »Und du – du – du weißt nichts. Du sagst kein Wort.«

»Aber Ma –«

»Die Familie kommt zuerst. Du hältst deinen Mund. Laß Onkel Gianni Jockos Suppe auslöffeln.«

Von der Haustür her ertönte ein lautes Klopfen. Meine Mutter schaltete die Herdplatten aus und schlurfte nach vorn. Aus der Küche konnte ich beobachten, wie sie die Tür öffnete. Ich duckte mich, als ich sah, daß der Polizist ein Schwarzer war.

Der Beamte begann zu reden, aber Mama unterbrach ihn schroff. »Zeigen Sie mir erst Ihre Dienstmarke«, forderte sie ihn auf, als ob die einzige Möglichkeit für einen Schwarzen, Hüter des Gesetzes zu werden, darin bestünde, sich aus dem Halloween-Geschäft in der Temple Street eine Polizeiuniform auszuleihen.

Der Bulle zog seine Marke hervor. Mama beugte sich darüber und las den Namen des Mannes, wie sie den Kirchenanzeiger oder ihre Gebetskärtchen las, nämlich indem sie tonlos ihre Lippen bewegte.

Schließlich schnappte der Polyp ihr die Marke aus der Hand. »Sind Sie Mrs. Diodetto?«

»Ja, das bin ich.«

»Ich möchte mit Ihrem Sohn sprechen.«

»Der ist nicht zu Hause«, gab Mama zurück, ohne sich damit aufzuhalten, ihm zu erklären, daß ihr Sohn – wer immer er auch sein sollte – erst noch geboren werden müßte.

»Wo isser?« fragte der Bulle. »Bei seinen Freunden? Irgendwo auf der Straße?« Er spähte über Mamas Schulter und deutete auf mich. »Sie iss wohl die Schwester? Hey, Mädel, weißt du, wo dein Bruder gerade iss? Oder wo er letzte Nacht war?«

Mein Mund begann sich langsam zu öffnen, klappte aber wieder zu, als sich Mama umdrehte und mir einen mörderischen Blick zuwarf.

»Nach welchem meiner Söhne suchen Sie übrigens?« fragte sie den Polizisten.

»Sein Name ist Gia-*como.*«

»*Gia*-como«, korrigierte ihn meine Mutter. »Mein Neffe. Zwei Häuser weiter.«

Zufrieden, den Mann lange genug aufgehalten zu haben, um Jocko die Chance zu geben, Reißaus zu nehmen, schloß sie die

Tür und schleppte sich in die Küche zurück, wobei sie sich mit dem Ärmelrücken den Schweiß von der Stirn wischte.

»Ma«, begann ich.

»Was?«

»Jocko hat ein Nazizeichen auf Schlottmanns Ladenfenster gesprüht.«

Mama runzelte die Stirn. »Bist du sicher? Hast du's gesehen?«

»Nicht genau. Aber ich glaube.«

»Warum hat er 'n das getan?«

»Du kennst doch seine Freundin, Paola – die, die sie P. T. nennen.«

»Die mit den Netzstrümpfen? Laß dich ja nie in solchen Netzstrümpfen erwischen! *Madonna*, dieses Mädel bedeutet nur Ärger!«

»Schlottmann hat sie gefeuert«, sagte ich. »Weil sie gestohlen hat.«

»Und deshalb sprüht Jocko ein Nazizeichen auf das Fenster? Warum hat er ihr nicht ein kleines Geschenk geschickt, das wäre billiger und sicherer gewesen. *Santa Maria*! Was für ein blöder Kerl! Und dieser Schlottmann –«

»Was ist mit ihm?«

Mama dachte nach. »Ich vermute, er kennt das Zeichen.«

Schlottmann sprach mit Akzent. Manche Leute erzählten, daß er sogar die Nummer eintätowiert hatte. Ich wußte, daß er mir eigentlich hätte leid tun sollen. Aber die Wahrheit war, daß ich ihn nicht mochte, ja, daß ich ihn haßte – denn all die Jahre hatte mich meine Mutter in seinen Laden geschleppt, um meine Herbstgarderobe für die Schule bei ihm zu kaufen: ein Paar schwarze Lacklederschuhe, rote Gummistiefel, einen karierten Wollrock, dessen Aufschlag mit einer großen, goldenen Sicherheitsnadel festgesteckt war, sowie eine weiße Baumwollbluse mit Stehkragen. Stets schaute Schlottmann meine Mutter verächtlich an, wenn sie sich in lautem Italienisch über die Preise beschwerte, als ob er den Grund ihres Verdrusses nicht allein aus ihrem Tonfall hätte schließen können.

Ich haßte Schlottmann, weil mich meine Mutter einmal in seinen Laden geschickt hatte und ich das, was ich suchte, nicht finden konnte. Als er plötzlich hinter mir auftauchte – vermutlich in der Annahme, ich wollte etwas mitgehen lassen, während ich an den Regalen auf und ab lief und den Artikel suchte – und mich fragte, was ich denn suchte, da bekam ich solch eine panische Angst vor ihm, daß mir das Wort für Glühbirne nur noch in italienisch einfiel. Hinterher fühlte ich mich wie ein Idiot, dem es die Sprache verschlagen hat – zu dämlich und unwürdig, es jemals zu mehr zu bringen als meine Mutter –, und ich lastete es ihm an, dieses gräßliche Schamgefühl in mir erzeugt zu haben.

Ich haßte Schlottmann, denn meine Mutter ging mit mir in seinen Laden, um meinen ersten Büstenhalter zu kaufen. Sie hatte darauf bestanden, sich mit mir in die einzige verfügbare Umkleidekabine zu zwängen, deren Vorhang sich nicht einmal ganz schließen ließ, und nachdem ich das blöde Ding endlich angezogen hatte, sage sie laut – und zwar dieses Mal in Englisch: »Der paßt nicht, ich *sagte* doch, du sollst erst mal den kleineren anprobieren!«

Schlottmann hatte natürlich alles mitgehört, und deshalb konnte ich ihn nicht ausstehen. Aber die Farbe aus der Spraydose änderte alles. Schlottmann wurde plötzlich ein anderer für mich – er war nicht mehr der Mann, den ich haßte, sondern der, dessen Partei ich eigentlich ergreifen sollte. Es war wie die wunderbare Verwandlung. Aber ich hatte ähnliches bereits unzählige Male erlebt. Immer dann, wenn zum Beispiel eine abscheuliche alte Tante an Krebs erkrankte oder ein total verhaßter Mitschüler bei einem Autounfall zermalmt wurde – kaum waren sie tot, wurden sie auch schon zu Heiligen erhoben.

»Was für ein blöder Kerl!« wiederholte meine Mutter. Denn sogar Mama, die Schlottmann gegenüber wenig Toleranz aufbrachte – sagte er nicht immer, er hätte diese Gegend verlassen sollen, solange es ihm noch möglich gewesen wäre? – , erkannte den Ernst dieses Hakenkreuzes auf der Ladentür in jener Hintergasse. *Nicht umsonst* hatte Onkel Gianni vier Jahre als zweiter Kommandeur eines U-Boots im Pazifik verbracht. *Nicht umsonst* hatte mein eigener Vater im Schweiße seines Angesichts als Funker in Fort Bragg malocht und Poker spielend die Langeweile, jedoch keinen einzigen Soldaten bekämpft, während er mit dem Rest der Welt auf das Kriegsende wartete.

Ähnlich reagierte Onkel Gianni, als er nach Hause kam und hören mußte, daß Jocko nur knapp der Einlieferung in eine Jugendstrafanstalt entgangen war, da es keine Zeugen gegeben hatte. Man konnte Onkel Gianni die ganze Straße rauf und runter brüllen hören, wobei seine Stimme mit jedem Ausruf lauter wurde:

Du verdammter, blöder Kerl!
Genau aus dem Grund haben wir doch den Krieg geführt!
Ich habe vier Jahre lang in einen Topf geschissen!
Dein Onkel hat sich deshalb Hautkrebs eingehandelt!
Mein bester Freund hat ein Bein verloren!
Deine Freundin ist eine verfluchte Hure!
Wenn du so weitermachst, landest du bald im Gefängnis!

Dann fing Onkel Gianni wieder dort an, wo er angefangen hatte, und schleuderte seinem Sohn die ganzen Argumente – Punkt für Punkt – erneut ins Gesicht.

»*Du verdammter, blöder Kerl*!«

Und so weiter ...

Das Geschrei dauerte etwa fünfzehn Minuten – lange genug jedenfalls für meinen Vater, nach dem Abendessen den *Nachtstuhl* aufzusuchen, was gewöhnlich etwa eine Viertelstunde in Anspruch nahm, und vermutlich lange genug, um in Jocko den Wunsch zu wecken, lieber in die Jugendstrafanstalt eingewiesen zu werden, als dem Zorn seines eigenen Vaters ausgesetzt zu sein. Endlich wurden die Stimmen leiser, und meine Eltern fingen an, sich nun ihrerseits anzuschnauzen. Ich ging nach draußen, setzte mich auf die Treppe vor dem Haus und beobachtete die Glühwürmchen, die sich niederließen und blinkten, weiterflogen und erneut aufblinkten. Das Zischen und Knallen der Feuerwerkskörper, die meine Schulkameraden verbotenerweise drüben im Marschland um den Flughafen in die Luft jagten, wurde immer wieder von dem Donner der M-80 in der Ferne übertönt.

Auf der vorderen Terrasse von Onkel Giannis und Tante Beppinas Haus saß Dodie. Er hatte sich einen gelben Bleistift hinter das Ohr geklemmt und ging im Halbdunkel seine Hausaufgaben noch einmal durch. Er war einer der beiden Schüler an unserer High-School, die dazu auserwählt waren, in einem Sommerprogramm am Southern Connecticut State College einen Förderkurs in Mathematik zu absolvieren. Tante Beppina und Onkel Gianni erlaubten ihm, daran teilzunehmen, nachdem sie festgestellt hatten, *es würde sie keinen Heller kosten.*

Ich schlenderte zu ihm hinüber. Zu Hause verkehrten Dodie und ich sehr freundschaftlich miteinander, in der Schule aber hielten wir Distanz – er galt als beknackter Oberstreber, während ich mich noch nicht entscheiden konnte, ob ich eine Kiffsuse, ein intellektueller Eierkopf oder nur eine weitere Schlampe an der Küste Connecticuts werden wollte. Dennoch gab es zwischen uns – vor allem bei Familienzusammenkünften – eine Art stillschweigender Übereinkunft, daß wir in der ganzen Straße die einzig Vernünftigen waren und daß wir zusammenhalten mußten.

»Hey«, rief ich. »Was machst'n da?«

»Infinitesimalrechnungen.«

Mathematik war Dodies Stärke, wohingegen sie meinen Untergang bedeutete. Neben Statistik war Algebra meine größte Hürde, ein Stipendium für das College zu bekommen – ganz abgesehen von der Art, wie ich mich kleidete und auszudrücken pflegte. Meine Sprache – aber auch Dodies, zumindest bis er an die Duke University ging – war mit Obszönitäten gespickt und mit doppelter, ja manchmal sogar dreifacher Verneinung überfrachtet. Ich lehnte meinen Kopf gegen die Hauswand und wollte Dodies Einschätzung von Jockos Situation hören. Er zuckte die Achseln.

»Du weißt, daß er's war«, sagte Dodie. »Aber du hast nichts gesagt?«

»Ein Bulle war bei uns. Ein schwarzer Bulle.«

»Ich weiß. Ich habe den ganzen Tag lang nichts anderes gehört –«

»Und meine Mutter, sie sagte nur: *stai zitta.*«

Wieder zuckte Dodie mit den Achseln.

»Schau mich nicht so an, Dodie. Sie ist meine Mutter.«

»Tja«, knurrte Dodie. »*Sie ist* deine Mutter. Und wenn du immer so weitermachst und alles tust, was dir deine Mutter sagt, dann wirst du nie aus dem Haus deines Vaters herauskommen.«

Die Heftigkeit von Dodies Kritik war so enorm, daß ich mich am liebsten umgedreht hätte und weggerannt wäre. Aber ich blieb standhaft und erklärte: »Ich habe nichts Falsches getan. Ich war es nicht, die die Spraydose benutzt hat. Und ich lebe nun einmal hier, so, wie zum Teufel soll ich denn hier leben und so tun, als ob mich das alles gar nichts anginge?«

Darauf legte Dodie sein Mathebuch zur Seite, und wir gerieten in ein heftiges Streitgespräch. Es wurde unsere erste Auseinandersetzung mit der Philosophie, abgesehen von dem kurzen Ausflug in den theologischen Gottesbeweis von Thomas von Aquin, der uns von einem jesuitischen Gastredner von der Yale Divinity School in der Katholischen Jugendorganisation präsentiert worden war. Der Jesuit hatte seinen Augen nicht getraut, als er in den Kellerraum der Kirche gekommen war, wo wir auf grünen Klappstühlen hingen, die Mädchen in rückenfreien Oberteilen und Miniröcken, die Jungs in ärmellosen T-Shirts und zerrissenen Workjeans. Obwohl wir es damals noch nicht erkannt hatten, stritten Dodie und ich an jenem Abend über unsere Verantwortung, die wir uns selbst und der Gesellschaft gegenüber haben. Noch lange nach Sonnenuntergang saßen wir hinterher auf der Terrasse und beobachteten den Mond, der wie ein Porzellanteller am Himmel hing. Das war das letzte Mal, daß ich jenen Vorfall mit jemandem besprochen hatte. Gelegentlich dachte ich zwar daran, vor allem wenn ich mit meinen Holocaust-Manuskripten nicht vorankam, dann kam es mir vor, als hätte Gott sie mir als Strafe übertragen. Ich durchsuchte die Manuskripte sogar nach einem Beitrag von Schlottmann. Aber ich fand nichts.

Schlottmann verhielt sich ruhig. Er wusch die Farbe von seiner Hintertür und machte weiter, als sei nichts geschehen. *Business as usual.* Manche Leute waren der Meinung, er hätte die Warnung ernst nehmen und die Gegend verlassen sollen. Schon Jahre zuvor hätte er das tun sollen. »Wir sind hier nicht in Westville«, sagte meine Mutter, als ob es einer besonderen Erklärung bedurft hätte, daß unsere Wohngegend bis ins Mark sizilianisch war. Unsere Hauptstraße war von katholischen Kirchen, *panetterie* und *tabaccherie* gesäumt, nicht von Delikatessen-Läden, dem Hadassah-Second-hand-Shop, dem Mishkan-Israel-Friedhof und einem niederen, nichtssagenden Ziegelgebäude, in dem sich Menschen versammelten, die uns wie Ausländer, ja sogar besonders fremdartige Ausländer vorkamen und die an einem Tag beteten, der uns immer als der falsche Wochentag für derartiges Tun erschienen war.

Als Strauss herunterkam und sich an den Türrahmen der Küche lehnte, begrüßte ich ihn mit einer dampfenden blauen Keramiktasse. Als er sie in Empfang nahm, bemerkte ich, daß dies ein weiteres »erstes Mal« in meinem Leben war. Am Abend zuvor hatte ich zum ersten Mal in meinem Leben mit einem Mann ein Bett bezogen. Und an diesem Morgen servierte Elisabetta Diodetto – die einen Schwur geleistet hatte, nach all den Jahren, in denen sie ihren Vater bei Tisch bedient hatte, niemals einem Mann Essen zu kredenzen – einem Typ Kaffee.

Und sie heimste dafür sogar ein Dankeschön ein.

Strauss lehnte an der Küchentheke und nippte an seinem Kaffee. Ich lehnte an der gegenüberliegenden Seite und nippte an meiner Tasse. Wir lächelten uns scheu an. Schließlich schien es mir wichtig, wenigstens irgend etwas zuzugeben, deshalb sagte ich: »Ich habe dein größtes und dunkelstes Geheimnis entdeckt.«

»Und was könnte das sein?«

»Du besitzt ein Petula-Clark-Album.«

»Zugegeben.«

»Und Herb Alperts *A Taste of Honey* –«

»Ich kann's nicht leugnen.«

»Und du spielst Baseball.«

»Das hab' ich bereits zugegeben.«

»Und du unterstützt die Pfadfinderinnen, die vor den Supermärkten ihre Klapptische aufbauen. Außerdem hast du drei uneheliche Kinder.«

»Du hast ja schon eine Menge Detektivarbeit hinter dir, so früh am Morgen.«

»Du hast auch lange geduscht.«

»Durch das Vögeln auf dem Teppichboden – wie du es nanntest – habe ich einen steifen Rücken bekommen.« Er grinste. »Lisar, du hast mich ausspioniert!«

»Schuldig.«

»Dafür mußt du jetzt bezahlen.«

»Wie?«

Er kam zu mir herüber und stellte seine Tasse ab. Er nahm mir meine aus der Hand und stellte sie auf die Theke. »Indem du mir deine dunkelsten Geheimnisse verrätst.«

»Niemals.«

Er stand vor mir, so nahe, daß sich der Griff einer Schublade in meinen Rücken bohrte. Er legte seinen Arm um mich, und seine Finger legten sich auf meinen Nacken, wo er mein immer noch feuchtes Haar sanft berührte. »Dann muß ich eben raten.« Wortlos sah er mich an. »Ich hoffe, fast bete ich darum, daß du ältere Männer magst.«

»Oh, das sind meistens ganz sichere Kandidaten«, sagte ich, »sie haben mir schon immer gutgetan.«

»Und du trägst gern Männerkleidung.«

»Von Zeit zu Zeit.«

»Du hast einen gepiercten Nabel. Was? Hast du gar nicht? Ich dachte, ich hätte gestern nacht da unten etwas Hartes gespürt.« Seine Hand wanderte in mein Hemd, genauer gesagt, in sein eigenes Jeanshemd, und streichelte meinen Bauch. »War es nicht hier irgendwo?«

»Nein.«

»Hier?«

»Nein.« Ich wußte, daß diese Art von scheuen Annäherungsversuchen albern war. Aber sie gefiel mir. Sie erinnerte mich an die alten Fernsehwerbungen für Seifen, in denen sich gutaussehende, gesunde und muskulöse Männer unter der Dusche aalten. Vor der Flimmerkiste festgewachsen, glotzten Carol und ich uns diese knuffigen Typen an und lachten uns kaputt – und wenn wir sicher waren, daß Mama außer Hörweite war, feuerten wir den Kameramann an: *Tiefer, komm schon, tiefer*!

Ich wollte, auch Strauss würde tiefer und tiefer gehen. Ich wollte, daß sich alles, was ich in Erfahrung gebracht hatte, im Liebesakt mit ihm in Luft auflösen würde. Der Geschlechtsakt macht die Menschheit dumm, aber ich hätte nichts dagegen einzuwenden gehabt, während der nächsten halben Stunde den Verstand zu verlieren. Aber dann erinnerte ich mich – wieder einmal – an die leidige Verhütungsfrage und schob bedauernd seine Hand fort. »Ich habe dir Kaffee gemacht«, sagte ich. »Und du gibst mir jetzt etwas zu essen. Außer du hast oben eine Packung Kondome –«

»Ich habe in meinem ganzen Leben noch keines benutzt. Jetzt denkst du sicher, ich bin ein hoffnungsloser Fall, weil ich immer den Frauen die Verantwortung übertrage.«

»Solange du dem Ober nicht mitteilst: ›Sie nimmt den Fisch‹, werden wir ganz gut miteinander klarkommen.«

»Na, dann nimmt sie eben die Vollkornflakes«, scherzte Strauss und zog eine Schachtel aus dem Schrank. Daneben standen drei weitere Schachteln derselben Marke.

»Erzähl mir bloß nicht«, sagte ich, »daß du jeden Morgen dasselbe ißt.«

Aber er mußte es zugeben. Außerdem bezichtigte er sich, am Wochenende Kokosflocken darüber zu streuen und an Feiertagen sogar M&Ms.

»Die normalen oder die mit Nuß?«

»Beide.«

»Das ist aber sehr bedenklich.«

»Ein Mann muß eben zusehen, wie er zu seinem Vergnügen kommt.«

»Was streust du dir denn heute darüber?«

»Kokosflocken und M&Ms natürlich.«

»Hedonist.«

Wir schenkten uns frischen Kaffee nach, nahmen unsere Müslischüsseln mit ins Eßzimmer und setzten uns unter den Druck mit dem Wasserspeier an den Glastisch. Aber plötzlich war ich aus irgendeinem Grund verlegen, mein Körper war mir peinlich, als ob es ein intimerer Akt wäre, mit einem Mann schokoladenüberhäufte Cornflakes zu essen, als mir für ihn die Kleider vom Leib zu reißen. Mit Sicherheit jedoch lag in ersterem das größere Potential, mich dick und fett zu machen. Strauss hatte die Cornflakes regelrecht mit M&Ms beladen.

»Warum stehen in deinem Bücherregal Konfuzius und Boethius?«

»Nachdem ich das Medizinstudium an den Nagel gehängt hatte, wechselte ich zu Theologie über.«

»Was haben deine Eltern dazu gesagt?«

»Das war in den Sechzigern«, erklärte Strauss, »den späten Sechzigern –«

»Ich wiederhole: Was haben deine Eltern dazu gesagt?«

»Hm – wenn du es unbedingt wissen willst: nicht viel. Oder sie behielten es für sich. Ich vermute, sie hofften, es würde sich nur um eine Phase handeln.«

»Das vermute ich auch.«

»Ich bin mir nicht so sicher.«

»Du wirst mir wohl nicht erzählen, daß du dich an Augustinus orientierst, um bei Boorman einen besseren Job zu leisten?«

Strauss gab zu, daß der Autor von »Über den Gottesstaat« nicht besonders zur Firmenpolitik paßte. »Aber du tust es«, sagte er.

Ich balancierte ein grünes M&M auf meiner Löffelspitze. »Gehe ich recht in der Annahme, daß dies der Anfang unserer *kleinen Unterhaltung* ist?«

»Möchtest du lieber noch warten?«

»Laß es uns hinter uns bringen«, antwortete ich.

Strauss hatte wahrhaftig zu viele Meetings besucht. Jedenfalls fragte er, ob er als erster *das Wort ergreifen* dürfe. Er sagte, er hätte viel darüber nachgedacht und wäre zu dem Schluß gekommen, daß nichts Falsches daran sei, wenn wir *unsere gegenseitige Gesellschaft genießen* würden. Andere allerdings könnten die Situation als *Machtmißbrauch* mißinterpretieren. Allgemein herrsche die Auffassung, daß die wenigsten Menschen *unter diesen Umständen ihren Professionalismus aufrechterhalten könnten.*

Von diesem Punkt an leitete er all seine weiteren Bemerkungen mit abschwächenden Floskeln ein: *Ich hoffe, ich muß dir nicht sagen ... Es wäre am besten, wenn wir beide uns dahingehend einig wären ... Du weißt genausogut wie ich ... Es versteht sich wohl von selbst, daß ...*

Aber es verstand sich nicht von selbst. Volle fünf Minuten lang redete er weiter, versuchte, mir die Notwendigkeit, mit Umsicht vorzugehen, zu verdeutlichen, erklärte mir, einerlei, wie sehr wir beide auch die Unehrlichkeit der ganzen Situation verabscheuten, so wäre sie doch unumgänglich, denn wir würden beide darunter leiden, wenn unsere Beziehung bekannt würde.

»Aber im Moment wenigstens kann sie nicht herauskommen«, sagte er abschließend. »So, und jetzt bist du an der Reihe.«

Ich starrte in meine fast leere Müslischale. Ich konnte kaum glauben, daß ich all diese M&Ms verschlungen hatte. Ich pickte eine einsame Haferflocke heraus und betrachtete sie eingehend unter dem Licht der Eßtischlampe. Ich wußte, daß er recht hatte mit dem, was er gesagt hatte. Aber die Art, wie er es sagte, mußte mir nicht unbedingt gefallen. Es schien mir unmöglich, seinen schulmeisterlichen Ton mit der weit verletzlicheren Stimme in Verbindung zu bringen, die ich gerade eine halbe Stunde vorher aus dem Buch vernommen hatte.

»Ich habe der Diskussion nichts hinzuzufügen«, sagte ich.

»Das glaube ich nicht. Nicht von dir.«

»Du glaubst, ich hätte eine große Klappe, stimmt's?«

»Ich glaube, daß du feste Meinungen hast.«

»Und das gefällt dir nicht.«

»Keineswegs. Ich habe dich doch gerade dazu aufgefordert, deine Meinung zu dem Thema zu äußern.«

»Na gut«, lenkte ich schließlich ein. »Meine Meinung lautet, daß es niemanden etwas angeht, was wir nach der Arbeitszeit tun.«

»Noch vor einem Jahr, vielleicht, hätte die Firma zwar die Stirn gerunzelt, aber weggesehen. Wenn aber erst die neue Verordnung verabschiedet ist –«

»Die Verordnung unterscheidet ganz klar zwischen unerwünschten Avancen und auf dem Konsens beider Partner beruhenden Beziehungen.«

»Es heißt ganz klar, *daß kein Vorgesetzter, weder explizit noch implizit, einem Angestellten sexuelle Avancen machen darf, ob* –«

»Bitte hör auf«, sagte ich zu Strauss und vollendete den Satz mit meinem Kopf: – *diese nun akzeptiert werden oder nicht, in jedem Fall würde derartiges Handeln eine Personalentscheidung dieses Individuum betreffend beeinflussen.* »Ganz offensichtlich haben wir beide die Verordnung mit nach Hause genommen und sie praktisch auswendig gelernt. Und wenn du dir Sorgen wegen Peggy machst –«

»Natürlich mache ich mir Sorgen. Nicht daß ihr jegliches Mitgefühl fremd wäre, aber diese Art von Geschichte würde ihr gar nicht gefallen. Ich möchte nicht, daß sie davon Wind bekommt. Ich schulde ihr eine Menge –«

»Du schuldest auch dir selbst eine Menge. Du hast ein Recht darauf, glücklich zu sein.«

»Ich glaube nicht, daß du das verstehst. Ich habe meinen letzten Job unter äußerst unerfreulichen Umständen verloren. Und es ist nicht, was du denkst –«

»*Was* denke ich denn? Du scheinst immer zu wissen, was ich denke!«

»Daß ich jemandem Avancen gemacht habe. Nein, es hatte mit etwas wesentlich Unethischerem zu tun. Nicht, daß jemandem Avancen zu machen – ohne ihm auch die entsprechenden Gefühle entgegenzubringen – nicht unethisch wäre.«

»Was ist denn passiert?«

»Ich kann nicht darüber sprechen. Die Sache wurde gerichtlich beigelegt –«

»Schweigegeld?«

»Sehe ich etwa so aus wie jemand, der Schweigegeld annehmen würde?«

»Wurdest du denn entlassen, weil du *kein* Schweigegeld angenommen hast?«

»Vergiß es. Für den Moment wenigstens. Im Moment arbeiten wir beide bei Boorman, und zu gegebener Zeit kann ich mit Peg sprechen –«

»Bist du verrückt?« fragte ich, und als er eine beleidigte Miene aufsetzte, fügte ich hinzu: »Strauss, du bist nicht der einzige, der seinen – ich meine ihren – Job behalten möchte.«

»Aber Lisar. Vielleicht habe ich dich auch mißverstanden, aber ich hatte nicht das Gefühl, du wärst mit deinem Job bei Boorman so gut wie verheiratet.«

»Letzte Nacht hast du in bezug auf dich selbst etwas Ähnliches angedeutet.«

Er errötete. »Ich bedauere, dir diesen falschen Eindruck vermittelt zu haben.«

Mit lautem Klappern ließ ich meinen Löffel auf den Tisch fallen. »Dies ist kein geschäftliches Frühstück. Könntest du bitte aufhören, so zu reden, als würden wir eine Art innerbetrieblichen politischen Aufstand besprechen.«

»Reine Gewohnheit.«

»Dann brich sie! Die Grundidee ist doch die, daß wir beide essen und unseren Lebensunterhalt verdienen müssen. Was bedeutet, wir halten die Sache einfach geheim. Und keiner wird auch nur den leisesten Verdacht schöpfen. Wirklich. Glaube mir. Außer du gehst mit mir zur Weihnachtsfeier und knutschst mich vor dem Vorstand und all seinen Speichelleckern ab.«

Daraufhin erklärte mir Strauss, daß ich ganz offensichtlich erst einmal Boormans Gala zum Jahresende besuchen müßte, aber wenn ich erst einmal dort gewesen wäre, würde ich sofort erkennen, daß dies kaum ein Anlaß sei, den ein liebender Mann seiner Freundin zumuten würde. Weiter meinte er, daß wir am Ende des Jahres *wohl besser einschätzen könnten*, wie wir über diese ganze Situation dächten, und dann sei es ja möglich, daß wir beide eine andere Meinung darüber hätten, *die Sache an die Öffentlichkeit zu bringen*.

Ich wollte Strauss nicht sagen, daß unser Geheimnis deshalb so sicher sei, weil ich eine hervorragende Schauspielerin sein konnte, wenn es die Situation erforderte, und daß im Büro allgemein die Meinung vorherrschte, daß er und Peggy vom gleichen Schlag waren: Sie war an Frauen interessiert, während er es nicht war. Manchmal waren auch Gerüchte nützlich. Hätte ich den Mut gehabt, die Wichtigtuer von der Spur abzulenken – hätte ich höchstpersönlich die Gerüchteküche durch ein paar gezielte Bemerkungen dahingehend angeheizt. Aber ich hielt meinen Mund und überließ das anderen. Als ich das nächste Mal bei Strauss übernachtete, bemerkte ich mit Unbehagen, daß er Vorsichtsmaßnahmen gegen meine Neugier getroffen hatte und *Die verfluchte Generation* aus dem Regal entfernt hatte.

Fortan setzte ich die Pille auf meinen Speiseplan. Strauss setzte seine Reisetätigkeit fort. Als er zurückkam, holte er mich von meiner Wohnung ab und fuhr mit mir zu sich nach Hause, wo er eine weitere Flasche kalifornischen Wein entkorkte und mir ankündigte, er hätte mir ein Geschenk mitgebracht. Es war in einem blaßrosa Beutel verpackt und bestand aus einem ebenso blaßrosa Seidenhemdchen mit Spaghettiträgern. Ich ließ das Keusche-Mädchen-Ritual ablaufen und zog mich ins Badezimmer zurück, um es anzuprobieren. Es paßte perfekt.

Kein Mann hatte mir je zuvor ein solches Geschenk gemacht. Dennoch kannte ich das Protokoll: Er erwartete von mir, es vorzuführen. Durch die angelehnte Badezimmertür kündigte ich mich an: »Ich komme jetzt raus!«

»Ich bin bereit!«

»Bist du sicher?«

»Ich glaube, ich kann es aushalten!«

Auf Zehenspitzen schlich ich um die Ecke und streckte meinen Kopf ins Schlafzimmer, wo ich ihn mit hinter dem Kopf verschränkten Händen auf seinem Bett liegend vorfand. Er hatte sein Jackett ausgezogen und seine Krawatte gelockert. Den Bruchteil einer Sekunde lang sah ich mich im Spiegel – das pastellfarbene Rosa des Hemdchens war das exakte Gegenteil von dem, was ich mir unter der Farbe der Lust vorstellte – aber ich bemühte mich redlich, nicht zu lachen.

»Gefällt es dir?« fragte er.

»Besser als eine Schürze.«

Er schleuderte ein Kissen in meine Richtung.

»Wenn es dort, wo das herkommt, noch mehr davon gibt –«

»Vielleicht, wenn du dich artig benimmst – oder unartig –«

»Ich fühle mich verpflichtet, dich zu warnen – höre mir jetzt ganz genau zu: Ich trage keine Tangas und keine Leopardenmuster. Akzeptieren würde ich höchstens ein gedecktes Gepardenmuster, aber nur für das Oberteil, nicht für das Höschen.«

»Ich kann mir dich als große Wildkatze eigentlich gar nicht vorstellen, Lisar.«

»Und ich tanze nicht auf *Bolero*. Obwohl ich mich einmal zu Halloween als schüchterner Löwe verkleidet habe. Mein Cousin stieg mir ständig auf den Schwanz ... Aber erzähl mal – du bist tatsächlich in ein Geschäft gegangen und hast das hier ausgesucht?«

»Warum nicht?«

»War es dir nicht peinlich?« fragte ich und dachte daran, wie peinlich es mir immer war, in ein Kaufhaus zu gehen und einen BH anzuprobieren, und wie ich vor Scham fast verging, wenn die Verkäuferin mit der Halbbrille, die an einer Kette um ihren Hals baumelte, draußen vor der Kabine lauerte und säuselte: »Haben Sie die richtige Größe, meine Liebe?« Ich strich das Seidenhemdchen glatt. »Hattest du nicht Angst, sie würden dich für einen Transvestiten halten?«

»Es hat nicht meine Größe.«

»Woher wußtest du überhaupt meine Größe?«

»Ich habe an deinem BH nachgesehen. Als du in der Dusche warst. Ich hoffe, das stört dich nicht?«

Es störte mich nicht. Ich hatte eine respektable Größe – weder zu groß noch zu klein. Als Strauss mir weitere Geschenke mitbrachte und mich bat: »Ziehst du's an? Für mich?«, tat ich ihm den Gefallen. Dann entdeckte ich, daß daraus mehr wurde als nur ein Gefallen. Es machte mir Spaß, im Badezimmer zu verschwinden und dann im Schlafzimmer meinen großen Auftritt zu inszenieren; es gefiel mir, mich auf dem Bett rittlings über ihn zu setzen, langsam seine gelockerte Krawatte abzunehmen, sein Hemd aufzuknöpfen und ihn auszuziehen, während ich immer noch sein Mitbringsel trug. Ich mochte die Art, wie er mich vögelte, mit zur Seite gezerrter Wäsche – nie ganz ausgezogen, heruntergerutschte Träger, das Höschen nur halb heruntergestreift. Das war sein

Spiel. Seine Phantasien. Nach einer Weile wurden es auch meine, und wir verfielen in eine Routine, die zu schön war, um sie zu brechen, rhythmisches Atmen, gedämpftes Matratzenknarzen und grelle Aufschreie, die das Dachfenster erbeben ließen, bis er seine Hand über meinen Mund legte und flüsterte: »Psst, ich habe doch Nachbarn!«

Danach schlief ich stets sofort ein, eine Gewohnheit, die Strauss sehr wohl notierte, zumal er selbst eine jener Raritäten war, nach der sich die meisten Frauen – zumindest wenn man den Kummerspalten in den Zeitschriften Glauben schenken wollte – zu sehnen schienen, nämlich der Märchenprinz, der *danach* noch reden und schmusen wollte.

Diese Schäferstündchen erregten und beunruhigten mich gleichermaßen. Ich ging nach Hause und las Betty Friedan. Ich las nach, ob Gloria Steinem etwas dazu zu sagen hatte, wenn man mit seinem Chef schlief. Ich dachte daran, daß Simone de Beauvoir es mit Sartre tat, der wohl kaum als großer Verteidiger der Rechte der Frauen galt. Ich erinnerte mich an Hannah Arendt, die es mit Heidegger tat; und der war ein Nazi. Dann dachte ich: Zum Teufel, Strauss ist ein netter Kerl, er ist mein Freund, es tut gut, und warum sollte ich meinen Körper nicht genießen? Er gehört genauso zu mir wie mein Geist. Und warum sollte ich es nicht genießen, Strauss glücklich zu machen? Es war das erste Mal in meinem Leben, daß ich mich überhaupt darum kümmerte, ob es auch meinem Partner guttat. Warum mußte ich an die Unterdrückung der Frauen denken, während seine Zunge in meinem Mund spielte und seine Hände durch mein Haar zausten? Wir hatten uns bereits darauf geeinigt, Rechtsanwälten den Zutritt zu unserem Schlafzimmer zu verwehren. Aber wenn die alte Theorie stimmte, derzufolge bei jedem Liebesakt sechs Personen gegenwärtig waren – das Liebespaar und ihre jeweiligen Elternpaare –, dann war das Schlafzimmer ohnehin bereits überfüllt, ohne daß mir auch noch ein Sozialwissenschaftler auf der Schulter saß, der mein feministisches oder antifeministisches Verhalten beurteilte.

Ziehst du's an? Für mich?

Nun, vielleicht. Aber mehr und mehr kam ich zu dem Schluß,

daß ich es für mich selbst anzog. Dem Hemdchen folgte ein blaßgrünes Mieder, französische Höschen und ein schwarzer Slip mit passendem Spitzen-BH. Der Wink saß. Ich verstaute meinen alten Bestform-BH im hintersten Winkel meiner Schublade, warf meine Jockeys in den Müll und trug die Geschenke von Strauss von Montag bis Freitag unter meinem Büro-Outfit. Eines späten Nachmittags, ich steckte mitten in einem Subventionsantrag – den ich von umständlicher, langatmiger Prosa reinigen wollte –, als mich das Gefühl der Seide unter meiner Bluse plötzlich ablenkte. Ich erinnerte mich daran, wie ich eines Nachts in seine Wohnung kam – nachdem ich so lange im Fitneßstudio trainiert hatte, daß das Schließpersonal bereits anrückte und ich nicht mehr unter die Dusche gehen konnte. Als verschwitztes, zerzaustes Etwas tauchte ich kurz darauf vor seiner Tür auf. »Rühr mich nicht an«, sagte ich. »Versuch bloß nicht, mich zu küssen.« Ohne ein Wort zog er mich an der Hand ins Haus und führte mich nach oben, wo er sofort eine Badewanne einließ. »Zieh dich aus«, kommandierte er und ging in den Flur, wo er aus dem Wäscheschrank einige flauschige Handtücher und einen Waschlappen holte. Ich zog mein Trikot und meine Fahrradhosen aus, kletterte in die Wanne und drehte das Wasser ab. Es überraschte mich, als Strauss zurückkam und sich neben die Badewanne kniete.

»Laß mich das machen«, sagte er, rollte schnell die Ärmel hoch – er hatte immer noch das gebügelte Bürohemd an, ägyptische Baumwolle mit einem eingewebten Karomuster – und tauchte den Waschlappen in das Wasser. Ich lehnte mich zurück und ließ ihn warmes Wasser über meinen Körper tröpfeln. Nach einer Weile gestand er, daß er sich diese Situation erträumt hatte, noch bevor wir miteinander ins Bett gegangen waren: mich in seine Badewanne zu setzen, mir den Rücken abzuseifen und über meinen Brüsten warmes Wasser aus einem Waschlappen zu wringen.

»Ich wollte, daß du mich auf deinem Schreibtisch nimmst«, sagte ich – was eigentlich gar nicht stimmte, aber ich dachte, es könnte für die Recherche für das letzte Kapitel meines Romans interessant sein. Darin saß mein Don Juan gerade im Wartezimmer seines Chiropraktikers, da er erkannt hat, daß Sex auf hartem Untergrund Mord für seine Wirbelsäule ist.

»Auf meinem Schreibtisch liegen zu viele wichtige Papiere herum«, entgegnete Strauss. »Deine halbjährliche Mitarbeiterbeurteilung zum Beispiel.«

»Aber ich bin doch noch nicht einmal sechs Monate bei Boorman.«

»Tut nichts zur Sache. Alle werden zur gleichen Zeit beurteilt.«

»Habe ich bestanden?«

»Du hast glänzend abgeschnitten. Ausschließlich acht und neun Punkte, außer bei Kollegialität –«

»Was hast du mir darauf gegeben, du Schuft?«

»Sechs.«

»Sechs! Das mußt du ändern!«

»Werde ich nicht. Du streitest zu gern.«

»Mit wem?«

Er grinste. »Mit deinem direkten Vorgesetzten.«

Ich bespritzte ihn mit Wasser. »Tu ich nicht –«

»Siehst du? Nicht daß ich es nicht genießen würde! Aber ich glaube, du solltest regelmäßig zu Mittag essen – ich habe bemerkt, daß du am Nachmittag mir gegenüber etwas kauzig wirst; vielleicht ist es ja ein Problem des Blutzuckerspiegels. Und was das Verhältnis zu deinen Untergebenen anbelangt – es ist mir zu Ohren gekommen, daß du noch keine einzige Tupperware-Party besucht hast –«

»Also entschuldige bitte! Ich habe eine Menge Verbündete in der Redaktion. Und ich mache die Kaffeemaschine, den Kühlschrank *und* die Mikrowelle sauber, deshalb finde ich, daß ich wenigstens sieben Punkte verdiene –«

»Eine Beurteilung ist wie ein Empfehlungsschreiben, Lisar. Es muß einen weniger positiven Punkt enthalten, damit der Rest der Superlative glaubwürdig klingt.«

»Was sind meine Superlative?«

»Macht Überstunden – nicht zu knapp. Packt jedes Problem an. Ihr entgeht kein Detail.«

Ich rutschte tiefer in die Wanne – er hatte das Wasser schrecklich heiß gemacht, was mich träge werden ließ und mein Verlangen weckte – und öffnete meine Beine. »Halt den Mund«, murmelte ich. »Ich hasse das Büro. Seif mich hier ab. Hier. O ja. Genau da.«

»Schamlos«, seufzte Strauss. »Das ist dein zweiter Vorname.«

Während ich bei Boorman am Schreibtisch saß, wurde die Erinnerung an das warme Wasser so stark und real – den Text vor mir auf dem Tisch hatte ich längst vergessen –, daß ich schon befürchtete, ich müßte gleich in die Toilette laufen, um etwas Wildes zu tun, das mich meinen Job kosten würde, wenn man mich dabei erwischte. Ich schloß meine Bürotür. Ich wußte, daß Strauss an diesem Morgen an seinem Schreibtisch sitzen mußte, und entgegen unserer Abmachung, während der Arbeit kein unprofessionelles Verhalten an den Tag zu legen, loggte ich mich in All-in 1 ein und jagte die folgende Frage hindurch.

Bist du da?

Nach fünf Minuten Wartezeit erhielt ich Strauss' vorsichtige Antwort. *Ja.*

Allein?

Ja.

Denkst du an mich?

Nach weiteren fünf Minuten. *Jetzt tue ich es.*

Sag mir, was du denkst.

Die Antwort kam umgehend. *Folge mir nach Hause. Um 12.30 Uhr.*

Was ist, wenn ich es nicht tue?

Dann bekommst du eine andere Art von pink slip[5].

Ich bevorzuge die Art, die ich bereits habe.

Ich hätte die pinkfarbene Unterwäsche an jenem Nachmittag vielleicht noch angezogen, hätte ich ihn nicht in der Ausfahrt getroffen, wo er mir durch das heruntergelassene Fenster mit einer Stimme, die alles andere war als die eines Vorgesetzten, zurief: »Es tut mir so leid! Ich hab's vergessen. Es ist Mittwoch. Bei mir zu Hause ist die Putzfrau. Der Küchenboden schwimmt in Seife.«

»Das heißt, es geht nicht. Laß uns am Bach spazierengehen.«

5 Pink slip – bedeutet auch: »Entlassungspapiere« (Anm. d. Übers.)

»Deine Schuhe werden ganz schmutzig werden.«

»Ach, die bekomme ich schon wieder sauber.«

Er nahm meine Hand, als wir im Schatten der Bäume verschwanden. Nach einigen Momenten, die wir schweigend nebeneinander hergegangen waren, sagte er: »Ich hätte dir diese Message nicht schicken dürfen.«

»Ich habe sie gelöscht«, beruhigte ich ihn. Wenn ich aber die Wahrheit sagen soll, dann hatte ich länger als ein paar Sekunden gezögert, bevor ich den Cursor dahin lenkte, wo ich die Nachricht von *Strauss, E.*, löschen konnte. Ich sagte mir, ich wäre wohl ein kompletter Narr, wenn ich nicht wenigstens ein paar Momente *erwogen* hätte, sie festzuhalten. Man weiß ja nie, wann man eine schlagkräftige Munition brauchen würde. Aber ich haßte den Nationalfeiertag am 4. Juli, und Feuerwerkskörper – sogar die Wunderkerzen und die Fontänen namens Jadeblume oder Lotusblüte, die Jocko Kleinmädchen-Knaller nannte – machten mich immer nervös. Pistolen jagten mir Angst ein. Ich konnte mir nicht vorstellen, eine in der Hand zu halten, geschweige denn, den Abzug zu drücken.

»Ich habe alles gelöscht«, sagte ich. »Ich habe kein Interesse daran – du weißt schon, worüber wir gesprochen haben. Sex als Waffe zu benutzen.«

»Ich ebensowenig.«

»Warum müssen wir also darüber sprechen?«

»Weil wir schon einmal *darüber* gesprochen haben, Lisar –«

»Aber wir sind Freunde. Und ich will dir vertrauen.«

»Ich dir auch.«

»Dann laß es uns vergessen.«

»Erlaubst du mir noch ein Wort zu diesem Thema?«

Da ich Strauss' Definition von einem Wort mittlerweile kannte, was durchaus den Umfang von *Webster's Unabridged* annehmen konnte, sagte ich streng: »Nein, ich erlaube es nicht.«

Der Spaziergang an jenem Nachmittag war friedlich und angenehm. Anschließend mußte ich zwar den Schmutz mit einem Kleenex von meinen Absätzen putzen, trotzdem rief die Sekretärin, kaum hatte ich das Büro betreten: »Lisa, was ist denn mit Ihren Schuhen passiert?«

Ich sah hinunter. »Oh«, rief ich unbekümmert, »wußten Sie nicht, daß der Vorstand im Wald eine Whiskeybrennerei betreibt? Ich verbrachte mit einem der Herren die Mittagspause und ließ mich mit Schwarzgebranntem vollaufen.«

Binnen einer halben Stunde hatte diese Geschichte die Runde durch die Redaktion gemacht, und alle kicherten darüber, welch ungleiches Paar eines der berüchtigten schwer trinkenden Vorstandsmitglieder und Miss Lisa Diodetto abgeben würden. Zurück an meinem Schreibtisch, gratulierte ich mir zu meiner flotten Denke, schwor mir aber gleichzeitig, mich nie mehr wieder in eine derartige Situation zu bringen. Was wäre, wenn mir das nächste Mal keine derart schlagfertige Antwort einfiele? Was, wenn Strauss gerade in dem Moment erdige Fußspuren auf dem strapazierfähigen Teppich in Boormans heiligen Hallen hinterlassen würde?

An jenem Nachmittag verursachte mir das bernsteinfarbene Glühen meines Monitors Kopfschmerzen. Ich konnte mich nicht mehr auf meine Arbeit konzentrieren. Vielleicht habe ich wirklich ein Problem mit meinem Blutzuckerspiegel, dachte ich. Vielleicht hätte ich das Mittagessen nicht ausfallen lassen sollen. Vielleicht brauchte ich aber auch nur mehr Koffein.

Je weiter der Nachmittag fortschritt, desto klarer wurde mir allerdings die Tatsache: Ich hatte mich in Eben Strauss verliebt, und deshalb war mir übel.

Gegen Ende August wußte ich, daß Strauss seine Geschirrtücher in der untersten Schublade neben der Spüle aufbewahrte, sein Aspirin war im Nachtkästchen, seine Schnapsgläser waren in einem Korb auf dem Kühlschrank, und der Oolong-Tee, den ich gern mochte und den er ausschließlich für mich bei Macy's kaufte, stand in einer weißen Blechdose mit Gummidichtung neben der Kaffeemaschine. Ich wußte, in welcher Schublade er seine Socken und in welcher er seine Unterwäsche aufbewahrte. Ich wußte, daß er zuerst mit dem rechten Fuß in seine Hose stieg und seine Krawatte knotete, ohne dabei in den Spiegel zu sehen. Ich wußte, daß er es mochte, geneckt zu werden, daß er es mochte, eine Hand um seine Taille zu spüren, wenn dabei ein Finger unter seinen Gürtel glitt, und meine andere Hand um seinen Nacken lag, wenn wir uns küßten.

Die Putzfrau von Strauss kam einmal pro Woche. Aber immer, wenn ich ihn besuchte, fand ich grauen Schimmel hinter dem Wasserhahn, drei Monate alte Ausgaben des *Economist* auf dem Sofatisch und Kaffeesatzkrümel unter der leeren Obstschale auf der Arbeitsfläche. Und ich fand mich selbst in der Rolle, die Dodie immer spielte, wenn er mich besuchte: Sobald Strauss am Telefon hing oder im Badezimmer war, fing ich an aufzuräumen und sauberzumachen, und es machte mich ganz glücklich, wenn Strauss zurückkam und sagte: »Sieht gut aus hier. Wirklich schön. Hast du irgend etwas verändert?«

Warum erfüllte mich das nur mit so großer Befriedigung? Warum hätte ich mich so gern zu ihm gewandt und ihm gesagt: *Ich trage dein Kind im Bauch*? Und warum legte ich nicht meinen Schwamm aus der Hand und trat ihm hurtig gegen das Schienbein, anstatt ihm einen Zungenkuß zu geben?

Jahrelang hatte ich meine Mutter beobachtet, die unter der despotischen Herrschaft meines Vaters ihre Lippen zusammengebissen hatte, bis sie so dünn waren wie abgenutzte Kreditkarten. Bei ihrem Anblick hatte ich mir stets geschworen, gegenüber einem Mann niemals meine Zunge im Zaum zu halten. Ich sagte mir – und auch jedem, der es hören wollte –, ich würde niemals in eine Beziehungsfalle geraten, in der der Mann alles kontrollierte, was gesagt oder nicht gesagt wurde, was gewöhnlich dadurch geschah, daß er mit der Brieftasche winkte. Ich sagte mir selbst, ich würde nie wie meine Schwester Carol werden, die sich aus den Schuhläden in der Boston Post Road von hinten ins Haus schlich und ihre neuen Pumps im Kleiderschrank versteckte, weil Al Dante an die Decke gehen würde, wenn er herausbekäme, daß sie einen Teil seines Bowlinggewinns in neue Stöckelschuhe – oder irgendwelche Schuhe, egal – umgesetzt hatte, um sie bei der nächsten Hochzeit zu tragen. Ich schwor, ich würde nie wie meine Mutter werden, die den letzten Zehner ihres wöchentlichen Haushaltsgeldes in einer alten Bindenschachtel versteckte, von der sie zu Recht annahm, mein Vater würde niemals hineinsehen. Ich schwor mir, niemals etwas vor einem Mann zu verstecken. Er sollte mich mögen – und alles, was mit mir zusammenhing – oder eben nicht.

Er mußte sich entscheiden.

Doch wenn ich jemals Wachs in der Hand eines Mannes gewesen war, dann in Strauss'. Und das mochte ich nicht. Ich mochte es aber sehr, wenn mein Herz eine Etage tiefer rutschte, sobald er mir in Boormans Korridoren über den Weg lief. Und ich liebte die scharfe Pfefferminzfrische in meinem Mund, wenn sein Name über meine Lippen perlte. Bei aller Fairneß, wir waren uns beide der Diskrepanz bewußt, wenn ich ihn – einen Moment nachdem wir uns geliebt hatten – bei seinem Nachnamen nannte, als ob er ein Unteroffizier wäre, der seinen Rekruten Befehle entgegenbrüllt. Er machte den Vorschlag, ich sollte ihn doch irgendwie anders nennen, aber niemand hatte ihn je Eben genannt, und es war Jahre her, daß ihn, abgesehen von seinen Eltern, jemand Ibby genannt hatte.

»Wie haben dich denn deine früheren Freundinnen genannt?« fragte ich.

»Vor oder nachdem sie mit mir Schluß gemacht haben?«

»Haben denn immer sie mit dir Schluß gemacht?«

»Vielleicht.«

»Warum? Weil du kein guter Koch bist?«

»Nein, nein.«

»Weil du zu schnell fährst?«

»Das war nie ein Thema.«

»Was dann?«

»Tatsache ist, sie haben mich der Herrschsucht bezichtigt.«

»Du?« sagte ich in gespieltem Unglauben. »Du, herrschsüchtig?«

»Dabei habe ich mein möglichstes getan, um es zu verbergen.« Er dachte nach. »Ein andermal wurde mir gesagt, ich sei *zu oft da*. Was das auch immer heißen mag.« Er nahm meine Hand in seine und zeichnete die Linien in meiner Handinnenfläche nach. »Und du?« fragte er. »Ich kann mir nicht vorstellen, warum jemand mit dir Schluß gemacht hätte. Außer er hatte deine frechen Antworten satt.«

»Oh, bei mir hat es keiner lange ausgehalten«, sagte ich. »Abgesehen davon, mir hat es nie etwas ausgemacht, wenn sie sich aus dem Staub gemacht haben.«

Strauss schwieg eine Weile. »Hast du es noch nie mit jemandem ernst gemeint?«

Ich schüttelte den Kopf.

Er zögerte. »Vielleicht tust du es ja eines Tages doch noch.«

»Ja, vielleicht.«

»Läßt du dich nächstes Wochenende von mir nach New York entführen?«

Ich nahm an, er wollte mich seinen Eltern vorstellen. Aber ich war nicht enttäuscht, als ich einwilligte und er mir darauf erklärte, er hätte bereits ein Zimmer im Pierre gebucht und Karten für eine Gastvorstellung von Rigoletto im Lincoln Center vorbestellt.

»Zu deinem fünfundzwanzigsten und dreimonatigen Geburtstag«, schmunzelte er.

»Woher weißt du mein Geburtsdatum?«

»Du vergißt, daß ich Zugang zu deiner Personalakte habe.«

Ich wurde rot. Denn jetzt wußte er, daß mein zweiter Vorname Assunta lautete.

KAPITEL NEUN

Ein ungeheuer blöder Kerl

Mein Telefon klingelte genau in dem Moment, als Strauss meinen Koffer nahm, um ihn zu seinem Wagen hinunterzutragen.

»Soll es doch klingeln«, winkte ich ab.

»Es könnte doch etwas Wichtiges sein. Vielleicht deine Mutter –«

Ich legte meine Hände auf seine Schultern, um ihn zur Tür hinauszuschieben. Aber dann klickte der Anrufbeantworter, und Als Stimme polterte: »Hey! Lise! Wir haben das Baby!«

»Setz dich«, rief ich Strauss zu und ließ Schlüssel und Tasche fallen. Ich stürmte zum Telefon und hob ab. »Herzlichen Glückwunsch, Al.«

»Er kam etwas früh«, posaunte Al.

»Demnach ist es also doch der berühmte Junge geworden?«

»Tja, wir haben da ein ganz ordentliches Wiener Würstchen.«

Aus dem Hintergrund hörte man Carols Stimme. »Al! Al! Laß das!«

»Also, wem sieht er ähnlich?« fragte ich Al. »Dir?«

»Armes Kind, was? Warte, Carol wird's dir erzählen. Ich kann mich nicht mal an seine Augenfarbe erinnern. Himmel, das war was, Lise! Du hättest hiersein sollen!«

»Al fängt zu weinen an«, sprudelte Carol hervor, kaum hatte sie den Hörer in der Hand.

»Scheiße!« rief Al von hinten.

»Es war *so* bewegend«, plapperte Carol weiter.

»Er hat sich ziemlich Zeit gelassen«, brüllte Al wieder dazwischen.

Dann gab Carol mir einen ausführlichen Bericht über ihre sechzehnstündigen Wehen und einen fast noch längeren über die letzten fünf Minuten, in denen Al ihr die Beine am Kopf vorbei nach hinten drücken mußte, wie sie geächzt und gestöhnt hatte und endlich der Kopf des Babys herausgekommen sei, wie die Hebammen sie angefeuert hätten und der Arzt nichts anderes getan hätte, als das Baby aufzufangen und die Nabelschnur abzuschneiden, wofür er fast fünfzehnhundert Dollar berechnen würde. Endlich bekam sie dann die Kurve und beschrieb Al Dante junior – wie süß und warm und rot er war. »Komm und besuche ihn!«

»Ich kann nicht«, sagte ich. »Erst nächste Woche. Ich fahre nach New York. Ich wollte gerade zur Tür hinaus, als Al anrief.«

»Besuchst du Dodie?«

Ich zögerte. »Mhm.«

»Ändere doch deinen Plan.«

»Findest du's nicht besser, wenn ich komme, sobald du aus dem Krankenhaus entlassen bist? Dann könnte ich dir ein paar Tage im Haushalt helfen.«

»Das wäre toll! Obwohl du dir möglicherweise Ärger mit Mama einhandelst, wenn du bis Montag wartest.«

»Ist sie da?« fragte ich in dem Bestreben, Mamas Tirade auf der Stelle hinter mich zu bringen.

»Bist du verrückt? Würde Al vor ihr von einem *Wiener Würstchen* sprechen? Sie ging in die Kirche, um für die hl. Anna eine Kerze anzuzünden –«

»Warum überrascht mich das nicht?« fragte ich. »Sag ihr, ich rufe übers Wochenende mal an.«

Nachdem ich versprochen hatte – zum hundertsten Mal, als ob ich vorhätte, mein Versprechen zu brechen –, die Patin zu werden, legte ich auf. Ich ging ins Wohnzimmer, wo Strauss hastig vom Sofa aufsprang.

»Meine Schwester hat einen Jungen bekommen.«

»Das habe ich mir schon beinahe gedacht.«

»Mein Schwager heißt Al.«

»Das habe ich mir auch gedacht.«

»Sein zweiter Name ist Dante, und sie nennen den Jungen Al Dante junior.«

»Das hast du erfunden. Das ist eines deiner garstigen Talente, Lisar, dieser Hang zur Übertreibung.«

Seine Augen fixierten meinen Couchtisch. In panischem Erschrecken sah ich, daß ich das erste Kapitel von *Mach langsam, Baby*! liegengelassen hatte, das ich mit Rotstift redigiert hatte, kurz bevor er gekommen war, um mich abzuholen.

»Du hast mir gar nichts von deinen literarischen Ambitionen erzählt«, sagte Strauss.

»Wie weit hast du's gelesen?«

»Weit genug.«

»Und, was hältst du davon?« fragte ich. »Nicht viel, vermute ich.«

»Ganz im Gegenteil. Ich finde es intelligent. Und es hat Stil. Vielleicht ein bißchen viel an den Haaren herbeigezogenen Witz. Möglicherweise gibt es auch hie und da ein Problem mit der Glaubwürdigkeit, das du noch einmal überdenken solltest.«

»Du bist also nicht der Meinung, daß eine Büroromanze glaubwürdig ist?«

»Ich glaube nicht, daß die Direktorin der Graphik – Donna, wie du sie nennst – mit dem Chef der Finanzen einen dermaßen intensiven Flirt anfangen würde. Und ein erwachsener Mann von vierzig Jahren würde sich vielleicht nicht mehr Thommy nennen lassen. Außerdem bin ich nicht sicher, ob Donna eine grüne Brille tragen muß, um zu beweisen, daß sie eine Künstlernatur ist.«

Ich musterte ihn kühl. »Vielleicht sollten wir dich in der Redaktion anheuern.«

Er zog seine Brauen hoch. »Vielleicht sollten wir in der nächsten Mitarbeiterbeurteilung schreiben, *wenig empfänglich für konstruktive Kritik*.«

»Du gehst mir auf die Nerven.«

»Du reagierst total überzogen.«

»Es ist erst der erste Entwurf«, maulte ich.

»Wann kann ich mehr davon lesen?«

»Im zweiten Kapitel wird die Geschichte turbulenter«, sagte ich und war heilfroh, daß ich nicht die Nebenhandlung mit meinem Don Juan auf dem Tisch liegengelassen hatte.

»Dessen bin ich sicher. Es ist unterhaltsam, Lisar. Und treffend formuliert. Wie lange arbeitest du schon daran?«

»Seit meiner Einstellung.«

Er zögerte. »Schreibst du etwa während der Arbeitszeit?«

»Natürlich nicht«, erwiderte ich, obwohl ich fast täglich während der Bürostunden kurze Passagen schrieb, die mir im Moment der Inspiration brillant erschienen, einen Tag später aber als kompletter Bockmist vorkamen.

»Das ist die Schriftart von deinem Drucker im Büro«, bemerkte Strauss.

»Was glaubst du, mache ich, wenn wir beide den Samstagnachmittag bei Boorman verbringen?« fragte ich, denn Strauss und ich waren bekannt dafür, daß wir auch an den Wochenenden zur Stelle waren – wobei wir stets zu unterschiedlichen Zeiten ankamen und abfuhren. Ich konnte mir vorstellen, daß dies zur heimlichen Belustigung unseres Nacht- und Wochenendpförtners, Gussie, beitrug. »Ich habe zu Hause keinen Computer. Ich muß es tippen und drucken.«

»Ich dachte, du würdest hart an meinen und Peggys Projekten arbeiten.«

»Denke noch einmal nach«, entgegnete ich.

»Ein- oder zweimal – das war, bevor wir zum ersten Mal miteinander ausgingen – glaube ich mich erinnern zu können, daß du hinter deinem Schreibtisch hervorgesprungen bist, um mir den Blick auf deinen Drucker zu verwehren.«

»Ich habe lediglich versucht, dir meinen grandiosen Körper in voller Größe vor Augen zu führen.«

»Und deine strumpfsockigen Füße? Warum kaufst du dir keine bequemeren Schuhe, die du nicht unter dem Schreibtisch von dir schleudern mußt?«

»Warum kümmerst du dich nicht um deinen eigenen Kram?«

Er lächelte. »Weil ich mich gern um dich kümmere.« Dann warf er den Blick wieder auf mein Manuskript. »Brennt es dir schon lange unter den Nägeln zu schreiben?«

»Ich gebe es ungern zu. Jeder will einen Roman schreiben. Aber die wenigsten können es. Ich will es wirklich gut machen.«

»Das ist ein guter Anfang.«

»Ich habe immer noch das Gefühl, daß ich es nicht richtig anpacke.«

»Du sagtest doch, es sei der erste Entwurf.«

»Ich habe gelogen. Es ist der dritte.«

»Denk doch, wie gut wird dann erst dein fünfter sein!«

»Um die Wahrheit zu sagen, ich kann immer nur daran denken, wie stinkwütend meine Mutter sein wird, wenn sie den siebten liest.«

»Warum sollte sie wütend werden? Sie ist ja nicht diejenige, die parodiert wird.«

Ich zuckte mit den Achseln. Aber dann erregte etwas in seiner Stimmlage, die mir plötzlich zu neutral erschien, meine Aufmerksamkeit. »Du glaubst, ich parodiere dich?«

»Keineswegs.« Aber ich war sicher, daß er sich als Thomas »Thommy« Akins sah, denn er wechselte augenblicklich das Thema. »Bist du nicht froh, das Telefonat angenommen zu haben? Ich vermute zwar, daß wir jetzt unsere Pläne ändern müssen –«

»Nein, das will ich nicht. Ich will bei dir sein. Ich werde mir Montag und Dienstag freinehmen. Mit deiner Erlaubnis, natürlich.«

Noch einmal langte ich nach meiner Tasche und dem Schlüsselbund. Strauss wollte gerade meinen Koffer nehmen, hielt aber plötzlich inne. »Weshalb hast du deiner Schwester nicht erzählt, warum du nach New York fährst?«

Meine Wut auf mich selbst, weil ich das Manuskript auf dem Tisch liegengelassen hatte, platzte mit einem Male heraus. »Soll ich meiner Schwester erzählen, daß ich meinen Chef in einem Hotelzimmer vögle?«

»Du könntest vielleicht einen seriöseren Weg finden, es ihr zu sagen.«

Ich heftete meinen Blick auf den Teppich und umklammerte meine Schlüssel. »Es tut mir leid. Ich bin völlig durcheinander. Ich wollte, ich hätte dieses Telefon nicht angerührt –«

»Ich verstehe dich. Wenn es dir hilft, auch ich war etwas durch den Wind, als meine Schwester ihr erstes Baby bekam. Irgendwie hat es mich damals aus der Fassung gebracht.« Einen Moment lang schwieg er. »Du hast dich zwar einmal über sie beklagt, aber ich dachte trotzdem, du würdest mit *deiner* Schwester und *deinem* Schwager ganz gut auskommen?«

»Strauss«, sagte ich. »Sei ehrlich. Ich habe das Gefühl, du magst deine Schwester nicht besonders.«

»Ihren Mann mag ich nicht. Der Kerl ist von Beruf Jude, und das Vollzeit ... Lisar, du weinst doch nicht?«

»Natürlich nicht«, sagte ich und durchwühlte meine Tasche nach einem Kleenex. »Ich habe etwas im Auge. Ich muß hier dringend Staub wischen. Komm, laß uns fahren, okay?«

Abgesehen davon, daß Strauss und ich unsere Kommentare darüber abgaben, daß sich jeder klassische DJ am Samstagmorgen bemüßigt fühlte, so alte Kamellen zu spielen wie *Die Vier Jahreszeiten* oder *Rhapsody in Blue*, schwiegen wir während der Fahrt in die Stadt. Ich versuchte zu vergessen, wie kurz davor ich genau zu dem Zeitpunkt gewesen wäre, ein Kind zu gebären, ein Kind, das weder ich noch sein Vater gewollt hätte. Ich sagte mir, ich hätte richtig gehandelt. Richtig war es, hier neben Strauss zu sitzen. Er war der erste Mann, der mich je anständig behandelt hatte, und ich konnte mir nicht vorstellen, daß Gott dagegen etwas einzuwenden hatte.

Der Eingang zum Hotel Pierre war lang und schmal und mit einem hellblau und golden gemusterten Teppich ausgelegt. Gesäumt wurde er von schwülstigen Rokokogemälden an der Wand, die Göttinnen mit sinnlichen Lippen in einer pastoralen Landschaft zeigten. Jenseits der schweren vergoldeten Spiegel und des gedämpften Klimperns von Silberbesteck, das im Café Pierre gegen feines Porzellan stieß, und jenseits des schallisolierten Flures in der zwölften Etage war ich immer noch ich, und Strauss immer noch Strauss. Er beeilte sich, mir zu versichern, daß er das Café Pierre etwas prätentiös fände, womit er sich aber in eine andere Kategorie von Mensch einreihte als mich, die ich nie zuvor einen Fuß in die luxuriöse Lobby gesetzt hatte und deren einzige Kenntnis von dem Hotel aus den diskreten Schwarzweißanzeigen im *New Yorker* bestand.

Die ganze Umgebung roch nach einem Lebensstil, für den weder Strauss noch ich erzogen worden waren. Da Strauss jedoch älter als ich und zudem viel auf Reisen war, hatte er sich daran gewöhnt. Ich sah zur Seite, als er dem Liftboy Trinkgeld in die Hand drückte, und als er beim Einchecken an der Rezeption dem Hotelangestellten seine Kreditkarte in die Hand drückte, gab ich mich urplötzlich der staunenden Betrachtung einer riesigen Vase voller Taglilien hin. Ebenso hegte ich die feste Absicht wegzusehen, wenn Strauss bei der Abreise die Rechnung quittieren würde, obwohl ich wußte, daß mich die Neugierde schier zerfressen würde, welchen Preis er bezahlen mußte, um seinen Kopf nur eine Nacht lang auf einem Pierre-Kissen neben meinen zu betten.

Das Pierre war nicht eines jener Hotels, die den Preis für eine Übernachtung an der Rückseite der Zimmertür bekanntgaben, zusammen mit der Warnung, im Bett nicht zu rauchen, und einem Gebäudeplan, dem man entnehmen konnte, wo sich der Eiswürfelspender, die Videoausleihe und das Hallenbad befanden.

Unser Zimmer – das flüchtig nach den frischen Blumen auf dem Kaminsims roch und von dem aus man auf den Park hinausblicken konnte – wurde dominiert von einem riesigen vergoldeten Spiegel und einem großen Doppelbett. Ich trat an den Schreibtisch, auf dem auf einem schwarzen Lacktablett ein Stapel vielsagender Karten mit Hotelprospekten lag. Ich drehte die oberste Karte herum und las die Tageskarte des Café Pierre. Eine einzige Grapefruit kostete sechs Dollar. Im Geiste hörte ich meine Mutter: *Woher wurde die denn importiert – vom Mond*? Dann hörte ich Strauss, der das Café als *prätentiös* beschrieben hatte, und erinnerte mich an seine Exverlobte – diese nebulöse Konkurrentin, die Psychiaterin in Short Hills, die in meiner Vorstellung stets gestärkte weiße Blusen und Wollblazer trug.

Meine Augen wanderten zum Spiegel hoch und trafen seine. »Du warst schon einmal hier, stimmt's?«

Er blinzelte. »Ich wollte, du würdest mich das nicht fragen.«

»Okay«, lenkte ich ein, denn die Antwort war praktisch *ja* gewesen. »Streiche es. Ich habe nicht gefragt.«

»Ich war wirklich nur einmal zum Lunch hier.«

»Mit einer anderen Frau.«

»Natürlich mit einer anderen Frau. Du warst es ja nicht, oder?«

»Du könntest lügen.«

»Ich will dich nicht anlügen.«

»Du könntest behaupten, du wärst geschäftlich hiergewesen.«

»Würdest du das glauben?«

»Bin ich etwa von gestern?«

»Nein. Deshalb sind wir hier, oder etwa nicht?"

»Ich weiß es nicht«, sagte ich. Plötzlich hatte ich keine Ahnung, warum ich hier war. Am Abend zuvor hatte ich mir die Haare schneiden lassen, und während mein hoffnungsloser Lockenkopf unter der Trockenhaube steckte, hatte ich die neuste Ausgabe der *Glamour* zur Hand genommen, deren Leitartikel die Warnung für die Frauenwelt enthielt, ein Urlaub mit einem Mann beschwöre allzuoft das Ende einer Beziehung herauf. Ich hatte den Artikel Wort für Wort gelesen, ihn dann aber als banal verworfen. Die Autorin hatte offensichtlich mit ihrem ehemaligen Freund noch ein Hühnchen zu rupfen gehabt. Aber hier stand ich im Pierre und fragte mich, wie viele Zimmer das Hotel haben mochte, wie viele Paare darin von eigenen Ängsten und Kümmernissen geplagt sein mochten und seufzend zu Bett gingen.

»Wenn du schon einmal mit einer Frau hier warst«, sagte ich, »warum bringst du mich dann auch hierher?«

»Es ist ein wunderschönes Hotel. Ich dachte, es würde dir gefallen. Es schien mir ein Ort zu sein, der einer Frau gefallen würde, jeder Frau. Soll ich weitersprechen?«

Ich mußte lachen. »Leg die Schaufel aus der Hand. Du hast dir dein Grab tief genug gegraben.«

»Ich finde, du bist ein bißchen zu empfindlich. Aber nachdem ich deine Geschichte gelesen habe, bin ich sicher, daß du mich – wie hast du Thommy genannt? – für einen *ungeheuer blöden Typ* hältst?«

»Genau so nannte ich ihn.«

Strauss küßte mich auf den Hinterkopf. »Ältere Menschen haben nun mal mehr Erfahrung –«

»Wie definieren wir denn Erfahrung?«

»Na, du weißt doch – seriöse oder quasi-seriöse Beziehungen.«

»Zum Beispiel mit einem anderen Menschen zusammenzuleben?«

»Das habe ich noch nie. Außer du zählst eine sechswöchige leidenschaftliche Liebesbeziehung in einer Studentenbude dazu –«

»Die wollen wir einmal außer acht lassen«, entgegnete ich.

»Wenn du es unbedingt wissen willst –«

»Oh! Ich muß nicht alles wissen –«

»Nein, laß es mich dir erzählen. Ich wollte es dir schon vor einer Weile gestehen. Ich war schon einmal verlobt.«

Ich biß mir auf die Lippen und schämte mich. Natürlich nahm er an, dies sei eine völlig neue Information für mich, die er mir vorsichtig beibringen müßte, um meine Gefühle nicht zu verletzen. Ich versuchte, die Situation scherzend zu entspannen. »Warum hast du dann jetzt keine Hypothek auf ein Reihenhäuschen mit Zwischengeschoß und keine 2,5 Kinder?«

»Es hat nicht funktioniert. Zum Teil hatte es mit Religion zu tun –«

»Warum? Wenn ihr beide Juden wart?«

»Ich sagte nicht, sie sei Jüdin gewesen.«

Hastig dachte ich nach. »Du hast mir einmal erzählt, du hättest noch nie mit einer Frau geschlafen, die in Frage kommen würde, an einem DAR-Treffen[6] teilzunehmen, deshalb nahm ich an –«

»Na ja. Deine Annahme ist richtig. Außerdem gab es Probleme mit den Eltern.«

»Mit ihren oder deinen?«

»Mit beiden. Es war unangenehm. Ihre waren – wie soll ich sagen? Äußerst wohlsituiert?«

»Wie wär's mit stinkreich?« fragte ich.

»Ich wußte, du würdest den passenden Ausdruck finden. Außerdem gab es noch andere Probleme.«

»Zum Beispiel?«

6 DAR – Daugthers of the American Revolution – Vereinigung extrem patriotischer Frauen, die sich für karitative Zwecke und die Erhaltung von Anstand und Moral einsetzt (Anm. d. Übers.)

»Wir kamen im Bett nicht zurecht.«

»Oh.«

»Es war nicht so wie mit dir.«

»Oh.«

»Ich meine, ich weiß natürlich, daß im Leben noch andere Dinge zählen, nicht nur das Bett.«

»Natürlich.«

»Es schien mir nur ein Indikator für ein tiefer liegendes Problem zu sein.«

Ich wartete darauf, daß er sich weiter über das Thema auslassen würde, aber es folgten keine weiteren Einzelheiten. Ich trat an das Fenster und sah hinunter auf die flachen gelben Dächer der Taxis, die flanierenden Touristen, die wie Miniaturmenschen wirkten, und das hellblaue Schild der Buchhandlung Strand, die genau auf der gegenüberliegenden Straßenseite lag und die ich hoffte später noch erkunden zu können. Er trat hinter mich. »Herrliche Aussicht«, sagte ich. Ich trug acht Zentimeter hohe Absätze und mußte mich nicht einmal strecken, um ihm zu geben, was er hoffentlich als dankbaren Kuß interpretierte. Ich hätte mir das Pierre niemals leisten können. Aber je tiefer ich in Strauss' Schuld stand, desto dringlicher wollte ich wissen, was er von mir als Gegenleistung erwartete, und desto häufiger kamen mir Gedanken wie: *Gütiger Himmel, ich sollte ihm einmal ein schönes Abendessen kochen*!

Aber ich hatte ihm bereits ein schönes Abendessen zubereitet. Einmal. Zumindest habe ich es versucht. Aber ohne meine Mutter – oder Dodie an meiner Seite – war ich nur eine halb so gute Köchin. Das Kalb war zäh gewesen und der Spargel holzig. Ich hatte mich in Entschuldigungen ergangen und Strauss in Dankesäußerungen. Danach erzählte er mir nie mehr wieder, daß seine Mutter viel Zeit in der Küche zubrachte.

Am Samstag war das Metropolitan Museum so voll wie Macy's zur Ausverkaufszeit um Thanksgiving. Nach einem schnellen Blick auf den Führer besichtigten wir die Bilder der holländischen Maler und wanderten dann weiter zu den Impressionisten. Gemeinsam bewunderten wir die harmonischen, stillen Bilder von Degas. Strauss hatten es vor allem seine Rennpferde angetan.

»Welches gefällt dir am besten?« fragte er.

Ich deutete auf ein verschwommenes Pastellbild, das eine Frau über ein Bügelbrett gebeugt zeigte. Das Haar hing herunter, verdeckte ihr Gesicht, und ihre Oberarme schienen von der Arbeit müde geworden zu sein. Für mich war das Kunst: die Fähigkeit, Traurigkeit in Schönheit zu verwandeln.

»Warum ausgerechnet dieses Bild? Identifizierst du dich mit der Frau auf dem Gemälde?«

Die Frage ärgerte mich. »Identifizierst du dich mit dem Pferd?«

»Natürlich nicht«, antwortete Strauss. Abgesehen davon, daß er in Cornell sein Zimmer mit einem Polospieler geteilt hatte, hatte er noch nie etwas mit Pferden zu tun gehabt. Sein damaliger Zimmergenosse stammte aus einer feinen Familie aus Louiseville, und er schmückte seinen Namen mit einer römischen Zahl dahinter.

»Muß ja ein schöner Blödmann gewesen sein«, sagte ich.

»Ich sehe schon, wir haben feste Meinungen.«

»Was ist falsch daran?« fragte ich. »Und wie kommst du auf die Idee, ich würde mich mit einer Wäscherin identifizieren, selbst wenn ich dir erzählt hätte, daß meine Mutter tatsächlich ein Waschbrett ihr eigen nennt?«

»Lisar, bitte. Du nimmst immer gleich eine Verteidigungshaltung ein. Ich –« Strauss verstummte. Dann meinte er, die Frage sei mehr eine Art Kompliment gewesen. Denn er hätte bemerkt – und Peg ebenso –, daß ich trotz meiner leidenschaftslosen Haltung der Firma Boorman und dem Betriebsleben im allgemeinen gegenüber eine extrem hohe Arbeitsmoral hätte: Wenn eine Sache eilig war, würde ich mich auf den Hosenboden setzen und mich auf die Arbeit konzentrieren.

»Manchmal tue ich das weniger wegen meiner Arbeitsmoral«, gestand ich, »sondern vielmehr aus Konkurrenzkampf. Manchmal tut es gut, andere Frauen auszustechen.«

Mein Gebrauch des Wortes *Frauen* sei interessant, meinte Strauss.

»Ich arbeite in einer Abteilung, die ausschließlich aus Frauen besteht«, erinnerte ich ihn.

»Das tust du, ja.«

»Und Karens Job ist frei.«

»Sie ist krankgeschrieben, Lisar.«

»Na und? Sie kommt vielleicht nie wieder.«

Er runzelte die Stirn. »Woher weißt du das?«

Ich heftete meinen Blick auf die Wäscherin. »Ich glaube schlichtweg nicht, daß sie wiederkommt.«

»Das ist das erste Mal, daß ich das höre.«

»Wenn du den Drang verspüren solltest, das Gerücht zu wiederholen, erinnere dich bitte daran, daß du es nicht aus meiner großen Klappe vernommen hast.«

»Hat sie es dir vertraulich mitgeteilt? Wenn sie es dir im Vertrauen mitgeteilt hat, hättest du es mir nicht sagen sollen.«

Wir schlenderten weiter durch die Ausstellung. Pissarros zugegebenermaßen öde Interpretationen französischer Landschaften schienen Strauss nicht halb so sehr zu interessieren wie mein Wissen über Karen. Seine Augen konzentrierten sich mehr auf den polierten Fußboden als auf die Kunstwerke. »Schmerzen deine Füße denn nicht mit diesen Absätzen?« fragte er schließlich.

»Überhaupt nicht.«

»Komm, wir setzen uns einen Moment, dann kannst du dich ein bißchen ausruhen.«

»Ich muß mich nicht ausruhen.«

»Aber ich muß meine Brille putzen.«

In der Mitte des Saales stand ein albernes, gestepptes Sitzmöbel, das unter unserem Gewicht ächzte und quietschte. Sonnenstrahlen fluteten über den ausgebleichten Boden und funkelten auf dem schwarzen Haar einer Gruppe von asiatischen Touristen. Eine Truppe von Schweden – kräftig und hellhaarig wie Ackerpferde – drängte sich hinter den Asiaten. Eine Frau ging rückwärts – schwenkte eine winzige französische Flagge, um ihre Gruppe zusammenzuhalten – und blieb dann vor dem Porträt einer korpulenten Dame von Renoir stehen. Es kam mir vor, als würde ich den Einmarsch der Olympiamannschaft beobachten.

Strauss bemerkte von all dem nichts, denn er hatte seine Brille abgenommen und aus seiner Hosentasche ein Taschentuch gefischt. »Da du nun schon einmal angefangen hast, vielleicht möchtest du mit deiner Geschichte fortfahren.«

Ich zuckte mit den Achseln. Der Schaden war bereits angerichtet. Ich sah keinen Grund, warum ich ihm nicht erzählen sollte, weshalb Karen daran dachte, ihre Arbeit nicht wiederaufzunehmen. »Sie sagte, ihr Mann habe eventuell die Chance, bei einer anderen Firma zu arbeiten. In White Plains. Dort würde er viel mehr verdienen. Sie könnte dann bei dem Baby zu Hause bleiben, und sie hätten trotzdem keine Schwierigkeiten, ihre Hypotheken zu bezahlen.«

»Für mich hört sich das noch nicht sehr definitiv an«, entgegnete Strauss. »Abgesehen davon, wenn sie aussteigt, müßte sie eine schöne Stange Geld an Boorman zurückzahlen.«

»Vielleicht ist es ihr das wert«, gab ich zu bedenken. Die methodische Art, wie er seine Brille säuberte, irritierte mich. »Dieses Glas hast du schon geputzt.«

»Stimmt.«

»Vielleicht solltest du dir Kontaktlinsen zulegen.«

»Kann ich nicht. Ich habe Astigmatismus.« Er setzte die Brille wieder auf. »Ich sollte dich das eigentlich nicht fragen. Aber – meinst du, Karen spielt wirklich mit dem Gedanken, die Firma zu verlassen, wenn sie die Chance dazu hätte?«

»Ich habe nicht versucht, es ihr auszureden«, sagte ich.

»Worauf willst du hinaus?«

»Nun – *sollte es dir noch nicht in den Sinn gekommen sein* – ich hätte nichts dagegen einzuwenden, ihr Büro zu übernehmen.«

»Ich bin ja nicht begriffsstutzig. Es ist mir mehr als einmal in den Sinn gekommen.« Er rückte an seiner Brille. »Es wäre ein schöner Karrieresprung für dich.«

»Ja.«

»Aber du kannst natürlich nicht ernsthaft damit rechnen.«

Ich verlagerte mein Gewicht von einer Pobacke auf die andere, und das Sitzmöbel stieß ein verärgertes Ächzen aus. »Wie meinst du das? Natürlich rechne ich damit.«

»Du bist noch nicht lange genug an Bord. Es gibt Frauen in deiner Abteilung, die viel länger bei der Firma sind als du.«

»Sie haben nicht den Drive dazu. Oder zuwenig Initiative. Außerdem wäre ich die logische Nachfolgerin. Ich bin ihre Stellvertreterin. Und außerdem sagtest du, daß mich sogar Peggy für ein Arbeitspferd hält. Und daß sie mich mag.« Ich zupfte ihn am Ärmel. »Vielleicht magst du mich einfach nicht genug.«

»Aber Lisar, das ist ja das Problem – ich mag dich doch –« Er senkte seine Stimme, obwohl es kaum wahrscheinlich war, daß in dem dröhnenden Widerhall des übervölkerten Saales jemand unsere Unterhaltung mitverfolgen konnte. »Siehst du denn nicht, wie kompliziert das wäre? Und in welch schwierige Situation du mich bringen würdest?«

»Aber es weiß doch keiner.«

»Wenn es aber doch herauskommen würde? Wenn die Kollegen auf die Idee kämen, du wärest auf Grund unfairer Mittel aufgestiegen, wäre das für dich sehr unangenehm.«

»Du meinst wohl, es wäre unangenehm für *dich*.«

»Für uns beide. Abgesehen davon muß die Stelle ausgeschrieben werden, wenigstens intern, und bitte, laß uns nicht wieder über dieses Thema streiten.«

Als wir uns das erste – und einzige – Mal an dieses Thema gewagt hatten, waren wir in Windeseile in eine hitzige Diskussion darüber geraten, warum Juden nicht als Minderheit gelten sollten. Ich sagte, sie sollten als solche betrachtet werden, er behauptete das Gegenteil.

In New York sind Juden wohl kaum als Minderheit zu bezeichnen, Lisar.

Boorman ist nicht New York. Boorman schließt am Karfreitag seine Tore.

Ja, damit alle Vorstände zum Golfen gehen können, vorausgesetzt, der Golfplatz liegt nicht mehr unter einer Schnee- und Eisdecke.

Laden sie dich ein, mitzukommen?

Natürlich nicht. Es ist allgemein bekannt, wie hoffnungslos meine Golftechnik ist.

Laden sie denn die einstige profihafte Peg ein?

Nein. Aber das kann ich ihnen auch nicht verübeln. Ich hoffe, du hältst mich nicht für einen Chauvinisten, aber es ist schrecklich demütigend, auf dem Grün von einer fünfundfünfzigjährigen Frau überfahren zu werden. Peggy und ich arbeiten Karfreitag morgens. Dann lädt sie mich zum Essen ein, und anschließend spielt sie achtzehn Löcher – aber mit jemand anderem.

Strauss schien gereizt zu sein, deshalb wagte ich nicht, das Thema weiterzuverfolgen. Aber jetzt fragte ich ihn: »Weißt du übrigens, Strauss, daß du mir nie erzählt hast, ob Peggy an diesen Karfreitagen Fischstäbchen oder Steak zum Mittagessen bestellt?«

»Um Himmels willen, Lisar. Peggy ist durch und durch protestantisch. Außerdem hast du – vor zwei Wochen, als wir am Freitag abend ausgingen – selbst Hackfleischbällchen gegessen.«

Seit unserer ersten Verabredung – als ich dummerweise verkündete, am Freitag auf Fleisch zu verzichten – hatte ich stets darauf geachtet, mich daran zu halten, um mich nicht als Lügnerin zu entlarven. An jenem Freitag mußte ich wohl zu viel Wein getrunken haben, bevor ich bestellte. »Warum hast du mich nicht daran gehindert?«

»Es ist mir erst später aufgefallen.«

»Vielen Dank, daß du mich an meine Sünden erinnerst.«

»Ich verzeihe dir.«

»Du bist nicht Gott«, gab ich zurück.

»Das habe ich auch nicht behauptet –«

»Und ich will mich nicht mitten im Metropolitan Museum wegen Hackfleischbällchen streiten –«

»Ich ebensowenig.« Er stand auf und streckte mir seine Hand entgegen, die ich widerwillig ergriff.

Aber es war offensichtlich, daß er über meinen Klatsch brütete, während wir einen langen Korridor entlangbummelten, an dessen Wänden Pastellzeichnungen hingen. Schweigend beendeten wir unseren Rundgang durch die Abteilung der Impressionisten. Als wir bei den kühneren Farben angelangten, die auf die nahenden Fauves hindeuteten, sagte Strauss: »Ich bin nur erstaunt, das ist alles. Gerade hast du mir erklärt, du würdest alles dafür geben, dein Buch zu schreiben –«

»Hast du einen Vorschlag, wie ich meine Studentendarlehen zurückzahlen soll, während ich daran schreibe?«

»– und du hast nie den Eindruck erweckt, wirklich an deinem Job bei Boorman zu hängen.«

»Ach, Strauss«, sagte ich. »Auch du bist manchmal frustriert, was deinen Job angeht.«

»Ich bin nicht frustriert. Ich weiß nicht, wie du auf die Idee kommst, ich sei frustriert. Ich habe dir gegenüber nie ein Wort gegen die Firma verlauten lassen.«

»Vielleicht ist es nur so ein Gefühl.«

»Wie kommst du nur darauf?«

»Zunächst einmal, weil du dich mit mir triffst, obwohl du weißt, daß ich mich nicht total mit Boormans Betriebsdirektiven identifiziere.«

»Niemand identifiziert sich völlig mit den Betriebsdirektiven. Man spielt eben mit, damit man vorankommt.«

»Gerade eben hast du mich kritisiert, weil ich vorankommen will.«

Diese Bemerkung ignorierte er. »Du weißt sehr wohl, daß ich mich über meine Arbeit ... nicht beschweren kann«, sagte er und ließ wohlweislich *dir gegenüber* aus. Aber wir wußten beide, was er meinte: Das höhere Management sollte Untergebenen gegenüber nicht über die Firma herziehen. Es sollte sich zu jeder Zeit der Firma gegenüber loyal verhalten. Das höhere Management sollte nicht auf den Teufel auf einem Gemälde von Gauguin deuten und wie ich ausrufen: »Ha! Sieht der nicht wie unser Vorstandsvorsitzender aus?« Das Management sollte die Herden nicht zu den Waffen rufen und bemerken – wie ich es natürlich wieder tat –, daß ein Schwert aus gehärtetem Stahl und eine Steinschloßmuskete bei den zänkischen Personalversammlungen von Boorman gelegentlich ganz brauchbar wären.

Strauss mußte doch tatsächlich lachen, deshalb wagte ich es, ihn zu necken. »Du würdest dich großartig in einem dieser Jeanne-d'Arc-Helme machen.«

»Zu dir würde dieses Outfit weit besser passen, nachdem du plötzlich so kampflustig bist. Aber hör mal, ist das nicht eine typische Phantasie katholischer Schulmädchen, Jeanne d'Arc zu spielen?«

Ich verneinte und erklärte ihm, eine der typischen Phantasien katholischer Mädchen sei die Zweiteilung der Maria in Madonna und Hure in *The Sound of Music*, weil sie ja eigentlich Nonne werden sollte, aber dennoch mit dem hübschen Kapitän schlief. Es verstand sich von selbst – obwohl ich dumm genug war, es auch auszusprechen –, daß in der magischen Welt von Rodgers und Hammerstein, wie auch in der Traumwelt von *Jane Eyre*, niemand zur Trillerpfeife griff, wenn der Herr des Hauses der Gouvernante an die Wäsche ging. »*Das* nannte niemand sexuelle Belästigung«, sagte ich.

Es war schwer zu sagen, welcher Mann mein Benehmen heftiger mißbilligte: Strauss, der mich mit einem seiner ungerührten Blicke bedachte, oder der Sicherheitsposten, der wie eine Statue neben dem gegenüberliegenden Eingang stand und mich anstarrte, als ich einen Schritt rückwärts machte und gegen ein Schild stieß, das ein Ausstellungsstück hinter einer Absperrung beschrieb: eine komische Apparatur, die als Vorläufer einer Kanone galt.

»Paß auf«, rief Strauss. »Nicht daß du dieses Ding noch in Gang setzt!«

Ich drehte mich um und brachte das wackelnde Schild zum Stehen. »Ich denke, für einen Nachmittag habe ich genug Aufregung verursacht.«

»Du sprichst mir aus der Seele.« Er schob seinen Ärmel hoch und sah auf die Uhr. »Wollen wir gehen?«

»Warte noch eine Sekunde. Hier muß doch irgendwo ein Maulkorb ausgestellt sein –«

»Du hast meine Erlaubnis, ihn zu stehlen und zu tragen –«

»Woher weißt du, daß ich ihn nicht dir aufsetzen will?«

»– sobald wir hier draußen sind.« Er deutete auf den Ausgang.

Während wir unter dem wachsamen Blick des Wärters den Saal verließen, passierten wir eine riesige rotschwarze Standarte, die mich an die Flagge erinnerte, die das Herrenhaus der Trapp-Familie zierte, als Maria und der Captain überglücklich und strahlend aus den Flitterwochen nach Hause zurückkehrten. Erst in dem Moment erinnerte ich mich daran, daß der Hintergrund von *The Sound of Music* die deutsche Besetzung von Österreich war, der Rodgers und Hammerstein ein groteskes Märchenende setzten. Strauss war vermutlich von einem derart naiven Porträt der Nazis empört, was ich ihm nicht verübeln konnte. Von jemandem, dessen Vater oder Mutter im Krieg gelitten hatte, konnte man kaum erwarten, daß er sich mit einem Becher voller Popcorn im Kinosessel zurücklehnt und den schneidigen Christopher Plummer (mit seinem feschen österreichischen Filzhut) beobachtet, wie er hinter dem Grabstein hervorkommt und dem jungen Nazi-Telegrammboten die Pistole entringt. Carol und mir fehlte der emotionale Ballast, und wir hatten den Film wegen seines unwahrscheinlichen Endes geliebt, welches das Versprechen beinhaltete, daß auch ein armes Mädchen mit flacher Brust eine reiche Baronesse mit großzügigem Dekolleté ausstechen konnte.

Wir verließen das Museum, schlängelten uns zwischen den Touristen hindurch, die auf den langen Steinstufen saßen, und umgingen die frechen Tauben, die den Bürgersteig entlangstolzierten und deren Augen nach Resten von Hot dogs und weggeworfenen weichen Brezeln Ausschau hielten.

Der M3-Bus fuhr gerade an den Bordstein, also streckte ich Strauss meine Hand entgegen. »Komm, laß uns zurücklaufen.«

»Du hast nicht gerade Wanderschuhe an den Füßen«, gab er zu bedenken.

»Du magst diese Schuhe anscheinend nicht, stimmt's?«

»Absätze sind ein Sicherheitsrisiko. Wenn es jemand auf dich abgesehen hätte, wärst du niemals in der Lage, davonzulaufen.«

»Aber ich habe doch dich, um mich zu beschützen. Und um mich zurechtzuweisen.«

»Die Zurechtweisung ist nur zu deinem Besten.«

»Woher weißt du, was für mich am besten ist?« fragte ich. »Ich gebe ja auch nicht vor zu wissen, was für dich am besten ist.«

»Ich glaube auch nicht, daß du das weißt. Denn sonst würdest du zuhören, wenn ich dir etwas sage. Lisar, ich möchte, daß du mir zuhörst und einen Moment lang mit dem Unsinn aufhörst, Julie Andrews sein zu wollen –«

»Ich will gar nicht Julie Andrews sein«, gab ich zurück. »Sie hat einen flachen Busen und einen Haarschnitt wie ein kesser Vater!« Flink stöckelte ich zu dem Brunnen vor dem Museum, als ob ich Strauss beweisen wollte, daß ich mit meinen viel zu hohen Absätzen lässig meilenweit laufen könnte, wenn mir ein Kerl auf den Fersen wäre.

»Hör mir zu, Lisar –«

»Ich höre«, sagte ich und stakste weiter.

»Nicht so schnell, bitte. Du verstauchst dir noch den Knöchel.«

»Diese Schuhe haben nur einen acht Zentimeter hohen Absatz!« versetzte ich gereizt und drehte mich entschlossen um, um ihm Auge in Auge gegenüberzustehen.

Er sah mich stirnrunzelnd an. »Weißt du, das wollte ich dir schon die ganze Zeit sagen. Wir leben leider nicht in der Welt des amerikanischen Musicals oder in den Seiten eines Romans aus dem achtzehnten Jahrhundert –«

»*Jane Eyre* ist neunzehntes Jahrhundert.«

An der Art, wie er genervt an seiner Brille rückte, erkannte ich, daß er das Buch nicht gelesen hatte. »Wie auch immer. Wir leben im zwanzigsten Jahrhundert, und Tatsache ist, daß einige Leute das, was zwischen dir und mir passiert, nicht besonders wohlgesonnen betrachten würden. Irgendwann wird sich wohl etwas ändern müssen.«

»Und wie willst du diese Veränderung herbeiführen?«

»Will ich ja gar nicht – zumindest jetzt noch nicht. Im Moment mache ich mir Sorgen, daß jemand anders unserer Beziehung ein Ende setzt. Und ich hoffe, keine Namen nennen zu müssen.«

»Du brauchst keine Namen zu nennen«, sagte ich.

»Obwohl du ja heute mit Namen geradezu um dich wirfst.«

»Was meinst du damit?«

Strauss griff nach meinem Ellbogen und brachte seinen Kopf meinem Gesicht ganz nahe. »Hast du oder hast du nicht gerade eben auf dem Bürgersteig die Bezeichnung *kesser Vater* praktisch hinausgeschrien?«

»Wir sind in New York, die Leute wissen, wer sie sind, und wieso spielst du dich als Verfechter der Rechte Homosexueller auf?«

»Ich verfechte gar nichts. Ich sage nur die Wahrheit.«

»Und was ist die Wahrheit, na, sag schon!«

»Daß es die Menschen nicht schätzen, mit Schimpfnamen belegt zu werden.«

»Aber Strauss, Homos bezeichnen sich selbst mit allen möglichen Namen. Du hast nur keine Ahnung davon, weil in deiner Familie niemand in diese Richtung tendiert.«

»Ich arbeite für Peg.« Es war das erste Mal, daß er bestätigte, Peg sei eine Lesbe, und sein Gesicht überzog sich mit Schamröte, als ob er gerade ein großes Geheimnis preisgegeben hätte. Er war so verklemmt in dieser Beziehung, daß ich fast lachen mußte.

»Und was sagt sie zu diesem Thema?«

»Ich nehme mir nicht die Freiheit, dies mit dir zu diskutieren –«

»Strauss, mein Cousin bezeichnet sich schlankweg selbst als Schwuchtel«, sagte ich, bemühte mich aber dieses Mal, bei dem fraglichen Wort leiser zu sprechen, obwohl der röhrende Krach des Busses, der soeben vom Bordstein anfuhr, und das Geklapper meiner Absätze mehr als genug dazu beitrugen, mich zu übertönen.

»Warum, denkst du, tut er das?«

»Ich hoffe, das ist eine rhetorische Frage?«

»Lisar, geh doch langsamer! Ich will mich ja nicht wie Mr. Rogers[7] aufspielen –«

»Das hoffe ich. Du würdest in den Strickjacken, die er immer trägt, beschissen aussehen!«

»– oder Gedankenpolizei spielen. Ich kann ja auch über einen guten Judenwitz lachen –«

»Aber nur, wenn du ihn selbst erzählst, stimmt's? Wenn ihn ein Nichtjude erzählen würde, bekämst du Magenkrämpfe –«

»Wenn ihn ein Nichtjude erzählen würde, wäre die Pointe sicherlich auch häßlich.«

7 Mr. Rogers' Neighbourhood – seit 1963 laufende extrem beschauliche Kindersendung eines protestantischen Theologen, die wegen ihrer Betulichkeit oft Gegenstand von Satiren wurde (Anm. d. Übers.)

Ich packte seinen Arm – ziemlich grob – und sagte: »Worüber diskutieren wir hier eigentlich?«

»Darüber, warum du mich zum Vorstand der Finanzabteilung in deinem Roman gemacht hast!«

»Aber Strauss! Sei doch nicht paranoid! Es ist doch pure Fiktion!«

»An meiner Wand hängt ein Druck von Thomas Eakins.«

»Aber du bist nicht Thommy Akins, du bist der Root Beer trinkende Casanova im zweiten Kapitel, und wenn du mir nicht glaubst, kannst du es ja selbst lesen –«

»Ich kann's kaum erwarten, es in die Finger zu bekommen.«

»Da wir gerade von Namen geben gesprochen haben«, sagte ich, eifrig bemüht, das Thema zu wechseln. »Du mußt gar nicht so selbstgerecht sein, wenn man daran denkt, wie du vor ein paar Stunden über deinen Schwager gesprochen hast.«

»Habe ich ihn als etwas bezeichnet, was er nicht ist?« fragte Strauss. »Na gut. Vielleicht. Eins zu null für dich.«

Ich zuckte mit den Achseln. Auf dem Fußgängerweg herrschte glühende Hitze, und ich wollte alles andere, als mich streiten. Als Friedensangebot gab ich zu, daß es falsch gewesen war, in aller Öffentlichkeit zu laut *kesser Vater* gerufen zu haben. »Ich würde meinem Cousin niemals die Namen geben, die er sich selbst gibt. Ich nenne ihn *Schwuler*. Aber wir sagen beide *normal* zu Heteros.«

Nach einem Moment – vermutlich um die knisternde Spannung zwischen uns zu entschärfen – gab Strauss zu, daß er selbst ebenfalls *normal* sagte, obwohl dies vielleicht kein besonders glücklich gewählter Terminus war, denn er implizierte, daß alles andere abartig war.

»Findest du es abartig?« fragte ich.

»Nein. Ich meine, ich weiß, daß es nicht der Norm entspricht – ich meine, ich weiß, daß ich selbst nicht der Norm entspreche, zumindest bei Boorman –«

»Ist schon in Ordnung«, unterbrach ich ihn. »Ich werde trotzdem noch mit dir sprechen, auch wenn du am Karfreitag keine achtzehn Löcher spielst.«

»Wie tolerant von dir!«

»Vielleicht mache ich dir sogar ein paar Fischstäbchen, wenn ich von der Beichte nach Hause komme.«

»Du gehst doch gar nicht zur Beichte.«

»In den letzten sieben Jahren war ich einmal. Aber erinnere mich, falls wir an der St.-Patricks-Kathedrale vorbeikommen. Ich müßte dringend wieder einmal beichten.«

»Welch schwerwiegende Sünden lasten denn auf deiner Seele«, fragte er, »abgesehen davon, daß du mir laufend über den Mund fährst?«

»Ich habe eingewilligt, Taufpatin für das Baby meiner Schwester zu werden. Vorher muß ich allerdings die Beichte ablegen.«

»Was wirst du denn beichten?«

»Das ist Privatsache. Geht nur mich und Gott etwas an. Wie ein Gebet.«

Eine Weile gingen wir schweigend nebeneinander her. »Muß ein gutes Gefühl sein. Zu beten, meine ich.«

»Keine Ahnung.«

Abrupt blieb er stehen. »Aber du betest doch. Am Abend. Ich dachte, ich hätte es gesehen, ein- oder zweimal – im Bett.« Strauss zuckte mit den Achseln und begann, ein Kreuzzeichen zu machen. Wenn ich mich nicht so unwohl gefühlt hätte, weil er mein Geheimnis entdeckt hatte – und wenn wir nicht gerade ein derart unangenehmes Streitgespräch gehabt hätten, hätte ich schallend gelacht, weil er dabei die rechte Schulter vor der linken berührte.

»Dein Schlafzimmer ist dunkel«, sagte ich. »Wie kannst du da etwas sehen?«

»Du vergißt das Dachfenster.«

»Aha, das Dachfenster also!«

»Es macht mir nichts aus, bestimmt nicht.«

»Brrr. Das ist gut. Andernfalls würde unsere Beziehung in einem kleinen Kanu den Bach hinuntergehen, oder?«

»Du bist vermutlich in deinem ganzen Leben noch nicht in einem Kanu gesessen, außer vielleicht mit diesem Thomas Akins in deiner unanständigen Phantasie. Übrigens nennt man diese Dinger *Skullboote*.«

»Besten Dank an Harvard. Ich merke mir die Bezeichnung.«

Schweigend gingen wir weiter. Schließlich sagte Strauss: »Um ehrlich zu sein, bin ich ein bißchen eifersüchtig.«

»Worauf – auf Thomas Akins' hervorragendes Rudertalent?«

»Nein. Die Sache mit dem Beten. Du mußt dich nicht umdrehen. Im Bett. Warum drehst du dich um?«

»Weil ich nicht mit Gott und dir gleichzeitig sprechen kann. Und jetzt vergiß es. Du verstehst es nicht.«

»Ich verstehe es schon. Das mußt du mir glauben. Ich verstehe es besser, als du denkst.«

Er nahm meine Hand und drückte sie fest, worauf ich den Druck erwiderte. Dies schien mir eine viel bessere Art zu sein, unseren ersten Streit zu beenden (den ich, fast schäme ich mich, es zuzugeben, ziemlich anregend fand), als ihn mit einer der banalen Phrasen, wie sie im Geschäftsleben gebraucht werden, zu schlichten, wie zum Beispiel: *Wir stimmen also darin überein, daß wir nicht einer Meinung sind.* Aber ich vermutete, daß wir noch eine Menge Schwierigkeiten vor uns hatten: Wir waren beide stur, keiner von uns beiden entschuldigte sich gern, und jegliche Waffenruhe, die wir noch schließen mochten, würde ungemütlich werden.

Zurück im Hotel, tranken wir Weißwein, den uns der Zimmerservice gebracht hatte, und ich schlüpfte in mein langes schwarzes Kleid mit den Chiffonärmeln und dem Reißverschluß, der sich wie eine heimtückische Schlange meinen Rücken hochwand. Strauss sagte, es wäre ihm ein Vergnügen, ihn mir zuzuziehen, aber nur, wenn er später auch das Vergnügen haben könnte, ihn mir wieder aufzumachen. Zum Abendessen gingen wir in ein italienisches Restaurant, wo ich mit Strauss darüber zankte, wieviel ich essen sollte (*Du hörst dich an wie meine Mutter – kaum trete ich durch die Tür, schon meckert sie*: »*Du bist zu dick!*« oder »*Du bist zu mager!*«). Anschließend sahen wir im Lincoln Center *Rigoletto*, was ich mehr genoß als alles andere, denn es war das erste Mal in meinem Leben, daß ich nicht drei Akte lang auf einem Platz sitzen mußte, der so hoch lag – fünfter oder sechster Rang –, daß ich Nasenbluten bekam.

Als die Ouvertüre begann, lehnte ich mich zurück und fragte

mich, warum ich, seit ich in Ossining wohnte, nicht mehr nach New York gefahren war, um das kulturelle Angebot zu genießen, das früher die Basis meiner Wochenenddiät gewesen war (vermutlich, weil die Ausgaben für Eintrittskarten den Einkauf von Lebensmitteln ausschlossen). Als Studentin in Bronxville hatte ich alle Tricks gelernt: Schon eine Stunde vor Vorstellungsbeginn stand ich bei Weill, um einen der Fünf-Dollar-Plätze zu ergattern, und am Lincoln Center wartete ich unter dem Vordach auf die Händler, die die Karten schwarz verkauften. Shakespeare sah ich mir im Central Park an, und die Museen besuchte ich an dem Wochentag, an dem der Eintritt frei war. Jeden Samstagmorgen stürmte ich in die öffentliche Leihbücherei, und einmal im Monat durchforstete ich das Büro nach nicht versandten Rezensionsexemplaren. Jedenfalls ging ich öfter ins Theater und zu Konzerten, anstatt mir ein anständiges Abendessen zu kochen. In vielerlei Hinsicht war es ein erbärmliches Leben gewesen, aber ich hatte das Gefühl, die Kultur sei es wert (vielleicht, weil ich durch sie meinem ratten- und kakerlakenverseuchten Apartment entfliehen konnte), daß ich versuchte, in der City auszuharren.

In dem Moment, als ich nach Ossining zog, veränderte sich alles. Es war für mich zur reinsten Qual geworden, freitags abends den Zug nach Manhattan zu besteigen; die wenigen Male, die ich an Samstagen hineingefahren war, hatte ich Stunden bei Macy's und Bloomingdale's verbracht, um passende Outfits zu reduzierten Preisen zu ergattern. Wenn ich daran dachte, wie oft ich meine Höhenangst überwunden hatte, um in der Carnegie Hall auf dem obersten Rang auszuharren – hatte ich das tatsächlich nur wegen der berühmten Akustik getan? Mein Leben hatte sich verändert, und ich war nicht sicher, ob es nur zum Besseren war. Montag bis Freitag würde immer öde sein, egal, wo ich arbeitete. Aber meine Wochenenden waren nicht mehr mit Musik und Theater, mit Tanz und Literatur verplant. Ich hatte eine nette Wohnung, die es auch wert war, daß ich sie sauberhielt. Meine Kostüme und Seidenblusen mußte ich jetzt in die Reinigung geben. Ich mußte neue Strumpfhosen kaufen, wenn sie Laufmaschen hatten. Ich mußte jeden Abend Sport treiben, um mich selbst davon zu überzeugen, daß ich immer noch gut genug aussah, um auch noch den zweiten Blick eines Mannes auf mich zu ziehen. Und wenn dann endlich ein Mann – so wie derzeit Strauss – guckte, dann endete ich mit so feinen Dessous am Leib, daß ich sie jeden Abend mit der Hand waschen mußte.

Es schien mir, als hätte ich seit Wochen keine Musik mehr gehört. Aber wenigstens hatte ich mit meinem Roman Fortschritte gemacht – und ich schwor mir, sobald ich nach Hause käme, würde ich ein für alle Mal diesen oberflächlichen Handlungsstrang ändern. Die Oper, die meine ganze Leidenschaft wieder aufwühlte, die in der Vorstadt bis auf einen erbarmungswürdigen Rest zusammengeschrumpft war, veranlaßte mich zu dem Schwur, tiefgründiger zu schreiben. Warum schrieb ich nur immer so widerliches Zeug? Warum sollte ich nicht etwas so ergreifend Tragisches schreiben wie *Rigoletto*? Die Geschichte des buckligen Mannes, dessen Suche nach Rache im Verlust seiner geliebten Tochter endet, bewegte mich zutiefst. Die Tränen, die ich am Morgen noch zurückhalten konnte, traten erneut in meine Augen, als Gilda *Il mio nome* sang, und gegen Schluß mußte ich mir von Strauss das Taschentuch leihen. Während des langanhaltenden Applauses und der zahlreichen Verbeugungen der Darsteller liefen mir immer noch die Tränen über die Wangen. Wir saßen so nahe an der Bühne, daß die langstieligen Rosen, die der Sopranistin zugeworfen wurden, mich fast am Kopf getroffen hätten.

»Es war wundervoll«, sagte ich zu Strauss, dessen Reaktion so unendlich viel nüchterner ausfiel als meine. Die Handlung wäre alles andere als glaubwürdig, wie es bei Opern stets der Fall wäre, sagte er, aber die Musik wäre sehr bewegend gewesen, vor allem in der Szene, als Rigoletto den Körper seiner toten Tochter in einem Sack entdeckt hatte.

»Aber du hast nicht geweint«, sagte ich.

»Das hast du ja für uns beide erledigt«, meinte er und hielt sein nasses Taschentuch an zwei Ecken hoch, als wäre er ein Häftling, der mit gehißter weißer Fahne aus seinem Versteck hervorkommt.

»Tust du's jemals?« fragte ich. »Weinen? Warum weinen Männer niemals?«

»Weil wir schon in zarten Kindertagen lernen, uns unter Kontrolle zu halten.«

»Das brächte ich niemals fertig.«

»Rechtzeitig bemerkt«, sagte er und faltete umsichtig sein triefendes Taschentuch, bevor er es in die Hosentasche steckte.

Draußen auf der Straße wollte Strauss ein Taxi heranwinken, während ich es vorzog zu laufen. Wir zankten – liebevoll dieses Mal –, wie sicher es wäre, zu dieser Stunde am Park entlangzulaufen. »Gib nach«, sagte ich, was er dann auch tat, allerdings legte er seinen Arm um meine Schultern, als ob er dadurch alle potentiellen Straßenräuber, Vergewaltiger sowie Obdachlose mit ihren Bettelbüchsen abschrecken könnte. Ich wollte alles in mich aufsaugen – die verschlungenen Neonschriften über den Kaffeebars gegenüber dem Lincoln Center, die dunklen Stufen vor den Brownstones in der Vierundsechzigsten Straße, die schwarzen Stiefel und Lederjacken der Studenten, die um die U-Bahn-Station am Columbus Circle herumhingen, ja sogar den Geruch nach Dung am südlichen Ende des Parks, wo die Pferdekutschen parkten – ein Geruch, der Strauss dazu veranlaßte, mich auf die gegenüberliegende Straßenseite zu führen, so daß wir am Saint Moritz und an der Rückseite des Plaza Hotels vorbeiliefen, anstatt die Rufe der Kutscher mit ihren Zylindern und Rosen über uns ergehen zu lassen, die uns zu einer mitternächtlichen Kutschenfahrt durch den Park überreden wollten.

Strauss drückte meine Schulter. »Woran denkst du, Geburtstagskind?«

Ich schlang meinen Arm fester um ihn. »Daß du in einer Lederjacke beschissen aussehen würdest«, sagte ich und gab ihm einen Kuß.

»Noch lächerlicher sehe ich in einer Yarmulke aus.«

Ich schmiegte meinen Kopf an sein Hemd. »Aber mit Krawatte siehst du umwerfend aus. Diese Krawatte finde ich besonders schön.«

Ein verschmitztes Lächeln ging über sein Gesicht. »Du hast nicht zufällig kürzlich eine andere Krawatte von mir gesehen?«

»Ich sehe dich jeden Tag mit einer anderen Krawatte.«

»Die, die ich meine, ist schwarz und hat ein rotes Diamantenmuster?«

»Hört sich grauenhaft an«, entgegnete ich. »Du solltest froh sein, sie verloren zu haben –«

»Hey, ich habe nicht gesagt, ich hätte sie verloren.«

Aber ich gestand ihm nicht, daß ich sie beiseite geschafft hatte. Statt dessen dankte ich ihm für die wundervolle verspätete Geburtstagsfeier. Und ich erzählte ihm lang und breit von meinem Geburtstag, den ich zu Hause mit Carol und meiner Mutter gefeiert hatte, erzählte ihm von Security Man, unterließ es aber zu gestehen, daß Dodie und ich ihn in einen Straßengraben geworfen hatten. An der Ampel an der fünften Straße erzählte ich ihm sogar von den Geburtstagsprügeln unseres Vaters.

»Es überrascht mich, daß du mir das erzählst«, meinte Strauss. »Du sprichst selten von deinem Vater.«

»Was soll ich sagen? Er fuhr einen Ford und hätte gern einen Buick gehabt. Und jetzt ist er tot. Als er noch lebte, war er kaum zu Hause. Ständig arbeitete er.«

»Mein Vater war auch nicht viel zu Hause.«

Schlingernd hielten die Taxen an, und wir überquerten die Straße. Drüben angekommen, meinte Strauss, er hätte den Eindruck, daß ich mit meiner Mutter nicht besonders gut zurechtkäme –

»Das ist die Untertreibung des Jahres«, versetzte ich.

»Kamst du mit deinem Vater besser zurecht?«

»Nein, ebensowenig wie meine Mutter.«

»Aber irgend etwas muß die beiden doch verbunden haben.«

»Ja, und man nennt es Katholizismus, der uns lehrt: *Ihr sollt euch nicht scheiden lassen.*«

»Hast du nie irgendwelche –« und ich johlte, als Strauss sagte: *Aktivitäten der Zuneigung gesehen*?

»Oh, sicher«, rief ich. »Man wußte sofort, wenn sie ihren alljährlichen Sex hatten. Denn am Morgen danach zog meine Mutter die Betten ab und stürmte mit einem Schwamm und einer Büchse Scheuerpulver durch das ganze Haus. Mittags hatte sie dann bereits die Fußböden gescheuert, die Fenster mit Salmiakgeist und einer Rasierklinge streifen- und fleckenfrei gemacht und sämtliche Böden und Zimmerdecken gestaubsaugt –«

»Oh, Lise. Du verstehst es wirklich zu übertreiben!«

»Das ist kein Märchen«, begehrte ich auf und war froh, daß ich mich nicht dazu hatte hinreißen lassen, ihm von dem ekeligen Gummituch aus dem Toilettenbeutel meiner Mutter zu erzählen, das am Morgen nachdem mein Vater sie genötigt hatte (denn sie schien für seine Avancen in keiner Weise, keiner Form und keinerlei Manier empfänglich zu sein), ihren ehelichen Pflichten nachzukommen, immer über dem Duschkopf baumelte. Den ganzen Vormittag roch das Haus dann stets nach weißem Essig.

»Warum glaubst du wohl, daß ich nur eine Schwester habe?« fragte ich Strauss, der zwar bereits von meinen fünfundfünfzig Cousins und Cousinen ersten Grades sowie von der Tatsache wußte, daß einige meiner Onkel und Tanten neun oder zehn Kinder hatten – die Fehlgeburten meiner Mutter erwähnte ich vorsichtshalber nicht.

»Ich habe auch nur eine Schwester«, erinnerte mich Strauss. »Was natürlich auf die Geburtenkontrolle zurückzuführen ist.«

»Bist du da ganz sicher?«

»Ganz sicher. Als mein Vater mich aufklärte, erzählte er es mir.«

»Dein Vater hat mit dir über Sex gesprochen?«

»Natürlich. Wer hat dich denn aufgeklärt?«

»Jungs«, erwiderte ich.

»Hättest du nicht mit deiner Schwester darüber sprechen können?«

»Sie war fett. Sie wurde kaum von Jungs eingeladen.«

»Warst du schon immer so dünn?« fragte Strauss.

»Das ist ein jüngeres Phänomen.«

»Du nimmst doch hoffentlich keine Appetitzügler, oder?«

»Warum interessierst du dich nur so brennend für mein Gewicht? Nur weil deine Schwester unter Eßstörungen litt –?«

»Ich habe dir nie erzählt, daß meine Schwester Eßstörungen hatte.«

Schlagartig begann mein Gehirn fieberhaft zu arbeiten. »Hast du doch. Das erste Mal, als wir miteinander ausgingen. Du sagtest, sie wäre nahezu besessen von dem Gedanken an Essen.«

»Ich meinte ihre Ehe – die Sache mit dem koscheren Essen gibt ihr eine gesellschaftlich akzeptable Methode an die Hand, ihre Nahrungsaufnahme zu kontrollieren. Aber du bist nicht weit von ihr entfernt. Sie hatte damals ein echtes Problem. Ein großes Problem. Sie war damals am Brandeis College.«

»Im Sarah Lawrence wäre sie in guter Gesellschaft gewesen«, sagte ich. »Obwohl es neben den Magersüchtigen auch eine große Truppe von Mädchen gab, die beschlossen hatten, daß fett zu sein ein Recht der feministischen Frauen sei, und die schon als Erstsemester fünfzehn Pfund zunahmen.«

Ich vergaß Strauss mitzuteilen, daß ich mich im letzten Studienjahr selbst schuldig machte, indem ich zwölfeinhalb Pfund zulegte. Gott sei Dank litt ich nach dem College unter jämmerlicher Armut, ansonsten hätte ich womöglich noch mehr zugenommen. In Brooklyn hatte ich dann die überflüssigen Pfunde verloren, indem ich alle Wege zu Fuß erledigte, um das Geld für die U-Bahn zu sparen, und indem ich mich in einer Weise ernährte, die das beste Beispiel für eine eklatante Fehlernährung war.

»Ist deine Schwester jetzt wieder okay?«

»Was meinst du mit *okay*? Sie ist mit Zalman verheiratet – so heißt er, der Mann, den ich einen professionellen Juden nenne – und laß jetzt bloß deine kessen Sprüche, Lisar. Er hat sie total unter seiner Fuchtel.«

»Klingt ja ganz schön schrecklich. Aber ganz so entsetzlich kann er doch auch wieder nicht sein, wenn sie immer noch bei ihm ist, oder?«

»Sie könnte nie allein leben. Sie würde zerbrechen.«

»Dasselbe hast du einmal über deine Eltern gesagt, wenn einer von beiden sterben würde.«

»Das kann man nicht vergleichen. Meine Eltern verbindet etwas ganz anderes.«

»Du meinst wohl Liebe.«

»Nun, ja. Sie sagen es zwar nicht, aber man spürt es.«

»Wie?«

»Sie schlafen immer noch miteinander. Ich meine mehr als schlafen –«

»Quatsch!« rief ich. »Wie alt ist dein Vater gleich wieder?«

»Nächste Woche wird er neunundsiebzig.«

»Strauss, das ist unmöglich!«

»Woher willst du das wissen? Hast du denn schon mal jemanden in dem Alter gefragt? Oder stellst du dir das einfach nur so vor?«

Strauss meinte, er wäre genauso zimperlich, wie das wohl jeder ist, wenn er sich seine Eltern *dabei* vorstellt. Er wüßte es auch nur, weil sich sein Vater vor ein paar Jahren ambulant einer, wie Strauss zunächst dachte, routinemäßigen Untersuchung seines Leistenbruchs unterzogen hatte. Aber etwas, worüber nie gesprochen wurde, war schiefgelaufen, und als Strauss seinen Dad schließlich zwei Tage später im Krankenhaus besuchte, hatte er einen heimlichen Blick auf sein Krankenblatt geworfen und zu seinem Erstaunen festgestellt, daß sich sein Vater ein Penisimplantat hatte einsetzen lassen.

»Darf ich jetzt lachen?« fragte ich.

»Klar. Fang an!« Strauss lächelte auch, aber traurig, als ob er Angst vor dem Altern hätte – nun, wer hat das nicht? – und davor, grundlegende menschliche Bedürfnisse zu haben, die der Körper allein nicht mehr befriedigen konnte.

In der Dunkelheit schien die Lobby des Pierre noch imposanter zu sein, sie wirkte wie einer der historischen Räume aus der französischen Provinz im Metropolitan Museum. Während wir schweigend mit dem Lift nach oben fuhren, fragte ich mich, warum Strauss mit seiner Verlobten hierher zum Lunch gekommen war – hatten ihre superreichen Eltern hier im Hotel etwa eine Party anläßlich ihrer Verlobung gegeben? Irgendwie machte es mir Spaß, mir vorzustellen, wie Strauss sich vor Verlegenheit windet, weil jemand anders die Rechnung bezahlt, die zweifellos gigantisch gewesen sein mußte. Andererseits fand ich keinerlei Vergnügen an der Vorstellung – auch wenn Strauss die Wahrheit gesagt und er bei der Prozedur nicht viel Spaß gehabt hatte – von ihm und seiner Verlobten in einem Bett.

Stickige Luft hing in unserem Zimmer, als wir eintraten. Aber die Klimaanlage blies frische Luft durch die Lüftungsschlitze, die unterhalb der Decke angebracht waren, und gleich spürte ich die Kühle im Rücken. Während Strauss im Badezimmer war, setzte ich mich an den Schreibtisch und sah durch die hauchdünnen Vorhänge hinaus. Der Park war jetzt nur noch eine riesige schwarze Weite, die an der West Side mit winzigen erleuchteten Rechtecken in den Mauern der Apartmenthäuser endete. Aber die Entfernung war zu groß, um Personen erkennen zu können.

Strauss kam aus dem Bad und lehnte sich an den Türrahmen. »Es ist schön, dich dort sitzen zu sehen.«

»Dachtest du, ich würde weglaufen?«

»Ich hoffte, du würdest es nicht tun. Nicht bevor du die Chance hattest, dein Geschenk auszupacken.«

»Noch ein Geschenk?«

»Du sagtest, du willst nicht älter werden. Vielleicht nimmt dies dem Stachel die Spitze.«

»Das sollst du doch nicht –«, sagte ich, worauf er lachte und sagte, für diese halbherzige und verlogene Bemerkung müßte ich jetzt selbst seinen Koffer durchwühlen und danach suchen.

»Ich durchwühle deine Kleidung wirklich ungern, Strauss.«

»Wirklich nicht, Lisar? Ich dachte, du machst das gern.«

»Ein Koffer ist etwas anderes als ein Kleiderschrank –«

»Aha! Hab ich dich erwischt!«

»Du hast mich bei gar nichts erwischt!« Zögernd stand ich auf und trat vor seine Reisetasche. Der Reißverschluß war offen. Ich zog die Seitenteile auseinander und schob langsam meine Hände in die Tasche. Dann schreckte ich zurück.

»Nein, das mache ich nicht«, sagte ich bestimmt und trat zurück. »Wenn es ein Geschenk ist, dann gib es mir, verdammt.«

»Emily Post wäre von deiner Ausdrucksweise schockiert.«

»Ich schicke dir hinterher eine handgeschriebene Danksagung.«

»Wie wirst du unterschreiben?«

»*Deine*.«

»Okay, abgemacht.« Er kam herüber und griff in die Tasche.

Ich wußte, daß er verlegen war, weil er mich nicht ansah, als er mir eine samtbezogene Schmuckschatulle überreichte.

Auch ich war verlegen. Denn die Schatulle hatte die falsche Größe. Zu groß, um das zu enthalten, was ich, wie ich plötzlich wußte, am liebsten von ihm gehabt hätte, gleichzeitig aber fürchtete ich ebenso plötzlich, daß ich dieses Geschenk niemals von ihm bekommen würde. Und ich wollte vermeiden, daß er diese Gedanken in meinem Gesicht lesen konnte. Doch wie sollte ich es schaffen, ein dermaßen starkes Gefühl aus meinem Gesicht zu bannen?

Als ich die smaragdgrüne Schatulle neugierig öffnete, erhaschte ich einen kurzen Blick auf eine Goldkette, die so fein und zierlich aussah, als ob sie bei der kleinsten Berührung zerreißen würde. Doch dann schnappte der Deckel wie der Biß eines Hundes nach meinem Finger.

»Autsch!« rief ich.

»Vorsichtig!«

»Scheiße!« jammerte ich, während mir die Tränen in die Augen schossen. »Es ist wunderbar! Danke.«

»Bist du okay?«

»Da. Mach du es auf. Ich habe Angst, es noch einmal zu versuchen.«

Der Biß der Schatulle war eine Ablenkung gewesen und eine gute Entschuldigung für meine Tränen. Strauss küßte meinen Finger, bevor er die Schatulle erneut öffnete. Ich stand vor dem Spiegel, während er mir die Kette umlegte. Aber seine großen, ungeschickten Finger fummelten so lange an dem Verschluß herum, daß ich befürchtete, er würde zum ersten Mal die unvermeidlichen stacheligen Stoppeln in meinem Nacken fühlen. Ich schämte mich, eine Frau zu sein, deren Friseurin stets verbissen zum elektrischen Rasierer greifen mußte, sobald sie die Schere aus der Hand legte.

Auf meinem schwarzen Kleid wirkte die Kette edel und fein. Strauss entschuldigte sich, sie mir nicht früher gegeben zu haben, dann hätte ich sie schon zu *Rigoletto* tragen können.

»Tja, und dann hätte sie mir womöglich auf dem gefahrvollen Nachhauseweg irgendein Gangster aus Hoboken vom Halse gerissen!« gab ich zurück.

»Es wäre wirklich umsichtiger gewesen, ein Taxi zu nehmen«, meinte Strauss und erging sich anschließend über die Verschlagenheit der Verbrecher, daß es nur einer Sekunde der Unachtsamkeit bedürfte, und schon hätten sie dich, überall lauerten Diebstahl und Gewalt, und obwohl er es hasse, das Wort auszusprechen, so sei es ihm die Sache doch wert, um mich dadurch von Zeit zu Zeit an die Tatsache zu erinnern, daß sich eine alleinstehende Frau ständig vor Vergewaltigung in acht nehmen müsse.

Während des Vortrags setzte ich mich, denn nun schmerzten meine Füße tatsächlich. Dann fragte ich: »Hast du jemals die Karriere eines Justizbeamten angestrebt?«

»Nein.«

»Polizeichef vielleicht?«

Er runzelte die Stirn. »Juden werden heutzutage genausooft Profifußballspieler wie Polizisten.«

»Du sicherst jedenfalls den Fortbestand von Klischees.«

»Ich sage dir nur Gottes reine Wahrheit.«

»Zu schade«, sagte ich, während ich meine Schuhe abstreifte und meine brennenden Zehen streckte. »Du mußt wissen, ich hege nämlich eine heimliche Leidenschaft für Bullen.«

»Flirtest du deshalb immer mit dem Nachtpförtner von Boorman?«

»Ich habe nur versucht, Gussie von unserer Spur abzulenken.«

»Ich glaube, Gus war schon lange vor uns beiden auf der richtigen Spur.« Strauss lächelte. »Damals, an dem Abend, als er mich *deinen Schatten* nannte, hätte ich ihn umbringen können –«

»Auf jeden Fall mag er uns beide. Manchmal zwinkert er mir zu, wenn ich am Samstag ins Büro komme. Macht er das bei dir auch, Strauss?«

»Ich bezweifle, daß ich ihm ein Augenzwinkern entlocken könnte.« Strauss lockerte seine Krawatte und knotete sie langsam auf. Er hängte sie über eine Stuhllehne, zog sein Jackett aus, hängte es über den Stummen Diener und knöpfte seine Manschetten auf.

»Hat dich je ein Mann angemacht?« fragte ich.

»Warum stellst du solche Fragen?«

»Reine Neugierde. Wenn du nicht antworten willst, laß es sein.«

»Ich werde antworten. Ich habe kein Problem damit.«

Aber er hatte offensichtlich doch eines, denn er sagte: »Einmal, vielleicht.«

»Was heißt vielleicht? Die Frage ist doch nur mit einem definitiven Ja oder Nein zu beantworten.«

»Nicht wenn du achtzehn bist und keine Ahnung hast, was da vor sich geht.«

»War es ein Professor?«

»Wie hast du das erraten?«

»Hattest du Interesse?«

»Ich war schockiert.«

»Ich dachte, du wärst die Toleranz in Person.«

»Es war purer Machtmißbrauch, und das machte mich wütend.« Im Spiegel sah ich, daß er rot geworden war. »Die andere Sache nicht so sehr. Ich meine, ich fühlte mich unbehaglich. Ich wußte ja nicht einmal, was zwei Männer miteinander machen sollten.«

Strauss zog seine Slipper aus und stellte sie in den Wandschrank. Und dann tat er etwas ganz Liebenswertes: Er nahm meine Schuhe und stellte sie neben seine in den Schrank, wobei er darauf achtete, daß sie in einer ordentlichen Reihe standen.

»Wie war das bei dir?« fragte er. »Ist es wahr, daß alle Frauen eine sogenannte *lesbische Phase* haben?«

»Wo hast du das denn gehört?«

»*Das Tagebuch der Anne Frank*. Die Szene, erinnerst du dich, in der sie diesem anderen Mädchen vorschlägt, sich gegenseitig an den Brüsten zu berühren?«

»Ja, ich erinnere mich. Trotzdem habe ich das nie gemacht. Hey, du siehst ja ganz schön erleichtert aus. Was hättest du denn gemacht, wenn ich gesagt hätte, ich hätte es mit einer anderen Frau getan?«

»Du hast es nicht. Du sagtest gerade, du hättest nicht, also ist es eine rein akademische Frage. Es sei denn, du wärst immer noch neugierig darauf.«

»Jeder ist zumindest ein bißchen neugierig.«

»Natürlich, was aber noch lange nicht bedeutet, daß man auch danach handelt. Für mich ist es jedenfalls eine Grenze, die ich nicht überschreiten würde.«

Die Klimaanlage schaltete sich aus. »Einmal habe ich mit einem Professor geschlafen«, platzte ich heraus. Als Strauss mich dazu drängte, erzählte ich ihm von dem Professor, der am Sarah Lawrence den Literaturkurs geleitet hatte und der sich in seinem Schreibtischstuhl nach vorn gelehnt hatte, während er die Charaktere und den Konflikt in meiner Kurzgeschichte als zu banal und weit hergeholt kritisierte. »Wenn Sie eine gute Schriftstellerin werden wollen«, sagte er zu mir, »dann müssen Sie sich erst das Herz brechen lassen.«

»Erzähl mir jetzt nur nicht«, sagte Strauss, »daß er derjenige sein wollte, der es dir brechen würde. Na, hat er?«

Ich zögerte. Abgesehen von der Impotenz des Professors war an jenem Nachmittag etwas Komisches passiert. Erst im nachhinein schien diese Episode für mich, die ich ein herzhaftes Lachen mehr als alles andere schätzte, einen Touch von Komik zu beinhalten: das Motelzimmer in Rye, das Quietschen der ausgeleierten Matratzenfedern, wie er immer schwerer atmete, bis er doch tatsächlich Schnarchgeräusche ausstieß, wie er sich immer und immer wieder über mich warf und das Versagen seines Körpers nicht akzeptieren wollte, bis ich schließlich sagte: »Schau, ich glaube, dies hier scheint ein vergeblicher Versuch zu sein.«

»Keine Bange«, ächzte er. »Du wirst den Kurs trotzdem schaffen – vorausgesetzt, du verwertest dies hier nicht in deiner nächsten Geschichte.« Bis zu dem Zeitpunkt hatte ich keinen Gedanken an meine Note verschwendet, aber plötzlich dachte ich – *Hoppla, denkt er etwa, die Sache hier ginge um Noten*?

»Ich will deinen Kurs gar nicht schaffen«, log ich. Und dann knallte ich ihm die Wahrheit hin: »Du bist ein lausiger Lehrer.«

»Und du bist eine lausige Schreiberin«, schnauzte er. »Und eine noch lausigere Liebhaberin. Zieh dich an, ich bring dich nach Hause.«

Meine Füße hatten sich eiskalt angefühlt auf den Badezimmerfliesen. Als ich in den Spiegel sah, schienen meine Augen keinen Punkt fixieren zu können, als ob sie mir unter Beweis stellen wollten, daß ich verwirrt war darüber, warum ich gerade getan hatte, was ich getan hatte, und warum er versucht hatte, das zu tun, was er gerade versucht hatte. Was hatte ich mir denn von einem Mann erwartet, der so alt war, daß sein Schamhaar bereits grau wurde? Welche Leere in seinem Leben hatte ihn denn aus seinem Ehebett getrieben? Die Kinder, die ihn Daddy nannten, hätten mir leid getan, wäre ich nicht selbst so verzweifelt gewesen.

»Er hat mein Herz nicht gebrochen«, sagte ich zu Strauss. »Er tat etwas viel Schlimmeres. Er hat meinen Mut gebrochen. Für eine Weile jedenfalls. Weil er es nicht geschafft hatte, sagte er hinterher zu mir, ich würde nie etwas Lesenswertes schreiben.«

»Das ist grausam! Einem jungen Mädchen etwas Derartiges zu sagen!«

»Das Toilettenpapier im Badezimmer ... es war blau ... und der Farbstoff brannte in meinen Augen. Ich konnte nicht aufhören zu heulen. Ehrlich, es war schlimmer als heute abend in *Rigoletto* –«

»Kaum zu glauben.«

»Um ehrlich zu sein, in mir lauert ein ganzes Meer von Tränen«, warnte ich ihn. Dann lachte ich auf. »Aber nicht genug, um mich in die Bestsellerlisten zu manövrieren.«

»Hm. Wer hat gesagt, die Feder sei mächtiger als das Schwert? Jetzt kannst du dich rächen. Mach aus ihm doch eine Figur in deinem Buch.«

»Ich finde nicht, daß man aus Rache schreiben sollte. Auch nicht als Therapie.«

»Warum dann?«

»Ich weiß es nicht. Manchmal glaube ich, es ist eine Geisteskrankheit. Ein wirres Geräusch im Kopf. Wie Stimmen eines Gottes ... Oh, hör auf, mich anzusehen, als sei ich eine wild gewordene Jeanne d'Arc –«

»Wenn der Helm paßt –«, Strauss lächelte. Aber schon einen Augenblick später runzelte er die Stirn. »Um auf dein Buch zurückzukommen – ich finde, du hast dich selbst in kein besonders schmeichelhaftes Licht gerückt.«

»Die grüne Brille scheint dir überhaupt nicht zu gefallen, stimmt's?«

»Vergiß die Brille.«

»Wenn du endlich kapierst, daß es sich um *Romanfiguren* handelt, nicht um Menschen aus dem realen Leben.«

»Was ich sagen will ist, daß diese Donna der Firma gegenüber weniger kritisch sein sollte. Du solltest vielleicht die Beschreibungen der Karikaturen etwas abschwächen, die sie während der Abteilungsmeetings immer zeichnet –«

»Aber sie will doch Cartoonistin werden.«

»Dennoch sollte sie anerkennen, daß Menschen wachsen und sich verändern können –«

»Du hast doch nur das erste Kapitel gelesen. Außerdem, in wirklich guten Geschichten – wie, ja wie in *Peter Hase*! –, da ändern sich die Charaktere nicht, sie machen immer wieder dieselben dummen Fehler, wenn du aber eine Geschichte über geistiges Wachsen lesen willst, dann geh und lies Dostojewskij – du wirst feststellen, daß *er* keineswegs die Bestsellerlisten stürmen wird. Und nenne mir einen großen Roman, der einen Koautor hat!«

»Ich würde mir nicht anmaßen, Koautor zu sein. Aber ich würde vorschlagen, du streichst dieses Detail mit dem Root Beer, von dem du gesprochen hast und das dann vermutlich im zweiten Kapitel vorkommt.«

»Vielleicht verbrenne ich das ganze Manuskript.«

»Überstürze nichts«, mahnte er – aber ich bemerkte sehr wohl, daß er mir nicht anbot, mit dem Feuerlöscher herbeizustürzen und die Flammen zu löschen, sollte ich die Neigung verspüren, Brandstifterin zu spielen. Sein Mißfallen – oder vielleicht auch die Angst vor der Art, wie ich ihn wohl in meinem Buch charakterisiert haben mochte – war förmlich greifbar. Ich fühlte mich schuldig. Dennoch sagte ich mir, daß meine Entscheidung, die schlüpfrige Nebenhandlung zu streichen, nichts, aber auch gar nichts mit seiner Anerkennung oder Kritik zu tun hatte. Diese ganze Casanova-Geschichte war *zu banal und weit hergeholt* – und was noch wichtiger war, sie war herzlos –, ich konnte nicht einmal mein eigenes Interesse daran wachhalten, wo ich es schon so sehr genoß, die Wirklichkeit bei Boorman zu pervertieren, während ich genügend Schlüsseldetails einbaute, um zweifelsohne vom Gelände des Firmenhauptsitzes eskortiert zu werden, wenn das Manuskript je das Licht der Öffentlichkeit erblicken sollte. Wenn Strauss' Todesstreben bei Boorman darin bestand, mit *Dein für immer* zu schlafen, dann bestand meines eindeutig in *Mach langsam, Baby!*

Wie versprochen, half mir Strauss mit meinem Reißverschluß, aber er klopfte mir auf die Schulter, nachdem er ihn aufgemacht hatte, und all die kleinen Signale, die wir einander sendeten, machten es klar, daß wir uns zum ersten Mal, seit wir begonnen hatten, miteinander ein Bett zu teilen, nicht lieben würden, sobald wir ins Bett gekrochen waren. Er wandte sich ab, um sein Hemd auszuziehen, und nachdem ich mit dem Verschluß der Kette gekämpft hatte, zog ich mich aus, ohne einen Blick auf ihn zu werfen, und schlüpfte auch in keines seiner Dessous. Auch er zog sich aus, ohne mich anzusehen. Wir legten uns beide ins Bett, und Strauss überließ mir die Seite, die dem Badezimmer am nächsten war, obwohl er derjenige war, der des Nachts immer umherstreifte, nicht ich. Dann tat er etwas, was mich irritierte – er stand auf und sah nach, ob die Tür verschlossen war, um sicherzustellen, daß wir in Sicherheit waren. Sein Sicherheitscheck dauerte so lange, daß ich zunächst nur vermutete – mir aber schließlich ganz sicher war –, daß er das vom Hotel diskret angebrachte Kärtchen an der Tür studierte und sich für den Fall einer Brandkatastrophe die Notausgänge und Fluchtwege einprägte. Ohne Brille konnte er schlecht lesen, und obwohl die Jalousien noch nicht heruntergelassen waren, fiel nur wenig Licht in den Raum.

»Strauss«, sagte ich. »Ich weiß, was du machst, und es gefällt mir nicht.«

»Wenn das Hotel in Flammen aufgeht, wirst du mir dankbar sein. Denk daran, dich zu ducken und nach rechts zur nächsten Treppe zu laufen. Ich nehme die Zimmerschlüssel an mich, für den Fall, daß wir zurückkriechen müssen.«

»Bist du jetzt endlich fertig mit deiner Imitation eines Feuerwehrmannes?«

»Ja. Aber ich warne dich. Morgen soll es regnen. Ich träume schon jetzt davon, dich vor dem Ertrinken aus einer Pfütze zu retten.«

Ich mußte lachen, und Strauss stimmte ein. Aber keiner von uns drehte sich dem anderen zu, als wir unter der Decke lagen. Schließlich zog er meinen Kopf an sich.

»Müde?« fragte er.

»Ja.«

»Bist du mir böse, wenn ich dich nicht berühre?«

»Nein, nein, überhaupt nicht«, antwortete ich, und die Aufrichtigkeit meiner Worte schmerzte mich mehr, als wenn er mich so fest gepackt hätte, daß es weh getan hätte.

Ich küßte ihn auf die Wange. Er legte seinen Arm um mich. Innerhalb weniger Minuten war sein Atem regelmäßig geworden. In seiner Umarmung liegend, beneidete ich ihn um sein Eintauchen in die Traumwelt. Ich konnte einfach nicht einschlafen. Ich lag da und dachte: *Ich will nicht mit ihm schlafen. Ich will ihn heiraten.* Daß diese beiden Gedanken so unzertrennlich verbunden zu sein schienen, bestätigte meine schlimmsten Befürchtungen über dauerhafte Beziehungen. Obwohl ich mich plötzlich danach sehnte, hatte ich Angst, daß eine Ehe mit Strauss wie wunderbar warmes, schaumiges Badewasser wäre, das von Minute zu Minute kälter und kälter wird, wobei sich eine Schaumkrone nach der anderen in kleine weiße Seifenbläschen auflöst und schließlich ganz verschwindet. Wenn ich ihn heiratete, müßte ich meinen Job aufgeben. Ich müßte mir einen anderen suchen – oder wie Carol und meine Mutter, wie Strauss' Schwester und seine Mutter zu Hause bleiben. Vielleicht wäre das ja gar nicht so schlecht. Aber ich wußte, wenn ich zu Hause bliebe, würde ich nur so tun, als ob ich mich mit dem Haushalt beschäftigte. In dem Moment, in dem er am Morgen das Haus verlassen würde, würde ich nach oben laufen und an meinem Roman arbeiten. Ich würde den ganzen Tag mit einer Tasse kaltem Kaffee vor einem Notebook sitzen, und es wäre lediglich eine Sache von Wochen, bis ich an einem sehr sonderbaren Ort im Innern meines Kopfes leben, wie ein unsoziales Wesen Selbstgespräche führen würde, nie eine Verabredung zum

Lunch hätte und statt dessen über die Schönheit und Erhabenheit meiner eigenen melodramatischen Worte weinen würde. Schlimmer noch, ich würde wie eine Komödiantin, die das erste Mal die Chance hat, im Fernsehen aufzutreten, Aphorismen hervorsprudeln, als gelte es mein Leben, das Publikum im Sturm zu erobern. In der Zwischenzeit würden die Teppiche und der Küchenboden in Staub und Dreck versinken; grüner Schleim würde wie ein ständig wachsender Wurm aus der Gleitschiene der Duschkabinentür hervorquellen. Allmählich würde der Uhrzeiger auf sechzehn Uhr vorrücken, und ich müßte in die Küche rasen, um den Ofen vorzuheizen, denn einer in der Familie mußte sich ja schließlich ums Abendessen kümmern. In meinem Nacken wären mehr Knoten von Verspannungen als in meinen Schürzenbändern. Ich würde eine Flasche guten Wein holen und denken – *dieser Chardonnay muß dringend noch etwas atmen* –, aber vor lauter Angst vor Strauss' Kommentaren über meine maßlose Schlamperei würde ich schließlich zur Entspannung billigen Fusel trinken und mehr in meine Kehle gießen als in jegliche Sauce. Das Abendessen würde vor sich hin köcheln und der Perfektion so nahekommen, wie es einer Köchin wie mir eben möglich ist – und dann würde es anbrennen. Strauss würde spät nach Hause kommen, und in dem Moment, in dem er die Haustür öffnete, würde ich bemerken, wie eingekapselt ich den ganzen Tag gewesen war, und ich würde am liebsten hinausrennen wollen.

Hast du heute Fortschritte gemacht? würde er fragen, und da jeglicher Fortschritt an meinem Manuskript am nächsten Morgen zunichte gemacht werden könnte wie ein Spinnennetz von einem Besen, müßte ich ihm aufrichtig antworten: *Ich weiß es nicht.*

Er würde antworten: *Du mußt es einfach weiter versuchen.*

Oder er würde sagen: *Vielleicht solltest du an der Volkshochschule einen Kurs belegen, wie man ein Buch schreibt und es auch zu Ende bringt.*

Vielleicht würde er auch sagen: *Der Fußboden ist schmutzig, und die Wäsche ist nicht gewaschen. Ich verlange ja bestimmt nicht viel, Lisar, aber kannst du nicht versuchen, wenigstens einiger-*

maßen ein Gleichgewicht zwischen deinem Traum und den dringlicheren Belangen des Alltags zu finden, damit das Leben hier in diesem Haus zumindest halbwegs glatt über die Bühne geht?

Dann würde ich an mir selbst zweifeln. Ich würde anfangen, den Boden zu wienern und den Schreibtisch zu meiden, und wie lange würde es dauern, bis ich den lieben langen Tag nichts anderes mehr machen würde, als Staub zu wischen, zu bohnern und seine Anzüge in die Reinigung zu bringen? Und wie lange würde es dauern – tatsächlich schien es, als hätte er bereits damit begonnen –, bevor Strauss, der alle Rechnungen bezahlt, anfinge, mir zu sagen, was ich zu tun oder zu lassen habe? Wie lange würde es dauern, bis er zu bohren anfinge, ich sollte die Pille absetzen und endlich schwanger werden? Wie lange würde es dauern, bis ich Ausreden erfände, um an Samstagen seine Eltern nicht zu besuchen, wohingegen er diese Ausflüge als Erholung betrachten würde, bevor er wieder zu einem kreischenden Kind und einer verbitterten Frau nach Hause zurückkehrte? Wie lange würde es dauern, bis das ganze Haus nach Windeln und Enttäuschung riechen und wir nur noch Liebe machen würden, um den Trieb zu befriedigen, nicht aus der Sehnsucht heraus, dem anderen etwas Gutes zu tun?

Warum um alles in der Welt wollte ich das überhaupt mit irgendeinem Mann? Aber Strauss war nicht nur igendein Mann, und ich war nicht irgendeine Frau. Wir würden nicht so enden, dachte ich. Wir würden nach Italien fahren – und uns unter einer Laube lieben, während das Mondlicht durch das Spalier scheint und am toskanischen Nachthimmel die Sterne funkeln. Wir würden durch Sleepy Hollow schlendern und an den Palisaden vorbeibummeln, während Strauss meine neuesten schriftstellerischen Leistungen als absolut brillant und unvergleichlich preisen würde und ich bescheiden lächeln und Abstand nehmen würde davon, so unangemessene Worte wie *kesser Vater* oder *Schwuler* auszurufen. Wir würden ein Baby haben – und sie würde ein Matrosenkleidchen tragen und am Strand Seemöwen hinterherjagen. Und wie blitzblank und ordentlich unser Häuschen sein würde! Wie schön würde unser Sommerhäuschen mit der großen weißen

Terrasse und den Schaukelstühlen sein! Und wie leicht wäre es am Abend – denn auf der ganzen Welt gäbe es kein Unrecht –, Gott in unseren Gebeten zu danken.

Wenn ich mir ebenso leicht Glück vorstellen konnte wie Traurigkeit, warum erschien mir dann die Traurigkeit trotzdem realer? Weil es ein Uhr nachts war und ich gern geträumt hätte, es aber nicht konnte? Oder weil die Dunkelheit lediglich die traurige Wahrheit flüsterte, daß gegen meinen Willen und trotz meiner Phantasie so viele schreckliche Dinge geschahen und daß es wahrhaftig sein Gutes hatte, daß unser Schicksalsweg durch die Sterne festgelegt war? Ich lag da und lauschte dem Verkehr, der unten in der Fifth Avenue vorbeirauschte. Das Geräusch erschien mir stiller als, aber ebenso sinnlos wie das Klopfen meines Herzens. Ich fühlte mich wie eine Großstadt, die nicht zur Ruhe kommen konnte. Dennoch mußte ich eingedöst sein, denn irgendwann während der Nacht streckte ich meinen Fuß aus und merkte, daß Strauss nicht neben mir lag. Als ich meine Augen öffnete, wich die Dunkelheit bereits der Morgendämmerung, und ich sah, daß er gegenüber dem Bett in einem Stuhl saß und über mich wachte, wie die Schutzengel, von denen es hieß, sie würden an den Krankenhausbetten Schwerkranker Nachtwache halten. Ich hätte gern gesprochen – hätte ihm gern gesagt, wie sehr ich ihn liebte –, aber es schien mir zu profan, die Stille zu brechen.

KAPITEL ZEHN

Die Frau auf dem Ingres-Gemälde, die Frau auf dem Whistler-Gemälde

Am Morgen liebten wir uns in einer Art, wie ich es mir vorstellte, daß es bei Jungvermählten in der Hochzeitsnacht wohl sein mußte – mehr aus einer Verpflichtung als aus dem Verlangen heraus. Dann frühstückten wir im Bett, tranken Kaffee und aßen Brötchen. Strauss hatte es so arrangiert, daß wir erst um 16 Uhr auschecken mußten. »Was sollen wir mit dem Rest des Vormittags anstellen?« fragte er. »Das Frick öffnet erst um 13 Uhr.«

Ich knuffte ihn in die Rippen. »Warum stellst du mich nicht deinen Eltern vor?«

»Sie sind in Jersey bei meiner Schwester. Aber hast du nicht versprochen, deine Mutter anzurufen?«

»Ich werde sie anrufen – wenn du in der Dusche bist. Nimm dir viel Zeit unter der Dusche.«

»Willst du deinen Cousin anrufen?«

Es war längst überfällig, Dodie anzurufen. Bei dem Gedanken schämte ich mich – als ob ich mich als schlechter Freund erwiesen hätte –, bis ich daran dachte, daß Dodie mich auch nicht angerufen hatte. Vermutlich war er von seinem neuen Freund völlig hingerissen.

Einen Moment lang versuchte ich, mir Strauss und Dodie miteinander vorzustellen, aber es war, als würde man versuchen, ein Puzzleteil an den falschen Platz zu zwängen. Aber warum? Strauss und Dodie hatten mehr gemeinsam – die ganze Welt der Geschäfte, als ich mit einem von ihnen gemeinsam hatte. Sie wußten beide, was Staatsanleihen und kommunale Schuldverschreibungen waren. Sie konnten mit Zahlen jonglieren, daß einem ganz schwindelig dabei wurde. Und sie mochten beide Baseball, zum Donnerwetter. Und doch beunruhigte mich die Vorstellung, daß die beiden gemeinsam in einem Raum sein, Espresso schlürfend in einer Bar in Manhattan sitzen oder gefüllte Croissants in einem der bezaubernden Cafés im Greenwich Village essen könnten. Dodie und ich hatten unsere eigene Sprache, unsere eigene Art zu leben, die allein die Gegenwart von Strauss verändern und belasten würde. Dodie würde sich gezwungen fühlen, ein anständiges Bild von sich abzugeben, seinen Mund mit Seife auszuwaschen und die Maske aufzusetzen, die er benutzte, wenn er zur Arbeit ging. Er würde nicht »Bella ciao« sagen, nicht von Prince Charles' sexuellen Perversionen sprechen, und auch ich müßte meinen ungezügelten Redeschwall eindämmen. Je länger ich darüber nachdachte, desto weniger konnte ich mir einen noch peinlicheren Morgen vorstellen.

»Vielleicht magst du ihn ja gar nicht«, sagte ich zu Strauss.

»Warum nicht?«

»Er kehrt immer die freche Göre in mir heraus.«

»Ich dachte, das wäre meine Aufgabe?«

»Wir stehen uns auch gar nicht mehr so nahe«, sagte ich.

»Aber früher wart ihr doch unzertrennlich? Das hast du mir wenigstens erzählt.«

»Tja, aber jetzt lebt er sein eigenes Leben.«

»Lebt er denn mit jemandem zusammen?«

»Hm, ich glaube, daß er das gern möchte.«

»Das wäre zumindest ein kluger Zug von ihm.«

»Warum?«

»Wegen Aids«, meinte Strauss.

»Das ist wohl kaum ein Grund, um mit jemandem zusammenzuziehen.«

»Es ist aber sicherlich ein Grund, um sein Verhalten zu ändern.«

Er hat kein Verhalten, hätte ich Strauss am liebsten entgegengeschleudert. Aber als ich versuchte, ein Synonym für dieses verletzende Wort zu finden, fiel mir nur *Betragen* ein, was in meinen Ohren noch zensorischer klang. Deshalb entschied ich, Strauss wegen seiner mangelnden Ausdrucksfähigkeit nicht zu tadeln, und erinnerte ihn nur daran, daß Dodie lediglich *Beziehungen* zu anderen hatte. »Genau wie du und ich. Zur Zeit hat er aber anscheinend ein ernsthaftes Verhältnis. Deshalb rufe ich ihn lieber nicht an. Ich will ihn nicht stören.«

Strauss schwieg. Nach einer Weile sagte er: »Darf ich dich etwas Persönliches fragen?«

»Ich hoffe doch. Da wir schon nackt miteinander im Bett liegen.«

Nackt im Bett zu sein, war eine äußerst verwundbare Situation, das stand fest. Strauss hatte das Frühstückstablett auf den Fußboden gestellt. Zwischen uns war nichts – keine Wand, keine Decke, keine Kaffeetassen, keine Nische, in die ich mich verkriechen hätte können. Strauss nahm meinen Arm, drehte ihn zu sich und betrachtete die weißlichen Einstichnarben in der Beuge meines Ellbogens, die seit meiner Zeit am Sarah Lawrence nicht verschwunden waren.

»Die habe ich gerade erst bemerkt – vor ein paar Minuten, ich weiß nicht, warum sie mir nicht schon vorher aufgefallen sind. Woher stammen die?«

Ich biß mir auf die Lippen. »Warum fragst du mich das?«

»Wegen meines Seelenfriedens. Du sagtest, du hättest mit ihm Drogen genommen. Er ist schwul. Da gibt es eine Verkettung.«

»Daran mußt du mich nicht erinnern. Wir haben wirklich nur Hasch miteinander geraucht.«

»Aber woher kommen diese Einstiche? Warst du irgendwann einmal so krank, daß du intravenöse Injektionen benötigt hast?«

Ich erzählte ihm eine Wahrheit, die die wirkliche Frage umging. »Ich habe Blutplasma gespendet, um mir die Bücher für das College finanzieren zu können. Die Einstiche der Nadeln sind nie wieder ganz verschwunden.«

Mit diesen Worten sprang ich aus dem Bett, ging zu meinem Koffer und nahm einen seidenen Morgenmantel heraus, von dem ich jetzt bedauerte, ihn mitgebracht zu haben, denn natürlich hatte Strauss ihn mir geschenkt. Im Spiegel über der Schubladenkommode sah ich, dass Strauss mich beobachtete, und ich hatte das Gefühl, daß er durch Lisar hindurchsah, daß er das Mädchen sah, das seine Lippen um zahllose Joints und Marihuanapfeifen gepreßt hatte, das sich Strohhalme in die Nase gesteckt und eine Nadel in den Arm gestochen hatte, die sie von eben jenem Cousin geschenkt bekommen hatte, den er vorgeschlagen hatte zu treffen.

Strauss räusperte sich, was mich ärgerte, denn es war das Signal für den Auftakt zu einer weiteren Vorhaltung, die folgendermaßen vor sich ging: Es tue ihm leid, daß es zwischen uns manchmal zu etwas heiklen, ja vertrackten Situationen komme. Dies sei nur natürlich, wenn man in Betracht zöge, daß wir unter äußerst unterschiedlichen Bedingungen aufgewachsen seien, daß wir in verschiedenen Jahrzehnten und in unterschiedlichen Glaubensrichtungen erzogen worden seien und – daß, jedenfalls soweit er es beurteilen konnte, zwischen uns eine nicht unbeträchtliche ökonomische Kluft bestünde.

Als er *ökonomische Kluft* sagte, stieß ich einen Seufzer der Erleichterung aus. Denn in dem Moment wußte ich, daß er in mir nicht die Drogen schnüffelnde Schlampe gesehen hatte, sondern nur eine schnoddrige Göre, die mit den von ihren Cousins geerbten Klamotten aufgewachsen war, mit Jeans, die vom Wühltisch stammten, und die einst im College der einzigen schwarzen Freundin, die sie je hatte, gestand: »Immer wenn ich zu Macy's gehe, überkommt mich der Drang, alles zu klauen.« Und die Göre, die sich vor Scham über ihre Dummheit gekrümmt hatte, als ihre Freundin einen Schritt zurücktrat und fragte: »Warum sagst du das mir? Nimmst du etwa automatisch an, daß ich denselben Drang habe, nur weil ich eine Schwarze bin?«

»Aber Strauss«, sagte ich. »Zwischen uns besteht keine ökonomische Kluft. Du bist genauso arm aufgewachsen wie ich.«

»Eine Weile vielleicht.«

»Du sagtest doch, du hättest dich den Eltern deiner Verlobten gegenüber unwohl gefühlt, weil sie so reich waren.«

»Es gibt unterschiedliche Arten von Wohlstand, Lisar – oder wenigstens, wieviel Geld man ausgibt, und wieviel man spart.«

»Du sagtest, deine Mutter hätte den Fußboden auf Händen und Knien gemoppt.«

»Sie hat ihn gewachst. Sie besitzt durchaus einen Mop.«

»Und außerdem sagtest du, das Maßband, das dein Vater ständig um den Hals hängen hatte, sei dir peinlich gewesen –«

»Das habe ich dir nie erzählt. Woher weißt du das?«

Ich antwortete nicht. Es war mir einfach so herausgerutscht, bevor ich es verhindern konnte, wie eine Schlange, die aus einem Erdloch hervorzuckt.

»Das habe ich dir nie erzählt, das weiß ich genau. Und gestern abend erzähltest du mir, daß meine Schwester unter Magersucht gelitten habe. Ich habe dir nie erzählt, daß Rache magersüchtig war. Oder daß Jeanne Jüdin war –«

»Kann ich jetzt mal etwas sagen?«

»Das wäre wohl angebracht.«

»Ich konnte es dir vorher nicht sagen. Ich konnte es einfach nicht, glaube mir. Als ich noch im Verlag arbeitete – o Gott! – da habe ich dieses Buch Korrektur gelesen. Mit diesem Interview. Über deinen Vater.«

Der Ausdruck in seinen Augen war zu schrecklich, um ihn ertragen zu können. Ich lenkte meinen Blick auf den Spiegel, aber auch das konnte ich nicht ertragen. Also sah ich hinaus auf den Park, auf die Baumkronen und die weiten Rasenflächen, die bis zum Karussell und zum Zoo reichten.

»Ich habe vergessen, daß du im Verlag gearbeitet hast«, murmelte er.

»Nun, so war es. Und zwar genau in dem Verlag.«

»Kleine Welt«, sagte Strauss schließlich. Dann fügte er hinzu, »Du hättest es mir sagen sollen, Lisar.«

»Ich weiß nicht, warum ich es nicht getan habe. Ich meine, ich kann dir nicht sagen, warum ich's nicht getan habe. Bitte, zwinge mich nicht dazu.«

Aus dem Flur drangen Stimmen von vorbeigehenden Hotelgästen herein, ein Mann und eine Frau hatten einen Disput wegen des Zimmerschlüssels. Strauss warf einen Blick zur Tür, dann sah er mich an. Mit einer Ruhe, die mir einen Schrecken einjagte, sagte er, daß ich zuerst unter die Dusche gehen könnte.

»Du bist verärgert«, konstatierte ich.

»Komm schon, Lisar. Bitte. Wenn du mir auch nur das geringste Gefühl entgegenbringst, –«

»Wie meinst du das? Natürlich bringe ich dir Gefühle entgegen –«

»– dann laß mich bitte ein paar Augenblicke allein.«

Ich zögerte keine Sekunde, und schon war ich im Bad, hatte die Tür fest hinter mir geschlossen und die Brause bis zum Anschlag aufgedreht, um mein hemmungsloses Schluchzen zu übertönen.

Jetzt war ich sicher, daß es sich hier um Liebe handelte, denn er hatte die Macht, mich binnen Sekunden in ein heulendes Häufchen Elend zu vewandeln. *Lisa*, dachte ich, *jetzt hast du's geschafft. Du hast alles kaputt gemacht. Der Mann hat die Nase voll.* Es war kaum zu ertragen, aus der dampfenden Dusche zu steigen und zu erkennen, welch immense Mühe sich Strauss gegeben hatte, das Badezimmer klinisch rein zu hinterlassen – nur für mich –, und dann auch noch zu bemerken, nachdem ich einen Blick in meinen Kosmetikkoffer geworfen hatte, daß ich am Morgen vorher vergessen hatte, die Pille zu nehmen. Zischend sog ich den Atem ein und nahm zwei Pillen auf einmal, zerkaute sie zu winzigen Bröselchen, als ob sie dadurch doppelt so wirksam werden würden.

Dann stellte ich mir vor, wie es wohl wäre, mit Strauss ein Baby zu haben. Es war ganz einfach, wirklich, ihn sich vorzustellen, wie er mitten in der Nacht müde aus dem Bett krabbelte, denn im Gegensatz zu Al Dante wäre er ein Vater, der sich mit mir mit dem Füttern abwechseln würde und der sich über die Korbwiege beugen und das nasse, kreischende Kind aus seinen Decken wickeln würde. Fast hörte ich, wie die Klebebänder auf beiden Seiten der Windel aufgerissen wurden und wie er mit besänftigender Stimme versuchte, das Baby zu beruhigen, und doch tatsächlich mit dem vernunftlosen kleinen Wesen argumentierte und es bat, doch bitte geduldig zu sein, denn laut Tagesordnung stand zuerst der Windelwechsel, dann erst die Flasche auf dem Programm. Ich sah ihn, wie er auf Händen und Knien Türme aus Bauklötzen baute, die das Krabbelkind immer wieder umschubste. »Hör mal, du sollst einen Turm bauen«, würde er sagen, »und ihn nicht immer wieder kaputtmachen!« Ich stellte ihn mir vor, wie er zu einer Steckdose stürzte (die mit Klebeband gesichert war) und die kleine Hand bestimmt fortzog: »Nein, nein, du weißt doch, daß du das nicht tun sollst, warum machst du es immer wieder?«, als ob ein Kind mit einem Sinn für Vernunft zu Welt käme – oder als ob ein Vater ihm diese einimpfen könnte!

Als ich aus dem Badezimmer kam – voller Angst, ihn anzusehen, und fast hoffend, er wäre gegangen, um Eiswürfel oder eine Zeitung zu holen –, sah Strauss alles andere als väterlich aus. Er saß auf der Bettkante und hatte sein Hemd und seine Boxershorts vom Abend zuvor angezogen, womit er ungefähr so verwundbar aussah wie ein Patient auf dem Untersuchungstisch eines Arztes. Er hatte seine Brille abgenommen, und ich fragte mich, ob er sich, während ich in der Dusche war, dermaßen deprimiert gefühlt hatte, daß er sich zurücklegen und die Augen schließen mußte.

»Laß uns nicht streiten, Lisar«, sagte er. »Ich möchte mich mit dir vertragen.«

Meine Stimme klang so starr wie alter Zuckerguß, als ich entgegnete: »Ich möchte mich auch mit dir vertragen.«

»Ich weiß, manchmal ist es nicht einfach. Aber es ist einen Versuch wert.«

»Ich versuche es ja. Aber irgendwie mache ich immer alles kaputt.«

»Komm her. Setz dich zu mir.«

Ich setzte mich neben ihn auf das Bett und bemühte mich, mein Handtuch etwas keuscher um mich zu drapieren. »Wegen dieses Buches. Wegen dieses ganzen Abschnitts meines Lebens – ich schäme mich, nicht mit dir darüber gesprochen zu haben. Aber ich finde auch, daß es nicht richtig von dir war, mir zu verschweigen, daß du darüber Bescheid wußtest.«

»Es ging mich ja eigentlich nichts an. Wir alle haben ein Recht auf eine Privatsphäre, deshalb habe ich es nie angesprochen. Anfangs habe ich dich gar nicht damit in Verbindung gebracht, und als ich es dann tat, war es bereits zu spät. Abgesehen davon, du warst es, der gesprochen hat, Strauss. Warum hast du dem Interview überhaupt zugestimmt, wenn du nicht wolltest, daß jemand davon erfährt?«

Strauss zuckte mit den Achseln. »Ich weiß es nicht. Doch, ich weiß es. Mein Vater bekam ständig Briefe von Seelenklempnern und Autoren – du hörst es vielleicht nicht gern, Lisar, aber er nannte sie immer neugierige Schreiberlinge –, die ihn um Interviews baten. Es war das erste Mal, daß mir jemand schrieb und damit anerkannte, daß seine Vergangenheit auch auf mich Auswirkungen gehabt haben könnte. Ich war es leid, meinen Mund zu halten. Heute weiß ich, warum mein Vater niemals etwas sagte.«

»Weiß er von diesem Interview?«

»Um Himmels willen – nein! Abgesehen von der Zeitung liest er nichts. Er wird es nicht herausfinden.«

»Was wäre, wenn ihn jemand darauf aufmerksam machen würde? Oder noch schlimmer, wenn es jemand deiner Mutter erzählen würde?«

»Das ist schlichtweg unwahrscheinlich.«

»Was wäre, wenn es deine Schwester herausfinden würde?« fragte ich und dachte daran, wie diebisch sich meine Schwester freuen würde, wenn sie meiner Mutter von einer Indiskretion meinerseits berichten könnte.

»Sie weiß es. Zuerst war sie wütend, hauptsächlich deshalb, weil ich es der ganzen Welt erzählt hatte – ja sie sagte: *Warum hast du es der ganzen Welt erzählt?* – daß sie unter einer Eßstörung gelitten hatte, aber dann versprach sie, unseren Eltern nichts zu sagen, wenn ich Zalman nicht erzählen würde – als ob ich Zalman je davon erzählen würde –, daß sie früher Appetitzügler futterte wie andere Bonbons.«

»Weiß er denn das nicht?«

»Daß sie ein Problem mit dem Essen hatte, ja. Natürlich. Das gefällt ihm. Es ist ein Druckmittel, das er ihr ständig vorhalten kann. Er denkt, er sei ihr Retter. Aber von den Tabletten weiß er nichts. Auch nicht, daß sie stationär behandelt werden mußte. Das würde ihm gar nicht gefallen.«

»Hört sich an, als sei er der absolute Kontrollfreak, wenn er glaubt, er könnte ihre Vergangenheit ändern.«

»Ich sagte dir doch, er ist extrem. Aber laß uns nicht mehr davon sprechen. Ich meine, wenn es dir recht ist. Ich brauche jetzt eine Dusche. Und du solltest deine Mutter anrufen.«

»Im Moment ist sie vermutlich in der Kirche«, sagte ich.

Erst nachdem ich das Wasser laufen hörte und zweimal die Nummer meiner Mutter gewählt hatte, ohne daß jemand abgehoben hätte, fiel mir auf, zu spät leider, daß Strauss auch hinter mir herspioniert hatte. Er hatte meine Personalakte nicht nur aus geschäftlichen Gründen durchforstet. Und er hatte das Manuskript von meinem Sofatisch genommen und es gelesen, während ich mit Al Dante telefonierte. Natürlich war ein großer Unterschied zwischen *Die verfluchte Generation* und *Mach langsam, Baby!* Dieser Unterschied ließ mehr als alles andere den ganzen Unsinn dessen, was ich zu Papier brachte, hervortreten. Wen kümmerte schon ein netter Büroflirt, wenn auf dem Planeten Kriege tobten? Warum konnte ich nicht über etwas Weltbewegenderes schreiben, wie zum Beispiel über Geister, die Gräbern entsteigen, bläulich tätowierte Zahlen oder darüber, seinen eigenen Namen auf einer Transportliste zu lesen?

Weil es mir nicht zugestoßen war.

Trotzdem könnte ich es stehlen, dachte ich. Oder es mir borgen. Ja, wirklich, es würde nur einem höheren Zweck dienen. Und obwohl der Diebstahl vom Teufel initiiert wäre, würde das Verbrechen nicht dadurch vergolten werden, wenn ich das Werk Gott widmen würde?

Interessante Rationalisierung, Lisar.

Höchst machiavellistisch! hörte ich Dodie sagen.

Den Rest des Tages benahm ich mich so zivilisiert wie Kopfschmerzen nach dem Genuß von Eiscreme. Strauss half mir, die Kette umzulegen. Er war zu tolpatschig, um den Verschluß zu greifen, aber so geduldig, um es immer und immer wieder zu versuchen, bis ich ihn wegen seiner Unbeholfenheit schalt und er mich tadelte, zu zappelig zu sein, um eine Sekunde stillzuhalten. Als wir zu Barnes & Noble an der Achtundvierzigsten Straße bummelten, kam eine Schar von Kirchgängern und Touristen die

Stufen aus der St.-Patricks-Kathedrale herunter. »Jetzt hast du die Chance, beichten zu gehen«, erinnerte mich Strauss.

»Sonntags wird keine Beichte abgenommen«, klärte ich ihn auf und sehnte mich plötzlich nach einer schnellen Rücksprache mit dem Priester, der mir die Absolution erteilt hatte, als ich das letzte Mal vor Gott auf die Knie gefallen war.

In der Buchhandlung angekommen, sagte ich zu Strauss: »Jetzt bin ich an der Reihe, dir ein Geschenk zu machen.« Ich wählte seinen Lesestoff für die nächsten paar Wochen aus, während er lautstark bekräftigte, das einzige, was er wirklich lesen wollte, sei das zweite Kapitel von Lise Diodettos lüsternem Opus. »Ich sagte dir doch, ich werde es vernichten«, sagte ich und ging in die Knie, um etwas auszusuchen, woran er eine Weile zu knabbern hätte – eine schwarze Penguin-Ausgabe von *Anna Karenina*, auf deren Einband eine Troika zu sehen war, die durch einen Schneesturm stob.

Er wirkte bestürzt. »Das sind ja eine Menge Wörter«, seufzte er. »Übrigens, ist das nicht das Buch, in dem sie sich vor den Zug wirft?«

»Du wirst es lieben! Du hast übrigens Ähnlichkeiten mit der Figur des Lewin«, sagte ich (erwähnte aber natürlich nicht, daß ich die langatmigen, öden Abschnitte – und davon gab es eine Menge – übersprungen hatte, in denen Lewin über Agrarökonomie nachsann. Auch verschwieg ich, daß mir die eindringlich beschriebene Szene, in der Lewins Frau, Kitty, unter fürchterlichen Schmerzen ihr erstes Baby zur Welt bringt, dermaßen unter die Haut gegangen war, daß ich den Schwur leistete, niemals Kinder zu bekommen).

Ein paar Schritte weiter bemerkte ich, daß Strauss genau das Buch fixierte, über das wir am Tag vorher diskutiert hatten – *Jane Eyre*. »Vergiß es«, sagte ich. »Es würde dir nicht gefallen. Darin gibt es eine Szene, in der sich der Held als Frau, nämlich als Zigeunerin verkleidet. Gib mir das Buch. Ich schenke dir *Anna*. Die ist ein gutes Geschenk.«

Nach einer weiteren Kaffeepause, in der wir mit Roastbeef und Pastrami beladene Roggenbrötchen verzehrten, besichtigten wir das Frick. Nach der Hitze der Straße schien uns die kühle Lobby beide zu beruhigen. Strauss drückte mir den Eintrittssticker direkt über meine linke Brust und klebte damit die Goldkette an meine Bluse.

Schweigsam wanderten wir durch das Museum. Hier schien es glaubhaft, daß ganz New York dieses spätsommerliche Wochenende genutzt hatte, um ein letztes Mal in die Hamptons oder die Adirondacks zu entfliehen. Nur ein paar Besucher schlenderten durch den Boucher-Salon, der vollgestopft war mit Szenen von pausbackigen, lüsternen Kindern, die so süßlich aussahen, daß ich mich am liebsten auf Henry Clay Fricks wunderbare orientalische Teppiche übergeben hätte. Im Fragonard-Salon waren wir die einzigen englischsprachigen Besucher. Strauss hatte eine der Museumsbroschüren für fünfzig Cents gekauft, und es war ihm sichtlich peinlich, mir mitzuteilen, daß alle Gemälde in diesem Raum zu einem Zyklus gehörten, der sich »Triumph der Liebe« nannte. Im Vestibül waren wir die einzigen, die vor den leuchtenden Vermeers, dem »Offizier und lachendes Mädchen« und vor »Die Musikstunde« am Treppenaufgang verteilten und die länger als fünf Minuten die bezaubernde »Frau in Blau« von Ingres bewunderten, die einen Finger zierlich unter ihr Kinn gelegt hatte und den Anschein erweckte, als wollte sie uns einladen, sie zu bewundern. Sie schien ein Geheimnis zu haben, das sie mit uns teilen wollte – das uns jedoch für immer verborgen bleiben würde.

Während wir die Emailarbeiten aus Limoges betrachteten, erinnerten mich die blauen und gelben Fliesen an die Obstschale meiner Mutter, die ständig voller Wachsbananen und verstaubter künstlicher Weintrauben war. Aber diese Fliesen zeigten Geburt und Tod Jesu Christi, Szenen, die von Künstlergilden liebevoll gestaltet worden waren, die sich *Workshop of the Master of Large Foreheads* und *Workshop of the Master of Passion* nannten. Ich fühlte, wie jeder Pore meines Körpers Katholizismus entströmte. Ich fragte mich, wie Strauss wohl auf die wiederholten Darstellungen der Ankündigung, der Anbetung der Weisen aus dem Morgenland, der Madonna mit Kind, der Kreuzigung oder der Kreuzabnahme reagieren mochte. Wie mochte es wohl sein, in einer Welt voller Kreuze nicht an Jesus Christus zu glauben? Ich dachte an all die Kruzifixe aus Gold oder Silber in meiner Schmuckschatulle (Geschenke von Tante Beppina zu meinem Namenstag, zur ersten heiligen Kommunion oder zur Firmung) und an die Medaille mit der Wunderkraft, als ich mich abmühte, mein Leben wieder in den Griff zu bekommen.

Ich wandte mich von den Fliesen ab. Von allen Leiden Christi (die wir im Kindergottesdienst in chronologischer Reihenfolge aufsagen mußten, während wir den Kreuzweg abbeteten) war das von der Krönung mit der Dornenkrone dasjenige, das mich in meiner kindlichen Vorstellungswelt am meisten quälte. Die emaillierten Bilder waren so lebhaft und anschaulich, daß ich die Stiche fast in meiner eigenen Kopfhaut spürte. War es nun diese Einbildung oder die morgendliche Doppeldosis von Hormonen, die mich so fertigmachte?

»Was ist mit dir?« fragte Strauss.

»Ich habe Kopfschmerzen.«

»Aber du bekommst doch nicht deine ...«

»Nein. Ich habe gestern vergessen, meine Pille zu nehmen und mußte deswegen heute morgen zwei davon schlucken. Bitte hör auf, mich so streng anzusehen! Ich bin auch nur ein Mensch und ich mache Fehler.«

»Ich wollte, du wärst etwas umsichtiger. Du warst doch bis jetzt konsequent, oder? Lisar, du siehst wirklich krank aus! Willst du dich einen Moment setzen?«

»Nicht hier. Dieses ganze christliche Brimborium geht mir auf die Nerven. Geht es dir auch so?«

»Jedenfalls gefällt es mir besser als der vorweihnachtliche Rummel in den Geschäften«, meinte er, legte den Arm um mich und führte mich in den angrenzenden Saal.

Nachdem wir uns in einer riesigen Halle, die von einer Hafenszene von Turner dominiert wurde, etwas ausgeruht hatten, setzten wir unsere Besichtigung fort und endeten schließlich in der Ostgalerie, in der wir offenbar die einzigen Besucher waren. Strauss bewunderte das längliche Porträt einer Dame in Schwarz von Whistler.» Sehr elegant«, sagte er.

»Sie sieht völlig verkrampft aus«, kommentierte ich. Die Frau war im Profil abgebildet und hob stolz ihr Kinn, als wollte sie ihren unabhängigen Charakter dokumentieren. Aber sie streckte ihre Brust heraus, und ihr Bauch schien unnatürlich eingezogen. »Vermutlich trug sie ein Fischbeinkorsett und fiel alle fünf Minuten in Ohnmacht.«

Strauss deutete auf ein Porträt an der gegenüberliegenden Wand, es zeigte einen großen, hageren Mann mit weißen Handschuhen und einer Krawatte, der einen Spazierstock in der Hand hielt. »Er sieht auch nicht gerade überglücklich aus.«

»Vielleicht waren sie verheiratet«, gab ich zu bedenken.

Strauss zog die Stirn in Falten. »Vielleicht waren sie's auch nicht.«

Er schlug in seinem Führer nach. Der Mann sei Robert Comte de Montesquiou Fezensac gewesen, berichtete er mir, und habe Proust als Vorbild für seinen Baron de Charlus gedient.

Ich war stark versucht, verächtlich zu schnauben und Strauss, aufzuklären, der niemals auch nur eine Seite von Proust gelesen hatte, daß Charlus Jungen verführte. Als Strauss mir aus der Broschüre vorlas, daß die Frau auf dem anderen Porträt die Frau von Whistlers Agenten, Rosa de Cambrier, gewesen war, hätte ich ihm zu gern gesagt, daß sie mir nicht wie eine Frau, sondern wie ein Mann vorkam.

»Welche Frau findest du attraktiver?« fragte ich Strauss. »Die Frau von Ingres oder die auf dem Whistler-Porträt?«

»Ist das eine hinterhältige Frage?«

»Versuchst du ihr auszuweichen?«

»Welche findest *du* attraktiver?«

»Diese hier«, log ich und deutete auf den Whistler, vielleicht weil das schwarze Kleid meine momentane düstere Stimmung besser symbolisierte.

»Du gleichst dem Mädchen auf dem anderen Porträt.«

»Findest du?«

»Ich *weiß* es.«

»Aber die ist doch richtig pausbäckig!«

»Wie kannst du das sagen? Mir kommt sie fast abgemagert vor.«

Auf dem Weg nach draußen passierten wir noch einmal den Ingres. Und wieder einmal unterlag ich einer Gewohnheit, gegen die ich mich verzweifelt wehrte, nämlich mich mit anderen Frauen zu vergleichen, selbst wenn diese nur als zweidimensionales Gemälde an der Wand hingen und keinerlei Bedrohung für mich darstellten. Strauss hatte recht – die Dame auf dem Bild hatte meine auffallend blasse Hautfarbe und braunes Haar; sie hatte mein rundliches Gesicht und ebenso große Augen, sie war plumper – und dennoch viel hübscher als ich –, und ihr wertvolles, glänzend blaues Kleid sowie ihr juwelenbesetztes Collier zeugten von einer Eleganz, die ich niemals ausstrahlen würde. Ihre Lippen waren ständig geschlossen. *Sie* würde niemals in ein Fettnäpfchen treten.

Zurück im Pierre, besorgte mir Strauss zwei Aspirin und paßte auf, daß ich sie auch wirklich mit genügend Wasser hinunterspülte. Dann packten wir unsere Taschen und schwiegen, während wir scheinbar endlos auf den Lift warteten. Wir hatten das Pech, in der Lobby auf einen Hochzeitsempfang zu stoßen. *Wer heiratet denn an einem Sonntag?* dachte ich, bis mir einfiel, daß Braut oder Bräutigam möglicherweise jüdischen Glaubens waren. Die Braut gehörte offenbar zu jenen Frauen, denen nicht bewußt war, wie sorgfältig man seine Kleidung auszuwählen hatte, wenn man erst einmal jenseits der Dreißig ist. Sie wirkte wie ein irisches Mädchen vom Lande, das sich mit einem gräßlichen Mischmasch von durchbrochener Spitze, Staubperlen und bauschigem Tüll herausgeputzt hatte und darin oben wie Zsa Zsa Gabor, unten wie Scarlett O'Hara aussah. Genau wie diese beiden befehlshaberischen Damen hatte die Braut die Hände in die Hüften gestemmt und kommandierte den Bräutigam – einen häßlichen Gnom mit gelbem Kummerbund –, die Blumenarrangements zu prüfen, bevor sie das Café betraten. »Ich *sagte* ihnen, ich will die Tischgestecke nicht in der Mitte der Tische haben!« wiederholte sie ein ums andere Mal.

Ich wandte meinen Blick ab. Auch Strauss konnte nicht hinsehen. Er konnte sich wenigstens auf die Begleichung der Rechnung konzentrieren. Ich hätte nicht im Traum daran gedacht, in dem Moment über seine Schulter zu lugen und einen Blick auf die

Zimmerrechnung zu werfen. Zu dem Zeitpunkt brauchte ich keinen weiteren Beweis mehr dafür, daß es ein kostspieliges Wochenende gewesen war.

Nachdem er darum gebeten hatte, seinen Wagen vorfahren zu lassen, lief Strauss zurück ins Hotel. Er hätte vergessen, *etwas für die Zimmermädchen zu hinterlegen*. Ich wartete neben dem uniformierten Portier, und das Hupen der Autos, die im stehenden Verkehr standen, gellte in meinen Ohren.

Unsicher und linkisch trat ich minutenlang von einem Bein auf das andere und fühlte mich schrecklich schäbig im Vergleich zu den gutgekleideten Leuten, die das Hotel betraten, um womöglich dieser fatalen Hochzeitsfeier beizuwohnen. *Wenn ich Strauss heiraten würde*, dachte ich ... nun, wir müßten fliehen. Keines meiner Familienmitglieder würde sich bei meiner Hochzeit zu benehmen wissen; Strauss' Eltern würden mich möglicherweise nicht akzeptieren, sein Schwager würde sich aufführen wie eine warme Cola, und wir würden wohl kaum den Segen unserer Kollegen bei Boorman zu erwarten haben. Wer würde sich also mit uns in der Kirche erheben, außer dem Rabbi, dem Priester oder dem dritten Mann in dieser Farce? Ja, es müßte wohl ein dritter her, ein Geistlicher, ein Unitarier in Sandalen vielleicht – denn keiner von uns beiden würde nachgeben und konvertieren.

Strauss' Geliebte zu bleiben war entschieden einfacher. Derlei Gedanken hatte ich mich hingegeben, bis – es war einer jener Zufälle, die man wohl nur den Sternen zuschreiben konnte – ein Taxi am Bordstein hielt, aus dem ausgerechnet der Neue stieg, der Boormans Werbeabteilung leitete – Ed ›Hook‹ Roberts, der mich eindeutig nicht kannte, ganz im Gegensatz zu mir, die ich ihn sofort erkannt hatte. Er sah aus wie einer jener Machos, die nach der Arbeit in einer Bar herumhingen und einige Bierchen zischten. Seine muskelbepackten Schultern und sein Stiernacken verliehen ihm das Aussehen eines Polizisten. Ihm fehlte eigentlich nur noch eine verspiegelte Sonnenbrille, ein Smokey-Mountain-Hut mit Kinnriemen aus schwarzem Plastik und eine Radarpistole, und schon könnte er einen an den Straßenrand winken und auffordern: *Ihren Führerschein, Ma' am – ich habe Sie bei 120 km/h gestoppt.*

Hook bezahlte den Fahrer und reichte dann seiner Frau auf dem Rücksitz die Hand (ich bemerkte einen Ehering an ihrer sorgfältig manikürten Hand sowie einen Verlobungsring mit einem Brillanten, groß wie eine Kröte). Gerade wollte er an mir und dem Portier, der im Schatten der Markise neben mir stand, vorübereilen. Wer sonst hätte just in dem Augenblick aus der Schwingtür treten sollen als mein Komplize?

»Hallo, Strauss«, brüllte Robert und wiederholte die Worte, die Strauss heute morgen gebraucht hatte: »Kleine Welt!«

»Ja, nicht wahr«, entgegnete Strauss schwach, und seine Hand kam mir unnatürlich bleich vor, als er sie Roberts zum Händedruck reichte. Anschließend begrüßte er Roberts Frau. Sie hieß Lorraine.

»Wir sind hier zu einer Hochzeit eingeladen«, sagte Hook und ließ Strauss damit genügend Spielraum, um zu erklären, was ihn in die City geführt hatte. Dann kam der Moment, in dem Strauss an ihnen vorbeisah und die Situation begriff – der Moment, in dem er entscheiden mußte, ob er sich zu mir bekennen oder mich ignorieren sollte. »Nein«, formte ich mit den Lippen und schüttelte den Kopf, in dem Versuch, ihm mitzuteilen, daß man mich nicht entdeckt hatte. Aber natürlich hatte er sich bereits entschieden, das Richtige zu tun.

»Darf ich Ihnen Miss Lisar Diodetto vorstellen?« sagte Strauss, und ebenso umsichtig, wie er mich mit meinem ganzen Namen vorstellte, erwähnte er auch, daß ich in der Redaktion arbeitete.

»Wie war Ihr Name noch? Ach, Li–sa! Nein, das Vergnügen wurde mir bis jetzt vorenthalten«, antwortete Hook, obwohl wir eine Woche vorher miteinander bekannt gemacht worden waren, als er wie ein Wirbelwind durch alle Abteilungen lief, um sich vorzustellen. Er betrachtete mich von Kopf bis Fuß. Dann fiel sein Blick auf die Koffer zu meinen Füßen und den Pagen neben mir, woraus er messerscharf schloß, daß wir nicht nur zum Essen im Café Pierre gewesen waren, wo eine Tasse Kaffee mehr kostet als ein Paperback und ein Aperitif mehr als ein Hardcover.

»Ist mir ein Vergnügen«, wiederholte Hook, als er mir die Hand schüttelte und mich anschließend seiner *cara sposa* vorstellte, die aussah, als wäre sie soeben der Sonnenbank entstiegen, um ihr perlenbesticktes Besondere-Gelegenheit-Kleid, Marke Talbot, tragen zu können. Lorraines blasse, französisch manikürten Fingerspitzen berührten meine Hand wie ein sanfter Windhauch. Sie wartete darauf, daß Hook sich loseisen würde. Aber Hook hatte offensichtlich seinen Spaß an unserem Unbehagen. Nachdem er vernommen hatte, daß wir am vorhergehenden Abend im Lincoln Center gewesen waren *(Nein, im Ernst, Sie mögen beide Opern? Oder mag nur er sie, Lisa, und Sie haben ihn höflichkeitshalber begleitet?)*, deutete er auf meine linke Brust, an der ich dummerweise immer noch meinen Eintrittssticker für das Frick-Museum kleben hatte. »Sie haben Ihren Namen nicht auf das Schild geschrieben. Reisen Sie inkognito?« spaßte er. Lorraine stand daneben, sah gelangweilt vor sich hin, zweifellos gewöhnt an seine Possenreißerei. Unterdessen grinste und lachte ihr Mann wie ein alter Onkel, der bei der Hochzeit den Bräutigam aufzieht. Am liebsten hätte er Strauss anzüglich zugezwinkert und ihm anerkennend auf den Rücken geklopft. Danach war ich ganz sicher, daß Strauss, der einzige Junggeselle in der oberen Führungsebene von Boorman, höchstwahrscheinlich die Zielscheibe von so manchem Witz über männliche Singles war sowie Objekt häßlicher Spekulationen bei Zusammenkünften der Führungsriege. Und diese Gerüchte hatten Hook offenbar bereits eingeholt, der gerade eben eine Woche *an Bord* war.

Strauss handhabte die Situation souverän, dennoch bemerkte ich seine Erlösung, als der Hoteldiener den Audi am Bordstein parkte. Erneut schüttelten wir uns alle gegenseitig die Hände, dann öffnete mir Strauss die Beifahrertür. Er war dermaßen zerstreut, daß er doch tatsächlich vergaß, dem armen Schlucker, der den Wagen vorgefahren hatte, ein Trinkgeld in die Hand zu drücken.

Aufseufzend drängte er sich dann mit quietschenden Reifen in den Verkehr der Fifth Avenue.

»Tut mir leid, daß das passiert ist.«

»Schlechtes Timing«, versuchte ich ihn zu trösten. »Das hattest du nicht in der Hand.«

»Er hat mich ganz nervös gemacht.«

»Mich auch«, nickte ich. »Ich fand es schrecklich, wie er mich angesehen hat –«

»Jetzt weißt du, was ich meine«, sagte Strauss.

Ich starrte aus dem Fenster, und was ich mir vorstellte, war zu gewaltig, als daß mich die steifen Schaufensterpuppen, die in grotesken Verrenkungen in den Schaufenstern von Henri Bendel posierten, noch interessiert hätten. Binnen vierundzwanzig Stunden würden Strauss und ich in der Gerüchtemühle von Boorman zermalmt sein, wie von einer Mörserkeule. Von einigen würde Strauss Kritik ernten, von anderen Bewunderung, daß er eines der Mädchen aus der Redaktion flachgelegt hatte. Mich würde man als das Büroflittchen brandmarken. Man würde Wetten abschließen, wie schnell ich befördert oder zu dem sprichwörtlichen Donut von gestern werden würde, den nicht einmal mehr die Putzfrau essen wollte, wenn sie ihn am frühen Morgen zäh und angestaubt neben der Kaffeemaschine fände. Aber beide konnten wir mit einer öffentlichen Rüge oder einer privaten Tracht Prügel von Peggy rechnen.

»Ja, ich weiß«, wollte ich sagen, als Strauss sagte: »Von allen Leuten, die uns hätten ertappen können, mußte es ausgerechnet dieser Hundesohn sein!«

Abgesehen von dem Urteil, das Strauss über seinen Schwager abgegeben hatte, war dies das Gröbste, was ich bis zu dem Zeitpunkt von ihm gehört hatte. Seine feindselige Haltung gegenüber Hook schien einer Art von Ritterlichkeit zu entspringen (die in etwa so *cool* war wie das Taschentuch in seiner Hosentasche. Aber ich konnte mir nicht helfen, wenn es mir gefiel, warum sollte ich dagegen ankämpfen?). Außerdem schien sein Haß einem Gefühl der Unzulänglichkeit zu entspringen. Strauss mochte vermutlich diese Sprücheklopfer ebensowenig, wie ich die strahlenden Sauberfrauen mochte, die mich in der Redaktion umgaben, denn sie veranlaßten uns, uns die Frage zu stellen, welch männlicher Mann beziehungsweise weibliche Frau wir waren. Ein Mann wie Strauss, der seine Bücher stets pünktlich in die Leihbücherei zurückbringt, mußte ja einen Rüpel wie Hook hassen, der beim nächsten Betriebsfest mit Sicherheit den Preis für die meisten Liegestützen erringen würde.

»Daraus schließe ich, daß du in dem Komitee, das für Hooks Einstellung plädierte, nicht den Vorsitz hattest«, sagte ich.

»Wenn du wüßtest, wie sehr sich Peg gegen seine Einstellung eingesetzt hat!«

»Hast du ihr dabei geholfen?«

»Was glaubst du?«

Ich biß mir auf die Lippen. »Warum hast du mich ihm vorgestellt?«

Strauss hatte jenen gequälten Ausdruck in den Augen, der dem Versuch entstammte, sich auf den Verkehr zu konzentrieren und gleichzeitig eine ernsthafte Unterhaltung zu führen. »Weil es aussieht, als habe man Dreck am Stecken, auch wenn dies gar nicht der Fall ist, sobald man versucht, etwas unter den Teppich zu kehren.«

»Aber ich habe doch noch den Kopf geschüttelt«, wandte ich ein. »Ich glaube nicht, daß er mich gesehen hatte. Und wenn doch, ich kann mir nicht vorstellen, daß er wußte, wer ich war. Er erinnerte sich nicht an mich.«

»Er gab nur vor, sich nicht zu erinnern, damit er sich nach vorn beugen und das, was er als dein Namensschild bezeichnete, inspizieren konnte – was nur ein Vorwand war, um deine Brüste anstarren zu können.«

»Dann habe ich mir das also nicht nur eingebildet; ich hatte nämlich auch den Eindruck, daß er meinen Busen angaffte – oh, Strauss, paß auf das Taxi auf!«

Strauss trat die Bremse durch, und meine Hände flogen auf das Armaturenbrett, um mich abzustützen. Eine Kakophonie von Hupen brach los und verebbte dann wieder.

»Alles okay?« fragte Strauss.

Ich nickte, obwohl ich ein ganz flaues Gefühl im Magen hatte von dem plötzlichen Ruck des Wagens. »Fahr zu«, sagte ich. »Aber fahr vorsichtig.« Ich wollte gern heil nach Hause kommen, obwohl ich mir in jenem Moment ganz sicher war, daß sich Boorman mehr als glücklich schätzen würde, meine Beerdigung bezahlen zu dürfen.

»Es gibt eine ganz einfache Lösung für dieses Schlamassel«, nahm Strauss das Gespräch wieder auf.

»Welche denn?«

»Laß mich das nur regeln.«

»Ich will nicht, daß du es regelst. Wie willst du es denn machen?«

»Ich werde mit Peg sprechen.«

»Bist du verrückt? Ich will nicht, daß du mit Peg über mich sprichst.«

»Peg ist auch nur ein Mensch. Ich habe ein gutes Verhältnis zu ihr. Sie hat zwar bestimmte *Auffassungen* – mit denen ich nicht immer übereinstimme – in bezug auf zwischenmenschliche Beziehungen –«

»Sag mir die Wahrheit. Mag sie mich nicht?«

»Was redest du denn? Sie hat dich doch so gut wie adoptiert, merkst du denn nicht, wie nahe ihr euch in der kurzen Zeit, die du an Bord bist, gekommen seid?«

»Aber du bist derjenige, der sie daran erinnert, ihr Dramamine zu nehmen.«

»Seit diesem Sehr-geehrte-Damen-sehr-geehrte-Herren-Quatsch hat sie offensichtlich an dir einen Narren gefressen, und ich warne dich, sie wird dich zum Golfen einladen –«

»Sag ihr, daß ich nicht Golf spiele –«

»Ich werde ihr gar nichts sagen, und wenn sich das Gespräch ergibt, werde ich geduldig zuhören; denn ich würde es nicht wagen, das Thema zu wechseln. Aber diese Sache muß jetzt ein für allemal aus der Welt geschafft werden. Nun, da es nicht mehr nötig ist, die Sache geheimzuhalten, ist es am besten, die Situation zu erklären, sie offen und ehrlich darzulegen.«

»Ich fühle mich nicht ganz wohl dabei«, wandte ich ein.

»Ich schon.«

»Ich nicht.«

»Ich dachte, wir hätten beschlossen, miteinander auszukommen, Lisar.«

»Das heißt noch lange nicht, daß immer das zu geschehen hat, was du für richtig hältst.«

»Wir haben eine lange Heimfahrt vor uns«, meinte Strauss. »Denk darüber nach. Und wenn du dich meinem Standpunkt nicht anschließen kannst, dann bereite dich darauf vor, einen alternativen Schlachtplan vorzulegen.«

Obwohl ich in Strategiespielen immer ziemlich gut gewesen war – so gut, daß, als ich neun Jahre alt war, nur Dodie ein Damespiel mit mir länger als eine Viertelstunde aushielt –, so konnte ich in diesem Match nicht mehr als einen ungewissen Zug vorhersehen. Das einzige, was ich sicher wußte, war, daß Strauss herrisch wurde – und das auf eine Art, die ich nicht mochte –, was dazu führte, daß plötzlich Strauss (nicht Hook) der Gegenspieler war, der mich mit dem Rücken an die Wand gedrängt hatte und mir wegen des nächsten Zuges die Schweißperlen auf die Stirn trieb.

Ich versuchte mich auf Hook zu konzentrieren. Wie hoch war wohl die Wahrscheinlichkeit, daß er im Büro plaudern würde? Sehr hoch. Er war neu; er wußte womöglich, daß sich Strauss und Peggy gegen seine Einstellung ausgesprochen hatten; er hätte absolut nichts dabei zu verlieren, wenn er zu Boormans eintöniger Gerüchteküche ein interessantes Gemunkel beisteuerte, außer er wollte die Information für sich behalten, um uns damit zu erpressen. Es schien keinen vernünftigen Weg zu geben, ihn zum Schweigen zu bringen – außer ihm Zementklötze an die Füße zu binden und ihn im Hudson zu versenken.

Vor meiner Wohnung parkte Strauss den Wagen an einer schattigen Stelle des Parkplatzes und stellte den Motor ab. Keiner von uns bewegte sich.

»Nun?« sagte Strauss.

»Ich brauche mehr Zeit.«

»Die hast du ja, ob es mir gefällt oder nicht.«

»Was meinst du damit?« fragte ich.

»Hast du vergessen, daß du morgen nach Hause fährst? Und daß ich den Rest der Woche in Atlanta bin? Ich möchte mit Peggy lieber nicht am Telefon über eine derartig sensible Angelegenheit sprechen.«

Ich nickte. Aus Erleichterung. Aber dann fiel mir ein, daß ich ab Mittwoch allein im Büro sein würde, ohne daß mich Strauss beschützen könnte, sollten Peggy die Sicherungen durchbrennen. Wen würde sie sich wohl härter vor die Brust nehmen – ihn oder mich?

»Ich wollte, du wärst nicht so lange fort«, sagte ich.

»Ja, und nächstes Wochenende hat mein Vater Geburtstag. Ich muß ihn zu einem Doppelspiel der Yankees einladen.«

»Bring mir einen Cracker Jack[8] mit.«

Er zögerte. »Zeitlich paßt mir das alles ganz und gar nicht. Ich wollte dich gern mit nach Hause nehmen –«

»Fühle dich nicht verpflichtet.«

»Ich meine, ich wollte, daß du mit mir kommst, damit ich dich meinen Eltern vorstellen kann. Würdest du das machen?«

»Natürlich. Ja.«

»Aber das kommende Wochenende scheidet aus. Meine Schwester wird mit ihrer Familie ebenfalls bei meinen Eltern sein. Das wäre zuviel –«

»Du meinst wohl, dein Schwager würde meine Anwesenheit nicht gutheißen?«

»Sei nicht lächerlich. Es schert mich einen Dreck, was er denkt. Dasselbe gilt auch für meine Eltern. Es scheint mir einfach nicht der geeignete Zeitpunkt und das geeignete Forum zu sein –« Er verstummte. »Vertraue mir. Es hat nichts damit zu tun, was in New York geschehen ist.«

»Was ist geschehen?« fragte ich. »In New York?«

»Ich weiß es nicht. Ich hatte nur das Gefühl, daß wir eine neue Seite aufgeschlagen haben. Aber jetzt muß sich etwas ändern. Bitte laß mich noch eine Minute etwas sagen, ohne mir ins Wort zu fallen –«

»Ich falle dir nicht ins Wort.«

Strauss starrte auf das Lenkrad vor sich. Er beschämte mich, als er sagte, daß er es zwar angezweifelt hatte – und vielleicht sogar die ganze Zeit über dagegen angekämpft hatte – *aber er wüßte*

8 Cracker Jack – Beliebte amerik. Süßigkeitenmischung, in der kleine Überraschungen stecken. Seit dem Ende des 19. Jahrhunderts im Handel (Anm. d. Übers.)

jetzt, daß er mich mochte, mich sehr mochte. Worauf er sich korrigierte und hastig hinzufügte: »Ich meine, ich habe das ganze Wochenende versucht, dir zu sagen, daß ich dich liebe.« Bevor ich den Mund aufmachen konnte, um ihm zu antworten, hob er abwehrend die Hand und verkündete: »Du mußt jetzt nichts darauf sagen. Noch nicht. Sag jetzt bitte nichts.«

Verwundert darüber, warum er in einem solchen Moment versuchte, mich am Reden zu hindern, saß ich da. Aufgewühlt kamen mir plötzlich seine Worte wieder in den Sinn: *»Laß mich das nur regeln.«* War das reine Selbstlosigkeit – der Versuch, uns beide vor Schaden zu bewahren – oder nur eine weitere Demonstration seiner Macht? Ständig bezahlte er die Rechnungen. Ständig fuhren wir mit seinem Wagen. Wir schliefen immer in seinem Bett. Und obwohl er es mit einer Stimme geflüstert hatte, aus der ich meinte, Liebe herausgehört zu haben, hatte er an jenem Morgen darauf bestanden, daß ich mich passiv hinlegte, während er mich bis zur Erschöpfung liebte, als gäbe es kein Morgen mehr. Er hatte mir einen pinkfarbenen Slip geschenkt, und ich trug ihn.

Ich *trug* ihn.

»Ich muß hier raus«, sagte ich und legte die Hand auf den Türgriff. Aber die Wagentür ließ sich nicht öffnen.

»Fühlst du dich nicht gut?« fragte er.

»Öffne bitte die Türen.«

»Aber du siehst aus, als ginge es dir nicht gut.«

»Bitte laß mich aussteigen, Strauss.«

Er ließ die Knöpfchen hochspringen, und mit seiner besten Bürostimme sagte er: »Ich trag dir die Tasche nach oben.«

»Die kann ich selbst tragen«, entgegnete ich.

Ich hörte, wie sich die Türen wieder schlossen. Ich schnappte nach Luft. »Mach jetzt die Tür auf, ich sage nicht noch einmal bitte!«

»Verdammt, Lisar, ich werde dich nirgends hingehen lassen, bis du mir endlich sagst, warum du dermaßen stur bist!«

»Weil du immer alles für mich regeln willst.«

»Vielleicht tue ich das, weil ich dich mag. Ich habe dir doch gerade gesagt, daß ich dich liebe!«

»Ja, aber auf welche Art! – Sagst mir, daß du daran gezweifelt hast, ja sogar dagegen angekämpft hast, und dann bekennst du dich dazu, als ob es eine Sünde wäre! Oder ein Verbrechen, weil du es nicht unter Kontrolle hast oder nach oben tragen kannst wie meine Reisetasche! Warum sagtest du vorhin: *Sag jetzt bitte nichts?* Was wäre denn gewesen, wenn ich gesagt hätte, daß ich dich auch liebe?«

»Du hättest es gesagt, stimmt's? Du bist nicht gerade die Frau, die ihre Zunge im Zaum hält.«

»Ich habe meine Zunge seit Wochen im Zaum gehalten!«

»Was? Indem du dieses Wochenende mit den Worten umreißt, *deinen Chef gevögelt zu haben* – und mir das auch noch ins Gesicht sagst? Und indem du hinter meinem Rücken einen Roman schreibst, der unsere Beziehung ins Lächerliche zieht?«

»Du hast meinen Roman gar nicht gelesen! Woher weißt du überhaupt, daß du darin vorkommst?«

»Weil du es mir gesagt hast, weißt du nicht mehr?«

»Woher willst du überhaupt wissen, daß mein Roman nicht von Liebe handelt –«

»Weil du ihm einen pornographischen Titel gegeben hast!«

»Na und? Vögeln und Liebe gehören zusammen – manchmal wenigstens!«

»Ist ja nett, das zu wissen, Lisar. Spar dir diesen Satz für diesen ungeheuer blöden Kerl, der solch immense Probleme damit hat, seine Gefühle auszudrücken!«

Ich sah aus dem Fenster und dachte, daß dies wohl eine Art von Liebe war, die uns in diesem geparkten Wagen festhielt, während wir uns gegenseitig Beleidigungen an den Kopf schleuderten, wie gelangweilte Kinder, die am Unabhängigkeitstag chinesische Kracher durch die Gegend warfen. Strauss öffnete die Zentralverriegelung, faßte unter das Armaturenbrett und betätigte den Griff, der den Kofferraumdeckel aufschnappen ließ. Ich stieg aus dem Wagen und bemühte mich, die Wagentür nicht zuzuknallen. Meine Reisetasche war unglaublich schwer, eine Tatsache, die ich natürlich Strauss in die Schuhe zu schieben geneigt war. Ich sagte mir zwar, daß ich nur die Hälfte meiner Schminkutensilien –

und der Schuhe und Kleider – gebraucht hätte, wenn ich nicht das Gefühl hätte, mein Aussehen sei ihm so wichtig. Aber war es ihm überhaupt wichtig? Oder hatte ich nur meine eigenen Gedanken diesbezüglich auf ihn projiziert?

Es war mir zu kompliziert, um weiter darüber nachzudenken. »Ach, zum Teufel!« knirschte ich und versuchte, den Kofferraumdeckel zu schließen. Aber er schnappte nicht ein, bis ich ihn mit zwei Händen schwungvoll zuwarf und der Audi wegen der Erschütterung ins Wackeln geriet. Dann trug ich meine Tasche zur Fahrertür und klopfte ans Fenster. Strauss drückte auf den Knopf des automatischen Fensterhebers, und die Scheibe glitt halb hinunter, aber nicht so weit, daß ich mich hineinbeugen hätte können, um ihn zu küssen, vorausgesetzt, ich hätte überhaupt gewollt, was, überflüssig das zu erwähnen, ohnehin nicht der Fall war.

»Kommst du morgen noch in die Firma?« fragte ich.

Er schüttelte den Kopf.

»Aber du rufst mich doch an, oder?« fragte ich.

»Natürlich. Ich rufe dich doch immer an. Aber vielleicht meinst du ja, ich will dich kontrollieren.«

»Tue ich nicht!«

»Ich glaube schon.«

»Bitte«, sagte ich. »Hör auf damit. Du drehst mir jedes Wort im Munde herum. Das ist alles Hooks Schuld. Wir sind beide nervös, weil er uns gesehen hat –«

»Das war unvermeidlich. Wir konnten es ja nicht für immer geheimhalten.«

»Laß mich darüber nachdenken, was du gesagt hast. Ich meine, ob du mit Peggy sprechen sollst. Ich will doch nur nichts Falsches machen.«

»Ich auch nicht«, entgegnete Strauss. »Vergiß nicht, es ist besser, die Situation in den Griff zu bekommen, bevor sie dich in den Griff bekommt.«

»Vielleicht hält er ja doch den Mund.«

»Darauf würde ich nicht bauen.«

In dem Wissen, daß Strauss sie ergreifen mußte, streckte ich meine Hand durchs Fenster. »Vielen Dank. Für das Wochenende und –«

Er schüttelte den Kopf und schnitt mir das Wort ab. Eine Sekunde lang berührten sich unsere Hände, dann waren sie getrennt. Er drückte auf den Knopf, um das Fenster zu schließen, änderte aber seinen Entschluß und öffnete es noch einmal.

»Ich weiß, daß du meine Krawatte hast«, sagte er gelassen.

Ich lächelte. »Was wäre, wenn?«

»Behalte sie. Vorläufig.«

»Darf ich sie tragen?«

»Sie würde dir nicht stehen.«

Seine Stimme klang so traurig, daß ich augenblicklich meine Hand an die Goldkette legte. »Aber sie steht mir. Danke. Ich werde sie nicht ein einziges Mal abnehmen.«

Endlich hatte ich ihm ein Lächeln entlockt. Er nickte. »Jetzt geh zur Seite, bevor du noch unter die Reifen gerätst.«

»Aber ich habe dir noch nicht gesagt, daß ich dich liebe«, wollte ich sagen, aber da hatte er das Fenster bereits geschlossen und den Motor angelassen. Ich warf nicht einen Blick zurück, während ich meine Tasche und den Kleidersack über die Treppen zum Hauseingang hinaufschleppte. Aber ich wußte, daß er hinter mir wartete – wie er es ja immer tat – der sprichwörtliche brave Junge, den sich eine Mutter immer für ihre Tochter wünscht, der wartet, um sich zu überzeugen, daß sie auch ja sicher ins Haus gelangt, und dann erst abfährt.

Gott sei Dank schaffte ich es nach oben, ohne loszuheulen wie ein Baby. Sollte es mir gelingen, meine diversen Sicherheitsschlösser aufzusperren, würde ich mich sicher nicht mit der Routine aufhalten, die ich üblicherweise einhielt, wenn ich das Wochenende außer Haus verbracht hatte – nämlich Pipimachen und die Post durchsehen, nachdem ich zunächst festgestellt hatte, daß sich in meinem Wandschrank kein Serienmörder auf die Lauer gelegt hatte. Ich hatte vor, auf meine Couch zu plumpsen und mir aus einem Grund, den ich nicht genau definieren konnte, die Augen aus dem Kopf heulen.

Aber kaum hatte ich die Tür überwunden, sah ich das rote

Blinklicht meines Anrufbeantworters zweimal kurz aufleuchten, und aus Neugierde stellte ich ihn an. Die erste Nachricht stammte von der Stadtbibliothek – für einen der Romane, den ich ausgeliehen hatte, lag eine Vormerkung vor. Die zweite Nachricht stammte von Dodie. »Hallo, Lise. Wollte mich nur mal melden. Ruf mich irgendwann einmal zurück.«

Irgendwann einmal ist genau jetzt, beschloß ich. Aber ich hatte Dodie schon so lange nicht mehr angerufen, daß ich mich nicht mehr erinnern konnte, ob seine Nummer mit fünf-zwei oder mit zwei-fünf aufhörte. Ich mußte doch tatsächlich in meinem Adressbuch nachschlagen.

Dodies Stimme überschlug sich fast, und er klang gehetzt. Ich war erleichtert, kein Treffen zwischen ihm und Strauss arrangiert zu haben, denn er klang ziemlich high.

»Ich störe dich gerade bei irgend etwas«, sagte ich.

»Nein, gar nicht.«

»Du hast Besuch.«

»Ja. Ja.«

»Okay, ich lege auf. Ruf mich an, wenn du Zeit hast.«

»Geht's dir gut?«

»Klar«, gab ich schwach zurück. »Ich brauche nur etwas Aufmunterung, das ist alles.«

»Komm und besuch mich – das heißt uns – am nächsten Wochenende.«

»Wer ist *uns?*«

»Er sitzt gerade neben mir. Und er ist ein Anblick, den du nicht vergessen wirst.«

»Danke, verzichte.«

»Nein, komm doch. Und bring deinen *Beau* mit.«

»Ich glaube, ich komme lieber allein.«

»Oh-oh«, rief Dodie. »Das habe ich befürchtet. Hattet ihr Streit?«

»Er hat gerade gedroht, mich mit dem Wagen zu überfahren.«

»Also wann heiratet ihr?«

»Ich bringe eine Flasche Mumm mit, wenn er bis nächste Woche um meine Hand anhält.«

Dodies Freund besaß ein Haus gleich hinter Bay Shore. Der Freund besaß außerdem ein Boot, und ich wurde eingeladen, an Bord zu übernachten.

»Sag bloß nicht, daß es ein Ruderboot ist«, scherzte ich.

»Nein, Nein.«

»Oder ein Kanu.«

»Auch nicht.«

»Eine Luftmatratze, vielleicht?«

Dodie lachte verschmitzt. »Es ist eine Yacht. Ungefähr so groß wie ein Ranchhaus in Rye.«

»Du Flittchen«, rief ich. »Bin praktisch schon unterwegs!«

KAPITEL ELF

Wenn Mädchen die See beherrschen könnten

Meine Stippvisite zu Hause anläßlich der Geburt des jüngsten Al Dante begann mit einem Streit mit meiner Mutter, die nicht zu Unrecht beanstandete, ich könnte nicht einfach ohne Vorwarnung vor ihrer Haustüre auftauchen (worauf ich konterte: *Dann kauf die eben einen Anrufbeantworter! Ich werde dir einen kaufen!)* und endete damit, daß mir meine Mutter ein Ginger-Ale-Eiscreme soda brachte, als ob ich ein Teenager wäre, der den Abend mit schweren menstruellen Krämpfen im Bett verbringt, anstatt auf den College-Ball zu gehen. Mamas Großzügigkeit wurde sicherlich durch die unerklärlichen Tränen inspiriert, die ich vergossen hatte, als ich Al Dante Junior in Carols Arme zurücklegte. »Du mußt kein Mitleid mit mir haben«, sagte ich zu Mama, während sie die Eiscreme (Marke Billig) und das Ginger Ale (natürlich nicht das Original) aus dem Eisschrank holte.

»Wer hat denn hier Mitleid mit dir?« schnappte Mama. »Ich will doch selbst ein Soda. *Madonna*, ich wollte doch im Wawa-Markt Strohhalme kaufen, als ich neulich daran vorbeiging – lauf doch mal schnell zu Tante Beppina und frag, ob sie uns ein paar leiht. Sag ihr, ich bringe sie nach der Kirche zurück –«

»Mama, Strohhalme sind wie Papiertaschentücher, man leiht sie nicht aus, man benutzt sie und wirft sie in den Abfall.«

»Ja, wie Carol, mit diesen Wegwerfwindeln! Zu meiner Zeit benutzte man noch heißes Wasser und ein Waschbrett. Nicht im Traum hätte man daran gedacht, etwas einfach wegzuwerfen!«

Als ich am Mittwoch durch den Hintereingang die Firma betrat, fühlte ich mich völlig von der Rolle. Mein Mangel an Ausgeglichenheit hatte allerdings nichts mit der Höhe meiner Absätze zu tun. Ich fühlte mich, als ob ich wieder eine junge High-School-Schülerin wäre und eine meiner schlimmsten Feindinnen hätte dem Lehrer gepetzt, daß ich mich in der Besenkammer des Hausmeisters von einem Jungen habe begrapschen lassen. Ständig erwartete ich das Knacken aus der Haussprechanlage zu hören, aus der dann zur Freude der gesamten Algebra-Klasse die Stimme der Schulsekretärin ertönen würde: *Elisabetta Diodetto soll sofort in das Direktoriat kommen.*

Natürlich passierte nichts dergleichen. Ich ordnete meine Büroklammern, füllte meinen Hefter auf und stürzte mich in den normalen Büroalltag. Aber das Gefühl, daß sich eine dunkle Wolke über mir zusammenbraute, verursachte mir derartig weiche Knie, daß ich noch am Ende des Tages tatsächlich froh war, die schleimige Stimme von Hook Roberts zu hören, der mir auf dem Parkplatz zurief: »Hallo, Miss D.!« Ich fuhr herum. Sein Wagen – ein königsblauer Camaro – stand eine Reihe hinter meinem.

»Hallo«, rief ich und begann meine Tasche nach dem Schlüssel zu durchwühlen.

Er schlenderte zu meinem Toyota herüber. »Wir scheinen uns ja in letzter Zeit häufiger über den Weg zu laufen.«

»Oh«, gab ich schwach zurück. »Ich würde das nicht gerade häufig nennen.«

Er warf einen schnellen Blick über meine Schulter. »War's denn schön in New York?«

»Wieso, war ich in New York?«

»Komisch, ich war sicher, ich hätte Sie gesehen. Mit einem Reisegefährten.«

»Welchem Reisegefährten?«

Hook grinste. »Verstehe ich das jetzt richtig? Ich habe euch beide am Wochenende nicht gesehen, obwohl ihr zwei mich gesehen habt?«

Ich zögerte, warf einen Blick auf den Parkplatz der Geschäftsführung und entdeckte Strauss' Audi – silbern, dezent und verläßlich –, der gleichsam als Warnung dort stand, die ich selbstverständlich in den Wind schlug.

»Ich glaube, Sie haben das schon richtig verstanden«, sagte ich zu Hook.

»Dann lautet die Parole also: Mund halten.«

»Das hoffe ich doch«, gab ich verschwörerisch zurück, wobei ich mir das Gehirn zermarterte, wie ich ihn für mich gewinnen könnte. Er schien dämlich genug zu sein, um auf einen kleinen Flirt hereinzufallen. Ich schenkte ihm also mein bestes Miss-Amerika-Lächeln und fragte ihn, wie ihm die Hochzeit gefallen habe.

»Es war der übliche Firlefanz.«

»Warum haben Ihre Freunde denn an einem Sonntag geheiratet?«

»Es waren keine Freunde. Eine Cousine – meiner Frau. Aber genau das habe ich zu Lorraine auch gesagt, als die Einladung kam. Wen heiratet dieses Mädchen eigentlich, einen Hindu? Gibt es etwa Hähnchen Vindaloo als Hochzeitsmahl?«

Wenn je ein völlig behämmerter Typ erfunden wurde, dann ist es dieser hier, dachte ich.

Hook sprudelte unterdessen weiter. »Nein, diese jungen Leute sind durch und durch katholisch! Aber das Hotel war langfristig ausgebucht, Sonntag war der einzige Termin, der ihnen zu Verfügung stand. Na ja, sie mußten ein bißchen plötzlich heiraten.«

»Ach, das erklärt wenigstens das zeltartige Kleid –«

»Ha! Konnten Sie in der Lobby etwa einen Blick auf dieses Kleid erhaschen? Ich sagte noch zu Lorraine, unter einem Reifrock wie diesem kann man eine Menge Bauch verstecken. Ich sagte zu ihr, stell dir vor, was das für ein Riesenmarkt sein muß – Hochzeitskleider für Mädels, die den Eheschwur für zwei leisten –, aber Sie haben vermutlich noch nie eine Anzeige in der Zeitschrift *Modern Bride* gesehen –«

»Nein, dieses spezielle Magazin habe ich nicht abonniert.«

»Man könnte sich die ganze Nacht damit um die Ohren schlagen, über die Herausforderungen einer solchen Werbekampagne nachzudenken.«

»Das überlasse ich gern Ihnen«, sagte ich, »da ich auf einen guten Schlaf großen Wert lege.«

Er grinste. »Das kann ich mir vorstellen.«

Einen Moment lang erwiderte ich mit zusammengebissenen Zähnen sein Grinsen. Dann drehte ich den Schlüssel im Türschloß und wollte die Wagentür öffnen. Aber sie ließ sich nicht öffnen.

»Sie haben sich gerade ausgesperrt«, bemerkte Hook.

»Komisch«, meinte ich. »Muß wohl heute morgen vergessen haben, zuzusperren.«

»Vergessen Sie nicht, auf dem Rücksitz nachzusehen.«

»Wie bitte?«

»Der Rücksitz. Dort verstecken sich mit Vorliebe die Männer, die nichts Gutes im Schilde führen!«

Ich öffnete die Tür, ohne nachzusehen.

»Bevor Sie fahren«, sagte Hook, »bei mir stehen einige neue Projekte an. Vielleicht brauch' ich von Ihrer Seite ein bißchen Unterstützung.«

»Hört sich gut an«, gab ich zurück. »Klären Sie das mit Peggy. Ich meine, mit Dr. Schoenbarger.«

»Nicht mit jemand anderem? Wird hier nicht jemand vergessen?«

»Dr. Schoenbarger«, wiederholte ich.

»Oh, Verzeihung. Ich bin noch so neu, es wird noch eine Weile dauern, bis ich die Hierarchie verstanden habe.«

»Sie werden es schon schaffen«, sagte ich und stieg in meinen Wagen. Das einzige, was ich dagegen tun konnte, war, mich so weit zu beherrschen, um nicht nach hinten auszuschlagen und ihm seine stämmigen Polizistenbeine zu brechen.

Später am Abend rief Strauss an. Nach einer gestelzten Unterhaltung über Verspätungen am Flughafen von Atlanta bat er mich, ihm meinen Eindruck der Situation im Büro zu schildern.

»Es scheint niemand etwas zu wissen.«

»Hast du Hook heute getroffen?«

»Er erwischte mich auf dem Parkplatz.«

»O Gott.«

»Er sagte, er würde nichts sagen. Daß er uns gesehen hat, meine ich.«

»Wie hat er das gesagt?«

Ich gab Strauss einen leicht beschönigten Bericht über den Gedankenaustausch mit Hook.

»Der Mann ist wie eine Schlange, die im Gras lauert, Lisar. Sobald ich zurück bin, werde ich mit Peg sprechen.«

»Mir gefällt die Vorstellung immer noch nicht, daß du mit ihr über mich sprichst«, bemerkte ich.

»Wir könnten ja eine Unterhaltung unter sechs Augen führen.«

»Uh – ein Alptraum!«

»Ich könnte ja den größten Teil des Gesprächs übernehmen.«

Ich wußte nur zu gut, daß er das konnte. »Ich würde lieber für mich selbst sprechen.«

»Zusammen oder getrennt?«

»Moment! Ich habe weder dem einen noch dem anderen zugestimmt. Du sagtest, ich hätte Zeit bis Montag.«

»Also gut. Aber keinen Tag später.« Wütend straffte ich meine Schultern, bis er eine halbe Sekunde später doch ein *bitte* anfügte. »Hast du heute mit Karen gesprochen?« fragte er.

»Sie hat ihr Baby noch nicht.«

»Ihr Mann interessiert mich mehr.«

»Er hat außergewöhnlich weiße Zähne.« Schweigen trat ein.

»Strauss«, begann ich schließlich. »Du bist der einzige Mensch, den ich kenne, der am Telefon dumpf vor sich hin brüten kann. Komm schon, etwas mehr Zuversicht!«

»Hast ja recht. Wie war dein Besuch zu Hause?«

»Das übliche. Bis auf das Baby. Ich liebe es!«

»Natürlich.« Er räusperte sich. »Als du zu Hause warst – konntest du mit jemandem sprechen? Über etwas Wichtiges?«

»Wie stellst du dir das vor? Was hätte ich sagen sollen? Alle machten einen Riesenwirbel um das Baby. Ich wollte meiner Schwester nicht die Schau stehlen.«

»Warum hättest du deiner Schwester die Schau gestohlen, wenn du gesagt hättest, daß du jemanden kennengelernt hast?« *Weil ich dann deinen Namen hätte sagen und erklären müssen, wer du bist,* hätte ich am liebsten geantwortet. *Und sei versichert, daß dein lieber Schwager nicht der einzige wäre, der deswegen einen Riesenkrach inszenieren würde.*

»Meine Mutter machte mir ein Eiscremesoda«, sagte ich. »Als ob ich ein Kind wäre, das krank im Bett liegt.«

»Willst du mir vielleicht damit andeuten, daß deine Familie unsere Beziehung nicht gutheißen würde?

»Mach dich nicht lächerlich«, platzte ich heraus. »Meine Mutter ist so verzweifelt, weil ich noch nicht verheiratet bin, daß ihr alles, was Hosen anhat, recht wäre!«

War das Schweigen, das nun folgte, tadelnd oder amüsiert?

»Ich lege jetzt auf«, sagte ich und tat es.

Zehn Sekunden später rief er erneut an. »Das ist ja gut zu wissen«, sagte er, worauf er den Gefallen erwiderte und nun seinerseits auflegte.

Am nächten Wochenende auf der heißen Fahrt hinunter nach Long Island wußte ich nicht, was ich mehr vermißte: eine Klimaanlage oder nur ein Gummiband, um meine zerzausten Haare aus dem Gesicht zu binden. Ich hatte sämtliche Wagenfenster geöffnet, und der Wind peitschte meine feuchten Locken um meinen Kopf. Meine Shorts und das T-Shirt waren schweißdurchtränkt, und meine Ohren schmerzten vom Getöse der Achtzehn-Tonner, die an mir vorüberdonnerten. Mein tragbarer Kassettenrecorder, den ich mit dem Sicherheitsgurt an den Beifahrersitz geschnallt hatte, konnte den unaufhörlichen Verkehrslärm kaum übertönen. Die Bässe dröhnten, und die höchsten Töne vibrierten. Zum ersten Mal hatte ich die besten Absichten, Benjamin Brittens *Turn of the Screw,* das ich bei Tower zum halben Preis gekauft hatte, mein intellektuelles Ohr zu leihen. Aber nach zehn Minuten langweilten mich die wilden Rhythmen der Ouvertüre und die Zusammenhanglosigkeit der einzelnen Arien. Die übertrainierten Stimmen nervten mich, die sich über den Zuhörer lustig zu machen schienen, der keine Ahnung davon hatte, wohin ihn der Satz führen würde. Daß die Oper in englischer, nicht in italienischer Sprache gesungen wurde, ging mir zusätzlich auf den Geist. Ich dachte an *Rigoletto.* Verdis gloriose Verarbeitung der Mühsal eines verbitterten Buckligen war der Beweis, daß Geheimnistuerei nie etwas Gutes zur Folge haben konnte. *The Turn of the Screw* war vielleicht eine Warnung, daß eine Frau einen Mann niemals zu sehr begehren und sich wegen eines Kerls keinen zu großen Kummer machen sollte, vor allem wenn es sich dabei um einen Toten handelte. Ich behielt die Straße im Auge, griff hinüber zu meinem Heuler, nahm Benjamin Britten heraus und legte statt dessen eine Beatles-Kassette ein. Songs wie »Love Me Do« oder »Paperback Writer« schienen mich noch etwas schneller Richtung Strand zu tragen.

Der Ort, in dem Dodies Freund wohnte, hieß Shore Line. Nach dem Ortseingang zweimal links abbiegen, hatte Dodie gesagt, dann rechts Richtung Wasser und auf dieser Straße circa eineinhalb Kilometer bleiben, bis ich an das Schild käme, auf dem North Lagoon stünde. Aber in einer Reihe von Kreisverkehren und Straßengabelungen verirrte ich mich zwischen Pinienwäldchen und Häusern mit Pultdächern, deren »Interieur« vermutlich aussah, wie dem *Architectural Digest* entnommen. Auf den gewundenen Zufahrten standen Jaguare, BMWs und italienische Sportwagen, deren Namen ich nicht einmal hätte aussprechen können. Ich konnte es nicht ändern: Plötzlich hörte ich Strauss' Stimme – ruhig und sarkastisch, wie er seine früheren Harvard-Kommilitonen als *obszön reich* beschrieben hatte – und ich kam zu dem Schluß, daß sich Dodie hatte kaufen lassen. Dann versuchte ich, den Eindruck aus meinem Gehirn zu löschen.

Das macht er nicht, Lisa.

Na und? dachte ich bei mir. Was wäre denn schon dabei, wenn Dodie mit jemandem befreundet wäre, der im Geld schwimmt – nein, der darin versinkt? Hatte nicht auch Strauss eine Menge Geld, auch wenn er nicht damit protzte? Und arbeitete Dodie nicht Tag für Tag ausschließlich für begüterte Leute? Wenn überhaupt, dann sollte mich höchstens die Tatsache überraschen, daß er nicht schon früher von einem jener Knaben aufgegabelt worden war.

Die ganze Woche lang hatte ich – wenn ich nicht gerade über meinen Problemen mit Strauss oder Boorman brütete oder darauf wartete, Neuigkeiten von Karen zu hören – über Dodies Neuen nachgedacht. Es hatte Zeiten gegeben, als Dodie und ich, möglicherweise auch zu offen, über unsere diversen Verhältnisse gesprochen hatten. Wir kannten ihre Namen und Berufe, ihre

Gehälter, ihren Musik- und Literaturgeschmack, ihre Fehler und schlechten Angewohnheiten sowie ihre relativen Verdienste im Bett. Überdies wußte ich, daß Dodie nie mit jemandem befreundet war, der größer war als er selbst – was in Anbetracht der Tatsache, daß er nur 1,65 m groß war, das Feld drastisch verkleinerte. Ich wußte auch, daß seine Freunde immer jünger waren als er selbst. Am besten hatte ich natürlich George gekannt, der von schmächtiger Statur war und über eine sanfte Stimme sowie das Insiderwissen verfügte, wo man Safran zu einem sagenhaft günstigen Preis kaufen konnte. Ich hatte in etwa ein halbes Dutzend seiner anderen Freunde kennengelernt – denen meine Präsenz in Dodies Leben zwar ein Rätsel war, die diese aber dennoch tolerierten –, wenn ich mir aber Dodies Liebhaber vorzustellen versuchte, hatte ich immer Georges Bild im Kopf, vielleicht weil ich mich in seiner Gegenwart am wohlsten gefühlt hatte.

Das blanke, weiße Ortsschild von North Lagoon inspirierte eine andere Phantasie. Jetzt stellte ich mir Dodies Freund als älteren Mann vor, womöglich sogar grauhaarig. Eine Weile fuhr ich die Strandpromenade entlang, dann schüttelte ich den Kopf, als wollte ich das Ortsschild von North Lagoon aus dem Kopf scheuchen und mich auf das wesentliche Bild in meinem Kopf konzentrieren: Strauss. Während ich im Vorbeifahren die Hausnummern auf den Postkästen las, lief vor meinem geistigen Auge der Abspann des Films über Dodies Freund, der nunmehr nur noch eine schwule Version von Strauss war: Strauss mit einem pfiffigeren Haarschnitt, Strauss in Chinos, Strauss mit Kontaktlinsen, Strauss mit sommerlichen Slippern ohne Socken, Strauss mit ...

Dann dachte ich: *Lisa, du hast ja wirklich absurde Gedanken. Hör auf damit! Sofort!*

In der Auffahrt parkte ein windschnittiger Sportwagen – ein Cabrio. Das Haus hatte die Form eines A und war antikblau gestrichen. Hinter den raumhohen Fenstern hingen durchsichtige, weiße Stores. Gleich würde sie irgend jemand zur Seite schieben, nahm ich an, der mich willkommen heißen wollte. Aber selbst nachdem ich meinen Matchsack und meinen Kassettenrecorder (eine Vorsichtsmaßnahme, die ich automatisch ergriff, nachdem ich so lange in New York City gelebt hatte) aus dem Wagen geholt und zweimal, ja dreimal an die Haustür geklopft hatte, kam niemand aus dem Haus.

Ich schnappte mir mein Gepäck und ging hinter das Haus. Es lag hoch über dem Wasser. Eine Flucht von rohbelassenen Holztreppen führte hinunter zum Bootssteg, wo die von Dodie versprochene Yacht – langgestreckt und weiß und in der Sonne glänzend – vor Anker lag. Das Schiff hatte am Bug den Namen *The Young Girl* aufgemalt, und nachdem ich das Haus gesehen hatte, überraschte es mich nicht mehr. Aber sein Besitzer tat es. Er lag mit Dodie auf identischen Chaiselongues an Deck. Als er mich erblickte, stupste er Dodie an. Sogleich sprangen sie beide hoch und winkten. Der Mann war mindestens dreißig Zentimeter größer als Dodie, aber höchstens ein Jahr älter. Sogar über diese große Distanz fiel mir sofort auf, daß Dodies neuer Freund aus jenem Holze geschnitzt war, das jedem Mädchen – oder jedem Mann – augenblicklich den Atem raubt.

»Komm runter!« rief Dodie.

Ich schleppte meinen Matchsack sowie meinen Heuler die bedenklich steilen Stufen zum Bootssteg hinunter und kletterte dann verschwitzt und außer Atem die Planken zu der Yacht hinauf. Wie üblich umarmte mich Dodie, aber den erwarteten Kuß bekam ich nicht.

»Darf ich dir 800 vorstellen?« sagte er.

Was sollte ich sagen? Am besten gar nichts. 800 warf mich um. Er trug kurze Chinos mit einem braunen, offensichtlich maßgeschneiderten Polohemd, daß sich seinem schlanken, muskulösen Körper perfekt anzuschmiegen schien. Doch der dunkle Spätnachmittagsschatten auf seinem schönen, feingeschnittene Gesicht betonte die Tatsache, daß sein leuchtend blondes Haar gefärbt war. Aber was machte das schon? Er war trotzdem sexy. Fast zu sexy. Dodie hatte den Jackpot geknackt, und seine lebhaften Augen, die mich beobachteten, schienen wie die Spielautomaten in Atlantic City zu bimmeln und zu klimpern.

»Lisa, stimmt's?« fragte 800.

»Stimmt«, gab ich zurück und schüttelte ihm die Hand. Während ich sekundenlang in seine verspiegelte Sonnenbrille sah, wußte ich, daß ich besser keine Frage bezüglich seines sonderbaren Namens stellen sollte. Außerdem erkannte ich augenblicklich, daß ich ihn nicht mochte. Das Gefühl des Mißfallens schien jedoch nicht auf Gegenseitigkeit zu beruhen. 800 war offensichtlich dermaßen daran gewöhnt, allseits beliebt zu sein, daß er meine Ablehnung vermutlich gar nicht zur Kenntnis nahm. Nachdem ich ihm die Hand geschüttelt hatte – zu hastig, da ich die verzerrte Reflexion in seiner Sonnenbrille nicht ertragen konnte, die mich fett aussehen ließ –, wurde ich mir lächerlicherweise plötzlich meiner Brüste bewußt. Vermutlich lag es daran, daß mein T-Shirt verschwitzt war und an jeder Kurve meines Körpers klebte. Seit ich in der sechsten Klasse auf einer Pool-Party gewesen war und einige Jungs mit der Zunge geschnalzt hatten, als ich mein T-Shirt auszog, war ich mir der Tatsache nicht mehr so bewußt gewesen, ein Mädchen zu sein. Obwohl ich damals gerade einmal BH-Größe 65A ausfüllte, hätte ich mir in dem Moment meine Brüste am liebsten abgeschnitten, um nie mehr etwas mit dem ganzen Quatsch zu tun zu haben, der unvermeidlich auf mich zukommen würde, wenn sie erst einmal größer geworden sein würden, was mit den Jahren glücklicherweise auch geschah.

Dodie bot mir einen Regiestuhl an, der mich zwang, mit geradem Rücken zu sitzen. Mir war heiß von der langen Fahrt, und ich war eingeschnappt, daß mich Dodie nicht bereits oben am Haus begrüßt hatte.

»Wie wär's mit einem Drink?« fragte 800.

»Gern, was Sie gerade dahaben.«

Es war Long-Island-Eistee. »Nicht so stark!« rief Dodie, da er wußte, wie empfindlich ich auf Alkohol reagierte. »Kann ich nicht versprechen«, gab 800 zurück, der unter Deck verschwand.

Ich blieb mit Dodie sitzen, die Sonne brannte auf meine Knie herunter, und wir sahen hinaus auf das Wasser, das im Licht blinkte. Ein silberner Streifen lag auf dem Dach des Hauses auf dem benachbarten Grundstück – das mindestens einen Morgen groß war und hinter einer Zypressenhecke versteckt lag. Dodie streckte seine Beine aus, und ich sah, daß er wie 800 Slipper ohne

Socken trug. Sofort fühlte ich mich wie eine Idiotin mit meinen weißen Tennissocken und den Reeboks.

»Also, was denkst du, Lise?«

»Hübsch«, mußte ich zugeben.

»Dir fällt doch normalerweise etwas Besseres ein.«

»Na gut. Dann ist er eben ein Adonis. Aber warum nennt er sich 800?«

»Das ist die Abkürzung für Hot Fukk.«

»Häh?« fragte ich.

»1-800-Hot Fukk[9]. ›Fukk‹ mit zwei k, anstatt einem c.«

»Hat er Schwierigkeiten mit der Rechtschreibung?«

»Er war in Yale.«

»Toll. Mein Verehrer war in Harvard.«

»Wetteifern wir heute miteinander? Aber laß uns später über deinen Cambridge-Mann reden. 800 muß es falsch buchstabieren, damit er nicht mit der FCC in Verbindung gebracht wird. Es ist ein telefonischer Bestellservice. Für Sexspielzeug.«

»Er nimmt Bestellungen an für Dildos, und davon lebt er?«

Dodie stieß ein langes, alkoholisiertes Lachen aus. »Er ist der Besitzer der Firma. Er hat sein ganzes Leben noch keine einzige Bestellung persönlich angenommen.«

»Oh«, sagte ich, »dann kann ich ja beruhigt schlafen.« Unter Deck entleerte 800 – Hot Fukk – einen Eiswürfelbehälter nach dem anderen. Ich hörte, wie die Eiswürfel in die Gläser klirrten.

»Wie heißt er denn wirklich?« fragte ich.

»Homer Francis.«

»Ich bleibe bei 800.«

Dodie hatte stets darauf bestanden, das Persönliche vom Geschäftlichen zu trennen, hatte von Kunden lediglich bestimmte Gefälligkeiten angenommen, wie Eintrittskarten oder Einladungen, ihren Country Club zu benutzen. Er hatte es abgelehnt, Kunden zu nahe zu kommen, vor allem wollte er nie, wie er es nannte, *Kapaun* der älteren Damen werden, die einen sexlosen Be-

9 800-Numbers – gebührenfreie Telefonnummern, die mittlerweile fast jede größere Firma anbietet (Anm. d. Übers.)

gleitservice erwarteten, wenn ihre Ehemänner verreist waren. Obwohl ich mich keineswegs in einer Situation befand, in der mir Kritik an jemandem zustand, der die Grenzen zwischen Arbeitsleben und gesellschaftlichem Leben verwischte, fragte ich: »Ist er ein Kunde von dir?«

»Yep.«

Ich zuckte mit den Achseln. »Widerspricht das nicht deinem Berufsethos?«

»Dem haben wir abgeschworen.«

Wir – jetzt schon? wollte ich fragen. Aber ich hielt mich zurück. Ich spürte, wie ein unbegründetes, beunruhigendes Neidgefühl in mir aufstieg, daß Dodie hier sitzen und von *wir* sprechen konnte, während ich kilometerweit von Strauss entfernt war.

800 mochte ja eine millionenschwere Firma besitzen – was erklärte, warum er diesen netten Wagen, die prachtvolle Villa und diese protzige Yacht besaß –, aber das war noch lange keine Erklärung dafür, wie er dazu kam, Dodie zu seinem persönlichen Besitz zu zählen. Obwohl er durchaus beste Manieren hatte, so zeigte er doch, daß er sich der Privilegien der Reichen und Schönen bewußt war. Mich nannte er *Cousine,* Dodie rief er *Bugle Boy* und *Duck Head,* und ich vermutete, diese Namen hatten weniger mit den Markennamen von Dodies Kleidungsstücken zu tun, als mit den Aktivitäten, auf die er sich einließ, wenn er sich 800 hingab, sobald die beiden einmal ihre Kleidungsstücke abgelegt hatten. Dodie seinerseits nannte ihn *H. F., Homer* oder *Eight-Oh-Oh,* letzteres mit einem Anflug von unangebrachtem Respekt. Als ich aufhörte, mir darüber Gedanken zu machen, fiel mir auf, daß Dodie in unserer Beziehung immer die Hosen angehabt hatte. Er hatte die Gespräche geführt, die Restaurants ausgewählt, die Drogen rationiert und die Drinks bezahlt. Ich hatte noch nie erlebt, daß Dodie den Jungen gespielt hatte. Es ärgerte mich. Dann fragte ich mich, was Dodie wohl von mir und Strauss halten würde. *Nicht viel,* dachte ich. *Aber was zum Teufel geht es ihn auch an? Wer kann denn schon von außen beurteilen, was sich in einer Beziehung abspielt, wenn man es nicht einmal von innen richtig beurteilen konnte?*

Binnen fünf Minuten hatte ich meinen Long-Island-Eistee bis zum letzten Tropfen leergeschlürft.

»Du hattest ja einen mächtigen Durst, Lise!« kommentierte Dodie.

»Ich bringe deiner Cousine noch einen«, bot 800 an. Bei der Aussicht auf einen weiteren Drink überkam mich plötzlich ein intensives Gefühl der Erleichterung, augenblicklich nicht mit zusammengepreßten Knien in Slope Park sitzen und mir jede meiner Bewegungen und Bemerkungen genau überlegen zu müssen, um Strauss' Mutter und Vater für mich einzunehmen. Was 800 von mir dachte, war mir schnurzegal. Ich trank und trank, bis es schließlich keine bewußte Entscheidung mehr war, einen weiteren Drink hinunterzustürzen. Zu Dodies und 800s Entzücken – die ihrerseits ebenfalls ganz gierig darauf waren, ihre wie auch immer gearteten Sorgen hinunterzuspülen – wurde ich ziemlich blau.

Ich gewöhnte mich an 800, vielleicht weil er das perfekte Gegengift zu den konservativen Pfeifen war, die bei Boorman arbeiteten. 800 verfügte über ein immenses Repertoire an platten Regionalwitzen *(Warum heißt es Zahnbürste und nicht Zähnebürste? Weil sie in West Virginia erfunden wurde)* und schüttelte Wortspiele aus dem Ärmel, wie ein Zauberer Tücher aus seinen Taschen zieht. Aber er übernahm die Rolle, die für gewöhnlich meine war. Die Art von schlagfertigem Wortwechsel, den Dodie und ich stets gepflegt hatten, hätte hier nicht funktioniert. Der ganze verbale Schlagabtausch flog zwischen Dodie und 800 hin und her, wobei sich ein Großteil der Witzeleien auf New Haven zu beziehen schien. Hatten Dodie und ich jedoch die verschiedenen Aspekte der Stadt verglichen, so stellten Dodie und 800 sie einander gegenüber. Was mich an der ganzen Sache aber am allermeisten irritierte, war Dodies offensichtliche Freude darüber, bei einem Yale-Absolventen gelandet zu sein, der sich dieses College ganz sicher ohne Stipendium hatte leisten können.

»Ich wette, Sie haben nicht einmal die Q überquert, während Sie dort zur Schule gingen«, sagte ich zu 800.

»Was ist die Q?« fragte 800.

Ich zuckte mit den Schultern und überließ Dodie die Antwort.

Die Q-Brücke war ein langes, erhöhtes Highwaystück, das die Marschen, die vergitterten Spirituosengeschäfte und die Schusterläden unseres alten Wohnviertels von dem trennte, was für Dodie und mich das wohlhabende, efeubewachsene Paradies der Innenstadt von New Haven war. Als wir noch klein waren, haßten es unsere Eltern, über die Q zu fahren, denn sie hatte keine Bankette, auf die man hätte ausweichen können, wenn der Wagen nicht mehr weiterwollte (was bei unserem ständig der Fall war), und weil man über die Q unweigerlich zum Hafen von New Haven kam, wo es sowohl bei Ebbe als auch bei Flut immer nach Fäulnis roch. Mich hatte die Q-Brücke stets fasziniert. Nur zwei–,dreimal im Jahr nahm mich mein Vater mit in die Innenstadt: einmal zum großen Umzug am Columbus Day, das nächste Mal zu La Festa di Santa Maria Maddalena am Wooster Square oder zur Weihnachtszeit, um bei Macy's die Schaufensterdekoration zu bewundern. Einmal waren wir schweigsam mit einer Limousine über die Brücke gefahren, die hinter dem Leichenwagen herfuhr, der den Sarg meines Großvaters transportiert hatte. Die Mitglieder unserer Familie wurden aus einem unerfindlichen Grund schon immer auf dem Saint-Lawrence-Friedhof begraben, der sich hinter den grünen Toren über der Yale Bowl erstreckte.

Der Name der Brücke war mir immer rätselhaft erschienen, möglicherweise aus dem Grund, weil meine Mutter das alte indianische Wort *Quinnipiac* nicht aussprechen konnte und es deshalb zu einem simplen *Q* verkürzte, wie es viele andere Italiener auch taten. Aber nicht einmal diesen einzelnen Buchstaben konnte sie richtig aussprechen. Unter einem anderen Namen blieb uns die Q-Brücke vielleicht noch besser in Erinnerung. Sie wurde nämlich auch die Selbstmörder-Brücke genannt. Von den Yalies, die den Notendurchschnitt nicht schafften, hieß es, sie würden vom Harkness Tower springen. Aber die Einwohner New Havens – deprimierte Teenager oder verzweifelte Liebhaber, die den Gedanken nicht ertragen konnten, vom East Rock zu springen und sich unten an den zerklüfteten Felsen aufzuspießen – entschieden sich öfter für die Möglichkeit, sich von der Q-Brücke ins trübe, schmutziggrüne Hafenbecken von New Haven zu stürzen.

Als Teenager schwor ich mir, mich umzubringen, wenn ich es niemals schaffen würde, aus New Haven herauszukommen. Seit ich zu Hause ausgezogen war, war meine größte Angst die, an einer tödlichen Krankheit zu leiden und gezwungen zu sein, in das Haus meines Vaters zurückzukehren und unter der Pflege meiner Mutter zu sterben. Die Vorstellung, einen Autounfall zu haben und als Querschnittsgelähmte zu enden, verursachte mir Alpträume. Ich stellte mir Mama vor, die mich in einen Rollstuhl heben würde, mich mit *acini di pepe* füttern und mir mein haariges Kinn mit einer Papierserviette halb blutig scheuern würde, während in ihrem Schwarzweißfernseher gerade das *Glücksrad* oder *Wahrheit oder Lüge?* lief.

Wenn ich je eine tödliche Krankheit bekommen sollte, dachte ich, würde Strauss mich pflegen. Doch dann erinnerte ich mich an das Schnappen der Zentralverriegelung des Audis, und ich fühlte mich verwirrt und reisekrank, wie ich mich immer fühlte, wenn ich nach Hause fuhr und über die Q-Brücke steuern mußte, voller Angst, auf dem höchsten Punkt der Brücke in einen Stau zu geraten. Denn ich litt an Höhenangst. Unter mir lag das Wasser, dahinter an der Küste die pinkfarbenen und grünen Öltanks und weit hinter diesen die rostbraune Fassade des Coliseums sowie das Strahlen des Knights of Columbus Tower. Ich überlegte, wie einfach es sein würde – und doch wie schwer –, das Steuer herumzureißen und durch die Brüstung zu rasen. Was mußte man wohl aufbringen – Stärke oder Schwäche –, um es wirklich zu tun?

Dunkelheit umgab die Yacht. Dann stieg der blasse, silberne Vollmond über die Bäume. 800 schaltete die Lichterketten ein, die rund um das Deck aufgehängt waren. Über den Glühbirnen hingen Chilischoten und Kakteen, die rot und grün leuchteten wie Christbaumkerzen. Moskitos fielen in Schwärmen über uns her, bis 800 sein Feuerzeug zückte und die Citronella-Kerzen auf dem Tisch anzündete. Weder Dodie noch 800, noch ich waren geneigt, uns aus den Deckstühlen zu erheben, außer um nach unten zu gehen und frische Drinks zu holen oder die geflochtene Schale mit weiteren Crackern und frischem Brie zu füllen, was offenbar alles war, was es an Bord zu essen gab.

Um neun Uhr war ich so beschwipst, daß ich nicht einmal mit den Augen zwinkerte, als 800 seinen Hosenschlitz öffnete, um von einer Deckseite in die Lagune zu pinkeln.

»Einfach ignorieren«, meinte Dodie und lachte stotternd wie eine Maschine, die auf Hochtouren läuft und trotzdem nicht von der Stelle kommt.

»Ich tue mein Bestes«, sagte ich. In meinem Kopf drehte sich alles. »Warum nennen Sie dieses Boot« – Dodie prustete vor Entzücken, weil ich einen Schluckauf, oder war es etwa ein Rülpser?, zurückhielt – *»Young Girl?«* Und als ob 800 geistig retardiert wäre, wiederholte ich die Frage.

Seine Stimme klang irgendwie geisterhaft, als er antwortete: »Gary Puckett.«

Puckett. Nein verdammt! Die Metallbeine der Stühle von Dodie und 800 vibrierten auf dem Deck, während sich die beiden vor Lachen ausschütteten und abwechselnd mit abgehackten Stimmen erklärten, daß 800 einmal einen Geschäftspartner gehabt hatte – oder sagte er Sexpartner? –, der bei der Produktion eines Albums jener Gruppe aus den sechziger Jahren mitgewirkt hatte, die sich *Gary Puckett and the Union Gap* genannt hatten.

Die Geschichte klang wirr, ja fast unverständlich, und wurde von schallendem Gelächter unterbrochen, was zur Folge hatte, daß Dodie sein Hemd mit Eiswürfeln bekleckerte und 800 unter Deck verschwand. Er brachte eine Kassette mit nach oben, die er in meinen Recorder schubste, nachdem er meine Beatles-Kassette so nahe an die Citronella-Kerzen geworfen hatte, daß ich sie am nächsten Morgen zu einem schwarzen Klumpen geschmolzen wiederfinden würde. 800 schaltete die Lichterketten mit den Chilischoten aus, drückte auf den PLAY-Knopf und streckte Dodie die Hand entgegen, um ihn im blaßgelben Kerzenschein auf den Tanzboden zu bitten. Der Song »This Girl Is a Woman Now« weckte Erinnerungen an meine ersten Jahre an der High-School und an jene langen, heißen Nachmittage, an denen ich am Strand lag und mich nach Liebe sehnte und doch mit nichts anderem nach Hause zurückkehrte als mit sonnenverbrannter, runzeliger Haut an Schultern und Rücken.

Mehr als fünf Jahre hatte ich in oder zumindest in der Nähe von New York City gelebt. Mit und ohne Dodie war ich in Schwulen-Bars gewesen, in Transvestiten-Spelunken und in einer Peep-Show in der Zweiundvierzigsten Straße, um dort Recherchen für meinen Kurs über menschliche Sexualität zu betreiben. Ich war im Saint Mark's gewesen, um einen Eindruck der Sado-Maso-Szene zu bekommen – aber noch nie hatte ich zwei Männer langsam miteinander tanzen sehen. 800 übernahm die Führung. Dodie lag in seinem Arm und hatte den Kopf an seine Schulter gelegt, seine Füße standen neben 800s Docksidern, seine Beine waren an 800s Schenkel gepreßt. Ich konnte meine Augen nicht von ihnen abwenden, und während der Song dem Ende zuging, hatte ich das Gefühl, dieser Moment würde mir für immer in Erinnerung bleiben.

Aber warum? Weil das Licht gelb war? Weil die Moskitos so ekelhaft bissen, daß das Blut spritzte, wenn ich sie von meinen Armen oder Beinen fegte? Oder weil ich mich an einen Ausflug mit Dodie erinnerte, den wir vor ein paar Jahren nach Murray Hill gemacht hatten, um uns dort *Cabaret* anzusehen? In meinen Ohren echoten Joel Greys eigenartige Zischlaute in einer Sprache, die sich anhörte wie Eiswürfel, die sich in einem Glas ausdehnten, und die wir wegen unzähliger Filme und Dokumentarsendungen nur mit Hitler assoziieren konnten (und die Dodie und mir für perverse Sexgespräche einhellig am besten geeignet schien). Ich erinnerte mich an den Tanz zweier Frauen. Und an die sonderbare Szene, in der Sally Bowles, Maximilian und Christopher miteinander tanzten, sich dann gegenseitig küßten und es plötzlich den Anschein hatte, als ob die Männer Frauen würden und die Frau sich zum Mann verwandeln würde. Ich erinnerte mich, wie sehr Dodie und ich gelacht hatten, als der Zeremonienmeister den jüdischen Gorilla zuerst als seine Freundin vorstellte *(ich frage Sie: Ist es ein Verbrechen, zu lieben?)*, und wie kaputt wir am Ende waren, als die Kamera unter Trommelwirbel langsam über das vereiste Glas schwenkte und schließlich an der Armbinde des Nazisoldaten hängenblieb und ein verzerrtes Hakenkreuz zeigte.

Es war eine Mitternachtsvorstellung gewesen. Hinterher waren Dodie und ich zu Fuß zurück zu seinem Apartment gegangen. Es waren die Stunden, die unsere Eltern verächtlich das *Morgengrauen* nannten (als ob aus Dingen, die man um zwei Uhr morgens unternimmt, niemals etwas Gutes entstehen könnte). Wir hatten beide Angst gehabt – wir wanderten durch die verlassenen Straßen, aber wir versuchten, es nicht zu zeigen. Wie die Pfadfinder im Zeltlager, die sich um Mitternacht auf den Weg zum Donnerbalken machen, so gingen wir engumschlungen und sangen dabei laut durch die Straßen, um den Mut nicht zu verlieren:

Reuben, Reuben, stell dir vor,
Welch schöne Welt das wär,
Wenn alle Jungs nach China gehn,
Dann wären die Mädchen Herrscher der Seen!

Wie unsagbar glücklich hatte ich mich auf jenem Spaziergang gefühlt! Wie lustig war es gewesen, bei Dodie in der Wohnung etwas zuviel Wein zu trinken und anschließend in das enge Badezimmer zu gehen und in Dodies feinen, blauweißen Schlafanzug zu schlüpfen, den er als sein *Heute-Abend-kein-Sex-Nachtgewand* beschrieb. Als ich in die Hose stieg, bemerkte ich, daß sie am Bund einen Gummizug hatte. Ich war betrunken. Ich erinnere mich, wie ich dachte: *Wenn Dodie nicht schwul und nicht mein Cousin wäre, würde ich ihn vom Fleck weg heiraten!*

Als ich aus dem Bad gekommen war, trocknete Dodie gerade die Weingläser mit einem Leinentuch. »Du siehst gar nicht so schlecht aus in dem Pyjama, Lise.«

»Das sagst du nur, weil ich darin wie ein Mann aussehe.« Beschwipst lächelte ich ihn an. »Was wäre, wenn ich ein Mann wäre?«

Er hielt einen der Weinkelche gegen das Licht, um sich zu überzeugen, daß er alle Wasserflecken abgerieben hatte. »Ich hätte einen solchen Ständer, Baby!« sagte er. Daraufhin brachen wir beide in wüstes Gelächter aus, das Eben Strauss mit Sicherheit als »ungehörig« bezeichnet hätte.

Was würde Mr. Eben Strauss wohl von dieser Situation halten? dachte ich, während die Musik spielte und Dodie mir die Hand entgegenstreckte und mich einlud, ihm und 800 auf die Tanzfläche zu folgen (dachte er etwa auch an *Cabaret?*). Ich schüttelte den Kopf. Plötzlich stellte ich mir Strauss vor, der im rechten Feld des Baseballstadions saß und mit seinem neunundsiebzigjährigen Vater ein Bier zu Wucherpreisen trank und vielleicht sogar Cracker Jacks naschte, mit denen mich mein Vater immer verwöhnt hatte, wenn wir im Yankee Stadium waren. Dann wandte ich meine Gedanken wieder dem Augenblick zu und fragte mich, wer wohl realer war – die Frau, die Strauss bat: »Bring mir ein paar Cracker Jacks mit«, oder das Mädchen, das nur Augen für Dodies Erektion hatte, die sich sichtbar gegen Homer Francis' Chinos preßte?

Als das Lied zu Ende war, stand ich auf und wünschte den beiden eine gute Nacht. Offenbar sollte ich an Bord schlafen. 800 sagte mir, ich könnte das Zimmer gleich neben der Treppe nehmen. Niemand half mir, meinen Matchsack nach unten zu schleppen. Die Pinienpaneele in meiner Kabine waren auf Hochglanz poliert und schimmerten im Mondlicht, das durch das winzige Bullauge hereinfiel. Sie waren mit großen, dunklen Knoten übersät, die wie böse Augen wirkten. Ich benutzte die Sanitärzelle, die mit einer Wassertoilette, einem Waschbecken und einer Duschkabine ausgestattet war, deren Milchglastür mich aufzufordern schien, sie zu öffnen, als ob ich dahinter all die Antworten auf meine Fragen über das Leben finden würde. Aber alles, was ich hinter der Tür fand, war ein Stück grünweiß gestreifte Seife, die in einer Plastikhalterung vor sich hin trocknete.

Ich behielt mein T-Shirt an, für den Fall, daß ich nachts zur Toilette mußte. Doch dann war es mir in der Kabine zu stickig und heiß, und da ich wußte, daß sich hier ohnehin niemand für meinen Körper interessierte, zog ich es schließlich doch aus. Dieser Körper – mein Körper – schwankte bedenklich auf der Koje hin und her und fühlte sich an, als würde er nicht mir gehören. Ich wußte, daß die Yacht fest verankert und das Wasser glatt wie ein Spiegel war, und doch schien die Kabine zu schaukeln. Die Kombination von Alkohol und Hunger grub ein noch tieferes Loch in meinen Magen. Um ins Gleichgewicht zu kommen, dachte ich erneut an Strauss, an die Art, wie er von hinten den Arm um mich legte und mich an seinen Körper zog.

Warum sollte ich nicht für immer bei ihm bleiben? Es hatte etwas Beruhigendes an sich, einen Mann zu haben, der einem die Decke überlegte, bevor er in die Küche oder das Badezimmer ging, als ob er automatisch vermutete, daß alle Frauen schamhaft seien (oder sich vielleicht wegen ihrer Figur genieren) und sich nach der Rückkehr keiner zu genauen Musterung unterziehen wollten.

»Warum deckst du mich denn immer zu?« hatte ich ihn eines Tages gefragt.

»Ich weiß es nicht«, antwortete er. »Es ist ein Reflex – hm, meine Mutter und meine Schwester scheinen ständig zu frieren.«

»Vielleicht leiden die beiden an Eisenmangel.«

Ich versuchte mir die Mutter von Strauss vorzustellen, wie sie in einem kirschroten Frotteemantel über einem züchtigen Nachthemd von Miss Elaine seinem Vater schwarzen Kaffee kochte und ihm einen Stapel Roggentoast mit Margarine bestrich – nur auf einer Seite, versteht sich. Dann stellte ich mir Strauss' Schwester vor, wie sie in ihrem Eigenheim mit versetzten Wohnebenen auf einem Sofa von Broyhill saß und ihren Kindern die Geschichte von der kleinen Lokomotive vorlas. Ihre Kinder würden sich unter eine bunte Decke kuscheln, die sie auf dem letzten Wohltätigkeitsbasar der Schwesternschaft zugunsten ihrer Synagoge gekauft hatte. Das waren die Frauen, mit denen ich verglichen wurde, deren Leben und Ziele sich so radikal von meinen unterschieden.

»Ich bin nicht wie deine Mutter«, hatte ich zu Strauss gesagt, und obwohl ich keinerlei Beweise hatte, war ich sicher, daß ich recht hatte. »Ich bin vermutlich nicht einmal mit deiner Schwester zu vergleichen.«

»Nein, das bist du nicht. Das wollte ich auch nicht.« Aber wie wollte Strauss mich haben? Und noch wichtiger, wer wollte ich eigentlich werden? Ganz bestimmt nicht das Mädchen, das die Nacht mit grünem Gesicht auf einer Yacht verbrachte, die einem Mann namens Hot Fukk gehörte, und das sich mit dem Zipfel ihres T-Shirts in den Schlaf masturbierte, während es sich vorstellte, es mit einem Paar namenloser Zwillinge zu tun, und das sich nach diesem momentan zwar befriedigenden, dennoch bedeutungslosen Tun derartig einsam fühlte, daß es sogar in Erwägung zog, noch einmal an Deck zu gehen, um sich mit den Männern zu unterhalten, und nur von der Angst zurückgehalten wurde, die Jungs könnten es treiben wie die Hunde, und dessen letzter Gedanke, bevor es in einen Schlaf fiel, von dem es mit stechenden Kopfschmerzen und einem Mund voller Baumwolle aufwachen würde, einer Geschichte galt, die »Der geheime Teilhaber« hieß.

In Conrads Geschichte hieß das Schiff *The Sephora,* und der Kapitän schlenderte Zigarre rauchend über das Deck, als er in den fremdartigen asiatischen Gewässern etwas treiben sah, was er zunächst für eine Leiche ohne Kopf hielt. Als sich aber »die Leiche« über die Leiter an Bord gehangelt hatte, entpuppte sie sich als Verbrecher, der der Meuterei und des Mordes schuldig war. Der Kapitän versteckte ihn in einer Kabine und riskierte nicht nur die Sicherheit seiner Männer, sondern auch seine eigene, indem er den Fremden rettete, mit dessen dunklem Schatten er sich selbst identifizierte.

Ich träumte von *The Sephora,* dem mondhellen Meer, dem triefend nassen Verbrecher, der zitternd und in geliehenem Schlafanzug in einer Koje saß, und einem Kapitän, der wie eine bärtigere, finsterere und stämmigere Version von Strauss aussah. Mitten in der Nacht wachte ich von einem Laut auf, der, wie ich zunächst befürchtete, von einem gewaltsamen Koitus herzurühren schien, der seiner Vollendung entgegenging. Doch dann erkannte ich, daß der Laut von etwas viel Schlimmerem herrührte, nämlich von einem herzzerreißenden Schluchzen. Es kam von oben, ein grauenhaftes O *Gott, o Gott,* das der innersten Seele eines Menschen zu entströmen schien. Jeder Mensch konnte Tränen vergießen, und doch war es mir unmöglich, mir vorzustellen, daß sie den blauen Augen von 800 entströmten. Die Tränen gehörten zu Dodie – sie waren sein Geschenk an die dunkle Nacht. Ich lauschte. Allmählich verebbte das Schluchzen, es wurde ruhig auf der Yacht, das Mondlicht leuchtete durch das Bullauge, und ich fiel in einen ruhelosen Schlaf, der alles andere war als eine Erlösung.

KAPITEL ZWÖLF

Das ist deine Beerdigung

Am nächsten Morgen wachte ich als erste auf – zumindest war ich die erste, die an Deck ihren Auftritt hatte. Bevor ich nach oben ging, schlüpfte ich in ein ärmelloses T-Shirt und Shorts und pinkelte übelriechenden Urin in die Wassertoilette. Dann spritzte ich mir kaltes Wasser auf meine spannende Haut und meine aufgerissenen Lippen. Auch nach dem ersten Schluck Wasser, den ich aus meiner gewölbten Hand trank, war mir immer noch flau im Magen, und ich fand mich damit ab, wohl den ganzen Morgen, wenn nicht auch den Nachmittag und Abend, mit ausgedörrtem Mund zubringen zu müssen. Auf meiner Stirn lag ein schwerer Druck, und ich sehnte mich nach Koffein.

Es war 10.15 Uhr. Ich setzte mich an Deck, und die Planken unter meinen nackten Füßen fühlten sich schon sonnenwarm an. Ausgedörrte Zitronenscheiben schwammen auf der blaßbraunen Flüssigkeit, die in den Gläsern übriggeblieben war. Eine der Lichterketten mit den Chilischoten und Kakteen war von der Reling gefallen, und auf dem Tisch neben mir stand ein überquellender Aschenbecher. Bei näherem Hinsehen fiel mir auf, daß es sich um Marihuanakippen handelte. Dodie und 800 hatten gestern nacht Gras geraucht – ohne mich!

Nach einer Weile bewegten sich die Gardinen im oberen Stockwerk des A-förmigen Hauses. Dodie streckte den Kopf hervor. Er legte den Finger auf die Lippen und deutete mir damit an, daß ich ruhig sein sollte, und kurz bevor er die Gardine zuzog, sah ich hinter ihm auf dem Bett ein nacktes Bein.

Er trug dieselben Kleider wie am Abend zuvor und kam ungewöhnlich langsam die Holzstufen herunter. Auch er sah aus wie ein Wrack. Er hatte offensichtlich weder geduscht noch sich rasiert, und ich verspürte den Drang, über meine Handinnenfläche zu lecken und ihm durch sein zerzaustes Haar zu fahren, um es um seinen Kopf zu glätten.

»Mann, habe ich einen Brummschädel«, ächzte er. »Hast du deine Wagenschlüssel?«

Ich klopfte auf die Hosentasche meiner Shorts und hörte das vertraute Klimpern meines Schlüsselbundes mit dem Hl. Christophorus.

»Komm, laß uns irgendwo einen Kaffee trinken«, sagte Dodie.

Ich deutete mit dem Kopf auf das Haus.

»Homer trinkt keinen Kaffee«, erklärte Dodie. »Er ist Makrobiot.«

Zweifelnd klappte ich meinen ausgedörrten Mund auf. Mein Zeigefinger schoß wie ein Gewehr nach vorn und deutete auf den Aschenbecher voller Marihuanakippen.

Dodie zuckte mit den Achseln. »Er ist voller Widersprüche. Komm jetzt«, fügte er mit solcher Ungeduld hinzu, daß ich wußte, der Name des Spiels hieß »Flucht vor Homer Francis«. Ich war mehr als gewillt, mitzuspielen.

Der nächste Coffeeshop war ein Dunkin' Donuts auf der Hauptstraße. Dodie weigerte sich, seinen Kaffee an der Theke neben zwei Polizisten und einem Rentner zu trinken, der doch tatsächlich eine Baseballkappe trug, auf der stand: BIN BEIM FISCHEN. Wir bestellten vier Becher Kaffee, die Dodie in einem Kartonbehälter auf seinem Schoß balancierte, während wir die Straße parallel zum Strand entlangfuhren.

»Keine plötzlichen Bremsmanöver«, flachste Dodie. »Sonst werde ich niemals Vater.«

»Du willst Kinder?« fragte ich, worauf Dodie jenen mißbilligenden Laut ausstieß, den wir als Teenager immer von uns gegeben hatten, wenn wir zum Ausdruck bringen wollten, daß die Person, mit der wir sprachen – für gewöhnlich betraf es unsere Eltern – für unsere Begriffe völlig bescheuert reagierte.

»Du würdest vermutlich einen guten Vater abgeben«, sagte ich. »Einen besseren als unsere beiden.«

»Dazu gehört auch nicht viel, oder?« fragte Dodie. Er öffnete den Plastikdeckel eines Bechers und führte ihn vorsichtig zum Mund. Nach dem ersten Schluck fragte er: »Willst du meine dunkelste und geheimste Traumvorstellung hören?«

»Verschone mich.«

»Sie ist nicht sexueller Natur.«

»Oh«, meinte ich, »dann erst recht.«

»*Eccola,* Lise. Folgendes: Ich fahre nach Hause und erzähle meinem Vater, daß ich ein Mädchen in Schwierigkeiten gebracht habe, –«

»Soll ich jetzt lachen?«

»– und mein Vater klopft mir auf den Rücken. Dann gehen wir gemeinsam ein Bier trinken. Oder drei oder vier. Oder sogar acht. Und meine Mutter, sie fällt vor dieser weißen Plastikmadonna, die sie auf dem Magnavox stehen hat, auf die Knie –«

»Sie haben jetzt einen Quasar«, berichtigte ich.

»Wie lange haben sie den denn schon?«

»Ein paar Jahre vielleicht.«

Dodie verstummte, und auch ich hielt meinen Mund, als ob es meine Schuld gewesen wäre, daß ich über sein Elternhaus besser informiert war als er.

Die Küstenstraße war nur zweispurig und wurde von beiden Seiten von Pinien beschattet. Dodie sagte, wir müßten mindestens fünfundvierzig Kilometer fahren, bevor wir zu der Stelle kämen, die er mir zeigen wollte – ein wildromantisches, herrliches Fleckchen, das ihm 800 während des vorherigen Wochenendes gezeigt hatte. Am Sonntag morgen war wenig Verkehr auf dieser Straße, und so fuhren wir langsam und gemächlich dahin und schwiegen minutenlang. Irgendwann fragte Dodie: »Und wie steht's mit dir, Lise?«

»Was meinst du denn?«

»Denkst du, daß du jemals Kinder haben wirst?«

Ich schluckte. Dodie sah aus dem Seitenfenster, um seine Verlegenheit vor mir zu verbergen.

»Carol hat ihr Baby bekommen«, sagte ich. »Letztes Wochenende schon.«

»Warum hast du das nicht gleich gesagt?«

»Es ist ein Junge. Ich bin nach Hause gefahren und habe mir ihren Lobgesang auf die Mutterschaft angehört.«

»Deine Mutter hat doch sicher mitgesungen?« Dodie lachte, als ich keine Antwort gab. »Wurdest du inspiriert, ihrem Beispiel zu folgen?«

Ich zuckte mit den Achseln und erinnerte mich an den irrationalen Seufzer, den ich ausstieß, als ich Al Dante Junior an Carol zurückgab. »Ich weiß es nicht. Ich meine, irgendwann einmal schon.«

Die Allee hatte immer wieder Lücken, so daß wir abwechselnd durch Sonne und Schatten fuhren, was meine Kopfschmerzen nur noch verschlimmerte.

»Was ist mit dem Typ, mit dem du zur Zeit gehst?« fragte Dodie.

»Was soll mit ihm sein?«

Aus den Augenwinkeln heraus sah er mich an. »Du siehst aus wie ausgespuckt, du mußt verliebt sein.«

Ich warf ihm seitlich aus meiner Sonnenbrille einen Blick zu. »Wie lautet deine Entschuldigung?«

Dodie lachte sonderbar, es klang voll und abgehackt, wie ein Mixgerät, dessen Schneideblätter in einer zähen Masse steckengeblieben waren und sich nicht mehr drehen konnten. »Keine Entschuldigung«, sagte er. »Um zu deinem Gutmenschen zurückzukommen. Ich finde wirklich, es ist an der Zeit, daß du es endlich zugibst.«

»Es gibt nichts zuzugeben.«

»Aber du tust so geheimnisvoll. Langsam fange ich an zu denken, daß er das ist, was deine Mutter *einen Neger* nennt –«

»Er ist kein *Neger*! So ein blödes Wort.«

»Aber warum versteckst du ihn? Wo ist er denn übers Wochenende?«

»Er fuhr zu einem Doppelspiel ins Yankee-Stadion.«

»Klingt, als ob er über ein gewisses Potential verfügen würde«, meinte Dodie. »Warum heiratest du ihn nicht?«

»Weil – weil er mich manchmal langweilt«, platzte ich heraus.

»Oh! Aber dann solltest du ihn in jedem Fall heiraten, dann weißt du wenigstens genau, worauf du dich einläßt.«

Ich versuchte zu lachen, aber mein Mund und Hals fühlten sich zu trocken an. »Warum sollte ich überhaupt heiraten wollen?« fragte ich.

»Weil du für dieses Scheißleben allmählich zu alt wirst –«

»*Et tu*, Peter Pan?«

»– und weil du es magst, wenn dir ein Mann sagt, was du tun sollst –«

Schon wollte ich in ein Protestgeschrei ausbrechen, da fuhr Dodie fort: »– und wenn auch nur deshalb, damit du dagegen rebellieren kannst.«

»Bingo«, erwiderte ich.

Einen Moment lang schwieg Dodie. Dann sagte er, er würde sich mehr als freuen, wenn er mich glücklich wüßte – obwohl er der Meinung sei, daß ich darüber erhaben wäre, die Ehe als Fahrkarte ins Schlaraffenland zu betrachten –, dennoch sollte ich anfangen, allmählich auf Sicherheit zu setzen, auf lange Sicht zu planen und nach Geborgenheit zu streben.

»Außerdem«, fügte er hinzu, »würde ich gern sehen, was du mit einem Mann anstellen kannst, Lise.«

Ich schwieg. Zum ersten Mal im Leben hatte ich Angst davor, was ein Mann *mir* antun könnte – oder was *ich ihm* erlauben würde, mir anzutun.

»Also, was macht der Mann noch, abgesehen davon, daß er dich langweilt?« fragte Dodie.

»*Langweilen* ist nicht das richtige Wort«, sagte ich, obwohl Strauss über all die Eigenschaften der Art von Männern verfügte, die ich schon oft in der Eingangshalle von Konzerthäusern stehen sah, wenn sie geduldig darauf warteten, daß ihre Frauen aus der Toilette zurückkamen.

»Er ist einfach so anständig –«

»Und du willst einen schlimmen Jungen?«

»Und sanftmütig –«

»Was erwartest du von ihm? Soll er dir die Hüftknochen brechen?«

»Und so höflich! Wie soll ich einen Mann heiraten, der zu höflich dazu ist, *Scheiße* zu rufen, wenn ihm etwas auf den Boden fällt? Im nächsten Augenblick kann er aber wieder so verdammt diktatorisch sein – er dreht sich doch glatt um und sagt, ich soll es ihm doch bitte schön aufheben. Wie soll ich jemals einen richtig guten Streit mit ihm vom Zaun brechen – und daraus auch noch als Sieger hervorgehen?«

»Finde den richtigen Knopf«, meinte Dodie, »und drücke ihn.« Er klappte die Sonnenblende herunter. »Gehe ich recht in der Annahme, daß es sich hier um keinen dieser netten italienischen Jungen handelt?«

»Er ist ein netter *jüdischer* Junge«, klärte ich ihn auf.

»Oh!« sagte Dodie. »Kann ich dabeisein, wenn du deiner Mutter die Neuigkeit unterbreitest?«

»Nein, kannst du nicht.«

»*Wirst* du es ihr erzählen?«

»Warum sollte ich?«

»Weil man das so macht«, dozierte Dodie, »wenn man es ehrlich meint. Und wenn es einem ernst ist. Dann stellt man seinen Partner zu Hause vor.«

Plötzlich wurde mir der Ernst der Situation bewußt: In dem Augenblick, in dem ich Strauss' Einladung annehmen würde, seine Eltern kennenzulernen, müßte ich eine Gegeneinladung aussprechen. »O Gott«, platzte ich heraus. »Ich vermute, ich muß –«

Dodie grinste. »Ich wußte es. Ich hab's gewußt. Am Horizont blitzen Brillanten!«

»Nimm dich in acht, Dodici!« schimpfte ich. »Oder ich nenne meinen Erstgeborenen nach dir!«

Für den Bruchteil von Sekunden brachte dieser erschreckende Gedanke Dodie zum Schweigen. Er sah durch das Fenster auf die Pinien, die allmählich spärlicher wurden, so daß man durch die Bäume auf die weißen Sanddünen am Strand blicken konnte. Dann erinnerte er mich: »Juden tun das nicht – jemanden nach einem noch Lebenden zu taufen.«

»Er wurde nach seinem toten Bruder genannt.«

»Woran starb denn sein Bruder?«

»Es ist zu kompliziert, dir das zu erklären. Ich weiß nur, daß der Bruder nach dem Großvater benannt wurde –«

»Lise, bitte. Wie heißt der Mann?«

»Er wird nur mit seinem Nachnamen angesprochen –«

»Und wie nennst du ihn?«

»Bei seinem Nachnamen –«

»Oh, Mann! Lise! Das ist wieder einmal typisch für dich, du wälzt dich mit dem Typen im Bett und nennst ihn immer noch *Sir*!«

»Ich nenne ihn nicht *Sir*! Ich nenne ihn Strauss!«

»Strauss, hm?« spottete Dodie. »Und sein Großvater, der hieß vermutlich Johann?« Dodie stimmte die Melodie eines Wiener Walzers an. »Oder Richard? Levi? Nathan? Wow – Nathan Strauss, der Kerl gleich hinter Macy's!«

»Schnapp nicht gleich über, Dodie! Sein Vater hat ein Familienunternehmen. Er verkauft Teppiche in Brooklyn.«

»Für Wohnhäuser oder gewerbliche Zwecke?«

»Ich weiß es nicht. Außerdem ist mir das egal.«

Dodie klopfte sich mit der Hand an die Stirn. »Weil – du *ignoranus* – da ein großer Unterschied besteht, ob sein Vater Großaufträge abwickelt, wie Krankenhäuser oder Flughäfen, oder ob er knickrigen Hausfrauen wie deiner Schwester Teppiche für drei Zimmer zum Preis von zwei anbietet und ihnen den Läufer für den Flur noch obendrein schenkt.«

Da mein Vater Zementsäcke geschleppt hatte, hatte es keiner allzu großen Vorstellungskraft bedurft, mir Strauss' Vater auf Händen und Knien auszumalen, wie er Teppichnägel in den Fußboden hämmerte. Jetzt war ich mir gar nicht mehr so sicher, ob dies der Fall war. »Seine Eltern leben in Park Slope«, erklärte ich Dodie. »Ich vermute, daß er schon eine Art Unternehmer ist.«

»Und dieser Typ von dir ist auch im Teppichhandel?«

»Nicht genau.«

»Wovon lebt er denn?«

Zögernd gab ich zurück: »Er geht in jede Menge von Meetings.«

»Hört sich an, als hätte er ein gesundes Gehalt.«

Ich blinzelte, klappte die Sonnenblende herunter und gab zu, gerade mal so viel über Strauss' finanziellen Status zu wissen, daß er vierteljährlich seine Steuererklärung abgeben müsse.

»Endlich reden wir Tacheles«, nickte Dodie zufrieden.

»Aber das ist nicht der Grund, warum ich mit ihm ausgehe«, fügte ich hinzu.

»Habe ich auch nicht behauptet.«

»Ich wollte, er würde nicht so viel verdienen.«

»Geht ihr gemeinsam zum Lunchen?«

»Aber Dodie! Hier geht's um Macht. Es macht mich nervös. Immer bezahlt er die Rechnung.«

»Himmel!« ächzte Dodie. »Sonst hast du keine Probleme?«

»Aber damit übernimmt er doch automatisch die Kontrolle!«

»Lise – einer übernimmt immer die Kontrolle, ob es nun offensichtlich ist oder nicht –«

»Aber es sollte doch eigentlich fifty-fifty sein oder wenigstens sechzig zu vierzig, auf jeden Fall ausgeglichener –«

»Wenn du Ausgeglichenheit anstrebst, dann lerne Tai-Chi.« Dodie nahm einen Schluck Kaffee und drückte den Deckel wieder auf den Becher. »Also, wo hast du ihn kennengelernt? Im Fitneßstudio?«

»Nöh.«

»In einer Bar? Durch eine Kontaktanzeige?« Dodie schwieg, aber als ich nicht antwortete, fügte er hinzu. »Sag jetzt bloß nicht, was ich glaube, daß du mir gleich erzählen wirst.«

»Also gut – er ist ein Kollege von mir –«

»Aber er arbeitet in einer anderen Abteilung«, ergänzte er prompt.

»So ungefähr.«

»Hast du mir nicht erzählt, daß jeder Mitarbeiter der Redaktion Tampons in der untersten Schreibtischschublade aufbewahrt?« Dodie warf mir einen kurzen, prüfenden Blick zu. Dann zog er scharf den Atem ein. »Lise, du schläfst mit deinem Boß –«

»Na und? Er ist nicht verheiratet!«

»Das hat dich doch bis jetzt noch nie gestört –«

»Und er ist unter Vierzig!«

Dodie stieß einen langgezogenen, leisen Pfiff aus. »Das ist deine Beerdigung!«

»Du mußt nicht gleich überreagieren! Wir treiben's ja schließlich nicht auf dem Konferenztisch!«

»Aber Lise, die Leute sind doch nicht blind! Denen wird euer Verhältnis auffallen! Die kriegen doch diese gewissen Schwingungen mit!«

»Er ist sowieso die Hälfte der Zeit auf Geschäftsreise«, wandte ich ein.

»Aber die andere Hälfte nicht. Wer weiß es denn schon? Oder ist es bereits allgemein bekannt, und man dreht einfach den Kopf weg?«

»Nein. Ich meine ja. Ich meine, es würde vermutlich nicht positiv aufgenommen werden. Wir hielten es ja auch bis zum letzten Wochenende geheim. Aber dann hat uns jemand zusammen gesehen.«

»Beim Mittagessen?«

»Nein.«

»Auf neutralem Territorium?«

»Auf dem Bürgersteig.«

»Auf dem Bürgersteig *wovor*?«

»Vor dem Pierre.«

»Dem *Hotel* Pierre? *Madonna mia*, dein Schicksal ist besiegelt!« Dann lachte er. »In dem Hotel war *ich* noch nie! Wie ist es denn so?«

»Oh, Dodie! Sag mir, was ich machen soll! Ich weiß nicht, was ich tun soll –«

»Du wirst kündigen, das wirst du tun.«

»Bist du verrückt? Warum kündigt nicht er?«

»Weil er auf der Leiter über dir steht, darum. Welchen Titel hat er denn?«

»Direktor.«

»Direktor!«

»Es gibt sechs Direktoren bei Boorman, drei Vorstände und einen Vorstandsvorsitzenden. In der ganzen Firma gibt es mehr Schichten als in der Lasagne meiner Mutter –«

»Aber Lise, in einer konservativen Firma wie dieser! Hast du mir nicht erzählt, da würde noch eine unterkühlte Lesbe herumturnen?«

Ich nickte. »Sie ist seine Chefin –«

»Und hast du mir nicht erzählt, du würdest an einem Regelwerk gegen sexuelle Belästigung am Arbeitsplatz arbeiten?«

»Ich habe es nur in sprachlicher Hinsicht redigiert, außerdem ist es noch nicht in Kraft gesetzt –«

»Oh, die Verwicklungen werden ja immer größer! Lise, ich meine, du hast dir wirklich einen schlimmen Jungen eingefangen.«

»Wirklich?«

»Ich meine, der Kerl ist entweder ein Einfaltspinsel oder ein ganz verwegener Hundesohn!«

»Er ist weder das eine noch das andere.«

»Ein Mann in seiner Position? Der es mit jemandem in deiner Position treibt? Der riskiert doch etwas. Er riskiert sogar Kopf und Kragen damit. Aber vielleicht ist gerade das Risiko der Kick für ihn. Oder für dich. Oder ihr hegt beide einen Todeswunsch.«

»Vielleicht solltest du aufhören, den Analytiker zu spielen.«

»Na, dann laß mich dir eine Frage stellen: Würdest du immer noch mit ihm gehen, wenn ihr euch nicht verstecken müßtet?«

»Dadurch würde sich einiges verändern.«

»Zum Besseren oder Schlechteren?«

»Kann ich nicht sagen.«

»Dann sag mir etwas anderes.«

»Zum Beispiel?«

Dann stellte Dodie mir die Frage, die ich Strauss nicht beantworten durfte, zumindest in jenem Moment nicht. »Sag mir, daß du ihn liebst.«

Zögernd antwortete ich: »Ich liebe seine Ellbogen. Weißt du, was ich meine?«

»Kann nicht behaupten, daß ich dir folgen kann –«

»Ich meine, ich will sie andauernd streicheln. Wenn ich ihn in der Firma auf dem Flur treffe, möchte ich an seinen Hemdkragen langen, möchte die Manschetten seines Hemdes berühren –«

»Wo kauft er denn diese Hemden?«

Bevor ich zugeben konnte, daß er sie bei Brooks Brothers kauft, fuhr Dodie fort: »Hör auf mit diesem Scheiß, Lise. Liebst du ihn nun oder liebst du ihn nicht.«

»Ich bin verrückt nach ihm, aber ich weiß nicht warum –«

»Liebt er dich?«

»Ja. Er hat es mir gesagt. Aber er sagte, daß er dagegen angekämpft habe.«

»Das ist ja noch besser!« rief Dodie und seine Augen leuchteten. »Erinnert mich an *Stolz und Vorurteil*!« Auch Dodie hatte eine Vorliebe für Mr. Darcy, und er erinnerte sich sogar an die großartige Passage, in der Darcy bei der temperamentvollen Elizabeth hereinplatzt, seine ultrawürdevolle Haltung aufgibt und sich leidenschaftlich zu seinen Gefühlen bekennt. Dodie zitierte sogar aus der Szene: ›Vergeblich habe ich dagegen angekämpft. Es nützt nichts. Meine Gefühle lassen sich nicht zurückdrängen. Sie müssen mir gestatten, Ihnen zu sagen, wie glühend ich Sie bewundere und liebe!‹«

»Hör auf damit!«

»Himmel! Warum kann das zu *mir* niemand sagen!« seufzte Dodie. »Gratuliere, Lise.«

»Danke.«

Dodie sah hinaus auf die windzerzausten Pinien am Straßenrand. Dann fügte er fast unhörbar hinzu: »Unterschätze es nicht, Lise.«

Ja, Mama, hätte ich gern geantwortet. Aber irgend etwas in mir, mein Hals oder mein Herz, verursachte mir ein Würgegefühl. Ich hatte Angst, ich würde zu heulen anfangen, wenn ich auch nur ein Wort spräche. Schließlich quälte ich mir die harmlose Frage ab, wie lange ich noch zu fahren hätte, worauf Dodie sagte, es läge noch ein gutes Stück vor uns.

Dodie klemmte sich den Karton mit den Kaffeebechern zwischen die Beine. Seine Stimme klang nachdenklich, als er fragte: »Wie drücken sich Männer – ich meine heterosexuelle Männer – aus, wenn sie einer Frau sagen, daß sie sie lieben? Ich frage nicht aus Spaß. Ich möchte es wirklich wissen.«

Ich gab ihm eine witzige Antwort. »Sie schenken der Frau Dessous, die auf gepolsterten Kleiderbügeln hängen. Dessous, die nicht rot sind und die einen Zwickel aus Baumwolle haben.«

»Hört sich an, als ob dieser Jemand eine Schwester hätte –«

»Und sie sagen: *Ziehst du das an? Für mich?*«

»Du solltest zusehen, daß du seine Betonung änderst. Er soll seine Fragezeichen vergessen. Du willst doch einen Mann, der dich kommandiert: *Zieh das an. Für mich.*«

»Woher willst du wissen, was ich mir wünsche?«

»Du sagtest doch, du magst rauhe und ungehobelte Kerle, keine sanftmütigen und höflichen.«

»Ich bin nicht in der Stimmung, mich entwürdigen zu lassen.«

»Wir werden jeden Tag entwürdigt«, sagte Dodie. »Als erstes stehen wir auf und gehen zur Arbeit. Unseren Boß begrüßen wir mit ›Guten Morgen, hatten Sie ein schönes Wochenende?‹, obwohl wir eigentlich lieber sagen würden: ›Heute Nacht habe ich geträumt, Sie würden auf dem Grund des Aufzugschachtes liegen. Mann, haben Sie da unten gut ausgesehen!‹ Aber ich vermute, daß du das zu *deinem* Boß nicht sagen würdest.«

»Ich habe dir doch gesagt, er ist nicht wirklich mein Boß –«

»Kann er dich feuern?«

Ich verminderte den Druck auf das Gaspedal, und der Wagen wurde immer langsamer. »Hm, ja, sicher, ich denke, er könnte es –«

»Dann ist er dein Boß, Baby. Und wenn du nicht vorhast, deinen Job zu kündigen, solltest du diese Tatsache niemals vergessen.«

Bei dem Gedanken an unseren Streit am letzten Wochenende, an den ziemlich wackeligen Frieden, den wir am Telefon geschlossen hatten, als Strauss in Atlanta war, an sein Versprechen, mir Cracker Jacks aus dem Yankee-Stadion mitzubringen, und an das Versprechen, daß ich ihm erlauben würde, am Montag mit Peggy zu sprechen, wurde mir übel. Meine Hand fuhr an meinen Hals hoch und landete unbeabsichtigt auf der schmalen Goldkette, die mir Strauss geschenkt hatte und die immer noch um meinen Hals hing. Dodie entging die Bewegung natürlich nicht.

»Noch ein Geschenk?«

»Könnte sein.«

Dodies Augen wanderten tiefer. »Aber wie ich sehe, hast du heute morgen seine Dessous nicht angezogen.«

Ich schnaubte verächtlich. »Du hast mir einmal geschworen, du würdest nie auf Titten schauen.«

»Ich kann ja nicht anders. Du läßt sie ja einfach so herumhängen.«

»Tja, nachdem ich dich – und Hot Fukk- gestern abend beobachtet und gesehen habe, was bei euch so herumhängt –«

»Du magst 800 nicht, stimmt's?«

»Was findest du nur an ihm?« fragte ich. »Außer vielleicht seinem wundervollen Körper und dem schönen Gesicht?«

»Liebe macht blind.«

»Und dumm«, ergänzte ich. »Ich meine, dieser Typ war in Yale und kann nicht einmal *fuck* richtig buchstabieren?«

»An deiner Stelle würde ich mich über das Unternehmen von 800 nicht lustig machen«, sagte Dodie. »Du besitzt daran ein nettes Aktienpaket, mit dem du im Handumdrehen einiges verdienen wirst.«

Als ich mit der Zunge schnalzte, meinte Dodie: »Beruhige dich. Es ist gut investiert. Besonders stark ist er in der Entwicklung neuer Produkte.«

»Welcher zum Beispiel? French Ticklers, die nach Croissants schmecken?«

»Nein, aber das neueste ist ein sprechender Dildo.«

Zunächst schnappte ich nach Luft, dann fragte ich aber doch: »Was sagt er denn?«

Gleich darauf tat es mir leid, gefragt zu haben, denn Dodie – der nach ein paar Schluck Kaffee offensichtlich wieder bester Dinge war – wurde ganz geschäftsmäßig. Er erzählte, er wollte 800 dazu drängen, Dildos mit Akzenten herzustellen. Die Brooklyn-Version könnte jiddische Anfeuerungsrufe ausstoßen, die Südstaaten-Version Hillbilly-Ausrufe, und die Version für die Vierzehnte Straße und südlich davon könnte lispeln: »Auf der letzten Abteilungssitzung habe ich größere Arschlöcher gesehen!«

»Offen gestanden«, sagte ich, »ziehe ich als Dildo den starken, ruhigen Typ vor.«

»Dann können wir dir die zwanzig Zentimeter lange Ehehilfe anbieten, bekannt unter dem Namen *Der große Schwede* – stumm und hart wie ein Pfosten – ausgestattet mit der Arbeitsmoral der Einwanderer – erledigt die Arbeit zum halben Preis –«

»Mensch Dodie, du steckst wirklich voller Scheiße!«

»Tja, nicht wahr? Und du magst das nicht. Bleib stehen. Fahre an den Straßenrand. Ja, jetzt, genau hier.«

Rechts von uns lag eine kurze, sandige Einfahrt, die ich zunächst für die Zufahrt zu einem Haus hielt, aber sie führte nirgendwohin. Man konnte den Wagen nur auf einem Kiesstreifen abstellen, hinter dem sich ein Kieferndickicht und anschließend ein Dünenstreifen erstreckte, der schon zu einem Grundstück gehörte, das mit so vielen Verkaufsschildern bepflastert war, daß klar zu erkennen war, in welch astronomischem Bereich – sogar für die Hamptons! – sich der absurde Preis bewegte. Das Grundstück war außerdem als Privateigentum ausgeschildert, aber Dodie beruhigte mich, er hätte letzte Woche mit 800 einen ganzen Nachmittag hier verbracht, und es wäre keine Seele aufgetaucht, die sich an ihnen gestört hätte.

»Wie steht's mit den Bullen?«

»Es ist Sonntag morgen. Sie sind entweder in der Kirche oder bei Dunkin' Donuts, wo sie hingehören. Außerdem kennt Homer den Besitzer, sollte sich wirklich jemand aufregen. Komm schon, laß uns zum Strand hinuntergehen.«

Dodie stellte den Kaffee – der mittlerweile vermutlich bereits kalt war – auf das Wagendach. Ich befestigte den Sonnenschutz vor der Windschutzscheibe, denn die Sonne wanderte bereits über die Baumkronen. Heißer Sand rieselte durch unsere Flipflops und Zehen, während wir die Dünen erklommen und dann den breiten Strand zum Ufer hinunterliefen, um uns wie die Kinder nahe an das Wasser zu setzen, als wollten wir Sandburgen bauen.

Nachdem ich meinen ersten lauwarmen Kaffee getrunken hatte, benutzte ich den leeren Becher, um damit träge große Brocken feuchten Sandes auszugraben. Dann leerte ich den Becher aus und beobachtete, wie sich die Brocken wieder mit dem Sand vereinten. Ich sah Dodie ins Gesicht. Im hellen Sonnenlicht kamen mir die

Linien zwischen Nase und Mundwinkeln tiefer vor, und sein Haar, das meiner Meinung nach zu kurz geschnitten war, schien dünner geworden zu sein, seit ich ihn zum letzten Mal gesehen hatte. Er hatte recht. Wir *wurden* älter, zu alt, um so weiterzuleben wie bisher. Ich war froh, mich selbst nicht sehen zu müssen.

»Was ist letzte Nacht passiert?« fragte ich schließlich, womit ich ihm auf eine plumpe Art zu verstehen gab, daß ich sein Weinen gehört hatte.

Dodie zuckte mit den Achseln. »Ein Streit unter Liebenden.«

»Du wirst mir doch nicht erzählen, daß du einen Mann wie Hot Fukk liebst –«

»Ich sagte dir, sein richtiger Name wäre Homer Francis. Und ganz ehrlich, allmählich wundere ich mich über deine Abneigung.«

»Aber du hast doch nichts mit ihm gemeinsam.«

»Woher willst du das wissen?«

»Er ist nicht dein Typ«, sagte ich und vergaß dabei völlig die Lektion, die ich schon anno dazumal in der achten Klasse hätte lernen müssen, daß man das Objekt der romantischen Begierde von Freunden niemals kritisiert.

»Er hat etwas an sich, was nach Schwierigkeiten riecht«, sagte ich. »Bring dich nicht in Schwierigkeiten, Dodie –«

»Zu spät.«

Er streckte seinen Arm aus, nahm den Becher aus meiner Hand und schleuderte ihn in Richtung Wasser, wo er einen Moment lang auf dem feuchten Sand liegenblieb, bevor die nächste Welle heranrollte, ihn zermalmte und mit sich ins Meer hinausschwemmte. Und dann erzählte mir mein Cousin, mit dem ich meine Geheimnisse, meine Zahnbürste, den Rasierer und mein Bett sowie seinen Heute-Abend-keinen-Sex-Pyjama geteilt hatte, daß sein neuester Lover zwar wie König Midas aussehen mochte, Dodie ihm sein Aussehen aber mit allem anderen als Gold vergolten habe.

Mein Kampf mit dem Pfeiffer-Drüsenfieber in der High-School war meine erste Erfahrung von Sterblichkeit gewesen, es war eine

Krankheit, die den Verfall des Körpers kurz vor dem Tod nachahmte: Die Atemlosigkeit, die einen überfiel, wenn man nur versuchte, sich im Bett aufzusetzen, das Desinteresse am Essen, die Trägheit der Phantasie, das mangelnde Zeitgefühl, das gesteigerte Erinnerungsvermögen, das Bedürfnis, zu schlafen, zu schlafen und zu schlafen, und die gnädigen Momente, bevor man in die Bewußtlosigkeit sank, in der man zu spüren schien, wie die einzelnen Körperteile ihren Dienst versagten, eins nach dem anderen – die Lungen, das Gehirn, das Herz.

Als Dodie mir sagte, daß sein Test positiv ausgefallen war, stellte ich mir denselben langsamen Verfall seines Körpers vor und spürte meinen eigenen Körper um so deutlicher – wie er ins Wiegen geriet, wie bei den Männern an der Klagemauer oder wie bei Trauernden, die wehklagen. Dodies Hand auf meiner schien das einzige zu sein, was mich noch an die Erde band.

Dann riß ich mich los, vergrub meinen Kopf in den Händen, denn plötzlich war die Angst, Dodie zu berühren, so heftig, überwältigender noch als das Schluchzen, das sich meiner trockenen Kehle entrang und das so laut und herzzerreißend klang, daß ich mir wünschte, ich hätte den leeren Papierbecher noch, den die Wellen fortgespült hatten, um mir damit eine Ladung Sand in den Mund stopfen zu können, damit meine Stimme für immer verstummen würde.

»Bitte hör auf zu weinen«, sagte Dodie schließlich.

»Aber ich kann nicht. Ich kann es nicht glauben, ich will es nicht glauben. Ich weine um dich –«

»Komm, hör auf. *Für mich*. Bitte.«

Ich wischte meine Nase an meinem Arm ab. Und dann – weil ich keine andere Wahl hatte, schneuzte ich in den Zipfel meines T-Shirts. Dodie sah zur Seite. Nachdem ich endlich zu schniefen aufgehört hatte, sagte er: »Ich wußte es, ich hätte es dir nicht sagen sollen. Wenigstens nicht ohne eine Großpackung Papiertaschentücher daneben.«

Traurig lächelte er mich an. Aber ich wagte es nicht, etwas anderes zu tun, als zu nicken, bis ich mich schließlich so weit im Griff hatte, um zu fragen: »Wie lange weißt du es schon?«

»Sicher, meinst du? Ein paar Wochen. Aber seit Sommeranfang hatte ich schon so ein Gefühl. Ich habe es mir nur nicht klargemacht. Ich wollte es mir nicht klarmachen. An jenem Wochenende, als ich dich besuchte, weißt du noch, da hatte ich doch Durchfall?«

»Du sagtest, du hättest mexikanisch gegessen – aber warum hast du nichts gesagt?«

»Damals wußte ich es noch nicht. Aber als ich zurückkam, begann ich nachzudenken –«

»Aber du hättest es sagen sollen ... den ganzen Sommer lang ... alles allein mit dir herumzutragen, ohne ein Wort zu sagen –«

»Was hätte ich denn sagen sollen? Außer dem, was ich dir gerade eben gesagt habe?«

»Ich hätte dir helfen können. Ich hätte sagen können, wie leid es mir tut, oh, Dodie, es tut mir so leid –«

»Was hilft es mir jetzt, wenn es dir leid tut? Oh. Mein Gott. Schon wieder diese Tränen ... Lise, hör auf damit. Es ist genug, wirklich.«

»Vielleicht war der Test falsch.«

»Er war nicht falsch. Ich habe es. Und Homer hat es auch.«

»Er hat dich angesteckt«, fuhr ich auf.

»Nein, George hat mich angesteckt.«

»Bist du sicher?«

»Wie soll ich sicher sein –«

»Frag ihn.«

»Kann ich nicht. Er ist tot.«

Wieder grub ich den Kopf in die Arme. »O Gott, o Gott –«

»Hör bitte auf, dauernd *o Gott* zu rufen –«

»Aber wann ist das passiert? Wie ist das passiert?«

»Lungenentzündung. Seine Mutter rief mich an. Am vierten Juli. Sie beschuldigte mich, ihn angesteckt zu haben. Das war vielleicht eine nette Unterhaltung mit der Frau! Ich versuchte ihr zu verklickern, daß es ihr Sohn war, der hinter meinem Rücken mit anderen herummachte, nachdem wir uns versprochen hatten – oh, Lise, wir hatten es uns gegenseitig versprochen, vorsichtig zu sein! Warum hat er nicht gleich eine Pistole genommen und sie mir an die Schläfe gesetzt? Er hat mich erledigt, ich bin sicher, daß er es war, aber es gibt keine Möglichkeit mehr, dies festzustellen. Sogar der Arzt sagte, es könnte bereits seit Jahren in mir lauern. Der Gedanke, dieses Zeug schon ewig im Blutkreislauf zu haben, macht einem ziemlich angst.«

Mein Magen rebellierte. Ich sah hinaus auf das Wasser, fast erschien es mir, als würde der Wellengang einen Moment lang aufhören, bis sich die nächste Woge mit weißer Schaumkrone brach und auf den Strand rollte.

»Dodie«, sagte ich schließlich, wobei ich zwar versuchte, meiner Stimme einen gleichmäßigen Klang zu geben, diese sich aber dennoch mit jeder Silbe schriller und schriller anhörte. »Ich habe deinen Rasierer benutzt, erinnerst du dich, als ich dich besuchte? Und ich habe ein Pflaster auf deine Hand geklebt, erinnerst du dich, als du dir beim Zwiebelschneiden in den Finger geschnitten hast? Und einmal, als wir Coke schnupften, hattest du Nasenbluten –«

»Aber das ist ja ewig her.«

»Und wir benutzten dieselbe Spritze, erinnerst du dich, damals am Sarah Lawrence?

»Das ist ja schon *Lichtjahre* her–«

»Aber du sagtest doch Jahre. Es könnte bereits seit Jahren in dir lauern!«

»Du kriegst es vom Ficken, Lise. Und das haben wir nie getan, also warum verlierst du jetzt total die Nerven?«

»Aber Dodie!« Meine Stimme klang schrill. »Das Kokain. Die Joints. Und die Nadel – und du, ich und George haben aus derselben Pfeife geraucht ... O Gott! Wie sag' ich das nur Strauss?«

»Das tust du nicht. *Tu's nicht*. Du hast es nicht.«

»Aber Dodie! Das ist falsch. Ich wäre ja hinterhältiger als George! Ich könnte eine geladene Kanone sein!«

Dodie biß auf seinen Lippen herum. Einen Moment lang sahen wir uns an, dann sah jeder in eine andere Richtung.

»Mach den Test«, meinte Dodie schließlich. »Wenn du dir wirklich solche Sorgen machst, laß den Test machen, dann weißt du es sicher. Und jetzt beruhige dich. Du hast keine Diarrhöe, oder?«

Ich schüttelte den Kopf.

»Nachtschweiß?«

»Ich strampele immer die Decken fort. Strauss sagt, ich strampele –«

»Schwellungen am Hals?«

»Hast du's so herausgefunden?«

»Zuerst hatte ich Schweißausbrüche. Dann diese Knoten – genau hier – wie beim Pfeiffer-Drüsenfieber. Als ich ständig Durchfall bekam, war ich mir ziemlich sicher, daß ich es hatte. Trotzdem habe ich immer noch gehofft. Gott, wie habe ich gehofft!«

Ich sah in Dodies schwarze Augen, bis ich in seinen feuchten Pupillen die Reflexion meiner eigenen Augen entdeckte, die sich schon wieder mit Tränen füllten. Ich ergriff seine Hand und drückte sie. Wir saßen unter der heißen Sonne, bis wir die Stille nicht länger ertragen konnten. Dann erzählte Dodie, daß er in dem Moment, als er das Testergebnis erfuhr, eine sonderbare Erinnerung hatte. Es war ein Bild von Zio Gianni, der mit heraushängenden Gedärmen am Gitterzaun des benachbarten YMCA stand und uns Kindern durch das sommerliche Donnerrollen zurief: »Raus aus dem Pool! Die Party ist vorbei!«

Allein der Gedanke an Onkel Gianni – seinen bedrohlich wirkenden Bauch, die Tattoos, die aus dem Krieg im Pazifik stammten, die Art, wie er seine Bierdosen in der Hand zerquetschte – jagte mir einen Schauder der Angst über den Rücken. »Wie wirst du's deiner Mutter sagen?«

»Ich sage es ihr nicht«, antwortete Dodie. »Und du wirst es auch nicht sagen.«

»Aber wie soll ich das anstellen? Wenn ich ihr gegenüberstehe?«

»Du bist eine gute Schauspielerin. Finde eine Möglichkeit.«

Das Rauschen der steigenden Flut hätte mich beruhigen sollen, aber jeder Flügelschlag und jedes Kreischen der Seemöven zerrte an meinen Nerven. »Ich würde alles geben, wenn ich ein Valium hätte«, sagte ich. »Oder einen Joint –«

»Rein zufällig habe ich etwas ähnlich Gutes bei mir.« Dodie

warf einen Blick den verlassenen Strand entlang. Aus der Brusttasche seines Hemds zog er eine kleine Plastiktüte, die mit einem rotweißen Zwirn zugebunden war. Darin waren zwei Prisen Gras, die sich Dodie heute morgen von 800 geborgt hatte und von dem er behauptete, es wäre allerfeinstes hawaiianisches Marihuana. »*Regardez: Ceci n'est pas une pipe*?« Dodie zog eine winzige Pfeife aus seiner Brusttasche, aber ich konnte nicht lachen. Ich starrte nur auf das Mundstück, bis er mir einen Blick zuwarf und in Sekundenbruchteilen meine Gedanken erfaßte, daß ich nämlich Angst hatte, sie mit ihm zu teilen.

»Ich nehme es dir nicht übel«, tröstete er mich.

Er trat an den Wasserrand und spülte die Pfeife im Salzwasser aus, dann wischte er das Mundstück an seinem Hemd trocken. Er wartete eine Weile, bis sie auch innen getrocknet war, dann füllte er sie und gab sie mir. Ich steckte sie in den Mund, drehte den Kopf aus dem Wind, und Dodie steckte ein silbernes Feuerzeug – das er sich vermutlich auch von 800 geschnappt hatte – in den Pfeifenkopf und zündete das Gras an. Ich inhalierte megatief. Es war das sanfteste Gras, das ich je geraucht hatte. Es brannte kaum im Hals und hinterließ ein Gefühl, als würde ich mich Richtung Himmel erheben, wie bei den Übernachtungspartys, bei denen Mädchen Beschwörungsformeln singen und dann, jede nur mit zwei Fingern, ein Mädchen in Richtung Zimmerdecke heben. Schließlich gab ich Dodie die Pfeife. Die Wellen leckten den Sand hoch, das Dünengras raschelte, und Dodies Körper schien dem meinen nahe und gleichzeitig doch unendlich fern zu sein. Es schien mir, als wären wir eine Ewigkeit so nebeneinander gesessen.

»Ich muß jetzt schnellstens aus der Sonne«, sagte ich schließlich.

Dodie gab mir die Hand und half mir hoch. Er bot mir an, langsam zur Yacht zurückzufahren. Doch obwohl er in weit besserer Verfassung war als ich, gab ich meine Schlüssel nicht aus der Hand. Dodie hatte mich an jenem Morgen bereits an zu viele Orte geführt, an die ich gar nicht gewollt hatte.

Der Strand war breit, und es nahm eine Weile in Anspruch, die

Dünen wieder hinaufzuklettern. Unsere Füße sanken so tief ein, daß ich meinte, unsere Badesandalen würden einen bleibenden Abdruck im Sand hinterlassen. Als Dodie und ich uns über die letzte Düne kämpften, wobei uns der Seehafer über die Unterschenkel schabte und ritzte, sah ich hinüber zu meinem Toyota und meinte, meinen Augen nicht trauen zu können. Ich hatte den Sonnenschutz verkehrt herum unter die Scheibenwischer geklemmt. In riesigen roten Großbuchstaben war darauf zu lesen: HILFE! BITTE RUFEN SIE DIE POLIZEI!

»Sehr intelligent, Lise«, witzelte Dodie, während wir ins Auto stiegen. »Gut, daß keine Polizisten vorbeigefahren sind.«

Ich ließ den Motor an.

»Vielleicht solltest du den Sonnenschutz von der Windschutzscheibe nehmen, bevor du losfährst«, schlug Dodie vor. »Außer, du willst wirklich noch verhaftet werden.«

Schon bei dem Gedanken, in ein Polizeirevier geschleppt zu werden – verwarnt zu werden, wegen Betretens fremden Grund und Bodens, und womöglich meinen Job zu verlieren, falls Boorman jemals ein aktuelles polizeiliches Führungszeugnis anfordern würde –, drehte sich mir der Magen um. Hastig ergriff ich den Türöffner, riß die Wagentür auf und hinterließ eine gewaltige Lache von gelbgrünem Erbrochenem auf dem Kies.

Während wir Seite an Seite in dem heißen Wagen saßen – mein Mund schmeckte immer noch nach Erbrochenem, und unsere Körper waren bedeckt von nervösem Schweiß – bemerkte ich, was vorhin wegen der frischen, salzigen Luft am Strand nicht aufgefallen war: Mein Cousin und ich rochen wie das Wasser unter der Q-Brücke, wenn Ebbe herrschte. Gerade als wir kurz vor Shore Line durch ein kleines Dorf fuhren, bimmelten die Kirchenglocken. Es war Sonntag morgen, und sogar in den Hamptons gab es noch vereinzelt Leute, die zur Kirche gingen. Zu Hause waren unsere Mütter bereits in der Messe gewesen, hatten sich Seite an Seite und mit offenen Mündern vor den Altar gekniet, um die Hostie zu empfangen. Wahrscheinlich hatten sie gerade am sonntäglichen Mittagstisch gesessen, während wir am Strand Gras geraucht hatten und mein Sonnenschutz eine offene Einladung für die Gesetzeshüter dargestellt hatte, uns festzunehmen, unsere Fingerabdrücke zu nehmen und uns vor ein schwarzes Telefon zu setzen, das auf einem ansonsten völlig blanken Tisch stehen würde, damit wir den einzigen uns erlaubten Anruf tätigen konnten an irgend jemanden in der gesetzesfürchtigen Welt. Dodie hätte keine Sekunde gezögert, sondern augenblicklich die Nummer von 800 gewählt. Aber wen hätte ich angerufen, wäre ich verhaftet worden?

Die Kirchenglocken läuteten immer noch, während ich innerlich wie ein Mantra den Namen des Mannes ständig wiederholte, von dem ich plötzlich wußte, daß ich ihn verlieren würde: *Eben, Eben, Eben.*

KAPITEL DREIZEHN

Das ist sein wahrer Name

Zu Hause angekommen, war ich zunächst überrascht, keine Nachrichten auf dem Anrufbeantworter zu haben, dann widmete ich mich endlich der gravierenden Frage: Wie werde ich mit Strauss verfahren? Um mir mehr Zeit zu verschaffen, zog ich am Sonntag abend den Telefonstecker aus der Buchse. Nach einer ruhelosen Nacht, die ich schwitzend und immer wieder in einen Dämmerschlaf verfallend verbrachte, meldete ich mich am Montag morgen krank und verabredete in einem Allgemeinkrankenhaus in Tarrytown für den Nachmittag einen Termin. Obwohl ich behauptete, es wäre ein Notfall, *ein echter Notfall*, konnte mir die Dame am Telefon keinen früheren Termin anbieten.

Als um zehn Uhr vormittags die Stille meiner Wohnung durch den langgezogenen, heiseren Trillerton meines Telefons jäh zerrissen wurde, ließ ich meinen Rosenkranz fallen. Ein ums andere Mal hatte ich den Rosenkranz gebetet, um mich zu beruhigen. Ich hatte Gott das Versprechen gegeben, die Bibel von Buchdeckel zu Buchdeckel zu lesen, von *Am Anfang schuf Gott* oder von *Es werde Licht*, oder wie auch immer das erste Kapitel anfing, bis zu den kopflosen Reitern und all dem Jungianischen Zeug in der Offenbarung – wenn Er nur Dodie und mich retten würde, und wenn Er mir nur eine Möglichkeit aufzeigte, vor Strauss meine Gefährdung durch diese Krankheit geheimzuhalten.

Meine Stimme krächzte wie bei einem Jungen im Stimmbruch, als ich den Hörer abnahm und hallo sagte.

»Wo bist du denn gewesen?« fragte Strauss leise, um sich vor Sekretärinnen mit großen Ohren zu schützen. »Ich habe dich gestern abend mehrmals angerufen.«

»Ich habe das Telefon ausgesteckt und bin früh zu Bett gegangen. Ich fühle mich ziemlich elend.«

»Das habe ich mir heute morgen schon gedacht, als ich sah, daß du dich noch nicht in Gussies Liste eingetragen hattest.«

»Aha, ich sehe schon, du findest immer eine Möglichkeit, mich zu kontrollieren.«

»Ich habe mir Sorgen gemacht«, sagte er in einem Ton, der verriet, daß er das Wochenende damit verbracht hatte, über unsere Beziehung nachzudenken, während ich mich dem Alkohol hingegeben hatte, masturbiert hatte, Gras geraucht und entdeckt hatte, daß ich möglicherweise eine tödliche Krankheit in mir hatte, die mit männlichen Strichjungen und Heroinabhängigen in einem engen Zusammenhang stand. »Ich wäre fast noch zu dir gekommen gestern abend, aber ich wollte deinen Zorn nicht riskieren.«

Da meine Stimme erneut brach, als ich ihm vorlog, ich würde unter dem Wetter leiden, fragte er mich, ob ich eine Erkältung hätte. Diese Ausrede war ebensogut wie jede andere. Um meiner Behauptung, bettlägrig zu sein, noch weitere Glaubwürdigkeit zu verleihen, fügte ich unerschrocken hinzu: »Außerdem habe ich schreckliche Krämpfe.« Kaum war mir diese Lüge über die Lippen gerutscht, hoffte ich, er würde sich nicht daran erinnern, daß ich meine Periode erst vor zwei Wochen gehabt hatte.

Aber er erinnerte sich. »Ich dachte, du –«

»Ich bekomme sie völlig unregelmäßig«, schwindelte ich.

»In dem Fall solltest du aber einen Arzt aufsuchen.«

»Ich gehe ja, heute nachmittag.«

Dann hörte ich das Quietschen seines Schreibtischstuhles. »Ich habe Peggy gesagt, ich müßte heute nachmittag mit ihr sprechen.«

»Strauss, tu's nicht. Bitte. Ich dachte, wir wollten das gemeinsam erledigen.«

»Oh. Ist das der Entschluß, zu dem du gekommen bist?«

»Ja«, gab ich hastig zurück, worauf er erleichtert, ja sogar fröhlich zu sein schien.

»Kann ich dich heute abend sehen?« fragte er.

»Eigentlich wollte ich mich in eine Höhle vergraben –«

»Nur zum Reden«, unterbrach mich Strauss. Dann flüsterte er

in den Hörer: »Meine Rückenmassage ist geradezu legendär.« Schlagartig fielen mir Dodies Worte ein: *Unterschätze es nicht,* und ich begann den Wert all dessen zu ermessen, was ich im Begriff war, zu verlieren.

»Wie war dein Wochenende?« fragte ich, um das Thema zu wechseln.

Strauss sagte, es wäre schön gewesen, Geburtstage seien für seinen Vater immer schon eine recht gefühlsbetonte Angelegenheit gewesen. Er erzählte, sein Neffe hätte ihn bei *Uncle Wiggly* geschlagen (und ihn mehrmals zurück ins Hühnerhaus geschickt), den Zwillingen sei im Wagen schlecht geworden und sie hätten sich zweimal übergeben – das hieß, jeder hätte sich zweimal, insgesamt also viermal übergeben, seine Schwester sei ein nervöses Wrack und sein Schwager der übliche aufgeblasene Wichtigtuer gewesen, seine Mutter hätte viel zu viel gekocht, das Wohnzimmer hätte nach Zitronenwachs gerochen, die Yankees hätten ein Spiel gewonnen, das andere verloren, und er sei in aller Herrgottsfrühe, bevor noch irgend jemand im Büro gewesen sei, an meinen Schreibtisch geschlichen und hätte ein kleines Päckchen für mich hinterlassen.

»Lisar.«

»Was?«

»Ich habe dich vermißt.«

»Ich dich auch.«

»Meine Eltern freuen sich schon sehr, wenn sie dich endlich kennenlernen.«

»Du hast ihnen von uns erzählt?«

»Ich habe mir die Freiheit genommen.«

Ich wußte es doch, am Horizont blinken Brillanten –

»Gratuliere«, fuhr er fort. »Du hast sie auch ohne deine Anwesenheit im Sturm erobert. Eine halbe Stunde nachdem ich nach Hause gekommen war, sprachen sie schon liebevoll von – ich hoffe, du fauchst mich jetzt nicht an wegen des Epithetons – *Ibbys Mädchen.*

Nachdem ich aufgelegt hatte, nicht ohne ihm zu versprechen, am Abend noch einmal anzurufen, ließ ich ein letztes Mal die blauen Glasperlen meines Rosenkranzes (er war das Firmgeschenk von Tante Beppina) durch die Finger gleiten und steckte ihn dann in das Plastiktäschchen zurück. Anschließend verstaute ich den Rosenkranz in der obersten Schublade unter der Krawatte, die ich Strauss stibitzt hatte, und direkt neben dem braunen Röhrchen mit den winzigen, weißen Schlaftabletten, von denen ich in den kommenden Wochen mit Sicherheit abhängig werden würde. Nun schmierte ich großzügig kühle Creme in mein Gesicht, das mich aus dem Spiegel heraus verbrannt ansah. Der dicke Sonnenbrand auf meinen Wangen und Schultern – ein absolut untrügliches Zeichen, daß ich das Wochenende am Strand verbracht hatte – konnte sich nun zu den anderen Dingen gesellen, die ich niemals vor Strauss geheimhalten können würde.

Ich mußte mir etwas Gutes einfallen lassen. Eine wirklich glaubhafte Story. Da ich genau wußte, daß ich den Mumm nicht aufbringen würde, ehrlich mit ihm zu reden, versuchte ich mir Möglichkeiten einfallen zu lassen, um zu vermeiden, mit Strauss zu schlafen, bis sich mein Testergebnis als negativ herausstellen würde. Ich glaubte, eine saftige, wenngleich vorgetäuschte Erkältung – zusammen mit der Periode und den Krämpfen – sollte ihn mindestens vier oder fünf Tage in Schach halten, lange genug, um die Testergebnisse aus dem Labor zurückzubekommen. Nach all den Jahren, in denen ich versucht hatte, mich vor den Sportstunden in der High-School zu drücken, hatte ich eine gewisse Übung darin, Krankheiten zu simulieren. Indem ich meiner Stimme eine bestimmte Heiserkeit verlieh, weder Gesicht noch Haare wusch, konnte ich aussehen wie ein sterbenskranker Patient.

Aber was würde geschehen, wenn er mit amourösen Gefühlen in meiner Wohnung auftauchte? Nicht daß er mich je gewaltsam auf den Rücken zwingen würde. Ein Mann wie er würde das niemals tun. Aber was, wenn er glaubte, daß es mir dadurch besser ginge? Was, wenn er aus seinem abgebrochenen Medizinstudium noch wußte, daß ein wirklich scharfer Orgasmus sogar den schlimmsten Krampf vertreiben konnte? Was, wenn er sagen würde: *Komm, entspann dich, ich kümmere mich um dich. Du weißt, daß ich mich gern um dich kümmere ...*

Ich sagte mir: Wenn ich es bereits hatte, dann hatte es Strauss wahrscheinlich auch schon. Wenn ich es nicht hatte, dann konnte es Strauss nicht bekommen, außer wenn er hinter meinem Rücken mit einer anderen Frau ins Bett ging, was er genausowenig tun würde wie ich. Wie ein Gummiball, den man mir in den Magen schleuderte, traf mich die Erkenntnis, daß darin der Beweis für meine Liebe zu ihm lag. Ich wollte ihm treu sein. Und ich wollte, daß er mir treu ist. Wenn wir einander treu waren, konnten wir auch weiterhin miteinander schlafen, ohne dadurch etwas besser oder schlechter zu machen – also warum sollte ich es riskieren, ihm etwas zu erzählen?

Wie das alte Sprichwort sagt: *Der Fisch, der seinen Mund geschlossen hält, kann nicht gefangen werden.* Ich sagte mir, ich würde den Test machen und dann schweigen wie eine Auster.

Auf dem Anmeldeformular des Krankenhauses mußte ich mich identifizieren. Auf die erste punktierte Zeile schrieb ich denselben veränderten Namen, den ich geistesgegenwärtig bei der telefonischen Anmeldung angegeben hatte: *Elisa Dodici.*

Warum besuchen Sie uns? fragte das Patienten-Informationsblatt.

Vertraulich, schrieb ich.

Erst im Untersuchungsraum, als ich auf dem raschelnden Wachspapier saß, das über die Liege lief, sagte ich zu der Schwester – einer Frau mit zu weißem Haar und pinkfarbenen Lippen –, daß ich einen Aidstest machen lassen wollte.

Sie schürzte die Lippen und sagte, sie würde die entsprechenden Utensilien holen. Als sie zurückkehrte, schwieg sie, während sie ihre Hände und Unterarme bürstete und sich dann die Gummihandschuhe überzog. Ich wandte mich ab, als sie die Manschette meiner weißen Bluse nach oben zerrte, meinen Innenarm mit einer gelben desinfizierenden Flüssigkeit abrieb und dann die Nadel in meine Vene stach. Leider machte ich den Fehler, einen Blick auf die Phiole mit dem schwärzlichroten Blut zu werfen, nachdem sie diese mit einem Verschluß versehen und in eine Halterung neben dem Spülbecken gestellt hatte. Mein Kopf wurde leichter als Luft. Das kleine Päckchen, aus der sie die Phiole genommen hatte, war mit ELISA beschriftet.

»Ich glaube, ich werde ohnmächtig«, sagte ich zu der Schwester, die wieder ihre Hände schrubbte. Sie drehte sich zu mir um und meinte: »Legen Sie sich einfach zurück auf die Liege.«

Ich gehorchte. Sie verließ das Zimmer und schloß die Tür hinter sich. Währenddessen starrte ich auf die gepunktelten Fliesen an der Decke und dachte: »Wie konnte mir das nur passieren?« Mir, der der Zahnarzt immer freudestrahlend mitteilte: »Sieht bestens aus, kein einziges Loch!« Dann ertönte ein furchterregendes Klopfen von der Tür her – rein *pro forma,* denn die höfliche Frage: »Darf ich eintreten?« blieb aus. Der Arzt stürmte mit meinem Patientenblatt herein. Er trug den ominösen weißen Kittel, der mich schon seit meinem fünften Lebensjahr in Panik versetzte, als ich geimpft werden mußte, um in die Grundschule eintreten zu dürfen. Erleichtert stellte ich jedoch fest, daß er ungefähr in Strauss' Alter war – nicht kahlköpfig und alt wie die Ärzte, die mich als Kind immer so schroff behandelt hatten. Aber all die Hoffnungen, die ich gehegt hatte, daß er verständnisvoller sein würde, wurden zunichte gemacht, als er mich mit *junge Dame* ansprach.

»Hallo, junge Dame.« Damit schloß er die Tür hinter sich, schnappte sich einen Stuhl und rollte damit zu mir herüber, wobei er ununterbrochen auf das Blatt Papier starrte. »Elisa«, sagte er. »Ist das Ihr richtiger Name?«

Ich nickte und wußte, daß er mir nicht glaubte.

»Ich bin Doktor O'Brian. Wie lange haben Sie diese Ohnmachtsanfälle schon?«

»Ich habe keine Ohnmachtsanfälle.«

»Die Schwester sagte, Sie hätten fast das Bewußtsein verloren.«

»Ich bin seit Jahren nicht in Ohnmacht gefallen. Aber als ich das Blut sah, bekam ich Angst.«

Meine Angst zuzugeben schien mir das Äußerste an Intimität zu sein, das ich eingestehen konnte – zumindest bis Doktor O'Brian anfing, mir Fragen zu stellen. Er hatte eine ganze Liste davon auf seinem Klemmbrett. Zunächst begann er jedoch mit denen, die mir bereits Dodie gestellt hatte – er fragte nach Diarrhöe, nach nächtlichen Schweißausbrüchen und nach Schwellungen.

»Ich habe keinerlei Symptome«, klärte ich ihn auf.

Dr. O'Brian räusperte sich. Dann wollte er wissen, warum ich den Test machen ließ. »Hatten Sie sexuellen Kontakt mit jemandem, der an dieser Krankheit leidet?«

Ich schüttelte den Kopf so heftig, daß das Wachspapier unter mir raschelte.

»Verkehr mit einem Homosexuellen?«

Wieder schüttelte ich den Kopf. Erneutes Rascheln.

»Mit einem Bisexuellen?«

»Vielleicht am College. Ich bin mir aber nicht sicher.«

»Ausschließlich Vaginalverkehr?«

»Was sonst?«

»Hatten Sie Analverkehr?«

»Autsch!« sagte ich.

»Beantworten Sie nur meine Fragen.«

»Das habe ich noch nie gemacht«, sagte ich. »Davor habe ich Angst.«

»Sex mit jemandem, von dem Sie wußten, daß er Drogen nimmt?«

»Hören Sie«, begann ich und versuchte, es ihm zu erklären. Ich sagte ihm, ich hätte einen Freund, einen männlichen Freund, der das Virus hatte. Daß wir gemeinsam einen Rasierapparat, Eßbesteck und eine Zahnbürste benutzt hätten. Und ich erzählte ihm, daß ich einmal ein Pflaster um seinen Finger geklebt hätte, als er sich beim Schneiden einer spanischen Gemüsezwiebel geschnitten hatte –

An dem Punkt unterbrach mich der Arzt. »Wenn Sie keine offene Wunde hatten, als Sie ihn verbanden, hört sich das, was Sie mir hier erzählen, nicht lebensbedrohlich an. Es gibt nur zwei Möglichkeiten, wie dieser Freund Sie angesteckt haben könnte: Sexualverkehr oder intravenöser Drogenmißbrauch.«

»Okay. Wir benutzten auch einmal gemeinsam eine Nadel.«

»Wie oft?«

»Nur einmal.«

»Hat noch jemand sie benutzt?«

»Nur wir beide«, antwortete ich.

»Wann war das?«

»Ich weiß nicht mehr. 1980? Oder 1981? Vielleicht auch 1982.«

»Sind Sie im Moment sexuell aktiv?«

Warum fühlte ich mich nur wie eine Schlampe, als ich mit Ja antwortete?

»Wechselnde Partner?«

»Nicht im Moment.«

»Aber zu anderen Zeiten hatten Sie wechselnde Partner? Im Moment haben Sie einen festen Partner?«

Strauss als *Partner* zu beschreiben machte mich zornig, und plötzlich wußte ich, warum Dodie diesen Ausdruck immer verabscheut hatte, weil er nämlich die andere Person auf ihre rein sexuelle Funktion reduzierte. *Freund* war ebenso blöde, pubertär und entwürdigend. Außerhalb der ehelichen Bande gab es schlichtweg keine akzeptablen Bezeichnungen für Liebhaber.

»Es gibt jemanden«, sagte ich. »Aber ich will ihm von all dem hier nichts sagen.«

Die Rollen seinen Hockers quietschten, als Dr. O'Brian ein Stückchen zurückrollte. »Das ist Ihre Entscheidung.«

»Ich meine, wenn ich positiv bin, werde ich es ihm natürlich sagen müssen. Wie lange muß ich auf das Resultat warten?«

»Mit diesem Test sind Sie noch lange nicht aus dem Schneider. Er ist nicht narrensicher. Es gibt falsche negativ Getestete und sogar einige fälschlicherweise positiv Getestete. Wenn dieser Test negativ ist, müssen Sie in sechs Monaten noch einmal einen machen.«

»Sechs Monate!« Ich dachte, *ich kann doch nicht so tun, als ob ich sechs Monate lang meine Periode hätte, nicht einmal eine Erkältung dauert so lange, und Strauss weiß, daß ich Drüsenfieber gehabt hatte. Jetzt saß ich wahrhaftig in der Tinte!* Ich wollte mich aufsetzen, fühlte mich aber immer noch schwindelig und legte mich wieder zurück. »Sie haben mich nicht verstanden. Ich habe eine ernsthafte Beziehung. Ich kann es ihm nicht sagen. Ich meine, ich liebe ihn. Können Sie mir nicht sagen, wie groß die Wahrscheinlichkeit ist, daß ich es habe?«

Er sah verärgert aus. »Wenn es nur die eine Nadel war und das Pflaster – dann sind die Chancen gering. Aber es scheint mir, daß Ihr übriges Verhalten Sie in ein größeres Risiko gestürzt hat.«

»Welches Verhalten?«

»Sie sprachen von wechselnden Partnern, deren sexuelle Aktivitäten Sie offensichtlich nicht genau einschätzen können. Und diese wiederum waren mit anderen zusammen, deren Kontakte Sie unmöglich überwachen können.« Ich wandte mich herum und beobachtete, wie er etwas auf sein Klemmbrett kritzelte. Genau wie ich es erwartet hatte, trug er einen Ehering an seiner linken Hand.

»Wie viele Sexualpartner insgesamt – hatten Sie denn?« fragte er.

»Ich weiß es nicht. Ich führe keine Strichliste. Ich meine, nach den ersten fünf schien es keinen Grund mehr zu geben mitzuzählen, und nach den ersten zehn schien es keinen Grund mehr zu geben, damit aufzuhören, weil ich ohnehin nie mehr die werden würde, die ich einmal war. Aber zum Teufel, was soll dieses Fragespiel? Sie sind nicht mein Gewissen. Ich habe mein eigenes Gewissen.«

»Na, dann hoffe ich zu Ihrem eigenen Besten und zum Besten von anderen, daß Sie auf Ihr Gewissen hören.« Er stand auf. »Die derzeitige Empfehlung des Gesundheitsamtes lautet, daß Sie jeden benachrichtigen, mit dem Sie in den letzten fünf Jahren Kontakt hatten –«

»Fünf Jahre!« rief ich und dachte an Davey und Brian und den impotenten Professor, an all die anderen auf meiner Tanzkarte, und es wurde eine lange Liste, die so endlos zu sein schien, wie *le donne di Don Giovanni*. Ich erkannte plötzlich, daß ich in bezug auf Promiskuität Dodie durchaus den Rang abgelaufen hatte. »Aber das gilt nur dann, wenn der Test positiv ausfällt, stimmt's?«

»Das liegt an Ihnen.« Seine Stimme klang ärgerlich. »Wenn Sie sie nicht anrufen können oder wollen, dann schreiben Sie die Namen auf, dann wird jemand vom Gesundheitsamt die Leute benachrichtigen, daß sie sich einem Test unterziehen sollen. Alles wird ganz vertraulich gehandhabt. Niemand kann irgend etwas auf Sie zurückführen.«

Er griff in eine Schublade neben dem Spülbecken und nahm eine Karte heraus, auf der die Nummer des Gesundheitsamtes gedruckt war, die ich in zweiundsiebzig Stunden anrufen sollte, um mein Resultat zu erfahren. Am anderen Ende der Leitung würde ein Berater sitzen, dem ich all die Fragen stellen könnte, die mir auf der Seele brannten.

Er streckte mir die Karte wie etwas Bedrohliches entgegen. »Setzen Sie sich jetzt auf. Aber behalten Sie den Kopf unten.«

Dann legte er die Platte vom Safer Sex mit Kondomen auf, von monogamen Beziehungen und vom Prozentsatz der fälschlich negativ oder positiv Getesteten. Die Schwester brachte mir etwas Saft. Anschließend bezahlte ich am Empfang die Rechnung in bar und schlich mich aus dem Haupteingang. Auf dem Heimweg blieb ich an einem 7-Eleven stehen und kaufte eine Packung Kondome und einen Little-Debbie-Streuselkuchen. In letzter Sekunde folgte ich einem Impuls und gönnte mir zusätzlich einen großen Becher Kaffee mit Haselnußgeschmack. Draußen setzte ich mich in meinen Wagen und versuchte, meine Sorgen mit den tröstlichen Kalorien zu vertreiben. Als ich nach Hause kam, war es 17.30 Uhr, und das dämmrige Licht vor meinem Wohnzimmerfenster erinnerte mich daran, daß Herbst und Winter vor der Tür standen. Ich dachte an Kürbisse, an Truthähne und Lametta und verglich plötzlich die lange Reihe meiner sexuellen Kontakte mit einer weihnachtlichen Lichterkette – eine kaputte Glühbirne, und schon erlischt das ganze Licht.

Ich verstaute die Kondome unter meinem Bett.

Genau wie meine Mutter hatte ich stets eine Kaffeetasse voller matter, gelber Bleistifte und einen hellgrünen Stenoblock neben meinem Telefon, obwohl ich selten irgendwelche Mitteilungen mitschreiben mußte. Ich nahm den Block und einen Bleistift und setzte mich auf mein Sofa, um die Namen meiner Sexualpartner aufzuschreiben. Dann warf ich den Stenoblock zur Seite, holte mir einen linierten Collegeblock und begann die Seite mit Namen zu füllen. Die wenigen Adressen, die ich noch hatte oder an die ich mich erinnerte, fügte ich hinzu, was selten spezifischer war als die Angabe von einem Stadtteil New Yorks. Ich bemerkte, daß ich mit mehr Männern aus Brooklyn zusammengewesen war als von Manhattan, daß aber mehr von Manhattan stammten als aus der Bronx. Außerdem bemerkte ich, daß ich mit jemandem aus Staten Island nie mehr hatte als Oralsex. Ich bemerkte, daß ich nie mit einem Doktor, einem Juristen, einem Priester oder einem Asiaten geschlafen hatte und nach der High-School mit keinem, der weniger aufzuweisen hatte als einen High-School Abschluß. Ich entdeckte, daß ich einen Hang hatte, mich mit häßlichen Osteuropäern einzulassen, die zuviel tranken und *Lee-za, Lee-za* grölten, wenn sie mich bearbeiteten, und die hinterher immer deprimiert wirkten, als ob die physische Anstrengung, mit mir zu schlafen, sie zu einem Punkt getrieben hätte, an dem sie sich am liebsten von der nächsten Klippe gestürzt hätten. Ich bemerkte, daß ich Männer ausprobiert hatte, wie andere Frauen vielleicht Kleider in einem Kaufhaus anprobierten – diese dann nachlässig über einen Kleiderbügel warfen oder sie einfach auf dem Fußboden der Umkleidekabine liegenließen, bis die Verkäuferin sie aufhob und ordentlich über einen Bügel drapierte.

Kurz bevor ich zum Ende meiner Liste kam – von der ich hoffte, daß sie nun vollständig war, denn der Gedanke, auch nur einen weiteren Namen hinzufügen zu müssen, machte mich schwindelig –, dachte ich, wie abartig es wäre, meiner Mutter dieses Blatt Papier anonym zuzuschicken. Sie würde es öffnen und rufen: »*Madonna*, was man heutzutage alles mit der Post zugeschickt bekommt – ist das vielleicht wieder einmal so ein komischer Serienbrief?«

Ich kaute auf dem Ende meines Bleistiftes herum. Eine Zeile war noch frei. Verkrampft hielt ich den Bleistift zwischen meinen Fingern und fügte den Namen des Mannes hinzu, dessen Adresse und Telefonnummer ich binnen einer Woche, nachdem ich zum ersten Mal mit ihm ausgegangen war, auswendig gewußt hatte: *Eben Strauss*.

Scharf zog ich den Atem ein, und voller Hoffnung dachte ich: Warum eigentlich nicht? Warum soll das Gesundheitsamt nicht bei Strauss anrufen und ihm mitteilen, daß eine anonyme frühere Partnerin seinen Namen angegeben hätte, und man wolle ihm vorschlagen, sich dem Test zu unterziehen. Dann wäre Strauss gezwungen, zu mir zu kommen, was er zweifellos auch tun würde, und sagen: »Lisar, ich muß dir etwas Schreckliches sagen. Bitte versuche Verständnis zu haben. Bitte hör mir zu.«

In dem Augenblick erschien mir dieser Plan als die ideale Lösung. Aber während ich auf die letzte Zeile meines Blockes starrte, wurde mir klar, daß ich keine Ahnung hatte, mit wie vielen Frauen Strauss vor mir im Bett gewesen war. Ich wußte, daß er im College eine feste Freundin gehabt hatte – eine Episode, die er ziemlich reumütig mit den Worten beschrieb: *Dank sei Gott, daß man sich nur einmal im Leben auf diese Art verliebt!* –, daß er in seinen Zwanzigern ein Mädchen gehabt hatte, das er seiner Aussage nach nicht geliebt hatte, und in seinen frühen Dreißigern die Psychotherapeutin, mit der er kurze Zeit verlobt gewesen war, bevor er zu der Entscheidung gekommen war, daß sie doch nicht die Richtige war. Aber seit damals? Seit seiner Verlobten? Strauss war sechsunddreißig, ein Alter, in dem seine Eltern ihn liebend gern verheiratet gewußt hätten, und ein Alter, in dem die Anzahl der Abenteuer für gewöhnlich eher abnahm als das Gegenteil. Strauss hatte seine Sturm- und Drangzeit hinter sich. Aber wo? Mit wem? Und wie viele waren es?

Es gibt seit einer ganzen Weile niemanden mehr.

Ich biß so heftig in meinen Bleistift, daß ich plötzlich den kleinen Radiergummi im Mund hatte. Ich spuckte ihn aus. Strauss und ich hatten offensichtlich keinen vergleichbaren Partnerverschleiß. Ein Anruf vom Gesundheitsamt, und er würde entweder intuitiv wissen, wer diese *anonyme Partnerin* war, oder in meiner Wohnung auftauchen und einen Blick auf mein aschfahles, schuldbewußtes Gesicht werfen und sich den Rest an seinen fünf Fingern abzählen.

Ich hob den Hörer ab und rief Strauss an. Eineinhalb Stunden später klingelte er an meiner Tür. Dann zeigte er mir, wie grausam und hart er sein konnte. Binnen fünfzehn hektischen Minuten war unsere Beziehung zu Ende.

KAPITEL VIERZEHN

Der Apostroph steht falsch

In den kommenden trüben Monaten würde ich dieses Gespräch immer und immer wieder abspielen lassen wie eine Fremdsprachenkassette, die einen Dialog wiedergab, den ich ständig wiederholen mußte und dennoch nie verstand. Ich erinnerte mich an jeden einzelnen unserer letzten haßerfüllten, verletzenden und völlig unangemessenen Sätze, angefangen mit meinem völlig entwürdigendem *Autsch!*, das mir über die Lippen rutschte, als er mich zur Begrüßung umarmte und seine Hand sich wie ein Bügeleisen auf meinen sonnenverbrannten Rücken preßte.

»Habe ich dir weh getan?« fragte er und hielt mich auf Armeslänge von sich, wobei er den Kopf herunterbeugte, um mich in dem dunklen Flur besser sehen zu können.

»Du siehst schrecklich aus, Lisar. Ich meine, nicht wie sonst.«

»Ich war beim Arzt.«

»Was hat er –« Er hielt inne. »Entschuldige. Ich war den ganzen Nachmittag mit Peg zusammen. Was hat *er* oder *sie* gesagt?«

»Es war *ein er*«, sagte ich. »Und er sagte mir nichts Erfreuliches.«

Strauss' Augen flatterten. »Wegen deiner Periode?«

»Ich habe meine Periode nicht.«

Er schob seine Brille hoch. »Jetzt bin ich aber etwas ratlos. Am Telefon sagtest du doch, du hättest deine Tage.« Dann zögerte er. »Sind sie zu spät? Willst du mir sagen, daß sie zu spät sind?«

Eine Sekunde lang antwortete ich nicht. Daran hatte ich überhaupt nicht gedacht – der älteste Trick in der Literatur, von zahllosen arglistigen Heldinnen in den Romanen des neunzehnten Jahrhunderts verwendet: sich einen Ehemann zu ergattern, indem man eine Schwangerschaft vortäuschte! Die Umstände waren perfekt: Im Frick-Museum hatte ich Strauss gestanden, die Pille vergessen zu haben. Nicht meine verdorbene Phantasie, wohl aber das Wissen, daß ich zu einem derartigen Betrug nicht fähig war, stürzte mich in noch größere Verzweiflung. Schwer schluckend sagte ich: »Nein, sie sind nicht zu spät.«

»Oh«, sagte er und lächelte traurig. »Hilf mir weiter, Lisar, mit meiner blöden Etikette. Ich vermute, ich muß jetzt vorgeben, erleichtert zu sein.«

Ich knabberte an meiner Lippe. »Woher soll ich wissen, was ein Mann in einer solchen Situation sagen soll –«

»Natürlich.«

Ich trat einen Schritt zurück. »Ich muß dir etwas sagen.«

Er sah mich erwartungsvoll an.

Meine Stimme versagte. »Ich versuche nur, das Richtige zu tun.«

»Natürlich.«

»Warum ›natürlich‹?«

»Weil das deinem Charakter entspricht.«

Ich schüttelte den Kopf. Einen Moment lang sah er mich an, dann warf er einen Blick auf die Wohnungstür, als ob er wünschte, niemals gekommen zu sein. »Was willst du mir sagen?«

»Alles andere als das, was ich dir sagen muß.«

Seine Hand fuhr an sein Jackett. Dieselbe Geste war mir im Büro schon an ihm aufgefallen: Bevor er in ein Meeting geht, streicht er über sein Revers, dann über die Krawatte, als sei sie sein Talisman. »Setz dich, bitte«, forderte ich ihn auf.

Ich wählte die Couch, Strauss setzte sich auf einen Stuhl. Ich begann zu sprechen, dann preßte ich die Fingerknöchel vor den Mund. Strauss gab mir die Kleenexbox, die ich auf den Sofatisch gestellt hatte. Eine halbe Schachtel hatte ich an jenem Morgen bereits aufgebraucht. Ich nahm die Box, zog ein Papiertuch heraus und schneuzte mir die Nase.

Er ächzte. »Irgend etwas ist im Büro passiert, während ich unterwegs war, stimmt's?«

»Es hat nichts mit der Arbeit zu tun«, schniefte ich.

»Womit hat es dann zu tun?«

»Dieses Wochenende –«

»Wo warst du überhaupt über das Wochenende?«

Ich ließ das Papiertuch in meinen Schoß fallen. »Ich war am Strand. Ich bin mit meinem Cousin an den Strand gefahren.«

Strauss betrachtete mich genau. Dann streckte er den Arm aus und schaltete die Stehlampe ein. »Dachte ich mir doch, daß das ein Sonnenbrand ist in deinem Gesicht!« sagte er mit derselben Mißbilligung, die auch mein Vater stets in der Stimme hatte, wenn Carol und ich – *rot wie die gekochten Maine-Hummer*! – nach Hause kamen, nachdem wir uns auf dem sengenden, groben Sand am Lighthouse Beach hatten braten lassen.

»Warum hat dich dein Cousin nicht mit Sonnenschutzmittel eingecremt?«

»Hör auf, ihn zu tadeln.«

Auf Strauss' Gesicht machte sich leichter Ärger breit. »Wer tadelt ihn denn? Ich *kenne* ihn ja nicht einmal –«

»Es ist meine Schuld, es ist alles meine Schuld –«

»*Was* ist meine Schuld, Lisar?«

Ich sagte es ihm. Und nachdem ich es gesagt hatte, gab der Kühlschrank in der Küche plötzlich ein Brummen von sich – wie das leise, weit entfernte Dröhnen eines Bombenflugzeuges –, dann schraubte sich das Geräusch bis zur Unhörbarkeit herunter, worauf Strauss' Fragen, die ich nicht beantworten wollte, wie scharfe Peitschenhiebe auf mich einprasselten: *Warum hast du gelogen? Auch wenn du nur einmal gefixt hast, einmal kann genug sein, stimmt's? Aber wenn es nur ein Einzelfall war, stehen die Chancen nicht schlecht, wenn du nicht noch ganz andere Risiken eingegangen bist. Was hast du noch getan? Was gibt es noch, was du mir nicht erzählt hast?*

»Ich habe mit einer Menge Männer geschlafen«, antwortete ich.

Er klappte den Mund auf, schwieg aber dann. »Mit wie vielen?« fragte er schließlich. »Sei ehrlich, das ist alles, was ich jetzt noch von dir erwarte.«

»Genug, um damit ein großes Blatt Papier zu füllen«, gab ich zurück.

Er legte die Stirn in seine Hand. »Das ist doch ein Witz, hoffe ich.«

»Warum sollte ich wohl *darüber* Witze machen?«

»Eine bessere Frage wäre, warum du etwas Derartiges *überhaupt* tun solltest.«

»Wenn ich ein Mann wäre, würdest du mir diese Frage nicht stellen!«

»Wechsle nicht das Thema. Das hat nichts mit Mann- oder Frausein zu tun.«

»Aber damit, daß mit zweierlei Maß gemessen wird.«

»Es hat zu tun mit – ich weiß nicht, wie ich es nennen könnte –, ja, mit Selbstachtung –«

»Du hast selbst gesagt, daß du einmal mit einem Mädchen zusammen warst, das dir nichts bedeutet hat –«

»– und der puren Anzahl. Die *Anzahl!*«

Ich preßte die Kleenexbox in meinen Schoß. »Welche Anzahl hattest du denn? Mit wie vielen Frauen warst du denn zusammen?«

»Ich bin dir keine Rechenschaft schuldig.«

»Aber ich dir?«

»Ja, das bist du, und du weißt es, andernfalls hättest du diese Unterhaltung nicht herbeigeführt – aber was sind acht gegen deine – wie viele waren es doch noch? Zwei Dutzend?«

»Ein Drittel.«

Wütend funkelte er mich an. »Ich bin des Rechnens durchaus mächtig, Lisar.«

Mit aller Kraft preßte ich meinen Fuß gegen das Tischbein. »Also gut – ich habe einige Fehler gemacht –«

»Aber heutzutage, in unserer Zeit – Fehler in solchem Ausmaß zu machen! Hast du denn niemals eine Zeitung aufgeschlagen? Und diese Unaufrichtigkeit, mir das alles zu verschweigen – das ist etwas, was ich nicht ausstehen kann! Diese Lügen. Und überdies ... so leichtsinnig mit dir selbst umzugehen –«

Ich schob die Taschentücher auf das Sofakissen. »Mein Leichtsinn hat dich aber nicht gestört, als du mich auf deinen Teppich geschubst hast.«

»Moment«, rief er. »Ich habe dich nicht geschubst ... ich hatte nicht vor, dich zu verletzen. Ich hatte nie vor, dich zu verletzen, und jetzt sehe ich, daß es da eine verborgene, sehr ungesunde Seite an dir gibt – nein, unterbrich mich nicht –, die einen absoluten Mangel an Urteilsvermögen und Moralempfinden aufweist. Worum betest zu denn eigentlich am Abend, Lisar?«

»Um Vergebung! Weil ich eine Abtreibung hatte!«

Mein Gesicht brannte vom Sonnenbrand. Ich hatte eine Weile Zeit, das Gefühl auszukosten, denn Strauss saß lange da und schwieg. Schließlich betrachtete er eingehend seinen Handrücken und fragte: »War es meines?«

»Unseres.«

»Wie konntest du nur –«

»Aber es war nicht deines – ich meine unseres –, oder wie du es auch immer nennen willst –«

»Wessen dann?« fragte Strauss. »Oder sollte ich dir diese Frage lieber nicht stellen?«

»Es war kurz bevor ich dich kennenlernte. Erinnerst du dich, als du mich fragtest, ob ich in New York mit jemandem zusammengewesen sei –«

»Hat er dich zu der Abtreibung gezwungen?«

»Er wußte nichts davon. Der Mann war verheiratet – schau mich nicht so an, Strauss! Du dachtest anfangs auch, ich sei verheiratet, das hat dich aber nicht davon abgehalten, ständig in mein Büro zu kommen –«

»Ich kam aus beruflichen Gründen in dein Büro –«

»Ach, wirklich?« fragte ich und war erstaunt über den drohenden Ton, der aus meinem Mund kam.

» – und ich hätte niemals ... eine Beziehung mit dir angefangen, wenn ich geglaubt hätte, du wärest verheiratet –«

»Was weißt du über das Eheleben?«

»Ich kann meine Phantasie benutzen!« rief Strauss. »Ich habe meine Phantasie zu diesem Punkt bereits bemüht, Lisar, und zwar mehr als einmal. Aber jetzt benutz du deine Phantasie: Siehst du denn nicht, wie falsch es von dir war, dich zwischen zwei Menschen zu drängen?«

»Und jetzt benutz du deine Phantasie: Was ist, wenn diese zwei Menschen kreuzunglücklich miteinander waren? Was wäre gewesen, wenn du diese andere Frau, deine Verlobte, geheiratet hättest und wärst total unglücklich geworden, und dann plötzlich hättest du mich getroffen –«

»Und wäre mit dir dann genauso unglücklich geworden?« Sein Gesicht lief rot an. »Hör auf, mich in diese hypothetischen Situation zu drängen, nur um die Aufmerksamkeit von deinen eigenen Fehlern abzulenken.«

Auf der Couch sitzend beugte ich mich nach vorn. »Wer bist du eigentlich, daß du dir ein Urteil erlauben kannst? Du hast ja keine Ahnung davon, was es heißt, in eine Klinik zu gehen und diese Art von Entscheidung zu treffen – denkst du etwa, ich hätte mich gut dabei gefühlt? Denkst du etwa, ich hätte eine andere Wahl gehabt? Was hätte ich denn tun sollen, nach Hause gehen, um vor meiner Schwester, die nicht schwanger werden konnte, ein Baby zu bekommen, und den Rest meines Lebens bei meiner Mutter verbringen? Oh, was weißt du denn schon, du mit deinem feinen Anzug und deiner Krawatte! Du bist ein Mann –«

»Warum sagst du, *du bist ein Mann*, als ob das ein Makel wäre? Welche Art von Mann glaubst du wohl, hätte auch nur für die Hälfte von dem, was du mir erzählt hast, Verständnis? Erzähl mir jetzt bloß nicht, dein Cousin –«

»Und ich erzähle es dir doch – ja, mein Cousin!« rief ich aufgebracht. »Er ist ein besserer Mann als du! Er hat wenigstens Mitgefühl; er versteht zumindest, daß Menschen Fehler machen! Er stand mir wenigstens bei. Wie habe ich nur je annehmen können, daß du mir beistehen würdest?«

»Wie hätte ich denn je auf den Gedanken kommen können –« Strauss' Stimme verlor sich. »Also gut. Laß uns das jetzt beenden. Wir haben beide genug gesagt.«

»Mehr als genug.«

Er zögerte, als ob er dem Echo unserer Worte lauschen würde. Dann standen wir beide plötzlich auf. Da ich nur Socken anhatte – und mich keine hohen Absätze größer machten –, mußte ich mein Kinn heben, um ihm voll ins Gesicht zu sehen. Er streckte mir seine Hand entgegen – aber nicht, um meine zu ergreifen, sondern um die Telefonnummer des Gesundheitsamtes in Empfang zu nehmen, oder der Klinik, wo, wie er sagte, ein Mann sich hoffentlich vertraulich testen lassen konnte.

»Sie geben dir eine Nummer«, sagte ich. »Oder du benutzt einen falschen Namen.«

»Wie ein Verbrecher?«

»Genau«, entgegnete ich. »Du läßt den Test machen und in sechs Monaten machst du einen weiteren.«

Ich reichte ihm die Karte. Ich kannte die Nummer bereits auswendig. Er steckte sie in die Innentasche seines Jacketts.

»Wegen der Arbeit«, sagte er mit einer Stimme, die gezwungen kühl klingen sollte. Es war genau die Art von eisiger Kühle, die ich mir einmal abgerungen hatte, um meine Furcht nicht zu zeigen, als ich auf dem Bahnsteig in der Subway zu einem Kerl sagte: *Hier ist das Geld aus meinem Portemonnaie. Ich gebe Ihnen das ganze Geld aus meinem Portemonnaie, und jetzt lassen Sie mich bitte vorbei.*

»Was ist mit der Arbeit?« fragte ich und versuchte, den Kloß in meinem Hals hinunterzuwürgen.

Er sprach sehr überlegt, als würde er argwöhnen, daß ich mir seine Worte merken und später gegen ihn verwenden würde. »Zu einem großen Teil gebe ich mir selbst die Schuld an dieser Sache«, sagte er. »Zum größten. Es ist offensichtlich, daß diese Sache von Anfang an ein Fehler war, daß ich, daß *wir* beide über ein schlechtes Urteilsvermögen verfügten. Du solltest wissen, daß ich nichts von alledem im Büro gegen dich verwenden werde. Aber ich glaube, du solltest mir dasselbe versprechen.«

»Du hast mein Wort.«

»Das sind wir uns zumindest schuldig.«

»Ich habe es dir gerade versprochen«, sagte ich. »Wenn du meinem Wort überhaupt noch einen Wert beimessen kannst.«

Er zögerte. »In diesem Punkt will ich dir vertrauen.«

»Das sagst du nur, weil du Angst hast, daß ich dich ruinieren könnte.«

»Du hast hast vielleicht eine gewisse Munition, aber –«

»Aber was? Du hast doch das Büro mit zwei Fensterfronten! Aber du könntest mich mit links aus meinem scheuchen –«

»Das wäre unanständig«, sagte er. »Du kennst mich nicht sehr gut, wenn du glaubst, ich wäre dazu fähig.«

»Jeder ist zu allem fähig.«

»Aber zu leben wie du – fähig sein, so zu *leben* wie du –, das ist falsch. Ich muß mich abends in mein Bett legen können, ohne mich für mein Tagwerk schämen zu müssen.«

»Du kannst nachts ohnehin nicht schlafen«, sagte ich. Aber dann – es schien keinen Grund mehr zu geben, es noch länger zurückzuhalten – fing ich an zu schluchzen. »Ich hoffe, du schläfst in Zukunft noch schlechter!«

»Aber ich wollte dich nie verletzen, Lisar«, wiederholte er. »Schau mich an, Lisar, was du zwischen uns angerichtet hast.« Aber ich konnte nicht – ich mußte mich abwenden –, denn auf einmal schien es auf der ganzen Welt keinen schmerzlicheren Anblick zu geben als einen Mann, dem die Tränen in den Augen standen.

Grauer Nebel rollte jeden Morgen durch Westchester. Während des ganzen Septembers fiel schwerer Regen. Als der Herbst ins Land gezogen war, riß ich die Blätter aus meinem Schreibtischkalender und erinnerte mich an die Depression, die immer mit dem Winter einherging, und an die Verzweiflung, die ich stets verspürte, wenn ich nach dem fünften oder sechsten schweren Schneefall des Winters die lange, breite Einfahrt meiner Eltern freischaufelte. Wenn ich dann die kalte Metallschaufel neben der Garage in den Schnee stieß, warf ich sehnsuchtsvolle Blicke auf unseren von Spinnweben überzogenen rotweiß gestreiften Strandschirm, der auf dem alten Gartentisch aus Redwoodholz vor sich hin staubte. Nie fühlten sich meine Füße nasser und meine Hände klammer an, als wenn ich an all die Wintermonate dachte, die noch vor uns lagen, bevor ich meinen Körper wieder in den Sand schmiegen und in die sternförmigen Speichen dieses Strandschirmes blinzeln konnte.

Und genauso fühlte ich mich, seit Strauss meine Wohnung verlassen hatte: Als ob ich nie mehr wieder warm werden würde.

In der Morgendämmerung, wenn der Wecker mit seinem beharrlichen Schrillen in meine Träume stieß, schlug ich auf den Knopf und rollte mich noch einmal herum. Ich war noch zu groggy von der Schlaftablette, die ich am Abend zuvor genommen hatte, so daß ich oft wieder in einen Tiefschlaf verfiel. Ich mußte mich dazu zwingen, aus dem Bett zu steigen und in die Küche zu stolpern, um die Kaffeemaschine anzuschalten, die ich am Abend vorher bereits mit Wasser und Kaffeepulver gefüllt hatte. Während die Filtermaschine fröhlich und munter vor sich hin plätscherte, attackierte ich meine Müdigkeit mit einer Dusche, die so heiß war, daß der Spiegel eine halbe Stunde später immer noch beschlagen war. Anschließend lümmelte ich mich im Bademantel auf die Couch, knabberte einen Müsliriegel und trank zwei Tassen Kaffee. Fünfzehn Minuten verbrachte ich mit der Auswahl meiner Garderobe und mit meinem Make-up (nur für die entfernte Möglichkeit, daß ich den treffen würde, dem ich im Büro aus dem Weg zu gehen versuchte). Dann zog ich Handschuhe und Mantel an und rannte hinunter, um meinen Wagen zu starten. Sogar bei dickstem Nebel und dunkelster Bewölkung setzte ich meine Sonnenbrille auf, denn gewohnheitsgemäß heulte ich auf dem Weg zur Arbeit.

So sehr ich es auch versuchte, in der Firma konnte ich Strauss nicht ganz aus dem Weg gehen. Einmal sah ich in den Rückspiegel und bemerkte seinen Wagen drei Autos hinter mir, auf der langen Zufahrt zum Firmenparkplatz. Ein andermal stürmte ich aus der Damentoilette und prallte gegen ihn und eine Schwadron von Statistikern wie eine Bowlingkugel gegen die zehn Kegel. Um mich für diese überraschenden Treffen zu rüsten, warf ich immer einen prüfenden Blick auf die Parkplätze der Geschäftsführer, wenn ich daran vorbeifuhr. Wenn sein Audi tagelang nicht auf seinem Platz stand, dankte ich Gott für die Erfindung von Städten wie Springfield, Saint Louis oder Kansas City, denn dort würde sich Strauss gerade befinden. Dann konnte ich mich frei durch die Flure von Boorman bewegen, ohne ihm in die Arme zu laufen, wenn ich einen Bericht in ein anderes Büro zu bringen hatte oder in die Cafeteria wollte. Gleichzeitig war ich während dieser Tage aber immer deprimiert, denn seine Abwesenheit bedeutete, daß dies ein weiterer Tag sein würde, an dem ich ihn nicht sehen würde, eine Chance weniger, daß er mich aufhalten oder anrufen würde – um zu sagen: *Das Ganze ist doch lächerlich, ich war ein Narr (und du sogar ein noch größerer!). Was hast du heute abend vor, was hast du den Rest deines Lebens vor? Möchtest du, daß wir uns wieder vertragen?*

Aber er erwies sich als stur, und ich desgleichen. Auch ich griff nicht zum Telefon oder loggte mich in meinen Computer ein, um ihm eine Message zu schicken. Statt dessen öffnete ich meine Schreibtischschublade in meinem Büro und starrte auf den Crakker Jack, den er an dem Tag auf meinen Schreibtisch gelegt hatte, als wir uns trennten. Die Überraschung steckte in einem Päckchen aus dünnem Karton, das über und über mit dem Bild des Cracker-Jack-Matrosen bedruckt war, und das knollige Gebilde darin entpuppte sich als kleine, blaue Trillerpfeife, auf deren Seitenteil POLIZEI aufgedruckt war. Manchmal stellte ich mir vor, ich würde die Pfeife an die Lippen führen und hineinblasen. Er würde den schwachen, heiseren Trillerton hören, der zu einem schrillen Pfiff anschwellen würde, und käme wie ein folgsamer Hund zu seinem Herrchen – zu mir – gelaufen.

Aber warum pfiff ich nicht nach ihm, vor allem nachdem mein erster Test negativ ausgefallen war? Warum versuchte ich nicht, mit ihm zu sprechen, anstatt zu warten, daß er mit mir ein Gespräch suchte?

»Lise«, sagte Dodie zu mir am Telefon. »Vergiß, wessen Schuld es ist. Du bist negativ, was bedeutet, daß er vermutlich auch negativ ist, also rufe ihn an und erkläre einen Waffenstillstand.«

»Das schaffe ich nicht. Das will ich nicht. Ich werde nicht zu seinem hohen moralischen Thron hinaufwinseln. Ich weiß gar nicht, ob ich noch mit ihm zusammensein möchte.« Nur um zu sehen, wie glaubwürdig er klang – und um seine dramatischen Qualitäten zu testen – zitierte ich einen Satz von Donna Dilano aus *Mach langsam, Baby!* (dem ich eventuell einen neuen Titel geben wollte, nämlich *Wenn ich dich richtig verstehe, willst du mir sagen, daß es vorbei ist*). »Einen Vater hatte ich schon einmal«, sagte ich zu Dodie, »und ich brauche nicht noch einen Mann, der mir das Gefühl gibt, ein Stück Dreck zu sein.«

»Himmel, ich hoffe, du hast *diesen* Seifenopern-Satz nicht vor ihm vom Stapel gelassen!«

»Habe ich nicht!« versetzte ich und hielt mich nicht damit auf, ihm zu erzählen, daß Strauss und ich mehr als einen ähnlich gearteten Satz ausgetauscht hatten, die alle direkt einer Episode von *General Hospital* hätten entstammen können.

»Wenn du das gesagt hast«, versicherte mir Dodie, »dann kannst du darauf bauen, daß es vorbei ist.«

»Es ist vorbei. Aber wenn es vorbei ist, warum hört er nicht auf, jeden meiner Schritte zu beobachten? Und ich bin mir ganz sicher, daß er mich beobachtet.«

»Natürlich beobachtet er dich. Wahrscheinlich hat er eine Scheißangst, daß du ihn hochgehen läßt.«

»Ich habe doch versprochen, das nicht zu tun.«

»Vielleicht sucht er nach einer Möglichkeit, dir den Arschtritt zu versetzen?«

»Er hat doch versprochen, das nicht zu tun.«

»Ihr müßt immer noch irrsinnig ineinander verliebt sein, wenn ihr euch an diese Art von Versprechen hält.«

Vielleicht waren wir das einmal. Aber Liebe konnte sich nur zu leicht in Haß verwandeln. Es gab nichts, was einen von uns beiden davon abhalten konnte, dem anderen die Pistole an die Schläfe zu setzen und abzudrücken. Die ganze Angelegenheit kam mir allmählich so simpel (und doch so komplex) vor, wie Dr. Seuss'[10] *Manifest gegen den Eisernen Vorhang*, in dem die Gegner die Mauer erklimmen und sich gegenseitig drohen, sich zu Brei zu schießen. Welche Seite würde zuerst aufgeben?

»Jeden Tag, wenn ich ins Büro komme,« gestand ich Dodie, »habe ich Angst, daß ich den Sack kriege.«

»Viel wahrscheinlicher ist, daß er ihn bekommt. Obwohl ... das kann man nie sagen.« Dodie räusperte sich. Seit neuestem hatte er ständig einen verschleimten Hals. »Was gibt es Neues aus der Liga der Feministinnen im Boorman-Konzern?«

10 Dr. Theodor Seuss (1904-1991) Amerik. Humorist, Illustrator und Autor mehrerer Kinderbücher (Anm. d. Übers).

»Dr. Peg ist zur Zeit häufig außer Haus. Ich glaube, sie ist oft in Hilton Head und kostet jede Minute aus, um noch ein bißchen Golf zu spielen.«

»Du kannst von Glück reden, daß sie dir nicht ihr 5er-Eisen über deine Riesenbirne zog.«

»Wenn ich daran denke, daß wir es ihr vierundzwanzig Stunden später gestehen wollten ... nun, entweder ist sie glücklicherweise sehr vergeßlich, oder sie tut nur so.«

Dr. Peggy Schoenbarger hatte mit Beatrix Potter mehr gemeinsam als nur das Äußere. Je länger ich sie beobachtete, desto mehr kam es mir vor, als würde sie wie der allwissende Autor agieren und mich und Strauss manipulieren wie ein paar wildgewordene, böse Kaninchen, und als sei sie entschlossen, uns in ein Erdloch zu jagen, bis wir aufgeben und reumütig unser Geständnis ablegen. Gegen Ende September begann sie mit mir zu spielen. Eines Tages rief sie mich in ihr Büro, und erschrocken bemerkte ich, daß meine vierteljährliche Mitarbeiterbeurteilung – die Strauss vorbereitet hatte – auf ihrem Schreibtisch lag.

»Mir ist da ein Gerücht zu Ohren gekommen, Miss Diodetto«, begann sie.

Meine Knie wurden weich. Ich nahm Platz und preßte meine Oberschenkel so stark aneinander, daß sich später auf der Innenseite meiner Knie ein kleiner blauer Fleck bilden würde.

»Ich hatte Sie eigentlich nicht für den Typ von Menschen gehalten, den Gerüchte interessieren, Dr. Schoenbarger.«

»Gewöhnlich ist das auch so. Auch gebe ich sie nicht weiter. Aber dieses spezielle Gerücht interessiert mich. Ich denke, dieses Gerücht interessiert mich sogar sehr, und ich werde es an Sie weitergeben, nur um Ihre Reaktion zu sehen.« Sie schenkte mir eine bedeutungsvolle Pause. »Das Gerücht betrifft Mr. Strauss.«

»Oh.«

»Mr. Strauss scheint anzunehmen, daß Karen nicht zurückkommt.«

»Oh.«

»In welchem Fall ihr Posten vakant wäre und in welchem Fall

Sie die logische Nachfolgerin wären.« Sie ließ mich keine Sekunde aus den Augen, während sie sprach. »Mr. Strauss schien der Meinung zu sein, daß Sie Interesse daran hätten.«

»Ach, wirklich?«

»Stimmt das nicht? Es ist unserer Aufmerksamkeit nicht entgangen, daß Sie fast jedes Wochenende im Büro erscheinen.«

Ja, ich war wohl hier – zusammen mit meinem fiktionalen Alter ego. Donna Dilano fühlte sich besser als jemals zuvor. *Wenn sie schon keine professionelle Cartoonistin sein konnte, so waren zumindest die bissigen Karikaturen, die sie von Thomas Akins (der sie höchst kaltblütig sitzengelassen hatte) zeichnete, sowohl Therapie als auch Rache.*

»Außerdem haben Sie große Einsatzfreude bewiesen. In Ihrer letzten Beurteilung hob Mr. Strauss Ihre Verbissenheit hervor –«

Das klang ja wohl kaum nach einem Kompliment.

»– und Ihre harte Arbeit. Ich habe vergessen, wie er sich ausdrückte. Seine Formulierung ist mir etwas zu poetisch erschienen, um tatsächlich von Eben zu stammen.«

Peg hielt sie für poetisch: Ich aber wußte, daß es sich um ein Plagiat handelte. Strauss hatte meine Beurteilung noch einmal überarbeitet und als kleinen Insiderwitz zwischen uns beiden fast verbatim aus dem ersten Kapitel von *Mach langsam, Baby!* zitiert, wobei er lediglich die Zeit und den Namen veränderte:

Donna Dilano erwies sich als Mitarbeiterin, die niemals die letzte Tasse Kaffee trank oder die Glaskanne auf der Heizplatte stehenließ.

Lisa Diodetto hat sich als Angestellte erwiesen, die niemals die letzte Tasse Kaffee trinkt oder die Glaskanne auf der Heizplatte stehenläßt.

»Hier ist sie«, sagte sie und blätterte durch die Seiten. »Irgend etwas über Kaffee. Sie legen also Wert auf Ihren Kaffee. Eben hat ebenfalls eine Schwäche für Kaffee. Aber Koffein ist gesundheitsschädlich. Es ist eine enorme Belastung für Ihr Herz. Aber lassen Sie mich zur Sache kommen.«

»Ja, bitte«, sagte ich. »Ich meine, ich bin neugierig zu hören, was Sie mir zu sagen haben.«

Sie hob eine Augenbraue. »Es gibt da einige Bedenken, Ihr – wie soll ich das ausdrücken? – *Verhalten* betreffend.«

»Ich habe kein *Verhalten*«, sagte ich. »Ich habe ... feste Meinungen.«

»Die Sie auch zum Ausdruck bringen, laut und klar? Vor allem nach dem Mittagessen?«

»Mittagessen?«

»Mr. Strauss scheint der Auffassung zu sein, daß Sie nicht genügend essen –«

»Was?«

»– und daß am Nachmittag Ihr Blutzuckerspiegel sinkt und Sie Probleme im Umgang mit Autorität haben.«

»Das ist doch lächerlich.«

»Dasselbe habe ich ihm auch gesagt. Obwohl ich der Meinung bin, daß Sie es durchaus vertragen könnten, etwas mehr zu essen. Einiges mehr sogar.« Peg blätterte hastig eine Seite weiter, als ob es ihr peinlich gewesen wäre, sich selbst dabei zu ertappen, eine der Kardinalregeln der Feministinnen gebrochen zu haben, die besagte daß eine Frau niemals einen Kommentar über das Gewicht einer anderen Frau abgibt. »Nun, wollen wir einen Blick in die Rubrik *Kollegialität* werfen. Mr. Strauss schrieb: *Zu gegebener Zeit wird Miss Diodetto die Dynamik des Firmenlebens besser verstehen.* Was soll das bedeuten?«

»Ich habe keine Ahnung. Vielleicht schrieb Mr. Strauss diesen Satz, nachdem er begann, auf seine Vollkornkekse und sein Glas Milch zu verzichten.«

Sie sah mich fest an.

»Mir ist aufgefallen, daß er ein Problem hat, Klarheit in seine Prosa zu bringen«, fügte ich hinzu.

»Ja, seine Memos sind manchmal etwas oberflächlich. Hier haben Sie wenig Punkte erzielt. Eine Sechs.«

»Mr. Strauss ist ein harter Richter.«

»Aber ein fairer, finden Sie nicht?«

»Nicht immer.«

»Sind Sie mit diesem Punkt nicht einverstanden? Sie haben die Beurteilung doch unterzeichnet?«

»Ich wollte keinen Streit anfangen. Ich setze mich ungern mit ihm auseinander.«

»Er stellt die Geschichte aber anders dar. Er sagte, er hätte es so formuliert, weil Sie streitlustig seien. Sind Sie es nun oder nicht?«

»Was?«

»Streitlustig.«

Manchmal überraschte ich mich sogar selbst mit meiner Chuzpe. »Ich hoffe, Sie nehmen es mir nicht übel, wenn ich sexistische Verallgemeinerungen vorbringe, Dr. Schoenbarger.«

»Ich bitte darum.«

»Wenn ein Mann behauptet, eine Frau sei streitlustig, dann für gewöhnlich deshalb, weil sie nicht hundertundeinprozentig damit einverstanden ist, was er sagt.«

Sie lächelte grimmig, und ich fragte mich, wie viele starrsinnige Debatten sie bereits auf dem Rücksitz dieser Stretch-Limousinen mit ihm geführt hatte.

»Sie müssen jetzt mal mit uns hinaus auf die Fairways, Miss Diodetto. Mr. Strauss hat einen grauenhaften Slice. Wie steht's mit Ihrem Abschlag?«

»Gnadenlos«, versicherte ich, und mit dieser Bemerkung war ich so gut wie befördert. Außerdem war ich so gut wie aufgenommen im Kreis der Lesben.

»Achtzehn Löcher«, sagte sie, »beim ersten Sonnenstrahl im Frühling.«

Ich schluckte. Ich war bis dato nur ein einziges Mal auf einem Golfplatz gewesen – außer natürlich der Minigolf-Version –, damals lag ich bäuchlings auf meinem Schlitten und raste verbotenerweise die steilen Hänge des öffentlichen Golfplatzes hinunter. Nicht ein einziges Teil meiner gesamten Garderobe war kariert. Ich war sicher, ich würde mit Karo genauso dämlich aussehen wie Benjamin Bunny mit einer Schottenmütze. Aber nun konnte ich nicht mehr zurück. Bei dem Gedanken, ich könnte Strauss völlig abzocken, schienen Pegs Augen freudig zu funkeln.

Der ganze Oktober war völlig verregnet, und die meisten Blätter waren bereits abgefallen, als die Sekretärinnen eine dieser gräßlichen Partys für Karen veranstalteten, bei der ihr die Geschenke für ihr Baby überreicht wurden. (»Also, jede von Euch – auch die, die keine Kinder haben – schreibt ein paar ermutigende Worte oder Ratschläge für Karen auf eine Karte, diese Karten kleben wir dann alle in ein Buch, darin kann sie dann blättern, wenn sie nachts um zwei todmüde das Baby stillt!«)

Nachdem Karen ihren Jungen zur Welt gebracht hatte – und ich mich allmählich an den Gedanken gewöhnt hatte, daß sie nach ihrem sechswöchigen Mutterschaftsurlaub zurückkommen würde –, wurde ich vom Big Boß persönlich in die Personalabteilung gerufen, einem Mann mit einem Namen wie aus einem alten Western: Wayne Lamarr.

Kaum hatte ich sein Büro betreten, setzte mein Herz aus, denn dort saß auch die unergründliche Dr. Margaret Schoenbarger. Jetzt ist es soweit, dachte ich, jetzt setzen sie dich vor die Tür!

»Begrüßung, Miss Diodetto«, sagte sie.

Ich versuchte *hi*! zu sagen, aber die verkrüppelte Silbe, die aus meinem Mund kam, hörte sich eher wie *hoy!* an. Ich nickte Mr. Wayne Lamarr zu, und um mich abzulenken, fragte ich mich, ob er wohl aus Tennessee oder doch aus Kentucky stammte.

Mr. Lamarr begrüßte mich herzlich – mit einem Akzent, der eindeutig aus New Jersey stammte – und bat mich, Platz zu nehmen. Zögernd ließ ich mich auf dem Besuchersessel gegenüber seinem Schreibtisch nieder, als wäre es ein elektrischer Stuhl.

»Wir warten noch auf Mr. Strauss«, informierte mich Mr. Lamarr, worauf ich augenblicklich Ausschau nach dem Papierkorb hielt, aus Angst, ich müßte mich übergeben. Nach zwei zittrigen Minuten – während denen Mr. Lamarr und Dr. Peg eine hitzige Debatte über die wahren Hintergründe der Greenfee-Erhöhung im hiesigen Country Club führten – schritt Strauss herein. Ich schoß hoch, als ob der Pfarrer während der Bibelstunde den Raum betreten und die Nonnen den Befehl erteilt hätten: »Der Herr Pfarrer! Aufstehen, Kinder!«

Strauss rettete mich, indem er mir die Hand schüttelte und mit betont ruhiger Stimme sagte: »Nehmen Sie bitte wieder Platz. Wir haben eine schöne Neuigkeit für Sie.«

Er überließ es Mr. Lamarr, sie mir zu unterbreiten. Karen hatte beschlossen, der Mutterschaft den Vorrang vor ihrer Karriere einzuräumen (an dem Punkt runzelte Peggy die Stirn), und hatte gekündigt. Nach eingehender Beratung mit den betroffenen Parteien würde sich die Personalabteilung freuen, mir Karens ehemalige Position anbieten zu dürfen.

Außer Mr. Lamarr wagte ich niemanden anzusehen. »Ich dachte, die Stelle müßte ausgeschrieben werden«, sagte ich. »Wegen des Programms gegen die Diskriminierung von Minderheiten und Frauen.«

Die Art, wie Mr. Lamarr seinen Stifteköcher fixierte, machte es klar, daß sich das Trio, das hier versammelt war, diesbezüglich bereits einige Gedanken gemacht hatte.

»Das umgehen wir durch –«

»Wir umgehen gar nichts«, unterbrach Peggy. »Wir stellen diese Sache als interne Beförderung dar, ganz abgesehen davon ist sie eine Frau, –«

Ich sah, wie sich Strauss' Slipper auf dem Teppich nach vorn bewegte.

»– und niemand kann – oder *sollte* – etwas gegen mehr Frauen in Managementpositionen bei Boorman haben«, beendete Peggy ihre Rechtfertigung.

Es folgte eine feindliche, testosterongeladene Stille. »Ich nehme an«, platzte ich heraus – drei Worte, von denen mich vermutlich bei der Gehaltsverhandlung jedes 1.000 Dollar kosten würde. »Ich wollte sagen, ich bin sehr interessiert«, schob ich nach. »Könnten Sie mir bitte die Verantwortlichkeiten erläutern und mir Näheres zu meinem Gehalt sagen?«

Während der folgenden Unterhaltung versuchte ich festzustellen, wie heftig und mit welchen Mitteln, abgesehen von dem Argument mit den Minderheiten – und dem Frauenprogramm, sich Strauss meiner Beförderung widersetzt hatte. Schließlich kam ich zu dem Schluß, daß er genau das Gegenteil getan hatte, vermutlich, um Verdachtsmomenten gegen sein eigenes übles Verhalten vorzubeugen. Während der ganzen Besprechung blieb er sachlich und kühl. Als er an der Reihe war, etwas zu sagen, meinte er nur: »Sie sollten mittlerweile wissen, was ich von Ihnen erwarte, Lisar.«

Kaum hatte er meinen Namen ausgesprochen – falsch, wie üblich – warf mir Dr. Schoenbarger einen prüfenden Blick zu, als hätte man sie soeben informiert, daß sie mich seit meinem ersten Tag bei Boorman mit dem falschen Namen angesprochen hätte. Nervös schlug ich nun die Beine andersherum übereinander und fühlte, wie sich im Schritt meiner Strumpfhose Schweißperlen sammelten.

Die formelle Benachrichtigung über meine Beförderung kam per Brief – getippt auf zwanzigpfündigem, cremefarbenem Papier mit geprägtem Briefkopf – und war von Strauss und Dr. Margaret Schoenbarger unterschrieben. Meine formelle Annahme bestand aus einem ebenfalls getippten Brief an Peggy und Strauss, in dem ich ihnen für das in mich gesetzte Vertrauen dankte und versprach, alles zu tun, um ihren hohen Erwartungen gerecht zu werden. Den schreienden Druckfehler, den ich in der Zeile über der Anrede (*Liebe Ms. Diodetto*) gefunden hatte, nämlich *Forschung und Entwickelung*, erwähnte ich nicht. Meinen Brief las ich zwanzigmal Korrektur, bevor ich die Sekretärin – in einem Tonfall, der, wie ich hoffte, meiner neu gewonnenen Autorität Ausdruck verlieh – bat, ihn weiterzuleiten.

Boß zu sein, entdeckte ich, war nicht einfach. Erstens durfte ich nicht zu spät zur Arbeit erscheinen. *Begrüßung* wurde aus meinem Vokabular gestrichen. Ich hörte auf, den Vorstandsvorsitzenden als *Schluckspecht Dick* zu bezeichnen. Ich mußte länger im Büro ausharren als alle anderen (was ich ohnehin immer getan hatte), und niemand aus meiner ganzen Abteilung schlug mir mehr vor, zur Kaffeepause Donuts zu holen, oder plauderte mit mir neben der Kaffeemaschine über die Pläne für das Wochenende. Meine Kolleginnen – nun meine Untergebenen – waren einmal gehässig, ein andermal so begierig darauf, sich bei mir einzuschleimen, daß ich sofort ahnte, sie würden mich in der nächsten Minute fragen, ob es mir recht sei, sich für kommenden Freitag und Montag Urlaub zunehmen. Nachdem meine Beförderung in einer Abteilungssitzung bekanntgegeben worden war, gratulierte mir nur die Hälfte von ihnen mit einem Anflug von Ehrlichkeit.

Ich versuchte mir einzureden, daß niemand in der Firma – abgesehen von Hook und vielleicht Gussie, möglicherweise nun auch Peggy – von mir und Strauss wußte. Dieser Wunschgedanke zerbröckelte an jenem sonnigen Novembertag, als Karen ins Büro kam, um ihr Baby vorzuführen. Als sie die Kunststofftrage, in der ihr schlafendes, dick vermummtes Baby lag, in das Büro trug, das einmal das ihre gewesen war, fühlte ich mich unbehaglich. Denn kaum war ich in ihr ehemaliges Domizil eingezogen, hatte ich von der Hausmeisterei die Jalousien erneuern, die Drucke von der Wand nehmen und die Möbel verrücken lassen – genauso, wie man es sich von geschiedenen Leuten erzählt, die in dem Moment das Haus neu dekorieren, in dem der Partner von der Bildfläche verschwindet. Ich dachte, Karen würde sich ärgern. Aber sie stellte die Trage mit dem Baby neben meinen Schreibtisch und sagte, sie freue sich, mich wiederzusehen.

»Haben Sie etwas dagegen, wenn ich die Tür schließe?« fragte sie.

»Keinesfalls.«

»Einer der Gründe, warum ich heute kam, war, weil ich dachte, wir sollten einmal einen kleinen Plausch miteinander führen.«

Kleiner Plausch klang auf jeden Fall ziemlich bedrohlich. Während sie die Tür schloß, rief ich mir die Tatsache ins Bewußtsein, daß ich jetzt auf dem Stuhl der Macht saß – dem Bürosessel –, während sie auf den Stuhl mit der senkrechten Lehne verbannt war, der eindeutig der Besucherplatz war. Ich fragte sie, wie es ihr denn ginge, bewunderte das Baby (ein süßer, pausbackiger Knuddel mit so zarten Fingern, daß ich nicht widerstehen konnte und mich nach vorn beugen mußte, um es zu streicheln) und dankte ihr, mich als ihre Nachfolgerin empfohlen zu haben.

Darauf versicherte mir Karen, daß sie absolutes Vertrauen darauf hätte, daß ich das Schiff durch einen Sturm steuern könnte. Sie setzte das nautische Thema fort – brachte aber die Metaphern völlig durcheinander, so, daß ich mich zu fragen begann, wieviel

Schlaf sie wirklich in der Nacht bekam – und erklärte mir: »Wir haben hier eine erstklassige Crew, wenn wir auch ein paar unglückliche Camper darunter haben, so bekommen wir doch die bestmögliche Unterstützung von den Kommandeuren ganz oben.« Hier legte sie eine Pause ein. »Aber es ist ein großer Unterschied, wenn man plötzlich selbst derjenige ist, der die Befehle zu geben hat.«

Ich nickte.

»Man muß sehr aufpassen, was man sagt und tut.«

»Das stimmt.«

»Ich hoffe, Sie nehmen es mir nicht übel, wenn ich Ihnen einen kleinen Ratschlag gebe?«

»Keineswegs.«

»Ich meine es wirklich nur gut.«

»Selbstverständlich.«

»Da ich nicht mehr hier arbeite, habe ich ja auch keine bösen Hintergedanken –«

Ich bestätigte die Wahrheit ihrer Aussage. Das Baby begann gurgelnde Laute von sich zu geben und seufzte zufrieden. Nach einem schnellen prüfenden Blick nach unten, der zu ihrem neuen Job und Leben gehörte, erzählte sie mir eiligst, daß ich nach ihrem Dafürhalten wissen müßte, daß mit einigen der Mädchen in der Abteilung vermutlich Schwierigkeiten auf mich zukommen würden, weil sie der Meinung seien, ich würde die Position nicht verdienen.

Mein Gesicht begann zu glühen. »Ich sehe nicht ein, warum. Ich arbeite genauso hart, wenn nicht härter als alle anderen. Und außerdem bin ich jedes Wochenende hier im Büro –«

»Lisa, bitte. Ich habe Sie schließlich für diesen Job vorgeschlagen, ich *will*, daß Sie Erfolg haben, ich versuche doch nur zu helfen. Ich finde nur, Sie sollten vorsichtig sein. Es geht da ein Gerücht –«

»Welches Gerücht?«

»Völlig ungerechtfertigterweise, das weiß ich. Daß Sie mit jemandem von ganz oben liiert seien.«

»Das ist nicht wahr«, teilte ich Karen mit und war aus tiefster

Seele dankbar, dieses eine Mal wenigstens nicht lügen zu müssen. Dennoch erschrak ich, daß der ölige Schlick des Geredes sich bereits so weit ausgedehnt hatte, daß sogar jemand, der gar nicht mehr in der Firma arbeitete, darin eingeweiht war. Da ich wußte, sie würde nach dem Verlassen meines Büros die Runde durch das ganze Gebäude machen, um mit ihrem Baby zu prahlen (und ihre Neuigkeiten sowie einen Teil der meinen mit dem Einführungssatz preisgeben: *Ich will ja keine Gerüchte verbreiten, aber ...*), sagte ich zu ihr: »Tatsache ist, daß mein Freund in der Stadt lebt. Er ist mein Finanzberater. Es ist uns beiden ziemlich ernst miteinander.«

»Oh! Wie wundervoll«, flötete sie. »Das freut mich aber!«

»Wir wollen heiraten –«

»Wie wundervoll!« wiederholte sie. »Lisa, ich freue mich so für Sie! Sie haben es sich wirklich verdient, glücklich zu sein.«

Ich lächelte sie schmallippig an. »Es würde mich interessieren, woher Sie diese andere Geschichte haben.«

Karen schüttelte den Kopf und meinte, es täte ihr leid, überhaupt davon gesprochen zu haben. »Ich habe diese Story über Sie sowieso nie geglaubt«, versicherte sie und beugte sich hinunter, um den Fuß ihres Babys zu streicheln. »Aber damit Sie was zum Lachen haben, man erzählt sich es wäre Mr. Strauss –«

Ich versuchte mir ein Kichern abzuringen, aber meinem Mund und meiner Nase entfleuchte nur ein ferkelartiges Grunzen.

»Na, ich weiß doch, wie er sie anödet, Lisa! Und wer würde schon so eine Dummheit begehen, wo doch Dr. Schoenbarger hinter der nächsten Ecke steht, wie die – wie haben Sie sie einmal genannt? – *die Präsidentin der Feministinnen-Polizei*? Außerdem – nicht daß es mir etwas ausmachen würde – weiß doch jeder hier im Haus, daß Mr. Strauss höchstwahrscheinlich vom anderen Ufer ist –«

»Wie kommen Sie denn darauf?« fragte ich.

Glücklicherweise war Karen zu sehr von ihrem Baby in Anspruch genommen, um die Schärfe in meiner Stimme wahrzunehmen. »In all den Jahren, die er hier arbeitet, ist er nicht einmal mit einer Frau gesehen worden. Er hat auch noch nie jemanden zur Weihnachtsfeier mitgebracht –«

»Vielleicht verabredet er sich nur mit Jüdinnen.«

»Oh! Das würde natürlich einen Sinn ergeben«

»Warum würde das einen Sinn ergeben?«

Verlegen sagte Karen, »Ich habe nur gemeint, daß ich über diese Frage noch nie nachgedacht habe.«

»Oh«, fuhr ich fort. »Ich dachte schon, Sie wollten womöglich Mißbilligung gegenüber zwischenkonfessionellen Beziehungen zum Ausdruck bringen.«

»Warum sollte ich etwas gegen zwischenkonfessionelle Beziehungen haben? Sie wissen doch, daß mein Mann der Methodisten-Kirche angehört, während ich den Kongregationalisten angehöre.«

»*Das* muß ja zu unerhörten Problemen führen!«

»Ja, aber sie sind nicht unüberwindbar. Ich wollte eigentlich nur sagen, daß ich vergessen habe, daß Mr. Strauss Jude ist.«

»Aber daß er ein heimlicher Homosexueller ist, haben Sie nicht vergessen.«

Plötzlich sah sie mich scharf an. »Habe ich irgend etwas gesagt, was Sie beleidigt hat? Lisa, ja, ich bin mir ganz sicher, Sie irgendwie beleidigt zu haben –«

»Aber nein«, sagte ich schnell, um meine Spuren zu verwischen. »Sie wissen doch, daß ich einen Cousin habe, der schwul ist –«

»Tut mir leid –«

»– und mein Freund – nun, na ja, unter uns gesagt, mein Verlobter –, er ist Jude, das ist alles, und seit ich mit ihm gehe, bin ich eben ein bißchen sensibel gegenüber ... hm ... religiösen Angelegenheiten.«

Karen wirkte plötzlich besorgt. »Ich hoffe, Sie sind sich dessen bewußt, was auf Sie zukommt, Lisa. Ich meine, ich wünsche Ihnen natürlich Glück.«

Ich lächelte Karen an, bis meine Lippen schmerzten, und lenkte die Unterhaltung dann wieder auf ihr Baby. Karen begann ein derart langes Loblied auf die Vorzüge des Stillens zu singen, daß ich befürchtete, ihre Brüste würden zu tropfen anfangen und ihren – natürlich mit Monogramm versehen – Pulli durchtränken. Endlich kam sie zum Ende ihrer Lektion über die Vorzüge der La-Leche-Liga und sagte: »Mein Gott, wo ist die Zeit nur geblieben? Ich habe doch allen versprochen, hallo zu sagen. Ich denke, ich fange bei Mr. Strauss an.«

Obwohl ich wußte, daß ich mich dadurch tief in die Bredouille reiten könnte, konnte ich einfach nicht widerstehen: »Glauben Sie wirklich, daß Mr. Strauss schwul ist?«

»Sie etwa nicht?«

»Ich bin in der Richtung gewöhnlich etwas begriffsstutzig«, sagte ich. »Aber ich bin neugierig. Wodurch erhält man denn den Eindruck, daß ein Mann homosexuell ist? Oder schwul? Oder wie man es auch immer nennen will.«

»Nun, eigentlich sind es Kleinigkeiten. Erstens, er kleidet sich gut ...«

»Oh, finden Sie? Er hat ein paar richtig scheußliche Krawatten.«

»Und er schickte mir Blumen, als ich während der Schwangerschaft das Bett hüten mußte mußte. Ich meine, er ist einfach zu nett, um normal zu sein –«

»Aber, aber«, sagte ich. »Was sagt das denn über Ihre Haltung Männern gegenüber aus?«

»Ja, Lisa«, begann sie, »*Ihre* Haltung Männer gegenüber ist sehr klar.«

»Welche Haltung habe ich denn?« fragte ich. »Sagen Sie's mir.«

Es war mein Glück, daß das Baby diesen Moment wählte, um zuerst zu gurgeln, dann den Mund aufzusperren und schließlich zu spucken – hervor quoll ein großer, gelblicher, käsiger Schwapp, der abscheulich aussah und ebenso roch.

»Oh, mein Gott!« rief Karen. »Wie schrecklich. Es tut mir leid –«

»Ist schon gut«, sagte ich gnädig, und war entzückt darüber, daß sie das Erbrochene abwischen mußte.

Das Baby fing zu weinen an.

»Jetzt muß ich aber gehen«, sagte Karen.

»Natürlich.« Ich lächelte, wünschte Karen alles Gute und viel Glück mit dem Baby – aber ich verkniff es mir, in das mit Resten von Erbrochenem verschmierte, lustige kleine Kinn zu zwicken, bevor sich die beiden auf den Weg machten. Anschließend setzte ich mich an den Computer und begann mein Resümee zu aktualisieren. Zwei Stunden später war ich in der Damentoilette, wo mich eine Designerin aus der Grafikabteilung aufhielt. Zuerst duckte sie sich, um zu schauen, ob unter einer der Toilettentüren Füße zu sehen waren, dann flüsterte sie: »Ich weiß, es soll noch ein Geheimnis bleiben – aber ich muß Ihnen schon jetzt gratulieren – ich hörte, Sie werden bald den Bund fürs Leben schließen!«

Strauss und ich bekamen unsere wohlverdiente Strafe beim nächsten Abteilungsmeeting im kleinen Sitzungssaal, wo die Personalabteilung das neue Kompendium über sexuelle Belästigung am Arbeitsplatz vorstellen sollte. Anwesenheit war Pflicht. Aus juristischen Gründen – *Boorman Pharmazeutik ist gesetzlich verpflichtet, jeden seiner Angestellten umfassend über den Inhalt besagten Kompendiums zu informieren* – mußte eine Anwesenheitsliste unterzeichnet werden; wir wurden alle gebeten, unsere Namen auf eine Liste zu setzen, bevor wir Platz nahmen. Absichtlich hielt ich mich im Hintergrund. Strauss' auffallend schwungvolle Unterschrift war auf Zeile 23 des numerierten Blattes. Ich unterzeichnete auf Zeile 27 – und 28, denn während ich meinen Namen schrieb, warf ich hektische Blicke durch das Auditorium, um festzustellen, wo er Platz genommen hatte, damit ich mich auf der gegenüberliegenden Seite des Raumes niederlassen konnte. Meine Unterschrift landete folglich auf zwei Zeilen und sah aus, als wäre sie aus der Feder einer gespaltenen Persönlichkeit geflossen.

Meine Bemühungen waren jedoch vergebens; Mr. Lamarr winkte mich an die Stirnseite. Nur für den Fall, daß sich Formulierungsfragen ergeben sollten, bat er mich (als die Redakteurin, die das Siegel unter die endgültige Fassung drücken würde) in die erste Reihe, zusammen mit einem Sozialarbeiter, der uns eine Tonbandaufnahme vorspielen würde, einem Hausjuristen und unseren Chefs, Dr. Peggy Schoenbarger und Eben Strauss.

An jenem Morgen hatte ich – da ich wußte, daß ich Strauss in dieser absurdesten aller Situationen treffen würde – eine Kombination aus provokativen und seriösen Kleidungsstücken angezogen. Über den Dessous von Natori, die mir Strauss geschenkt hatte, trug ich eine halbtransparente Bluse und einen schwarzen Rock, dem Ganzen gab ich einen keuschen Touch, indem ich darüber einen hellblauen Wollblazer anzog.

Obwohl mein Rock über dem Knie endete, so war er dennoch nicht kurz genug, um den kritischen, unverblümten Blick von Dr. Schoenbarger zu rechtfertigen, der mich traf, als ich an ihr vorbeimarschierte. In dem Moment wurde mir bewußt, daß sie jetzt mehr wußte als noch eine Woche vorher. Mein Gesicht lief rot an, als ich zum letzten freien Platz in der Reihe ging, der – wie konnte es auch anders sein – rein zufällig direkt neben Strauss lag.

»Guten Morgen«, sagte Strauss mit einer Stimme, die mindestens fünfunddreißig Grad kälter war als die, mit der er mich damals, als ich das erste Mal in seinem Bett aufwachte, im Morgengrauen begrüßt hatte.

»Guten Morgen«, wiederholte ich.

Er sah zur Seite. Als ich mich setzte, nahm er seinen Arm von der Armlehne, um zu vermeiden, daß er mich berührte. Ich sah auf seine Beine – ich zumindest hatte keine bösen Absichten in bezug auf seine Knie – und ich mußte mich zwingen, nicht auf seine Hände zu starren. Am liebsten hätte ich sie berührt. Vielleicht wünschte er sich daßelbe, denn er sah auf meine Finger hinunter, die sich krampfhaft an Bleistift und Block festklammerten.

Ich ließ den Stift auf meinen Block fallen, als wollte ich sagen: *Keine Bange, ich werde mir keine Notizen machen.*

»Wie geht es dir?« fragte er leise.

»Gut, danke. Und dir?«

»Ebenso.« Nach einem Moment des Schweigens fügte er hinzu: »In deinem Büro läuft alles glatt?«

»Natürlich.«

Außer wenn mein Blutzuckerspiegel sinkt, nachdem ich das Mittagessen ausgelassen habe.

Er fummelte an seiner Hemdmanschette herum, und ich bemerkte, daß sie ein bißchen angeschmutzt war. »Du weißt ja, du kannst jederzeit mit Peggy sprechen, wenn du Probleme haben solltest …«

»Ich muß nicht mit Peggy sprechen«, sagte ich. »Außer Peggy hat sich dir gegenüber kritisch über mich geäußert ...«

»Niemand hat Kritik an dir geäußert«, sagte er mit sanfter Stimme. »Es gibt nichts, worüber du dir in dieser Richtung Sorgen machen müßtest.« Dann drehte er sich auf die andere Seite, wo einer der Hausjuristen saß, und widmete ihm dieselbe Zeit.

Ich knabberte auf meinen Lippen herum und wünschte, ich könnte ihn fragen: Wieviel weiß Peg? Und wer – wenn überhaupt – wird dafür bezahlen müssen? Mein Magen verschlang sich zu einem festen Knoten. Ich wollte, ich hätte mich an dem Tag krank gemeldet und das Meeting am nächsten Tag mit der Finanzverwaltung absolviert. Wie hatte ich nur jemals annehmen können, daß die Abteilung Forschung und Entwicklung – Geist versus Muskeln – die aufregendste bei Boorman sein konnte? Ich wandte den Kopf und überflog schnell das Auditorium. In dem Meer von gelangweilten Gesichtern aus F&E ergab sich ein deutlich sichtbares Muster: Frauen ohne Befugnisse, das heißt, die Sekretärinnen und die gesamte Redaktion, saßen links. In der mittleren Sitzreihe saßen Frauen mit etwas mehr Verantwortung – einige der Labortechnikerinnen und die Chefin der Grafik (die, am liebsten hätte ich Strauss darauf aufmerksam gemacht, eine grell pinkfarbene Brille trug – keine grüne!) – sowie all die kurzsichtigen Wissenschaftler. Ganz rechts außen saßen all die alten Hasen aus unserer Abteilung – die größtenteils Strauss unterstellt waren und daran arbeiteten, die neuesten Medikamente auf den Markt zu bringen. Ich konnte mir nicht einmal vorstellen, was diese Kerle den ganzen Tag machten, außer mit Papier- und Aktenstapeln durch die FDA, die staatliche Zulassungsstelle für Medikamente, zu hetzen oder sich von Universitätsdekanen, die auf Sponsorengelder der Firma Boorman scharf waren, zum Dinieren einladen zu lassen, , um damit ihre eigenen Laboratorien zu wichtigen Forschungsinstitutionen ausbauen zu können.

Meine Stimmung war so essigsauer wie der Krautsalat in der Cafeteria und wurde noch sauerer, als das Meeting von Dr. Peggy Schoenbarger eröffnet wurde.

Die Präsentation bestand aus einer hochtrabenden Einführung

von Wayne Lamarr und einigen kurzen Worten von Peggy, die besagten, daß sexuelle Belästigung gegen das Gesetz verstieß und nicht toleriert werden würde. Der Sozialarbeiter tischte uns ein paar langweilige Platitüden auf und führte uns einen Film vor. Strauss und ich waren nicht einmal miteinander im Kino gewesen, dachte ich, als das Licht ausging und das Video zu flackern begann.

Ich wußte, der Film würde etwa fünfzehn Minuten dauern, genau wie die Vorfilme, die sie immer im Roger-Sherman-Kino brachten, um das Publikum davon zu überzeugen, daß ihm für sein Geld auch etwas geboten wurde. Meist waren es Dokumentarfilme mit erzieherischem Unterton, die hauptsächlich deshalb gedreht worden zu sein schienen, um die ausgelassenen Kids in den ersten Reihen zu ermutigen, Popcorn auf die Leinwand zu schleudern, und um die lüsternen Teenager, die sich unter dem Balkon in die hintersten Sitze gefläzt hatten, zu inspirieren, sich gegenseitig zu begrapschen. Die übertrieben diensteifrigen Stimmen der Sprecher (einer schlichten Brünetten im roten Blazer und eines Mannes im blauen Blazer, der bei näherem Hinsehen dem Tidy Bowl Man bemerkenswert ähnlich sah) erinnerten mich an die Filme, die man uns am Anfang der High-School im Rahmen der Gesundheitserziehung gegen den energischen Widerstand unseres Priesters, dem Erzbischof von Hartford, sowie einiger unserer Mütter, die gut genug Englisch sprachen, um ihren Protest artikulieren zu können, gezeigt hatte. Diese Filme warnten vor den Gefahren des Drogen- und Alkoholmißbrauchs. Sie definierten *Syphilis* und *Gonorrhöe.* Sie erklärten, wie Babys gemacht wurden, und zeigten sogar eine Szene, bei der meine Ohren glühend heiß geworden waren und die das Blut in meinen Adern gefrieren ließ: Die letzten drei Minuten einer echten Geburt. Obwohl ich mich gezwungen hatte, mit den anderen mitzukichern, waren mir die Wehen mehr als real erschienen. Mein Herz hatte vor Furcht wild geschlagen, und ich hatte meine Lippe blutig genagt, um nicht in Tränen auszubrechen, als das blutverschmierte Baby herauskam, worauf es der Vater triumphierend hochhob und dann der Mutter auf den Bauch legte, während die dunkelrote Nabelschnur immer noch heftig pulsierte.

Boormans Film aber verfehlte bei mir die Wirkung. Es war eine Billigproduktion, die diverse unangemessene verbale und physische Verhaltensbeispiele zeigte. Es wurden Männer gezeigt, die Kolleginnen *Herzchen, Zuckerpüppchen* oder *Schätzchen* nannten, die sich neben dem Kopierer zu nahe an Frauen drängten oder ihnen über den Konferenztisch hinweg zuzwinkerten. Nach jeder Szene wurde die Frage eingeblendet – IST DAS SEXUELLE BELÄSTIGUNG? –, die stets mit einem eindringlichen JA beantwortete wurde. Obwohl die Sprecher von *subtiler Nötigung* sprachen, waren die gezeigten Avancen alltäglich genug, um zur Happy hour in jede Cocktailbar zu passen. Die Handlung war vorhersehbar, und die Charaktere nicht komplexer als x-beliebige geile, weiße, heterosexuelle Männer aus dem Mittleren Westen in Arrow-Hemden und Van-Heusen-Hosen sowie ihre keuschen, weiblichen Äquivalente in Polyesterkleidern. Einer der Akteure glich vage Hook Roberts, aber das war auch das äußerste an Realismus, das der Film aufzuweisen hatte.

Ich war nicht so naiv, um zu glauben, daß derartige Machtspiele zwischen Männern und Frauen nicht existierten. Aber der Gedanke wurmte mich, daß jemand versuchen könnte, meine Beziehung zu Strauss darauf zu reduzieren. Von Rechts wegen sollte der Film geradewegs auf mich zugeschnitten sein – aber in Wirklichkeit war er nichts dergleichen. Wo war das blecherne Geklapper, wenn eine Dose Root-Beer aus der Automatenöffnung rutschte? Wo war die Arie von *Giovanni Schicchi*? Wo war der Mann, den sein Halbbruder des nächtens heimsuchte? Wo war das Mädchen, dessen Mutter ihm predigte: *Danke Gott für deine Gesundheit und erwarte nicht mehr vom Leben,* und dessen Vater sich lieber die Eier mit einer Zackenschere abgeschnitten hätte, als seiner Tochter einmal zu sagen, daß er sie liebte? Wo blieb die Langeweile, die entstand, wenn man stundenlang vor dem Computer saß? Wo die Klaustrophobie, wenn man lange bevor die Sonne über den Bäumen stand, am Arbeitsplatz erschien und diesen erst wieder verließ, wenn es schon längst dunkel war, und wo die Traurigkeit, wenn das Scheinwerferlicht deines Wagens lediglich versprach, dich in deine kalte Wohnung zurückzuführen? Wo die Schuldgefühle, die Einsamkeit und die Sehnsucht, die jedes menschliche Wesen auf Erden danach verspürte, von jemandem in den Arm genommen zu werden, seinen Namen zu hören, wenn der Geliebte flüsterte: *Hörst du den Regen*?

Wir saßen im Dunklen. Ich spürte Strauss' Arm neben meinem. Er trug eines jener Jacketts aus teurem Wollstoff, die ich so gerne berührte. In dem Moment, als das Licht wieder anging, sah ich ein langes braunes Haar auf seinem linken Ärmel. Ich zuckte zusammen und hielt mich gerade noch zurück, es wegzuzupfen.

Es war mein Haar. Meines. Ich war mir zwar nicht ganz sicher, aber ich glaubte, es sei daßelbe Jackett gewesen, das er an dem Nachmittag getragen hatte, als er aus Omaha zurückkehrte, das Jackett, das ich ihm auszog, als wir in seiner Wohnung auf den Teppich fielen und er mir das Kissen unterschob und sagte: *Oh, Gott, du fühlst dich so gut an,* während ich stöhnte: *Oh, Gott, ja, oh, Gott, ja, mach weiter, ja, genau das brauche ich ...*

Ich hatte gedacht, daß Strauss das Jackett in der Zwischenzeit längst zur Reinigung gebracht hätte. Ich hätte auch gedacht, daß uns in der Hitze des Moments originellere Worte hätten einfallen können. Aber im Bett wurde anscheinend jeder Mensch zu einem Phrasendrescher. Aber die Gründe, warum die Leute miteinander ins Bett stiegen – nun ja, die Geschichte wäre es wert, erzählt zu werden. Und es war keine Überraschung, daß dies genau das war, was der Film nicht illustrierte.

Nach der Vorführung trat der Sozialarbeiter ans Podium und erklärte uns, was wir soeben gesehen hatten: Daß unerwünschte Aufmerksamkeiten und Avancen ein feindseliges Arbeitsklima schufen, das wiederum vom Topmanagement der Firma Boorman nicht geduldet werden würde. Sie sprach über die Notwendigkeit, ein produktives Arbeitsklima zu schaffen und gesunde Beziehungen mit Partnern einzugehen, die nicht in der Firma beschäftigt waren. Niemand bat sie um eine Definition des Ausdrucks *gesunde Beziehungen.*

Das vorliegende Dokument über sexuelle Belästigung – sechsundzwanzig Seiten lang und so oft vervielfältigt, um einem ganzen Morgen Redwood-Bäumen das Leben zu kosten – wurde zur Ansicht herumgereicht. Die Schlüsselpunkte wurden von Mr. Lamarr und dem Firmenjuristen laut vorgelesen. Wir wurden alle eindringlich gebeten, es zu studieren und uns mit Fragen – oder Beschwerden – an Mr. Lamarr zu wenden, der unsere Nachfragen streng vertraulich behandeln würde.

Die linke Seite des Saales blieb stumm. Die Zuhörer in der Mitte entschlossen sich, dekorative Staffage zu bleiben, aber rechts schossen die Hände der Männer allerorten nach oben. Es war offensichtlich, daß die Männer mit der Verordnung Probleme hatten, die sie dadurch zum Ausdruck brachten, daß sie ihre ausgestreckten Zeigefinger in das Dokument bohrten, seinen Wortlaut in Frage stellten und hypothetische Situationen entwarfen (wenn ich also meine Sekretärin *meine Liebe* nenne – ist das sexuelle Belästigung? Ich nenne meine Frau doch auch *meine Liebe!* Und ich nenne meine Mutter *meine Liebe*, zum Donnerwetter!).

In seinen Antworten gab Mr. Lamarr das Credo der Firma wider. Dr. Peggy Schoenbarger stärkte ihm mit ihrer gebieterischen Altstimme den Rücken. Der Sozialarbeiter berief sich ständig auf die Szenen aus dem Film, Strauss blieb stumm, und als ich gebeten wurde, meinen Kommentar zum Wortlaut von Abschnitt sechzehn abzugeben, wandte ich mich huldvoll an den Juristen, der sich nach einer ermüdenden Erklärung von *quid pro quo*, fünfzehn Minuten lang dogmatisch über alles ausließ, angefangen von der Chancengleichheit bis zur sexuellen Belästigung Gleichgeschlechtlicher und zu der Frage, ob Homosexuelle Pfadfinderführer werden dürften, bis ihm Mr. Lamarr das Wort abschnitt.

»Irgendwelche abschließende Bemerkungen?« fragte er.

Nur um zu beweisen, daß sie hier das Zepter in der Hand hatte, erhob sich Peggy und wiederholte: »Gibt es noch Fragen?«, und das mit einer Entschiedenheit, die es klarstellte, daß jeder, der diese Versammlung noch eine einzige Sekunde in die Länge zog, riskierte, auf die Folterbank geschnallt und gevierteilt zu werden. Peggy nickte und erklärte die Versammlung für aufgehoben, eine Anordnung, die denselben Effekt hatte, als ob der Pfarrer sagen würde, »Die Messe ist zu Ende. Gehet hin in Frieden.« Die gepolsterten Stühle rutschten nach hinten, die Leute lachten, murrten oder riefen sich quer durch den Saal etwas zu, und Strauss überraschte mich mit den Worten: »Das sollte dir doch eine Menge Stoff für deinen Roman geliefert haben, Lisar«, bevor er aufstand und fortging. Ich hingegen stürzte zur Toilette, da ich wieder einmal zuviel Kaffee getrunken hatte.

Als ich aus dem Waschraum trat, hatte ich das Pech, Strauss und Peggy in die Arme zu laufen – wobei beide eine extrem negative Körpersprache von sich gaben – , die auf dem Weg in ihre wohlausgestatteten Geschäftsführerbüros waren. Zuerst schien es mir, als wäre Peggy eine Lehrerin, die einen mißratenen Schüler den Korridor entlang eskortiert. Dann verwandelte sie sich in einen Bodyguard mit einer kugelsicheren Weste, der eine Berühmtheit vor den neugierigen Augen der Paparazzi schützt. *Sie ist zornig,* dachte ich. *Aber sie wird ihn retten. Sie will ihn beim Golfspielen haushoch schlagen. Und sie braucht jemanden, der sie daran erinnert, ihr Dramamine zu nehmen.*

Mir war übel – und ich fühlte mich ihrem Zorn und Tadel wehrlos ausgesetzt –, bis mir bewußt wurde, daß sie, um Strauss zu retten, auch mich retten mußte, ob es ihren Prinzipien nun entsprach oder nicht. Im Moment jedenfalls war ich sicher.

Nachdem ich zu Mittag gegessen hatte, fühlte ich mich besser. Vielleicht war an Strauss' Blutzucker-Theorie ja doch etwas Wahres dran. Am Nachmittag wäre ich nicht so wütend auf die Damen der Redaktion geworden, die kostbare Arbeitszeit damit verschwendeten, das Dokument über die sexuelle Belästigung durch den Fleischwolf zu drehen, hätten sie nicht meine eigene harte Arbeit dadurch gestört. Inspiriert durch Strauss' Bemerkung über meinen Roman, hatte ich mich in meine persönliche Datei eingeklickt und steckte mitten in einer wirklich heißen Versöhnungsszene zwischen Thomas Akins und Donna Dilano:

»Nimm deine verdammte Brille ab«, murmelte Thomas, bevor er die Zentralverriegelung seines Saabs zuschnappen und Donnas Ledersitz in Liegeposition schnellen ließ. Dann vögelte er sie, bis sie mehr Sterne sah, als ... als ... wer? – der gelehrte Astronom aus Whitmans Gedicht? – Galileo? – ein Bauernjunge aus Iowa, der die Nacht im Kornfeld verbringt? – oder eine

Gruppe von Grundschülern auf einer Exkursion im Observatorium von Hartford?

Das schallende Gelächter meiner Kolleginnen raubte mir die Konzentration, und ich konnte mich für keine meiner erbärmlichen Optionen entscheiden. Meine Bürotür war zwar nur einen Spaltbreit offen, aber das Trio, das einige der absurden Szenen aus dem orangestichigen Film nachäffte, wurde nicht einmal von dem Wumm-ah-wumm-ah des Kopierers übertönt.

Paß auf, ich nenne dich gleich meine Liebe!

Darf ich euch auf die Schulter klopfen, Zuckerschnecken?

Hängt davon ab, ob dein Name Steve *ist ...*

Du weißt, du würdest schneller auf dem Konferenztisch liegen, als dir lieb ist, wenn er es nur wollte ...

Wie steht's mit den Neuen aus der Werbeabteilung, der den Camaro fährt – ich würde ihm ein Monatsgehalt bezahlen, damit er mich belästigt.

Meine Nackenhaare stellten sich auf. War es möglich, daß auch nur eine Frau Hook Roberts attraktiv finden konnte?

Es war hauptsächlich diese letzte Bemerkung, die mich à la Schoenbarger fast nach draußen rauschen ließ, um dem Unsinn ein Ende zu bereiten, doch dann wurde mir bewußt, wenn ich nicht der Chef wäre – und Strauss' Ex-Mittagspausen-Quickie –, würde ich auch da draußen stehen und an der Unterhaltung teilnehmen, wenn ich mich nicht sogar als Wortführer aufspielen würde: *Ich wette, der Vorstandsvorsitzende läßt sich die Nutten mit der Concorde aus Frankreich einfliegen! Von mir aus kann Hook Roberts sich mit meinem Bleistifthalter vergnügen! Was, Sex in der Mittagspause? Bei Boorman zu arbeiten, verursacht mir schon genügend Verdauungsprobleme*!

Ich bohrte meine Absätze in den Teppich und drückte mein Hinterteil fest in den ergonomisch perfekten Schreibtischstuhl. Ich spitzte meine Ohren und wartete darauf, meinen oder Strauss' Namen zu hören, aber das Trio kichernder Frauen blieb vorsichtig genug, um nicht einen von uns beiden zu erwähnen. Alle wollten ihren Job behalten – einschließlich meiner Person. Schließlich stand Weihnachten vor der Tür, und jeder mußte Geschenke kaufen. Seit einiger Zeit sprachen sie von nichts anderem mehr, diese Frauen – die Verheirateten klagten über ihre Männer, die einzige Geschiedene spulte ihre Routineplatte über ihren Ex ab, und die Singles jammerten über den Mangel an zur Verfügung stehenden Männern. Aber alle waren sich in einem Punkt einig: Die Feiertage und die dazugehörige Schlemmerei hatten absoluten Vorrang. Ich saß mit gespitzten Ohren da, einerseits wollte ich sie zurechtweisen, andererseits hätte ich am liebsten zu ihnen gesellt. Ich biß die Zähne zusammen und wandte mich wieder meinem Computer zu, klickte noch einmal an die Stelle, kurz bevor Thomas Akins Donna Dilano geradewegs aus dem Sonnensystem vögelte und sie auf die Milchstraße katapultierte. Dann schrieb ich:

Donna Dilano verspürte alles andere als Liebe, als sie in Thomas Akins Augen starrte, die grauer waren als die Töpfe, in denen ihre Mutter Spaghetti kochte. »Laß mich sofort aus diesem Wagen steigen, du selbstgerechter Moralapostel!« knurrte sie.

»Nimm diese verdammte Brille ab!« knurrte Thomas –

Aber gerade eben hatte doch Donna schon geknurrt. Also konnte Thomas nicht auch knurren – oder doch? Vielleicht wenn ich schrieb:

»Nimm diese verdammte Brille ab!« knurrte Thomas zurück.

Auf jeden Fall wurde hier ziemlich viel geknurrt.

Verwundert starrte ich auf den Monitor. War es möglich, daß ich gerade etwas Lächerlicheres und Einfältigeres verfaßt hatte als der Film, den wir vor ein paar Stunden gesehen hatten?

Tja.

Traf es wirklich zu, daß es einfacher war, Lektor zu sein als Schriftsteller?

Vielleicht.

Wie lautete meine schlaue Lektorenmeinung zu dem, was ich eben verfaßt hatte?

Diese Szene schlägt dem Faß den Boden aus, dachte ich.

Wenn ich aber meinen Traum, etwas Lesenswertes schreiben zu wollen, nicht ganz aufgeben wollte, dann gab es keine andere Möglichkeit als löschen und fortfahren, löschen und fortfahren. Ich würde nicht aufgeben!

In dieser Woche war es doppelt so lustig und doppelt so qualvoll, bei Boorman zu arbeiten, zumindest was die Zusammentreffen mit Strauss betraf. Am Donnerstag sollte Strauss – in seiner Eigenschaft als Chef der Produktentwicklung eine Konferenz mit der Marketingabteilung leiten, in der Hook Roberts die vorläufigen Entwürfe für eine neue Werbekampagne enthüllen sollte. Boorman wollte in Kürze eine *neue und verbesserte* Version seines rezeptfreien Standardschmerzmittels auf den Markt bringen. Eine ungewöhnliche Husch-husch-Aktion hatte das Marketing dieses Schmerzmittels begleitet – zum Beispiel sah ich für gewöhnlich die Entwürfe, bevor sie in der Grafik in Druck gingen, aber dieses Mal durfte ich keinen Blick darauf werfen. Dies war Hook Roberts' erste große Chance, mit seiner *Vision* um die Gunst der oberen Führungsebenen der Firma zu buhlen und sich ihre Hochachtung zu erwerben. Ich haßte dieses Wort, das implizierte, daß eine 27 cm × 33 cm große Werbung für ein Hochglanzmagazin mit der verzückten Ekstase einer hl. Teresa gleichzusetzen ist.

Um zu vermeiden, auf dem Flur Strauss in die Arme zu laufen, wartete ich bis eine Minute vor dem festgesetzten Beginn des Meetings, bevor ich mechanisch nach meinem Bleistift und der ledernen Schreibmappe griff und dann den Korridor entlangmarschierte. Aber auch Strauss verfolgte dieselbe Strategie. Zum exakt gleichen Augenblick bogen wir an den gegenüberliegenden Enden des Flures um die Ecke, hatten somit eine lange Strecke Teppich zu beschreiten und so zu tun, als hätten wir uns nicht bemerkt, bis zu dem Moment, als wir gleichzeitig die Glastür erreichten, die zum Sitzungssaal führte.

»Guten Tag«, sagte er und öffnete mir die Tür. Ich gab acht, ihn im Vorbeigehen nicht zu berühren.

Ich hoffte, daß es Einbildung war, aber alle im Sitzungssaal Anwesenden schienen schlagartig zu verstummen, als wir durch die Tür schritten. Ich wählte einen Platz ganz hinten rechts am Tisch. Strauss runzelte die Stirn, als er noch einige Mitarbeiter an der Kaffeemaschine stehen sah. Er mußte um 15.00 Uhr einen Zug erreichen, weshalb er diejenigen, die etwas zu präsentieren hatten, bat, sich kurz zu fassen. Als ob sie sich über ihn lustig machen wollte, begann die Filtermaschine ein furioses Glucksen und Rülpsen auszustoßen. Alle lachten. Sogar ich mußte hinübersehen und grinsen, als Strauss sagte: »Hat hier jemand etwas dagegen, wenn ich dieses verdammte Ding ausstecke?«

Mir kam es vor, als ob Strauss in letzter Zeit ziemlich viele Flüche ausstieß. Auf jeden Fall grummelte er ein kaum hörbares *Scheiße* vor sich hin, während er den störrischen Stecker der Maschine aus der Steckdose ruckelte. Er nahm seinen Platz an der Stirnseite des Tisches ein. Ich fragte mich, wohin er heute wohl noch fahren mußte. Vielleicht fuhr er mit dem Metroliner hinunter nach Washington, D.C. Gut, daß ich nicht mit von der Partie war – er war offensichtlich mieser Laune, und wir würden vermutlich nur wieder über Maria von Trapp in der National Portrait Gallery streiten.

»Die Bühne gehört Ihnen, Hook«, sagte Strauss.

»Vielen Dank, Sir«, entgegnete Hook und erhob sich von seinem Stuhl. Fast erwartete ich, daß er mit hastiger Bewegung seinen Hosenschlitz kontrollieren würde, bevor er an die Staffelei trat, die mit einem schwarzen Tuch verhängt war. Im Gegensatz zu den knappen Ausführungen von Strauss hielt er eine alles andere als kurze Rede über die Notwendigkeit, den Markt zu infiltrieren und die Öffentlichkeit mit Information über das neue und verbesserte Produkt zu sättigen. Er sagte, es sei an der Zeit, daß Boorman aufhörte, auf Samtpfötchen durch die Welt der Werbung zu schleichen, und statt dessen einen aggressiven Schritt auf die Konsumenten zumachen müßte, die zu dumm seien, um zu wissen, warum sie dieses oder jenes Produkt kauften. Es sei Boormans Aufgabe, an ihre innersten Instinkte zu appellieren, sie aus ihren Stühlen hochzureißen, ihre Aufmerksamkeit zu gewinnen, sie in Begeisterung zu versetzen, das Leben beim Schopf zu packen usw., usw.

Von meinem Platz aus konnte ich Strauss nicht sehen, aber ich wußte, daß er seine Manschette zurückschob und ungeduldig auf die Uhr sah, als Hook endlich mit seiner Tirade zum Ende kam, sich dann vor der Staffelei postierte und das schwarze Tuch von den Entwürfen riß, als würde er einem Starlet die Abendrobe vom Leib reißen, um sie zu besteigen. Zum Vorschein kam eine Fotografie von exakt dem Typ von Model, das, meinem Gefühl nach, Hook in den Wahnsinn treiben könnte: ein blondes, weißschultriges Wesen mit wogendem Busen, in schwarzen Samt gehüllt und mit geschürzten Lippen, das sein Publikum einzuladen schien, der ungrammatischen Aufforderung, die direkt über ihm zu lesen war, Folge zu leisten:

SAG MIR DOCH, WO TUT'S DENN WEH?

Nach der Enthüllung herrschte Schweigen. Alle musterten das Foto, und ein paar hörbare Seufzer aus verschiedenen Ecken des Raumes machten deutlich, daß diese Bombe die Phantasie der meisten Männer beflügelt hatte. Einige von ihnen rückten doch tatsächlich ihre Stühle näher an den Tisch.

»Irgendwelche Kommentare?« fragte Strauss mit einer derartig neutralen Stimme, daß ich sofort wußte, wie entsetzt er war.

Es folgte eine lange, unheilverkündende Pause. Dann machte ich den Mund auf und sagte: »Der Apostroph steht falsch.«

Hook winkte ab, als hätte ich gerade eine irrelevante Bemerkung gemacht. »Wohin soll er denn dann?«

Ich fragte mich, welches College er wohl besucht hatte. »Nach *tut*, vor die verkürzte Form von *es*«, klärte ich ihn auf.

»Dank der Redaktion«, gab Hook zurück.

»War mir ein Vergnügen«, säuselte ich.

Strauss runzelte die Stirn. »Noch irgendwelche Kommentare bezüglich des Inhalts?«

Alles zögerte. Plötzlich aber wurde Strauss' Frage als offene Einladung zu allgemeiner Heiterkeit betrachtet. Gelächter ertönte, und es fielen zotige Bemerkungen. Schließlich arbeiteten wir für eine Firma, die das meiste Geld mit einem Gleitmittel gegen Vaginaltrockenheit gemacht hatte. Seit ich bei Boorman arbeitete, hatten wir Werbekampagnen für alle möglichen Arten von eigenartigen und peinlichen Produkten bearbeitet und in Gang gesetzt, deren Bestellung in der Apotheke die Mehrzahl der Konsumenten vermutlich zu einem verlegenen Murmeln nötigte und ihnen die Schamröte ins Gesicht trieb – Antibiotika gegen Blaseninfektion zum Beispiel, eine Lösung für zähes Ohrenschmalz, Hämorrhoidenpflaster oder ein medizinisches Duschbad, um den

Juckreiz von Herpes oder Genitalwarzen zu lindern. Aber nie zuvor hatten wir ein Produkt mit dieser Art von Reklame auf den Markt gebracht. Das großbusige Starlet in Samt war ganz definitiv etwas Neues, und jeder Mann, der dem Meeting beiwohnte, war bestrebt, seine Meinung über sie kundzutun, wobei ihre Kommentare nur durch die Tatsache halbwegs gemäßigt wurden, daß drei Frauen – ich eingeschlossen – um den Tisch saßen, die nicht halb so große Brüste vorzuweisen hatten.

Schließlich hielt ich es nicht mehr aus. Ich sagte, daß die Hälfte der Weltbevölkerung weiblich sei und daß das Werbeplakat ausschließlich männliche Verbraucher ansprach.

Hook grinste mich verschlagen an. »Eins zu null für die Redaktion«, sagte er und nahm das Plakat mit dem Busen von der Staffelei. Zum Vorschein kam ein weiteres Foto – voller Muskeln und ausgebuchtetem Schritt. Es zeigte einen schwitzenden Muskelprotz in Boxershorts, der sich seinen schmerzenden Bizeps massierte. Darunter stand dieselbe Message, die das Starlet gekrönt hatte.

»Sag mir doch, wo tuts' denn weh?

»Gefällt Ihnen das besser, Lisa?« fragte Hook.

»Nicht schlecht«, meinte ich und nahm meinen Bleistift zur Hand. »Haben Sie seine Telefonnummer?«

Strauss ließ mich meinen Triumph als Klassenclown auskosten, bis das Gelächter verebbt war. Dann fragte er Hook: »Was verkaufen wir denn hier? Sex oder Drogen?«

»Auf jeden Fall keinen Rock'n'Roll«, sagte Hook.

»Sie sind sich ja wohl klar darüber, daß Peggy das niemals akzeptieren wird.«

»Was hat Peggy damit zu tun?« fauchte ihn Hook scharf an. Gleichzeitig schien er sich aber an die komplizierte Beschlußhierarchie bei Boorman zu erinnern: Was Peggy mißfällt, könnte auch dem Vorstandsvorsitzenden mißfallen usw. »Nichts für ungut, Strauss«, sagte er. »Aber Peggys Vorstellung von einer schmissigen Werbung ist vermutlich ein ganzseitiges Diagramm der Molekularstruktur – oder wie Sie das auch immer nennen – eines Medikaments.«

Strauss war alles andere als belustigt. Er erinnerte Hook daran, daß Boorman sich stets als verantwortungsbewußter, konservativer Konzern präsentiert hatte, dem das Wohl und die Gesundheit der amerikanischen Familie am Herzen lag, und Werbungen wie diese taten alles andere, als diesen Ruf zu unterstützen.

»Vielleicht ist es an der Zeit, die Taktik zu wechseln«, konterte Hook. »Mit der Zeit zu gehen. Sex fördert den Verkauf von Büchern und zieht die Leute in die Kinos –«

»Das tut ein Hakenkreuz auch«, entgegnete Strauss, »aber heißt das, daß Sie in einer Werbekampagne ein Hakenkreuz verwenden würden?«

»Hey, das habe ich nie vorgeschlagen!« verteidigte sich Hook.

Im Sitzungssaal herrschte betretenes Schweigen. Ich starrte auf die Tischplatte und war plötzlich völlig fasziniert von den Astlöchern und der Maserung des Holzes. Fast hätte ich Mitleid mit Hook gehabt, wenn Strauss mir nicht so leid getan hätte. Ich wußte, daß er nichts mehr haßte, als die Beherrschung zu verlieren, und hier saß er nun, mir direkt gegenüber, und legte daßelbe Verhalten an den Tag, das er bei seinem Schwager so heftig kritisiert hatte. Aber die Bemerkung war gefallen. Er konnte sie nicht zurücknehmen. Männer (das hatte ich über die Jahre bemerkt) hatten ein wahres Talent dafür, sich um Entschuldigungen herumzuwinden. Deshalb war ich sehr überrascht, als Strauss mit müder Stimme sagte: »Ich habe mich wohl im Ton vergriffen.«

»Nicht so schlimm«, lenkte Hook ein.

Einen Moment später sah Strauss auf seine Uhr und sagte: »Ich muß jetzt wirklich zum Zug. Wenn ich zurückkomme, müssen wir über diesen Punkt noch einmal reden, Hook. Das Meeting ist beendet, außer Sie wollen noch bleiben und weiterdiskutieren.«

Während er den Raum verließ, heftete ich meinen Blick auf den Tisch. Tatsächlich blieben alle auf ihren Plätzen sitzen und hatten die Absicht, weiterzudiskutieren – allerdings mehr über das vollbusige Starlet als über die Werbewirksamkeit der Kampagne selbst. Ich wartete, bis ich sicher sein konnte, daß Strauss schon auf halbem Weg zu seinem Büro war, dann stand ich auf und ging zur Damentoilette, wo ich meinen Kamm herauszog und versuchte, irgend etwas mit meinem hoffnungslosen Haar anzustellen. Zu mir gesellte sich eine der neuen Werbeassistentinnen, die erst kürzlich das College beendet und während des Meetings schweigsam mir gegenübergesessen hatte. Offensichtlich war sie nicht *au courant* mit dem Büroklatsch, denn während sie sich die Hände wusch, fragte sie mich: »Was ist denn mit Strauss los?«

Ich zuckte mit den Achseln. »Vielleicht nimmt er Drogen.«

Sie kicherte. »Warum sagte er denn das mit dem Hakenkreuz?«

»Er ist Jude.«

»Nun, das *weiß* ich«, sagte sie. »Ich habe ja zwei Augen im Kopf. Ich meine, warum reagiert er nur so hypersensibel?«

Während sie sich die Hände mit überparfümierter Seife einschäumte, begegneten sich unsere Blicke im Spiegel. »Was halten Sie von den Anzeigen?« fragte ich sie.

»Die erste fand ich widerwärtig –«

»Warum haben Sie's dann nicht gesagt?«

»Ich bin ja noch neu hier, ich habe vier Monate gebraucht, um nach dem College einen Job zu finden –«

»Und was hielten Sie von der zweiten?« fragte ich.

Sie lächelte. »Absolut Spitze. Ich meine, als Hook diesen Typ enthüllte, dachte ich, okay, ich bin auch nur ein Mensch, und ich hatte überhaupt nichts dagegen, diesen Muskelprotz zu betrachten. Sie etwa?«

»Was meinen Sie?«

»Ob Sie ihn auch gern angesehen haben?«

»Ich sehe mir ungern Dinge an, die ich nicht haben kann«, antwortete ich. Aber als ich meinen Kamm einen Moment lang sinken ließ, sah mir aus dem Spiegel eine Frau entgegen, die nur das eine wollte und die alles dafür gegeben hätte, den Zug mit Strauss zu erreichen.

»Haben Sie am Freitag abend schon etwas vor?« fragte ich die Werbeassistentin.

Sie sah mich entschuldigend an. »Feste Verabredung. Mit meinem langjährigen Freund.«

»Schade«, sagte ich. »Ich hatte gehofft, Sie würden mit mir einen Zug durch die Kneipen machen und ein paar knackige Typen aufreißen.«

Sie lachte. »Wenn dieser Mensch mir nicht bald einen Heiratsantrag macht, komme ich vielleicht auf Ihr Angebot zurück. Aber habe ich nicht gehört, daß Sie bald heiraten werden? Einen New Yorker Börsenmakler.«

»Das sollte eigentlich noch ein Geheimnis bleiben«, sagte ich.

»Ich sag's niemandem«, versicherte sie. »Aber wenn Sie wollen, verbreite ich das Gerücht, daß Ihre Heiratspläne nur ein Gerücht waren –«

»Nein, das müssen Sie nicht«, sagte ich. »Es ist nur – ich bin mir gar nicht so sicher, ob diese Beziehung wirklich von Bestand ist, und ich will mir meine anderen Optionen nicht unbedingt verbauen.«

»Namens – Hook Roberts?«

»Hook!« rief ich. »Lieber ersticke ich an meinem Kamm, Mädchen!« Theatralisch tat ich so, als wollte ich mir mein brechsicheres bestes Stück in den Rachen stecken.

Verwundert starrte sie mich an. »Es gibt durchaus Frauen, denen nach allem anderen zumute wäre als nach Ersticken, wenn sie mit ihm schlafen könnten!«

»Hoffentlich ist darunter auch seine Frau.«

»Was, er ist verheiratet? Er benimmt sich aber durchaus nicht so! Bei dem Meeting gerade hat er Sie ja nahezu mit den Augen verschlungen.«

»Jetzt machen Sie aber einen Punkt!«

»Nein, im Ernst! Haben Sie denn nicht mit ihm geflirtet?«

»Um Gottes willen – haben Sie das etwa so empfunden?«

»Ich habe eben nur gedacht,« fuhr sie fort, »vielleicht war Strauss ja deswegen so miesepetrig.«

Eine Sekunde lang setzte mein Herz aus: »Warum sollte er deshalb miesepetrig sein?«

»Ein bißchen puritanisch scheint er mir schon zu sein.«

Ich nickte. »Er ist ganz bestimmt jemand, der von außerehelichem Sex nichts hält.«

»Aber ich habe doch gehört, daß er mit jemandem aus Ihrer Abteilung ein Verhältnis gehabt haben soll.«

»*Stimmt*«, sagte ich. »Aber sie ging in Mutterschaftsurlaub, nachdem er ihr ein Kind gemacht hatte –«

»Das ist doch nicht Ihr Ernst! Kommen Sie schon, jetzt nehmen Sie mich aber auf den Arm!«

Wieder nickte ich, und dann brachen wir beide in schallendes Gelächter aus. Plötzlich deutete sie in das Waschbecken. »Oh, mein Gott! Sehen Sie sich das an!«

Ich schaute hinunter. Büschelweise lag mein dickes, unkontrollierbares Haar im ganzen Becken herum. Während ich mich beeilte, mit Papiertüchern die Haare wegzuwischen, erklärte ich ihr: »Hormonabfall. Ich habe gerade die Pille abgesetzt.«

»Ja, das soll auch passieren, nachdem man ein Baby geboren hat«, meinte sie. »Ja, das oder eine Menge Fett, eigentlich sind das genug Gründe, um sich lieber sterilisieren zu lassen.«

»Oder lesbisch zu werden.«

»*So weit* würde ich nun wieder nicht gehen.«

»Ich auch nicht«, stimmte ich zu. »Obwohl das mein Leben vermutlich um ein Vielfaches einfacher machen würde.«

Mitleidig betrachtete sie mich, als ich die Papiertücher in den Mülleimer stopfte. »Vielleicht sollten wir doch mal an einem Samstag abend einen Kneipenbummel machen«, schlug sie vor.

Ich zuckte mit den Achseln. Plötzlich wollte ich keine *paar knackigen Typen* mehr. Ich wollte nur einen. Aber den konnte ich nicht haben, und er konnte mich nicht haben, und mein einziger Trost an der ganzen Misere war, daß keiner von uns beiden einen anderen haben konnte, bis unsere zweiten Tests negativ zurückkämen. Sechs Monate lang sparte ich mir wenigstens den nagenden Schmerz der Eifersucht. Aber ich entwickelte mein ureigenes Surrogat dafür, nämlich Hunger.

KAPITEL FÜNFZEHN

Ich bete

Vielleicht fing es genau dort in der Damentoilette an. Ich hatte meinen Kamm schon fast in meiner Kehle gespürt, wodurch es mir unmöglich war, dieser Frau, die sich ganz offensichtlich gern mit mir angefreundet hätte, vorzuschlagen, gemeinsam zum Lunch zu gehen. Aber höchstwahrscheinlich begann es an jenem Abend im Fitneßstudio. Immer wenn mein linker Fuß auf die Kunststoffbahn des Laufbands der Treadmill traf, spürte ich einen harten Punkt – ein Ziehen in meiner Sohle, das sich zu einem heftigen Schmerz gesteigert hatte, noch bevor ich mich fünf Minuten meinem Lieblingsprogramm widmen konnte, dem Joggingtrail durch die Colorado Rockies. Während die Maschine ihr Tempo allmählich beschleunigte und ich routinemäßig mein Bergauf-Training begann, steigerte sich der Schmerz zu einem gräßlichen Nadelstich. Je schneller und kräftiger ich lief, desto mehr fühlte es sich an, als hätte sich ein Nagel in meine Fußsohle gebohrt. Es tat so weh, daß ich vorzeitig vom Laufband steigen mußte, statt dessen noch einmal auf das Ergometer kletterte, dabei das Pedal so einstellte, daß mein Fuß keinem unnötigen Druck ausgesetzt war, und noch einmal eine halbe Stunde trübsinnig vor mich hin strampelte, nur um die erforderliche Kalorienanzahl zu verbrennen.

Anschließend saß ich in der Umkleidekabine, nahm meinen Fuß in Augenschein und betrachtete den harten Hautring, der sich auf der Sohle abzeichnete. Obwohl mein erster Test sauber zurückgekommen war, konnte ich immer noch nicht glauben, nicht Aids zu haben. Jeden Morgen untersuchte ich meinen Mund nach Spuren des milchweißen Soors; allabendlich tasteten meine

Finger meinen Hals nach geschwollenen Lymphknoten ab, und der leiseste Verdacht auf Diarrhöe versetzte mich in Panik. Und diese komische verhornte Stelle an meinem Fuß mußte das erste Anzeichen einer tödlichen Krankheit sein.

Was tat ich also? Ich biß auf meine Lippen und ignorierte die Sache. Ich verfrachtete meine sechs und acht Zentimeter hohen Pumps nach hinten in den Schrank und trug im Büro meine allervernünftigsten Schuhe. Trotzdem brannte meine Sohle wie verrückt. Erst eine Woche später – aber nur weil ich auf dieses Laufband zurückmußte, um nicht aufzugehen wie ein Hefeteig – fand ich mich in der Praxis eines medizinischen Fußpflegers wieder. Während er den Strahl seiner Lampe auf meinen Fuß richtete, zuckte ich vor Scham zusammen, weil ich übersehen hatte, die abscheulichen schwarzen Haare zu rasieren, die auf meinem großen Zeh sprossen.

»Sie haben eine Plantarwarze«, diagnostizierte der Mann. »Sie haben zwei Möglichkeiten: Entweder Sie leben mit dem Schmerz, oder Sie lassen sie sich herausnehmen – wobei allerdings die Wahrscheinlichkeit besteht, daß sie nachwächst.«

»Klingt wie eine Metapher für mein ganzes Leben«, meinte ich resigniert.

»Wie bitte?«

Da mir ohnehin bereits übel war, sagte ich: »Pulen Sie sie raus. Jetzt.«

»Sind Sie mit dem Wagen hier?« fragte er. »Wenn ich mit Ihnen fertig bin, können Sie nämlich keinen Druck auf Ihrem Fuß aushalten.«

Er sah mich voller Mitgefühl an. Er war eigentlich ganz nett, für einen Fußpfleger zumindest, ungefähr dreißig Jahre alt, sandbraunes Haar, goldgefaßte Brille, und – das war das allerbeste – kein Ehering! Wie es wohl sein mochte, mit einem medizinischen Fußpfleger zu schlafen? Jedenfalls würde es auf der ganzen Welt nur wenige Frauen geben, die eine Chance bekämen, das herauszufinden. Ich machte mir im Geiste eine Notiz, am Wochenende eine Pediküre einzuplanen, und vereinbarte einen Termin für Montag.

Aber am Montag hörte man mich ganz andere Töne über den Berufsstand der medizinischen Fußpfleger singen. Ich fragte mich, welche Frau wohl jemals mit einem solchen Sadisten ins Bett gehen würde, der seine Knete damit verdiente, einem derartig stechende Schmerzen zuzufügen. Ein jähes Wimmern entfleuchte mir, als der Mann das Betäubungsmittel in meine Fußsohle jagte, und mein Herz pochte wild, als er ein surrendes, bohrerähnliches Instrument anstellte. Er ließ mich ohnmächtig auf dem Tisch liegen, nachdem er mir in einer glänzenden Silberschale den blutigen Stummel verhärteter Haut präsentiert hatte, den er soeben herausgeschnitten hatte.

Kurz darauf hielt mir seine Assistentin ein Fläschchen mit übelriechender Flüssigkeit unter die Nase, worauf ich zu mir kam und mit einem Taxi nach Hause fuhr. Nachdem ich alle sechsundzwanzig Stufen zu meiner Wohnung hinaufgehumpelt war, brach ich in Tränen aus, als ich mit einem Blick in den Kühlschrank feststellen mußte, daß ich vergessen hatte, die Eiswürfelbehälter mit Wasser aufzufüllen, als ich mir das letzte Mal einen Bourbon gegönnt hatte. Hier saß ich nun mit acht mageren Würfeln aus dem zweiten Behälter, in die ich meinen schmerzenden Fuß pakken konnte. Mit hochgelagertem Bein saß ich auf der Couch und wartete darauf, daß sich in zwei bis drei Stunden neue Eiswürfel im Gefrierfach gebildet haben würden. Während dessen kam mir der Gedanke, daß meine Einsamkeit mindestens so qualvoll und stechend war wie die Betäubungsspritze, die ich hatte erdulden müssen. Wer waren meine wirklichen Freunde? dachte ich. Wo war meine Familie? Ich kannte nicht einmal meine Nachbarn! Ich hätte Strauss anrufen – obwohl ich nicht die leiseste Ahnung hatte, was ich sagen könnte – und hoffen können, daß er käme und sich an meine Bettkante setzte (schließlich war nichts Amoralisches an eine Plantarwarze, obwohl er vermutlich etwas Anstößiges daran entdeckt hätte, wenn er nur die leiseste Chance dazu bekommen hätte).

Ich hätte meine Mutter anrufen können. Ich hätte, aber ich tat es nicht, was unsere Beziehung auf den Inhalt einer Nußschale zu reduzieren schien.

Ich hätte Dodie anrufen können, und während ich sicher war, daß er Mitleid mit mir haben würde, wußte ich, daß seine Gedanken an weit schlimmeren Dingen hingen – darunter der Bruch mit Homer – als an meiner läppischen Fußwarze. Ich versuchte mir anzugewöhnen, mich mit meinen Problemen nicht ständig an Dodie zu wenden (obwohl ich mir die ganze Zeit über nicht eingestand, warum). Ich mußte endlich lernen, auf eigenen Beinen zu stehen. Aber als meine Verzweiflung schließlich überhandnahm, rief ich Carol an.

»Hi, Lisa!« rief Al. »Was iss los?«

»Ich habe gräßliche Schmerzen.«

»Warum, ist dein Hirn jetzt endlich explodiert oder was?«

»Ich habe mir aus der Fußsohle eine Warze operieren lassen und habe keine Eiswürfel mehr.«

»Packung Erbsen«, sagte Al.

»Was?«

»Hast du 'ne Packung tiefgefrorener Erbsen? Carol hat sich nach ihrem Darmschnitt darauf gesetzt. War die Idee von so 'nem verrückten Doktor. Geht zu ihr hin und sagt: ›Vergiß das Eis, eine Packung Erbsen paßt da genau drunter.‹«

»Wir sprechen hier von meinem *Fuß*, Al, nicht von meinem Hintern!« Ich zog eine Grimasse. »Habt ihr die Erbsen hinterher etwa noch gegessen?«

»Deine Mutter hat sie gegessen. Sie waren ja schließlich in einem Beutel eingeschweißt; trotzdem finde ich, daß sie damit vielleicht einen Schritt zu weit gegangen ist –«

»Laß mich Carol sprechen. Jetzt.«

»Sie ist bei eurer Mutter.« Al mußte die Stummschaltungstaste des Fernsehers gedrückt haben, denn plötzlich drang der Lärm des montäglichen Footballspiels durch den Hörer. »Am Montagabend macht sie hier immer die Fliege und läßt mich das Spiel ansehen.«

»Wer spielt?«

»Die Jets gegen die Cowboys.«

»Für wen bist'n du?«

»Dumme Frage.«

»Wie steht's?«

»Warum stellst du deine Glotze nicht an und schaust selbst rein? 'Ne Menge guter Bilder von knackigen Männerhintern, Lisa!«

»Ach, wirklich?« sagte ich. »Welcher Sender?«

Ich stellte das Spiel an und mußte Al recht geben: Das wüste Durcheinander war mehr als spannend, so daß ich mir sogar noch die Verlängerung ansah. Die Jets wurden völlig überfahren, und ich war sicher, Al würde sich ebenso geschlagen fühlen, denn ich wußte – direkt aus ihrem Munde –, daß Carol, nachdem er sie an den Montagabenden stets aus dem Haus verbannte, sich regelmäßig weigerte, ihren ehelichen Pflichten nachzukommen. »Jagt mich aus dem Haus«, schimpfte sie, »stinkt total nach seinem Old-Milwaukee-Bier, und dann erwartet er von mir, daß ich ihn ranlasse! Träum weiter, du Riesentrottel!«

Zwei Tage und eine Schachtel Aspirin später kehrte ich mit einem blutigen Mullverband um den Fuß ins Büro zurück, der sich zu zahlreichen Falten zusammenschob und unangenehm spannte, je trockener und härter die Haut auf meiner Sohle wieder wurde. Während der zwei Wochen, die ich mich nicht im Studio austoben konnte, achtete ich streng auf meine Kalorien. Zum Frühstück halbierte ich die Menge des Müslis, das Mittagessen ließ ich aus oder schob es so lange wie möglich hinaus. Ich setzte keinen Fuß in unsere Kaffeeküche, denn dazu hätte ich die Verkaufsautomaten passieren müssen, in denen die klebrigsüßen Gebäckteilchen neben den fröhlich lockenden, goldgelben Tüten mit Nacho-Cheese-Chips hingen und die blau-weiß glänzenden Knusperriegel von Nestlé mich zu verlocken schienen, eine Münze in den Schlitz zu werfen. Zum Abendessen aß ich eine Scheibe Toast und zwei hartgekochte Eier, die ich mit einer Dose Root Beer (1 Kalorie) hinunterspülte. Ich knabberte mehr rohes Gemüse als Peter Hase auf seinem vom Unglück überschatteten Ausflug in Mr. McGregors Garten. Aber im Gegensatz zu Peter verlor ich auf der Suche nach Kohl und Kartoffeln nicht mein blaues Jackett, sondern fand, was ich für eine unwiderstehliche Geschichte hielt:

Nach ihrer schmerzvollen Trennung von Thomas Akins begann Donna Dilano mit einer Diät. Für sie war eine Hungerkur die weitaus effektivere Methode, Gewicht zu verlieren, als körperliches Training. Zunächst war es nur ein Spiel, das sie mit sich selbst spielte: Wie viele Stunden konnten vergehen, bevor auch nur eine Kalorie ihre Lippen passierte? Aber dann wurde das Fasten – sich selbst Nahrung zu verweigern – zu ihrem primären Interesse. Schon allein der Anblick von Nahrung verursachte ihr bald Übelkeit. Die Cafeteria in der Firma – mit ihrem Geruch nach gebratenen Speckwürfelchen, Pommes frites und Fischstäbchen – stieß sie so sehr ab, daß sie sich dort nicht mehr zeigte. Zu Hause knabberte sie so langsam an einer kleinen Salzbrezel, daß sie mit einer einzigen Rold Gold Thinnee über eine Stunde auskam. Eine Selleriestange genügte ihr den ganzen Nachmittag, und noch am Abend nagte sie daran herum. Und wenn sie doch einmal der Heißhunger überkam und sie beim Gedanken an Essen in heiße Tränen ausbrach, aber dennoch nichts zu sich nehmen wollte, dann nahm sie das koschere Salz aus dem Küchenschrank. Gemäß dem Rat diverser Frauenmagazine (die sie in der Öffentlichkeit vorgab zu verdammen, insgeheim aber andächtig bis auf den letzten Buchstaben aufsog) hatte Donna früher koscheres Salz mit Olivenöl vermischt und als preisgünstigen Ersatz für teure Peelings aus der Parfümerie verwendet. Jetzt aber entdeckte sie, daß ein Löffel von eben diesem Salz, den sie erst in den Ausguß spuckte, wenn ein Brechreiz sie überwältigte, eine wirkungsvolle Diätunterstützung darstellte. Während sie schlief, steckte sie sich einen Zeigefinger in den Mund. Wenn sie am Morgen aufwachte, dann war ihre Nagelhaut eingerissen und blutrot. Das war alles an Nahrung, was sie ihrem bemitleidenswerten Körper erlaubte. Das Fett tropfte von ihrem Körper wie Wachs von einer Kerze. Ihre Pappagallo-Pumps wurden ihr um die Knöchel herum zu weit. Mit einer Ösenzange mußte sie ein weiteres Loch in ihren Ledergürtel stanzen, auf dessen Innenseite ohnehin schon in Goldbuchstaben eingeprägt war: EXTRA SMALL. *Sie benutzte ein gelbes Schneidermaßband, um den Umfang ihrer Unterarme und Schenkel, ihrer Taille und ihres Halses zu messen …*

Donna verlor fünfundzwanzig Pfund. Ich verlor sieben. Aber welche sieben! Meine Oberschenkel berührten sich nicht mehr. Meine Knie und Ellbogen wurden härter, und ich konnte meine Rippen ertasten, wenn ich duschte. Zum ersten Mal in meinem Leben nahm ich meine Wangenknochen wahr – Wangenknochen, für die so manche Frau ihrem Schönheitschirurgen Tausende von Dollars hingeblättert hätte – und ich war wild entschlossen, sie nie mehr wieder unter Fettschichten zu begraben.

Am Sarah Lawrence hatten Mädchen so lange gehungert, bis sie ihre Periode nicht mehr bekamen, und ich fragte mich, wieviel ich wohl abnehmen mußte, bis ich diesem Fluch ein Ende bereiten könnte. Das wäre ein glücklicher Tag, dachte ich und stellte mir vor, wie ich all meine Tampons, Minibinden und Slipeinlagen sowie die verfluchte Packung mit Kondomen in den Müll werfen könnte, die ich auf dem Heimweg von der Klinik gekauft hatte. Natürlich hatte ich noch keines gebraucht bis jetzt, dennoch fühlte ich mich gezwungen, sie aufzuheben für den Fall, daß sich doch ein zufälliges Rendezvous mit einem romantischen Helden ergeben würde. Herzlich wenig Aussichten! Meine Periode kam und ging mit dem üblichen Ausmaß an Krämpfen, der üblichen Menge von Tränen und der aufgeblähten Gehässigkeit. Im Büro war ich müde und ungeduldig.

Sieben Pfund zu verlieren hatte auch seine Schattenseiten. Meine BHs paßten mir nicht mehr richtig. Meine Hände und Füße waren taub vor Kälte – ich hatte wieder mit Eisenmangel zu kämpfen –, und ich konnte nicht genug Schichten übereinander anziehen, um mich vor dem naßkalten Wetter zu schützen. Meine Fingernägel waren eingerissen und sahen gelb aus, was ich mit blaßrosa Nagellack zu verbergen suchte. Ich ertappte mich dabei, in meinem Wandschrank Schachteln nach meinen alten Collegeklamotten zu durchstöbern, die ich nie übers Herz gebracht hatte wegzuwerfen.

Und schließlich wurde Donna krank: All die Eiscremepackungen, die Fertiggerichte aus dem Eisfach waren in den Müll gewandert, ebenso die mittlerweile weich gewordenen Cracker und die Dosen mit Paté, die sie nicht in Versuchung hatten führen können. Im Müll landeten auch die abgelaufenen Ermäßigungscoupons, die sie immer aus der Sonntagszeitung ausgeschnitten hatte, die Strumpfhosen, die um ihre mageren Oberschenkel flatterten, das Make-up, das nun nicht mehr zu ihrer fahlen Haut paßte, und das Deodorant, das ihren Körpergeruch nicht mehr überdecken konnte – denn plötzlich schien Donna einen anderen Körpergeruch zu entwickeln, den sie mit dem Schimmelgeruch von Süßkartoffeln verglich und von dem sie wußte, daß er äußerst unangenehm roch. Ihr Wintermantel – zwei Größen zu groß – sah aus wie ein Umstandsmantel. Aber sie konnte sich nicht überwinden, sich in Gaze zu hüllen, der Wind hätte sie fortgeblasen.

»Lisa, Sie sind so dünn – bald kann man durch Sie hindurchsehen«, mahnte mich meine Sekretärin.

»Sie sind kaum als Schwergewicht zu bezeichnen«, meinte die Arzthelferin, als ich beim Gynäkologen auf der Waage stand und es kaum auf einhundertdrei Pfund brachte. »Prima Muskeltonus!« lobte der Trainer im Fitneßstudio, was mich nur noch mehr anspornte und mich zehn weitere qualvolle Minuten auf dem Rudergerät festhielt.

Ich dachte, ich würde toll aussehen. Ich empfand mich als völlig andere Person. Ich war Lisa, gleichzeitig aber war ich Donna – das Mädchen, das seinen Körper Gramm für Gramm ausgezehrt, seine Freunde und seinen Lover aufgegeben hatte, das sich mit wunden Füßen auf dem Laufband abrackerte und joggte, bis seine hölzernen Knochen klapperten, wobei sein verkümmerter Magen auf und ab hüpfte, und sein stumpfes, strohtrockenes Haar schweißüberströmt war und sich sein Herz darauf einstellte, demnächst auszusetzen.

Ende November, drei Monate nachdem ich erfahren hatte, daß mein erster Test negativ gewesen war, schummelte ich und ließ einen weiteren Test machen. Als auch der negativ war, beschloß ich in die Kirche zu gehen. Aber ich wußte nicht einmal, wo in Ossining die katholische Kirche war, und sah mich gezwungen – als ob es sich um einen Klempner oder Midas' Auspuffreparatur-Service handelte –, in den Gelben Seiten nachzusehen.

Die Kirche des Erzengels Gabriel stand an einer wenig befahrenen Straße und lag hinter Bäumen versteckt. Nur der Kirchturm und ein äußerst geschmackvolles Holzschild mit goldener Aufschrift verriet ihre Lage – ein Fingerzeig, wie weit ich mich von meiner kindlichen Kirchengemeinde entfernt hatte. Die Kirche meiner Mutter lag an einer belebten Straßenecke, sie roch nach Weihrauch, Bienenwachs und Fußbodenpolitur, und an Feiertagen müffelte es nach Mottenkugeln von den Pelzen der Kirchgängerinnen und (vermutlich, um den üblen Geruch zu übertönen) nach dem noch widerwärtigeren Geruch ihres Jungle-Gardenia-Parfums.

Ich stellte den Wagen auf dem kleinen Parkplatz ab, der an diesem Mittwochabend leer war, bis auf einen ramponierten Ford, der vermutlich dem Mesner gehörte. Die mit Schnitzereien versehene Holztür fiel mit einem dumpfen Ton ins Schloß, als ich in das stille Vestibül trat. Ich tauchte meinen Zeigefinger in das gläserne Becken und versuchte die heilende Kraft des Weihwassers zu spüren, während ich das Kreuzzeichen machte. Erst dann fühlte ich mich gewappnet, in die Kirche einzutreten. Meine Füße steckten in niedrigen Pumps, die sanft auf den roten Teppich klopften. Ich schlüpfte in eine der hintersten Reihen. Ich ging nicht so weit, mich auf die Fußbank zu knien, aber ich beugte den Kopf und erinnerte mich an den Teil der Heiligen Messe, wenn der Priester sagte: *Herr, ich bin nicht würdig, daß du eingehst unter mein Dach, aber sag nur ein Wort, so wird meine Seele gesund.* Dann schaute ich auf. Der Altar war düster, lediglich von ein paar flackernden Votivkerzen erleuchtet. Draußen war es bereits dunkel geworden. Die Kirchenfenster waren nun dumpf violett und dunkelgrün. Der Tabernakel schien zu glühen, und das Kruzifix war von unten her beleuchtet.

Ich hätte Gott gern gedankt, aber ich hatte es verlernt. Nun fiel ich doch auf die Knie, stützte die Stirn in die verschränkten Hände und beschränkte mich auf eine schuldbewußte Litanei. *Ich bete, ich bete,* flüsterte ich in Gedanken, als ob die Behauptung das gleichbedeutende Äquivalent zum Tun wäre und ich wüßte, für wen und wofür ich eigentlich betete. Meine Fingerknöchel waren weiß und naß von meinen Tränen, als ich aufstand, mir die Nase putzte und den rechten Gang entlang in das seitliche Kirchenschiff ging. Ich wollte für Dodie eine Kerze anzünden. Aber als ich in meine Tasche griff, fiel mir ein, daß ich seit Tagen nicht mehr an der Bank vorbeigefahren war. Ich hatte einen Zwanzigdollarschein, aber kein Kleingeld, und ich mußte auf dem Nachhauseweg tanken. Meine Bedenken waren schnell überwunden, und mein Entschluß ebenso schnell gefaßt. Ich hoffte, daß Gott einen Dieb liebte. Ich nahm ein dünnes Hölzchen aus dem Metallbehälter mit Streichhölzern und hielt es an eine der brennenden Kerzen. Dann zündete ich alle Opferkerzen an, die kleinen und die großen – im Wert von fünfzig, vielleicht hundert Dollar –, für Dodie. Wie ein Verbrecher schlich ich mich anschließend aus der Kirche.

»Das wäre eines Genets würdig gewesen«, kommentierte Dodie, als er mich am folgenden Wochenende besuchen kam, um – im voraus – Weihnachten und Silvester zu feiern. Ich holte ihn am Bahnhof von Ossining ab, nicht mit meinem Toyota und dem gehirnamputierten aufblasbaren Mann auf dem Rücksitz, sondern mit meinem brandneuen Schlitten, den ich mir am Wochenende zuvor, einem verrückten Impuls folgend, gekauft hatte.

An jenem Samstag hatte ich per Post die Einladung zur Weihnachtsfeier der Firma Boorman erhalten. Bei dem Wortlaut – *Sie und Ihr Gast sind herzlich eingeladen* – hatte ich vor Einsamkeit einen nagenden Schmerz im Magen verspürt. Aber als ich die Einladung an meine Kühlschranktür heften wollte, war mein Blick auf die Visitenkarte des Toyota-Verkäufers gefallen, die immer noch unter dem Magnet mit der Aufschrift GELD STINKT hing. Nun, dachte ich, warum sonst hatte ich sie hier hängen lassen, wenn nicht für das, was meine Mutter einen *Regentag* nennt? Sekunden später hing ich am Telefon und rief ihn an. Er war da. Im Geschäft. Bis 19.30 Uhr an jenem Abend.

Ich verließ die Wohnung, um mir einen Mann zu angeln. Aber ich landete bei einem Jeep.

Ich betrat die Niederlassung und schritt auf meinen Galan der Stunde zu. Ich streckte ihm die Hand entgegen. Er hieß Bill – Bill Walker – ein Name, der so nichtssagend klang, daß ich mich fragte, ob es ein Pseudonym war. Ich stellte mich ihm noch einmal vor und schenkte ihm ein Lächeln, das ihn dazu veranlaßte zu sagen: »Aber hören Sie, ich erinnere mich doch an Sie! Womit kann ich Ihnen denn heute dienen?«

»Oh, ich dachte, es sei an der Zeit, sich wieder einmal umzusehen.«

»Behandelt Sie Ihr Corolla immer noch gut?«

»Er gibt sein Bestes.«

»Schauen Sie sich allmählich nach etwas Größerem um?«

»Möglich«, sagte ich, und als er in sein Büro ging, um sich seinen Mantel zu schnappen, erspähte ich die Rückseite eines Bilderrahmens auf seinem Schreibtisch. Als er wieder herauskam, versuchte ich zu eräugen, ob er einen Ehering trug, aber er zog seinen linken Handschuh zuerst an.

Bill und ich gingen hinaus auf den Wagenpark. Es war ein milder Tag. Obwohl die Bäume weiß überzuckert waren, lugten hie und da grüne Grasflecken aus dem Schnee, und die Sonne blitzte auf den ebenmäßigen, mit Wachs überzogenen Kühlerhauben der neuen Wagen. Bill begleitete mich die Reihen auf und ab. Er schwatzte von Pferdestärken, Servolenkung und Listenpreisen. Er erzählte mir von Fußmatten, Radios und verschiedensten Ausstattungs-Packages.

»Haben Sie etwas gesehen, das Sie gern probefahren würden?« fragte er, und während ich auf einen hellblauen Celica deutete – der ganz klar über meiner Preiskategorie lag –, sah ich über seine Schulter hinweg eine Reihe von Jeeps stehen – nett und verrückt, wie die Fun-Cars, die Carol und ich am Lighthouse Beach oft fuhren. Ich wußte, ihre Hupen würden lustige Töne von sich geben: *a-wuggah-awuggah*.

Als Bill zurück ins Büro eilte, um ein Nummernschild für den Celica zu holen, peste ich flugs hinüber und schaute in den strahlend blauen Jeep am Ende der Reihe. Er war total unpraktisch: Es war ein Zweisitzer, und vermutlich pfiff der Wind durch die

Türen, aber ich stellte mir vor, daß sich ein Mädchen darin wie der King of the Road fühlen konnte, wenn es hoch über der Straße saß. Die riesigen, breiten Reifen sahen aus, als hätten sie wirklich tollen Halt auf der Straße, die zur Zeit ja ständig vereist war. Von dem Standpunkt aus gesehen, hatte ich plötzlich das Gefühl, daß der Jeep genau das war, was ich im Moment dringend brauchte: Er wirkte ausnehmend sicher.

»Ich habe meine Meinung geändert«, rief ich, als Bill aus der Tür kam. »Ich will mit diesem kleinen Ding dort mal 'ne Runde drehn.«

Überraschung machte sich auf seinem Gesicht breit. Aber als er erkannte, daß es mir ernst damit war, öffnete er mir die Tür, befestigte die Nummernschilder vorn und hinten an dem Wagen und lief noch einmal ins Büro, um den Schlüssel zu holen. Dann kletterte er auf den Beifahrersitz und fing sofort ernsthaft zu argumentieren an – er redete über den Motor, als ob mich die Innereien dieses Wagens, der für jegliches Terrain geeignet zu sein schien, interessiert hätten, wo es mir doch gerade solchen Spaß machte, ihn über die Straße zu steuern und mir dabei vorzustellen, ich sei Archäologin, Großwildjägerin, Wüstenforscherin oder Anthropologin in der Wildnis, eine wahrhaftige Margaret Mead oder Jane Goodall und kurz davor, den Titelsong von *In Freiheit geboren* zu singen.

Nachdem wir wieder in der Niederlassung angekommen waren, fuhr ich auch den Celica und ein paar billigere Wagen Probe, nur zur Schau, dann bat ich um die Informationsbroschüren über den Jeep. Obwohl ich ihm klarmachte, daß ich fünfzehn Minuten brauchte, um die Informationen des Herstellers zu überfliegen, wollte mich Bill nicht in seinem Büro allein lassen. Während ich durch das Material blätterte, unterhielt ich mich mit ihm über seinen Job, bevor ich anfing, über den Preis zu schachern – zunächst waren es siebenhundertfünfzig, dann eintausend, und schließlich setzte er noch fünfhundert obendrauf. Als ich ihn an dem Punkt hatte, wußte ich, daß ich ihn nicht weiter runterhandeln konnte, ohne zu riskieren, des Büros verwiesen zu werden. Statt dessen fragte ich, was ich ihm als Gegenleistung für sein Entgegenkommen anbieten konnte. Das Herz schlug mir bis zum Hals, als ich unterschrieb, denn ich hatte eine weitere monatliche Rate abzustottern. Aber als ich aus dem Verkaufsgelände hinaussteuerte, dachte ich, warum sollte ein Mädchen einen Bill Walker oder Ibby Strauss brauchen, wenn es einen Jeep fahren konnte?

Dann fiel mir plötzlich ein, daß ich gar nicht mit der All State telefoniert hatte. Ich fragte mich, ob ich soeben ein Auto ohne Versicherungsschutz über eine vereiste Straße manövrierte. Dennoch hatte ich ein noch dringlicheres Anliegen: Mir war kalt. Richtig kalt. Ich fummelte an den Knöpfen am Armaturenbrett herum und dachte: *Lisa, du bist so blöd – mitten im Sommer kaufst du einen Wagen ohne Klimaanlage, und wenn der Winter einsetzt, lachst du dir einen ohne verdammte Heizung an!*

Dodie blieb wie angewurzelt stehen, als er meinen Jeep auf dem Parkplatz am Bahnhof stehen sah. »Das muß ein Witz sein«, stöhnte er, als ich den Schlüssel in das Schloß der Fahrertür steckte, um meinen Besitz unter Beweis zu stellen.

»Was soll das? Du haßt doch Hemingway.«

»Ja, aber auf *Daktari* war ich schon immer ganz scharf.«

Dodie kletterte auf den Beifahrersitz. Er legte sich die gewölbten Hände vor den Mund und blies die ersten paar Takte der National-Geographic-Sendungen in seine Schein-Trompete und endete mit einigen Zisch- und Furzlauten, die er mit Hilfe seiner Handinnenflächen erzeugte. »Du wärst ganz schön erstaunt, wie viele Leute Blechinstrumente spielen können«, sagte er, und ich lachte, denn ich erinnerte mich daran, wie fern uns Albernheiten gelegen waren, als wir zum letzten Mal miteinander in meinem Wagen gesessen hatten. Jetzt wußte ich auch, warum ich den Toyota los sein wollte – er war nichts anderes als eine ständige Erinnerung an jenen Morgen, als sich das ganze Leben zum Schlechteren hin zu entwickeln schien, und an die Fahrt vor so langer Zeit, als sich Security Man auf dem Rücksitz über uns lustig zu machen schien.

»Was hat dich denn geritten?« fragte Dodie, als ich anfuhr.

»Eigentlich wollte ich, daß mich der Autoverkäufer zur Weihnachtsparty bei Boorman begleitet.«

»Und, tut er's?«

»Ich habe den Eindruck gewonnen, daß er verheiratet ist.«

»Und als Reaktion auf diesen Eindruck bist du hingegangen und hast dir dieses Lesbengefährt angelacht?«

Ich zog meine Augen zu schmalen Schlitzen zusammen. »Wie nanntest du meinen Jeep gerade eben?«

Dodie stützte den Kopf in beide Hände. »Lise, Lise, du bist so naiv! Das ist ja geradezu, als würde ich mit Oscar Mayers Wienermobil die Straße entlangkutschieren –«

»Ich weiß nicht, was du mir sagen willst.«

»Ein Jeep ist ein Statement – daß du dich nämlich der Lesbenriege angeschlossen hast –«

»So ein Quatsch, Dodie.«

»Das ist ein Quatsch, den du mir mal besser glaubst, mein Herzchen.«

»Ich trage doch keine Springerstiefel«, argumentierte ich. »Oder einen Schlüsselbund an meiner Gürtelschlaufe.«

»Na, ich weiß nicht«, sagte Dodie und schüttelte den Kopf auf eine Art, die ganz prima meine Mutter imitierte. »Dein Haar ist ziemlich kurz. Du bist muskulös. Und du hast keinen Freund.«

Ich schwieg.

»Immer noch ein wunder Punkt?« fragte er.

»Laß uns von etwas anderem reden.«

Aber natürlich war es eines der ersten Dinge, die angesprochen wurden, während wir das Abendessen zubereiteten – überbackene Auberginen und Tomatenrisotto mit Basilikum – und während der Champagner kalt wurde, den Dodie mitgebracht hatte und von dem er ganz nüchtern behauptete, er sei zur Feier des Resultats meines zweiten Tests, wenn er auch noch keine endgültige Beweiskraft hätte. Tränen schossen in meine Augen, als er die Flasche in das Eisfach legte. Auch Dodie hatte geschummelt und einen zweiten Test machen lassen. Seiner war wieder positiv ausgefallen.

Dodie schnitt die Auberginen in Scheiben, ich würfelte die Tomaten. Aus dem Augenwinkel heraus betrachtete mich Dodie von oben bis unten. »Am besten, du ißt den Löwenanteil von all dem hier«, sagte er.

»Nein, am besten, *du* ißt den Löwenanteil davon«, gab ich zurück, denn Dodies Arzt hatte ihn ermahnt, sein Gewicht zu halten.

»Du bist wirklich mager geworden«, meinte er.

»Ich habe nur sieben Pfund abgenommen.«

»Mir scheinen es eher zehn oder fünfzehn Pfund zu sein.«

»Das wäre toll!«

»Du übergibst dich doch nicht oder so was in der Art wie diese Sarah-Lawrence-Prinzessinnen?«

»Stell dir vor, gerade letzte Woche bekam ich eine Einladung zum Semestertreffen – und da ich eine ach so *treuergebene* Ehemalige bin – so loyal meiner Alma mater gegenüber –, fahre ich seit jener Zeit mit dem Porzellanbus!«

Dodie lachte und öffnete einen Küchenschrank. »Was machst du mit koscherem Salz?«

»Ist ein Teil eines weiblichen Schönheitsrezeptes.«

»Ich dachte schon, du wolltest konvertieren.«

»Ich denke, ich lüge nicht, wenn ich behaupte, daß ich eben dies nicht vorhabe.«

Ich schob das koschere Salz beiseite und holte das normale Morton-Salz herunter. Meine Mutter hatte niemals Markensalz gekauft. Damals hatte ich mir geschworen, wenn ich erwachsen wäre, würde ich die fünf Cent extra bezahlen, nur um die mitternachtsblaue Schachtel zu bekommen, auf der in kursiven weißen Buchstaben die melancholische Erinnerung steht: *Ein Unglück kommt selten allein.*

Dodie betrachtete das Morton-Salz-Mädchen mit den zu einem Bob geschnittenen Haaren, das unter ihrem großen Schirm Schutz suchte. Schweigsam streute er Salz über die Auberginenscheiben, und da wußte ich, daß mir ein ernstes Gespräch bevorstand. Ich holte eine Zwiebel, schnitt das falsche Ende – das Tränenende – ab und grub meine Fingernägel unter ihre Haut, dann zog ich die papierenen braunen Schalen ab.

»Hör zu, Lise«, begann Dodie, »ich habe nachgedacht. Ich habe ein schlechtes Gewissen wegen dem, was zwischen dir und diesem Strauss vorgefallen ist –«

»Es ist nicht deine Schuld«, unterbrach ich ihn und säbelte auf der Zwiebel herum. »Du hast ja schließlich nicht darum gebeten, krank zu werden.«

»Aber ich hätte es dir niemals sagen dürfen«, sagte Dodie. »Ich hätte es verheimlichen können, dann hättest du nicht das Gefühl haben müssen, du würdest etwas vor ihm verheimlichen.«

»Du hast es schon richtig gemacht«, meinte ich. »Du hast es mir gesagt. Und ich habe es richtig gemacht, weil ich es ihm gesagt habe. Er war derjenige, der nicht damit umgehen konnte.«

Eine Sekunde lang legte ich das Messer aus der Hand, um meine tränenden Augen mit dem Handrücken abzuwischen. Dodie nahm die Eier aus dem Kühlschrank und klopfte sie gegen die Kante der Arbeitsplatte, dann ließ er das Eiweiß langsam in eine Schüssel gleiten, ohne daß das Eigelb hinterherflutschte, wodurch ein ekelhaft glitschiges Geräusch entstand, das mich zusammenzucken ließ. Ich war froh, als er endlich den Schneebesen in die Hand nahm, auch wenn er mich zunächst damit kitzelte.

»Hör auf, mich zu nerven, Dodie«, raunzte ich.

»*Ich* bin doch nicht der, der dir auf die Nerven geht, Lise.«

»Und vergiß Strauss.«

»Könntest du das mit etwas mehr Überzeugung in der Stimme noch einmal wiederholen?« fragte er.

Noch vor einem Jahr hätten Dodie und ich uns betrunken, hätten ein paar Joints geraucht und die ganze Nacht in einem schäbigen Club getanzt, um meinen Verflossenen aus meinem System zu verbannen. Statt dessen schlug Dodie Eier schaumig und tupfte die Auberginenscheiben ab, während ich meine Handfläche auf die stumpfe Seite des Messers preßte und wütend auf die Zwiebel einhackte, bis sie mit fester Masse nichts mehr gemein hatte, sondern mehr wie eine Pfütze aussah.

»Lise?«

Ich biß auf meine Lippe. »Nein, laß es.«

»Nein, komm jetzt, im Ernst. Jetzt spricht Dodie-Daddy zu dir.«

»Na gut. Sprich.«

Dodie trat an meinen Kühlschrank und nahm ein Bund Karotten heraus. »Meine Meinung lautet, wenn du ihn immer noch liebst – und ich denke, das tust du –, dann solltest du ihn anrufen, vor allem, weil du die Hälfte der Zeit gerade hinter dir hast. Und weil ich sicher bin, daß du negativ bist. Erzähle ihm, daß dein zweiter Test auch negativ war. Bitte ihn um ein Gespräch.«

Ich gab einen meckernden Ton von mir. »Du hast sie wohl nicht mehr alle«, rief ich. »Ich krieche nicht zu Kreuze.«

»Wer redet hier von *zu Kreuze kriechen*? Hier geht es um *Entgegenkommen zeigen!*«

»Das gibt es nicht in meinem Vokabular. In seinem übrigens auch nicht.«

»Hört sich an, als ob ihr beide füreinander gemacht seid«, spottete Dodie. Er griff nach meinem rostigen Schäler und begann vor sich hin zu summen. Ich sah sofort, daß er ein Spiel mit sich selbst spielte, indem er versuchte, möglichst lange Schalenstreifen von den Karotten abzuziehen.

»Warum sollte *ich* den ersten Schritt machen?« fragte ich.

»Du bist die Frau. Du bist die Frau, oder etwa nicht?«

Ich sah an mir hinunter, als ob ich die Bestätigung seiner Aussage auf meiner Brust sitzend finden würde. Dann sah ich Dodie an und fragte: »Wie sexistisch kannst du eigentlich noch werden?«

Dodie gab einen schmachtenden Ton von sich. »Schwul, aber im Herzen ein echter Kerl.«

»Verdammte Männer«, fauchte ich. »Ob schwul oder hetero. Warum können Männer nie sagen, daß es ihnen leid tut?«

»Weil ihnen der Pimmel abfällt, wenn sie auch nur an das Wort *denken*. Wenn sie es aber *aussprechen*, würden sie augenblicklich in Flammen aufgehen.«

Ich lachte hysterisch und viel lauter als nötig, wie Dodie mir sogleich versicherte.

»Was bedeutet es dir schon, ob ich nun mit ihm liiert bin oder nicht?«

»Das Leben ist kurz.«

Ist das aber eine tiefsinnige Bemerkung, wollte ich schon herausplatzen. Aber ich verkniff es mir gerade noch rechtzeitig. Ich hörte ihm genau zu, als er sagte: »Lise, ich will, daß du glücklich bist –«

»Ich bin glücklich«, sagte ich. Und das war keine Lüge – ich hatte es immer geliebt, mit Dodie in der Küche zu stehen, umgeben von einem Meer von grünen, orangefarbenen und gelben Gemüsesorten. Momenten wie diesem schien eine natürliche Heiterkeit zu eigen zu sein. Aber diese Heiterkeit würde nicht von Dauer sein. Als ich die Zwiebelwürfel in die mit Öl ausgepinselte Pfanne schob, hingen meine Hände schwer an meinen Armgelenken, wenn ich daran dachte, wie einsam ich wieder sein würde, sobald Dodie meine Wohnung verlassen haben würde. Die Leere würde so dunkel und tief sein wie der Ton, den ein Bogen den Saiten eines Basses entlockte. Ich sagte ihm: *Dodie, ich werde mich um dich kümmern, wenn du krank wirst, richtig krank.* Und er sagte: *Du tickst wohl nicht mehr richtig, das würde ich meinem schlimmsten Feind nicht antun! Ich bete darum, daß es schnell geht, wenn es soweit ist. Manchmal möchte ich, daß es mich trifft wie ein Blitzschlag, ich kann das nicht mehr allzu lange aushalten. Es ist, als ob ich jeden Morgen in der Todeszelle aufwache, und je mehr ich mich nach dem Leben sehne, desto sehnlicher wünsche ich mir, daß die Wärter kommen und mich abholen.*

Dodies Gegenwart in meiner Küche erinnerte mich wieder einmal daran, daß es sehr wohl möglich war, einen Mann zu vermissen, auch wenn er direkt neben einem stand. Ich konnte allein leben, dachte ich, aber wollte ich es auch? *Ich wollte es nicht.* Ich versuchte meiner Stimme einen möglichst beiläufigen, ja schnoddrigen Klang zu geben, als ich fragte: »Wie würdest du vorgehen, wenn du wieder mit ihm anfangen wolltest? Wenn du ich wärst?«

Sofort reckte Dodie den Kopf hoch. Er liebte es geradezu, Schlachtpläne zu entwerfen. »Worauf würde er abfahren? Auf Schmeicheleien oder worauf?«

Ich schüttelte den Kopf.

»Tränen?«

»Davon hatte er genug.« Ich legte mein Schneidebrett in die Spüle. »Würdest du ihn anrufen?«

»Niemals. Erledige niemals etwas Wichtiges am Telefon, das mußt du schon von Angesicht zu Angesicht tun. Vielleicht sprichst du zunächst von Kollege zu Kollege. Verschleudere deinen Fachjargon. Und dann redest du über die Mißverständnisse, die unlängst zwischen euch entstanden sind –«

Ich stöhnte.

»Nein, im Ernst. Erzähl ihm doch einfach, du würdest dich gern bemühen, ein besserer Teamspieler zu werden –«

»Und wo und wann soll ich das bitte tun? Er bat mich doch ausdrücklich, ihn nicht zu Hause anzurufen –«

»Bitte um einen Termin im Büro.«

»Dazu müßte ich erst seine Sekretärin überwinden.«

Dodie legte den Karottenschäler zur Seite. »Sagtest du nicht, ihr hättet demnächst eine Weihnachtsfeier?«

Ich nickte. Dann packte ich ihn am Unterarm. »Sei du mein Partner.«

»Auf keinen Fall, Mädchen. Du gehst solo. Und du tanzt mit ihm. Und bete schon mal, daß er keine andere Frau mitbringt.«

»Er bringt nie Frauen mit«, sagte ich. »Das weiß ich sicher.«

Dodies Augen blitzten. »Die Zeit der Vergebung naht«, sagte er und nahm mich an der Hand. »Zeig mir, was du anziehen wirst.«

Wir steuerten auf meinen Kleiderschrank zu. Nach fünfzehnminütigem Gezanke konnten wir uns nur auf eine Sache einigen: Am nächsten Morgen mußten wir dringend einkaufen gehen.

KAPITEL SECHZEHN

Sie ist positiv, er ist es nicht

Boormans Weihnachtsfeier sollte am Freitagabend in der Cafeteria der Angestellten stattfinden. Es begann leicht zu schneien, als ich zum zweiten Mal an diesem Tag auf den Firmenparkplatz fuhr – und zwar mit einer etwas größeren Verspätung, als es schick war. Es war bereits 20.00 Uhr, als ich ankam. Hinter der sanft gewellten Rasenfläche brannten die gelben Lichter des Labors, das ominöserweise aussah, als wäre es in der Erde versunken, als ob es ein Atombunker wäre. Die Leute von F&E schoben wieder einmal eine zweite Schicht. Boorman hatte sich noch nie mit der Entwicklung eines Aids-Testes beschäftigt. Aber es gab Gerüchte, die behaupteten, daß F&E wie wild an einer neuartigen Aids-Therapie arbeitete – an etwas, was sich *Compound Q* nannte und aus der chinesischen Gurke gewonnen wurde. Ein guter Komiker hätte darin bestimmt gutes Material gefunden.

Als ich auf das Labor sah, erinnerte ich mich daran, daß Dodie die Zusammensetzung meines gesamten Investment-Portfolios geändert hatte. Obwohl er sich von Homer getrennt hatte, hatte er mich in der Branche der Sextoys gelassen (und behauptete, Angst würde den Markt für Vibratoren und eheliche Lustförderer ankurbeln). Aber er hatte Aktien von Gesellschaften hinzugekauft, die Gummihandschuhe, Kondome und diese Wegwerfbehälter aus Plastik herstellten, die mir neuerdings in jeder Praxis auffielen und die die Aufschrift BIOLOGISCHER RISIKOABFALL trugen. »Wenn mir etwas zustößt«, schärfte er mir ein, »sieh zu, daß du bei diesen Branchen bleibst.«

»Ich will aber nicht in dieser Branche bleiben.«

»Benutz mal dein Gehirn. Irgend jemand muß doch an diesem Zeug verdienen.«

»Warum ausgerechnet ich?«

»Warum nicht du?«

»Es kommt mir falsch vor.«

»Dann verdiene das Geld und spende es Mutter Teresa. Sie wird dich nicht fragen, woher du es hast.«

Die Party hatte offiziell um 19.00 Uhr begonnen. Gussie – der seit Ende September doppelt so nett zu mir war, als er mich zögernd gefragt hatte: *Haben Sie Ihren Schatten verloren?* worauf ich nur nicken konnte und mir die Nase putzen mußte – bewachte den Hintereingang. Als ich mich in seine Liste eintrug, wählte er gerade Schweinefleisch im Schlafrock von einem Pappteller voller Hors d'œuvres. Neben ihm stand ein Plastikbecher, in dem eine meergrüne Flüssigkeit schäumte, die eher nach St.-Patrick's-Day-Gebräu aussah als nach Punsch. Angeblich hatte es einen kolossalen Machtkampf im Festkomitee gegeben, ob, und wenn, wieviel Alkohol ausgeschenkt werden sollte. Das Gezanke sollte von einem der Vorstände fix gelöst worden sein, der mit seinem alkoholschweren Fuß aufgestampft war und verkündet hatte: »Wer trinken will, kann trinken, und die mit der kleinen Leber sollen eben an ihrem Fruchtpunsch nippen.«

»Was haben Sie gesagt, Miss Lisa?« fragte Gussie.

»Ich sagte: Wie kommt es, daß Sie nicht zu der Party kommen?«

»Irgend jemand muß ja die Eingänge im Auge behalten.« Über meine Schulter hinweg sah er auf den Parkplatz hinaus. »Haben Sie einen Chauffeur heute nacht?«

»Nöh«, antwortete ich und lief den Flur entlang, nachdem ich Gussie versprochen hatte, nicht zuviel zu trinken.

Abgesehen vom Surren der Ventilatoren und dem weit entfernten Tuten eines Telefons in einem der Büros der Big Bosse war es in den Fluren geisterhaft still. Ich tat mich schwer, mit meinen Absätzen zu laufen, und die Tatsache, daß mein smaragdgrünes Kleid meinen Hintern fester umspannte, als es die Hände eines

Liebhabers gekonnt hätten, erschwerte mir das Gehen zusätzlich. Das Kleid hatte ich mit Dodies Zustimmung und mit meiner Kreditkarte bei Saks erstanden, allerdings mit dem heimlichen Plan, es am Tag nach der Party wieder zurückzugeben. Im rechten Ärmel steckte das Preisschild und unter den Achseln steckten Polster, um den Schweiß aufzusaugen. Was immer ich auch tat, dieses Kleid durfte ich keinesfalls bekleckern, ansonsten mußte ich vierhundert Dollar hinblättern, nur um drei Stunden lang wie ein Rasseweib ausgesehen zu haben.

Als ich in der überfüllten Garderobe meinen Mantel ausziehen wollte, bemerkte ich, daß ich ein Opfer statischer Aufladung geworden war. Ich strich den Rock an meinen Oberschenkeln glatt, holte tief Luft, und dann begann mein großer Auftritt. An der Doppeltür, an der sich die Angestellten normalerweise anstellten, um ihre türkisfarbenen Tabletts und das Besteck an sich zu nehmen, hatte sich ein kleines Empfangskomitee aufgestellt. Ich lugte in die Cafeteria. Die Leuchtstofflampen, die man anläßlich dieses Ereignisses durch Windlichter mit Kerzen ersetzt hatte, waren mit Efeu, Ilexzweigen und Misteln dekoriert. Das Schwarze Brett schmückten glitzernde Eiszapfen und Lametta. Normalerweise wurde dort der Beitrag der Firma zu den Wohlfahrtsinstitutionen des United Way an einem Thermometer dargestellt. Oder es kündigte an, daß Maryann aus der Marketingabteilung im Auftrag ihrer Tochter die Kekse der Pfadfinderinnen verkaufte oder Bob aus dem Verkauf doch tatsächlich willens war, sein komplettes Eßzimmer aus Kirschholz für sage und schreibe die Kleinigkeit von 6000 Dollar zu opfern. Die stolzen Verkündigungen, Boorman sei ein Arbeitgeber, der für Chancengleichheit sorgte, der sexuelle Belästigung für illegitim hielt und diese getreu dem Buchstaben des Gesetzes verfolgen würde, bis zum letzten, waren verschwunden. Sie waren von einem vielfarbigen Glitzerbanner ersetzt worden, auf dem Neonlichter funkelten: *Noel! Noel!*

Ein riesiges künstliches Immergrün, in dem die Lichter in allen Regenbogenfarben schillerten, war auf den Fliesenboden gepflanzt worden, wo normalerweise die Salatbar thronte. Die Tische waren mit grünem Papier, die Schwingtüren mit grellfarbiger

Geschenkfolie und steifen roten Schleifen geschmückt. Die einzigen Teile der Cafeteria, die man nicht in eine Art Evokation des Winter-Wunderland-Themas transformiert hatte, waren der weiße Fliesenboden und die starren, orangefarbenen Plastikstühle, die sich, wo das Auge hinfiel, mit der rotgrünen Dekoration bissen.

Obwohl das ganze Hurra – mit der charakteristischen Sensibilität der Firma in bezug auf kulturelle Feinfühligkeiten – als Feiertagsparty deklariert war, so war es doch nichts weiter als eine Weihnachtsfeier, was den wenigen Nichtchristen bei Boorman (einer Handvoll Juden, einigen Muslimen und Hindus, möglicherweise sogar einigen Buddhisten – sie waren alle Wissenschaftler im F&E-Bereich) eine willkommene Entschuldigung bot, dieses Ereignis zu boykottieren. Während ich mich anstellte, um dem käsegesichtigen Vorstandsvorsitzenden und seiner Frau die Hand zu drücken – beide waren in Barney's teuerstes Tuch gekleidet und hatten sich keck die unisex Santa-Claus-Mützen auf den Kopf gestülpt –, dankte ich Gott, daß sich Strauss als Mitglied des Topmanagements niemals herauswinden könnte, sich bei dieser Fiesta blicken zu lassen.

Ich fragte mich, wie man sich wohl als Jude bei einer Weihnachtsfeier fühlen mochte. Es mußte wohl mit dem Gefühl vergleichbar sein, das einzige weiße Mädchen auf dem Basketballplatz in der Roger-Sherman-High-School zu sein, zu wissen, daß niemand einem den Ball zuwerfen würde, daß man aber trotzdem Korb für Korb immer mitspringen mußte, denn schließlich galt es, im Sport keine schlechtere Note als eine Drei zu bekommen, ansonsten wären die ohnehin mageren Chancen auf ein Stipendium verloren. Vielleicht war es auch vergleichbar mit dem Feeling, das Dodie bei Carols Hochzeit hatte, als er die Augen stur auf sein schmelzendes *spumoni* gerichtet hatte, während der DJ alle verfügbaren Junggesellen auf den Tanzboden locken wollte. Mitten im Händeschütteln mit dem Vorstandsvorsitzenden spürte ich, wie mein Preisschild nach vorn rutschte. Ich lächelte ihn zuckersüß an und zupfte an meinem Ärmel. Kaum hatte ich das Empfangskomitee hinter mir, entdeckte ich Strauss am entgegengesetzten Ende des Saales. Wieder lächelte ich – bis ich an seinem Jackettzipfel eine unbekannte Blondine in einem chinesisch anmutenden blauen Kleid mit Mandarinkragen entdeckte, die um ihn herumschwirrte wie eine Biene um die Pollen.

Oh, auch ich konnte bienengleich schwirren! Ich summte an einen Tisch im hinteren Teil des Raumes, wo sich die Redaktion und die Grafikabteilung niedergelassen hatte. Ich lächelte, ich lachte und begrüßte die Ehepartner meiner Mitarbeiterinnen sowie andere bedeutsame Gäste, deren Namen ich in dem Moment vergaß, in dem sie ausgesprochen wurden.

»Wir haben gerade Wetten darauf abgeschlossen, wieviel Sie heute essen werden, Lisa.«

»Hebt euch das Wetten lieber fürs Bingo auf«, rief ich, denn ich war entschlossen, weder einen Bissen zu essen noch einen Schluck zu trinken. Ich hatte beschlossen, diese Party eine Stunde lang zu ertragen, nicht nur, um die Minimalanforderungen an Präsenz zu erfüllen, sondern auch, um zu vermeiden, Gussie eventuell erklären zu müssen, warum ich einen panikartigen Rückzug machte. Natürlich hätte ich den Sicherheitsposten umgehen können, indem ich mich durch den Hauptausgang hinausgeschwindelt hätte, der wegen der feuerpolizeilichen Auflagen von innen her zu öffnen sein mußte. Aber vom Hauptausgang war es eine mittlere Expedition bis zum Parkplatz, die ich wegen meiner neun Zentimeter hohen Stilettos nicht unbedingt unternehmen wollte.

Nach einigen diskreten Seitenblicken quer durch den Raum hatte ich drei Dinge ganz eindeutig geklärt. 1. Strauss' Begleiterin war mindestens zehn Jahre älter als ich. 2. Die Farbe ihres blonden Haares kam eindeutig aus der Flasche – sehr tröstlich. 3. Mein Hinterteil war in weit besserer Form als ihres. Und, 4., ihr billiges Fähnchen aus Kunstseide war im Rücken mit absurden Knöpfen in Froschform geschlossen, die besser zu einem der gesteppten Jacketts aus Chinatown gepaßt hätten. Am liebsten wäre ich auf sie zumarschiert und hätte sie auf etwas aufmerksam gemacht, was ihr ganz offensichtlich noch nicht aufgefallen war, nämlich, daß Strauss große Hände und klobige Finger hatte. *»En garde«*, würde ich sagen. *»Er war zwar in Harvard, aber BH-Ha-*

ken sind nicht seine Stärke. Er wird mindestens eine halbe Stunde brauchen, um Sie aus diesem Outfit zu schälen.«

Plötzlich verspürte ich eine Enge in meiner Brust – eine Atemlosigkeit, wie man sie wohl vor einem Herzanfall verspüren mußte –, als ich an das blaßrosa Hemdchen dachte, das wie ein seidener Fallschirm durch die Luft herüber zum Bett gesegelt war, als Strauss mich fragte: *Ziehst du das an? Für mich?*

Was würde ich nicht für ihn anziehen, was nicht für ihn tragen? Aber warum war die Liebe nur so verrückt? Ich saß da und sagte mir, *Okay, Lisa, tief bist du gesunken in deinem Leben – versuchst einen Mann zu verführen, dessen Eltern ihn Ibby nennen, und schaffst es nicht. Einen Mann, der eine Krawatte anzieht, um zum Dinner zu gehen, der bereits alt genug war, sich dumm und dusselig zu onanieren, bevor du überhaupt geboren warst, einen Mann, wegen dem du dich für dein Elternhaus schämst und weil du die bist, die du eben bist, bevor du es endlich besser wußtest und diesen selbstdestruktiven Scheiß hinter dir gelassen hast. Und er ist dein Boß. Er ist immer noch dein Boß. Bist du eigentlich verrückt?*

Ober reichten Tabletts herum. Ich lehnte alle Getränke ab. Kein noch so kleiner Happen – weder eine speckumwickelte Jakobsmuschel noch ein *Spanakopita* oder ein mit Honig und Senf gewürztes Hühnerspießchen – kam über meine Lippen. Mein Po klebte auf dem Stuhl. Ohne mit den Gedanken bei der Sache zu sein, unterhielt ich mich mit der Person zu meiner Linken, anschließend mit der zu meiner Rechten. Aber ich dachte dabei ausschließlich an Strauss' Begleiterin. Ich war da ganz sicher, daß er sie auf einem First-class-Flug nach Indianapolis kennengelernt hatte. Ich war sicher, daß sie Stewardeß war – *oh, pardon – Flugbegleiterin*. Vermutlich hatte sie ihm mit einem kräuseligen Lächeln um die geschminkten Lippen Decke und Kissen angeboten sowie Papierslipper für seine kleinen Füßchen. Sie hatte ihm Magazine und Drinks gebracht und ihn mit ihren Brüsten gestreift, während sie sich über ihn beugte, um seine Tasse mit lauwarmem Kaffee zu füllen. Wenn man auf ihren Nabel drückte, würde sie vermutlich den Mund aufklappen und wie eine Chatty-Cathy-

Puppe die Zeilen wiederholen, die ich mittlerweile auswendig kannte, leider nicht wegen meiner ausgedehnten Flugerfahrung (ich war erst ein einziges Mal mit einem Flugzeug geflogen, und zwar mit Dodie nach Key West), sondern weil ich zu viele Filme im Fernsehen gesehen hatte: *Bitte klappen Sie die Tische hoch und stellen Sie Ihre Rückenlehnen gerade. Für den unwahrscheinlichen Fall einer Wasserlandung ...*

Ich achtete darauf, Strauss (der verpflichtet war, sich durch den ganzen Saal zu arbeiten und überall Small talk zu betreiben) stets den Rücken zuzudrehen, lächelte und erzählte einem Mann ein paar alberne Ronald-Reagan-Witze, nachdem ich zunächst eruiert hatte, daß er nicht die Republikaner wählte. Als Karen mit ihrer Familie auftauchte, erkundigte ich mich nach ihrer Kleinen, dabei hatte sie doch ein Söhnchen, sparte mir die üblichen Ooohs und Aaahs und erzählte Karen ausgiebig, daß ich im Büro alles unter Kontrolle hatte, damit sie ruhig schlafen konnte. Eine ältere Dame aus der Kundenbuchhaltung erklärte mir daraufhin: »Warten Sie nur, bis Sie einmal selbst ein Baby haben, meine Liebe, dann werden Sie sehen, daß man keine einzige ruhige Nacht mehr hat!« Nach dieser Bemerkung flüchtete ich an den Nachbartisch, über dem ein Schild hätte hängen müssen: NUR FÜR SINGLES! Ich hockte mit dem Rest der Mädels aus der Redaktion in der Ecke und war schließlich dermaßen gelangweilt, daß ich etwas Glühwein trank, aber nicht so viel, daß ich auch nur einen Käsecracker, einen Shrimp im Algenblatt oder ein winziges Gurkensandwich gegessen hätte. Dann ertönte plötzlich Konservenmusik aus den Lautsprechern. Ich hoffte schwer, der freigeräumte Platz im hinteren Teil der Cafeteria wäre nicht zum Tanzen reserviert, denn noch nie in meinem Leben war ich so tief deprimiert gewesen, keinen Partner zu haben.

Durch die gezwungene Fröhlichkeit der Unterhaltung erhöhte sich mein Elend nur noch. Ich kam mir wie der einzige Mensch auf dem ganzen Planeten vor, der den Dezember nicht damit zubrachte, Lebkuchen und Fondant zuzubereiten, der nicht stundenlang die Einkaufszentren durchkämmte auf der Suche nach dem perfekten Geschenk für Bruder und Schwester, und der nicht in der

Vorfreude schwelgte, die Feiertage in der heimeligen Wärme des Kaminfeuers der eigenen Familie zu verbringen. Ich hatte vor, am Heiligen Abend zu meiner Mutter zu fahren und mich zusammenzureißen und nicht über den Gestank der Stinte zu meckern, die sie am Weihnachtsabend immer servierte. Ich plante, in die Christmette zu gehen und am Morgen so lange wie möglich zu schlafen, bis mich das Gejohle von Al Dante Junior – einem Jungen, der ebenso stämmig und kampflustig war wie sein Vater – aus dem Schlaf reißen würde. Dann wollte ich nach unten gehen und äußerst bedacht eine Praline aus der Whitman-Pralinenmischung auswählen, die meine Mutter jedes Jahr an Weihnachten protzig zur Schau stellte. Ich würde mir eine große Tasse Kaffee einverleiben, die mir über den Rest des Tages helfen sollte, bis ich am Abend endlich nach Ossining zurückfahren konnte. Bis zu dem Zeitpunkt würde ich vermutlich sowohl mit meiner Mutter als auch mit Carol gestritten haben, würde eventuell ein paar harsche Worte mit Tante Beppina gewechselt haben, die immer schon einen Groll gegen mich hegte, weil Dodie schwul war – als ob es meine Pflicht gewesen wäre, ihm wieder auf die Beine zu helfen.

Der schwermütige Gesang von Mel Torme und der Gedanke an all das Natriumglutamat in den Hors d'œuvres verursachte mir einen pochenden Kopfschmerz. Nie zuvor in meinem Leben hatte ich so viele glitzernde Angorapullover, Goldlamé-Tops, weihnachtliche Modeschmuckketten und Ohrringe mit Nikolausanhängern unter einem Dach gesehen. Aber zu früh durfte ich mich nicht verdrücken. Obwohl es keine Anwesenheitsliste gab, so befanden sich doch alle Visitenkarten der Angestellten in einem großen Acrylbehälter, der genauso aussah wie die sich drehende Bingotrommel im Pfarrsaal meiner Mutter. Eine Stunde nach meiner Ankunft trat der Vorstandsvorsitzende an das Mikrophon, um mit der Ziehung der Tombolapreise zu beginnen. Der angekündigte Zweck der Sache: Boorman wollte seiner Wertschätzung für die harte Arbeit Ausdruck verleihen, die wir Mitarbeiter während des ganzen Jahres leisteten. Der wahre Zweck der Sache aber war, diejenigen zu blamieren, die den Verstand gehabt hatten, zu Hause zu bleiben. Ich mußte bleiben. Es wäre keine gute

Taktik gewesen, wenn der mittlerweile durch und durch bourbongetränkte Oberboß meine Karte gezogen und immer und immer wieder meinen Namen ausgerufen hätte, bis es offensichtlich gewesen wäre, daß ich nicht erschienen war, um den Käsekuchen, die Kinofreikarten oder den Gutschein für das exklusivste Fischrestaurant in der Stadt in Empfang zu nehmen.

Nachdem eine der Cafeteria-Bedienungen mehr als gerührt den Hauptgewinn aus den Händen des Firmenleiters entgegengenommen hatte – zwei Reisen zu einem beliebigen Punkt in den Staaten –, klatschte ich mit allen anderen und drehte mich um. Aber mein Blick schwenkte exakt in die falsche Richtung. Einen entsetzlichen Augenblick lang fing ich Strauss' Blick auf, der sich gerade mitten in einer gezwungenen Unterhaltung mit Hook Roberts befand (wobei die Blondine immer noch um ihn herumschwirrte wie ein Hubschrauber kurz vor der Landung).

Judy Garland wünschte uns musikalisch ein fröhliches kleines Weihnachtsfest, und Strauss wendete den Blick dem großen silbernen Kranz zu, der über der Seth-Thomas-Uhr über dem Eingang hing. Und ich warf plötzlich einen interessierten Blick auf ein Tablett mit Lebkuchen, die niemand zu essen wagte, da der Puderzucker auf all diesen nur für die chemische Reinigung geeigneten Feiertagskleidern weiße Flecken hinterlassen hätte – aber erst nachdem ich für einen Bruchteil der Sekunde Blickkontakt mit Hook hatte.

Sogleich entschuldigte sich Hook bei Strauss und schlenderte auf mich zu. Ich lehnte mit dem Rücken an einer Säule, und Hook baute sich direkt vor mir auf. Sein fast leeres Champagnerglas hielt er so schief, als wollte er das letzte Schlückchen Blubberwasser dem Nikolaus auf seiner Krawatte gönnen.

»Hat die Party schon angefangen?« fragte Hook.

»Ist das hier eine Party?« gab ich zurück. »Ist mir gar nicht aufgefallen.«

»Wo bleibt Ihre Weihnachtsstimmung?«

»Hab' ich in der Reinigung vergessen.«

Hook lachte und stürzte den restlichen Champagner hinunter. »Na, ich ganz bestimmt nicht.« Er schnippte einer Bedienung.

»Hey, Süße, können Sie mir das hier gegen zwei volle Gläser austauschen?« Mit diesen Worten stellte er sein Glas auf das Tablett und bewaffnete mich – gegen meinen Willen – mit einem Glas Champagner.

»Ganz allein hier?« fragte er.

»Sieht so aus.«

»Wo ist Ihr Verlobter?« fragte er.

»Woher wissen Sie, daß ich einen habe?« platzte ich heraus.

»Haben Sie denn keinen?«

Ich gab keine Antwort. Hook starrte mich unverblümt an. Dann grinste er. »Ah, Sie sind mir ja ein cleveres Früchtchen, Lisa. Das war doch ein höchst willkommenes Gerücht –«

Ich fiel ihm ins Wort. »Wo ist Ihre Frau?«

»Lorraine ist zu Hause und gießt die Blumen.«

»Oh, sind Sie mit einer Gärtnerin verheiratet?«

»Ich bin mit einer Frau verheiratet, die geschäftliche Partys haßt.«

»Kann ich ihr nicht verübeln.«

Hook warf einen Blick über seine Schulter auf Strauss und die Stewardeß. »Es sollte eine Vorschrift geben: Ausschließlich Angestellte. Und außerdem müßte es eine Regel geben, die besagt: Ehepartner, Freunde – und *Verlobte* – müssen zu Hause bleiben und sich im Fernsehen zum fünfzigmillionsten Mal *Ist das Leben nicht schön?* ansehen.«

Ich nahm ein Schlückchen Champagner. Die Bläschen stiegen mir in die Nase, als wäre ich soeben in einen Swimmingpool gesprungen und hätte vergessen, den Atem anzuhalten.

»Vielleicht schlage ich Strauss das bei unserem nächsten Meeting vor«, fuhr Hook fort. »Hm, aber vielleicht auch nicht. Womöglich handle ich mir einen Rüffel ein.«

»Ja, vielleicht.«

Hook beugte sich ganz nah an mein Gesicht. »Strauss ist ja neuerdings ganz schön empfindlich, finden Sie nicht?« Er warf einen Blick auf die Blonde. »Haben Sie eine Ahnung, was den reitet?«

Ich war gefährlich nah dran, Hook meinen Champagner ins

Gesicht zu kippen. »Ich habe nicht die leiseste Ahnung. Ich berühre ihn selten.«

Hooks Lippen verzogen sich zu einem Lächeln. Hastig korrigierte ich mich. »Ich meine, ich *spreche*, ich *spreche* ihn selten.«

»Dann muß ich die Situation wohl falsch interpretiert haben.«

»Scheint eine Gewohnheit von Ihnen zu sein«, sagte ich. »Genau wie Ihre Neigung, Gerüchte zu verbreiten.«

»Schimpfen Sie doch nicht mit mir. Ich habe mein Wort gehalten.«

»Stimmt.«

»Ehrlich. Das weiß auch Ihr ehemaliger Reisebegleiter. Wollen Sie wissen, wer Sie bei unserer charmanten Frau Doktor verpfiffen hat?«

Ich zögerte.

»Schenken Sie mir den nächsten Tanz«, sagte Hook, »dann erzähle ich Ihnen alles.«

Die Tanzfläche war leerer geworden, nur ein paar unermüdliche – auf den ersten Blick hauptsächlich ältere Paare, die wohl zeigen wollten, daß sie noch wußten, was eine kesse Sohle war – schoben sich zu den Klängen von Perry Como hin und her. Ich hatte recht, als ich Strauss als Nichttänzer identifiziert hatte. Er befand sich nicht unter den Tanzenden. Aber vielleicht würde er die Blonde ja gleich auffordern. Obwohl mir meine Vernunft sagte, ich sollte mich diesem Tanz mit Hook entziehen, wollte ich plötzlich nichts anderes, als Strauss auf die Tanzfläche zu bekommen. Ich hätte mir keinen größeren Schlag in sein Gesicht vorstellen können, als meinen ersten Tanz mit Hook zu tanzen. Ich hatte seit langer Zeit keinen guten Flirt mehr gehabt, und seinen trüben Augen nach zu schließen, würde sich Hook am nächsten Morgen wohl an nichts mehr erinnern. Hook hatte wichtige Informationen. Drei Minunten in seinen Armen – und diese Informationen gehörten mir.

»Der nächste Tanz könnte aber etwas flotter werden«, sagte ich.

»Mögen Sie es denn nicht lieber langsam?« fragte er.

Ich stellte mein Glas ab und dachte: *Lieber Gott, Mädchen, komm schon, werde nüchtern. Iß etwas. Laß den Mann stehen.*

Dreh dich einfach um und gehe. Aber wie hätte ich das bewerkstelligen sollen? Hook hatte den Arm um mich gelegt und mich schneller auf die Tanzfläche bugsiert, als ich denken konnte. Ich kannte weder den Sänger noch den Song. Ich wußte nur, daß Hook ein guter Tänzer war und ich eine Stümperin.

»Entspannen Sie sich«, flüsterte er.

»Ich bin entspannt.«

»Sie stoßen mich ja dauernd an mit Ihren Hexenschuhen. Sie sollten eigentlich dem Herrn die Führung überlassen.«

»Also bitte, führen Sie.«

»Na dann, folgen Sie mir. Ja, genau. So ist's richtig. Jetzt haben Sie's.«

»Nein, Sie haben es.«

Er beugte seinen Kopf zu mir herunter. »Ich habe was?«

»Das, was ich wissen will.«

Er lachte und schwenkte mit mir in den hinteren Teil der Tanzfläche. »Es überrascht mich, daß Sie nicht selbst draufgekommen sind.«

»Karen«, riet ich.

»Wer ist das? Diese Schullehrerin, die Ihren Job früher hatte? Nöh.«

»Jemand aus der Computerzentrale?«

»Haben Sie und ein gewisser Herr etwa eine E-Mail-Spur hinterlassen? Äußerst indiskret, wenn Sie mich fragen.«

»Ich gebe auf.«

»Nein, raten Sie ruhig weiter.«

»Männlich oder weiblich?« fragte ich. »Tier oder Gemüse?«

»Ein sehr männlicher Mann. Bewaffnet und extrem gefährlich.«

»Von wem sprechen Sie überhaupt?«

»Von unserem Nacht- und Wochenend-Sicherheitsposten.«

»Gussie?«

»Kein anderer.«

»Woher wissen Sie das?«

»Einen Großteil habe ich mir zusammengereimt, und Frau Doktor füllte meine Lücken. Während unseres kleinen Meetings – heute nachmittag.«

Mein Herz machte einen Sprung, und Hook trat auf meine Zehen. »Au!«

»Tanzen Sie weiter.«

»Sie haben sich heute nachmittag mit Peggy unterhalten?«

»Ich sage kein Wort mehr.«

»Kommen Sie schon«, drängte ich. »Da Sie schon mal angefangen haben, müssen Sie jetzt auch weitermachen.«

»Der Tanz ist vorbei, Lisa.«

Er war es tatsächlich. Aber Hook hatte Mitleid mit mir – das sagte er zumindest – und brachte mich dorthin zurück, wo unser Gespräch angefangen hatte. Der Tisch war plötzlich nur von leeren Stühlen umgeben, weil jeder mit Elvis swingen wollte.

»Was haben Sie Peggy gesagt?« fragte ich.

»Ich habe ihr gar nichts gesagt.«

»Was hat Peggy Ihnen gesagt?«

»Einer der vorrangigsten Punkte der Agenda war die Reorganisation der Firma.«

»Hören Sie auf mit dem Quatsch. Kommen Sie endlich zu Gussie.«

»Das habe ich nicht aus ihrem Mund erfahren. Aber die Gerüchteküche brodelt. Den Leuten fällt manches auf, wie zum Beispiel eure Turteltäubchen-Blicke auf dem Flur oder Fußspuren, die den identischen Schlamm auf dem Teppich hinterlassen – ha! Ich will ja gar nicht wissen, was ihr beiden unerzogenen Kinder an dem Tag angestellt habt! Ihr hättet doch wissen müssen, daß Peggy es aus diesem oder jenem Kanal erfahren würde. Auf jeden Fall ließ sie sich von Gussie zeigen, wann Sie sich während des Sommers ein- und ausgetragen haben, und stellte fest, daß sich Strauss fast jedesmal an Ihre Fersen heftete, wenn er nicht gerade verreist war –«

»Das beweist gar nichts.«

»Sie waren fast jedes Wochenende zusammen mit ihm in der Firma.«

»Ich habe gearbeitet. Genau wie der Leiter der Finanzabteilung. Oder der Rechnungsprüfer. Und einige der Hausmeister –«

»Ha! Sie hätten mit jedem von ihnen turteln können – Sie hätten es sogar dem verdammten Vorstandsvorsitzenden besorgen können – ohne ein Stirnrunzeln hervorzurufen. Aber Sie haben mit dem kleinen Liebling von Frau Doktor gespielt –«

»Er ist nicht ihr Liebling –«

»He, was ist los mit Ihnen? Haben Sie nicht bemerkt, daß sie ihn vergöttert? Herr Unfehlbar? Herr Saubermann? Herr Moral höchstpersönlich? Jeder weiß doch, daß er in diesem Labor in Princeton seinen Job verlor, weil er jemanden verpfiffen hatte – ich weiß nicht mehr, was die herstellten. Fehlerhafte Intrauterinpessare? Irgend etwas, was Frauen so richtig krank machte – ich weiß es nicht mehr. Frau Doktor stellte ihn an, weil sie der Meinung war, er wäre der große Verfechter der feministischen Sache, nur um dann feststellen zu müssen, daß er ein Mädchen vögelt, das zufällig gerade befördert wurde. Sie können sich vorstellen, wie gut ihr das gefallen hat!« Hook lachte. »Machen Sie Ihren Mund zu, Mädchen. Sie fangen ja Fliegen. Und beruhigen Sie sich. Sie weiß es seit Wochen. Er weiß, daß er die Sache ausbaden muß, nicht Sie.«

»Ist er gefeuert?«

»Zeitweise vom Schauplatz des Geschehens entfernt. Allgemein bekannt unter der Bezeichnung *nach Sibirien geschickt werden*. Um genau zu sein, nach Taipeh. Drei Monate Straflager. Boorman hat vor, auf dem orientalischen Markt Kamikaze zu begehen. Sayonara, New York! Hallo, Sushi!«

»Taipeh ist in Taiwan«, klärte ich Hook auf. »Es gehört zu China, nicht zu Japan.«

»Wo zum Teufel liegt da der Unterschied. Die essen alle rohen Fisch.«

»Offensichtlich waren Sie nie dort.«

»Aber ich weiß, daß sie die tollsten Hotels haben. Und daß die Frauen wunderschön sind. Und unterwürfig – hab' ich jedenfalls gehört.«

»Wenn Sie das mögen.«

»Die meisten Männer mögen das.«

»Die meisten Männer«, sagte ich, »sind Würstchen. Und jetzt spreche ich nicht weiter mit Ihnen über dieses Thema.«

»*Au contraire,* Lisa. Sie und ich werden noch viel mehr Gelegenheiten haben, uns darüber zu unterhalten. Warum glauben Sie wohl, hat Peggy mich in ihr Büro zitiert?«

»Um zu erkunden, was Sie über die Sache wissen –«

»Ha! Das weiß sie alles aus direkter Quelle, ganz sicher. Herr Moral hat doch gleich alles gestanden, als sie ihn damit konfrontierte. Nein, meine Liebe, sie wollte wissen, wie es mir gefiele, wenn Sie unter mir arbeiten würden.«

»Was?«

»Machen Sie sich auf ein internes Memo gefaßt. Am Montag. Von Peggy. Die Redaktion fällt in meinen Zuständigkeitsbereich, ab 1. Januar.«

Ich versuchte, nicht hörbar nach Luft zu schnappen.

»Der Ausdruck auf Ihrem Gesicht ist unbezahlbar.«

»Das hätten Sie mir sagen müssen –«

»Tat ich doch gerade.«

»Ich kann nicht für Sie arbeiten –«

»Dann laufen Sie zu Peggy und sagen ihr, daß Sie Strauss' Führungsstil mit Anfassen meinem vorziehen, dann werden Sie sehen, wieviel Sympathie Sie ernten. Aber vielleicht überlegen Sie es sich ja noch einmal und kosten zur Abwechslung mal den meinen.«

Er grinste mich anzüglich an. Während Sinatra »It's the Most Wonderful Time of the Year« so laut sang, daß mich niemand hören konnte, näherte ich mich Hook. Er beugte sich zu mir herunter. Ich zementierte mein bestes Schönheitsköniginnenlächeln auf mein Gesicht und erklärte ihm langsam und ruhig: »Lassen Sie mich eines klarstellen, *Chef!* Selbst wenn Sie mir eine Million Dollar zahlen würden – auf Ihren Schwanz würde ich mich nicht setzen.«

Er lachte. »Nein, aber Sie würden ihn vielleicht schon für zwanzig lutschen.«

Ich lachte zurück. Aber innerlich kämpfte ich um eine schlagfertige Antwort. »Ich weiß nicht«, sagte ich schließlich. »Ich habe eine große Klappe. Da paßt eine Menge rein.«

»Dann bin ich Ihr Mann.«

»Träumen Sie weiter.«

Hook streckte die Hand aus und griff nach einem Lebkuchen. »Essen Sie erst einmal etwas«, sagte er. »Kein Mann wird sich je an Ihnen vergreifen, solange Sie nicht ein bißchen Fleisch auf Ihren Knochen haben.«

Er hielt das mit Puderzucker bestreute Gebäck vor meinen Mund, als ich mich aber weigerte, es direkt aus seiner Hand zu essen, legte er es in meine und nahm sich selbst auch eines.

Plötzlich kam mir wieder zu Bewußtsein, daß ich mich auf einer Party befand. Ich drehte mich um und rief meinen Kolleginnen zu, die ja Wetten abgeschlossen hatten, wieviel ich essen würde: »Hallo, ihr da, seht mal alle her!« Damit biß ich in die Süßigkeit, gleichzeitig bröselten buttrige Krümel und eine Lawine von Puderzucker über das Vorderteil meines sündhaft teuren Kleides. Fast hätte ich mich verschluckt. Während ich mir vom Tisch eine Serviette schnappte, um die Flecken von meinem Kleid zu wischen, entdeckte ich, zum ersten Mal an diesem Abend, Peggy Schoenbarger, die allein am anderen Ende des Saales stand. Sie beobachtete mich. Ich konnte mir lebhaft ausmalen, was sie von mir dachte. Aber recht viel schlimmer als das, was ich von mir selbst hielt, konnte ihr Urteil auch nicht ausfallen.

Hook wurde von ein paar Kollegen aus der Werbung gerufen, und er ließ mich mit meinem leeren Champagnerglas stehen. Die Hors d'œuvres waren gegessen, die Blumenarrangements zugunsten wohltätiger Zwecke versteigert, der Boß hielt eine alberne Rede über den Fleiß und das Engagement der Mitarbeiter der Firma, und dann wurde wieder Musik eingeblendet. Als Burl Ives zu »Jingle Bell Rock« sang und swingte, ergriff ich den Strohhalm. Ich nahm meine schwarze Samthandtasche und verschwand Richtung Toilette. Ich starrte in den Spiegel und sah, daß mein Kleid nicht zu Saks zurückgebracht werden würde, sondern in die Reinigung mußte. Des weiteren bemerkte ich, daß sowohl meine Haare als auch mein Make-up jenseits von Gut und Böse waren. Vielleicht war es ja eine Folge der Beleuchtung, aber meine Haut sah gelbgrün aus, wie angetrocknetes Currypulver auf einem Pfannenwender – und meine Locken hatten sich gekräuselt wie eine schlechte Dauerwelle vom Bahnhofsfriseur. Champagner mochte ja im Glas perlen, die Augen machte er jedenfalls trüb. Und was meine Augen sahen, das gefiel ihnen nicht.

Es war Zeit, die Party zu verlassen.

Die Garderobe war eng und überfüllt. Ich streifte meine Stilettos ab, und mir wurde fast schwindelig vor Erleichterung, fast so, wie ich mich immer gefühlt hatte, wenn ich nach einer halben Stunde auf dem Eislaufplatz meine Schlittschuhe von den wackeligen Füßen geschnallt hatte. Meine Füße standen wieder auf dem Boden. Ich fühlte mich sicher. In der Masse von Mänteln und Stiefeln – die jedermann angezogen hatte, sollte das leichte Schneegestöber sich in einen Schneesturm verwandeln – konnte ich schließlich meinen Mantel lokalisieren. Gerade wollte ich ihn vom Bügel ziehen, als – wer hätte es auch anders sein können? – Strauss hinter mich trat. Mein Mantel rutschte zu Boden. Nachdem ich mich gebückt und ihn am Kragen hochgehoben hatte, stand ich auf und sah ihm zum ersten Mal seit Monaten in die Augen. Ich mochte ja wenig Moral im Leibe haben, dachte ich, aber im Vergleich zu dieser aufgeblasenen Blondine – Junge, sah ich da gut aus!

Oder etwa nicht?

»Geht's schon nach Hause?« fragte er, und die Sanftheit seiner Stimme entwaffnete mich. Das Lied, das im Hintergrund gespielt wurde, »Rudolph the Red-Nosed Reindeer«, kam mir auf einmal laut und lächerlich vor. Ich hörte es plötzlich mit Strauss' Ohren und ärgerte mich aber gleichzeitig darüber, daß es mir geschmacklos erschien.

»Ich mag diese Art von Partys nicht«, erinnerte ich ihn.

»Ich auch nicht«, gestand er, als ob er mir damit eine Neuigkeit erzählt hätte, mir, die ich wußte, daß er ein ruhiges Abendessen oder einen Abend zu Hause mit Palestrina-Musik aus den Lautsprechern seiner Stereoanlage einer Party, Tanzveranstaltung und allem anderen, was an die Atmosphäre einer Karnevalveranstaltung erinnerte, vorzog. *Wenn du einmal auf einer Weihnachtsfeier bei Boorman gewesen bist, wirst du wissen, daß das kaum eine Veranstaltung ist, die ein verliebter Mann seiner Freundin zumuten würde.*

Als Strauss über seine Schulter sah, kam mir der Verdacht, daß er mich mit seiner Begleiterin eifersüchtig machen wollte – genauso, wie ich ihn mit meinem Verlobten hatte reizen wollen. Aber die Blonde war keine Fiktion. Sie war ein lebendiges, atmendes Wesen der Spezies Frau, die vermutlich noch einen Umweg über die Pipibox machte, bevor sie ihm in die Garderobe folgte. Sie sollte lieber noch etwas mit ihren Haaren unternehmen, wenn sie an dem Abend noch bei Strauss landen wollte. Und hoffentlich hatte sie ein Arsenal von Kondomen in ihrer Tasche, für den Fall, daß er keines in der Hosentasche stecken hatte. Dann wunderte ich mich, wie sie mit all diesen Frosch-Knöpfen auf dem Rücken wohl in dieses Kleid gekommen sein mochte. Vielleicht hatte ja Strauss sie hineingeknöpft.

Ich war wild entschlossen, mich diesbezüglich wie eine Erwachsene zu benehmen. Wie eine große Vitamintablette, die nicht hinunterrutschen wollte, würgte ich meine Eifersucht halbwegs hinunter und fragte ihn, ob er *schöne Feiertage* gehabt hätte. Irgendwie gelang es mir nicht, das Wort *Hannukah* auszusprechen, solange im Hintergrund diese albernen Weihnachtslieder ertönten.

»O ja«, sagte er, »danke der Nachfrage.«

»Bitte.«

Er schob seine Brille nach oben, eine Geste, die er immer machte, wenn er nervös war. Schließlich sagte er, nicht ohne noch einmal einen Blick über die Schulter geworfen zu haben: »Lisar –«

Warum wurde mir nur so warm ums Herz, wenn ich aus seinem Mund meinen falsch ausgesprochenen Namen hörte?

»Es geht mich ja nichts an«, fuhr er fort, »aber ich kann nicht umhin, zu bemerken, daß du schrecklich mager geworden bist. Du bist doch nicht krank gewesen, oder?«

Mir könnte es nicht besser gehen, hätte ich am liebsten gesagt. Da fiel mir ein, daß Hook schon gesagt hatte, ich sollte etwas Fleisch auf die Rippen bekommen, und ich erinnerte mich an meinen Blick im Badezimmerspiegel, und plötzlich wußte ich, daß ich nicht gut aussah – im Gegenteil –, ich sah schrecklich aus. Zudem vermutete ich plötzlich, daß Strauss' Frage wohl eine verschlüsselte Frage gewesen war, und mein Herz wurde schlagartig kalt wie Eis vor Zorn. Ich war versucht zu sagen: *Ja, ja, ich bin krank, todkrank.* Dann würde er, anstatt nach Hause zu gehen und seiner Chefstewardeß das Kleid auszuziehen, nach dem Telefonhörer greifen und seinen nächsten ELISA-Termin vereinbaren.

Ich sagte: »Ich ließ einen zweiten Test machen, und ich habe es nicht, wenn du das meinst.«

Seine Augenlider flatterten. »Danach habe ich nicht gefragt. Aber natürlich bin ich erleichtert. Für dich.«

»Vielen Dank«, entgegnete ich.

War das alles, was noch übrig war: Höflichkeit und Anstand? Nein, da war noch etwas anderes. Es muß noch eine Funke von Eifersucht in ihm gewesen sein, denn warum wäre er sonst rot geworden, als er sagte: »Nimm dich vor Hook in acht, Lisar.«

»Ich bin ein großes Mädchen«, tröstete ich ihn. »Ich kann schon auf mich allein aufpassen.«

»Ich finde es nur fair, dich zu warnen. Peg läßt dich nicht aus den Augen –«

Scharf zog ich den Atem ein. »Schickt man dich deshalb nach China?«

»Woher weißt du das?«

»Hook hat es mir soeben erzählt.«

»Der kann seinen Mund wohl nie halten, was?«

»Du hast deinen Mund auch nicht gehalten!«

»Verdammt, ich hatte keine andere Wahl.«

»Sag mir, was du Peggy erzählt hast.«

»Die Unterhaltung war vertraulich.«

»Aber Strauss, du hast die ganze Breitseite abbekommen –«

»Es war keine Breitseite«, sagte er und vertrat augenblicklich wieder die Meinung der Firma. »Diese Reise ist sowohl für mich als auch für die Firma eine große Chance. Ich trete sie gern an.«

»Ich hoffe, du hast Erfolg damit«, sagte ich. »Und natürlich werde ich deinen Rat beherzigen.«

Einen Moment lang meinte ich, Strauss würde mir in den Mantel helfen, damit ich mich nicht in die Ärmel kämpfen mußte, aber er tat es nicht. Also zog ich ihn nicht an, als hätte ich gar nicht die Absicht zu gehen. »Rudolph the Red-Nosed Reindeer« galoppierte immer noch seines Weges, und schließlich ertönte wildes Miauen. Es gehörte zu einer lächerlichen Version von »Jingle Bells«, die anscheinend von einer Reihe von Katzen gesungen wurde und die Ankunft von Strauss' Begleiterin ankündigte, die nun hinter ihm im Türrahmen auftauchte. *Setzen Sie zuerst sich selbst die Maske auf, dann den Kindern ... Um die Länge einzustellen, ziehen Sie an der Leine ...*

Ich sah ihr direkt ins Gesicht, denn ich wollte genau sehen, gegen welches Modell Strauss mich ausgetauscht hatte. Täuschen mich meine Augen, dachte ich, oder habe ich da eine Frau vor mir, die bei den Presbyterianern im Kirchenchor singt? Nun, vielleicht hatte sie sich nicht nur die Haare färben, sondern auch ihre Nase operieren lassen, aber ich war mir ziemlich sicher, daß sie die Matratze nicht vor übermütiger Ausgelassenheit zum Schaukeln bringen würde, wenn Strauss ihr seinen albernen Witz erzählte: Warum trägt die Biene eine Yarmulke? Damit niemand meint, sie wäre ein WASP![11]

Sie lächelte. Strauss sah keine von uns beiden an. Einen Moment lang fürchtete ich, er würde mich ihr vorstellen. Aber die Höflichkeit hatte ihn im Stich gelassen.

»Hallo«, sagte sie mit jener weichen und weiblichen Stimme, die ich niemals haben würde.

»Hi«, antwortete ich. In dem Moment des peinlichen Schweigens, der nun folgte, entschied ich, die Sache selbst in die Hand zu nehmen. »Mein Name ist Lisa«, stellte ich mich vor und hoffte, bei ihr würden nun mehr als ein paar Jingle Bells läuten.

»Wo bleiben meine Manieren?« rief Strauss.

»Tja«, sagte ich, »wo sind sie nur geblieben?«

Er stellte mir Miranda Anderson vor – es war genau jener hübsche Märchenbuchname, den ich mir immer gewünscht hatte. Nur daß Strauss ihn *Mirandar* aussprach, und noch nie hatte ein R am Ende eines Wortes mein Herz derartig gebrochen.

»Ihr Nachname kommt mir bekannt vor«, hörte ich mich sagen.

11 WASP – weißer, angelsächsischer Protestant, heißt aber auch »Wespe« (Anm. d. Übers.)

Sie sah mich an, als sei ich geistig umnachtet. »Es ist ein sehr weit verbreiteter Name«, meinte sie, »aber vielleicht kennen Sie ja meinen Bruder – Paul? Er arbeitete hier in der Firma als Statistiker.«

Ich dachte einen Moment lang nach, bis ich die Verbindung zwischen Paul und Strauss gefunden hatte. »Ach, der Catcher im Baseballteam von Boorman?« fragte ich.

»Woher wissen Sie das?«

»Ich bin eine heimliche Cheerleaderin«, gab ich zurück. Als ich nun meinen Arm ausstreckte, um ihr die Hand zu geben, zog sich mein Ärmel zurück und das Preisschildchen rutschte heraus.

»Oh, du meine Güte«, rief ich. »Ich habe den Preis nicht abgemacht!« Blitzartig versteckte ich das Schildchen wieder in meinem Ärmel.

Miranda lächelte – ein hübsches Lächeln übrigens, wie ich mir selbst eingestehen mußte. Aber Strauss runzelte die Stirn, als hätte er mich beim Ladendiebstahl erwischt – was in gewisser Weise sogar zutraf. Hastig warf ich meinen Mantel über den Arm. Dann hob ich meine Schuhe auf, und aus irgendeinem unerfindlichen Grund stülpte ich sie mir über die Hände, anstatt sie anzuziehen, wobei die Stilettoabsätze an meinen Händen wie groteske Klauen wirkten. Strauss hatte mich einst wegen meiner hohen Absätze kritisiert. *Warum,* hatte ich gefragt, *befürchtest du, daß ich größer sein könnte als du? Nein,* hatte er geantwortet, *ich will, daß du sicher bist. Wenn dich jemand verfolgt, hättest du mit solchen Schuhen keine Chance.*

Heute abend bestand keine Gefahr, verfolgt zu werden. Strauss trat lediglich einen Schritt zur Seite, um mich vorbeizulassen, und verabschiedete mich mit einem stillen »Fröhliche Weihnachten, Lisar«.

»Das bezweifle ich«, sagte ich. Mein einziger Trost, während ich durch die dunklen hinteren Korridore von Boorman wanderte, war, daß ich bemerkt hatte, daß Strauss auch Mirandas Mantel nicht vom Bügel genommen hatte und ihr nicht beim Anziehen behilflich gewesen war.

Der Filzteppich von Boorman fühlte sich rauh an unter meinen

Füßen. Obwohl ich in die Richtung ging, hatte ich nicht die Absicht, das Gebäude durch die Hintertür zu verlassen. Mit meinem tränenüberströmten Gesicht konnte ich Gussie nicht unter die Augen treten. Auch wollte ich nicht allein in meinem Jeep fahren, wenn Strauss mir (mit Miranda auf dem Beifahrersitz) in seinem Audi folgte. Ich wagte nicht zu fahren. Ich fühlte mich plötzlich sturzbetrunken – wenigstens hoffte ich, betrunken zu sein, denn wenn ich nicht den Alkohol dafür verantwortlich machen konnte, dann saß ich wirklich tief in der psychologischen Tinte.

Im hinteren Teil des Gebäudes machte ich einen Umweg und schlich in mein Büro. Von Strauss' Büro aus konnte man auf den Brunnen und den sanft gewellten Rasen blicken. Von meinem aus hatte man diesen exzellenten Blick auf den Parkplatz hinaus. Ich warf meine Schuhe unter den Schreibtisch, setzte mich, schneuzte die Nase und sah hinaus. Die Autos waren mit einer dünnen Schicht Schnee überzuckert. Nach ein paar Minuten hörte ich, wie Strauss und Miranda an meinem Auto vorbeiliefen, kurz darauf beobachtete ich, wie sie über den Asphalt gingen – aber nur wenige Schritte, denn Strauss hatte ja einen reservierten Parkplatz auf dem VIP-Parkplatz. Sein Audi stand direkt unter einer Straßenlaterne.

Park immer unter einer Laterne, wenn du nachts allein unterwegs bist, ja? Ich wollte, du würdest mir das versprechen. Es ist sicherer.

Zuerst sperrte Strauss die Beifahrertür auf. Ich erinnerte mich, daß er immer die Hand auf meinen Rücken gelegt hatte, als ob er Angst gehabt hätte, ich würde in der Sekunde ausbüchsen, die er damit beschäftigt war, die Wagentür zu öffnen. Ich beobachtete ihn. Er hielt ihr die Tür auf. Aber er berührte sie nicht.

Doch dann stürzte er plötzlich noch einmal zurück zur Hintertür der Firma und verschwand aus meinem Blickwinkel. Nach wenigen Augenblicken tauchte er wieder auf. Ich sah, wie er den Schnee von der Windschutzscheibe fegte und einstieg. Dann ließ er den Motor an, gab ein paarmal Gas und fuhr schließlich ab.

Nachdem sie fort waren, blieb ich sitzen und sah hinaus in die Nacht. Wie wunderbar wäre es, dachte ich, wenn man an einen

Stern glauben könnte, der so hell schien, daß er drei Könige zu einer Krippe führte, die von einer Öllampe acht Tage und Nächte lang erleuchtet wurde. Aber draußen leuchteten lediglich die kalten Lichter aus dem hügelabwärts gelegenen Laborgebäude herüber. Langsam erloschen auch sie, eines nach dem anderen, während es heftiger zu schneien begann und ich ganz allein im Dunklen saß. Ich lauschte dem monotonen Summen meines Luftbefeuchters, dem Surren der Neonbeleuchtung auf dem Gang und meinem eigenen Atem.

Aber da war nicht nur mein eigener Atem. Meine Atemzüge wurden von Atemzügen eines anderen begleitet.

Ich fuhr herum. Im Türrahmen stand Hook. Er hatte zwei Gläser Champagner in der Hand.

»Ich habe mir gedacht, daß ich Sie hier antreffe, Lisa«, säuselte er.

Scharf zog ich den Atem ein.

Das war der Moment, in dem ich erkannte, daß Dodie und die Feministinnen recht hatten mit ihrer Aussage: Es gibt andere Möglichkeiten, mit den Kerlen zu spielen, als sich auszuziehen und nackt für sie auf dem Tisch zu tanzen. Und das war auch der Moment, in dem ich Strauss' Theorie über hohe Absätze als falsch entlarvte. Es gibt Momente im Leben eines Mädchens, in denen sich ein neun Zentimeter hoher Stilettoabsatz als ausnehmend praktisch erweist.

Während Hook Schritt für Schritt näher kam, griff ich vorsichtig unter meinen Schreibtisch.

KAPITEL SIEBZEHN

Weihnachten zu Hause

Während ich mich über den Merritt Parkway dem Haus meiner Mutter näherte, hörte ich den WAVZ-Sender, um mich in Weihnachtsstimmung zu versetzen. Es war der Tag vor Weihnachten, und die nervtötenden, modernisierten Versionen der traditionellen Weihnachtslieder wechselten sich mit den noch widerwärtigeren Werbesendungen von Crazy Eddie, Bradlees und Caldor, von allen Möbelgeschäften entlang der Boston Post Road und jedem Ford- oder Chevy-Händler zwischen hier und der Arktis ab. Gut, daß ich nicht mehr mit Strauss zusammen war, dachte ich. Gut, daß ich weder ihn noch einen anderen Mann geheiratet hatte. Ich konnte mir nicht vorstellen, den Rest meines Lebens jedes Jahr vor Weihnachten durch die Herrenabteilungen der Kaufhäuser zu streifen, um die perfekte Krawatte zu finden. Ich konnte mir nicht vorstellen, ein glückliches Gesicht zu machen, wenn mir mein Mann wieder einmal einen Pullover in exakt der falschen Farbe und dem falschen Schnitt schenkte.

Erst kurz vor Milford, weniger als eine halbe Stunde von zu Hause entfernt, gab ich vor mir selbst zu, daß dies genau mein Problem war. Ich *konnte* es mir nämlich sehr wohl vorstellen. Und ich wünschte es mir sogar – nicht den Streß, für einen Mann Weihnachtsgeschenke auszuwählen oder seine Unterwäsche zusammen mit meiner in die Waschmaschine zu stopfen, oder das zweifelhafte Vergnügen, jeden Abend für ihn (oder besser für uns *beide* – denn in einer Ehe mußten ja beide etwas essen) ein wohlausbalanciertes Menü mit grünem Gemüse zu kochen. Ich wollte einen Mann – nicht nur als Liebhaber sondern als Freund. Da ich das nicht hatte, begann ich ernsthaft über den Kauf eines Vibrators nachzudenken. Aber ich wußte, sobald ich das Ding anstellen würde, wäre ich zu nichts anderem fähig als zu kichern, und dann müßte ich das verdammte Ding unter meiner Matratze neben den Kondomen und der neunten Fassung von *Mach langsam, Baby!* verstauen.

Als ich in die Einfahrt meiner Mutter steuerte, begann irgendein Blödmann mit Samtstimme über die Freuden zu singen, Weihnachten nach Hause zu kommen. Genervt schaltete ich das Radio ab. Also, hier war ich nun. Zu Hause. Aber wo war meine Mutter? Die Hintertür war abgeschlossen, das Haus war völlig dunkel, und die Vorhänge waren zugezogen. War das nicht typisch für meine Mutter? Ich sagte ihr doch, ich würde gegen drei Uhr hiersein, aber sie mußte wieder einmal genau diese Zeit wählen, um ihren täglichen Einkaufstrip zu Stop & Shop zu machen. Vielleicht litt sie ja noch immer unter dem freudigen Lächeln, das ich ihr fünf Jahre vorher geschenkt hatte, als ich ihr im Wohnheim des Sarah Lawrence in Hochstimmung meine Haustürschlüssel übergeben hatte.

Meine Hände waren kalt und steif, als ich ein letztes Mal an der Hintertür klopfte. Am liebsten wäre ich wieder in meinen Jeep gesprungen und hätte ihn zurück nach New York gejagt. Aber ich entschloß mich zu einer vernünftigeren Lösung. Ich ging zwei Häuser weiter zu Carol. Absichtlich ging ich hintenherum, um nicht an dem Haus vorbeigehen zu müssen, in dem Dodie aufgewachsen war. Ich wollte weder Tante Beppina noch Onkel Gianni in die Arme laufen.

Fast hatte ich vergessen, wie ordinär und aufdringlich die Weihnachtsdekoration in meiner alten Heimat sein konnte. In den Gärten standen ohnehin das ganze Jahr über grellbunte Franz von Assisis aus Plastik oder die Heilige Maria in einer Muschel, aber jetzt zur Weihnachtszeit hatten unsere Nachbarn auch noch Rentiere aufgestellt – alle acht! –, und allen voran galoppierte der alberne Rudolph, der den Schlitten mit Santa Claus und seinen Säcken voller Spielsachen zog. Unter dickensianischen Laternen sangen altmodische Plastikfiguren mit geschürzten Lippen Weihnachtslieder. Am absurdesten fand ich die Szene, die die religiöse und weltliche Thematik vermischte – Frosty the Snowman, der anstelle von Ochs und Esel das Christuskind in der Krippe bewachte. Ganz oben auf meiner Negativ-Liste stand auch die Weihnachtskrippe mit lediglich zweien von den Heiligen Drei Königen (der dritte war ja ein Schwarzer gewesen und hatte in dieser Nachbarschaft nichts zu suchen!). Abends wurde all das hell beleuchtet, so daß unsere Straße aussah wie der Luna Park in den Hochzeiten von Coney Island, vermutlich benutzten Piloten sie als Orientierung, wenn sie den Tweed-New-Haven-Flugplatz anpeilten. Es war geradezu ein Wunder, daß nicht ab und zu eine Cessna oder eine Piper unsere Straße als Landebahn interpretierte.

Weihnachten war die einzige Zeit des Jahres, in der ich dankbar war, daß meine Eltern so knickrig waren. In all diesem Lichtermeer blieb mein Elternhaus dunkel. Dunkler noch als den Rest des Jahres. Meine Eltern hatten immer mit Strom geknausert – hatten sich geweigert, einen Geschirrspüler, eine Kaffeemaschine oder einen Mixer zu kaufen –, und Mama nutzte die Weihnachtszeit als Vorwand, bei Kerzenlicht zu essen. Auf dem Weihnachtsbasar kaufte sie Votivkerzen, drei Cent das Stück, die, sollten kurz vor Schluß noch welche übrig sein, für zehn Cent pro fünf Stück zu haben waren.

Auch meine Schwester Carol war zu sparsam, um viel Geld für Strom auszugeben. Aber sie machte dies auf andere Art und Weise wett. An ihren Fenstern zur Straßenseite hin glänzten selbstausgeschnittene, silberne Schneeflocken. An ihrer Haustür hing ein freundlich zwinkernder Nikolaus aus Pappe, der einen schweren Sack über die Schulter gehievt hatte. Laut klopfte ich auf seinen dicken Bauch – laut genug, um mir Gehör zu verschaffen, aber wiederum nicht so laut, daß ich das Baby aufgeweckt hätte, sollte es gerade schlafen. Aber warum sollte ich mir wegen des Babys überhaupt Gedanken machen? Der Fernseher dröhnte so laut, daß man ihn durch die Haustür hindurch hören konnte. Es war gerade Seifenopern-Zeit.

Immer auf Sicherheit bedacht, hatte Al meine Schwester darauf trainiert, zuerst durch die Spitzenvorhänge zu lugen. Carol besaß nichts, was einen Einbruch wert gewesen wäre. Aber nach einem unangenehmen Vorfall in einem überfüllten Bus, in dem sich ein Typ zu nah an sie gedrängt hatte, hatte Carol eine Todesangst davor, vergewaltigt zu werden. Und obwohl ich ein Leben lang mit der Gefahr gespielt hatte – und trotz meiner Teenagerphantasien mit den Zwillingen –, plagte auch mich diese Angst. Dieser Vorfall mit Hook – den ich dank der Mordwaffen, die ich unter meinem Schreibtisch hervorgezogen hatte, vereiteln hatte können – bewies, wie gefährlich Männer sein konnten. Hook hatte gelacht und gesagt: »Beruhigen Sie sich! Wollte ja nur sehen, ob Sie noch einen Drink möchten!« Aber ich hatte sehr wohl bemerkt, daß er seine Familienjuwelen mit einem Glas Champagner schirmte für den Fall, daß ich Ernst machen würde. In jener Nacht hatte er mich gezwungen, durch den Hinterausgang zu entschwinden, ob ich nun wollte oder nicht. Noch nie war ich so froh gewesen, daß Gussies Augen – und seine Pistole – über mich wachten, nachdem ich meinen Namen unter den von Strauss und Miranda auf die Liste gesetzt hatte.

Gussie beobachtete mich, als ich unterschrieb. Dann betrachtete er meine Unterschrift. »Komisch, Miss Lisa«, sagte er dann. »Sieht gar nicht so aus, als ob Sie zuviel getrunken hätten.«

»Wer hat das denn behauptet?«

»Mr. Strauss.«

»Was?«

»Hm, er hat nicht viel gesagt. Aber er hat mich gebeten aufzupassen, daß Sie gut nach Hause kommen. Zuerst hat er einen Blick auf die Anwesenheitsliste geworfen – die scheint in letzter Zeit sowieso für jedermann von größtem Interesse zu sein –, dann hat er draußen im Schnee nach Fußspuren gesucht. Daraufhin ist er noch einmal hereingekommen. Können Sie sich vorstellen, warum er noch einmal zurückgekommen ist und versucht hat herauszufinden, ob Sie schon gegangen waren?«

»Vielleicht wollte er meinen Jeep klauen?«

»O nein! Also Ihr Jeep gefällt ihm ganz bestimmt nicht. Wenigstens nicht halb so gut wie Dr. Schoenbarger. Die habe ich schon zweimal dabei beobachtet, wie sie ihn ganz genau unter die Lupe genommen hat!«

»Ist sie gegen meine Reifen getreten?«

»Nein, aber einmal, ich kam gerade von der Toilette zurück, da habe ich Mr. Strauss dabei beobachtet – es war ein nebliger Samstagmorgen –, wie er in Ihren Wagen griff und die Lichter ausschaltete. ›Gut, daß Miss Lisa den Wagen nicht abgeschlossen hat‹, sagte ich, als er hereinkam, worauf er meinte, es würde ihn wundern, daß ein Wagen wie der überhaupt ein Schloß, geschweige denn Sicherheitsgurte hätte –«

»Nächstes Mal erzählen Sie ihm, daß mein Wagen eine Die-Hard-Batterie hat.«

Gussie hob abwehrend die Hände. »Ich kümmere mich lieber um meine eigenen Angelegenheiten.«

Ich warf einen Blick den Korridor hinunter, um sicherzugehen, daß niemand kam. »Kümmern Sie sich ruhig auch um meine, Gussie.«

Er lächelte. »Wann heiraten Sie, Miss Lisa?«

»Wer verbreitet denn diese bösartigen Gerüchte?«

»Ich habe es – indirekt – von Mr. Strauss erfahren. Zuerst dachte ich, er hätte es von Dr. Schoenbarger –«

»Bestimmt sogar.«

»Aber jetzt glaube ich eher, daß er es von Mr. Anderson hat.«

»Dieses Gerede ist schlecht für die Moral«, sagte ich und reichte Gussie meinen Arm. »Begleiten Sie mich zu meinem Wagen, ja? Und schießen Sie auf Mr. Roberts, genau in den Bauch, okay? –, wenn er hinter einem Wagen hervorspringt.«

»Wäre mir ein Vergnügen.«

Carol schob den Riegel beiseite, öffnete die Sicherheitskette und machte die Tür auf. »Psch, das Baby schläft endlich.«

Auf Zehenspitzen schlich ich theatralisch in das Haus. Im Wohnzimmer zog ich den Mantel aus und lächelte.

»Iiih«, rief Carol. »Was ist denn mit dir passiert?«

Mein Lächeln erlosch. »Was meinst du?«

»Du bist ja so mager –«

»Bin ich nicht –«

»Bist du doch. Du siehst krank aus –«

»Ich bin nicht krank –«

»– als ob du gerade aus dem Konzentrationslager gekrochen wärst.«

Scharf zog ich den Atem ein und spürte, wie meine Rippen gegen meine Lungenflügel drückten. Vielleicht hatte Carol doch mehr Grips, als ich ihr zugestanden hätte. Oder schwesterliches Einfühlungsvermögen. Gleichsam als Bestätigung, daß meine Magerkeit eine Reaktion auf Strauss' Ablehnung war, jammerte eine Frau mit heiserer Stimme, zuviel Maskara und einer engan-liegenden Halskette aus riesigen pinkfarbenen Perlen aus Carols Fernsehgerät: »Ich hätte es wissen müssen! Er hat mich nie wirklich geliebt!«

Nach der bitteren Kälte draußen empfand ich Carols Wohnzimmer als überhitzt. Ich befürchtete, gleich in Ohnmacht zu fallen. Am liebsten wäre ich auch bewußtlos geworden, aber verdammt wollte ich sein, wenn ich es während der *Springfield Story* getan hätte.

»Setz dich, Lisa«, forderte mich Carol auf und schaltete den Fernseher aus. Die Seifenoper flimmerte und verschwand dann ganz. Jetzt hatte ich keine Entschuldigung mehr. Ich ließ mich auf die Couch fallen und landete auf einem quietschenden Spielzeug – einem rosafarbenen Schweinchen mit einer roten Schleife um den Hals. Das Schwein quiekte, aber weder ich noch Carol lachten. Carol setzte sich neben mich. Sie zögerte, dann legte sie zunächst ihre Hand auf meine, schließlich drückte sie mich an sich. Seit Monaten hatte mich niemand mehr so liebevoll berührt, und Carol und ich hatten uns schon seit Jahren nicht mehr berührt. Mein Kopf fiel auf ihre Schulter (wo hätte er sonst hinfallen können? Er fühlte sich so schwer an, er mußte sich irgendwo anlehnen), und ich brach in Tränen aus.

Zwischen meinen Schluchzern sagte ich: »O Gott, ich bin in Schwierigkeiten!«

»Lisa! Du bist schwanger!«

»Nein, ich fühle mich krank! Ich fühle mich so krank –«

»Komm, sag schon, was ist los? Erzähl's mir. Hast du Krebs, oder etwas in dieser Art?«

Nachdem Carol mich mit Papiertüchern versorgt hatte, erklärte ich ihr unter Tränen, daß ich mich mehr seelisch krank fühlte.

»Oh«, rief Carol, »das ist es!« Sie wirkte erleichtert. »Du könntest zu einem Arzt gehen. Es gibt Ärzte für so was.«

»Ich weiß.«

»Warum gehst du dann nicht?« fragte sie. Dann schwieg sie eine Weile. »Ich bin zu einem gegangen.«

»Du? Du bist gegangen? Aber weshalb?«

Einen Moment lang, während Carol noch zögerte, dachte ich, sie würde mir gleich erzählen, daß mit ihrer Ehe etwas nicht stimmte. Genau wie Kranke, die manchmal unbewußt anderen ihre Krankheit wünschten, hätte ich mir gewünscht, daß Carol herausplatzt: *Er hat mit einer anderen Frau geschlafen, und jetzt will er mich verlassen!*

Statt dessen gestand mir Carol, daß sie nach der Geburt von Al Dante Junior von Depressionen überrollt worden war wie von einem Traktor, und sich deswegen an einen Psychotherapeuten gewandt hatte. »Ich konnte mir nicht mehr helfen, ich hatte das Gefühl, ich würde wahnsinnig werden, als würde ich demnächst jemanden umbringen, und dann hätte ich nur noch heulen können, nichts wie heulen, und am liebsten wäre ich überhaupt nicht mehr aus dem Bett aufgestanden.«

»Und was war, nachdem du beim Seelenklempner warst?«

»Er hat mir Medikamente verschrieben.«

»Oh! Frauen geben sie immer gleich Medikamente –«

»Zum Teufel, ich wollte sie! Ich hätte das ganze Röhrchen und noch mehr geschluckt, ich wollte nur wieder ich selbst werden –«

»Und, haben sie gewirkt?«

»Oh, Mann, ausgezeichnet«, nickte Carol.

»Wie heißen sie?«

Carol streckte den Zeigefinger hoch und schlich auf Zehenspitzen in das Badezimmer neben der Küche, wo sie vergeblich versuchte, ihren quietschenden Arzneischrank geräuschlos zu öffnen. Sie kam mit einem braunen Glasröhrchen zurück.

»Ich weiß nicht, wie man das ausspricht«, gestand sie.

»Aber sie wirken, sagst du?«

»Wie Zauberei.«

»Irgendwelche Nebenwirkungen?«

Carol zögerte. »Sie vermindern den Sexualtrieb.«

»Ich nehme zwei«, sagte ich. »Hast du irgend etwas zu essen?«

Carol gab mir nur eine halbe – eine halbe nur, weil ich so mager war, daß mich eine ganze womöglich umgeworfen hätte –, dann schluckte sie die dritte an jenem Tag. Wir gingen in die Küche und spülten die Tabletten mit Wasser hinunter. Anschließend holte sie ein Glas Skippy-Erdnußbutter aus dem Schrank sowie einen Hershey-Schokoladenriegel, den sie sich eigentlich für Als Bowlingabend hatte verwahren wollen, um sich dafür zu belohnen, sich morgens, mittags und bis in den Abend hinein mit einem quengelnden, sie ständig fordernden Al Junior abgemüht zu haben.

»Das Baby treibt mich noch in den Wahnsinn, Lisa«, seufzte sie. »Aber gleichzeitig fühle ich mich wieder so schuldig, weil ich ja darum gebetet habe, es endlich zu bekommen! Und ich habe doch so lange auf ihn gewartet! Aber jetzt, wo er hier ist, tut er nichts wie schreien, schreien und noch einmal schreien! Ich weiß doch nicht, was er will! Er nervt mich, und ich denke dauernd, wie ich mir überhaupt jemals ein Baby habe wünschen können!«

»Hört sich eher nach Ehemann an als nach Baby.«

»Junior macht wenigstens ab und zu ein *Nickerchen.* Aber Al sitzt mir ständig im Nacken.«

»Worüber beklagst du dich eigentlich?«

»Er will – na, du weißt schon –, er will dauernd Sex.«

Ich legte das Kinn in die Hand und schüttelte mit gespieltem Unglauben den Kopf.

»Lisa, ich bin völlig ausgepowert von dem Baby. Ich habe null Interesse an – du weißt schon – allem unterhalb der Gürtellinie. Aber wenn ich ihn nicht, na ja, wenn ich ihn im Bett nicht bei Laune halte, hilft er mir nicht mit der Hausarbeit, und das macht mich noch kaputter.«

»Was heißt das? Wenn du ihm einmal pro Woche einen bläst, dann bringt er den Müll raus?«

»Lisa!«

»Und wenn du's schluckst, dann macht er auch noch den Abwasch?«

»Warum mußt du nur immer so abscheulich und grausam sein?«

»Weil das Leben abscheulich und grausam ist.«

»Ich weiß nur eines, wenn sich Al über Weihnachten nicht besser zurückhält, dann kann er mich mal!«

»Oder du ihn!« sagte ich, worauf Carol und ich lachten, bis wir keine Luft mehr bekamen. Dann teilten wir die Schokolade in kleine Stückchen, tauchten diese in die Erdnußbutter und verschlangen sie hastig und gierig. Nach weniger als zwei Minuten lagen nur noch ein paar Schokoladenkrümel auf dem Stanniolpapier. Während ich die letzten Krümel vom Papier leckte, überlegte ich, wie Al wohl im Bett war.

Unterdessen begann im Hinterzimmer das Baby vor sich hin zu brabbeln. Carol seufzte und nahm ein Fläschchen mit Babynahrung aus dem Kühlschrank, das sie in einem Topf mit Wasser auf den Herd stellte. Sie schaltete den Herd auf niedrigste Temperatur und holte das Baby. Währenddessen untersuchte ich das Röhrchen mit den Tabletten, das immer noch auf dem Tisch stand. Deshalb hatte sie also aufgehört, ihr Baby zu stillen, dachte ich. Nun, sie brauchte jetzt vor allem Kraft. Nur glückliche Mütter haben auch glückliche Babys.

Auf jeden Fall machte diese halbe Tablette *mich* glücklich. Und sie machte mich hungrig. Ich tauchte einen meiner Finger in das Glas und leckte die Erdnußbutter von meinem Fingerknöchel und Fingernagel. Dann tauchte ich zwei Finger hinein, und bevor mir bewußt wurde, was ich tat, steckte meine ganze Hand darin, mit allen fünf Fingern grub ich die Erdnußbutter heraus, als ob ich, wie damals am Sarah Lawrence in der ersten Töpferstunde, kalten, feuchten Ton aus einem alten Holzfaß herausholen wollte, das mit feuchter Plastikfolie ausgelegt war. Der Kunstlehrer hatte uns gedrängt, unsere Phantasie spielen zu lassen. Einige Mädchen, denen es offensichtlich an Kreativität mangelte, formten Sparbüchsen, wie sie sie von den Pfadfinderinnen her kannten. Einige formten zierliche schlafende Katzen; andere versuchten große Hunde, irgend etwas zwischen sibirischem Husky und Neufundländer, zu modellieren. Die Mehrzahl aber versuchte sich in sehnigen, muskulösen Wildhengsten. Meist waren dies Stadtmädchen, deren intensivstes Zusammentreffen mit Pferden wohl ein Spaziergang im Central Park war, durch den müde, alte Klepper Kutschen zogen. Ich formte einen männlichen Akt. Im Brennofen verlor er seinen Penis, und auch der Lehrer hatte ihn nicht mehr finden können. Trotzdem hatte ich eine Eins bekommen.

»Da steckt doch ein Mann dahinter, stimmt's?« fragte Carol, nachdem sie mit Al Dante Junior zurück in die Küche gekommen war und ich pflichtgemäß seine drahtigen Haare, seine stämmigen Beinchen und die glatten, rosafarbenen Wangen bewundert hatte.

»Was meinst du damit?« fragte ich.

»Ich meine, es geht doch um einen Kerl?« wiederholte Carol hoffnungsvoll. »Einen Kerl, nach dem du total verrückt bist?«

»Sag's bloß Mama nicht.«

»Bist du wahnsinnig? Von mir erfährt sie kein Wort.«

Carol saß mir gegenüber am Küchentisch. In einem Arm wiegte sie das Baby, mit der anderen Hand hielt sie dem gierig nuckelnden Säugling die Flasche schräg an den Mund. Sie wartete darauf, daß ich ihr meine Geschichte erzählte. Das war ein Thema, von dem sie etwas verstand: Eine Frau, die wegen eines Mannes dem Wahnsinn nahe war. Was sie vermutlich nicht begreifen würde, waren die Einzelheiten – wer Strauss war, wie wir uns nähergekommen waren, oder warum wir uns getrennt hatten – vor allem der ganze Teil, der mit Dodie zu tun hatte. Ich hatte versprochen, und das Versprechen würde ich auch halten, daß ich weder Carol noch Tante Beppina oder meiner Mutter von Dodies Krankheit erzählen würde.

»Also«, sagte Carol schließlich. »Wer ist es?« Um mich zum Sprechen zu bringen, deutete sie mit dem Kinn auf ihre höchstpersönliche, berühmte Pralinenmischung von Whitman, die unter einem Stapel von Post auf dem Küchentisch lag. Ich zog die gelbe Schachtel hervor, hob den Deckel und schlug das braune Seidenpapier über dem Plastikeinsatz zurück. Zum Vorschein kam das halb leer gefutterte Tablett mit Nußpralinen, Cremehütchen und sonstigen Kalorienbomben. Lange und angestrengt überlegte ich – vermied bewußt die begehrte Kirschpraline – und entschied mich schließlich für ein dunkles Schokoladenhäufchen voller zäher Orangencreme. Carols Augen hatten ein Sahnebonbon fixiert. Ich nahm es, beugte mich über den Tisch und steckte es ihr zwischen die dankbar geöffneten, erwartungsvollen Lippen.

»Es ist mein Boß«, sagte ich endlich.

»O mein Gott«, ächzte Carol und biß so fest auf ihr Bonbon, daß es knackend in mehrere Teile zersprang. Ein Bröckchen fiel ihr aus dem Mund und blieb mit klebrigen Fäden an Al Dante Juniors Lätzchen hängen. Sie schnappte es sich, bevor es zu Boden fiel. »Ist er verheiratet?«

Ich versuchte indigniert zu klingen. »Nein!«

»Wie alt –«

»Noch nicht so alt –«

Al war neun Jahre älter als meine Schwester. »Sieben oder acht Jahre kann ich ja noch verstehen«, meinte Carol. »Aber findest du es nicht komisch, wenn sich Frauen in Männer verlieben, die ihr Vater sein könnten?«

Ich lachte – langsam, träge und gleichgültig –, denn nun begann Carols Zauberpille richtig zu wirken.

»Tja«, sagte ich. »Das ist komisch.«

»Ich meine, einen Vater hatten wir ja schon einmal«, entgegnete Carol. »Und weißt du noch, was für eine Katastrophe er war?«

»So schlimm war Daddy auch wieder nicht«, hörte ich mich sagen und war selbst überrascht, mich das sagen zu hören. »Wenigstens hat er uns nicht sitzenlassen.«

»Hat dich der Kerl etwa sitzenlassen? Vergiß ihn!«

»Das ist ja mein Problem, ich kann es nicht.«

»Lisa! Hast du etwa mit ihm geschlafen?«

»Und wie!«

»Das glaub ich einfach nicht!« rief Carol.

»Was denkst du, was ich mit ihm gemacht habe? Glaubst du,

ich habe ihn ins Bett gebracht und mich mit einem Gutenachtküßchen verabschiedet?«

»Du hättest warten sollen, bis du verheiratet bist – oder wenigstens, bis du verlobt bist!«

Ich zuckte mit den Achseln. »*Du* hast mich doch gerade gefragt, ob ich schwanger bin.«

»Aber das war, bevor ich wußte, daß er dein Boß ist.« Jetzt war es Carol, die mit den Achseln zuckte. Vielleicht setzte die Wirkung der Pillen bei ihr jetzt auch ein. »Du hast wirklich kein glückliches Händchen bei Männern, Lisa!«

»Tja.«

»Warum tust du dir nur diesen Mist an?«

Wieder lachte ich. »Ich weiß es wirklich nicht!«

Aber offensichtlich war Carol meine Antwort auch nicht besonders wichtig. »Verdammt, dieses Sahnebonbon war wirklich köstlich«, seufzte sie. »Such mir noch eine Nußpraline.«

»Es gibt keine mehr.«

»Dann schau mal in der unteren Ebene.«

Diese Aufforderung schien mir der Gipfel der Dekadenz zu sein. Mama hatte uns nie erlaubt, die untere Ebene der Pralinenmischung anzugreifen, bevor nicht die obere bis auf das letzte Stück, auch die verhaßte Kirschpraline, leer genascht war.

Zwischen Kokosmakronen, Fondant und Nougat erzählte Carol »Mama-Geschichten«, die meist ihren Groll und ihre Klagen über unsere Mutter zum Inhalt hatten, manchmal aber auch witzige Anekdoten darüber, wie Mama wieder einmal die englische Sprache malträtiert hatte. Wir schüttelten uns vor Lachen. Dann hielt ich Al Dante Junior, während Carol die gefüllten Paprikaschoten aus dem Kühlschrank nahm, die sie für das Abendessen vorbereitet hatte. Junior war ein warmes, nach Milch riechendes Bündel. Nachdem er einige Minuten über meiner Schulter gelegen und ich ihm auf den Rücken geklopft hatte, stieß er ein gewaltiges Bäuerchen aus. »Wie der Vater, so der Sohn«, kommentierte Carol, denn Al war bekannt für seine lauten Rülpser. »Das macht er nur, um mich anzuekeln.«

Während wir kichernd in der Küche saßen, dachte ich, daß

Strauss diesen Unterklassen-Humor vermutlich mißbilligen würde, und ich dachte, daß ich ohne diesen Saubermann, der Als Killer-Rülpser verurteilen würde (was, um ehrlich zu sein, immer noch besser gewesen wäre, als wenn er Als ebenso berühmte Furze verurteilt hätte), viel besser dran war. Ich fragte mich, was Strauss wohl von meiner Familie gehalten hätte. Nicht viel, vermutete ich und fügte in Gedanken hinzu: *Oh, zum Teufel mit ihm, er soll doch zur Hölle gehn.*

Carol brachte mir einen großen Pullover – einen, den sie während der Schwangerschaft getragen hatte – und drängte mich, ihn anzuziehen, damit Mama nicht sähe, wie mager ich geworden war. Ich blieb bei ihr, bis es dunkel geworden war, und schließlich tauchte Mama an Carols Hintertür auf.

Sie zog ihren Mantel aus – ohne auf Carols Aufforderung zu warten – und funkelte mich an. »Ich komme nach Hause und sehe einen dieser Jeeks –«

»Jeeps«, korrigierte ich sie.

»– in meiner Einfahrt.«

»Hast du dir einen Jeep gekauft?« rief Carol.

Mama ließ mir keine Zeit, die Frage zu beantworten. »Wen kenne ich, der einen Jeep hat, denke ich. Ich schaue auf den Rücksitz. Fast hätte ich die Polizei angerufen –«

»Hast du denn das Nummernschild von New York nicht bemerkt?« fragte ich.

»Ich schaue also auf den Rücksitz. Aber du sitzt nicht drin.«

»Wie kommst du denn darauf, daß ich auf dem Rücksitz des Jeeps sitzen könnte?« fragte ich meine Mutter.

»Also gehe ich ins Haus. Ich warte und warte auf dich. Aber du kommst nicht nach Hause. Aber da steht immer noch dieser Jeep in meiner Einfahrt –«

Langsam spürte ich ein heftiges Ziehen in meiner Magengegend. »Mutter, ich sagte dir, wann ich kommen würde, aber als ich ankam, war das Haus verschlossen.«

»Du weißt doch, wo ich um drei Uhr nachmittags bin –«

»Ich jedenfalls fahre nicht rüber zum Stop & Shop und suche dich zwischen den gefrorenen Erbsen –«

»Irgendwann muß ich ja meine Einkäufe erledigen!«

»Und ich soll mich währenddessen vor deine Haustür setzen und erfrieren?«

»Deine Schwester besitzt ein Telefon. Ist es dir schon zuviel, zum Hörer zu greifen und mir zu sagen, daß der Jeep in der Einfahrt deiner ist?«

Bentornato! Willkommen zu Hause! Mama streckte mir ihr Kinn entgegen. »Was denkst du über dieses Baby?«

»Was soll ich denken?« sagte ich und streichelte mit den Fingern über die weichen, dicken Backen von Junior. »Es ist wundervoll. Es ist phantastisch.«

Mama nickte. »So ist's gut«, sagte sie. »Du hast die richtige Einstellung.« Darauf schob sie ihre Brille hoch und sah mich mit zusammengekniffenen Augen an. »Du siehst irgendwie anders aus.«

»Ich habe gerade eine Menge Schokolade verdrückt«, sagte ich. »Danach bekommen meine Augen immer einen wilden Ausdruck.«

Mama betrachtete mich immer noch argwöhnisch. »Zu mager. Soll das etwas schiek aussehen?«

»Schick«, korrigierte ich sie, worauf Carol, die mich vor einem Streit mit meiner Mutter retten wollte, einwarf: »Man kann nie zu reich oder zu dünn sein.«

Carol und ich lachten, und mit meiner freien Hand warf ich meiner Mutter eine Kußhand zu.

Sie starrte mich immer noch an. »Ihr Mädels – verrückt!« Damit streckte sie ihre Hand nach dem Tablettenröhrchen aus. »Hat eine von euch eine Blaseninfektion?«

Mit dem Risiko, Al Dante fallen zu lassen, rutschte ich auf meinem Stuhl nach vorn und stieß Carol unter dem Tisch an.

»Ja, ich«, sagte ich.

Mama rückte ihre Bifokalbrille zurecht und inspizierte das Etikett. »Was geben sie einem denn heutzutage dagegen?«

»Ein Antibiotikum«, antwortete ich und streckte meine freie Hand nach den Tabletten aus.

Aber Mama dachte nicht daran, das Röhrchen aus der Hand

zu geben. »Das muß etwas Neues sein, hab' noch nie davon gehört –«

Immer noch streckte ich meine Hand nach den Tabletten aus. »Du weißt doch, daß ständig neue Medikamente entwickelt werden –«

»Werden die hier von der Firma hergestellt, wo du arbeitest – wie heißt die gleich wieder? Aber warum steht da dein Name drauf, Carol?«

Jetzt schnellte meine Hand über den Tisch – dabei preßte ich Al Dante viel zu hart an mich – und schnappte das Röhrchen aus Mamas Fingern. Dann ließ ich es in meiner Tasche verschwinden. »Diese Apotheker«, sagte ich kopfschüttelnd. »Die werden auch immer mehr wie der alkoholisierte Apotheker aus *Ist das Leben nicht schön?*«

»Dieses Jahr muß ich mir den Film ansehen«, sagte Mama. »Letztes Jahr spielten sie ihn gleichzeitig mit *Chipmunks' Weihnachten auf dem Eis,* da habe ich ihn leider verpaßt.« Dann wandte sie sich an Carol. »Und wo ist dein Mann?«

Carol wirkte nervös – vielleicht wegen dieser kitzligen Situation mit den Tabletten gerade eben oder weil sie Angst hatte, daß ich ihre Tabletten nicht mehr herausrücken würde. »Woher soll ich wissen, wo Al ist? Vielleicht arbeitet er länger?«

»Vielleicht kauft er dir ein Weihnachtsgeschenk?« warf ich ein.

»Ja, vielleicht ist er auch nach Tahiti gefahren.«

Mama schüttelte den Kopf. »Dieser ganze Weihnachtsfirlefanz. Diese verrückte Einkauferei und all das Geld, das zum Fenster hinausgeworfen wird –«

»Gegen ein Geschenk ab und zu ist nichts einzuwenden«, meinte Carol spitz. »Vor allem, wenn es zum vollen Preis gekauft wird.«

Als wir noch klein waren, behauptete meine Mutter Jahr für Jahr, daß sich der Osterhase erst zu uns vorarbeiten müßte und erst am nächsten Tag bei uns ankommen würde. Am Montag ging sie dann einkaufen und erstand für uns Körbchen in Zellophanpapier, voller hohler Schokoladenhasen und Fondantküken, zum halben Preis. Dachte sie etwa, wir wären zu dumm, um zu bemerken, daß es der

Osterhase sehr wohl bis zu Jocko und Dodie geschafft hatte, die nur zwei Häuser weiter wohnten? Dachte sie etwa, wir würden die großen, roten Sonderangebots-Aufkleber nicht bemerken, die sie regelmäßig vergaß abzumachen, bevor sie uns die Körbchen mit vierundzwanzigstündiger Verspätung auf unsere Betten stellte, wo wir sie dann nach unserem ersten trüben Schultag fanden?

Ich setzte Junior in seine Wippe und bot ihm verschiedene Dinge zum Greifen an. Er saß zu meinen Füßen, sein Kopf fiel nach vorn, so daß sich unter seinem Kinn eine dreifache Babyspeckfalte bildete. Er drehte und wendete eine leere Toilettenpapierrolle – ließ sie zwischendurch immer wieder fallen –, als wollte er die Theorie meiner Mutter bestätigen, daß Kinder keine teuren Spielsachen brauchten. Ich wußte, daß meine Mutter als Weihnachtsgeschenk für Junior vermutlich ein paar weitere Toilettenpapierrollen eingepackt hatte oder vielleicht einen leeren Eierkarton oder ein paar säuberlich gespülte Dosen, in denen sich einst Hühnersuppe befunden hatte – im Angebot, versteht sich, vier für einen Dollar.

Ich hatte für meine Weihnachtseinkäufe fünfzehn Minuten damit verbracht, durch einen Katalog zu blättern, der den Titel *Weihnachtsfieber!* trug und von Boormans eifrigster Avon-Beraterin stammte. Für meine Mutter hatte ich eine Dose Talkumpuder mit Veilchengeruch gekauft, an dem sie einmal riechen würde (lang und laut, wie ein Abhängiger, der die letzten Krümel Koks inhalierte), um ihn dann in der untersten Schublade ihrer Wäschekommode zu verstauen. Für Carol hatte ich ein silbernes Kamm-und-Bürsten-Set gekauft und für Al eine Seife in Form einer Bowlingkugel, die an einer Kordel hing. Für Junior hatte ich einen kuscheligen Polarbär mit Skimütze und Sonnenbrille erstanden. Aber auf dem Bär stand die Warnung NICHT FÜR KINDER UNTER 3 JAHREN. Die Avon-Madame wirkte etwas indigniert, als ich sie fragte, ob ich ihn umtauschen könnte. »Für Weihnachtsartikel gelten bei uns ziemlich strenge Umtauschvorschriften«, sagte sie. »Ich fürchte, meine Antwort muß nein lauten, aber ich hoffe, daß Sie das nicht daran hindern wird, wieder einmal etwas bei uns zu bestellen.«

Am liebsten hätte ich ihr gesagt, sie solle sich ihre Skin-So-Soft-

Creme, ihre Fußmaske und ihren Silikon-Handschuh behalten und sich alle drei sonstwohin schieben. Statt dessen verpackte ich den Polarbär für das vorweihnachtliche Julspiel im Büro. Man stelle sich meine Schadenfreude vor, als genau die Avon-Tussi mit ihren samtweichen, gierigen Pfötchen den Polarbär zog!

Carol hatte Al Dante mit dem Wissen geheiratet, sich einen Last-Minute-Käufer angelacht zu haben, der noch am Heiligen Abend in der berühmt berüchtigten Blitzaktion durch die Schmuckabteilungen der Kaufhäuser rauschte und etwas sehr Goldenes, sehr Schweres aussuchte, was er vermutlich zu überteuerten Preisen kaufte.

Während Mama (mit der Penetranz jener grellen Stoßstangensticker mit dem Satz VERGISS NIE, WARUM WIR WEIHNACHTEN FEIERN!) sich darin erging, über die Leute herzuziehen, denen die religiöse Bedeutung des Weihnachtsfestes nichts mehr wert war, sah ich auf meine rissigen Hände und fragte mich, was Strauss mir wohl geschenkt hätte. Im Frick-Museum hatte er mir gestanden, Einkaufszentren zu hassen. Aber für seine Frau – das wußte ich – würde er trotzdem durch die Geschäfte bummeln.

Die Weihnachtstage verliefen genauso deprimierend wie eh und je. Mama wollte nicht so lange aufbleiben, um in die Christmette zu gehen, also ging ich mit ihr in die Morgenmesse, und das eine halbe Stunde früher, damit wir einen *anständigen* Platz bekamen. Mama betete zwei Rosenkränze und warf despektierliche Blicke auf die Feiertags-Katholiken, die hereinströmten und die Kirche füllten. Vermutlich war sie der Meinung, man müßte die Tür verschließen, um ihnen den Einlaß zu verwehren, oder gar eine Art Polizisten im Vestibül postieren, der die Gläubigen nach rechts, die Ungläubigen nach links verwies, gerade wie die Zeremonienmeister, die bei einer Hochzeit die Gäste in die Kategorie *Freunde der Braut* und *Freunde des Bräutigams* einteilten und entsprechend plazierten. Schon als kleines Mädchen hatte ich es immer für unfair gehalten, daß die Familie des Bräutigams rechts sitzen durfte, während die der Braut auf die unheilbringende linke Seite verdammt wurde.

Vor der Messe amüsierte ich mich mit dem Gedanken, was passiert wäre, wenn ich Strauss mit nach Hause gebracht hätte. Er hätte uns in die Kirche begleitet – nachdem Mama ihn gefragt hätte: »*Sei certo?* Sind Sie sicher, daß Sie mitkommen wollen? Es ist doch eine rein katholische Angelegenheit.« Wenn dann die Mesner vor der Kommunion die Kollekte einsammeln würden, würde Strauss, der ja keinen vorgedruckten Umschlag für die Weihnachtskollekte hätte, seine Brieftasche zücken und eine ansehnliche Spende in den Klingelbeutel werfen. Mama hätte beim Anblick des großen Scheins nach Luft geschnappt und den Mesner festgehalten, damit sich Strauss Wechselgeld herausnehmen könnte.

»Was macht deine Familie an Weihnachten?« hatte ich Strauss einmal gefragt. Erst nachdem er mich schelmisch in die Wange gezwickt hatte, wußte ich, daß er mich angeschummelt hatte, als er sagte: »Wir gehen nach Crown Hights in ein koscheres Chinalokal.« In Wirklichkeit feierte seine Familie das Fest sehr wohl, aber eben auf ihre Weise. Strauss fuhr über die Feiertage zu seinen Eltern, seine Schwester tat das nicht. Strauss und sein Vater zogen sich dann immer Stiefel an, setzten sich Hüte auf und machten am Nachmittag traditionsgemäß einen langen, meist recht schweigsamen Spaziergang. Wenn sie dann nach Hause kamen, servierte seine Mutter – die den ganzen Tag gekocht hatte – Lachs mit gebratenen roten Kartoffeln und hausgemachten Eiernudeln. Sein Vater lobte das Essen stets über alle Maßen, was zwar allen peinlich war, trotzdem aber jeder zu verbergen versuchte.

Die Orgel gab leise, summende Töne von sich und setzte dann voll ein. Die Messe begann. Ich ließ das Gesangbuch auf der Ablage liegen. Ich sang nicht – ich hatte eine lausige Stimme –, aber ich sprach die Antworten und die Gebete mit, die ich immer noch auswendig konnte, obwohl ich sie seit langem nicht mehr Woche für Woche betete. Meine Mutter funkelte mich böse an, als ich mich nicht erhob, um die Kommunion zu empfangen. Ich zog die Beine nach rechts, um meine Banknachbarn vorbeizulassen, aber ein kleiner Junge stieß mir unabsichtlich so hart gegen das Schienbein, daß ich ein blasphemisches »Scheiße!« zischte. Gegen Ende der Messe begleitete meine Mutter den Chor beim »Gloria«, als ob sie den Sängern nicht getraut hätte, den Ton zu halten. Sie konnte die hohen Sopranlagen der Glorias nicht mithalten und setzte sie deshalb in einen monotonen Alt, der mir kalte Schauer über den Rücken jagte.

Anschließend gingen wir nach Hause. Carol, Al Dante und das Baby kamen herüber. Junior preßte eine Bowlingkugel aus Schaumgummi und einen roten Plastikkegel an sich, beides ganz offensichtlich ein Geschenk seines Vaters. Carol trug ein Oberteil, das meiner früheren Chefin würdig gewesen wäre – ein kariertes, loses Hemd mit aufgesetzten Taschen, die mit Zickzackstich verziert waren, und einem Stehkragen. Al trug ein weißes Hemd, braune Stoffhosen, aber keine Krawatte. Statt dessen hatte er zu viel After-Shave mit starker Moschusnote aufgetragen, das vermutlich unter der geläufigen Bezeichnung *Brut* oder *Homme* verkauft wurde. Warte nur, bis du meine kräftig parfümierte Seife an der Kordel unter deine Nase hältst, dachte ich. Dann muß Carol vermutlich das Haus ausräuchern.

»Schön, dich zu sehen, Al«, sagte ich, denn tief in meinem Inneren mochte ich meinen Schwager. Obwohl er kaum meinem Typ entsprach, konnte ich verstehen, warum Carol ihn geheiratet hatte. Al verströmte eine gewisse primitive Sinnlichkeit, die ich wieder einmal ganz extrem verspürte, als er sich zu mir beugte, um meine Wange zu küssen, und dabei sein Unterkörper auf nicht uninteressante Art und Weise meine magere Hüfte streifte.

Al setzte sich in den Fernsehsessel, der früher meinem Vater vorbehalten war.

»Was gibt's Neues?« fragte ich.

»Nicht viel«, antwortete Al, schnappte sich die Zeitung, und als Antwort auf meine Frage ergriff Carol das Wort. Fünf Minuten und zwei Rollen entwickelten Filmes (»Hier ist Junior, wie er seinen ersten Milchreis ißt.« – »Hier ist Al, wie er versucht, Junior am Bier probieren zu lassen.«) weiter tauchte Al hinter der Sportseite auf, als wollte er nach Luft schnappen. Mit dem verschlagenen Ausdruck im Gesicht, der mir deutlich machte, daß Carol ihm bereits erzählt hatte, daß ich ein Verhältnis mit meinem Vorgesetzten hatte, fragte er, was es denn bei mir Neues gebe.

»Ich bin befördert worden«, sagte ich und war dabei selbst überrascht, denn plötzlich erinnerte ich mich, zwar angedeutet zu haben, daß ich vermutlich aufsteigen würde, daß ich meiner Familie aber noch nichts von meiner tatsächlichen Beförderung erzählt hatte.

»Oh, schön«, meinte Al, und meine Mutter zischte: »Laß dir das nur nicht in den Kopf steigen.« Carol zog scharf die Luft ein: »Ma, dein Haus stinkt immer noch nach den Stinten von gestern, und zwar kräftig.«

Und damit war die Sache erledigt. Niemand fragte mich nach meinem neuen Verantwortungsbereich. Niemand fragte, wann ich befördert worden war und – Dank sei Gott – auch nicht, wie es dazu gekommen war.

Während meine Mutter in der Küche Artischocken vorbereitete und Al durch sämtliche Fernsehkanäle zappte und schließlich zwischen der Messe, die der Papst in Rom las, und dem ersten Viertel eines langweiligen Footballspiels hin und her schaltete, saß ich schweigend auf dem Sofa. Meine 103 Pfund waren fast bis zu den Knien in ein sackartiges Sweatshirt meiner Schwester gehüllt, das sie getragen hatte, als sie fast genauso schwer gewesen war wie ihr Mann. Es gab nichts, worüber ich mit meiner Familie hätte sprechen können. Das Thema Strauss war ein Tabu. Und hier in meinem Elternhaus, wo allein schon der Gedanke an Dodie immer eine Quelle der Meinungsverschiedenheiten gewesen war, wagte ich das Thema nicht anzuschneiden. Und da Dodie schon seit Jahren das Weihnachtsfest nicht mehr zu Hause verbracht hatte, wollte ich es auch gar nicht. Er hatte vorgehabt, das Fest mit einigen neuen Freunden, die ebenfalls HIV-positiv waren, zu verbringen. »Ist es eine Art Selbsthilfegruppe?« hatte ich ihn gefragt.

»Nein, es ist ein Selbstbemitleidungs-Club. Dort kannst du wegen deines Durchfalls jammern und dir ins Fäustchen lachen, wenn du mehr Immunzellen hast als der andere.«

»Hast du wieder Durchfall?«

»Nein, aber *du* wirst ihn bekommen, wenn du ein zu großes Stück von der Lasagne deiner Mutter verdrückst.«

»Einmal hat sie den Käse vergessen.«

Dodie zögerte. »War das nicht an dem Karfreitag, als mich mein Vater eine Tunte nannte?« Wir mußten beide lachen. »Schönes Fest, Lise. Iß einen oder zwei Stinte für mich.«

Kurz vor dem Abendessen kam Tante Beppina herüber. Onkel Gianni hatte unser Haus nicht mehr besucht, seit mein Vater gestorben war. Vermutlich war er der Meinung, meiner Mutter nichts schuldig zu sein und daß es Aufgabe der Frauen sei, die Kommunikation zwischen unseren beiden Familien aufrechtzuerhalten.

Al sah sich das Spiel an, Junior war eingeschlafen, und Carol und meine Mutter zankten sich über die Frage, ob die Kirche der Heiligen Familie innen neu gestrichen werden müßte (Carol war dafür, während meine Mutter die Meinung vertrat, der Pfarrer sollte seine paar Pfennige für schlechte Zeiten aufheben, denn die Kirchengemeinde würde ohnehin immer kleiner, und wenn nicht zunehmend diese vietnamesischen Boat People mit ihren Kindern in die Kirche strömen würden, hätte der Pfarrer nur noch halb soviel Leute, die sich zum Empfang der heiligen Kommunion anstellen würden). Tante Beppina erwischte mich im Wohnzimmer. Ich saß gerade am Eßtisch und faltete die Servietten. Sie packte meinen Arm – schließlich war sie meine *comare* und meinte deshalb vermutlich, ein Recht darauf zu haben – und fragte: »Na? Hast du in der letzten Zeit mit ihm gesprochen?«

»Mhm.«

»Hast du ihn gesehen?«

»Mhm«, wiederholte ich.

»Sieht er immer noch so gut aus?«

»Besser denn je«, sagte ich. »Und er verdient Geld wie Heu.«

Tante Beppina schüttelte den Kopf. Dann lächelte sie, aber es war ein trauriges Lächeln. Das war ein Punkt, auf den sie stolz sein konnte: Sie hatte einen gutaussehenden und gutverdienenden Sohn, der nie von einer Schule geflogen war oder seine Zeit in einer Jugendstrafanstalt hatte absitzen müssen. Aber vor dem Rest der Welt konnte sie nicht mit ihm angeben, denn er hatte nie ein Mädchen aus East, West, North oder New Haven angebaggert. Er würde nie Kinder haben. Und er würde nie einen Ehering tragen.

»Heute morgen hat er mich angerufen«, sagte Tante Beppina und ließ sich auf den Stuhl neben mir fallen. »Er hörte sich irgendwie sonderbar an am Telefon.«

»Vielleicht wäre er über Weihnachten gern nach Hause gekommen.«

»Ich habe ihn gefragt. Ich habe ihn jedes Jahr gefragt. Aber er sagt immer nein.«

Tante Beppina nahm eine der Servietten, die ich gefaltet hatte, und faltete sie neu. Dann faltete sie die nächste auseinander. Auf die Art, wie sie sie faltete, sahen die Servietten viel besser aus, und das wurmte mich. Mit zusammengekniffenen Augen sah ich sie von der Seite her an. Sie erwiderte meinen Blick mit ebenso zusammengekniffenen Augen.

»Du siehst schlecht aus«, sagte sie.

»Ich hatte eine Grippe«, log ich. »Habe dabei ziemlich abgenommen.«

»Er war auch erst krank. Er hatte die Grippe letzten Monat, wie du. Kommt mir vor, als wärt ihr beiden immer zur selben Zeit krank gewesen –«

Meine Hände wurden bleich, und sicher war auch mein Gesicht ganz weiß geworden, denn Tante Beppina fragte: »Was ist los? Stimmt etwas nicht mit dir?«

»Es ist nichts.«

»Dein Gesicht ist ja ganz weiß.«

»Ich bin ein bißchen blutarm. Danke, daß du mich erinnerst, ich muß meine Eisentabletten nehmen –«

Als ich aufstand, legte sie mir die Hand auf den Unterarm. »Elisabetta, sag mir doch, was du weißt. Du weißt doch etwas, habe ich recht?«

»Ich weiß gar nichts«, erwiderte ich. »Außer daß du gleich meinen Arm brichst. Laß ihn los!«

»Mhm«, seufzte sie resigniert und ließ mich los. Ich hörte meinen eigenen Atem und hörte das Ticken der Porzellanuhr meiner Mutter, die hinter mir auf der Geschirrvitrine stand. Dann betrachtete ich die Weihnachtstischdecke mit dem Weihnachtsmann, die meine Mutter unter die gelbliche Plastiktischdecke gelegt hatte. Der Weihnachtsmann hatte ein Loch auf der Stirn, als hätte ihn eine Kugel mitten ins Gehirn getroffen.

»Ich mache mir Sorgen um ihn«, seufzte Tante Beppina.

Ich zuckte mit den Achseln, als wüßte ich nicht, wovon sie sprach.

»Ich lese ja schließlich auch die Zeitung«, sagte sie. »Es heißt, in New York wäre es ganz schlimm.«

Wieder hob ich die Schultern.

»Ich mach mir Sorgen um ihn«, wiederholte sie.

Ich stand auf und begann, die Servietten um den Tisch herum zu verteilen.

Als ich am Kopfende des Tisches angelangt war, an dem Platz, der für Al reserviert war, sagte Tante Beppina: »Neulich habe ich im Fernsehen gesehen, daß man das mit Hypnose heilen kann?«

»Aids?« rief ich.

»Nein, die andere Sache«, sagte sie.

»Oh«, erwiderte ich. »Ja. *Die andere Sache.*«

Ich öffnete die Schublade mit dem Silberbesteck und nahm die Gabeln heraus. »Wie soll der Hypnotiseur das machen? Eine Taschenuhr vor deinem Gesicht pendeln lassen und murmeln: ›Sie sind jetzt heterosexuell –‹«

Aus dem Wohnzimmer hörte ich das Gelächter von Al, und in dem Moment wußte ich plötzlich, daß er, meine Schwester und meine Mutter jedes Wort gehört hatten, das ich mit meiner Tante gewechselt hatte. Aber dadurch ließ ich mich nicht aufhalten. Mit gespieltem Wiener Akzent fuhr ich fort: »Schauen Sie auf diese Uhr. Jetzt sprechen Sie mir nach: Ich will mit einer Frau schlafen.«

Tante Beppina schnappte nach Luft, als ob sie in ihrem ganzen Leben noch nichts Schmutzigeres gehört hätte. Ich näselte weiter. »Sie träumen von zwei großen, dicken, runden Brüsten –«

»Halt den Mund!« schrie meine Mutter aus der Küche. »Halte endlich deinen Mund! Wie kannst du nur zu deiner *comare* so reden –«

Tante Beppina schrie zurück: »Deine Tochter, die hat ein Problem, und zwar mit sich selbst –«

»Kannst du mir was Neues erzählen?« erwiderte meine Mutter, worauf ich die Gabeln mit lautem Geklirre in die Schublade zurückfallen ließ.

»Ihr habt ein Problem!« schimpfte ich. »Ihr behandelt Dodie und mich, als hätten wir beide einen an der Klatsche –«

»Lisa!« warf Carol ein. »Um Himmels willen, es ist Weihnachten! Beruhige dich.«

»Oder fahr zurück nach New York«, meinte Al, dessen Laune am Tiefpunkt angelangt war, weil die Jets wieder auf der Verliererstraße waren.

Mit einem Knall schlug ich den Besteckkasten zu. »Okay. Ich fahre. Und zwar gleich.«

»Du mußt deinen Jeep auftanken«, erinnerte mich Al, denn er hatte am Morgen eine Probefahrt mit meiner Neuerwerbung unternommen.

»Ich fahre«, schnappte ich, »und wenn ich ohne Benzin fahre! Ich gehöre hier nicht her!«

»Du gehörst hierher«, kreischte meine Mutter. »Du gehörst zu dieser Familie, ob es dir nun paßt, oder nicht –«

»Es paßt mir nicht!« brüllte ich und stürmte auf die Treppe zu, um mein Gepäck zu holen. Aber Al, der wahrscheinlich wegen des Gleichstands im vierten Viertel in heller Aufruhr war, sprang aus seinem Lehnstuhl hoch, umfing mich von hinten und lachte, als er beide Arme fest um meine Taille geschlungen hatte. Ich starrte in die Küche, wo meine Mutter und Schwester am Tisch vor der offenen Schachtel Whitman-Pralinen saßen.

»Paß auf«, preßte ich hervor. »Oder ich schlage dich dorthin, wo's am meisten weh tut –«

Carol fuhr erschrocken zusammen – schließlich wollte sie noch ein Baby haben –, und meine Mutter sagte: »Schaut sie euch an, sie ist so mager! Warum ist sie nur so mager?«

»Sie hat gesagt, sie hätte die Grippe gehabt«, klärte Tante Beppina sie auf und trat an die Küchentür.

»Schwachsinn«, mischte sich Carol ein und pickte eine Nougatpraline aus der Schachtel. »Sie hat sich in ihren Boß verknallt. In ihrer Firma.«

»Carol!« schrie ich und versuchte immer noch, mich von Al zu befreien. »Du blöde Ziege! Du hast versprochen, es nicht weiterzuerzählen!«

»*Mannagia!*« sagte meine Mutter. »Ist der Mann verheiratet?«

»Er ist *nicht* verheiratet!«

»Was ist er dann?« herrschte mich meine Mutter an.

»Ein Jude aus Brooklyn«, rief ich.

Meine Mutter griff sich mit der Hand ans Herz. »*Santa Maria!*« murmelte sie. »Was kommt denn noch alles auf mich zu?« Doch dann stellte sie die Frage, die sie am meisten interessierte: »Wieviel Geld verdient er denn?«

Diese Frage amüsierte Al offensichtlich über alle Maßen, denn er stieß ein wieherndes Gelächter aus und drückte mich noch fester an seinen frisch geduschten, mit Aftershave besprenkelten Body.

Ich war nahe daran, einen Tobsuchtsanfall zu bekommen, und als ich mein Hinterteil bewußt gegen sein Becken preßte, verspürte ich eine eigenartige Regung in mir.

Schließlich war es Monate her, daß mich ein Mann berührt hatte.

Al mußte wohl ebenfalls an Entzugserscheinungen gelitten haben. Auf jeden Fall schien er von der mit Tranquilizern vollgepumpten Carol wenig gehabt zu haben, denn bevor ich mich endlich losreißen und die Treppe hinaufstürmen konnte, hatte ich das zweifelhafte Vergnügen, meinem Schwager eine Erektion zu verpassen.

KAPITEL ACHTZEHN

Im Hause meines Vaters gibt es viele Wohnungen

Obwohl der Rest der Redaktion begeistert war, nicht mehr unter dem Joch von Eben Strauss arbeiten zu müssen – und seine Abreise vermutlich hinter meinem Rücken sogar mit einer Runde mit Marmelade gefüllter Donuts feierte –, so wurde ich immer wütender auf Peggy, weil sie ihn für zwei Monate in die Verbannung in den Orient geschickt hatte, während sie mich der Kontrolle Hooks unterwarf. Fast hätte der Teppich wegen der statischen Aufladung Feuer gefangen, wenn Hook und ich uns im selben Raum aufhielten. Ständig streckte Hook sein schleimiges Gesicht durch meine Bürotür und unterbreitete mir unbedeutende, wichtigtuerische Projekte, die rein technisch gesehen in den Zuständigkeitsbereich der Werbeabteilung gehörten. Aber ich wagte es nicht, mich noch einmal zu beklagen. Ich hatte Angst, Hook würde *mich* beschuldigen, ihn sexuell belästigt zu haben. In dem Bestreben, Strauss zu verteidigen, würde Peggy sich aufbauen und sagen: »Hm, Miss Diodetto scheint sich leider immer an ihre Vorgesetzten heranmachen zu wollen.« Ich stellte mir vor, wie man mir meinen Computer mitsamt angeschlossenem Drucker wegnehmen würde, mich in ein Kämmerchen verbannen würde, in dem mir lediglich eine Schachtel blauer Stifte, die neueste Ausgabe des Medikamentenverzeichnisses sowie *The Chicago Manual of Style* Gesellschaft leisten würden.

Am Valentinstag, diesem elenden Feiertag – dem ich die Ehre nur insofern zuteil werden ließ, als ich meine tägliche Verabredung mit dem Rudergerät einhielt –, sah ich schnell und flüchtig meine Post durch, aber offensichtlich hatte niemand Interesse an der Exfreundin eines Boorman-Direktors, den man ins Exil geschickt hatte, auch wenn sie wußte, wohin sie ihre Kommata zu setzen hatte. Die zwei Monate in Taipeh wurden zu drei, und es gab Gerüchte über weitere Veränderungen in der Geschäftsleitung. Gerüchte. Mir kamen sie zum ersten Mal in der Cafeteria zu Ohren. Hook zog sich etwas zurück und ließ einmal die Bemerkung fallen, er würde sich künftig wichtigeren, größeren Aufgaben widmen. Prima! Je schneller der Kerl aus meinem Gesichtskreis verschwand, desto besser. Aber leider lauerte direkt hinter ihm die undurchschaubare Dr. Peggy Schoenbarger – kühl, aber höflich –, die entschied, daß sie selbst, nicht Hook, meine nächste Mitarbeiterbeurteilung verfassen würde.

Obwohl ich meine Achselhöhlen dreimal mit einem extrastarken Deodorant besprüht hatte, das mit der marktschreierischen Aufschrift warb: So effektiv, dass Sie es ruhig mal einen Tag vergessen können!, fühlte sich meine Bluse schon feucht an, noch bevor ich Peggys Büro zu unserer Besprechung erreichte.

Ich faßte es als schlechtes Vorzeichen auf, daß sie hinter ihrem massiven Schreibtisch sitzen blieb, anstatt, wie sie es sonst immer tat, sich mit mir an ihren Konferenztisch zu setzen. »Begrüßung, Miss Diodetto«, sagte sie und sah von dem Stapel von Papieren auf ihrem Schreibtisch hoch. »Setzen Sie sich.«

Ich kauerte mich auf den Büßerstuhl gegenüber ihrem Schreibtisch.

»Sie sehen schlecht aus«, sagte sie.

»Ich habe heute mittag in der Cafeteria gegessen«, erwiderte ich.

Sie zog die Stirn in Falten. »Ich bin nicht sicher, ob dort den strengen Hygienevorschriften für Lebensmittel Genüge geleistet wird.« Dann beugte sie sich über den Schreibtisch und reichte mir meine Beurteilung. »Sehen Sie sich das Ganze erst einmal an, dann besprechen wir es.«

Ich versuchte, beim Umblättern nicht zu zittern, und tat mein möglichstes, sie nicht merken zu lassen, daß ich immer zunächst die rechte Seite mit den Punktzahlen überflog und erst dann die Kommentare las. Auf der ersten Seite bot sich kein Anlaß zur Sorge – sie hatte mir in allen Kategorien acht oder neun Punkte gegeben, und unter Detailgenauigkeit gab sie mir sogar etwas, woran Strauss nicht einmal im Traum gedacht hätte, nämlich eine perfekte Zehn. Bei Peggy hatte ich fast den Status einer Heldin angenommen, als ich beim Durchsehen einer Blaupause auf einen Fehler stieß, den vier Paar Augen vor mir überlesen hatten, nämlich das Fehlen einer Null in einer Formel: dort stand 0,025, wo es 0,0025 hätte heißen sollen. Obwohl sie mit Anerkennung nicht besonders verschwenderisch umging – mich nur mit einem kühlen *Jetzt weiß ich, warum wir Sie dafür bezahlen, bei uns zu arbeiten, Miss Diodetto* bedachte –, so hatte mich dieses kleine Lob doch während Wochen der Langeweile aufrechterhalten. Manchmal langweilte mich mein Job zu Tränen, aber in dem Moment schien er doch eine gewisse Bedeutung zu haben. Ich hatte Menschen vor Schaden bewahrt, und es war ein gutes Gefühl, wieder einmal zu spüren, daß ich nicht nur eine außer Kontrolle geratene Kanone war, die jeden Augenblick in einem der Flure der Firma Boorman in die Luft gehen konnte.

Wie vorherzusehen war, bekam ich die schlechteste Punktzahl in der Rubrik *Kollegialität*. Peggy hatte mir einen Punkt mehr gegeben, so daß ich jetzt eine Sieben hatte. Aber als sie bemerkte, wie ich darauf starrte, sagte sie nur trocken, daß ich zwar in dieser Hinsicht kleine Fortschritte erzielt hätte, Berichten zufolge aber immer noch mit meinem Vorgesetzten auf Kollisionskurs war.

»Wenn Sie sich erinnern, war dies Ihr schwächstes Ergebnis in Ihrer letzten Beurteilung. Damals hatten Sie hier nur sechs Punkte.«

»Damals beurteilte mich Mr. Strauss«, sagte ich. »Ich meine, er füllte die Beurteilung aus.«

Sekundenlang schwieg Peggy. Dann erinnerte sie mich: »Sie haben aber doch unterschrieben.«

»Wie gesagt, habe ich mich ungern auf Diskussionen mit ihm eingelassen. Ich mochte es nicht, mit ihm zu streiten.«

»Aber mit Mr. Roberts streiten Sie gern?«

»Gegen ihn kann ich auch gewinnen.«

»Und gegen Mr. Strauss glaubten Sie nicht gewinnen zu können?«

»Ich weiß jetzt nicht, was Sie damit sagen wollen. Welche Antwort Sie auf Ihre Frage erwarten.«

»Eine ehrliche Antwort würde mir genügen.«

Draußen vor ihrem Fenster prasselte die Gischt des Springbrunnens auf die Steinumrandung nieder. »Nein«, sagte ich schließlich. »Ich hatte nicht das Gefühl, gegen Mr. Strauss gewinnen zu können.«

»Das habe ich mir gedacht«, sagte sie und schob einige Papierstapel auf ihrem Schreibtisch aufeinander. »Arbeiten Sie gern für Mr. Roberts?«

»Er hat eine Dartscheibe in seinem Büro.«

»Stört es Sie, daß er während der Arbeitszeit spielt?«

»Nein – ich meine, ich finde nicht, daß er das tun sollte – und ich leiste ihm dabei ganz sicher nicht Gesellschaft –«

»Hat er Sie dazu eingeladen?«

»Nein, Mr. Roberts weiß sehr wohl, daß er besser in Deckung geht, wenn ich einen scharfen Gegenstand in der Hand habe – aber –, was ich damit sagen wollte, ist folgendes: Diese Dartscheibe drückt etwas über seine Persönlichkeit aus, was sich mit meiner nicht in Einklang bringen läßt.«

»Ziehen Sie es vor, für Mr. Strauss zu arbeiten?«

»Ich mag die Thomas-Eakins-Drucke an seiner Wand.«

»Ich hatte keine Ahnung davon, daß Sie sich für Innendekoration interessieren.« Sie lehnte sich in ihrem Sessel zurück. »Sie wissen, daß Mr. Strauss demnächst zurückkommt.«

Ich nickte, wagte nicht, den Mund aufzumachen.

»Ich muß Ihnen eine Frage stellen, Miss Diodetto.«

Okay, gib mir die Kugel, dachte ich.

»Ich muß wissen, ob Sie unter ihm arbeiten und dabei ein professionelles Verhältnis aufrechterhalten können.«

»O ja«, beeilte ich mich zu sagen. »Das kann ich. Das werde ich auch. Aber ich habe doch immer –«

»Seine Version der Geschichte hört sich anders an.«

Ich starrte auf meine Hände hinunter. »Darf ich fragen – wie seine Version der Geschichte lautet?«

»Sind Sie erpicht darauf, mir Ihre Version zu erzählen?«

»Nein, nein, ganz und gar nicht. Aber ich bin sicher, daß er Dinge über mich sagte, die einfach nicht stimmen –«

»Was immer Eben sein mag, aber ein Lügner ist er nicht.«

»Das wollte ich auch nicht sagen. Ich wollte damit lediglich zum Ausdruck bringen, wenn man eine Geschichte erzählt, tut man dies immer aus der persönlichen Perspektive heraus, dabei werden oft Fakten mit Fiktionen vermischt.«

Sie runzelte die Stirn. »Fakten sind Fakten, Miss Diodetto. Ich bekam die nackte Wahrheit präsentiert. Er sagte, er hätte sein Urteilsvermögen verloren – hätte seine Position ausgenutzt – und Sie genötigt –«

»So ein Quatsch!« rief ich.

Eine Locke ihres silbrigen Haares, die sich über der Stirn gelöst hatte, erstarrte praktisch mitten in der Bewegung. Hastig fuhr ich fort: »Ich will sagen, das hat er sich vielleicht so vorgestellt –«

»Warum sollte er sich die Sache so vorstellen?«

»Weil er auf einem Bußgang ist«, sagte ich. »Und er liebt es, so zu tun, als hätte er alles unter Kontrolle. Der Mensch hat ein Problem damit, alles unter Kontrolle zu haben.«

»Das ist wahr. Eben ist ein erbärmlicher Partner auf dem Golfplatz – aber –« Sie schielte mich von der Seite her an. »Entspricht es den Tatsachen oder nicht, daß die ersten Avancen von ihm kamen?«

Was waren die ersten Avancen? Der Moment, als wir uns im Flur trafen und ich sein Hemd bewunderte, während er stirnrunzelnd meine Knie betrachtete? Die E-Mail-Messages über unsere Namen? Oder meine Ablehnung, mit ihm Mittag essen zu gehen, womit ich eine Einladung zum Abendessen herausforderte? Seine Frage *Darf ich*, bevor er mich küßte? Aber er war es, der sich zu mir herunterbeugen mußte, denn ich hatte die Pumps ausgezogen, die ansonsten unsere Köpfe auf gleiche Höhe brachten …

Peggy starrte mich an, wie ein Richter einen Angeklagten von der Richterbank herunter fixiert.

»Ja, das entspricht den Tatsachen«, sagte ich. »Aber vielleicht sollte ich jetzt ohne meinen Anwalt keine weiteren Aussagen machen –«

»Ich wäre Ihnen dankbar, wenn Sie mich in meinem Büro von Anwälten verschonen würden.«

»Können Sie Anwälte auch nicht ausstehen?«

»Mein Vater war Anwalt.«

Ihre Antwort belustigte mich, und ich kicherte.

Peggy rückte ihre Brille zurecht – wie meine Mutter trug sie eine Bifokalbrille –, um mich genauestens betrachten zu können. »Sie sind eine extrem mutige junge Frau, Miss Diodetto.«

Was hätte ich anderes machen können, als mich bei ihr zu bedanken?

»Als nächstes werden Sie mich vermutlich um eine Gehaltserhöhung bitten.«

Ich faltete die Hände im Schoß. »Ich glaube, es wäre klüger, Sie um ein Empfehlungsschreiben zu bitten.«

»Ich könnte Ihre Arbeit loben, aber wie soll ich Ihr Verhalten und Ihre Eingliederung beurteilen?«

»Ich könnte Ihnen bei der Formulierung behilflich sein.«

»Dessen bin ich mir sicher. Aber in der Zwischenzeit sitzen Sie noch hier bei Boorman. Sie arbeiten gut und viel, und ich würde Sie ungern verlieren. Aber ich kann derartige Vorkommnisse am Arbeitsplatz nicht dulden. Dadurch beweisen Sie einen Mangel an Selbstrespekt, an Respekt gegenüber Ihren Mitarbeitern sowie der ganzen Firma –«

»Ich bin völlig Ihrer Meinung –«

»– und nicht zu vergessen, auch gegenüber meiner Person.«

Ich ließ den Kopf hängen. »Es tut mir leid«, murmelte ich.

Das *hmmpf*, das sie von sich gab, vermittelte mir kaum das Gefühl, daß sie mir vergeben hatte. »Ist dieses Verhältnis mit Mr. Strauss wirklich vergangen und vergessen, wie er mir gegenüber behauptete?«

»Ja. Ich schwöre es. Schon seit Monaten.«

»Und Sie haben genug von Mr. Roberts und seiner Dartscheibe?«

»Mehr als genug.«

»Dann bereiten Sie sich mal darauf vor, wieder für Eben zu arbeiten.« Sie warf einen Blick nach draußen auf das naßkalte

Märzwetter. »Eine schöne Runde Golf – nur wir drei – würde uns vielleicht helfen, die Harmonie zwischen uns wiederherzustellen.«

»Wer darf dann das Golf-Cart fahren?« fragte ich.

»Normalerweise fahre ich es. Eben ist ein unvorsichtiger Fahrer.« Mit diesen Worten reichte sie mir einen Stift und gab mir zu verstehen, daß sie erwartete, ich würde meine Unterschrift unter die Beurteilung setzen. Ich drückte den Kugelschreiber so hart auf, daß ich doch tatsächlich das Papier durchriß.

»Ich habe Ihren Jeep bewundert, Miss Diodetto. Wie viele Meilen fahren Sie pro Gallone?«

»Ich habe keine Ahnung«, gab ich zu.

Sie sah mich schwer enttäuscht an, als ich ihr den Kugelschreiber zurückgab.

Dr. Peggy Schoenbarger war wild entschlossen, eine Golferin – wenn nicht eine totale Feministin aus mir zu machen. Nachdem ich gebeugten Rückens in mein Büro zurückgeschlichen war, startete ich einen Rundruf, um die Preise für Golfstunden in Erfahrung zu bringen. Ich wollte unbedingt einen weiblichen Trainer. Leider gab die einzige Trainerin, die ich auftreiben konnte, ihre Stunden im teuersten Club weit und breit, in Croton. Ich schluckte schwer und buchte sechs Stunden.

Die Trainerin – »Nennen Sie mich Barb« – war etwa Mitte Vierzig und entsprach genau dem Bild, das ich mir immer von weiblichen Golfern gemacht hatte. Sie trug ein Polohemd, karierte Bermudashorts und freche Frotteesocken mit einem Bommel an der Ferse sowie Spikeschuhe mit dünnen, schwarzen Schuhbändern, die aussahen wie Lakritzeschnüre. Ihre tiefbraune Gesichtsfarbe stammte ganz offensichtlich nicht von der Sonnenbank, sondern davon, daß sie sich den längsten Teil des Tages im Freien aufhielt.

Unsere erste Stunde fand nicht draußen, sondern im Partysaal des Clubs statt. »Ich muß Sie warnen«, sagte ich zu Barb. »Ich war noch nie auf einem Golfplatz, außer zum Schlittenfahren. Ich weiß nicht einmal, wie diese Schläger alle heißen.«

»Wir fangen alle einmal an«, meinte Barb. Nacheinander

nahm sie alle Schläger aus dem Bag und ratterte die entsprechenden Namen herunter – *Putter, Wedge, Sand Wedge, Holz, Eisen, Driver.*

»Warum haben die dicken Schläger hier Socken übergezogen?«

Barb zog eines der Hölzer heraus und befreite es von der rotweiß gestreiften Socke mit dem Bömmelchen. Mir war bewußt, daß wir aneinander vorbeiredeten, als sie mir erklärte: »Je größer der Loft, desto höher und kürzer der Schlag.«

Slice, Pull, Hook und Chip. Hindernis, Bunker, Dogleg und Divot.

Ich war immens erleichtert, als sie eine metallene Vorrichtung hervorholte, die ein Golfloch (gab es dafür einen Fachausdruck?) imitierte und mir erklärte: »Heute werden wir uns auf das Putten konzentrieren.«

»Das kann ich bestimmt überhaupt nicht«, warnte ich sie. »Ich bin nämlich ziemlich ungeduldig. Der letzte Mann, mit dem ich befreundet war, machte mir ständig Vorwürfe deswegen –«

»Diese Eigenschaft müssen Sie auf dem Golfplatz ablegen. Also, das hier ist der Sweet Spot des Schlägerblattes Ihres Putters … der Griff liegt in der Lebenslinie Ihrer Hand …«

Zunächst vergaß ich völlig, mich auf das Ziel zu konzentrieren, bevor ich den Ball mit den zahllosen Mulden Richtung Loch puttete. Ich war weit von der Vertiefung entfernt. Aber nach zehn Minuten begann ich, zielorientierter zu schlagen, und nach einer weiteren halben Stunde war ich der Meinung, den Ball mit bemerkenswerter Genauigkeit Richtung Loch zu putten. Nachdem ich mein fünftes »Hole in one« eingelocht hatte, alle aus einer Entfernung von drei Metern, gestand Barb, daß sie beeindruckt war. Ihr Lob stieg mir sogleich zu Kopf.

Stolz marschierte ich auf dem künstlichen Green hin und her. Ich mochte diese Barb. Sie erschien mir bewundernswert bodenständig und für einen weiblichen Trainer überraschend zugänglich zu sein. Als ich den Ball aus dem Loch fischte, gestand ich: »Ich muß ja zugeben, daß ich dieses Spiel gar nicht lernen wollte. Aber ich habe meinen Boß angelogen – na ja, eigentlich war es so, daß sie fälschlicherweise den Eindruck gewann, ich sei eine

Golferin – und jetzt muß ich es eben durchziehen und Stunden nehmen. Aber es macht richtig Spaß. Es ist tatsächlich entspannend. Ich habe gar nicht gemerkt, wie verspannt ich war. Mein Rücken ist ja völlig krumm. Mein Chef setzt mich auch ziemlich unter Druck –«

»Können Sie sich denn nicht artikulieren und ihm sagen, daß er die Zügel etwas lockerer halten soll?«

»Mein Boß ist eine Frau. Zuerst dachte ich, daß sie all die schlechten Eigenschaften der Männer in sich vereinigt. Aber jetzt komme ich ganz gut klar mit ihr. Ich finde sogar, daß sie ziemlich cool ist.«

»Die Augen bleiben auf dem Ball. Der Mund bleibt geschlossen.«

Ich erzielte ein weiteres »Hole in one«. »Du meine Güte! Ich kann Ihnen gar nicht sagen, wie toll ich mich fühle. Diese Chefin von mir, sie ist wirklich klasse, abgesehen von ihrem Golffimmel. Mein Gott, ich habe wirklich alle möglichen Dummheiten gemacht, seit ich dort arbeite, ich habe getrödelt und an meiner eigenen Arbeit geschrieben – ich versuche nämlich, einen Roman zu schreiben – ich kann Ihnen sagen, *das* erfordert Geduld! – und außerdem, warum, weiß ich auch nicht mehr, aber ich habe sogar eine Affäre mit einem Typ aus dem Büro angefangen. Sie hätte mich hochkantig hinauswerfen können deshalb, aber sie ließ mich noch einmal davonkommen. Da muß es doch einen Gott geben, wenn sie mich damit davonkommen läßt.«

»Wo arbeiten Sie denn?«

»Bei Boorman Pharma, in der Nähe von Ossining.«

»Legen Sie jetzt das Eisen beiseite«, forderte sie mich auf. »Wollen mal sehen, wie Sie sich mit dem Driver anstellen.«

Ich griff nach dem Schläger, der mir am schlagkräftigsten erschien. »Nein, dieses Holz nehmen Sie, wenn Ihr Ball in einer schwierigen Lage liegt«, erklärte Barb. »Jetzt schlagen wir vom Tee ab, Sie sind noch nicht im Sandbunker. Dazu nehmen Sie den Schläger mit dem längsten Schaft.«

Maximaler Carry and Roll. Griff lockern. Stand. Handicap. Par. »Wir üben natürlich ohne Ball«, meinte Barb und deutete auf den Kronleuchter an der Decke des Saales. Fünf- oder sechsmal demonstrierte sie den Schlag und zeigte mir, wie man den Schläger in einem Bogen nach hinten führt. »Jetzt versuchen Sie es.«

»Muß man nicht zuerst irgend etwas rufen, damit alle in Deckung gehen?«

»Das Wort heißt *Fore.*«

»Wie laut muß man denn schreien – wie Tarzan, oder so in der Art?«

Sie warf mir einen Blick zu, als sei ich der König der Affen.

»Na gut«, meinte ich. »Vielleicht schreie ich dieses Mal noch nicht, könnte ja meine Konzentration stören.«

»Das ist wirklich ein weiser Entschluß.«

Ich klammerte mich an den Schläger, als ob mein Leben davon abhinge. Aber als ich ihn nach hinten führte, lockerte ich aus unerfindlichen Gründen den Griff. Bei meinem ersten Abschlag vom Tee flog mir der Schläger aus der Hand, sauste knapp an den untersten Kristallen des Kronleuchters vorbei, donnerte an die hintere Wand und hinterließ eine unschöne Delle im Putz.

»Das hab' ich ja noch nie erlebt«, kommentierte Barb kopfschüttelnd.

»Du meine Güte!« rief ich. »Es tut mir so leid. Ich bin ein hoffnungsloser Fall. Ich gebe auf. Ich werde meiner Chefin gestehen, daß ich geschummelt habe –«

»Unsinn! Sie wollen doch die gute Beziehung zu ihr nicht aufs Spiel setzen, oder?«

»Nein, eigentlich nicht, weil ich sie wirklich mag.«

»Dann versuchen Sie's noch einmal. Denken Sie dran – Sie wollen, daß der Ball fliegt, nicht der Schläger. Aber gehen Sie unter dem Kronleuchter weg – reine Vorsichtsmaßnahme.«

Am Ende der Stunde sagte Barb: »Das war eine äußerst interessante Stunde.« Zusammen gingen wir in ihr winziges Büro und setzten den Termin für die nächste Stunde fest. Auf ihrem Schreibtisch stand ein doppelter Fotorahmen. Auf der Seite, die ich einsehen konnte, war ein Bild von einem kleinen Mädchen mit dunkler Hautfarbe, langen Zöpfen und ernstem, in ein Buch vertieftem Gesicht.

»Ah, Sie bewundern meine neue Tochter«, lächelte Barb. »Sie kommt nächste Woche an, aus Guatemala.«

Das Mädchen mußte nicht *Peter Hase* lesen – noch mußte ich das Foto auf der anderen Seite des Rahmens sehen –, um die Verbindung herzustellen.

Wie klein die Welt doch war! Ich schluckte schwer. »Es wird nicht gerade leicht für sie sein, sich einzugewöhnen – mit der Sprachbarriere und so.«

»Ihre zwei Mütter werden sie abgöttisch lieben und ihr dabei helfen.«

Augenblicklich gehörte dem kleinen Mädchen mein ganzes Mitleid. Mir erschien eine Mutter schon schlimm genug – aber darüber konnte vermutlich jeder eine andere Geschichte schreiben.

Ich sollte vielleicht noch erwähnen, daß Dr. Peggy Schoenbarger auf dem Foto sehr gut aussah.

Während Strauss' Abwesenheit verbrachte ich viel Zeit mit Dodie. Als ob wir dadurch abmachen wollten, daß unsere Wochenenden ruhig verlaufen sollten, nahm ich nie den Zug in die City, sondern Dodie kam zu mir herauf in das verschlafene Ossining. Obwohl Dodie, abgesehen von einem gelegentlichen Drink, allen bewußtseinsverändernden Substanzen abgeschworen hatte, rauchten wir eine dicke Prise Marihuana, als mein zweiter Test nach sechs Monaten negativ ausfiel. Nachdem wir uns den Joint reingezogen hatten, futterten wir uns durch eine ganze Tüte Kartoffelchips und eine halbe Schachtel gebackener Hähnchenteile. Anschließend verfielen wir in die Art von verrücktem Gelächter, das man oft von Trauernden hört, die es zu den unpassendsten Momenten während Beerdigungen von sich gaben. Zu diesen Typen gehörte auch ich, vor allem damals am Grab meines Vaters.

Wenn Dodie mich besuchte, brachte er stets Käsegebäck von Entenmann und Kaffee mit Vanille- und Nußaroma mit. Außerdem holten wir uns immer die Sonntagsausgabe der *New York Times,* in der sich die Todesanzeigen in letzter Zeit zu häufen schienen: Schauspieler, Tänzer, Musiker und sogar ein Schriftsteller, dessen Manuskript ich redigiert hatte. In diesem Jahr schien eine Leukämieepidemie und eine wahre Geißel von Gehirntumoren über New York hereingebrochen zu sein. Die Wahrheit war jedoch mehr und mehr eindeutig zu lesen, und jedesmal, wenn Dodie den Satz schwarz auf weiß vor sich sah, wiederholte er: »Sein Freund hat erzählt, ... von seinem Freund weiß ich ...«

Obwohl Dodie sich nicht über Einsamkeit beklagte, wußte ich, daß er deprimiert war. Er hatte keinen Partner und keinen Freund außer seiner Krankheit, die wie ein Detektiv auf der Lauer lag, der entschlossen war, noch eine Stunde länger in der Dunkelheit auszuharren, um den Verbrecher auf frischer Tat zu ertappen.

Als Dodie die Zeitung senkte, um einen Artikel im oberen Teil der Zeitung zu lesen, betrachtete ich ihn heimlich aus den Augenwinkeln heraus, um nach Symptomen seines Partners auf seinem Körper und Gesicht zu fahnden. Wie ein Schulmädchen, das die Anzeichen seiner Schwangerschaft so lange wie möglich vor ihren Eltern geheimhalten will, so besorgt war Dodie darum, daß man ihm die Krankheit nicht ansehen konnte. Zu der Zeit wurde im Justizministerium gerade darüber beraten, ob es legal sei, wenn Arbeitgeber Trägern des Virus kündigten. Eines Morgens im März, als wir nach einem langen Spaziergang durch den vor Nässe triefenden Park zu meiner Wohnung zurückfuhren, sagte Dodie, er wäre sicher, daß er seinen Job verlieren würde, wenn der falsche Mitarbeiter erfahren würde, daß er krank sei, weil er ihn dann verpfeifen würde.

»Wer würde dir denn etwas Derartiges antun?« fragte ich erschüttert.

»Es gibt immer jemanden, der deinen Stuhl haben möchte. Die Parole an meinem Arbeitsplatz lautet folglich, schweigen wie ein Grab. Außerdem habe ich mir meine Lebensversicherung ausbezahlen lassen –«

»Warum hast du das denn getan? Hattest du Angst davor, den Gesundheitstest nicht zu schaffen?«

»Die Versicherung war nicht befristet, sondern wäre nur in meinem Todesfall ausbezahlt worden.«

»Was ist der Unterschied?«

»Ach, du liebe Güte!«

»Was ist?«

»Du weißt wohl nicht einmal, wie du bei Boorman versichert bist? Bist du überhaupt versichert?«

»Natürlich habe ich eine Lebensversicherung. Irgendeine, glaube ich wenigstens. Aber eigentlich brauche ich doch diese Versicherung gar nicht, oder? Eine Lebensversicherung ist doch nur für Leute, die Kinder haben, oder?«

»Lise, wer sind die Nutznießer deiner Versicherung?«

»Ich weiß nicht mehr. Ich glaube, ich habe meine Mutter genannt – findest du, ich sollte Al Dante Junior eintragen lassen?«

»Ja, bitte, tu das.«

»Aber meine Mutter hätte das Geld nötiger, obwohl sie wahrscheinlich darauf hocken würde wie eine Henne über ihren Eiern.«

Meine völlige Ignoranz in bezug auf Finanzen hatte Dodie schon immer zur Weißglut gebracht. Frustriert schlug er die Hände über dem Kopf zusammen, dann hielt er mir einen Vortrag über die Vorzüge der Allstate-Umbrella-Versicherung und der Prudential-Versicherungsgesellschaft, die beide auf gesundem Fundament ruhten.

»Wenn du dermaßen die Werbetrommel für Versicherungen schlägst, warum hast du dir dann deine Versicherung ausbezahlen lassen?«

»Weil das Geld mit dem richtigen Investment mehr bringt, als wenn es herumliegt und darauf wartet, daß ich einundsiebzigeinhalb werde. Ich werde nie einundsiebzigeinhalb werden, Lise.« Er schielte auf mein Haar. »Deine Haare hätten wahrhaftig eine Intensivkur nötig.«

»Sehen sie wirklich so schlimm aus?«

»Schlimmer! Als ich aus dem Zug ausstieg, hätte ich am liebsten ›*Roll over Beethoven*‹ angestimmt.« Damit griff er mit zwei Fingern in das Haar direkt über meiner Stirn. »Schau nicht hin, Lise. Aber hier ist ein weißes Haar.« Er zögerte: »Um Himmels willen, hier ist noch eines, und hier auch –«

Als wir wieder zu Hause waren, nahm ich meine Pinzette aus dem Arzneischränkchen und zupfte mir die weißen Haare aus, während ich inquisitorisch in den Badezimmerspiegel starrte. Dann schloß ich vor Dodies neugierigen Blicken die Tür und zupfte mir aus dem Kinn ein dickes Barthaar aus. Während ich die Falten – die von Tag zu Tag tiefer zu werden schienen – untersuchte, die sich von meiner Nase zu den Mundwinkeln hinunterzogen, dachte ich über die Schrecken des Altwerdens nach. Weißes Haar. Dünner werdendes Haar. Altersflecken. Knorrige Finger. Und ein Gesicht wie Dorian Grays Porträt, das meine sämtlichen Missetaten und alle Unbarmherzigkeiten reflektierte, die ich – mochten sie im Vergleich zu denen, die andere erlitten hatten, auch trivial sein – ertragen hatte. Daß das Leben derartig an meinem Aussehen zehrte, versetzte mich in tiefe Traurigkeit, und plötzlich konnte ich verstehen, warum Dodie, der mit einer Schönheit gesegnet war, die meine bei weitem überstieg, mir gestand, daß er einen kleinen Trost darin fand, einen frühen Tod zu sterben.

Während wir uns die Hände wuschen, um das Abendessen vorzubereiten, erklärte Dodie mir ganz sachlich, daß er mich als seine Erbin eingesetzt hatte.

»Hör auf damit«, rief ich. »Ich will nichts von dir.«

»Wenn du wüßtest, um wieviel es sich handelt, würdest du das nicht sagen.« Dodie nahm zum Händeabtrocknen ein anderes Handtuch heraus und behauptete, daß er das steife Geschirrtuch, das ich herausgenommen hatte und das aus echtem irischem Leinen bestand, nicht ausstehen konnte.

»Hör auf, den großen Geldsack zu spielen.«

»Ich spiele Ralph Touchett. Erinnerst du dich, aus dem *Bildnis einer Dame?*«

Dodie senkte die Stimme in die Tonlage eines Buchführers. »Ralph Touchett, der eines tragischen Todes an Schwindsucht gestorben war, vermachte sein großes Vermögen seiner Cousine Isabel, damit sie keine Ehe mit einem Arschloch eingehen mußte. Aber was macht Isabel? Sie dreht sich um und heiratet einen unterdrückten Weichling, der Antiquitäten sammelt.«

»Henry James wäre hocherfreut, wenn er wüßte, wieviel du aus seinem Meisterwerk gelernt hast.«

»Sie hätte den – wie hieß er gleich wieder? – den langweiligen

Lord Warburton heiraten sollen.« Dodie schüttelte den Kopf. Dann warf er mir einen schelmischen Seitenblick zu. »Ich hoffe, du gibst deinem Roman ein besseres Ende, Lise – denn das, das du im Moment hast, stinkt nach faulen Eiern.«

Ich knüllte das Geschirrtuch in meinen geballten Fäusten. Dodie wich einen Schritt von der Küchenspüle zurück und hielt schützend die Hände vor sich, um sich gegen mich zur Wehr zu setzen. Ich ging auf ihn los.

»Lise, warte mal! Denk dran, du hast mir erlaubt, unter deinem Bett zu staubsaugen, als du in der Dusche warst –«

»Aber ich habe dir nicht erlaubt, herumzuschnüffeln!«

»Da waren wirklich große Staubmäuse unter deinem Bett, ganz zu schweigen von den Parisern! Wann wirst du die Dinger endlich einmal benutzen, damit du als Sexersatz keine reinen Pornos mehr schreiben mußt?«

»Du hattest kein Recht, meinen Roman zu lesen!«

»Hey, ich lese schon seit Wochen darin, du pflegst ja immer ziemlich lange zu duschen!«

»Ja, weil mich mein Rücken von diesen dämlichen Golfstunden und dem ganzen Streß noch umbringt!« Ich entknüllte das Geschirrtuch und klatschte es Richtung Dodies Kopf. Er duckte sich, aber ich holte wieder und wieder aus, bis ich ihn endlich am Hinterteil traf.

Er lachte. »Um einen deiner Charaktere zu zitieren: ›Oh, das fühlt sich so gut an, mach's noch mal!‹«

»Hör auf damit! Das sind schließlich Sexszenen!« rief ich und schlug mit jeder Silbe meiner lahmen Verteidigung noch einmal auf Dodie ein, obwohl ich mir jetzt bewußt war, daß mein Entwurf kompletter Mist war. »Ich bin eine realistische Autorin! Ich kann schließlich nichts dafür, daß die Leute im Bett keine hochtrabenden Dialoge führen! Du hast kein Recht, herumzuspionieren und mich zu kritisieren –«

»Gnade, Lise – dieses irische Leinen ist ja tödlich! Oh, Lise, bitte – für einen ersten Entwurf ist es ja gar nicht schlecht.«

Ich war bereits bei der zwölften Überarbeitung. »Wirklich?« fragte ich hoffnungsvoll.

»Leg dieses Geschirrtuch beiseite und ich sage dir meine ehrliche Meinung.«

Sofort legte ich es aus der Hand. Dodie fuhr sich mit den Fingern durchs Haar – ich hatte ihm einen satten Treffer direkt auf die rechte Kopfseite versetzt – und schlich argwöhnisch an mir vorbei. Er öffnete den Kühlschrank und bückte sich zum Gemüsefach. Stirnrunzelnd zog er eine schimmlige Gurke heraus, die er sogleich in den Abfall warf. Während er eine Auswahl von Gemüsen auf der Arbeitsfläche plazierte, meinte er, mein Buch hätte einige gute Ansätze, über die er später sprechen wollte. Zunächst legte er mir ernsthaft ans Herz, die Sexszene im Saab und mindestens fünfundsiebzig Prozent der Verweise auf Onanie zu streichen, außerdem sollte ich die latente Zuneigung meiner Heldin zu ihrem einfältigen, aber in gewisser Beziehung bestausgestatteten Schwager abschwächen, der sie sonderbarerweise stets mit dem für die holde Weiblichkeit wohl unpassenden Ausdruck begrüßte: »Na, wie steht's derzeit auf dem Markt?« Außerdem sollte ich Donnas grüne Brille weglassen oder sie wenigstens nicht in jedem zweiten Absatz erwähnen. »Ich meine, daß sie ein Künstlertyp ist, das kriegt man schon mit. Die wichtigere Frage, wenigstens von meinem Standpunkt aus, ist, warum du mich als Juden darstellst?«

»Was?«

»Im dritten Kapitel kommt plötzlich aus unerfindlichem Grund ein unerträglicher Schwuler hinzu, der sich dann als Zugehöriger zum Auserwählten Volk entpuppt –«

»Der hat rein gar nichts mit dir zu tun.«

»Aber er hat meinen Haarschnitt.«

»Aber er ist groß, was man von dir wirklich nicht behaupten kann.«

»An Wochenenden trägt er schwarze Jeans –«

»Ja, und er trägt italienische Loafers, in welchen du nicht einmal begraben werden möchtest –«

»Und was soll diese Predigerscheiße, die sein Freund im Büro von sich gibt, der Aids mit einer neuzeitlichen Version des Holocausts vergleicht? Soll das heißen, du vergleichst den langersehnten Messias mit einem Impfstoff?«

»Es ist schließlich die Rohfassung!« log ich. »Außerdem will ich über etwas Wichtiges, etwas Ernsthaftes schreiben –«

»Dann schubs diese männliche Königin besser von ihrem moralischen hohen Roß hinunter, sonst werden deine Leser froh sein darüber, daß Aids das für dich besorgt.«

»Na ja, vielleicht grenzt diese Szene wirklich – ein bißchen wenigstens – ans Didaktische.«

»Warum kann er nicht irgend etwas Lustiges machen? Warum soll er sich mit seinem *Schwengel* nicht mit einer deutschen Lesbe vergnügen, die aussieht wie Beatrix Potter – haha! Eine deutsche Lesbe, die aussieht wie Beatrix Potter? Das ist ziemlich unglaubwürdig, Lise! Und nur, weil diese Donna – übrigens solltest du den Namen ändern, damit sie keine derart offensichtliche Reflexion deiner Person ist –, nur weil Donna D. eine hoffnungsvolle Cartoonistin ist, muß sie deshalb dauernd derart bösartige Cartoons zeichnen?«

»Sie will schließlich aufrichtig und wahrheitsgetreu sein!«

»Sie will eine Verleumdungsklage, wenn du mich fragst. Aber keine Sorge. Das wird dein Freund schon erledigen.«

»Er ist nicht mein Freund.«

»War er tatsächlich Ruderer in Cambridge?«

»Strauss ist nicht Thomas Akins! Gibt es überhaupt etwas, was dir an dem Buch gefällt?«

»Klar. Eine Menge. Es enthält viel witzige Szenen. Und einige der ernsthaften kann man auch noch hinbiegen.«

»Welche?« fragte ich niedergeschlagen. »Bis jetzt ist meine Lieblingsszene die, in der sich Donna daran erinnert, wie ihr die Nonnen erklärten, der Holocaust wäre ein Zeichen Gottes gewesen, daß die Juden konvertieren müßten. Das erschien mir ziemlich realistisch.«

»Vielleicht, weil das wirklich so passiert ist.«

»Aber du wurdest nicht ins Direktorat geschickt, Lise, und du wurdest nicht mit dem Katechismus verprügelt – ist das vielleicht ein heimliches Verlangen von dir, mit dem Katechismus verprügelt zu werden?«

»Hier handelt es sich um Fiktion, du Blödmann!«

»Und du hast sie auch nicht eine alte Ziege genannt, als Schwester Paul das sagte.«

»Du auch nicht«, sagte ich.

»Ich war sieben, und du warst sieben, und du hast es genauso geglaubt wie ich.« Dodie nahm ein Messer heraus. »Kaum zu glauben, was wir uns alles haben einreden lassen. Warum haben wir auch nur eine Sekunde an einen solchen Gott geglaubt?«

»Wir hatten keinen Beweis dafür, daß ein anderer existierte.«

Über einem Topf voller Reis und Gemüse, das leicht mit Sesamöl und Sojasauce gewürzt war, diskutierten Dodie und ich über den Glauben. Jetzt, da wir erwachsen waren, mußten wir nicht mehr an die Art von Gott glauben, der Plagen über die Menschheit schickte. Aber wir waren auch zu gewieft – oder zu zynisch –, um an einen Gott zu glauben, der das Paradies erschaffen hatte. Was blieb uns also?

»Hast du keinen anständigen Scheuerschwamm?« fragte Dodie nach dem Essen. »Dieses rostige Ding hier fasse ich nicht an.«

»Laß es«, sagte ich, »und mach, daß du zu deinem fetten Pierre kommst.«

Ich hatte Dodie herausgefordert, *Krieg und Frieden* von der ersten bis zur letzten Seite durchzulesen, ohne zwischendurch einzuschlafen. »Physisch unmöglich«, meinte er, »aber ich versuch's.«

Während ich durch siebzig Seiten eines Romans über Magersucht schmökerte und dabei eine Tüte von Makronen in mich hineinstopfte (irgendwie ist mir dabei die Ironie meines Tuns entgangen), gähnte Dodie und blätterte langsam in Tolstois schwerstem Opus weiter, wobei er gelegentliche Kommentare murmelte wie »Schlechter Zug, Andrei«, »Für einen russischen Roman wird hier ziemlich viel Französisch gesprochen«, »Gibt es denn in dieser Geschichte überhaupt keine gutaussehenden Leute?« oder »Wer ist der Held? Ich brauche einen romantischen Helden.«

Um zehn Uhr abends ächzte er: »Das Leben ist kurz, und dieses Buch ist wirklich lang.« Er warf die schwarze Penguin-Ausgabe quer durchs Zimmer und rief: »Genug von diesem intellektuellen Scheiß. Rück rüber.«

Er setzte sich neben mich auf die Couch, und wir schalteten den Fernseher ein. Dodie schnappte sich die Fernbedienung. Er zappte so schnell durch die Kanäle, daß ich mich von den grellen Farben der minderwertigen Werbungen für wirkungslose Deodorants und überteuerte Wagen übermannt fühlte. Der Samstag abendfilm war »Rate mal, wer zum Essen kommt?«. Ich seufzte beim Anblick von Sidney Poitier. Dodie schaltete auf PBS, einen Sender, den er vorgab zu hassen, weil er von mageren, hübschen Schwulen übervölkert war, die als Heteros agierten. Aber an dem Abend gab es weder einen Krimi oder Meisterstücke des Theaters noch einen weiteren öden edwardianischen Roman, aus dem man eine Miniserie gedreht hatte. Statt dessen erschien ein Inder mit weißem Turban, ein Professor aus Cambridge, der über das Problem Körper – Geist sprach.

Dodie legte die Fernbedienung aus der Hand, und ich hatte nichts einzuwenden. Die schwungvolle Sprache des Mannes war faszinierend. Dodies Lippen verzogen sich zu einem vergnügten Lächeln, als der Mann in seiner Singsang-Stimme die Worte »Erfahrung« und »mysteriös« aussprach. Der Professor sprach von der Überlappung von Wissenschaft und Religion, der Anwendung von positivem Denken und Meditation, um Schmerz, Hunger und chronische Erkrankungen zu überwinden, dem Gehirn als dem Zentrum der Erinnerung und der Internalisierung von Zeit sowie der menschlichen Vorstellungskraft, die sich ein Bild von Gott erschafft. Er sprach von einem Arzt, der während einer schwierigen, unter Lokalanästhesie ausgeführten Kopfoperation entdeckt hatte, daß sich der Patient nach leichtem Druck auf sein Gehirn an Dinge erinnerte, die weit in seiner Kindheit zurücklagen, und diese noch einmal durchlebte. Das Gehirn sei wie ein Schwamm: Nach jedem erneuten Druck würde ein weiterer Tropfen der Zeit hervorsickern.

Nachdem der Vortrag vorüber war, schaltetete Dodie den Apparat aus. Wir saßen auf der Couch, hatten die Knie hochgezogen, die Arme um die Beine geschlungen, und unser beider Kinn ruhte auf unseren Knien. Wir überlegten gemeinsam, welche Erinnerungen wohl bei uns ans Tageslicht kämen, wenn der Gehirnchirurg seine Finger auf unsere Gehirne drücken würde. Es wurde zu einem Spiel, aber es zwang uns, selektiv vorzugehen und nur die wichtigsten Details herauszupicken, die wir wiedererleben wollten. Dodie fing an.

Weißt du noch, damals, als wir nach dem Hurrikan an den Sea Gull Beach gingen und der große silberne Fisch an Land gespült wurde, und wie dein Vater ihn drei- oder viermal zurück ins Wasser zog, bis er es endlich schaffte, wieder ins Meer zu schwimmen?

Kannst du dich an das schreckliche Gewitter erinnern, als wir in der ersten Klasse waren und nach unten laufen mußten, um in der Jungentoilette Schutz zu suchen? Damals sah ich zum ersten Mal ein Pissoir. Ich weiß noch, wie ich dachte: »Warum pinkeln Jungs denn in Waschbecken?«

Weißt du noch, wie wir im Keller Levitation spielten? Erinnerst du dich an unsere Séancen unter der nackten Glühbirne dort unten, die am Kabel baumelte? Oder daran, wie wir mit der Weihnachtsbaumschachtel Beerdigung spielten?

An die Geistergeschichte, die Jocko von der Frau erzählte, die sich einen Gebrauchtwagen kaufte, in dessen Rückspiegel ständig das Gesicht des früheren Besitzers erschien?

Dodie und ich waren perfekte Partner in diesem Spiel, denn wir hatten nicht nur die Kindheit gemeinsam verbracht, sondern auch gleich darauf reagiert. Wir waren beide von dem Buch *Der Löwe, die Hexe und der Wandschrank* fasziniert gewesen – obwohl auch das eine Geschichte war, deren christliche Parabel wir nicht erkannt hatten –, ich vor allem wegen der Bilder und Dodie wegen des geheimnisvollen Wortes *drahtlos*, das er nicht verstand und auch nicht verstehen wollte, weil er das Mysteriöse liebte. Beide hatte uns *Das Tagebuch der Anne Frank* tief bewegt – das Verstecken, die Probleme mit den Eltern, die letzte Seite, auf der sie von ihrem geteilten Ich spricht, und dann der schicksalhafte Augenblick, der mir immer wieder die Tränen in die Augen trieb, als die Gestapo in den geheimen Verschlag eindringt, der Gedanke, daß sie nur zwei Monate vor der Befreiung Hollands umkam. Dodie und ich liebten beide die Vorstellung des großen Hundes, der eine Krankenschwester spielt, und das Bild in der Arthur-Rackham-Ausgabe von *Peter Pan,* als Wendy den Schatten wieder auf die Füße Peters näht, während Glöckchen zornig funkelnd über ihnen schwebt. Es gefiel uns beiden, wie Pinocchio fortfährt zu lügen und sich am Ende der Geschichte doch das Recht erwirbt, ein lebendiger Junge zu werden, statt eine Puppe zu bleiben.

Je länger Dodie und ich lachten und redeten, desto unvorstellbarer erschien es mir, daß einer von uns beiden je sterben könnte. Was uns verband, ging zu tief, um in einem Grab begraben zu werden. Wenn es ein Paradies geben sollte, dann bestand es vielleicht aus nichts anderem als aus unseren Erinnerungen: der kühle Geruch, der im Obstkeller unseres Großvaters hing. Der Riß im Asphalt hinter der Garage, der die Form Floridas hatte. Die rauhe Rinde des Apfelbaumes, der uns beim Versteckspiel als Zufluchtsort diente. Die Blutsuppe, die wir aus den Beeren der struppigen Büsche in unserem Vorgarten machten. Der lange, gemeinsame Marsch den Mittelgang hinunter, ganz in Weiß gekleidet, um die erste heilige Kommunion oder den Segen des Erzbischofs zu empfangen, während wir unser Verlangen bekannten, den Rest unseres Lebens als Katholiken zu leben, und als Teil dieses Gelöbnisses den Namen eines Heiligen wählten. Die Namen sollten unser Geheimnis bleiben – aber ich kannte Dodies Namen und er meinen. Er hatte den Namen des Führers der himmlischen Heerscharen gewählt, des Erzengels Michael, während ich mich für den Namen der Frau entschieden hatte, die Jesus das Gesicht abwischte, als er auf den Kalvarienberg zog – Veronika –, denn die Vorstellung faszinierte mich, daß Jesus' Gesichtsabdruck sich auf ihrem Schweißtuch wiederfand.

Das Schweißtuch Veronikas wird im Sankt-Peters-Dom in Rom aufbewahrt. Dodie sagte, er denke daran, im Sommer eine Pilgerreise nach Italien zu machen, und fragte mich, ob ich ihn nicht wenigstens auf einem Teil der Reise begleiten wollte. »Ja, das machen wir!« rief ich. »Wir können mit den Obern flirten –«

»Ich sprach doch von einer *Pilgerreise* –«

»Und ich sprach von *Flirten.* Es ist schließlich noch keine Sünde, wenn ich einen Luigi im weißen Hemd frage, was er uns als Entree empfehlen würde.«

Dodie sah nachdenklich aus. »Man kann nur hoffen, daß Gott sich über wichtigere Dinge Sorgen macht als das.«

Kurz vor Mittag hatte ich Dodie am Bahnhof abgesetzt. Ich spürte seine gespreizten Finger auf meinem Rücken, als er mich umarmte. Langsam und quietschend fuhr der Zug in den Bahnhof. Nachdem Dodie eingestiegen war, nahm er den nächstbesten Platz am Fenster. Durch das schmutzige Fenster hindurch winkte ich ihm zu, aber er sah mich nicht. Dann rollte der Zug davon.

Als ich nach Hause kam, fühlte ich mich trotz der drei Tassen Kaffee, die ich getrunken hatte, völlig erschöpft. Ich schob es auf meinen üblichen Sonntagsblues, verbunden mit einer psychosomatischen Reaktion auf die Neuigkeit der Woche im Büro: Strauss würde in der nächsten Woche zurückkommen. Aber mein Hals fühlte sich rauh an. Schlimmer noch, er schmerzte fürchterlich. Ich gurgelte mit Salz – mit Mortons Salz – und Wasser. Eine halbe Stunde später wiederholte ich die Prozedur, und jetzt machte ich mir mehr Sorgen um Dodie als um mich selbst. Dodie sollte sich nicht in der Nähe von Kranken aufhalten. Er sollte weder die Wartezimmer von Ärzten betreten noch zu lange auf Flugplätzen oder Bahnhöfen herumsitzen oder an sonstigen Orten, wo sich ein aggressives Virus in sein geschwächtes Immunsystem einklinken könnte. Und jetzt hatte er vierundzwanzig Stunden in Gegenwart einer ansteckend Kranken verbracht. Wenn ich ihn aber anrief und ihm erzählte, wie lausig ich mich fühlte, befürchtete ich, damit seine Hypochondrie auszulösen. Womöglich würde er dann eher von der nervlichen Belastung als von der eigentlichen Krankheit indisponiert sein.

Ich legte mich wieder auf die Couch, nur um eineinhalb Stunden später wieder aufzuwachen. Mittlerweile war mein Hals so rauh, daß sich ein Schluck Wasser anfühlte, als hätte ich Sand geschluckt. Es kostete mich meine ganze Kraft, mich in die Küche zu schleppen und Tee zu kochen. Der Wasserhahn fühlte sich so schwer an, als sei er aus Schmiedeeisen. Der Hahn war so schwer zu drehen wie der Twist-Off-Deckel einer noch ungeöffneten Dressingflasche. Es war eine unglaubliche Anstrengung, mich zu bücken und aus der untersten Schublade einen Teebeutel zu holen. Meine Armgelenke schmerzten. Meine Oberschenkel taten weh, und ich hatte das Gefühl, als ob jemand auf meiner Brust säße.

Ich schlief die ganze Nacht und hoffte, am Morgen wieder fit zu sein, aber ich wachte so spät auf, daß es sich nicht gut machte, im Büro anzurufen, um mich krank zu melden – es würde aussehen, als hätte ich einen Kater. Aber es war mir egal. Alles, was mit Boorman zu tun hatte, erschien mir plötzlich trivial. Ich hatte Fieber und hustete. Nun mußte ich es tun: Ich mußte Dodie anrufen, um ihm zu sagen, daß ich krank war und vermutlich etwas Ansteckendes hatte. Ich wählte, aber zu meiner Erleichterung (denn das bedeutete, daß er nicht krank war, sondern zur Arbeit gegangen war) hob er nicht ab. Ich hinterließ mehr Huster als Worte auf Dodies Anrufbeantworter, aber ich schaffte es, die krächzende Nachricht hervorzuwürgen: »Dodici Diodetto: Du hast *Krieg und Frieden* absichtlich wie einen Hundehaufen auf meinem Teppich liegenlassen – aber ich kann es dir nicht einmal verübeln. Ruf mich an.«

Ich verschlief den ganzen Vormittag und den ganzen Nachmittag, mir war heiß, und ich schwitzte in meinem Schlafanzug. Dann fing ich an, Fieberträume zu haben, zuerst von einem Korridor, lang wie der Lincoln-Tunnel, Decke und Wände mit gelben Kacheln gefliest. Ich wußte, der Korridor mußte in einem Krankenhaus sein, denn es roch nach gekochtem Gemüse, nach Hüttenkäse, Jod und Pflaster, außerdem trug ich einen Papierkittel, der im Rücken zugebunden war, und hatte darunter nichts an. Im Traum empfand man keine Scham, und es war mir völlig egal – tatsächlich faszinierte es mich sogar in gewisser Weise –, daß jedermann meine nackte Kehrseite sehen konnte. Ich wollte, daß mich jemand sieht. Am Ende des langen Flurs war eine Tür. Als ich sie aufmachte, lag Dodie in einem Krankenbett, seine untere Gesichtshälfte war von einer Atemschutzmaske bedeckt. Tante Beppina saß am Fenster und hatte die Hände zum Gebet gefaltet. Dann verschwand sie.

»*Wo ist dein Vater?*« fragte ich Dodie.
»*Wo ist dein Vater?*«
»*Mein Vater ist tot*«, antwortete ich.
»*Ich kann meinen Vater nicht sehen*«, sagte Dodie.
Da sah ich, daß Dodie blind war, seine Augen waren gelblich verschleiert, wie dünner Pudding.
»*Ich muß gehen*«, sagte Dodie.
»*Wohin? Wohin gehst du, Dodie?*«
»*Du weißt doch, gehen.*«

Aber wo waren all die Schwestern? Es gab keine Schwestern. Ich nahm ein paar Einmalhandschuhe aus einer Schachtel, aber sie paßten mir nicht. *Verdammt*, rief ich und griff unter Dodies Nachtkästchen, um eine rote Urinflasche aus Plastik hervorzuziehen, die die Form eines Dildos hatte. Ich war nicht einmal überrascht, als der Dildo/die Urinflasche zu mir sagte: *Nenne mich den Freund des Mannes.*

Ich legte sie neben Dodies ausgemergelte Beine, dann hob ich die Decke zurück und zog Dodies Papierkittel hoch. Seine Haut war gelblich verfärbt und seine Oberschenkel faltig. In einem traurigen, kümmerlichen Haarnest lagen seine Genitalien, rosafarben mit einem rötlichen Unterton. Ich nahm seinen Penis in die Hand, und obwohl sein restlicher Körper so mager und schlaff war, fühlte ich, wie er steif wurde, und ich wußte nicht, was ich sagen oder tun sollte.

Über Dodies Lächeln strafften sich die Bänder seiner Atemschutzmaske. *Ich habe immer gewußt, daß du mein Gerät sehen wolltest,* sagte er. *Voilà, die tödliche Waffe.*

Ich lachte. *Es ist ein gigantisches Schmuckstück. Oh, es ist so groß, mir bleibt glatt der Atem weg.*

Dodies Bauch begann vor Lachen hoch und nieder zu hopsen, dann floß sein Urin genau in dem Moment heraus, in dem ich seinen Penis in den »Freund des Mannes« gesteckt hatte. Dodie lachte und lachte, bis er sich schließlich verschluckte. Gerade noch rechtzeitig trat ich zurück, um dem Schleim aus dem Weg zu gehen – cremig und zähflüssig wie Samen –, den er auf die Bettdecke spuckte.

Die Krankenschwester schnappte nach Luft, als sie hereinkam und die Urinflasche in meiner Hand bemerkte. *Sind Sie verrückt?* fragte sie. *Wissen Sie denn nicht, was er hat? Kommen Sie her und schütten Sie den Urin aus, aber verschütten Sie nichts.*

Ich stand in einem Badezimmer. Ich weinte so fürchterlich, daß es sich anfühlte, als würde ich lachen. Ich hielt die Flasche, wie der Priester den goldenen Kelch mit dem Wein in seinen Händen hält, und überlegte, ob ich Dodies Pisse wie Gift trinken sollte. Ich wollte sie mir über den Kopf schütten und darin ertrinken. Aber dann schüttete ich sie doch in die Toilette, wo der Urin sich braun verfärbte und plötzlich mit Blut vermischt war. Aber warum war es plötzlich so wenig? Warum war es nur so wenig? In dem Augenblick erkannte ich, daß ich offensichtlich doch an meinem Leben hing, denn mit dem Instinkt des Überlebenden wusch ich meine Hände zehnmal hintereinander.

Ich wachte auf und war feuchtkalt und klebrig vor Schweiß. Ich warf mich hin und her und verfiel in neue Träume. Ich lenkte meinen Jeep einen Hügel hinunter. Auf der gegenüberliegenden Straßenseite fuhr eine ganze Schlange von Autos, die die Lichter angeschaltet hatten. Ich wußte, es handelte sich um eine Beerdigung, obwohl ich den Leichenwagen nicht sehen konnte. Plötzlich lockerte sich das Steuerrad in meinen Händen, das Gaspedal hing schlaff unter meinem Fuß, und die Bremsen, die Bremsen, wo waren denn nur die Bremsen? Dann waren *Dodie und ich* am Strand, wir waren wieder zwölf Jahre alt, und die Sonne funkelte auf Dodies weichem braunem Haar und auf seinen hervorspringenden Schulterblättern. Dann waren wir sechs Jahre alt und liefen die Straße hinter der Kirche entlang, nachdem wir uns *Barabbas* angesehen hatten. Wir rannten, als ob wir der Lepra entfliehen wollten, und waren uns bewußt, daß Krankheit und Tod Gottes Art war, einen auszuwählen, und Er würde einen überall finden. *Bleib stehen! Bleib stehen, Lise!* schrie Dodie, denn am Ende der Straße kam ein Maschenzaun mit Stacheldraht in Sicht, in den ich hineinzulaufen drohte …

Ich wachte auf. Ich hatte das Gefühl, als hätte mir jemand die Hand auf die Schulter gelegt. Aufwachen. Aufwachen, Lise. Das

Telefon klingelte und klingelte. Ich setzte mich auf, und als das Klingeln aufhörte und der Anrufbeantworter die Nachricht wiedergab, ertönte die erstickte Stimme meiner Schwester, die mir die Nachricht von Dodies Tod überbrachte. Bis das Band zu Ende war, wiederholte Carol ständig: *»Oh, Lise, ihr seid am selben Tag geboren worden, ihr seid am selben Tag zur Welt gekommen ...«*

Offiziell sprach man von Lungenentzündung. Das Wort Selbstmord wurde nicht ausgesprochen. Irgendwann zwischen seinem Besuch in der Klinik am Morgen, als man feststellte, daß er Erreger der Lungenentzündung im Körper hatte, und dem Besuch bei seinem eigenen Arzt am Nachmittag, der Belegbetten im Saint-Lukes-Krankenhaus hatte und darauf vorbereitet war, Dodie stationär aufzunehmen, hatte er ein Röhrchen Beruhigungstabletten geschluckt. Schläfrig und verwirrt war Dodie in der Praxis des Arztes wie ein Mädchen in Ohnmacht gefallen, bevor er noch eine Chance gehabt hatte, der Sprechstundenhilfe seinen Namen anzugeben. Während der Fahrt im Ambulanzwagen zum Saint-Lukes-Hospital hatte Dodies Herz vermutlich mitten in den verstopften Straßen der City zu schlagen aufgehört, zum Kummer und zur Verwirrung der Sanitäter, aber zur Erleichterung von Dodie, der nicht in einem Krankenzimmer hatte dahinsiechen wollen, wo der Tod ebenso häufig verteilt wurde wie die Mahlzeiten – oder eines Abends in seiner Wohnung in einen Schlaf zu sinken, aus dem er nie wieder erwachen und sein Körper halb verwest erst nach Tagen gefunden würde.

Tante Beppina konnte nicht aufhören, von diesen Beruhigungsmitteln zu reden. Sogar als sie hörte, daß Dodie Lungenentzündung gehabt hatte, und Onkel Gianni ihr erklärt hatte, wie, wo und weshalb man diese Art von Lungenentzündung bekam, wiederholte sie immer wieder: »Aber diese Pillen! Warum sollte er solche Pillen nehmen? Wo bekommt man denn überhaupt solche Tabletten?«

Bei dieser Frage wurde Carol weiß im Gesicht, wußte sie doch, wie einfach es war, solche Medikamente in die Hände zu bekommen, um sich damit das Ticket ins Jenseits zu besorgen. Abgesehen von den üblichen Blumengebinden, bat die Familie um nichts – nur darum, das beschämende Wort *Selbstmord* nicht auszusprechen, denn dann würde der Priester ihm keine anständige Beerdigung zelebrieren. Ich hielt meinen Mund geschlossen – außer wenn ich husten mußte, und ich hustete noch ziemlich schlimm, als ich meinen Jeep weiter unter der erlaubten Höchstgeschwindigkeit nach Connecticut zurücksteuerte. Mein Mund war von den Antibiotika und dem Horror, den ich dabei empfand, in meinem Zustand einen Wagen zu lenken, völlig ausgetrocknet. In meinem Zustand konnte alles passieren.

Der Sarg war bereits geschlossen. Es fand keine Totenwache statt. Trotzdem fragte ich Tante Beppina, ob ich Dodie ein letztes Mal sehen durfte. Sie schüttelte den Kopf. »Sie haben den Deckel schon zugeschraubt«, sagte sie ein ums andere Mal. »Sie haben den Deckel schon zugeschraubt.«

Aber dem war nicht so. Ich fragte den Direktor des Bestattungsunternehmens. Er sagte, er würde den Deckel einen Moment lang aufmachen, wenn ich verspräche, Dodie nicht anzufassen. Ich wollte Dodie nicht mehr anfassen. Aber ich mußte ihn sehen. Sein Tod kam mir so unwirklich vor, bis ich ihn sah. Ihn noch einmal anzusehen war auch der einzige Weg gewesen, mir wirklich zu Bewußtsein zu bringen, daß mein Vater tot war. Nachdem ich Daddys Körper gesehen hatte, war ich vom Sarg zurückgetreten und hatte in der schwarz-weiß gefliesten Toilette desselben Beerdigungsinstitutes geweint, hatte Gott gedankt, daß ich meinen Vater in diesem Leben nie mehr wieder ansehen mußte. Ich war mir bewußt, daß ich ihn ebensowenig geliebt hatte wie er mich.

Also blickte ich in den Sarg. Und ich sah ihn. Und ich nickte. Und so erinnere ich mich an dich, Dodie: Du warst der Ministrant, der an jenen kalten Februarmorgen die Schale mit der Asche hielt, die den Beginn der Zeit der Entbehrungen einleitete, der sogenannten Fastenzeit. Der Priester tauchte seinen Daumen in die Asche und rieb sie auf meine Stirn, wobei er mich daran erinnerte, daß wir aus Staub entstanden und wieder zu Staub werden würden.

Am Morgen deiner Beerdigung schien die Sonne. Die Metallrollen am hinteren Teil des Leichenwagens klapperten wie das Laufband in einem Metzgerladen, das die Rinderhälften in die Kühlung beförderte. Deine Brüder trugen dich den Mittelgang entlang. Der Priester, der dir deine erste Beichte abgenommen hatte, sprach den Segen. Deine Mutter schluchzte in der vordersten Bank. Dein Vater war so betrunken, es grenzte an ein Wunder, daß er überhaupt noch aufrecht stehen konnte. Ich hatte weiche Knie und hustete so schwer, daß alle vor mir zurückwichen.

Die Lesung stammte aus dem Evangelium des Johannes: *Im Haus meines Vaters gibt es viele Wohnungen. Wenn es nicht so wäre, hätte ich euch dann gesagt: Ich gehe, um einen Platz für euch vorzubereiten?*

Deine Brüder trugen dich den Mittelgang zurück. Der Leichenwagen glitzerte in der Sonne, und auf dem Rücksitz der Limousine, in die kein Laut von außen zu dringen schien, saß ich und hielt die Hand meiner Schwester. Dann sah ich hinunter auf das träge, braune Wasser unter der Q-Brücke. Kurz darauf hießen uns die grünen Tore des Saint-Lawrence-Friedhofs willkommen. Das Grab war offen, aber noch stand dein Name nirgends zu lesen. Wieder quietschten die Rollen. Deine Brüder waren unschlüssig, wo sie dich hinstellen sollten – rechts oder links vom offenen Grab –, und hätten fast deinen Sarg fallen lassen. Es folgte eine weitere Lesung. Wie die Bibel sagt: *Wer aber meine Worte nicht hört und nicht danach handelt, ist wie ein unvernünftiger Mann, der sein Haus auf Sand baute.* Ich schloß die Augen, als sie deinen Sarg in die Erde hinunterließen. Dein Vater griff zur Schaufel, um die ersten Klumpen Erde auf den Deckel zu werfen. Er hörte nicht mehr auf zu schaufeln, als ob er dich dadurch ein für allemal eingraben und vergessen wollte. Jocko mußte ihm Einhalt gebieten, und er sagte: »Dad, Dad. Was machst du denn, Dad? Hör auf! Laß es sein!«

Hinterher auf dem Empfang (denn keine italienische Beerdigung wäre komplett, wenn man sich hinterher nicht zu Hause versammeln und sich über einen Korb voller Weißbrot, kaltes Fleisch und Platten voller gebratenem Gemüse hermachen würde, das mit Litern von Alkohol hinuntergespült wird) sagte deine

Taufpatin – meine Mutter – »Ich hab ja immer gesagt, diese Wimpern waren bei einem Jungen die reinste Verschwendung.« Deine Cousine – meine Schwester – wischte sich die Tränen, als sie sagte: »Nun ja, Lisa, jetzt kannst du wenigstens dein eigenes Leben führen.« Und Al, der Kerl, über den wir die ganzen Jahre so oft gelacht hatten, war der einzige, der meinen Kummer zu begreifen schien, er fragte mich nämlich, ob ich Junior auf den Arm nehmen wollte.

Ich schüttelte den Kopf, aus Angst, das kleine Wesen fallen zu lassen.

»Kann ich irgend etwas für dich tun, Lisa?« fragte mich Al.

Ich schüttelte wieder den Kopf.

»Soll ich dich in Ruhe lassen?« Er setzte sich neben mich. »Ich höre dir zu, wenn es etwas gibt, was du erzählen möchtest.«

Aber es gab nichts zu sagen. Al und ich saßen beieinander, bis Junior zu quengeln anfing, dann ein Winseln ausstieß und schließlich in ein kräftiges, unglückliches Geschrei ausbrach. Ich reagierte auf das Weinen des Babys ebenso, wie ich auf ein wunderbares Musikstück reagierte – ich hatte das Gefühl, jemand würde seine Faust in meinen Hals stemmen und vom Grunde meiner Seele meinen Namen herausreißen.

KAPITEL NEUNZEHN

Da ist einer, der dich liebt!

An dem Tag, den wir zum Ausräumen von Dodies Wohnung festgesetzt hatten, erfand ich eine Ausrede für Tante Beppina. Ich schummelte ihr vor, ich wäre mit jemandem in New York zum Frühstück verabredet, damit ich vor ihr in dem Apartment sein konnte. Mein erster Grund war selbstsüchtig: Ich wollte mich in Dodies Zuhause ein paar Minuten ganz still hinsetzen, so wie ich mich in eine Kirche setzen würde. Der zweite Grund war altruistisch: Ich wußte, ich mußte Dodies Medikamente, seine erotischen Fotografien und vor allem 800s sprechenden Dildo (sollte er überhaupt existieren) loswerden, bevor Tante Beppina eine der Schubladen öffnen und fragen würde: »Was ist denn das?« Womöglich würde sie den Knopf drücken, der ihr die indirekte Antwort liefern würde: *Ihr werdet kommen!*

Tante Beppina würde vermutlich nicht einmal kapieren, was sie in der Hand hielt. Aber warum sollte ich es darauf ankommen lassen?

Seit Jahren fiel mir Tante Beppina auf die Nerven; sie erinnerte mich einfach zu sehr an meine eigene Mutter. Aber ich wußte, daß Dodie eine Schwäche für sie gehabt hatte. Als ich sie auf dem Friedhof beobachtete, wie sie vor sich hin schluchzte, hatte ich eine Ahnung davon bekommen, wie schwer ihr Leben war. Sie war von Männern umgeben, die sie nur unterdrückten, und der einzige Sohn, der sie wirklich liebte, hatte sich weit, weit von ihr entfernt.

Der Portier wußte noch nicht einmal von Dodies Tod. Er zündete sich eine weitere Virginia Slim an und sagte: »Der nette kleine Mann vom vierten Stock? Nicht möglich!«

Ich warnte ihn bezüglich Tante Beppina. Ich sagte, meine Tante würde kommen, sie würde mit einem Taxi vorfahren und nicht wissen, was sie dem Fahrer zu zahlen hätte. Vermutlich würde sie total verwirrt sein, ob er ihr im Notfall helfen könnte. Der Portier zuckte mit den Achseln. Ich gab ihm fünf Dollar. Er nickte. Dann steckte ich ihm einen weiteren Fünfdollarschein zu und fragte, ob er uns später helfen würde, ein paar Taschen hinunterzutragen.

»Woher soll ich wissen, daß Sie wirklich seine Cousine sind?« fragte er und spekulierte auf einen weiteren Schein.

»Sie haben mich schon öfter gesehen.«

»Nein. Nie.«

»Doch, das haben Sie. Ich wurde Ihnen vorgestellt. Ich kenne Ihren Namen. Sie heißen Luis.«

»Und wie heißen Sie?«

Ich kramte meinen Führerschein hervor, der bewies, daß ich denselben Nachnamen hatte wie Dodie. Danach ließ mich Luis wenigstens bis zu Dodies Wohnungstür vor. Ich nahm Dodies Schlüssel heraus, die Tante Beppina zusammen mit dem verpackten Körper ihres toten Sohnes zugeschickt worden waren.

»Sehen Sie, ich habe die Schlüssel«, sagte ich zu Luis, und als er anfing, mit dem Hausverwalter zu argumentieren – *»der Hausverwalter wird das nicht gut finden«* –, beschrieb ich ihm das ganze Mobiliar in dem Apartment, bevor ich die Tür aufsperrte und ihm einen Blick in die Wohnung gestattete, damit er sich überzeugen konnte, daß meine Schilderung den Tatsachen entsprach. Dann bat ich ihn, mich bitte allein zu lassen, ich sagte, ich würde mich gerade von einer Bronchitis erholen und seine Virginia Slims würden meine Lungen belasten.

Er trat zurück, und ich schloß die Tür. Meine Beschreibung von Dodies Wohnung stimmte natürlich bis aufs I-Tüpfelchen. Seit Jahren liebte ich Dodies Wohnung und war immer ein bißchen neidisch darauf gewesen. Ich wollte diese zarten, eleganten Jalousien – die vertikalen, nicht die horizontalen –, die vor dem großen Panoramafenster hingen; dieses Bett, das mit einem weißen, gesteppten Seidenüberwurf bedeckt war und an der Rückwand stand; den deckenhohen Spiegel dahinter; das deckenhohe Bücherregal mit der Bibliotheksleiter davor. Dodie hatte immer ein Auge dafür gehabt, wie er Gegenstände am dekorativsten plazieren konnte: die nüchterne Apothekerlampe über dem hellen Tisch, die Kerzenständer aus Terrakotta auf dem Kaminsims, der lediglich dekorativen Zwecken diente, den etwas schrulligen Korb voller hölzerner grüner Äpfel auf dem Glasbeistelltisch. Die Chaiselongue in der Ecke war von Roche-Bobois, und die Kupfertöpfe, die über der Küchentheke baumelten, an der nur zwei Leute gleichzeitig bequem essen konnten, stammten von Williams-Sonoma. Sie waren ein Geschenk von George gewesen. George wußte wahrhaftig, Dodie Geschenke zu machen! Aber welche Geschenke hatte ich ihm gemacht? Ich würde nie erfahren, ob ich Dodie mit der Lungenentzündung angesteckt hatte. Ich wußte nicht einmal, wie man sich eine Lungenentzündung einhandelte. Ich hatte eine Bronchitis. Aber ich würde mich immer schuldig fühlen, als ob ich ihm eine Handgranate in die Hand gedrückt hätte und dann in Deckung gegangen wäre. Und ich würde ihn den Rest meines Lebens lieben und gleichzeitig hassen dafür, daß er mich so abrupt verlassen hatte, wie der Junge aus der Geistergeschichte, Reuben, der in den Wandschrank stieg und spurlos verschwand.

Der Berberteppich knirschte leise unter meinen Füßen, als ich durch den Raum wanderte. Ich schaltete die Apothekerlampe ein und setzte mich einen Moment lang in ihren warmen Schein. Jetzt tat es mir leid, daß ich so früh gekommen war. Ich hätte in eine Kirche gehen sollen, um zu beten. Ich trat an das Fenster, um die Jalousien zu öffnen. Als ich nach der Kordel griff, ertönte eine vergnügte Stimme: *Da ist einer, der dich liebt!*

Ich fuhr zusammen. Ich hatte die Kordel noch in der Hand und hätte vor Schreck fast die ganze schöne, vertikale Jalousie heruntergerissen.

Ich schaute hinter mich, dann auf den Boden und war sicher, es mit dem berüchtigten Dildo zu tun zu haben. Aber die Stimme stammte von einem kleinen Kuschelhasen in hellblauem Overall, der auf dem Fensterbrett saß. Er zwinkerte mir spitzbübisch zu, wobei eines seiner Ohren zu seinen neckischen Schnurrbarthaaren heruntergeklappt war. Kaum hatte ich ihn in der Hand, wiederholte er:

Da ist einer, der dich liebt!

O Gott, dachte ich. Wie unheimlich! Dann mußte ich unwillkürlich lachen. Ich überlegte, wer, außer George, Dodie dieses liebenswerte Geschöpf geschenkt haben mochte. Jetzt würde ich es nie mehr erfahren. Keiner von Dodies Kollegen, kein einziger Freund, war zu seiner Beerdigung gekommen. Sein Büro hatte ein riesiges Blumenbukett geschickt, von dem meine Mutter behauptet hatte, dafür hätte man wohl die Bank von England geknackt. Auf der Karte stand lediglich: *Unser tiefstes Mitgefühl. Feiglinge*, dachte ich. Wie viele von seinen Freunden mochten es überhaupt gewußt haben? Dodie hatte schließlich auch von George nichts gewußt, bis ihn seine Mutter informiert hatte. Dodies Bett war fein säuberlich gemacht, das Leintuch hatte keine einzige Falte, und die Kissen waren aufgeschüttelt und exakt ausgerichtet. Es sah aus, als hätte Dodie bewußt aufgeräumt, bevor er die Pillen schluckte. Vermutlich hatte er sogar das Glas gespült, das er für seinen letzten Schluck Wasser benutzt hatte.

Geh schon, Lise! hörte ich ihn sagen. *Geh hinüber und schau, wie blank ich meine Spüle hinterlassen habe!*

»Nein!« rief ich, und meine Stimme hallte von der Decke wider.

Neben dem Bett blinkte ein grünes Licht. Auf dem Anrufbeantworter waren Nachrichten für Dodie. Ich ging hinüber. Sollte ich das Band abhören? Ich blieb stehen und dachte nach, ob Dodie gewollt hätte, daß ich es tue. Ich dachte, daß es wohl etwas anderes wäre, wenn er von mir *erwartet* hat, daß ich es tue. Ich streckte meine Hand nach dem Apparat aus, drückte auf REWIND und hörte mein eigenes Husten vom Band – den heiseren Klang meiner Stimme, die Dodies Namen aussprach – dann hielt ich das Band an.

Aus einer Küchenschublade holte ich eine Mülltüte. Zuerst das Badezimmer. Einem ersten Impuls folgend, wollte ich die rezeptfreien Schlaftabletten und die Tüte voller Marihuana in meine Tasche stecken. Doch dann änderte ich meinen Entschluß. *(Ich werde jetzt ein besserer Mensch werden,* sagte ich mir vor. *Ich werde jetzt ein besserer Mensch.)*

Ich schüttete alles in die Toilette, und mit einem Druck auf die Spülung war alles fort. Das Massageöl und die Kondome wanderten in die Mülltüte. Ebenso die experimentellen Medikamente, zu deren Einnahme Dodie sich freiwillig zur Verfügung gestellt hatte. Die anzüglichen – aber nicht wirklich obszönen – Fotografien. Ich blätterte sie durch – inspizierte schamlos die Männerkörper –, bevor ich mich daran erinnerte, wo ich war – und warum ich hier war. Ich warf sie in den Müll.

Dann wusch ich mir die Hände. Wieder und wieder seifte ich sie ein. Ich schaute in den Spiegel und wartete auf eine Art von Vision – ein Bild von Dodie, der hinter mir stand. Ich gab mich der Vorstellung hin, wenn ich mich umdrehte, würde er hinter mir auf dem Bett liegen. Ich meinte das Pfeifen des Teekessels aus der Küche zu hören oder das Klirren der Eiswürfel, die aus dem Plastikbehälter in eine Schüssel klackern. Gleich würde er sagen: *Himmel, diese Beerdigung war vielleicht ein Jux! Wie eine Story aus der* Twilight Zone. Aber ich hörte nichts außer den Schritten des oberen Mieters, die durch die Decke hallten. Nichts außer meinem verschleimten Atmen. Kein Brief. Er kann es nicht geplant haben, dachte ich. Aber dann erinnerte ich mich daran, daß er einmal sagte, er würde sich vor den Zug werfen. *Es soll mich treffen wie ein Blitz.* Und er hatte sich seine Lebensversicherung ausbezahlen lassen. Er hatte alles, wirklich alles – und ich war überrascht (als der Anwalt mich in Connecticut im Haus meiner Eltern anrief, um es mir mitzuteilen), wieviel es wirklich war, die Aktien, die Investmentfonds, die Kommunalobligationen und die Schatzwechsel – zur Hälfte Tante Beppina und zur Hälfte mir hinterlassen.

Nach einer Stunde war ich sicher, alles, was Tante Beppina als anstößig empfunden hätte, in einen Sack gestopft zu haben. Ich verknotete ihn und stellte ihn an die Tür.

Gegen elf Uhr kam Tante Beppina mit einem großen, schwarzen Lederkoffer in der Hand, der vermutlich noch von ihrer ersten und einzigen großen Reise stammte, die sie in ihrem Leben unternommen hatte, nämlich von Trapani nach Ellis Island.

»Du hättest warten sollen«, sagte sie. »Wir hätten gemeinsam kommen können.«

»Ich sagte doch, ich hatte eine Verabredung mit jemandem.«

»Wer ist dieser Jemand?«

»Nur ein Freund.«

Nach all den Jahren, in denen sie sich die Lügen ihrer eigenen Kinder hatte anhören müssen, war Tante Beppina mürbe geworden und hatte gelernt, die Dinge auf sich beruhen zu lassen. Sie beharrte nicht darauf, die nähere Identität dieses *Freundes* festzustellen. Sie stellte den Koffer ab und sah sich mißtrauisch um. »So klein«, murmelte sie. »Wie konnte er nur in einer so kleinen Wohnung leben?«

»Er hatte einen Portier«, wandte ich ein. »Und weder Kakerlaken noch Ratten.«

Meine Tante sah verwirrt aus, und ich erklärte ihr, daß dies hier für einen Jungen, der mit einem Collegeabschluß von Duke, den er durch Stipendien und Studentendarlehen finanziert hatte, alles andere als schlecht war. Für einen unter Dreißig – der kein Kennedy war – sei dies sogar mehr als gut gewesen. Nach New Yorker Maßstäben hatte Dodie es geschafft.

Sie sah sich erneut in der Studiowohnung um und fragte, warum wohl jemand wie ein Tier in einem solch kleinen Käfig wohnen wollte. »So viele Bücher«, meinte sie. »Ihr beide hattet eure Köpfe ja ständig in einem Buch. Warum habt ihr denn dauernd soviel gelesen?«

»Onkel Gianni wollte sich wohl nicht überreden lassen, mitzukommen?« fragte ich.

»Doch.«

Mein Magen verknotete sich. Der letzte Mensch, den ich hier sehen wollte, war Onkel Gianni. Aber Tante Beppina sagte, er wäre mit ihr im Zug in die Stadt gefahren, hätte sie in ein Taxi gesetzt und wäre nach New Haven zurückgefahren. Um sechs Uhr abends würde er wiederkommen und sie abholen. Dieses Verhalten war so völlig *guinea*, ich konnte es kaum fassen. »Warum ist er nicht einfach geblieben?« fragte ich.

»Er sagte: ›Was soll ich in New York? Schließlich ist keine Baseballsaison.‹«

»Er hätte in die Radio City Hall gehen können, um sich die Rockettes anzusehen. Er hätte uns aber auch helfen können.«

»Putzen und Aufräumen ist Frauensache.«

»Und was ist Männersache?«

»Für die Beerdigung zu bezahlen«, gab sie zurück, als ob es für einen Vater in der Tat eine bewundernswerte Großtat gewesen wäre, *die letzten Dinge zu regeln.*

Tante Beppinas Gesicht nahm erneut kummervolle Züge an, als ich sagte, ich hätte keinen Abschiedsbrief gefunden. »Keine Zeile für mich?« fragte sie.

»Nein«, antwortete ich. »Für mich auch nicht. Er hat einfach nichts hinterlassen.«

Ihr Gesichtsausdruck hellte sich etwas auf, als ich sie bat, den Kühlschrank zu leeren und sauberzumachen. Dieser Aufgabe war sie gewachsen. Sie konnte auch das Badezimmer putzen, um es für den Nachmieter ordentlich zu hinterlassen.

»Na ja, es ist ja sehr klein, es wird schwer zu vermieten sein«, überlegte sie. Ich erklärte ihr nicht, daß der Portier in der Minute vermutlich unten stand und sich jeden, der vorbeiging, vorknöpfte, um ihm mitzuteilen, daß dort oben ein leeres Studio mit Straßenblick frei sei. Gegen Ende des Nachmittags hatte er vermutlich Tausende von Dollars an Bestechungsgeldern von erwartungsvollen Mietern eingesackt, von denen manche sogar einen Mord in Erwägung ziehen würden (man kann schließlich nicht darauf warten, daß einer stirbt!), um sich dauerhaften Zutritt zu einer derartigen Behausung zu verschaffen.

Ich setzte Kaffee auf und lief hinunter zum Supermarkt an der Ecke, um mehr Mülltüten zu besorgen. Anschließend durchstöberte ich die Bücher, um zu entscheiden, welche ich behalten wollte. Letztendlich beschloß ich, alle zu behalten, obwohl ich keine Ahnung hatte, wie ich sie von New York nach Ossining verfrachten sollte. Ich verpackte das Geschirr und stopfte die Geschirrtücher in eine Tüte – diese Dinge würde die Heilsarmee bekommen. Dodies Kleidung zu sortieren brachte mich fast um. Als ich eines seiner Hemden an mein Gesicht hielt, mußte ich mich hinter der Schranktür verstecken.

Riesenfehler! Der Kragen fühlte sich so weich an, und zu allem Überfluß hing auch noch ein Haar von ihm daran. Ich benutzte den Ärmel, um mir die Tränen vom Gesicht zu wischen. *Hoffent-*

lich entdeckt mich Tante Beppina nicht, dachte ich. Wenn sie es aber doch täte? Sie war anders als meine Mutter. Meine Mutter weinte nie. Bei der Beerdigung meines Vaters war sie mit versteinerter Miene vor dem Grab gestanden.

Und Tante Beppina ertappte mich. Vielleicht hatte ich mich sogar ertappen lassen wollen.

»Hat doch keinen Sinn«, sagte sie. »Weinen hat keinen Sinn.«

Ich knüllte den Ärmel von Dodies Hemd an meine Wange. »Aber ich habe ihn geliebt.«

»Das war nicht gut«, sagte sie. »Es war nicht richtig. Du hättest dich nicht so an ihn klammern dürfen. Das hat er sogar selbst gesagt.«

»Wann?«

»Er sagte es einmal am Telefon: Er sagte, *Ich stehe Lisa im Weg.* Muß kurz nach Weihnachten gewesen sein –«

Ich wurde weiß im Gesicht, als ich mich an das grauenhafte Weihnachtsfest mit meiner Familie erinnerte. Letztendlich war ich trotz alledem nicht aus dem Haus meiner Mutter geflohen. Ich war nach oben gestürmt, hatte meine Taschen gepackt und mich dann von Carol überreden lassen, doch nach unten zum Abendessen zu kommen. Während des Essens hatten sich alle benommen, als sei nichts geschehen, und niemand war noch einmal auf meinen geheimnisvollen Freund zu sprechen gekommen.

»Es hat aber doch einen Mann gegeben, nicht wahr?« fragte Tante Beppina. »Dieser Mann, von dem du gesprochen hast. Dieser Mann aus New York.«

»Das war einmal«, sagte ich.

»Was ist passiert?«

»Ach, was tut das noch zur Sache? Wir haben uns gestritten.«

»Pah, ein Streit! Wenn du verheiratet bist, hast du dauernd Streit!«

»Ich will aber keinen Streit mit meinem Mann!«

»Dann solltest du wohl besser den Rest deines Lebens Sekretärin bleiben.«

»Ich bin keine Sekretärin!« rief ich. »Ich bin Redakteurin! Und ich habe eine ganze Abteilung unter mir!«

»Madonna!« Tante Beppina schüttelte den Kopf. »Wieso hat deine Mutter mir das nie erzählt?«

Ich nagte auf meiner Lippe herum. Wie meine Mutter, so schien auch Tante Beppina der Meinung zu sein, daß es nur zwei Arten von Frauen auf der Welt gab – berufstätige Frauen (Prostituierte, Lehrerinnen, Krankenschwestern, Sekretärinnen und Bibliothekarinnen) und verheiratete Frauen (genug der Worte!). Sie schien der Meinung zu sein, nur weil ich arbeitete, hätte ich kein Interesse daran zu heiraten. Eine Weile hatte dies sogar gestimmt. Ich hatte es genossen, für mich allein zu leben. Mein ursprüngliches Interesse an der Ehe entsprang der puren Neugier: Ich wollte herausfinden, warum die Leute heirateten. Wann sich die Neugier in Einsamkeit und Sehnsucht verwandelte, weiß ich nicht mehr, ebensowenig wie ich wußte, seit wann ich mich der Träumerei hingab, wie schön es wäre, nach Hause zu kommen und gemeinsam mit jemandem das Abendessen vorzubereiten, der mein forsches Mundwerk schätzen, aber auch wußte, wie er es ab und zu mit einem Kuß zum Schweigen bringen würde.

Im College war die Meinung einhellig gewesen: Gebildete Frauen – Sarah-Lawrence-Absolventinnen – hielten das Ehefrauentum (*Ehefrauendumm* – wie wir uns auszudrücken pflegten) für eine trübe Aussicht. Dasselbe galt dafür, mit Mutterschaft geschlagen zu sein – was auch Carol derart niedergeschmettert hatte, daß sie Pillen nehmen mußte, nur um am Morgen fähig zu sein, sich aus dem Bett zu rollen, was sie aber andererseits auch dazu brachte, mir anzuvertrauen, daß sie, nachdem sie das Baby aus sich herausgepreßt hatte, das Gefühl hatte, alles fertigbringen zu können. Von Frauen mit Collegeabschluß erwartete man, daß sie sich auf kreativen Ausdruck und Zufriedenheit mit dem Job konzentrierten. Und doch – wie sollte ich mich mit dieser Erwartungshaltung identifizieren, wenn ich mit *Mach langsam, Baby!* in eine Sackgasse geraten war und mich das tagtägliche Büroeinerlei bei Boorman weder interessierte noch inspirierte? Ich sah nicht, wie mich die Tatsache, allmorgendlich um 8.30 Uhr in Strümpfen und Pumps zu erscheinen und zu Dr. Peggy Schoenbarger, Hook Roberts oder Eben Strauss *Ja, Ma'am,* oder *Nein, Sir* zu sagen, beflügeln sollte. Warum sollte es besser sein, mit einer derart regelbesessenen Firma verheiratet zu sein als mit jemandem, der so miesepetrig und unterdrückend wie mein Vater war?

Punkt eins, es brachte mir eine Gehaltsabrechnung ein. Ich schätzte es, mich selbst zu unterhalten und nicht für jeden Pfennig, den ich ausgab, jemandem Rechenschaft ablegen zu müssen. Das hielt mich allerdings nicht von meinen Phantastereien darüber ab, wie ich gegen die Chefetage von Boorman rebellieren konnte. Warum wünschte ich mir nichts sehnlicher, als in Peggys Büros aufzumarschieren und zu sagen: *Ich kündige! Ich brenne mit Eben Strauss durch! Und ich schreibe einen Roman über sexuelle Belästigung!*

Für oder gegen, Miss Diodetto?

Sie verstehen mich nicht – es ist eine Geschichte, kein politisches Traktat. Er handelt von allem, was wir im Leben nicht verstehen: von Liebe und Gott, von Tod und Krieg und warum Menschen zu weinen anfangen, wenn sie Musik hören.

Mhm. Und – irgendwelche heißen Vögeleien dabei?

Natürlich. Schließlich schreibe ich aus rein persönlicher Erfahrung. Ich habe nur Schwierigkeiten damit, die lesbischen Szenen authentisch wirken zu lassen –

Entledigen Sie sich Ihres Minirockes, Miss Diodetto. Nichts würde mir mehr Vergnügen bereiten, als Sie in die Ekstase des sapphischen Sex einzuführen.

Nun – warum nicht? Nicht umsonst war ich die Autorin von *Achtung – Verbrechen* und von *Mach langsam, Baby!* – ich mochte es, mich meiner Phantasie hinzugeben, wo zu jeder Zeit alles mögliche passieren konnte. Und meine Arbeit bei Boorman hatte mir gezeigt, daß ich angekettet bestens leben konnte, solange ich noch meine Phantasie benutzen konnte.

Wenn ich aber verheiratet wäre, wer hielte das andere Ende der Kette? Ein Mann namens Ibby? Ein Mann, der zweimal im Monat seine Eltern besuchte und der ausrastete, wenn ich mit Stilettos in die City fuhr? Er würde mir wegen meines Offroaders zusetzen *(Meine Ehefrau fährt keinen Jeep!)* – wegen der unruhigen Lenkung, der fehlenden Heizung und dem mangelnden Platz für einen Kindersitz –, bis ich schließlich einwilligen würde, den Jeep zu verkaufen. (Um ehrlich zu sein, wollte ich das unbequeme Ding seit langem abgeben. Warum ich es je gekauft hatte, war mir ohnehin schleierhaft.) Er würde mit mir zum Autohändler fahren und so lange mit dem Verkäufer handeln, bis er einen guten Preis für mich herausgehandelt hätte und ich dafür einen sicheren, robusten Wagen bekäme. *Schau in mein Auspuffrohr,* würde ich sagen, während ich mich hinters Steuer klemmen und davonjagen würde. Aber er, der sportliche Fahrer, würde mich wie ein Bulle verfolgen, seinen Audi mit quietschenden Reifen hinter mir in die Auffahrt klemmen und mich blockieren. Dann würden wir in unser Haus gehen, von dem Ibby einst dachte, es hätte zu viele Zimmer, und seine Gefühle verletzen, indem ich das Foto von Dodie und mir, als wir »Bella Ciao« sangen, in der obersten Schublade meines Schreibtisches aufbewahren würde. Ich hätte es zwar in violettes Tuch gehüllt, wie man es während der Karwoche mit den Heiligen in der Kirche macht, weil ich Angst gehabt hätte, daß mein Cousin hervortreten und mir ein Bild meiner selbst präsentieren würde, das ich einerseits fürchtete, andererseits sehnlichst wiederzufinden hoffte …

O Dodie, dachte ich! Wenn Strauss mich in seinem Haus aufnehmen würde, würde ich mich dann nicht verstecken? Wenn du zurückkämst, würdest du denn wissen, wo du mich finden könntest? Würdest du überhaupt auf den Gedanken kommen, mich in einem Haus zu suchen, in dem am Passahfest die Türen offenständen für das Kommen von Elija? Würde es dir je in den Sinn kommen, im Rückspiegel eines schweren, robusten Wagens zu erscheinen – der nicht einmal leicht erbeben würde, wenn auf der höchsten Brücke der Welt ein Achtzehntonner daran vorbeiziehen würde?

»Glaubst du an Geister?« fragte ich Tante Beppina.

»*Certo.*«

Auf einem Tischchen am Fuße von Dodies Bett stand eine kleine schwarze Vase. Ich hielt sie in den Händen und rieb mit ihrem Fuß in meiner Handfläche hin und her, als ob sie Zauberkraft besäße. »Wünschst du dir, daß Dodie zu dir zurückkehrt?«

»*Gia è venuto.* Er ist bereits gekommen. In meinen Träumen. Tote Kinder besuchen einen im Traum.«

»Dodie war kein Kind mehr.«

»Er war mein Kind«, seufzte Tante Beppina. »Auch Eltern erscheinen im Traum. Träumst du denn nicht von deinem Vater?«

»Nein«, gab ich zurück, denn ich konnte ihr wohl kaum erzählen, daß er in den seltenen Fällen, in denen er mir tatsächlich im Traum erschienen war, seine Arme in einer Weise um mich geschlungen hatte, wie ein Vater das bei seiner Tochter niemals tun sollte, und ich danach erschrocken aus dem Schlaf hochgefahren war und dachte: *O Gott, ich bin ja so pervers! Warum bin ich nur so pervers?* Das einzige, was mich hinterher noch ruhig weiterschlafen ließ, war mein heimlicher Verdacht, daß der Rest der Menschheit auf unserem Planeten ebenso pervers war.

Mit einer Tasse Kaffee in der Hand saß Tante Beppina auf der Chaiselongue.

»Ich träume ständig von meiner Mutter und meinem Vater.«

»Ist es immer derselbe Traum?« fragte ich.

»Meistens. Der Traum ist wie eine Geschichte. Es ist ein Traum – nun, wie Träume eben so sind. Er handelt mehr von einem Ort, als daß etwas geschehen würde. Wir sind immer in unserer alten Heimatstadt. Meine Mutter steht mit der Schürze in der Küche. Mein Vater kommt nach Hause und drückt mir einen Kuß auf die Stirn. Seine Stiefel sind voller Staub. Die Haut seiner Hände ist aufgerissen. Ich sehe den Brunnen mit dem kleinen Rinnsaal, das über die Steine plätschert, das rosafarbene Haus und die Steintreppe, die sich immer so warm anfühlte, wenn man darauf saß. Manchmal sehe ich das eiserne Treppengeländer, das sich daran hochwindet, und das Sonnenlicht ...« Ihre Stimme verlor sich. »Es war nicht wie hier. Hier kommt es mir immer so dunkel vor.«

»Tut es dir leid, daß dich deine Eltern hierherbrachten?«

Sie ließ den Blick über Dodies Apartment schweifen. »Dort wäre nichts von alledem passiert.«

»Glaubst du nicht?«

»Ich weiß es.«

Ich konnte nicht umhin, das zu sagen, was mir als gegeben erschien. »Tante Beppina, auch in Italien gibt es Schwule.«

»Ja, aber dort heiraten sie und bekommen Kinder. Er hätte heiraten und Kinder haben können. Und jetzt das.«

Sekundenlang sah ich es vor mir: Dodie mit Panamahut und in einem geschniegelten Leinenanzug, wie er sich am Ostersonntag mit seinen Kindern vor der Kirche postiert. Sein Arm ruht auf den Schultern eines hübschen Mädchens in weißem Strohhut und blaugelb gemustertem Baumwollkleid. Ihr langes Haar fließt bis zu ihrem gewölbten Bauch hinunter. Ich sah einen Garten, in dem reife Tomaten, Erbsen und Gurken schwer an den Sträuchern und Ranken hingen. Alles war in Sonnenlicht getaucht.

Dann hörte ich aus der Ferne das bedrohliche Pfeifen eines Zuges, das kalte, harte Klackern von Absätzen auf dem marmornen Kirchenboden, die fröhlichen, aber bigotten Klänge der *festa* auf dem Dorfplatz, und im Schatten der Bäume sah ich Dodie, wie sein Blick dem eines anderen Mannes begegnete, während der Goldrahmen seiner Sonnenbrille in der Sonne blitzte ...

»Das hätte nicht geklappt«, sagte ich zu Tante Beppina.

»Warum nicht? Das passiert doch ständig –«

»Das nennt man ein Doppelleben –«

»Er hätte es leben können.« Sie schielte mich aus den Augenwinkeln heraus an. »Ach, Lisa. Du weißt, daß er krank war, daß er diese schreckliche Sache hatte. Du hättest es mir sagen sollen. Ich bin deine *comare,* ich habe dich behandelt, als seist du eines von meinen Kindern, ich bin ja praktisch fast wie deine Mutter –«

»Wofür wäre das denn gut gewesen?«

»Dann kann man beten. Ich hätte wenigstens beten können –«

Fast versagte mir die Stimme. »Glaubst du, das hätte geholfen?« fragte ich. »Was ist dann mit all den Menschen, die im Krieg umgekommen sind? Glaubst du, die haben nicht gebetet? Wer erhörte sie denn?«

»Gott hörte sie.«

»Und was zum Teufel tat er?«

Tante Beppina schnappte nach Luft. *»Stai zitta«*, fauchte sie. »Wenn das deine Mutter gehört hätte, die würde dir ganz schön eine verpassen! Du würdest wochenlang deinen Mund nicht mehr aufmachen können!« Daraufhin hielt ich meine Klappe. Plötzlich verspürte ich auch wieder das Kitzeln in meinem Hals, meine Bronchien schmerzten, und ich begann erneut zu husten – es war ein trockener Husten, der tief aus meinen Lungen kam.

Tante Beppina brachte mir Wasser. Sie legte ihre Hand auf meinen Rücken und hielt mir das Glas an den Mund. Ich nahm einen Schluck und spuckte ihn zurück in das Glas. Zweimal noch versuchte ich es, bevor ich einen kleinen Schluck meinen Hals hinunter bekam. Anschließend warf ich alles aus meiner Tasche, bis ich eine dieser nach Fäulnis riechenden Tabletten fand, die mir der Arzt verschrieben hatte.

Plötzlich starrte mich Tante Beppina an. »Du hast diesen Husten – du – bei der Beerdigung – Elisabetta, du hast das, was Dodie hatte –«

»Ich habe Bronchitis. Dodie hatte Lungenentzündung, Dodie hatte –«

Tante Beppina hielt abwehrend ihre Hände hoch. »Wir könnten es Krebs nennen.«

»Nenn es beim richtigen Namen.«

Sie schüttelte den Kopf. Wir setzten uns. »Oh, ihr beiden! Warum müßt ihr nur in diesem verrückten New York leben?«

»Wo soll ich denn sonst leben?« fragte ich. »Soll ich ein Schiff besteigen und nach Sizilien zurückfahren?« Mehr denn je erschien mir die romantisierende Sicht ihres alten Heimatlandes als Humbug, vor allem wenn ich mich daran erinnerte, wie sie, meine Mutter und meine Onkel in der Küche um den Holztisch herumsaßen, mit Zahnstochern das Innere aus den Walnußschalen herauspickten und bitterlich jammerten: »Ach, die Hitze! Die Trockenheit! Ach, und der Hunger! Die Erdbeben!«

»Du sagtest doch, ihr wäret so arm gewesen damals!« sagte ich zu Tante Beppina. »Du sagtest, ihr hättet nichts zu essen gehabt. Dauernd hast du über die Erdbeben geklagt –«

»Aber wir hatten den Sonnenschein. Und die Leute wuchsen anständig auf –«

»Was heißt anständig?«

»Eben nicht wir hier.« Tante Beppina wackelte mit ihrem erhobenen Zeigefinger vor meinem Gesicht herum. »Du solltest nach Hause kommen. Du gehörst hier nicht her.«

»Ich lebe doch nicht hier«, sagte ich. »Ich lebe in Ossining.«

»Und was für ein Leben führst du? Du bist vierundzwanzig –«

»Fünfundzwanzig, ich bin fünfundzwanzig, genauso alt, wie Dodie war –«

»Fünfundzwanzig und immer noch nicht verheiratet, immer noch keine Kinder –«

»Warum dreht sich immer alles genau darum?«

»Weil wir genau dazu geboren sind – warum soll es uns sonst geben?«

Sie blickte mich aus den Augenwinkeln heraus an. Die Sonne war soeben durch die Wolken gebrochen, und plötzlich war es in dem Apartment viel zu hell. Als sie aufstand und die Jalousien schloß, erscholl derselbe Refrain, der mich willkommen geheißen hatte.

Da ist einer, der dich liebt!

Sie fuhr zusammen, sah auf ihre Füße, dann auf das Fensterbrett. Schließlich nahm sie das Häschen in die Hand. Es wiederholte seinen Refrain, als ob es den Beweis liefern wollte, daß Dodie seine Mutter so sehr geliebt hatte, um vor seinem Tod diesen sprechenden Dildo loszuwerden, auch wenn er seine Kondome, die Fotos der Muskelprotze und das nach Mandeln duftende Massageöl zurückgelassen hatte – was mittlerweile alles im Müll lag. Zurückgeblieben war auch seine wunderbare Garderobe, das ausgewählte Mobiliar und die Kupfertöpfe – was alles für die Heilsarmee bestimmt war, denn bislang war der schwarze Koffer von Tante Beppina leer geblieben. Nicht die kleinste Kleinigkeit hatte sie eingepackt.

»Ist das nicht raffiniert«, murmelte sie und drückte das Häschen an ihre Brust. »Dich nehme ich mit.«

KAPITEL ZWANZIG

Bäumchen wechsle dich

Schlußendlich heiratete ich doch einen vorsichtigen Mann – es geschah wohl eher zufällig, aber ich hatte es angestrebt. Doch zurück zum Anfang, ich will nicht vorgreifen.

Es begann mit einem Anruf an dem Tag, als ich nach Ossining zurückkehrte. Die Urlaubstage, die ich mir von Hook erbeten hatte und die ich schließlich von Peggy bewilligt bekam, weil er sich widersetzt hatte, waren vorüber. Die Bäume, die noch eine Woche vorher ihre dunklen, nassen Äste über den Merritt Parkway gestreckt hatten, zeigten mittlerweile ein zartes Grün. Die Luft war frisch, der Himmel hellblau. Es war einer jener Tage, an denen man sich wünschte, ewig zu leben.

Während ich über den kurvenreichen Parkway steuerte, dachte ich, daß es wohl zweierlei Arten von Menschen gibt: Diejenigen, die sich angesichts der schlimmsten Katastrophen vor den Zug werfen, und diejenigen, die in derartigen Situationen über Leichen gehen, notfalls die der eigenen Mutter. Es erschreckte mich – zugleich war ich allerdings auch erleichtert –, als ich feststellte, daß ich zur zweiten Kategorie gehörte. In dem Moment, in dem mir diese Erkenntnis wie Schuppen von den Augen fiel, dachte ich, ich würde in den Straßengraben fahren. Ich schaute in den Rückspiegel, ob mir ein Wagen folgte, der mit gedrücktem Gaspedal und wackeliger Steuerung gleich auf mich aufprallen würde, aber alles, was ich in dem schlecht eingestellten Spiegel sehen konnte, war ein Aufblitzen meiner eigenen Augen. Ich war so sehr damit beschäftigt, nach hinten zu sehen, daß ich dem, was vor mir passierte, nicht genügend Aufmerksamkeit widmete, weswegen ich beinahe auf einen langsam dahinschleichenden Pontiac gerumst wäre.

Ich erreichte Ossining um die Stunde, die ich immer schon gehaßt hatte – die blaue Stunde gegen vier Uhr nachmittags, wenn die Sonne beginnt unterzugehen und der Tag träge und langsam in den Abend hinübergleitet. Mein Matchsack fühlte sich schwer wie eine Leiche an, als ich ihn die Treppen hinaufzog. In meiner Wohnung roch es muffig. Ich öffnete ein Fenster in der Küche, schlenderte vom Wohnzimmer in das Badezimmer und wieder zurück und lehnte mich schließlich an den Türrahmen meines Schlafzimmers. Ich dachte daran, daß Carol mir erzählt hatte, wie sie mit Al Dante Junior aus dem Krankenhaus gekommen sei, wäre sie mit ihm von Zimmer zu Zimmer gewandert und hätte ihm seine neue Welt vorgestellt.

Aber in meinen Armen lag niemand. Meine Wohnung kam mir so hohl vor wie mein Magen. Schließlich erkannte ich, daß ein Teil der Leere, die ich empfand, nagender Hunger war. Ich wollte wieder anfangen zu essen. Wieder kochen. Versuchen, wieder etwas Normales zu tun.

Ich zog den Reißverschluß meines Matchsacks auf. Als ob ich den Tod aus meinen Kleidern waschen könnte, warf ich sämtliche Kleidungsstücke, die ich in Connecticut getragen hatte, in einen Wäschekorb, lief damit in den Wäschekeller und stopfte alles in die Waschmaschine. Die Waschanweisung des schwarzen Kunstseidenkleides, das ich zu Dodies Beerdigung getragen hatte, besagte, daß es nur chemisch gereinigt werden durfte. Ich stopfte es in den Verbrennungsofen, tragen wollte ich es ohnehin nie mehr. Zurück in meiner Wohnung, zog ich die verschwitzte Bettwäsche ab, in der ich gelegen hatte, als mir die Nachricht von Dodies Tod überbracht worden war, und bezog mein Bett mit frischer weißer Wäsche. Fünfzehn Minuten verbrachte ich damit, all die verdorbenen Lebensmittel aus dem Kühlschrank zu sortieren und sie mit vielen zufriedenen, dumpfen Plumpsern in den Mülleimer fallen zu lassen. Mit einem kräftigen Schwung schleuderte ich anschließend die sperrige schwarze Mülltüte in die Tonne.

Da ich es allein in der Wohnung nicht aushielt, schnappte ich meine Schlüssel und fuhr in den Supermarkt, wo ich einen leeren Wagen vor mir herschob, zwischen den Regalen auf und ab schlenderte und daran dachte, welche Möglichkeiten mir nun offenstanden. Dodie hatte mir eine für mich enorme Summe Geld in Aktien und Wertpapieren hinterlassen. Einen Mann brauchte ich also nicht, um mich zu ernähren. Ich konnte meinen Job kündigen und diesen Roman zu Ende bringen. Ich konnte mir sogar einen BMW zulegen, sollte ich Lust darauf verspüren. Aber in meinen Golfstunden hatte ich mehr gelernt, als zu chippen und zu pitchen – ich hatte endlich gelernt, mehr Geduld aufzubringen. Ich sagte mir, ich wollte jetzt nichts überstürzen.

Ich holte Milch, Brot und Eier und kehrte in die Obst- und Gemüseabteilung zurück. Nach längerem Überlegen wählte ich von jeder Sorte das aus, was mir am knackigsten erschien, als wäre ich ein Koch, der für eine Schwadron von Vegetariern sein Meisterstück zubereiten wollte. Ich wählte einen frischen Stangensellerie, eine dunkel glänzende Gurke, knollige, weiße Champignons, groß genug, um sie zu füllen, einen dunkelgrünen Brokkolikopf, mehrere gelbe und grüne Kürbisse, rote und gelbe Paprikaschoten, eine Tüte voller ausgewählt schöner kalifornischer Karotten, zwei Orangen, die mich freundlich anlachten, ein paar Bananen, dunkelrote Cocktailtomaten, eine Avocado, die unter dem Druck meiner prüfenden Finger leicht nachgab, eine Tüte Cajun-Erdnüsse, frischen Knoblauch und eine rote Zwiebel. Dann schob ich meinen vollbeladenen Wagen Richtung Kasse, wo mir ein Junge die Karotten auf die Bananen packte.

Böse funkelte ich ihn an. Ich wußte, ich würde wieder auf die Beine kommen – *aus dem Bunker heraus* und *zurück aufs Fairway*. Als er mich aber fragte: »Soll ich Ihnen helfen, alles in den Wagen zu tragen, Ma'am?«, hätte ich ihm am liebsten gegen sein Schienbein getreten.

»Nein, danke«, sagte ich und schwor mir, nach dem Nachhausekommen sofort die grauen Haare auszuzupfen, die sich während der letzten Woche auf meinem Kopf breitgemacht hatten. Aber würde das helfen? Oder war ich jetzt endgültig an einem Wendepunkt angekommen? Hatte ich ein Alter erreicht, von dem ab mich junge Buben nur noch als »Ma'am« betrachten würden?

Der Gedanke erschreckte mich. Aber die einzige Alternative zum Altwerden erschien mir noch weniger verlockend. Auf dem Parkplatz packte ich meine Lebensmittel noch einmal um, bevor ich die braunen Tüten auf die Ladefläche meines Jeeps wuchtete. Der dumpfe Klang, als ich die Kofferraumtür zuschlug, erinnerte mich an das Schließen von Dodies Sarg. Ich kletterte in meinen Jeep und legte meinen Kopf auf das Steuerrad, aber nur kurz, dann sagte ich mir, daß ich jetzt zurück in Ossining war und es nun an der Zeit war, meinen Kummer zu überwinden. Keine Tränen, kein Zusammenbruch! Starte den Wagen und fahr los!

Ich fuhr. Meine Lebensmittel rutschten hinten herum, als ich um die Kurven zu meinem Apartmentkomplex fuhr. Zwei Tüten schleppte ich auf einmal die Treppe hinauf, dreimal lief ich insgesamt zwischen Parkplatz und Wohnung hin und her. Als ich das letzte Mal nach oben lief, schubste ich die Wohnungstür mit dem Fuß auf und hörte eine Stimme. O Gott, dachte ich, da ist ein Mann in meiner Wohnung, der gefürchtete Häftling, der aus Sing-Sing entflohen war und vor dem mich jedermann gewarnt hatte, seit ich in die Vorstadt gezogen war. Dann hatte ich plötzlich einen Moment lang das irre Gefühl, daß Dodie aus dem Jenseits zu mir spräche, wie in der Episode aus *Twilight Zone,* in der ein kleiner Junge über ein Spielzeugtelefon Kontakt mit seiner toten Großmutter aufgenommen hatte, was uns als Kinder immense Angst eingejagt hatte.

Aber die Stimme kam aus dem Anrufbeantworter. Ich schaltete ihn aus und nahm den Hörer ab. Der Mann rief meinen Namen. »Lise?«

»Dodie?« flüsterte ich.

»Ich bin's, Strauss.«

»Oh.« Mein Herz jagte. Dann kam mir in den Sinn, daß ich es vor meiner Abreise gewagt hatte, bei Strauss' Sekretärin einen Brief (mit der Aufschrift VERTRAULICH und der Anrede *Lieber Eben*) zu hinterlegen, in dem ich ihm mitteilte, daß ich mich nach einem Job umsehen wollte und hoffte, daß er nach seiner Rückkehr so freundlich sein würde, mir ein Empfehlungsschreiben auszustellen, was er mir immerhin einmal versprochen hatte. Gleichzeitig erinnerte ich mich, daß ich Strauss den Namen meines Cousins nie gesagt hatte. Womöglich dachte er, Dodie wäre mein neuer Liebhaber.

»Du klingst außer Atem«, sagte er.

»Ich kam gerade zur Tür herein. Ich bin eben erst aus Connecticut zurückgekommen.«

»Dann hast du vermutlich meine Nachricht – meine Nachrichten – noch gar nicht gehört.«

Zum ersten Mal, seit ich nach Hause gekommen war, warf ich einen Blick auf den Anrufbeantworter, dessen rotes Licht wild blinkte. Ich wollte das Band nicht zurückspulen. Carols Stimme war immer noch darauf, die mir wieder und wieder mitteilte, daß Dodie tot war.

»Ich bin erst vor ein paar Tagen zurückgekommen«, fuhr Strauss fort, und als ob ich nicht wüßte, wo er gewesen war, fügte er hinzu: »Aus Taiwan.«

»Hat es dir gefallen?« fragte ich in dem Versuch, höflich zu sein.

»Sie essen Fisch, an dem der Kopf noch dran ist.«

»Hört sich nach einer tollen Zeit an.«

»Nein, das war es nicht«, sagte Strauss. Er räusperte sich. »Ich habe deinen Brief bekommen.«

Ich wartete darauf, daß er weitersprach.

»Ich nehme nicht an, daß es ein Zuckerschlecken war, für Hook zu arbeiten.«

»Erraten.«

»Du bist also wieder auf dem freien Markt.«

»Auf dem *Job*-Markt, ja.«

»Wo hast du dich beworben?« fragte er. »Wieder in New York? Oder in Connecticut? Du sagtest gerade, du wärst in Connecticut gewesen.«

Bevor ich antworten konnte, daß meine Pläne noch nicht feststünden, sagte er, er würde mich höchst ungern verlieren. Dann widersprach er sich aber, indem er hinzufügte: »Natürlich schreibe ich dir gern eine Empfehlung. Wenn es nicht schon zu spät ist.« Wieder räusperte er sich. »Nach meiner Rückkehr versuchte ich dich über deinen Computer zu erreichen, aber er war nicht eingeschaltet. Von Peggy erfuhr ich dann, daß du ein paar Tage Urlaub genommen hattest.«

»Das stimmt.«

»Darf ich fragen, ob du dich irgendwo vorgestellt hast?«

Diesen Grund hatte ich Peggy im Vertrauen genannt, um mich weder ihrem hartnäckigen Mitgefühl noch den unverhohlen neugierigen Fragen meiner Mitarbeiterinnen aussetzen zu müssen und mir mehr als die zwei Tage, die man normalerweise für eine Beerdigung zugestanden bekommt, zu verschaffen. Das letzte, was ich vor Strauss zugeben wollte, war, eine weitere Unwahrheit von mir gegeben zu haben, da er mich ohnehin für eine pathologische Lügnerin hielt. Aber es half nichts.

»Ich habe mir für meinen Cousin freigenommen.«

»War er krank?«

»Nein«, antwortete ich. »Er ist tot.«

Das war das erste Mal, daß ich es laut ausgesprochen hatte, obwohl ich es mir selbst unzählige Male wiederholt hatte, als ob ich mich von der Wahrheit hätte überzeugen wollen. *Er ist tot, er ist tot, Dodie ist tot.*

Strauss zögerte, bevor er sagte, es täte ihm leid, es täte ihm sehr leid für mich.

»Danke.«

»War es schlimm?«

»Er sah wie eine Puppe aus. Eine Wachspuppe im Sarg.«

»Mußte er lange leiden?«

»Nein, er beging Selbstmord.«

Erneutes Schweigen. In diese Stille interpretierte ich Mißfallen. Eine Mißbilligung jeglicher exzessiver Emotionen. Und völlig mangelndes Mitgefühl, das Unvermögen, Verzweiflung zu verstehen.

»Wie stehst du es durch?« fragte er.

Ich konnte nicht antworten.

»Bist du okay?«

»Was denkst du denn?« Wie ein zu scharf gespitzter Bleistift kratzte meine Stimme und brach ab. »Gott, was denkst du, wie es mir wohl geht?«

»Ich weiß es nicht. Ich weiß nicht, was ich denken soll. Obwohl ich die letzten paar Monate angestrengt darüber nachgedacht habe …« Seine Stimme verebbte. Ich hörte das Quietschen seines Schreibtischstuhls. »Verdammt Lisar, ich verstehe dich einfach nicht: Hörst du jetzt auf oder hörst du nicht auf, hier zu arbeiten? Und was soll denn das bedeuten, daß du jetzt plötzlich Golfstunden nimmst?«

»Was kümmert dich das schon?«

»Eine Menge –«

»Was ist, hast du Angst, daß ich dich auf dem Green schlage?«

»Das ist wohl unumgänglich, wenn das, was ich höre, stimmt – daß du nämlich bei Peggys Lebensgefährtin Stunden nimmst. Stimmt es wirklich, daß du bei Peggys Lebenspartnerin Stunden nimmst?«

»Nein, wir haben nur eine leidenschaftliche lesbische Liebesaffäre!«

»Ich hoffe, du machst Witze –«

»Gerüchte haben Flügel, stimmt's?«

»Du hast selbst ein paar davon in Umlauf gebracht, die anscheinend nicht stimmen«, meinte er.

»Und deine Geschichte, daß du mich genötigt hättest?«

»Ich wollte dich schützen –«

»Wenn ich einen Beschützer brauche, Strauss, dann kaufe ich mir einen Bernhardiner –«

»Du brauchst keinen Hund – du heiratest!«

Ich wartete, ich wartete lange, bis sich der Knoten in meinem Hals auflöste. »Ich heirate nicht!« rief ich dann.

Anschließend schwiegen wir beide. Mit dem Telefonhörer am Ohr drehte ich mich um und schaute auf meine Küchentheke, wo die braunen Tüten voller Pilze, Sellerie und Karotten standen – die eine einzelne Person niemals würde essen können.

Donna Dilano wußte, wenn sie heute abend allein kochen und essen würde, dann würde sie es vielleicht den Rest ihres Lebens allein tun. Wäre nicht das schlimmste Schicksal. Aber auch das Gegenteil wäre nicht zu verachten, daher sagte sie zu Thomas Akins …

»Ich habe eine Menge Brokkoli eingekauft.«

»Wie bitte?« fragte Strauss.

»Komm doch zum Essen«, sagte ich. »Ich meine, möchtest du nicht zum Essen kommen?«

»Ja«, entgegnete er. Ja, das möchte er.

»Soll ich dir eine Wegbeschreibung geben?«

»Nein.« Seit wir miteinander telefonierten, klang seine Stimme nun zum ersten Mal entspannt. »Ich erinnere mich an den Weg.«

Es war Freitag abend. Heute gab es kein Baseball für Strauss. Und für mich gab es kein Fleisch, nicht einmal Fisch, und ich redete ziemlich wenig, denn als Strauss klopfte (zaghaft, als wollte er demonstrieren, daß er zu Kreuze kroch) und hereinkam, wußte keiner von uns beiden, was er sagen sollte. Seine Hände waren leer, und er stand vor mir, als wolle er sich entschuldigen, keinen Wein mitgebracht zu haben. In meiner Diele, die ohnehin schon klein war und in der nun zu allem Überfluß auch noch ein Rucksack voller längst überfälliger Bücher aus der Leihbücherei und mein lächerlicher blauweißer Golfschirm standen, schien ein Pochen in der Luft zu hängen, wie das eines Herzens, das einen Moment lang ausgesetzt hatte und das nun wieder zögerlich und ungeschickt zu schlagen begann.

»Du hast dich verändert«, sagte ich schließlich. Er kam mir wie ein anderer Mensch vor, nicht nur weil er während seiner Abwesenheit in meiner Phantasie zu einem größeren, mehr Aggressivität ausstrahlenden Mann geworden war, der sich sogar besser kleidete als der, der nun mit einem blaßblauen Hemd, einem Seidenschal und einem viel zu schweren Tweedjackett vor mir stand. Er wirkte älter. Müde. Und zu dünn. Seine Haut kam mir ausgetrocknet vor, und sein Haar schien einen leichten Silberglanz angenommen zu haben.

»Der Jetlag«, sagte er.

Ich lächelte schwach. »Besser als der Beerdigungs-Lag.«

Bevor er kam, hatte ich mich im Badezimmerspiegel angesehen, aber außer meine wilden Haare zu kämmen, hatte ich nichts unternommen, um mein Aussehen zu korrigieren. Daher war ich mir bewußt, daß auch ich wie ein Wrack aussah. Warum sollte er mich wohl sonst so anstarren? Ich hatte den Verdacht, daß er die grauen Haare in Augenschein nahm, die ich mir natürlich nicht mehr ausgezupft hatte, bis ich dann erkannte, daß er sich alle Mühe gab, *nicht* zur Wohnungstür zurückzuschauen, wo ich noch die Sicherheitskette anlegen und den Riegel vorschieben mußte.

»Na, mach schon«, sagte ich. »Verrammele die Tür.«

Nachdem er die Kette eingehängt und den Riegel vorgeschoben hatte, meinte ich, er würde mich berühren. Aber er tat es nicht, und ich blieb nicht lange genug stehen, um ihm das Gefühl aufzudrängen, daß er mich berühren müßte. Warum hätte ich auch erwarten sollen, daß er mich in die Arme nehmen wollte – nach all den Monaten? Aber warum hatte er zwei bewußt neutral gehaltene Nachrichten auf meinem Anrufbeantworter hinterlassen, hatte sich mit Vor- und Nachnamen gemeldet und mich gebeten, ihn doch zu Hause, nicht im Büro anzurufen, sobald ich zurückgekommen sein würde, denn er müßte dringend mit mir sprechen. Die dritte Message hatte mich allerdings vor ein Rätsel gestellt. Er hatte aus Brooklyn angerufen und die Nummer seiner Eltern hinterlassen: »Wenn ich schon nach Hause gefahren sein sollte – zu mir nach Hause –, sag meinen Eltern bitte deinen Namen, damit sie mir ausrichten können, daß du angerufen hast.«

Ich wußte, daß ich es nicht hätte tun sollen, aber natürlich tat ich es. Während Strauss auf dem Weg zu mir war, hatte ich die Nummer in Brooklyn gewählt und gehofft, daß mir seine Eltern vielleicht einen Hinweis auf den Zweck seiner Messages geben würden. Ich betete, daß sein Vater abheben möge, denn ich hatte das Gefühl, daß mich seine Mutter nicht mögen würde. Aber natürlich war es seine Mutter, die plötzlich »Hallo?« sagte. Genau wie bei uns zu Hause immer meine Mutter an das Telefon gegangen war, denn es wäre zuviel verlangt gewesen, meinen Vater (der den ganzen Tag hart gearbeitet hatte – zehn Stunden und mehr!) aus seinem Fernsehsessel zu jagen, um dem Anrufer einen zivilisierten Gruß zu entbieten.

Ich schluckte schwer. »Ist Eben zu sprechen?«

»Er war über das Wochenende hier«, sagte sie. »Aber wer spricht denn bitte?«

Beinahe wäre mir *Ibbys Mädel* herausgerutscht. Doch ich war zu feige und platzte mit breitem Brooklyn-Akzent heraus: »Mirandar.«

»Mirandar?« fragte sie, als hätte ich den Namen eines Aliens genannt, oder zumindest einen, der kein R am Schluß benötigte.

Mit klopfendem Herzen legte ich auf. In dem Augenblick wußte ich, wenn Strauss mich je seinen Eltern vorstellen würde, würde ich mich sofort zu Hause fühlen. Wir waren mit absoluter Sicherheit füreinander bestimmt, wenn ich jetzt schon begann, mit seiner Mutter Schwierigkeiten zu haben!

Als Strauss mit fahler Gesichtsfarbe und dunklen, müden Schatten unter den Augen meine Wohnung betrat, sah er kaum aus wie ein Mann, der *eine Freundin hatte*, egal, wie ihr Name war. Ich bat ihn in die Küche, wo ich mittlerweile den Brokkoli, die Karotten, die Tomaten und das restliche Obst und Gemüse aus den Tüten geholt hatte. »Es wird eine Weile dauern, aus dem ganzen Zeug hier etwas zu kochen«, meinte ich.

»Laß mich helfen.«

Ich warf ihm einen zweifelnden Blick zu. Dann drückte ich ihm ein Sieb in die Hand und sagte ihm, er solle die Pilze waschen. »Gut waschen«, mahnte ich ihn und gab ihm ein Schneidebrettchen und ein gezähntes Messer.

Ich hörte, wie er durch die Folie stach und sie von der Schale mit den Champignons zog. Während ich die Tomaten achtelte, beobachtete ich ihn aus den Augenwinkeln heraus. Er stand vor meiner Spüle und fixierte die Pilze. Die Aufgabe, die ich ihm zugeteilt hatte, schien ihn zu paralysieren.

»Gibt es eine bestimmte Art, sie zu reinigen?« fragte er. »Ich meine, soll ich dazu eine Bürste benutzen?«

»Nein, die Hände. Du mußt die Erde mit den Fingern abreiben. Aber gründlich!« sagte ich. »Sie wachsen auf Kuhfladen –«

»Ich weiß. Ich hatte Botanik am College.« Die Pilze kullerten in den metallenen Seiher. Strauss sah sich ratlos um – wie ein geistig Minderbemittelter hatte er vergessen, wo mein Mülleimer untergebracht war. Als ich unter die Spüle deutete, nickte er und warf die Styroporschale hinein. Er drehte den Wasserhahn auf und hielt zögernd einen Pilz unter den Wasserstrahl. Das Wasser spritzte in alle Richtungen.

»Möchtest du eine Schürze?« fragte ich.

»Nein, aber wenn du nichts dagegen hast, würde ich gern mein Jackett ausziehen.«

Ich konnte nicht hinsehen, wie er aus dem Jackett schlüpfte – der Moment hätte zu viele intime Erinnerungen in mir wachgerufen. »Danke«, sagte er, als ich es ihm abnahm. »Bitte«, gab ich zurück und legte dabei all die Teilnahmslosigkeit und Geschäftigkeit in meine Stimme, die man vom Bodenpersonal einer Luftlinie her kennt, das einem nach dem Einchecken das Gepäck abnimmt. Dann stürmte ich damit zum Wandschrank in der Diele, überlegte es mir aber anders und schlüpfte in mein Schlafzimmer. Dort – ich muß es zugeben – drückte ich den rauhen Wollstoff des Jacketts an mein Gesicht und schmiegte meine Wangen in das glatte Satinfutter. Ich schnupperte daran. Er hatte geschwitzt. Strauss schwitzte eigentlich selten.

Er mußte nervös gewesen sein.

Und in seiner Brusttasche raschelte etwas. Ich lugte hinein. Das Papier war pinkfarben, aber heller als die Notizzettel bei Boorman. Ich zögerte nur eine Sekunde, dann zog ich es heraus. Es war ein Strafzettel. Ausgestellt vor zwanzig Minuten. Auf dem Weg zu mir war Strauss von der Polizei gestoppt worden. Wegen Geschwindigkeitsüberschreitung. Er hatte sechzig Dollar bezahlt.

Mein ganzes Leben hatte mich noch nie etwas derartig gefreut! Wenn die letzten paar Monate bewiesen hatten, daß ich jemanden brauchte, ab und zu zumindest, der mich daran erinnerte, daß ich auf beide Seiten schauen sollte, bevor ich eine befahrene Straße überquerte, dann bewies dieser pinkfarbene Strafzettel, daß ich meine Version eines bösen Buben gefunden hatte. Denn sogar Ibby fuhr zu schnell und handelte sich gelegentlich einen Strafzettel ein.

Hastig steckte ich das Papier zurück in die Tasche. Ich streifte das Jackett über einen Bügel und hängte es neben mein berüchtigtes, total überteuertes Weihnachtskleid, das ich nicht gewagt hatte zurückzugeben, nachdem es in der Reinigung eingegangen war.

Strauss hatte die Ärmel hochgekrempelt, als ich in die Küche zurückkam, und spritzte Wasser auf die Abtropffläche und auf den Fußboden. Ich liebte es – nicht die Tatsache, daß ich hinterher vermutlich wischen mußte –, aber die Hemdsärmeligkeit! Wenn ein Mann seine Hemdsärmel hochkrempelte, verspürte ich immer eine gewisse Regung in mir. Ich hatte Strauss' Unterarme von Anfang an gemocht. Und seine Hände – die mit unzähligen Wassertropfen übersät waren, als er mir nun den Seiher voller Pilze gab, die aussahen, als seien sie mit Scheuermittel behandelt und in Ammoniak gebleicht worden – mochte ich genauso.

»Sauber genug?« fragte er.

»Bestens«, antwortete ich. »Kannst du jetzt den Sellerie übernehmen?«

Er nickte, aber er war wieder unsicher, wie er vorgehen sollte. Er legte das ganze Bund Stangensellerie unter den Wasserhahn in die Spüle und begann, ihn außen mit den Händen abzureiben.

»Stange für Stange«, empfahl ich ihm und drückte ihm eine Bürste in die Hand. Daraufhin stürzte er sich mit solcher Vehemenz auf das Gemüse, daß grüne Fäden in das Waschbecken fielen.

Wir wuschen und schnippelten die verschiedenen Gemüsesorten. Dann goß ich einen Teelöffel Olivenöl in eine Bratpfanne.

»Was kochen wir eigentlich?« fragte Strauss schließlich.

»Ich weiß es nicht«, mußte ich zugeben. »Vermutlich hast du zur Zeit von gebratenem Gemüse die Nase voll.«

»Och, ich mag Gemüse mittlerweile ganz gern.«

»Ist es wahr, daß man in China Ratten und Hunde ißt?«

»Nicht in First-class-Hotels.«

»Hast du in einem Viersternehotel gewohnt?«

»Es war ein Residence Inn. Für verwirrte, unsichere ausländische Geschäftsleute.«

Er erzählte, daß das Schönste an dem Hotel – und eines der wenigen Dinge, die ihm in Taiwan überhaupt gefallen hatten – der Sonnenuntergang gewesen sei, den er von seinem Balkon aus hatte betrachten können.

»Abgesehen davon ging es mir miserabel.«

»Das kann ich kaum glauben.«

»Ich habe mich so allein gefühlt. Es war wie in der ersten Woche am College – ich schrieb eine Menge Briefe an meine Eltern, aber ich hatte monatelang niemanden, mit dem ich hätte reden können. Ich dachte schon daran, eine Art Tagebuch – oder einen Reisebericht –, wie immer man es nennen will, zu schreiben, um wenigstens mit der leeren Seite vor mir reden zu können –«

»Hast du's getan?« fragte ich und war mir bewußt, daß ich nicht hätte widerstehen können, durch dieses erlesene und sicherlich äußerst aufschlußreiche Dokument zu schmökern.

»Nein.«

Ich schwenkte die Pfanne, um das Öl zu verteilen, und fragte ihn: »Angst vor den eigenen Gefühlen?«

»Vielleicht.« Er räusperte sich. »Es ist schrecklich, wenn man so sprachlos ist.«

»Das Problem hatte ich noch nie«, meinte ich.

Von seiner Seite kam kein Widerspruch. »Was ich damit sagen wollte, ist, daß es ziemlich betrüblich ist, wenn man nicht einmal nach den einfachsten Dingen fragen kann.«

»Hast du denn gar kein Chinesisch gelernt?« fragte ich, obwohl ich mir bewußt war, daß ich niemals über *villen helzlichen Dank* hinausgekommen wäre.

»Hallo«, erwiderte Strauss. »Auf Wiedersehen. Fahren Sie mich zum Regent. Ein Verrückter aus dem Westen. Eine Verrückte aus dem Westen.« Er lächelte. »Ich fühlte mich wirklich hundeelend, glaube mir.«

»Ich wette, die Frauen sind wunderschön«, sagte ich.

»Viel zu schön!«

Ich kippte die Zwiebeln in die Pfanne, sie spritzten und zischten so laut, daß Strauss sich kaum Gehör verschaffen konnte, als er hinzufügte: »Aber sie sind viel zu mager. Und viel zu ruhig.«

Ich griff nach einer Spachtel und schob die brutzelnden Zwiebeln in der Pfanne umher. »Macht es dir etwas aus, wenn ich das Gemüse *à l'Italia* zubereite?«

»Du bist der Küchenchef.«

Ich deutete auf den Gewürzschrank. »Gib mir das Basilikum.«

Er öffnete die Tür. Ich bemerkte, daß er einen Moment lang stutzte, als er das koschere Salz erspähte und es dann kommentarlos zur Seite rückte. Er stöberte durch die Gewürzbehälter. Sie klirrten gegen die Wand des Schrankes und klapperten aneinander.

Schließlich sagte ich: »Ich gebe dir einen Tip, Mr. Harvard, es ist grün.«

»Ich weiß, welche Farbe es hat.«

»Wo liegt dann das Problem?«

»Hier steht eine Menge grünes Zeug herum«, meinte Strauss, fand aber endlich das Basilikum. Als er es mir reichte, berührten sich einen Moment lang unsere Hände.

Wäre dies ein Hollywoodfilm gewesen – oder die dreizehnte Fassung von *Mach langsam, Baby!* –, dann hätte der romantische Held mit männlicher, aber brechender Stimme wiederholt: *Hier steht eine Menge grünes Zeug herum* ... Dann hätte er die Sache in seine ebenso männlichen Hände genommen, hätte den Herd ausgeschaltet, die Heldin ihrer Schürze entledigt, ihren Unterarm ergriffen und ihre Lippen geküßt, bis sie geschmerzt hätten. Er hätte sie gegen den Kühlschrank gedrängt und sie geliebt, bis der automatische Eiswürfelspender pfundweise Eiswürfel auf den Fußboden gespuckt hätte.

Aber Strauss und ich schlugen die Augen nieder und kochten weiter. Dann setzten wir uns und aßen in quälender Schweigsamkeit, fast wie ein altes Ehepaar, das nach einem harten Arbeitstag zu erschöpft für eine ausführliche Unterhaltung war und das seiner Ernährung dringendst mehr Ballaststoffe beifügen mußte. Ich behielt meine Schürze an und vergaß, die Serviette auf den Schoß zu legen. Er entschuldigte sich, als er mit dem Messer einen kratzenden Laut auf dem Teller erzeugte. Die Eiswürfel klirrten, als ich mein Wasserglas an den Mund setzte. Strauss erkundigte sich, woher das summende Geräusch käme, und ich erklärte ihm, es stamme von meiner Heizung, die während des Winters zweimal kaputt gewesen war.

Da ich wußte, daß es ihm schwerfiel, zur Sache zu kommen,

sagte ich: »Ich habe vorhin bemerkt, daß du mich einmal vom Haus deiner Eltern aus angerufen hast.«

»Ja, das stimmt. Ich bin zu ihnen gefahren, als ich wiederkam. Letztes Wochenende.«

»Ich kann mir vorstellen, wie froh sie waren, dich wiederzusehen.«

»Ja, das haben sie zumindest einige Male wiederholt.«

Ich lächelte ihn an.

Er sah ernst aus. »Mein Vater – mein Vater hat einen Gehirntumor.«

»Das tut mir leid«, murmelte ich. »Ist er operabel?«

Strauss schüttelte den Kopf.

»Hast du es schon in Taiwan erfahren?«

»Nein. Er sagte es mir erst letztes Wochenende.« Mit seiner Gabel schubste er einen Schnippel roter Paprikaschote auf dem Teller herum. »Er weiß es schon seit einem ganzen Monat.«

»Warum benachrichtigte er dich nicht gleich?«

»Es ist typisch für ihn, alles erst einmal zurückzuhalten.« Strauss zuckte mit den Achseln. »Es ist komisch. In dem Moment, als ich ihn wiedersah, überkam mich sofort ein eigenartiges Gefühl; kennst du das – daß man manchmal etwas weiß, obwohl es noch gar nicht ausgesprochen ist?«

»Ja. Das kenne ich.«

»Und dann – nun ja –, dann wird es ausgesprochen, und oft wird dann mehr gesagt, als gut ist.«

»Was meinst du damit?«

»Es ist alles herausgekommen. Während ich fort war ... irgend jemand zeigte ihm dieses Buch –«

»Das war ich nicht –«

Strauss' Augen blinzelten nervös. »Natürlich warst du das nicht.«

»Deine Schwester?«

»Nein. Es war mein Schwager.«

»Ah, der berüchtigte, ungeliebte Schwager. Welche Motive hatte er denn?«

»Keine lauteren, das weiß ich mit Sicherheit.«

»Willst du darüber reden?«

»Irgendwie scheint es mit dem Testament meines Vaters in Zusammenhang zu stehen.«

»Oh. Das ist aber häßlich. War dein Vater wütend? Auf dich, meine ich, weil du gesprochen hast?«

»Nein. Ich war eigentlich überrascht. Es schien ihm zu gefallen, meine Seite der Geschichte zu erfahren. Aber er widersprach mir in mehr als ein paar nebensächlichen Details.«

»Zum Beispiel?«

Strauss zögerte. »Er sagte, wir hätten an jenem Nachmittag Walnüsse geknackt, keine Erdnüsse. Und er sagte: ›Wir hatten niemals einen Orientteppich im Eßzimmer, und die Vermieter schenkten dir ein Osterei aus Schokolade, keinen Hasen. Du warst kein so braves Kind, wie du das gern von dir glauben möchtest – zweimal mußten wir ein Restaurant verlassen, weil du dich danebenbenommen hast, und als du dreizehn Jahre alt warst, mußten wir uns genügend Widerworte von dir gefallen lassen. Wenn ich sehe, wie es um dein Erinnerungsvermögen bestellt ist, könnte man denken, du hättest einen Gehirntumor, Ib, nicht ich.‹«

Ich lächelte. »War das alles?«

»Reicht das nicht?«

»Ich bin sicher, daß das nicht alles war. Du hast einen Ausdruck in deinem Gesicht, der mir verrät, daß es noch mehr gibt.«

»Nun ja, du hast recht. Wenn du darauf bestehst. Er sagte – entschuldige, Lisar – ›Du hast dich von ihrem Nachnamen in die Irre leiten lassen, sie war Jüdin, und du Romantiker hast sie zur Katholikin gemacht. Warum hätte ich eine Katholikin heiraten sollen? Ich hatte damals schon genug Probleme mit meinem Leben.‹ Außerdem war er nicht damit einverstanden, was ich über meine Mutter gesagt hatte.«

»Hat sie es gelesen?«

Er nickte. »Ich habe mich bei ihr entschuldigt, tausendmal habe ich mich bei ihr entschuldigt.«

»Das muß ja eine schauderhafte Szene gewesen sein.«

»Nicht so schauderhaft wie die, die ich anschließend mit meinem Vater hatte.«

»Dann war er also doch wütend.«

»Wie gesagt, wir haben einfach zuviel gesagt.«

»Hast du mir nicht einmal erzählt, daß er nicht gern über sich selbst spricht?«

»Er sprach nicht von sich. Er sprach von mir. Er hielt mir eine Strafpredigt.«

»Oh! Und wie war das, eine Strafpredigt gehalten zu bekommen?«

»Ich habe eine Kostprobe meiner eigenen Medizin bekommen.«

»Muß ja ekelhaft gewesen sein!«

»Du hättest es vermutlich genossen, dabei zuzusehen, wie ich zurechtgestutzt wurde.« Er lächelte mich traurig an. »Solltest du immer noch an deinem Roman arbeiten –«

»Natürlich arbeite ich noch daran«, fiel ich ihm ins Wort, obwohl ich gerade vorhin im Supermarkt – vielleicht auch schon vor Dodies offenem Grab – beschlossen hatte, meine Drohungen ein für allemal wahr zu machen. Ich würde das ganze Werk vernichten und von neuem anfangen, ich würde beweisen, daß ich eine gute, realistische Story schreiben konnte. Ich mußte mir *wahrhaftig* erst mein Herz brechen lassen – wenn einmal nicht reichte, dann eben immer und immer wieder, und dann darüber schreiben. Ja, darüber wollte ich schreiben.

Nervös rutschte Strauss auf seinem Stuhl hin und her. Daraus schloß ich, daß er sich bei dem Gedanken, *Mach langsam, Baby!* würde jemals ans Licht der Öffentlichkeit geraten, immer noch unbehaglich fühlte. »Darf ich dir einen Tip bezüglich deines Romans geben?«

»Vielleicht.«

Einen kurzen Moment lang zauderte er. »Angesichts dessen, was ich letztes Wochenende gelernt habe, würde ich dir raten, ein Pseudonym zu benutzen.«

»Daran habe ich auch schon gedacht.«

»Und überlege dir – gründlich –, ob du nicht bei der Auswahl der Namen deiner Charaktere etwas subtiler vorgehen solltest.«

Ich umklammerte Gabel und Messer, als wären sie Waffen, und

spießte eine Zwiebel auf. Unterdessen fuhr Strauss fort. »Obwohl du natürlich mehr als genug Material hättest, wenn du alle tatsächlich so hoffnungslos porträtieren würdest, wie sie in Wirklichkeit sind.«

»Ja, das hätte ich, nicht wahr?«

»Entschuldige«, fügte er hinzu. »Ich vergaß, du brauchst ja keinen Koautor.«

»Gut, daß du daran denkst«, sagte ich und steckte die Zwiebel in den Mund.

Er sah aus, als wollte er noch etwas zu diesem Thema sagen. Aber es kam nichts mehr. Wir vermieden es beide, uns anzusehen. Vermutlich war dies das Äußerste, was wir beide je zustande bringen würden, anstatt zu sagen: *Entschuldige meine Dummheit, meine Sturheit, meine Lügen, meine Hitzigkeit, meinen Hochmut, meine Selbstgerechtigkeit und meinen lockeren Umgang mit dem anderen Geschlecht.* Aber vielleicht würden wir es später noch lernen, es zu sagen.

Was würde später passieren? Noch konnte ich nicht einmal an die Zukunft denken. Während der letzten Woche hatte ich rückwärts gelebt. Genau wie eine Frau, die ihren Kalender studiert, und immer und immer wieder die Tage zu ihrer letzten Periode zurückzählt, so hatte ich bis zu Dodies Todestag zurückgezählt und gedacht: *Dodie ist jetzt x Tage tot.* Ich war mir bewußt, daß ich noch eine Weile in die Vergangenheit zurückleben würde, vor mich hin flüstern würde: *Dodie ist jetzt zwei Wochen tot, drei Wochen, einen Monat.* Und so würde es weitergehen, der Zeitraum würde größer und größer werden, und der Schmerz würde mehr und mehr wie ein Stein im Schuh werden, an den man sich gewöhnte, weil man sich in der Öffentlichkeit befand und seine gute Kinderstube nicht vergessen wollte – schließlich wäre es unhöflich gewesen, sich zu bücken, den muffigen Schuh auszuziehen und den Stein herauszunehmen. Also litt man, ohne ein Wort darüber zu verlieren.

Während ich mein Gemüse und den Reis aß, sehnte ich mich danach, daß Strauss sich zu mir beugte und meine Hand ergriff. Ich wünschte, er würde endlich zur Sache kommen, *wir* würden endlich zur Sache kommen und darüber sprechen, warum wir hier saßen und gemeinsam jegliche Kürbisart und jegliches Wurzelgemüse, das je gezüchtet worden war, verspeisten. Ich wünschte, mir wäre etwas eingefallen, irgend etwas, was ich hätte sagen können, abgesehen davon, ob er noch etwas zu essen haben wollte.

»Nein, danke«, sagte er. »Vielen Dank.«

Darauf rutschte mir über die Lippen: »Du siehst müde aus.« Gleichzeitig wurde ich feuerrot im Gesicht.

»Ich bin todmüde«, nickte er und wurde ebenfalls rot, aber vermutlich wegen des Wörtchens *tod*müde.

»Kaffee?« fragte ich. Plötzlich erinnerte ich mich an die Kaffeetassen, die Dodie mir zu meinem Umzug nach Ossining geschenkt hatte und die seither in einem Winkel in der Küche verstaut waren, wo ihr goldenes Muster auf dem kobaltblauen Hintergrund leuchtete. Auf einmal sehnte ich mich danach, diese Tassen hervorzukramen und mit einem sauberen Küchentuch vorsichtig den Staub von ihren Rändern zu wischen. Erst danach würde ich das Krächzen in meiner Stimme unterdrücken können, die wie ein dicker Kloß in meinem Hals lag, immer wenn ich an Dodie dachte. »Die hat mir mein Cousin geschenkt«, würde ich sagen und damit eine lange Geschichte einleiten, die er vielleicht gar nicht hören wollte. Dennoch würde er mich sanft auffordern, sie zu erzählen.

Nachdem ich an die Tassen gedacht hatte, erinnerte ich mich voller Unbehagen an den Abend, als Strauss zum ersten Mal in meine Wohnung gekommen war und ich versucht hatte, ihn zu verführen, indem ich ihn mit dem Versprechen auf die sprichwörtliche Tasse Kaffee nach oben lockte. Dann kam mir die dampfend heiße Tasse Kaffee in den Sinn, die ich ihm an dem Morgen nach unserer ersten Liebesnacht kochte, als ich herausgefunden hatte, daß sein Vater den Krieg überlebt hatte, indem er Toten Goldzähne aus dem Mund brach. Es war eigenartig, ich hatte das Gefühl, daß er ähnlichen Gedanken nachhing. Er schob seine Brille hoch. »Vielleicht würde mir ein Spaziergang bessertun«, meinte er. »Hast du Lust auf einen kurzen Spaziergang, bevor es dunkel wird?«

Es *war* bereits dunkel. Aber vielleicht dachte er auch an die Vergangenheit, an den letzten Sommer, als die Sonne hoch am Himmel zu stehen schien, fast so lange, bis wir ins Bett schlüpften.

»Ich hole dein Jackett«, sagte ich.

In meinem Schlafzimmer nahm ich sein Jackett vom Bügel. Plötzlich zwickte mich irgend etwas – bekam ich einen Magenkrampf von den vielen Zwiebeln? Oder war es meine Seele, die schmerzte? Ich mußte mich auf mein Bett setzen. Wieder schmiegte ich mein Gesicht in das Jackett. Der Tweed fühlte sich so rauh an wie Schleifpapier. Ich mußte wohl lange auf meinem Bett gesessen sein, denn als ich plötzlich aufsah, war ich erschrocken und gleichzeitig verlegen, denn Strauss stand an der Tür zu meinem Schlafzimmer. Er lehnte am Türrahmen und beobachtete mich dabei, wie ich sein Jackett knuddelte, wie jemand, der Donegal-Wolle zu seinem Fetisch erhoben hatte.

Ich fuhr hoch. »Oh, warum bist du mir gefolgt?«

Müde lächelte er mich an. »Ich wollte meine Krawatte zurück«, sagte er. »Aber jetzt habe ich den Eindruck, du hast beschlossen, auch noch mein Jackett zu behalten.«

Ich preßte sein Jackett an mich und hörte das Rascheln des Strafzettels. »Lieber würde ich dich behalten«, sagte ich mit heiserer Stimme, die nicht zu mir zu gehören schien.

Er zwinkerte. Strauss zu beobachten war, als ob man ein Kind beobachtete, das sich beim Bäumchen-wechsle-dich-Spiel seine nächsten Schritte überlegte. Nach einem kurzen Augenblick der Stille kam er einen Schritt auf mich zu und streckte mir die Hand entgegen. Unsere Hände ergriffen sich, als hätten wir uns einander gerade vorgestellt.

»Lisar«, flüsterte er.

»Strauss«, sagte ich. Da wurde ich plötzlich nüchtern. »Mein Gott, laß mich dich doch anders nennen –«

»Aber wie?«

Doch schneller, als ich es je erwartet hätte, bekam ich die Chance, ihm eine Menge Namen zu geben – liebevolle Namen, Kosenamen. Zu unserem Spaziergang kamen wir nicht mehr an jenem Abend. Statt dessen setzten wir uns auf das Bett, hielten uns an den Händen und starrten beide auf unsere Schuhe, scheu und verlegen. Schließlich brach er das Schweigen. »In deinem Wohnzimmer – auf dem Boden – ich habe gesehen, daß du *Krieg und Frieden* gelesen hast.«

»Nein, Dodie, mein Cousin, hat es gelesen. Er besuchte mich an dem Wochenende, bevor er starb. Aber die Schlachtszenen langweilten ihn – und der Mangel an Romantik –, daraufhin feuerte er es in die Ecke.« Ich ließ den Kopf hängen und fing zu weinen an. »Ich forderte ihn auf, das ganze Buch durchzulesen, ohne einmal einzuschlafen – und jetzt wird er es nie mehr zu Ende lesen – er wird nie mehr nach Italien reisen – wir wollten gemeinsam nach Italien fahren – und keiner seiner Kollegen kam zur Beerdigung – und sein Vater hörte gar nicht mehr auf, Erde auf seinen Sarg zu schaufeln – er war doch wie mein Zwillingsbruder – in der High-School saß er vor mir, und ich starrte immer auf seinen Nacken! Er hinterließ mir all sein Geld, wie soll ich nur jemals irgend etwas Gutes mit dem Geld machen, ich bin es ihm schuldig, etwas Gutes mit seinem Geld zu machen, aber am liebsten würde ich das ganze Geld vergraben, alles Geld der Welt würde ich in eine Grube werfen, wenn ich ihn nur zurückbekommen könnte –«

»Natürlich würdest du das tun. Daßelbe empfinde ich für meinen Vater.«

»Aber das ist nicht daßelbe. Dein Vater hatte seine Chance zu leben – und du hast –«

»Es ist reine Glückssache, findest du nicht?« Strauss verstummte. »Entweder das, oder falsches Management.« Er griff in seine Hosentasche und zog ein Taschentuch hervor. »Es ist nicht mehr ganz sauber, Lisar –«

»Ist schon gut. Ich mag deine Bakterien. Ich nehme es trotzdem. Danke.«

Ich putzte mir die Nase – mehr als einmal. Sogar für mich war das Geräusch spektakulär – ich trötete so laut wie die Bläser eines Orchesters, die sich vor einem Konzert einspielten, oder so angriffslustig und wild wie eine Elefantenmutter, die ihre Jungen um sich scharen will.

Strauss wirkte erleichtert, als ich fertig war.

»Hör zu«, sagte er. »Ich werde *Krieg und Frieden* für ihn zu Ende lesen.«

»Du?« fragte ich und wischte mir die Augen.

»Warum bist du so überrascht? Ich habe die ganze *Anna Karenina* gelesen.«

»Hat es dir gefallen?«

»Das Ende war mir zu tragisch.«

»Ich dachte, es würde dir gefallen. Die Ehebrecherin, die vom Zug zermalmt wird.«

»Aber nein, es hat mir nicht gefallen, es machte mich traurig, daß sie sich vom Leben nichts anderes erhoffte, als geliebt zu werden ... Nun, und wer stirbt in *Krieg und Frieden?*«

»Im Herzen oder auf dem Schlachtfeld?«

»Behalte es«, sagte er, als ich ihm sein Taschentuch zurückgeben wollte. Er hielt meine Hand, strich über mein wirres Haar und hörte mir noch eine Weile beim Schniefen zu.

»Ich habe nie darüber nachgedacht«, sagte er, »aber ich war noch nie in deinem Schlafzimmer.« Sehnsüchtig blickte er auf meine spitzenbezogenen Kopfkissen, die aufgeschüttelt am Kopfende meines Bettes lagen. »Mein Gott, bin ich müde.«

»Ich bin auch müde«, gähnte ich. »Komm, wir legen uns hin.«

Wir zogen die Schuhe aus und streckten uns auf dem Bett aus. Ich stand noch einmal auf und schaltete das Licht aus. Dann kuschelte ich mich in seinen Arm, legte den Kopf auf seine Brust, damit mich das Klopfen seines Herzens in den Schlaf lullen würde. »Dieses Zimmer kommt mir etwas zu blumig vor für dich, Lisar«, murmelte er, bevor wir beide einschliefen.

Mehr als alles andere schien diese Nacht zu beweisen, daß wir älter geworden waren – müder und vielleicht auch weiser. Erst als wir aufwachten, unsere Gesichter verknittert und mein linker Arm eingeschlafen, nutzten wir ein anderes Mittel als Worte, um die unausgesprochenen Fragen zu beantworten, ob das, was wir machten, auch richtig für uns war (vielleicht war es das nicht, aber nun war es zu spät), und ob man einer Liebe vertrauen konnte, die durch Kummer wiederbelebt worden war (nun, manchmal hatten schlechte Eltern auch gute Kinder).

Ich war darauf vorbereitet – ebenso wie er – auf Nummer Sicher zu gehen. Aber in dem Moment, als er es aus seiner Brieftasche zog – ich hätte ihn darauf aufmerksam machen können, daß man sie besser nicht dort aufbewahrte, da Körperwärme Latex brüchig machte –, wurden wir verlegen und albern wie Teenager, die sich zum ersten Mal küßten. Ich hatte keine Ahnung, wie man es benutzte. Offensichtlich galt dasselbe für Strauss, denn es war die Hölle, das Ding überzuziehen, und viel zu einfach, es kaputtzumachen. *O Gott, Lisar,* stöhnte er, als es platzte. *Es tut mir leid.*

Mir tat es nicht leid! Zumindest nicht gleich. Aber dies, fürchte ich, ist der Anfang einer anderen langen, manches Mal auch traurigen Geschichte. Vielleicht werde ich anfangen, sie aufzuschreiben, sobald mir nicht mehr dermaßen übel ist und Eben nicht mehr um mich herumscharwenzelt, schlimmer noch, als er dies bei seinem Vater tut, der sich schlußendlich in seinem Krankenhausbett zu mir dreht und mich fragt: »Baby hin, Baby her, bist du sicher, daß du diesen alten Hasenfuß hier heiraten willst?«

Danksagung

Ich möchte der Colins C. Diboll Foundation, der Pirate's Alley Faulkner Society, der Ragdale Foundation, der University of South Florida und der Virginia Commission on the Arts für ihre großzügige finanzielle Unterstützung danken. Kahleen Jayes und Geri Thoma danke ich für ihre Anregungen zu diesem Roman.

Mein tiefster Dank gilt meinem Mann, Jeff Lipkes, für seinen redaktionellen Rat und seine Ermutigung.